btb
Aus Freude am Lesen

btb

WALTER SERNER

Das erzählerische Werk

Band III

WALTER SERNER

Das erzählerische Werk in drei Bänden
Herausgegeben von Thomas Milch †

Band I

Zum blauen Affen/ Der elfte Finger
Kriminalgeschichten

Band II

Die Tigerin
Eine absonderliche Liebesgeschichte

Band III

Der Pfiff um die Ecke/ Die tückische Straße
Kriminalgeschichten

Walter Serner

Der Pfiff um die Ecke
Die tückische Straße

Kriminalgeschichten

btb

Die vorliegende Ausgabe des erzählerischen Werks von Walter Serner beruht auf der von Thomas Milch herausgegebenen Werkausgabe: Walter Serner, *Das Gesamte Werk*, die zwischen 1979 und 1984 in acht Einzel- und zwei Supplementbänden im Klaus G. Renner Verlag, Erlangen und München, erschienen ist und der im Kern die 1927 im Paul Steegemann Verlag, Berlin, erschienene siebenbändige Werkausgabe »letzter Hand« zugrunde liegt.

Umwelthinweis:
Alle bedruckten Materialien dieses Taschenbuches sind chlorfrei und umweltschonend.

btb Taschenbücher erscheinen im Goldmann Verlag, einem Unternehmen der Verlagsgruppe Bertelsmann GmbH.

1. Auflage
Genehmigte Taschenbuchausgabe November 2000

Umschlaggestaltung: Design Team München
Umschlagfoto: AKG, Berlin
KR · Herstellung: Augustin Wiesbeck
Made in Germany
ISBN 3-442-72726-X
www.btb-verlag.de

Der Pfiff um die Ecke

Zweiundzwanzig Kriminalgeschichten

Dorothée Herz gewidmet

Das Zéro

Mit Semmelhug wollte es, seit er in Stuttgart war, nicht vorwärts gehen. Schon nach acht Tagen hatte er das Hotel Marquardt mit dem Hotel Wörner vertauschen müssen und wenige Tage darauf dieses mit einem kleinen Zimmer in der Rosenbergstraße. Da er einsah, daß es mit ihm bald so weit sein würde wie vor fünf Jahren, als er, zu sehr seinem Glück vertrauend, plötzlich gepäcklos auf der Straße stand, überzählte er zähneknirschend den Rest seiner Barschaft: ›Fünfunddreißig Mark! Entsetzlich!‹

Wohl wissend jedoch, daß ein Zustand solch negativer Art am wenigsten dazu geeignet ist, eine miserable Situation durch einen schmucken Einfall zu sanieren, stieg Semmelhug resigniert auf die Straße hinunter, gleichsam um sich selbst aus dem Weg zu gehen.

Verdrießlich vor sich hin pfeifend gelangte er zu der schmalen Stiege, welche von der Rosenbergstraße zum Hoppenlau-Friedhof hinabführt. Dessen Bäume und die mit Recht gemutmaßte Stille zogen ihn an wie jeden, der mit sich nichts Wichtigeres anzufangen weiß.

Semmelhug erging sich sohin auf den engen sauberen Pfaden dieses einsamen Ortes, von Zeit zu Zeit gedankenlos vor einem Grab stehen bleibend. Nach einer Viertelstunde fiel ihm auf, daß er die Inschriften las, und gleichzeitig, daß er soeben eine sehr merkwürdige gelesen hatte. Er kehrte um, trat neuerdings vor den Grabstein und las laut vor sich hin: »Heinrich von Inten, geb. am 3. März 1850, gest. am 10. März 1911 aus Gram über seinen verlorenen Sohn.«

Kopfschüttelnd, aber grinsend ging Semmelhug weiter: sein Vater hatte sich in dieser Hinsicht beiweitem mehr beherrscht. Bald darauf verließ er, keineswegs heiterer als vordem, den Friedhof und gelangte langsamen Schrittes allmählich auf die Königstraße. Nachdem er sie etliche Male passiert hatte, ermüdete er. Nie ist man mehr geneigt, Impulsen statt Überlegungen sich hinzugeben, als wenn das Lebenstempo sehr reduziert ist. Und so widerfuhr es auch Semmelhug, daß er in einem spontanen Anfall von galgenhumoresker Gleichgültigkeit sich kurzerhand entschloß, koste es, was es wolle, im Wilhelmsbau zu essen. Als dies nach einer Stunde in opulenter Weise geschehen war, befiel Semmelhug, der nun doch der wiederkehrenden Klarheit sich nicht länger zu entziehen vermochte, eine wahre Katastrophen-Stimmung. Es war ihm, als müsse er unter allen Umständen Bewegung in seine Lage bringen, um eine erfreuliche Änderung herbeizuführen. Und da ihm, der Teufel weiß warum, just jene merkwürdige Inschrift auf dem Hoppenlau-Friedhof durch den Kopf ging, rief er den Kellner in der Absicht heran, irgendetwas zu provozieren.

»Kennen Sie eine Familie namens von Inten?« fragte er mit schwerlich zu überbietender Arroganz den Kellner, der vorsichtig neben ihm stand.

»Von Inten? Aber gewiß. Eine sehr vornehme Familie. Ein von Inten war fünfzehn Jahre lang Bürgermeister. Ich glaube, er dürfte erst vor wenigen Jahren gestorben sein.«

»Richtig«, meinte Semmelhug gnädig. »Er ist auf dem Hoppenlau-Friedhof begraben. Er hatte einen mißratenen Sohn. Der Schmerz darüber hat ihn ins Grab gebracht.«

»Der Herr sind Stuttgarter?« Der Kellner nahm bereits eine zutraulichere Haltung ein.

»Nein.« Semmelhug entaschte seine Zigarre überaus liebevoll, um eine distanzierende Pause hinausdehnen zu können. »Aber ich kannte seinen Sohn. Ich kannte den jungen von Inten sehr gut ... Ich ...« Er wußte nun doch nicht, wie er eigentlich weiterlügen wollte.

Der Kellner trat geschmeichelt von einem Bein aufs andere. »Der Herr wollen wohl Näheres über den alten von Inten in Erfahrung bringen, wenn ich mich nicht im Irrtum befinde ...«

»Sie befinden sich nicht«, versicherte Semmelhug herablassend.

Der Kellner, eine romantische Natur wie viele seiner Berufsgenossen, schien plötzlich mit einer bestimmten Vermutung zu kämpfen. »Wenn der Herr vielleicht ... ich meine ... sich mir anvertrauen wollten ... Ich glaube, daß eine gewisse Ähnlichkeit ...«

Semmelhug stutzte. Und überlegte. Kam aber schnell zu dem Schluß, daß er, selbst wenn der Kellner nicht bloß probiert hatte und wirklich eine Ähnlichkeit vorhanden wäre, nicht darauf bauen dürfe. »Ich bin kein von Inten. Aber sein bester Freund gewesen.« Der letzte Satz war ihm entfahren, er wußte selbst nicht wie.

»Gewesen?« Das Gesicht des Kellners zerfiel, als hätte er persönlich einen schweren Verlust erlitten.

Das beruhigte Semmelhug und gab ihm seinen Plan ein. »Ja, gewesen. Er starb in Sevilla in der Calle San Jorge. An der Malaria.

Gerade gegenüber der bekannten keramischen Fabrik von Viuda e Comez. Und hat mich vor seinem Tod gebeten, eine gewisse Affaire privater Natur hier für ihn zu regeln. Wissen Sie, ob noch jemand von seiner Familie lebt?«

Der Kellner, von Semmelhugs Distinguiertheit durchdrungen, wußte, es unendlich bedauernd, nichts Bestimmtes mehr zu sagen, äußerte sich aber, immer wieder nach kleinen Störungen an Semmelhugs Tisch zurückkehrend, noch eine halbe Stunde über die Wechselfälle des Lebens und die Geschicke der Menschen und versprach, ohne dazu aufgefordert worden zu sein, bis morgen Näheres in Erfahrung bringen zu wollen.

Semmelhug fand am nächsten Mittag den Kellner sehr verändert vor; als hätte eine unerwartete Rangerhöhung stattgefunden: von derart schrankenlosem Stolz und selbstbewußter Dienstbeflissenheit troff seine ganze Haltung. Kurzum, nach wenigen Minuten war Semmelhug drei alten Herren vorgestellt, die alle den alten von Inten und seinen verlorenen Sohn gekannt hatten und sich außerordentlich freuten, die Bekanntschaft des Mannes zu machen, welcher der beste Freund des unglücklichen Hans von Inten war und nun dessen Testament zu vollstrecken hatte.

Semmelhug wurde an den Tisch geladen und erfuhr im Verlaufe einer sehr animierten Kneiperei, daß Frau von Inten mit ihrer einzigen Tochter Stella eine elegante Acht-Zimmer-Wohnung in der Cannstatter Straße innehabe; daß das von ihrem Gatten hinterlassene, zweifellos nennenswerte Vermögen sicherlich noch intakt sei; und daß nun die Tochter dereinst alles erben werde. Den zwischendurch immer wieder an ihn gerichteten Fragen über des jungen von Inten Leben und Treiben wich Semmelhug geschickt aus, sichtlich bemüht, dessen Geheimnis zu wahren und sein Andenken in Ehren zu halten. So kam es, daß gegen drei Uhr nachmittags, als man bei der achten Flasche Mosel angelangt war, die ganze Tischrunde nicht nur des Lobes voll war über Semmelhugs Freundestreue und männliches Verhalten, sondern beim endlichen Auseinandergehen in Einladungen sich geradezu überbot.

Diesen kam Semmelhug in den folgenden Tagen mit dem Vorsatz nach, den diversen Ehegattinnen Details über die Familie von Inten zu entlocken. Dies gelang ihm mit auffälliger Leichtigkeit und solchem Erfolg, daß er, als er endlich eines Nachmittags die Wohnung Frau von Intens verließ, bereits zu einer Tasse Tee für den Abend eingeladen worden war.

Dessen Verlauf gestaltete sich für Semmelhug zu einem Sieg von unerhoffter Vollständigkeit: Frau von Inten, von den Berichten über ihren immer noch geliebten Sohn stets wieder bis zu Tränen gerührt, kompensierte diese mit endlosen Liebenswürdigkeiten für den Gast, und ihre Tochter, deren Herz nach einer an Desillusionen allzu reichen Verlobungszeit mit einem verlotterten Rittmeister einer edleren Mannesgestalt um so heißer entgegenpochte, befliß sich unter schärfster Einsetzung ihrer immerhin ansehnlichen Reize, Semmelhugs persönliche Zuneigung zu gewinnen. Da dieser, äußerst vorsichtig wie stets, durchaus nicht vom Tode seines Freundes gesprochen hatte, lediglich von einer bereits überstandenen schweren Krankheit, sich aber, angeblich Hansens striktem Auftrag zufolge, weigerte, Genaueres über dessen Aufenthaltsort mitzuteilen, glaubten beide Damen, Semmelhug durch ein Übermaß an Gastfreundschaft und Liebenswürdigkeit doch noch zum Sprechen bewegen zu können. Infolgedessen verlebte Semmelhug, der von sich selber in tiefer Bescheidenheit teils schwieg, teils im Vergleich mit seinem kühnen Freund als Zéro sprach, bei Frau von Inten eine lange Reihe sehr angenehmer Abende, indem er sich stets von neuem überreden ließ, noch einige Tage zu bleiben.

Einmal aber, als er wieder zum Abendessen erschien, empfingen ihn die beiden Damen völlig verstört; es gelang ihnen nur mühsam, nicht sofort in Tränen auszubrechen. Fast eine halbe Stunde dauerte es, bis das in den seltsamsten Wendungen sich ergehende und stets wieder abbrechende Gespräch sich zu verdeutlichen begann.

»Wie ist das nur möglich«, jammerte Frau von Inten hinter ihrem Spitzentaschentuch. »Sie haben uns doch gesagt, daß Sie in der Rosenbergstraße wohnen und daß Sie nicht adelig sind.«

Fräulein Stella schlug heftig die Fingerspitzen aufeinander. »Man muß ihn verläumdet haben. Wenn man nur wüßte, wer.«

In Semmelhug stellte sich miteins eine trübe Ahnung ein. Sein Magen zog sich leise zusammen. »*Wer* war denn eigentlich bei Ihnen, gnädige Frau?«

»Zwei Herren.«

»Von der Polizei?«

Frau von Inten nickte.

Semmelhug, dem dieser Zwischenfall gleichwohl überraschend kam, hielt es für das Schlaueste, sich nicht verwundert zu zeigen. »Die Herren haben Ihnen sicherlich mitgeteilt«, begann er mit nachlässiger Ironie, »ich wäre ein Hochstapler, hieße mich von Semmelhug, dieweil ich nur ein ganz simpler Semmelhug, hätte mich als Testamentsvollstrecker Ihres Sohnes ausgegeben, der gar nicht tot sei, um Betrügereien zu versuchen, und mich bei Ihnen lediglich in dieser Absicht einzuführen verstanden. Ists nicht so, gnädige Frau?«

Frau von Inten blickte, unter Tränen lächelnd, auf. »Sie wissen sehr wohl, lieber Herr Semmelhug, daß Stella und ich Ihnen vollauf vertrauen und daß wir Sie durchaus nicht für ein Zéro halten. Was die Herren von der Polizei uns über Sie sagten, bewies ja nur, daß Sie uns nie angelogen haben. Das sagten wir den Herren auch, die darüber zwar erstaunt waren, uns aber versicherten, das wäre ein Schachzug von Ihnen, denn Sie wären bereits seit drei Wochen in Stuttgart gewesen, als Sie uns zum ersten Mal besuchten, und . . .«

»Das Hotel Marquardt . . .« Semmelhug lachte mokant, » . . . das Hotel Wörner . . . die Rosenbergstraße . . . nun, das sei eine auffällige Peripetie, der nur zu sehr der Wunsch entspräche, vermittels einer ungewöhnlich problematischen Freundschaft mit einem fälschlich Totgesagten sich zu rangieren. Ists nicht so, gnädige Frau?«

Frau von Inten nickte wiederum, diesmal bereits beinahe heiter.

»Daß Sie das alles aber wissen?« Fräulein Stellas Veilchenaugen irrten schmerzlich über Semmelhugs Züge. »Wie ist das nur möglich?« Sie schluckte mit Erfolg etliche Tränen.

»Phantasie macht einsam, gnädiges Fräulein.« Semmelhugs Pupillen erglühten sanft. »Und Einsamkeit schult die Phantasie.«

Fräulein Stellas Schultern hoben sich beseligt. »Und denken Sie nur . . . daß *das* diesen Herren nicht die Augen öffnet, begreife ich einfach nicht! Die Herren sagten uns, daß Sie erzählt hätten, mein Bruder sei in Sevilla an der Malaria gestorben, dann wieder in Syrakus am Stich einer Kobra, dann wieder in Batum am gelben Fieber usw. Das beweist doch nicht, daß Sie ein Schwindler sind. Das beweist vielmehr, daß man Sie verläumdet. Denn in Spanien gibt es keine Malaria, in Sizilien keine Kobra und in Batum kein gelbes Fieber. Nicht wahr, Mama?«

Frau von Inten nickte schnell. »Und *uns* haben Sie ja gar nicht einmal gesagt, wo Hans sich eigentlich befindet.«

Semmelhug senkte, von so viel Vertrauen niedergedrückt, schweigend den Kopf.

Nach einer Weile harmonischer Trauer rückte Fräulein Stella mit dem Stuhl. »Und daß die Polizei nicht weiß, was Herr Semmelhug in den letzten neun Jahren eigentlich getrieben hat . . . ich meine, wovon er gelebt hat, das beweist nur, daß die Polizei nicht tüchtig ist. Und daß Herr Semmelhug herumreist und auch schon anderswo die Polizei auf ihn aufmerksam geworden ist, das beweist nur, daß er eben infolge seines interessanten Äußern, seiner besonderen Lebensgewohnheiten und seiner überlegenen Art den Idioten auffällt, die sich in ihrem Haß und Neid mit ihm beschäftigen und ihn verläumden und denunzieren.« Sie erhob sich in jäh aufwallendem Zorn. »Dieses Gesindel!«

»Stella!« mahnte Frau von Inten, das Spitzentaschentuch wieder vor den Lippen.

Semmelhug wußte nun, warum es mit ihm in Stuttgart nicht vorwärts gegangen war; wer die fragwürdige Rangerhöhung des Kellners vom Wilhelmsbau herbeigeführt; und weshalb die Tischrunde und die diversen Gattinnen in Höflichkeiten sich geradezu überboten hatten: die Hand der Polizei! Semmelhugs Situation war nicht angenehm. Sie war aber, was er geistesgegenwärtig sofort erkannte, keineswegs so hoffnungslos, wie sie schien.

Semmelhug stand langsam auf und sagte mit leise bewegter Stimme: »Ich danke Ihnen, meine sehr verehrten Damen, für Ihr mich ehrendes Vertrauen und für die so selten gastfreundliche Aufnahme in Ihrem entzückenden Heim. Ich bin glücklich, Hans das Beste von seiner gütigen Mutter und seiner reizenden Schwester berichten zu können. Und ich hoffe, daß es mir gelingen wird, ihn ins Elternhaus zurückzubringen. Ich bedauere nur, daß es mir privater Gründe halber nicht möglich ist, direkt zu ihm zu reisen. Aber ich kann Ihnen versprechen, hochverehrte gnädige Frau, daß Sie von mir *und* ihm in etwa vier Monaten Nachricht haben werden.«

Semmelhug verließ am Abend darauf Stuttgart, dreitausend Mark in der Tasche, da Frau von Inten ihn nach langen Bitten zu bewegen vermocht hatte, *direkt* zu ihrem Sohn zu reisen. Im Netz über Semmelhugs Kopf lag ein geschmackvolles Veilchen-Arrangement, dessen Boden eine deliziöse Bonbonnière barg, in welcher ein kleines lila Briefchen ruhte. Als Semmelhug es gelesen hatte, bedauerte er nur zu sehr, daß er den Bruder der Schreiberin nicht persönlich kannte und daß er hier doch nur ein Zéro war.

Aber er hatte keine Zeit, solch wehmütigen Meditationen sich hinzugeben. Er mußte sein Gehirn dem Augenblick zuwenden, der ihn vor die nicht allzu leichte Aufgabe stellte, die Schwierigkeiten, welche die Polizei ihm allenthalben weiterhin bereiten würde, in ingeniöser Weise zu besiegen.

Der Beau

»Hat man eine bessere Psychose an der Hand, kann man sich jede Dame holen. Hat man keine, kann es einem passieren, daß man sich sogar für einen größeren Betrag langweilt.« Der also sprach, wurde allgemein Nénesse genannt und ließ seine ganze Haltung überdeutlich ausdrücken, daß er kein Wort von dem glaube, was er sage.

Friquette fand ihn ebendeshalb sehr geistreich, überlegen und überhaupt bewundernswert. »O, Nénesse, du bist der einzige, von dem ich mich plündern lassen möchte.«

Nénesse lächelte unterfüttert.

Friquette bemalte sich die Fingernägel. »Nénesse, sag mir, was soll dieser brutal gespielte Zweifel? Du weißt doch nur zu gut . . .«

»So wäre also mein Spielen meine erfolgreiche Psychose?«

Friquette bemalte sich die Ohrläppchen. »Ich bin jetzt fast sicher, daß du mich schon nicht mehr magst.«

»Wieso?« fragte Nénesse leise. Es war im Grunde so unverschämt, daß es nurmehr komisch klang.

Friquette verließ brüsk ihr Gesicht im Toilettenspiegel, erregt hadernd: »Habe ich dir nicht alles angeboten? War es nicht, als wir uns vorgestern zum ersten und vielleicht letzten Mal . . . Es *war* toll. Oder nicht? Nun also. Aber du . . . du spielst weiter . . . anstatt . . .«

» . . . anstatt dir meinen Preis zu nennen.« Nénesse umschlang vag ihre Schultern.

Friquette küßte ihn, der einfach still hielt. »Ja, Nénesse, sag mir klar, wie viel . . .« Sie umfaßte mit fliegendem Atem seinen Kopf und wartete darauf, daß das Bewußtsein ihr verginge . . .

»Darf man eintreten?« rief von draußen ein wohlklingender Sopran.

»Faites!« Friquette sprang auf, beinahe froh darüber, in jenem bewußten Warten gestört worden zu sein, und preßte die Eintretende heftig an sich.

»Ah, der schöne Nénesse ist da.« Angèle korrigierte mit schnellen kleinen Griffen in Friquettes Coiffure.

»Angèle, du mußt mich trösten. Er ist entweder verrückt. Oder ein gemeiner Sadist.«

Angèle streichelte ihr mit einer Hand die spitzigen Brüste; die andere ließ einen Griff kokett kentern, so daß Friquette sich ihr piepsend entwand. »Dazu siehst du zu wohlerhalten aus, süße Frique.«

»Er ist doch erst seit einer Viertelstunde da, das Scheusal.« Friquette riß ihr Gesicht, das sich bereit gemacht hatte, zu zürnen, noch rechtzeitig still. Dann lächelte sie. »Aber auch wenn er die ganze Nacht dagewesen wäre, hätte er sicherlich nichts anderes getan, als mich immer wieder zu zwingen, mich ihm anzubieten.«

»Er ist vielleicht ein ganz spezieller Maniak«, meinte Angèle mit einer gewissen Hinterhältigkeit im Ton, die Nénesse deutlich heraushörte.

»Nein. Er ist *doch* verrückt.« Friquette ließ den Frisiermantel fallen und rüttelte an ihrem rosigen Korsett.

»Oder neurotisch oder homosexuell oder ein Micmac oder überhaupt etwas ganz anderes . . .« Angèle sah Nénesse mit einem überraschend offenen Lächeln mitten ins Gesicht.

»Sie machen mich neugierig, meine liebe Angèle.« Nénesse stand langsam auf.

»Da das bisher noch niemandem gelungen ist, bin ich zutiefst erschüttert«, rief Angèle, vielleicht ein wenig zu spitz. Hierauf setzte sie sich aufs Bett neben Friquette, die mit penibelster Vorsicht sich neue Seidenstrümpfe anzog.

Die Tür flog auf.

»O mazette, mazette, mazette . . .« sang Ouilouis, ein kleines blondes Persönchen, das aussah wie ein zehnjähriges Mädchen. »Also das war einfach . . . Das ist einfach monströs.« Sie warf sich in ein Fauteuil und strampelte mit den dünnen Beinen. »Salut, Nénesse, du verfluchter Hund! Salut auch euch, ihr holden Damen!«

»Ouilouis, bitte benimm dich!« Friquette drohte mit den Lippen, aber doch sehr wohlgefällig.

»Also, Angèle, das ist einfach monströs!« Ouilouis fuhr lachend hoch. »Nein, das könnt ihr euch nicht vorstellen, selbst wenn ihr eine Collage mit Romain Rolland hättet, wovor die heilige Agnes euch bewahren möge.«

»So sags doch endlich«, jammerte Friquette graziös. »Hat Rémy wieder etwas ausgefressen?«

»C'est pour rire!« Ouilouis warf sich stolz in die mangelnde Brust. »Eingesperrt ist er!«

»Eingesperrt?« wiederholten alle drei, fast gleichzeitig.

»Nénesse«, flötete Ouilouis vorwurfsvoll, »Sie sind nachgehinkt. Angèle und Frique haben sich schneller und im Takt gewundert.«

Nénesse sagte außerordentlich gemessen: »Bitte jetzt keine Späße mehr! Sagen Sie uns kurz, was denn eigentlich los ist.«

»Stecken Sie erst diese Visage wieder ins Knopfloch!« Ouilouis wippte sich großartig auf die Fauteuillehne. »Und ihr, ihr Allerholdesten, beeinträchtigt nicht den Wurf meiner Diktion durch allzu ungewählte Störungen.«

Angèle zuckte nachdenklich die Achseln und riet Friquette, die Hände gleich ihr pathetisch in den Schoß zu betten und auf Nénesse zu achten, der mit äußerster Bedachtsamkeit seine beigefarbene Samtkrawatte einer neuen Stilisierung unterzog.

Ouilouis hob ihr schottisches Röckchen mit vier Fingern, aber mit beiden Händen hoch und ließ es tiefer fallen. »Damit dieser schöne Mann nicht in verfrühte Versuchung gerät . . . Eh bien, ich hör schon auf. Das heißt, ich fange sofort an. Also es ist, wie gesagt, einfach monströs . . . Wohlan, so hört! Rémy lebt vom Handel mit Bigornette, dem sanft dahingegangenen Coco. Wer weiß das nicht?«

»So?« machte Nénesse.

»Tun Sie bloß nicht so.« Ouilouis trillerte frech. »Er kann das Keusche nicht lassen.«

»Weiter!« rief Angèle.

»Wie Sie befehlen, unendlich geschmackvolle Provençalin!«

»Laßt sie in Ruh«, bat Friquette ärgerlich. »Es dauert sonst bis morgen und wir erfahren trotzdem nichts.«

»Dir zu Ehren, stets entbrannte Frique, werde ich es kurz machen. Allerkürzest.« Ouilouis simulierte, unter Benützung einer besonderen leidenschaftlichen Körperdrehung, letzte Verzückung. »Eh bien, Rémy kommt gestern, vielmehr heute nacht um zwei zu mir und teilt, glorreich wie er schon geboren ist, meinem Einschlaf mit, daß die Rue Lépic neuerdings zur Polizeistraße avanciert sei. An der Ecke der Rue des Abbesses befinde sich ein fliegender Graphik-Händler, halb unter der Terrasse eines kleinen Cafés. An *dieser* Ecke Graphik? *Wer* stellt sich dorthin? *Wer* kauft dort? Also vollkommen klar. Ich gebe Rémy recht, vor allem, damit er mich endlich schlafen läßt. Dennoch muß ich mir noch sagen lassen, ich sei teilnahmslos. Ich – teilnahmslos. Ich bin stolz, daß Rémy sitzt.

Er hat zwar wunderbar auffallende Gewohnheiten, aber er war mir doch noch nicht interessant genug.«

»Liebste Ouilouis«, hauchte Angèle höflich, »das ist vielleicht richtig und sicherlich sehr ergötzlich, aber man kennt sich leider nicht recht aus.«

»Ich bin erstaunt, charmanteste Angèle.« Ouilouis legte einen Fuß aufs Knie, streifte den Halbschuh ab und entleerte einige Sandkörner auf den zerrissenen Läufer. »Die Sache liegt doch auf der Hand.«

»Ich verstehe auch nicht ganz ...« sekundierte Friquette behutsam.

»Bei *dir* wundert es mich nicht.«

Ouilouis zupfte das Schleifchen auf ihrem Schuh zurecht.

»Ouilouis, lassen Sie solche Anwürfe!«

»*Sie* haben sich wichtig zu machen, Nénesse! Sie bilden sich wohl immer noch ein, daß Sie mir gefallen? Pas pour deux sous!« Ouilouis setzte den Nagel ihres rechten Daumens an die Vorderzähne und riß ihn knackend nach vorn. »Nun denn, meine andächtige Gemeinde, Rémy ist an der Ecke der Rue des Abbesses in dem Augenblick verhaftet worden, als er Ginette die Hand gab, in der sich ein Gramm Bigornette befand. Man versteht jetzt wohl endlich.«

»Jetzt verstehe ich noch weniger.« Friquette wandte ihre Hände wieder ihren Strümpfen zu.

»Ich nicht viel mehr.« Angèle schüttelte resigniert den Kopf.

Nénesse schwieg.

Ouilouis lachte. »Ihr seid einfach monströs. Monströs! Entweder seid ihr wirklich so dumm, wie ihr euch stellt, oder noch viel dümmer. Aber ich glaube, da habe ich selbst etwas Dummes gesagt.« Sie lachte so herzlich, daß sie die Balance verlor und von der Fauteuillehne zu Boden purzelte. Bei diesem Sturz flog der Halbschuh aus ihrer Hand. Auf Nénesse' Ohr.

Der tat einen unerwartet böswilligen Ausruf: »Eine gräßliche Person!«

»Ich bin ganz und gar nicht gräßlich. Aber Sie sind einfach widerlich schön.« Ouilouis hatte nach einigen vergeblichen Versuchen, aufzustehen, sich entschlossen, liegen zu bleiben. Den Kopf in den Händen, die Elbogen auf dem Teppich, sprach sie zum Plafond empor: »Ich wette, daß Rémy das absichtlich gemacht hat. Damit er endlich eingesperrt wird. Und damit ich ihn mehr liebe.«

»Unsinn!« sagte Angèle ernst.

»Warum?« Ouilouis spitzte verletzt die Lippen. »Er hat mir doch zuvor gesagt, was es mit dieser Ecke Rue des Abbesses für eine Bewandtnis hat. Und ein paar Stunden später wird er gerade dort erwischt.«

Es klopfte an die Tür.

Ohne die Erlaubnis abzuwarten, trat ein kleiner fleischloser Herr ein. Er blieb mit dem Ausdruck eines Verprügelten an der Tür stehen, schnupperte mit seiner Gassenjungennase ins Zimmer hinein und krächzte leise: »Ich kann nicht atmen.«

»Geld gibts nicht mehr.« Angèle erhob sich.

Auch Friquette verließ das Bett. »Du weißt sehr wohl, daß es hier nichts zu holen gibt.«

»Komm her, Samiel! Hilf mir auf!« Ouilouis patschte in die Hände. »Dann kannst du wieder atmen.«

Samiel war hocherfreut, einen Grund gefunden zu haben, im Zimmer bleiben zu können. Er rasselte schleimig: »Arme Ouilouis! Aber warum war er auch so unvorsichtig.« Dabei zog er sie an den Schultern hoch.

»Rémy war *nicht* unvorsichtig.« Ouilouis stemmte die Fäuste auf die Hüften und grinste Samiel auf die Nase.

Der war schlankweg beglückt darüber, daß man sich mit ihm in ein Gespräch einließ. »Er *war* unvorsichtig. Ist es vielleicht nicht unvorsichtig, so etwas zu glauben?«

»Was zu glauben!« schrie Ouilouis, weil sie nichts begriff.

Samiel drehte den dürren Hals stolz aus dem schmutzigen Kragen. »Zu glauben, daß es wahr ist.«

»*Was* soll wahr sein!« Ouilouis' Stimme überschlug sich pfeifend.

»Daß der Graphik-Händler an der Ecke ...«

»Aber es *ist* doch wahr!« flüsterte Ouilouis, ihr selbst unhörbar.

»Ja natürlich ist es wahr. Aber es ist nicht wahr, daß er *nur* dort ist, um die Rapporte semmelwarm zu erhalten und danach die Flics zu dirigieren.« Samiel holte sich, innig lächelnd, mit der Hand sein Gesicht nach vorn.

Ouilouis ließ ihre Fäuste bis zu den Knien sinken. Ihre Finger fielen schlaff herunter. Ihr purpurrot gewordenes Mündchen formte eine kleine Weile Buchstaben, bevor sie die Stimme wiederfand. »Also wozu ist er denn *noch* da?«

Samiel bewegte wichtig die eckigen Schultern und räusperte sich vorerst umständlich. »Rémy erzählte mir gestern, daß er aus erster

Quelle erfahren habe, der Graphik-Händler sei zwar ein Flic, aber nur für die Kommunikation, nicht für die Straße. Und daß es deshalb ganz besonders sicher wäre, dort Schnee zu wechseln.«

»Vermutlich ist der Graphik-Händler also tatsächlich nur ein simpler Graphik-Händler.« Angèle, die haarscharf aufgepaßt hatte, trat neben Samiel.

»Die ganze Geschichte wird immer lustiger.« Friquette knöpfte unsicher an ihrem Kleid.

»Im Gegenteil.« Angèle wurde plötzlich so ernst, daß sie zu erbleichen schien. »Rémy ist zweifellos verpfiffen worden.«

»Unmöglich! Ganz unmöglich!« zeterte Ouilouis.

»Samiel, wissen Sie, wer Rémy diesen Rat gab?« Angèle stand, aufgeregt mit den Fransen ihres Kostüms spielend, dicht vor ihm.

»Nein. Rémy wollte es mir nicht sagen.«

»Heute abend noch werden wir es wissen.« Angèle hörte, starr auf die Wand blickend, Nénesse' Bewegungen zu. »Ich werde mit Rémy sprechen. Ich werde es erreichen.«

Nénesse, der, mit seinem Stöckchen sachte auf einen Stuhl tippend, an einem Paravent lehnte, löste jetzt langsam seinen Rücken, setzte seine Mütze fester in die Stirn und ging, sich leicht in den Knien wiegend, zur Tür, von wo er, den Kopf kaum zurückwendend, Friquette zurief: »Ich bin um fünf bei ›Cyrano‹. Du kommst doch nach.«

»Ja«, antwortete Friquette, aber ein wenig zaghaft.

»Ich werde mitkommen«, sagte Angèle sehr laut.

»Soll mich freuen.« Nénesse schloß die Tür.

Und sofort flüsterte Angèle mit atemloser Stimme: »*Er* war es.«

»Was?« Friquette lief hastig herzu.

Ouilouis drängte sich an Angèles Körper. »Du glaubst also wirklich, daß er . . . Mir hat er übrigens nie gefallen.«

»Ich bin überzeugt davon, daß er es war. Aber, Ouilouis, du hast doch auch mit ihm geschlafen.«

»Ich *auch?*«

Angèle lächelte trübe. »Ja, ich auch. Aber nur einmal. Wie wir alle.«

»Angèle, du hast . . .« Friquette versuchte weinerlich, aus all dem klug zu werden.

»Wie wir alle, liebe Frique. Deshalb läßt er sich doch mit keiner Frau näher ein. Das gehört dazu. Niemand darf wissen, was er macht. Und Frauen sind so schwatzhaft. Nun, Ouilouis, ist dir dein Rémy jetzt interessant genug?«

»Aber das ist ja einfach monströs!« Ouilouis hinkte durchs Zimmer, nach ihrem fehlenden Halbschuh suchend. »Monströs!«

»So sagt mir doch endlich, was . . .« Friquette wurde durch einen Schlag auf den Mund unterbrochen.

Angèle, die gleichzeitig mit der andern Hand den übrigen ein Zeichen machte, zu schweigen, wisperte: »Minute!« und ging auf den Fußspitzen zur Tür, die sie plötzlich mit einem Ruck aufriß. »Ah, also immer noch da, mein Herr?«

»Mein Schuhband war gerissen«, hörte man die Stimme Nénesse'.

»O là là.« Angèle warf knallend die Tür ins Schloß und kam rasch ins Zimmer zurück. »Voilà. Nun ist überhaupt kein Zweifel mehr möglich.«

»Woran kein Zweifel mehr?« Friquette blickte völlig verstört drein.

»Wer dein Nénesse ist.« Angèle zog sich wütend die Handschuhe an.

Samiel schmiegte, höhnisch hüstelnd, sein Kinn an Friquettes Arm: »So wahr ich nicht atmen kann – c'est un beau de la préfecture, ton Nénesse.«

Angèle lachte aus vollem Hals. »Da hast du hundert Sous.«

Die dilettierende Pension

Pasztor, ein schwarzäugiger Ungar, hatte in einem Pariser Restaurant einen so wuchtigen Faustschlag auf den Mund bekommen, daß er zwei Vorderzähne ausspie. Zu allem Pech aber hatte er seinen weitaus einflußreicheren Gegner daraufhin dermaßen aufs Ohr gehauen, daß dieser ohnmächtig wurde. Deshalb zog Pasztor in weiser Erkenntnis es vor, unverzüglich abzureisen. Da er jedoch lediglich ein Billett dritter bis Basel zu kaufen imstande war, einer Stadt, welche er mit Recht für ungeeignet hielt, verfiel er unterwegs auf einen sehr praktikablen Ausweg: er ersuchte, nachdem er dem Hoteldiener des ›Basler Hof‹ langsam und deutlich seinen Gepäckschein eingehändigt hatte, den Portier, ihm vierzig Franken zu leihen, was dieser mit sauersüßer Liebenswürdigkeit schließlich tat. Pasztor verließ daraufhin in einem gut gewählten Augenblick das Hotel, fuhr mit der Tram zum Bahnhof, nahm dem Hoteldiener vor der Gepäckausgabe-Stelle mit einem kleinen Trinkgeld seinen Gepäckschein wieder ab und gab seinen Koffer bis Buchs auf, wo er mit demselben Zug, den er vor einer halben Stunde verlassen hatte, ankam und mit einem in österreichischen Kronen beträchtlichen Betrag.

Spät am Abend dieses Tages war er in Wien, schlief im Hotel Wimberger schlecht und wenig und war deshalb am folgenden Morgen so durchaus nicht auf der Höhe, daß er seiner Depression erlag und, statt im Hotel Imperial abzusteigen, in der kleinen, nicht sonderlich sauberen Pension Vienna in der Frankgasse ein Zimmer mietete.

Die Folge davon war, daß Pasztor, dem das seit dem Weltkrieg durch zwanzig dividierte Wien schon nach dem ersten Ausgang Lebensüberdruß verursachte, in einen gräulichen Zustand von Apathie verfiel, der ihn nicht nur verhinderte, über die Behebung der Leere in seinem Portefeuille nachzusinnen, sondern überdies zu gänzlich zwecklosen Grübeleien über die Vergänglichkeit alles Glanzes verleitete. Glücklicherweise war Pasztor eine selten labile Natur, so daß er bereits nach wenigen Tagen an das schmutzige, farbenarme und unelegant gewordene Wien sich gewöhnt hatte, ja sogar, was beiweitem deutlicher seine wiederkehrende Kraft verriet, auch an die unsägliche Pension, die ihn beherbergte, und an deren noch unsäglichere Gäste, die, auch wenn sie deutsch sprachen, ein gebrochenes Kroatisch zu mauscheln schienen, und überhaupt weniger den Eindruck einstiger Österreicher machten als vielmehr den von heruntergekommenen Parvenues.

Die von grotesken Verblödungserscheinungen durchsetzten Konversationen, mit denen sämtliche Mahlzeiten arrosiert wurden, begannen Pasztor allgemach derart zu amüsieren, daß er sich entschloß, sein bisheriges Schweigen zu brechen und das um vieles größere Vergnügen sich zu machen, Sprengversuche an diesen soliden Existenzen vorzunehmen. Dazu benützte er, allerdings auch in der Hoffnung, einige Dupes sich zu holen, eine Äußerung, welche eine junge hübsche Kölnerin über einen jüngst von ihr bewunderten Abenteuer-Film machte. Pasztor versicherte, auch ihm habe dieser Film sehr gefallen, und fügte, konsekutiv reflektierend, hinzu, der Hochstapler sei vollauf mit Recht der Held von heute, der Heros aller zugkräftigen Romane, Theaterstücke und Filme: er verkörpere die Sehnsucht der nach wie vor verbürgerlichten Menschheit nach einem lockeren luftigen Leben, frei von geographischen und anderen Grenzen; weshalb es aber umso unfaßlicher sei, daß gerade diese Menschheit, die den Hochstapler in der Projektion vergöttert, ihn mit der schändlichsten Nichtachtung behandelt, wenn sie ihm im Leben begegnet, ja mit Verachtung und Hohn; welches Verhalten weder von der Furcht vor einer Vermögenseinbuße gerechtfertigt werden könne noch von dem Neid, der hier vollendet sieht, was er selber vielleicht vergeblich erstrebt hatte.

Nach dieser wohl hingelegten Suada überließ sich Pasztor, zart schmunzelnd, seinem Braten und die überaus peinlich berührten Umsitzenden einem gehässigen Schweigen.

Nur die junge Kölnerin hielt es nicht. Der quälende Wunsch, zu dokumentieren, daß sie derselben Meinung sei, zitterte nicht weniger aus ihren Augen als ein gewisser Wissensdurst. Ihre Stimme wurde voll und schwer: »Wenn es aber weder Furcht ist noch Neid ... ich meine ... schändlich ist es ja auf jeden Fall, aber ... aber es ist vielleicht die Angst vor der Polizei.«

Pasztor freute sich über diese unerwartet herausfordernde Bemerkung so sehr, daß er sogar ein wenig zu genau replizierte: »Sollte die Angst davor, mitgefangen zu werden, jene von mir gerügte Einstellung verschulden, so würde das denn doch ein ungewöhnlich großes Maß von Feigheit bedeuten. Denn dafür, daß man mit einem notorischen Hochstapler sich unterhält, ohne das Bedürfnis zu haben, ihn anzuzeigen, wird man noch nicht eingesperrt, ja wenn man in einer bürgerlich einwandfreien Situation sich befindet, schwerlich auch nur molestiert. Zudem werden Sie, wenn Sie bedenken, daß der Hochstapler ohne die Polizei gar nicht möglich wäre, leicht einsehen, daß ein mäßiges Wohlwollen für diese Institution unerläßlich ist.«

Die junge Kölnerin riß erregt an den schwarzen Verschnürungen ihres prall anliegenden Samtkleides. »Sie sagen das alles sehr treffend . . . wirklich sehr treffend . . . Aber wenn es nicht die Angst vor der Polizei ist, was ist es dann?«

Pasztor verspürte ein Jucken unter der Nase: das für ihn untrügliche Zeichen, daß Beute nahe. Das machte ihn fast schon verwegen. »Es ist derselbe Widerspruch, der enragierte Verehrer der Antike zu Skat-Fanatikern macht, begeisterte Buddha-Jünger zu Shimmy-Fexen und hartnäckige Theosophinnen zu Gelegenheits-Kokotten.«

»O!« rülpste in diesem Augenblick die am Tischende breit und klebrig thronende Pensionsinhaberin Scheutich und wischte sich mit einem Schürzenzipfel etwas Schweinefett aus den Mundwinkeln.

Die junge Kölnerin bemühte sich, die Hände zitternd an den Ohren, durch ihre heißen Blicke Pasztor zum Weitersprechen zu bewegen.

Dessen hätte es zwar nicht bedurft, aber es bewirkte immerhin, daß Pasztor sich endgültig hinreißen ließ: »Es ist derselbe Widerspruch, der leider eine deutsche Spezialität ist. Während man anderswo, besonders in südlicheren Ländern, jene Leute, von denen man nicht genau weiß, wovon sie leben, mit Wohlgefallen betrachtet, behandelt man sie nördlicher wie übelstes Pack. Die Menschheit hat zwar nirgends den vollen Mut zu sich selbst, aber nur hier hat man sich diesen vollendeten Knacks seiner Person geleistet, vor dem andere gleichsam mit offenem Mund dastehen.«

Sämtliche Pensionäre ließen empört die Bestecke auf die Teller sinken und die Köpfe drohend nach hinten.

Frau Scheutich thronte schlechthin majestätisch.

Die junge Kölnerin aber schien wie auf dem Sprung, jemandem an den Hals zu fahren. Ihre dunklen Augen zuckten feucht. Ihre weichen Finger griffen ins Leere.

Pasztor, der sie schon in seinen Haaren fühlte, widerstand begreiflicher Weise nun umso weniger dem Schauspiel, das von Sekunde zu Sekunde bedrohlicher um ihn sich entfaltete, und warf sich mit aufschmetternder Stimme und erhobener Faust nach vorn: »Man müßte diesen unerträglich banalen Gaunern und diesem ganzen billigen Bürgergebock die Kopfsteuern und Unterleibsgebühren erhöhen, verdreifachen, verhundertfachen. Und zwar in dem Maße, als diese Bande sich von ihrer schiefen Romantik retiriert, wenn sie sie einmal vor sich gerade auf den Beinen sieht.«

Das war zu viel. Frau Scheutich hob ihr gewaltiges Posterieur um Zentimeter und krähte: »Herr Pasztor, ich muß Sie nun doch energisch darum ersuchen . . .« Sie quappte zurück, außerstande, Weiteres zu formulieren.

Gleichzeitig flogen allenthalben Servietten auf den Tisch. Stühle polterten zurück. Fassungslose Interjektionen erstarben.

Nur die junge Kölnerin hing verzückt an Pasztors schwarzen Augen, die sie jetzt schlankweg mit Innigstem überschwemmten, und ergriff über den Tisch hin feurig seine Hand, dieweil ihre Füßchen sich nach seinen Waden schnellten . . .

Selbstverständlich verbrachte Pasztor die folgenden Nächte in den weißen Armen der jungen Kölnerin, für welche er längst zu einer grandiosen Kreuzung von Übermensch und Lebenskünstler avanciert war; die Tage eng an ihrer Seite mit Spaziergängen oder Autofahrten. Die Mahlzeiten nahmen sie gleichwohl in der Pension, um des Vergnügens der Konversationen, die immer bissiger und versteckter geführte Raufereien waren, nicht entraten zu müssen. Und da die junge Kölnerin, wohl glaubend, daß Pasztor vorübergehend geniert sei, alle Ausgaben bestritt, wäre dessen Glück sonnenfleckenlos gewesen, wenn nicht . . .

. . . wenn er nicht eines Morgens auf der Treppe die Wahrnehmung hätte machen müssen, daß nun schon zum dritten Mal eine alte Frau neben dem Eingang zur Pension an der Mauer lehnte. Und kaum war sein Mißtrauen wach geworden, als auch schon die Symptome sich mehrten: Frau Scheutich wich ihm ängstlich aus; die Tischgespräche versiegten stets unwahrscheinlich schnell; die Dienstmädchen sagten nicht mehr ›Küß' d'Hand‹, sondern sehr laut und hochdeutsch ›Guten Tag‹ und richteten, wenn sie es unbemerkt tun zu können glaubten, mit brennender Neugier, aber doch nicht ganz ohne einen gewissen kalten Schauer die Augen rund auf ihn; und eines Sonntags saßen zur Mittagstafel zwei undefinierbare ältere Frauen ihm gegenüber und Frau Scheutich zur Linken ein auffällig steifer Herr unklaren Kalibers, in welchen Gelegenheitspersonen Pasztor augenblicks die amtierende Kriminalpolizei agnoszierte. Er war lediglich im Zweifel, ob er diese unerwünschte Aufmerksamkeit der hinterlistigen Beflissenheit eines rachelustigen Pensionsinsassen verdankte oder der Basler Polizei. Nicht im Zweifel aber war er darüber, daß nun ein sehr vergnüglicher Kleinkrieg ausgefochten werden würde.

Seine Erwartungen wurden noch übertroffen: die ganze Pension, mit Ausnahme der jungen Kölnerin, die taktischer Weise in ihrer Ahnungslosigkeit belassen wurde, hatte mit der Polizei paktiert und wetteiferte, ihn zu überführen. Sein Tischnachbar, ein Lederhändler en gros namens Feijfkeikow, begann allerlei verfängliche Fragen zu stellen, die nicht erst dermaßen naiv hätten stilisiert sein müssen, um Verdacht zu erregen; ja, er sprach Pasztor sogar einmal in einem Kaffeehaus an, in der unabweisbaren Absicht, sein Vertrauen zu gewinnen und ihn auszuhorchen. Auch das Stubenmädchen pirschte sich eines Abends an Pasztor heran, legte ihm die Finger mit zartem Druck auf den Unterarm, sprach von seinen weißen Zähnen und plötzlich von den Ringen und der Brillantbrosche der Frau Pokorny. Und deren Gatte, ein Gemischtwarenhändler a. D., zog Pasztor wiederholt in eine Ecke des Speisezimmers und daselbst in langwährende Gespräche, um seine Ansicht über etwaige Geschäftsverbindungen mit Temesvar zu hören. Kurz, die ganze Pension dilettierte hinter ihm her.

Dieser Zustand, so vergnüglich er auch war und reich an Gelegenheiten, all dieser Kleinbürgerkrapül feiste Niederträchtigkeiten zu versetzen, wurde Pasztor auf die Dauer doch zu prekär. Sonderlich in Hinsicht auf die junge Kölnerin, die irgendwie aufmerksam geworden zu sein schien. Und als sie eines Nachts eine Nervosität bekundete, die zu deutlich harmlose Motive ausschloß, fragte Pasztor sie kurz entschlossen, was sie beunruhige.

»Ach, ich fürchte, dich bald zu verlieren.« Dabei zog sie ihre dicken Haarflechten sich um den Hals, als wollte sie sich mit ihnen erdrosseln, und machte ein Gesicht, dessen Schmerz schon halb ins Jenseits zielte.

Pasztor, der auf solches zwar gefaßt gewesen war, geriet angesichts der vollendeten Tatsache nun aber doch in Hitze: »Helene, aber Helene . . . Was fällt dir nur ein!« Er rannte, mit den Armen fuchtelnd, durchs Zimmer und fing an, so viel und so wirr zu reden, daß er sich schließlich verplapperte: »Ah, so leicht fängt man Pasztor nicht!«

Aber noch bevor er seinen Lapsus hätte korrigieren können, begann Helene herzzerbrechend zu schluchzen.

Pasztor, der alles auf dem Spiel sah, kroch rasch ins Bett und preßte seinen Leib an den ihren; begütigte, liebkoste, bettelte, schwieg.

Plötzlich warf Helene Kopf und Hände ihm auf die Brust und heulte auf: »Ach, Lieber, alle laufen sie dir nach. Alle. Bis eben einmal eine kommen wird, die dir besser gefällt als ich. O, ich habe solche Angst, dich zu verlieren!«

Pasztor lächelte unbeschreiblich. Dann richtete er sich langsam auf. Es war, als geränne er zu seinem Monument. Endlich lispelte er, die Sachlage voll auszunutzen im Begriffe: »Mein Einziges, sei ruhig, ich bleibe bei dir . . . wenn du es ganz ernsthaft willst, wenn du bereit bist, mir . . .«

»Aber hast du auch wirklich nichts mit der Frau Pokorny?« Helene hatte ihm gar nicht zugehört. »Um dich mir abspenstig zu machen, hat sie mir erzählt, du wärst ein gefährlicher Hochstapler und die Zähne hätte man dir auch schon eingeschlagen . . . Ich solle mich aus deinen Klauen retten, aber nicht sagen, daß sie es mir sagte . . . wegen der Polizei, die dich in flagranti erwischen will . . . Ich weiß gar nicht mehr, was sie noch alles sagte . . . Aber so etwas spricht doch Bände!« Sie schmiegte ihren vollen Bauch herausfordernd an ihn.

Pasztor wußte, daß es nun galt. »Und wenn ich nun tatsächlich ein Hochstapler wäre.«

»So würde ich dich noch unmenschlicher lieben.«

»Aber die Polizei?«

»Man kann mich doch nicht einsperren. Das hast du selbst gesagt.«

»Würdest du mit mir fliehen?«

»*Ich* habe keinen Knacks!«

»Wir haben zu wenig Geld.«

»Ich habe genug für uns beide. Ich werde dir sogar eine Brücke machen lassen. Außerdem heirate ich dich einfach. Dann ist alles in Ordnung. Denn wenn die Polizei wirklich etwas wüßte, wärst du doch schon verhaftet.«

Die Richtigkeit dieses so einfachen Schlusses verblüffte Pasztor. Und da er sich nicht das erforderliche Ausmaß zusprach, um gegen eine Weltorganisation wie die der Polizei, nachdem er ihr verdächtig geworden war, sich mit Erfolg zu halten, hielt er es für das Klügste, Helenes Antrag anzunehmen. Es mußte ja trotz allem noch nicht das Ende sein.

Das ominöse Schild

Als Somogyi (aus Agram) nach monatelanger Abwesenheit gegen acht Uhr morgens die steinerne Wendeltreppe eines schmalen Hauses in der Via Mazzini emporstieg, um bei seinem Gelegenheits-Kumpan Bazzo sich zu verbergen, blieb er im zweiten Stock vor einer Tür stehen, an der ein schmutziggrauer Karton hing mit der schwarz gedruckten Aufschrift: ›Servizio latrina cent. 30‹.

Somogyi, das bevorstehende schwierige Wiedersehen im Kopf, wollte schon weitergehen, als er fühlte, daß er die Gelegenheit benützen könnte; und während er bereits mit der Linken vorne an seiner Hose nestelte, öffnete er mit der Rechten die Tür.

Er hatte noch kaum recht gesehen, als ihm auch schon ein durchdringender Schrei entgegenscholl: mitten im Zimmer stand in einem großen Blech-Lavabo eine nackte Frau, in der einen Hand einen nassen Schwamm, in der andern ein Stück Seife.

Somogyi war so verdutzt, daß er völlig vergaß, wo seine Linke sich befand.

»Porco cane! Maledetto porco!« schrie die Frau, die Knie schließend und die Seife auf ihre Scham pressend. Ihr Gesicht gebärdete sich, als griffen ein Skorpion und eine Maus sie gleichzeitig an.

Somogyi, seine Linke immer noch an der gewissen Stelle, grinste jetzt langsam, aber außerordentlich sanftmütig. Infolgedessen übersah er, wie der rechte Arm der Frau ausholte und den Schwamm gegen ihn schleuderte.

Der Schwamm ging fehl. Er platschte, hart neben Somogyis Kopf, an die Wand, von der er, nachdem er einen dunkelbraunen Fleck von der Form Südamerikas zurückgelassen hatte, mit einem saftigen Glucksen auf die Steinfliesen fiel.

»Aiuto!« zeterte die Frau, nach diesem Mißerfolg noch wütender, und schüttelte drohend die Faust. »Aiuto!«

Aber Somogyi hatte die Tür bereits hinter sich geschlossen. Nicht zuletzt, weil sein geschultes Ohr in der Ausführung des jüngsten Hilfeschreies eine gewisse Mattigkeit wahrgenommen zu haben glaubte. Er näherte sich zögernden Schrittes, mit seinen pfaublauen Augen unentwegt auf die gleißende Leibesfülle der Badenden glotzend. »La prego di scusarmi, signorina . . . Aber das Schild an der Tür gab mir immerhin eine gewisse Berechtigung . . .«

»Was für ein Schild, Madonna!« keifte die Frau mit unwahrscheinlicher Weinerlichkeit. »Packen Sie sich jetzt endlich oder . . .« Sie holte mit der Seife aus.

Die Situation war in höchstem Maße kritisch.

Somogyi erkannte es. Er machte schnell kehrt, öffnete die Tür und knüpfte das Schild los. Diese Beschäftigung beanspruchte ihn jedoch mehrere Minuten, so daß die Badende Zeit fand, aus dem Lavabo zu steigen und sich in ein rosafarbenes Leintuch zu hüllen.

Somogyi trat gravitätisch wieder ein, schloß unbemerkt die Tür ab und stelzte hierauf, das Schild steif vor sich hinhaltend, auf die überaus verwundert Dreinblickende zu.

Diese las alsbald. Las immer wieder. Mit bebenden Lippen. Mit torkelnden Augen.

Somogyi weidete sich mit bemerkenswerter Niederträchtigkeit an dem psychisch parterren Zustand seines Opfers, das erst nach Sekunden hervorzugurgeln vermochte: »Madonna . . . Madonna . . . Cos' è questo? Che . . .«

»Dieses Schild hing an Ihrer Tür. Sie konnten sich soeben selbst davon überzeugen und werden deshalb endlich begreifen, weshalb ich hereinkam, ohne anzuklopfen. Aber nur *dadurch* ist meine Haltung zweideutig geworden.« Somogyi ließ das Schild sinken, es dezent umwendend.

»Madonna . . .« entrang es sich, wenn auch um vieles schwächer, der Kehle der nunmehr bloß Verwirrten. »Aber wie kommt dieses Schild an meine Tür? Ich wohne doch schon zwei Jahre hier.«

»Vielleicht ebendeshalb«, entfuhr es Somogyi in unverantwortlichem Übermut. Um es zu annullieren, stellte er sich vor: »Somogyi. Nikolaus Somogyi.«

Es ist wohl eine der unerklärlichsten Erscheinungen, daß der unmöglichste Mensch, sobald er sich vorstellt, irgendwie an Boden gewinnt. Zudem hatte Somogyis freche Antwort, da sie unverstanden blieb, sogar imponierend gewirkt. Und so geschah es, daß Somogyi miteins den Namen »Eletta« gehaucht vernahm.

Augenblicks ließ er das Schild fallen, riß Elettas noch feuchte Hand an seine Lippen und küßte sie voll Inbrunst. Diese Unternehmung hatte die einigermaßen vorherzusehende Folge, daß Somogyi erwog, wie er die Besitzerin dieser genußreichen Finger auch mit ihren restierenden Körperteilen seiner Lust dienstbar machen könnte. Er erwog nicht lange. Wußte er doch wie das Alphabet, daß auch die Prüdeste stets den Rüdesten erträumt.

Dennoch hielt er es für ratsam, sonderlich in Anbetracht der jüngst gemachten Erfahrungen, speziell überraschend vorzugehen. Deshalb stieß er im selben Moment, da er ihre Hand freiließ, seine Faust so heftig zwischen Elettas Brüste, daß sie mit einem gebrochenen Aufschrei in ein niedriges Fauteuil plumpste, von dem Somogyi sie jedoch, um die Wirkung voll zu verwerten, an den Füßen zu Boden zog. Und zwar auf einen ehemaligen Gebetteppich, bei welchem Transport das rosafarbene Leintuch bis unter die Brüste sich schob, so daß Eletta, als ihre Bewegung zum Stillstand kam, gebrauchsfertig hingestreckt war. Ihr halbes Schreien vernichtete Somogyi, nachdem er sich über sie gestürzt hatte, durch einen wohl angelegten Kuß . . .

Als Somogyi bereits aufrecht im Zimmer stand und Eletta, leise und sehr wirkungslos vor sich hinjammernd, unweit hinter ihm über dem Blech-Lavabo ihrer Toilette oblag, rüttelte es an der Türklinke.

Vier Hände hielten indigniert inne.

Eletta empfand es trotz allem angenehm, daß sie sich berechtigt wissen durfte, über Somogyi zu verfügen. »Schau mal nach, wer es ist.«

Somogyi schaute nach. Legte aber sogleich die Tür geräuschlos ins Schloß und blickte bleich auf Elettas schon wieder eifrige Hände, über deren säubernden Griffen es machtvoll hin und her wogte.

»Was ist denn los? Wer ist es denn?« Elettas Finger machten angesichts der enormen Ratlosigkeit Somogyis abermals halt.

»Er hat mich nicht gesehen. Glücklicherweise.« Somogyis schönes Hundegesicht lächelte unstet.

»Wer denn!« belferte Eletta ungeduldig.

»Still!« wisperte Somogyi, schob sachte den Riegel vor und tänzelte auf den Fußspitzen hinter Eletta. »Kennst du ihn denn?«

»Wen.« Eletta richtete sich teilweise auf.

»Bazzo.«

»Bazzo?«

»Ja.«

»Aber natürlich. Laß ihn nur herein!«

»Ausgeschlossen.«

»Warum?«

Somogyi, der urplötzlich eine Lösung seiner allzu schwankhaften Situation gefunden zu haben hoffte, antwortete sehr ernst: »Diesen venerischen Hengst?«

»Er ist . . .?« Eletta schnappte. »Aber ich habe . . . du hast . . . er hat . . .«

». . . und wir haben – keine Zeit zu verlieren.« Somogyi drückte ihr seine Hand auf den Mund, warf sich hierauf zu Boden und rollte sich kurzerhand unter die Ottomane, die vor dem Fenster stand.

An der Tür rüttelte es ungestüm.

»Subito, subito!« heulte Eletta ängstlich. »Ich leg nur etwas um.«

Bazzo eilte lauernd über die Schwelle. Seine Hengstmähne wehte. »Wo ist es hin?« stieß er nervös hervor.

»Was soll hin sein . . .«

»Hast du es weggenommen?« Bazzos Augen flackerten wild.

»Was denn nur . . . Du bist gar nicht so wie sonst.«

Bazzo scharrte erregt mit einem Fuß. »Ich bin weder so noch so. Sondern so, wie ich gerade will.«

»Also ein Charakter. Das hab ich schon immer geahnt.«

Bazzo überhörte es ungern. Sein Blick schoß durchs Zimmer. »Was? Sand auf dem Teppich? Das Lavabo auf dem Boden? Und die Lampe steht nicht schief?«

»Banknoten sind darunter.« Eletta kicherte verächtlich und schlüpfte in ein rotes Seidenhemdchen.

Bazzo sah trotzdem nach: unter der Lampe herrschte Öde. »Ich bitte mir jetzt endlich Ernst aus, Stück Tier du!«

»Mit dir ist es schwer, ernst zu sein. Du siehst alles.«

Da stürzte Bazzo mit einem Mal nach vorn und griff mit zitternden Händen nach dem schmutzigen Schild. »Da ist es ja! Da ist es ja! Hast *du* es weggenommen?«

»Nein, Somogyi«, sagte Eletta gedankenlos und lachte, als sie es bemerkte.

»Wer ist Somogyi? Vielleicht dieser venerische Hund?«

»Und da fragst du, wer es ist?«

»Verflucht, wirst du mir endlich antworten?«

»Seit zehn Minuten tu ich nichts anderes. Und zwar auf die saublödesten Fragen.«

Bazzo neigte plötzlich lauschend den Kopf. »Hast du nichts gehört?«

»Madonna . . . nein.«

Bazzo beruhigte sich gleichwohl nicht, umklammerte Elettas Oberarm und fauchte ihr speichelspritzend ins Gesicht: »Dieses Schild da habe ich vor einer halben Stunde an deine Tür gehängt.«

»Du?« Eletta bohrte ihm beide Fäuste in den Bauch. »Weg von mir! Unverschämt!«

»Maul halten!« Bazzo griff nach einem zerbeulten Kupferleuchter.

Eletta spie darauf.

Bazzo, sofort entmutigt, schmiß ihn zu Boden, auf dem er weiterrollte. Just unter die Ottomane, hart vor Somogyis Nase.

»Ich habe es doch nur an deine Tür gehängt«, jammerte Bazzo jetzt, beinahe schon kleinmütig, »um die Poliziotti irrezuführen.«

»Die Poliziotti?« Elettas Züge spannten sich unsympathisch. Es war unverkennbar, daß sehr Seriöses bei ihr einsetzte. »Ach so. Aber ich verstehe noch nicht . . .«

Bazzo setzte sich konsterniert auf die Ottomane, wobei ihm das Schild aus der Hand fiel und zwischen seine Füße. »Vor zwei Stunden habe ich erfahren, daß sie mich suchen. Da sie mich bei mir nicht finden werden, werden sie mich bei dir suchen, infolge des Schildes aber nicht einmal deine Tür entdecken. Ist das nicht eine großartige Idee?«

»Servizio latrina – eine großartige Idee? Madonna mia . . .!« Trotz dem zweifellosen Ernst der Lage kochte in Eletta von neuem der Zorn hoch.

»Vormittags kommt doch kein Klient zu dir. Und jetzt ist es erst neun.«

»Ein Irrtum. Und außerdem steht ›30 centesimi‹ darauf. Die Polizei ist ja im allgemeinen gräßlich dumm, aber so viel weiß sie doch, daß in einem Privathaus der Servizio latrina gratis ist.« Eletta trällerte höhnisch.

Bazzo schwieg verblüfft und beschämt.

Somogyi, unter ihm, grinste amüsiert. Dann aber packte ihn wiederum der Übermut: er zog einen blauen Bleistift aus der Tasche und strich auf dem zwischen Bazzos Füßen liegenden Schild behutsam die Taxe durch.

Unmittelbar darauf fielen Bazzos verwaschene Blicke auf das Schild. Und schon schwang er es, aufspringend. »Bitte zu lesen! Bitte zu lesen!« Seine Augen wölbten sich jählings voll eitel Siegerjubel.

Eletta machte ein ideal verdrossenes Gesicht. »Du hast eben einen blauen Bleistift. Denn bevor du es aufgehoben hast, war die Taxe noch nicht durchgestrichen.«

»Es steht dir frei, mich zu visitieren.«

»Fällt mir gar nicht ein! Übrigens kannst du ihn ja weggeworfen haben.«

»Visitiere das Zimmer!«

Eletta lächelte seltsam, sich hastig ankleidend. »Die Poliziotti können jeden Augenblick da sein.«

»Ja so.« Bazzo eilte zur Tür und befestigte das Schild neuerdings.

Es dauerte mehrere Minuten.

Währenddessen huschte Eletta vor die Ottomane. »Somogyi, hörst du?«

»Ja.«

»Was soll ich mit diesem buffo nur machen?«

»Gar nichts.«

»Wenn aber die Poliziotti . . .«

»Laß sie nur kommen.«

»Aber das Schild ist doch ein Unsinn!«

»Ebendeshalb.«

Die Tür ging auf. Bazzo trat wieder ein. »Jetzt können sie kommen.«

Sie kamen auch. Nach einer Viertelstunde.

Bazzo, der auf der Ottomane saß, ließ sich widerstandslos fesseln und, nach einem schuldbewußten Blick auf Eletta, mit hängender Mähne abführen.

Sogleich kroch Somogyi hervor, den zerbeulten Kupferleuchter in der Hand.

Eletta betrachtete günstig seine Gestalt. »Gib den Leuchter her!«

»Dein Wunsch ist mir ein Kichern.« Somogyi gehorchte freundlich.

»Was willst du jetzt noch, du Hund? Bist du wirklich venerisch?«

»So wenig wie dein verflossener Hengst.«

»Was willst du also?«

»Bazzo würdiger ersetzen.«

»Madonna!«

»O nein.« Somogyi zeigte seine schönen Zähne. »Du mußt mich verbergen.«

»Was?« Eletta ließ den Leuchter fallen. »Dich suchen sie auch?«

»Leider. Aber mich werden sie nicht finden.« Somogyi lief zur Tür und riß das ominöse Schild herunter. Nur noch ein Stückchen blieb hängen. »Der blaue Strich ist von mir.«

Eletta lachte. Es war wie eine Hoffnung. »Seit wann bist du in Verona?«

»Seit drei Stunden.«

»Das ging schnell.« Eletta lachte immer noch.

Somogyi hauchte einen Kuß auf das Schild. »Dank dem Servizio latrina.«

»Meinetwegen!«

Eine kuriose Karriere

Mit zwanzig Jahren widerfuhr Döll das Glück, die Aufmerksamkeit der Münchner Polizei zu erregen.

Das geschah folgendermaßen. Döll saß in sehr vorgerückter Nachtstunde an der Seite eines blonden Ladenmädchens im Café Müller, unweit des Sendlingertors, und vertiefte also die ihn noch gar außerordentlich dünkenden Wonnen der ersten Liebe von erfahrener Hand. Da er zudem im Besitze von fünfundzwanzig Mark sich befand, die er seinem ehrsamen Vater meuchlings aus der Brieftasche entwendet hatte, kannte sein Hochgefühl keine Grenzen. Es nahm, als die zweite Flasche Pfälzer geleert war und Gusti, das erfahrene Ladenmädchen, ihn mit kundigsten Handgriffen neuerlich bedrängte, derartige Dimensionen an, daß er, mit äußerst ironischer Haltung des gesamten Körpers, zu singen anhub:

»Du hast ja die schönsten Blauaugen,
hast alles, was Menschenbegehr,
du hast mich . . .«

»Du *hast* mich«, unterbrach ihn Gusti, sehr zur Unzeit, aber mit grandios vollführtem Augenaufschlag und einem patenten Griff durch die Manschette nach seinem nackten Unterarm.

In Döll gor es toll. Immer toller. Bis seine nunmehr komplette Extase explodierte: er richtete sich hoch auf, stieß seine Arme weit von sich und sang mit einem Ausdruck, der zwischen tragischester Schicksalsergebenheit und inbrünstigem Zynismus divin die Mitte hielt:

»du hast mich zugrunde gerichtet,
du Fetzen, du Schlampen, du Hur.«

Gusti schien dies nun doch zu weit gegangen. Sie schnellte sich empört zur Seite, sprang auf und eilte in die Toilette.

Döll, plötzlich unsäglich vereinsamt, sann nach. Er wußte zwar nicht genau worüber, aber er machte für alle Fälle ein höchst grausames Gesicht.

Dieses sah ein kleiner kraushaariger Herr, der am Nebentisch saß und von Dölls schmählichem Gesang insoferne mit ganz besonderem Interesse Notiz genommen hatte, als er davon lebte. Nun hielt er es für günstig, die Abwesenheit der Frauensperson zu einer

Annäherung zu benützen. Er schwenkte sich mit der allen Spitzeln eigenen Grazie, die gleichsam unterwegs in die Brüche geht, heran, winkte jovial mit seiner Taschenuhr und behauptete betrübt, daß sie nicht richtig gehe.

Döll, dadurch wieder in wachsender Laune, grinste ihm mit dem Hohn eines Menschen, der allen Kleinkram des Lebens im Sturm hinter sich warf, zwischen die schiefen Äuglein und schnarrte hochmütig: »Erstens bin ich kein Ingenieur, sondern eine Lokomotive. Und zweitens dürften Sie ja doch nie wissen, wie viel es geschlagen hat.«

Der kleine Herr konstatierte zwinkernden Blicks eine alles Erwartete depassierende Frechheit und setzte sich, weiterhin Aufschlußreiches erhoffend, ungeniert an den Tisch.

Trotz seinem bereits stattlich der Undeutlichkeit sich nähernden Zustand empfand Döll diesen Vorgang als durchaus ungehörig. Weshalb er ohne Zögern, ja mit unverkennbarem Wohlgefallen daran, eine Gelegenheit zur Verwendung seiner vagierenden Kraftgefühle zu haben, also Stellung nahm: »Sie sind entweder ein verfehlt maskierter Luki. Dann sind Ihre Manieren von sehr bedauernswerter Dürftigkeit. Oder Sie sind ein miserabel angezogener Halbseidener. Dann haben Sie wenig Aussicht, sich erfolgreich zu nähern. Denn nur ein Kavalier, der mir meine Dame erneuert, hat Aussicht, sie zu besitzen.«

Dölls Ausdrucksweise, welche jeden Feineren vorerst hätte vermuten lassen, daß es sich bloß um einen Sensationslüsternen handle, däuchte den kleinen Herrn sofort die Routine des geriebenen Anreißers zu sein; die Äußerungen selber ein eklatanter Beweis für seine scharfsinnigen Unterstellungen. Er lächelte deshalb devot, lehnte sich weit zur Seite, um, ohne aufstehen zu müssen, sein Glas vom Nebentisch sich holen zu können, und stieß mit ihm an das Dölls, der dies mit den Worten geschehen ließ: »So gestoßen, ist halb verloren.«

Der kleine Herr, der diesmal nicht ganz verstand, hielt es für eine neuerliche Frechheit; dieweil Döll sich leise rötete, da er hinterher bemerkt hatte, daß es seinem Aphorismus sowohl an Schärfe als auch an Format gebrach. Er hatte deshalb, um so mehr als er mit der typischen Empfindlichkeit Jugendlicher des kleinen Herrn zweifelndes Gesicht für überlegenheitstrunken hielt, das ununterdrückbare Bedürfnis, mit Stärkerem noch und Blitzenderem aufzutrumpfen. Zu diesem Zweck riß er seine Visage à la Napoleon zusammen, schob die Lippen machtvoll auf einander und preßte bedeutungsschwer hervor: »Ich liebe den Kavalier. Er ist meine spanische Fliege, die ich, nicht so stupid, sie etwa verächtlich zertreten zu wollen, sogar zu kultivieren pflege, indem ich mit ihr konversiere . . .« Dölls Geist verlor sich für Sekunden, rang dann aber gleichwohl sich durch: »Der Kavalier versieht mir die Dame mit dem Kontrast seines schütteren Liebhabertums und mit moderneren Hüten. Sie sind zwar nicht einmal der Mann, nach dem zu triumphieren ein Triumph wäre, geschweige denn ein zählender Zahler; aber immerhin ein possierliches Subjekt, das sich versucht und, nachdem es zweifellos jahrelang im leeren Zimmer unter Visionen sich minorenn vergnügte, heute Nacht mit anerkennenswerter Tollkühnheit auf das Leben losgeht. Geben Sie acht, daß Sie nicht Ihr Deka Selbstbewußtsein einbüßen, um dafür die Gewißheit einzutauschen, Ihre eigene Wurzen zu sein.«

Ganz unerwartet machte der kleine Herr jetzt eine schnelle Verbeugung über den Tisch hin. »Sie gestatten. Jukundus Nieder mein Name.«

Döll übersah die dargebotene, ihm zu rote Hand. »Ich, Bruno Döll, gestatte. Aber auf die Dauer nur, wenn Sie sich ernsthaft bemühen wollen, besser dazusitzen, weniger zu zwinkern und überhaupt ein bißchen mehr Anziehungskraft zu entwickeln.«

Herr Nieder hob abermals sein Glas, wobei es ihm zur Gänze mißriet, verlockend dreinzuschauen, und stöhnte eifrig: »Ich kenne meine Fehler, lieber Herr Döll. Wer hat keine Fehler? Auch Sie haben vielleicht Fehler. Was liegt schon daran? Wenn man nur genügend Moneten hat.« Er zog ein umfangreiches silbernes Zigaretten-Etui aus der Westentasche und legte es vor sich auf dem Tisch zur Betrachtung aus.

Döll, dem Herr Nieder daraufhin noch unsympathischer wurde, hielt dessen Bemerkungen für alberne Platitüden, zwang sich aber, um sich selber nicht zu désavouieren, auf jene unzweideutige Geste noch unzweideutiger einzugehen. »Daß Sie doch Geld zu haben scheinen, ist ein sehr erfreulicher Zug von Ihnen. Ob er aber auch gegebenen Falls bei mir halten würde?«

Herrn Nieders Mund zerlief feixend. »Er wird halten, Herr Döll. Er wird halten, wenn Ihre Liebste einsteigt.«

Döll war darüber, daß er zum ersten Mal eine halbwegs ebenbürtige Antwort erhalten hatte, sofort derart begeistert, daß ihm der Geist noch schneller und holder kam: »Sie *wird* einsteigen. Und den Aufenthalt dazu benutzen, Ihnen für den Rest Ihrer Lebensfahrt eine Erinnerung zu besorgen, die nicht mit Gold aufzuwiegen ist.«

Herr Nieder bewegte, mehr gewohnheitsmäßig als geringschätzig, den Kopf.

Weshalb Döll wie vorgepeitscht sich weit über den Tisch legte. »Selbstverständlich hängt es davon ab, ob Sie eine große Station sind. Denn wenn Sie bloß zehn Minuten halten, werden Sie schwerlich dazu kommen, etwas mit Gold aufzuwiegen, was nicht die erforderliche Zeit hatte, sich dermaßen wertvoll zu entwikkeln.«

Herrn Nieders rötliche Stumpfnase blähte sich süßlich. Er war bereits überzeugt davon, einen schweren Jungen aufgespürt zu haben; dennoch wollte er sich den Fang nicht zu viel kosten lassen, weil sein Vorgesetzter hohe Spesenrechnungen als Mangel an Geschicklichkeit interpretierte. »Ich *werde* halten«, meinte er mit widerlicher Bereitwilligkeit, »aber wie lange ich halte, wird von Ihrer Dame abhängen. Und davon auch alles andere. Einverstanden?«

Mittlerweile hatte Döll vor der ihm gegenüber befindlichen Toilette Gusti erblickt. Dadurch war er so nervös geworden, daß er Herrn Nieders Propositionen überhört hatte. »Ob sie einverstanden ist?« knurrte er in schnell steigender Unruhe. »Wenn *ich* es verlange, ist es so gut wie geschehen. Aber wenn Sie ihr zu sehr mißfallen sollten, was ja möglich wäre, so . . . .«

Gusti trat an den Tisch. Sie hatte ihre taktische Entfernung dazu benützt, Frisur und Gesicht zu restaurieren; aber auch zu einer gewichtigen Unterredung mit der alten Toiletten-Paula, die ihr zu ihrer jüngsten Wahl gratulierte und als gerissene ehemalige Kokotte dringend riet, ihren Bruno an sich zu schmieden, sei es durch ein Kind, sei es durch . . . An dieser Stelle des Gesprächs hatte die Toiletten-Paula eine unbeschreibbare Handbewegung gemacht, die etwas sehr Bestimmtes und durchaus Ungesetzliches ausdrücken sollte. Gusti hatte verständnistriefend geschmunzelt, ein fürstliches Trinkgeld gegeben und sich tatsächlich entschlossen, ihren Bruno auf ähnliche Art sich zu holen.

Sie stand deshalb mit einer Miene am Tisch, die so völlig von Selbstsicherheit durchflutet war, daß Dölls Verlegenheit zu einem ungewissen Zorn sich auswuchs, der wiederum den Vorteil hatte, ihn das Richtige treffen zu lassen. »So setz dich schon!« Seine

Stimme schwoll männlich an. »Wo warst du überhaupt so lang? Ich möchte sehr darum gebeten haben, mich über sämtliche deiner Rendez-vous auf dem Laufenden zu erhalten.«

Gusti glaubte ihn eifersüchtig und setzte sich, schelmisch pfeifend. Als sie aber Herrn Nieder erblickte, glaubte sie an eine Intrigue und lächelte mitleidig.

Dies hatte zur Folge, daß Dölls geheime Besorgnis, Herr Nieder könnte Gefallen erregen und ihn dadurch in die peinlichste Situation bringen, augenblicks der übermütigsten Laune wich. Er begann, die gefährlichsten Ansichten zu entwickeln, die funkelndsten Sätze zu zimmern, die seltensten Vokabeln zu firsten. So daß Gusti, teils voll Stolz ob der Rarität ihres künftigen Bräutigams, in die ohnedies wohl geborene Brust sich warf, teils innerlich tief beglückt darüber nachgrübelte, wie sie ihren Bruno am besten an sich schmieden könnte. Da fiel ihr Auge, das den scheinbar nur mit halbem Ohr zuhörenden Herrn Nieder wegen Mangels an Erquicklichkeit geflissentlich mied, auf dessen Zigaretten-Etui. Ohne noch recht zu wissen, was sie damit bezwecken wollte, ergriff sie es, nickte lobend und sagte schließlich, Döll in seinen kühnsten Ausführungen gnadlos unterbrechend: »Sehr geschmackvoll. Und sicherlich furchtbar teuer.«

Herr Nieder bejahte, mit Nachdruck die Hand hebend.

Döll schwieg verwirrt.

»Darf ich es Ihrem Freund schenken? Sie würden es doch an ihm noch lieber bewundern, nicht wahr?« Herr Nieder brachte eine beinahe gentlemanlike Haltung zuwege.

Diese beruhigte Gusti, der plötzlich unklare Bedenken gekommen waren. Sie lachte verliebt, um einen Rest von Unsicherheit hinwegzuspülen. »Gefällt es dir denn überhaupt, Bruno?«

Döll zuckte, noch verwirrter als vordem, die Achsel und versuchte, sich einzureden, alles nehme einen günstigen Verlauf.

Als Gusti ihm aber, nunmehr bereits mit einer bestimmten Absicht, das Etui in die Tasche steckte, wollte er doch einlenken.

Zu spät. Herr Nieder hatte sich schon feierlich erhoben, schwang sein Glas und sprach: »Ich danke Ihnen, Herr Döll, für die mich ehrende Annahme dieses kleinen Geschenks. Und Ihnen, mein Fräulein, für Ihr Entgegenkommen, das nicht unbelohnt bleiben wird.« Hierauf setzte er sich wieder und sogleich seinen rechten Fuß auf Gustis linken.

Diese, welche in der Gunst dieses Zufalls einen Wink des Schicksals zu sehen sich beeilte, gab Herrn Nieder heimlich ein Zeichen und verschwand . . .

Als sie nach einer Stunde, ohne Herrn Nieder, an den Tisch zurückkehrte, fand sie Döll in einer grauenhaft lethargischen Stimmung vor, welche nicht so sehr der übermäßige Alkoholgenuß verursacht hatte als vielmehr die bohrende Pein, nicht zu wissen, ob Gusti ihn für das Etui plus Extra betrog oder ob es nur ein Vorwand für sie war, einer rasch aufgeflammten Leidenschaft sich hingeben zu können. Der schier unerträgliche Umstand, durch seine Aufschneidereien zur Ohnmacht verurteilt zu sein, hatte Döll anfangs zwar zu wüsten Selbstanklagen hingerissen, war aber doch bald vor genannter Pein zurückgetreten.

Gusti lehnte sich schmeichelnd an ihn. »Bruno, hörst du?«

»Ja«, grunzte Döll.

»Jukun . . . Herr Nieder hat mir dreißig Mark gegeben.«

Döll erzitterte leicht. »Und du?«

»Ich mußte . . .« Gustis Köpfchen sank tiefer. » . . . ihm meinen Leib überlassen.«

Döll erzitterte stärker. »Du – mußtest?«

»Er sagte mir, du hättest es mit ihm vereinbart.« Gusti hielt pfiffig inne. Als keine Antwort kam, fügte sie traurig hinzu: »Und da ich dich mehr liebe als mein Leben . . .« Sie steckte ihm die dreißig Mark in die Tasche zu dem Etui. » . . . und du mich doch heiraten wirst . . .«

Döll riß bei diesen Worten die Augen weit auf und sein Taschentuch entzwei. »Was? . . . Ich? . . . Habe ich denn . . . Wollte ich denn . . .«

Gusti quetschte mehrere Tränen hervor. »Ich wußte doch, daß du deinem Vater die fünfundzwanzig . . . und du mußt sie doch zurückgeben. Deshalb bist du doch nur auf das mit dem Nieder eingegangen. Und deshalb habe ich es doch auch nur getan, Bruno . . .«

Döll, der nicht vergeblich ganze Bibliotheken verschluckt hatte und lediglich in Sensationen lebte, erschauerte toll. Immer toller. Bis die unermeßliche Fülle dieses Erlebnisses in ihm sich ausgebreitet hatte und ihn außerstand setzte, etwa irgendetwas in Zweifel zu ziehen.

Er heiratete nach Jahresfrist, nachdem er, selbstverständlich gegen den Willen seiner Eltern, das Jus-Studium mit einer kommunalen Anstellung vertauscht hatte, seine edle Gusti, die, eine zweite

Monna Vanna, für ihn sich geopfert hatte, und trug das erinnerungsträchtige Zigaretten-Etui tagaus tagein, obwohl es sich als eine wohlfeile Imitation herausgestellt hatte. Gusti wurde ihm erstaunlicher Weise eine treue Gattin und beschenkte ihn alsbald mit einem gesunden Knaben.

Dieses Glück dankte Döll der Münchner Polizei. Und da sie auf Grund von Herrn Nieders Bericht nicht gezögert hatte, Bruno Döll unter Aufsicht zu stellen, dankte dieser ihr auch seine Karriere. Denn der Kommunal-Beamte, in dessen Ressort die Bearbeitung von Dölls Anstellungs-Gesuch fiel, hatte ihn, als die Umfrage nach seinem Vorleben derart Überraschendes zutage förderte, ins Verhör genommen, seine Unkenntnis jenes Umstandes konstatiert und seine gänzliche Harmlosigkeit und damit implizite die Albernheit der Polizei und war von seiner eigenen Klugheit und Weitsichtigkeit so entzückt, daß er Bruno Dölls Gesuch nicht nur sofort glänzend befürwortete, sondern ihm auch späterhin das Avancement erleichterte.

Der Vicomte

war in der Absicht nach Marseille gekommen, mit Bec-Salé und Gugusse einen großen Coup zu machen.

Er hatte eben ein kleines Café auf dem Boulevard Baille verlassen, als er vor der Auslage einer Buchhandlung stehen blieb: ein Kriminalroman, dessen blutrünstiges Titelbild weithin leuchtete, hatte es ihm angetan. Seine Jugendleidenschaft lebte in alter Macht wieder auf: er nahm ein Exemplar in die Hand, blätterte darin und entfernte sich lesend. Das war immer schon sein Truc gewesen.

Unter einem Haustor las er stehend weiter. Das Buch war langweilig und dumm. Schon wollte er es wegwerfen, als ein Einfall seinen schmalen feinen Mund kräuselte. Er riß noch einige Seiten mit den Fingern auf, verknitterte das Titelblatt ein wenig und löste den kleinen Zettel der Firma des Buchhändlers ab. Hierauf ging er langsam zurück, trat in die Buchhandlung und bot dem Inhaber dessen eigenes Buch zum Kauf an. Er empfing zwei Francs.

Diese in der hohlen Hand schwenkend, schlenderte er vor sich hin, als er, plötzlich aufsehend, vor Wut aufzischte: er hatte den Geheimagenten Rebbis erkannt, der sich ihm wie zufällig näherte. Da eine Begegnung unvermeidlich geworden war, zog er es vor, Rebbis freundlich zu winken.

Der war dermaßen durchsonnt von diesem glücklichen Zusammentreffen, daß es ihm nur schlecht gelang, so zu tun, als suche er in seiner Erinnerung. Als er sich hinreichend gequält zu haben glaubte, zog er den Hut: »Ah, monsieur le vicomte! Was für ein überraschendes Wiedersehen!«

»Überraschend?« Der Vicomte blinzelte listig.

Rebbis frottierte sich betreten die Hand. »Sie glauben also neuerdings. . .«

»Nein.« Der Vicomte schmunzelte zart. »Sondern daß Sie immer noch . . .«

»Ich werde Sie überzeugen.« Rebbis nahm mit jener einzigartigen Innigkeit, mit der man nur sein Opfer liebt, den Arm des Vicomte. »Aber stecken Sie doch schon das Geld ein!«

Der Vicomte, der bloß davon überzeugt war, daß Rebbis ihn schon längere Zeit beobachtet hatte und die Herkunft des Geldes kannte, lächelte frech. »Ich wollte Ihnen gerade eine Mominette anbieten. Henri da drüben kennt mich. Ich bestelle Anisette und er bringt . . .«

»Immer noch der Alte«, sagte Rebbis lachend. »Gehen wir also hinüber. Die Luft hier ist übrigens fehlerlos.«

»Das sagten Sie auch in Paris vor der Brasserie Lavenue, als Sie mir vorschlugen, Madame Briffant in der Avenue Loewendall auf den Plafond zu klopfen.«

»Die Sache hätte Sie groß gemacht.«

»Oder – krumm.« Der Vicomte legte die zwei Francs vor sich auf das Marmortischchen und schneuzte sich geräuschvoll, um seine Heiterkeit zu maskieren.

»Ich versichere Ihnen . . .« Rebbis spielte, während er ein verblüfftes Gesicht aufsetzte, an dem großen runden Stein seiner Krawattennadel.

»Kosten Sie den Absinth!« Der Vicomte änderte ganz unerwartet den Ton. »Was tun Sie jetzt?«

»Es ist ja doch nur Anisette.« Rebbis kordialisierte flott mit. »Ich amüsiere mir den Kopfschmuck weg und schiebe Auskünfte.«

Der Vicomte wunderte sich, als glaube er es.

»Aber«, machte Rebbis gedehnt und warnte sich mit dem Zeigefinger. »Citroën ist eine Canaille.«

»Sie lügen ja beleidigend.« Der Vicomte trank und sah in sein Glas.

»Hören Sie, Vicomte . . .«

Und während Rebbis weitschweifig begründete, daß er der berühmten Automobilfabrik die schwierigsten Privatinformationen besorge, dachte der Vicomte unausgesetzt darüber nach, wie er ihn sich vom Halse schaffen könnte. Schließlich kam er zu dem Schluß, daß ihm nichts anderes übrig blieb, als seinen gewagtesten Truc loszulassen. »Hé, Rebbis, wie gefällt Ihnen das?« Er hatte mit einem Mal seinen Browning in der Faust und richtete den Lauf auf die Bar.

Rebbis schwieg sofort und blickte, die Hand bereits in der Tasche an seiner Waffe, scharf auf den Browning des Vicomte.

»Henri!« rief der Vicomte durchdringend. »Stell einen Stöpsel mit einem Streichholz auf die Etagère dort oben!«

Henri, ein flinker schlanker Bursche, tat es scheu, aber schnell.

Die Gäste an den umstehenden Tischen staunten mit gläsernen Augen umher.

Der Vicomte stand auf, zielte auf das Streichholz und schoß. Im selben Augenblick aber sauste seine Linke, die einen Schlagring umklammert hielt, über seine Waffe hinweg auf Rebbis' Schläfe, der sofort blutüberströmt zusammenbrach.

Der Vicomte feuerte noch zwei Schüsse in die Luft, bevor er mit einem wilden Satz über die Bar sprang, durch die dahinter befindliche Tür und durch das Fenster, das vom Nebenraum aus auf den Hof führte.

Als Rebbis unter den Händen des rasch herbeigerufenen Arztes zu sich kam, blickte er zuerst auf den Schrank: das Streichholz war weg. Er ließ sich den Stöpsel herunterreichen. »Da ist die Kugelspur . . . Wo ist der Kellner Henri?«

Henri war gleich dem Vicomte unauffindbar . . .

Die auf dieses Ereignis folgenden Tage benützte Rebbis ausschließlich dazu, die Buchhandlung auf dem Boulevard Baille und das gegenüberliegende kleine Café scharf überwachen zu lassen. Mit dem Resultat, daß auch nach zwei Wochen nicht die kleinste brauchbare Beobachtung registriert werden konnte. Erst in der dritten Woche fiel es einem Flic auf, daß zwei jugendliche Kokotten, Joop und Miette geheißen, beim Verlassen des kleinen Cafés sich wiederholt nach allen Seiten umblickten. Er folgte ihnen und konnte feststellen, daß sie in einem alten baufälligen Haus der Rue St. Bruno verschwanden.

Andern Tags wartete Rebbis persönlich auf dem Boulevard Baille. Joop und Miette kamen denn auch gegen fünf Uhr nachmittags, hielten sich etwa eine Stunde in dem kleinen Café auf und verließen es ebenso vorsichtig wie tagszuvor. Als sie das Haus in der Rue St. Bruno betreten hatten, eilte Rebbis zur Tür, postierte seinen Begleiter in den Hausflur und stieg mit Hilfe seiner elektrischen Taschenlampe eine bereits angemorschte Holztreppe empor. Er hatte kaum die erste Etage erreicht, als ihm von hinten ein dickes Wolltuch über das Gesicht gerissen wurde . . .

Als er wieder sah, saß er auf einem Holzstuhl in einem anscheinend leeren Zimmer. Aus einer Ecke hinter ihm kam ein schwacher Lichtschein. Er wandte sich nach ihm um und erhielt gleichzeitig eine fürchterliche Ohrfeige.

Bec-Salé, den er ebenfalls von Paris her kannte, stand breitspurig vor ihm und lachte, sich die zerbeulte Glatze reibend. »Hein, sale dresseur des mouches? Läufst kleinen Mädchen nach?«

Rebbis biß die Zähne auf einander. In seinem Kopf hackte es so schmerzhaft, daß ihm Tränen in die Augen kamen.

»Pleure pas pour ça!« Bec-Salé versetzte ihm eine zweite Ohrfeige.

Rebbis sah rot. Rasend vor Wut stürzte er vor, lag aber sofort auf dem Boden, von dem er sich erst nach Minuten aufzurichten vermochte. Halb besinnungslos taumelnd, schleppte er sich zu dem Stuhl.

Da trat Henri ein, die Hände tief in den weiten braunen Samthosen. »Y a pas d'erreur. C'est Rebbis!« Er betrachtete ihn mit dem feuchtmatten Blick des Homosexuellen. Dann trat er näher, spie ihm ins Gesicht und riß ihm einige Haare an der Schläfe aus. Als Rebbis schwach die Hand hob, stieß er den Stuhl unter ihm fort. Rebbis krachte zu Boden.

Schließlich kam der Vicomte. Er sah Rebbis' schmerzhaften Versuchen, sich zu erheben, bewegungslos zu. Erst als es Rebbis gelungen war, an der Wand sich hochzuschieben, sagte er scharf: »Sie wollten mich hier bei fehlerloser Luft, die nur Sie selber verpesten, mit einer Sache à la Madame Briffant exen. Ich hielt es daher für weise, Ihnen zwei kleine Mädchen zu schicken.«

Rebbis war trotz den fast unerträglichen Schmerzen imstande, sich zu ärgern. »Ich räume gern ein . . . daß Sie nur . . . nur diesem Umstand es zu verdanken haben, mich hier zu sehen.«

Des Vicomte stechend aufleuchtende Augen verrieten ihm, daß er keine Sekunde zu verlieren hatte.

»Ihr Truc mit dem Buchhändler war wunderbar«, stieß Rebbis schnell hervor.

»Das ist sogar wahr.«

»Ich habe mich auch überzeugt, daß Sie das Streichholz tatsächlich heruntergeschossen haben. Fabelhaft!«

»Auch das ist wahr.«

»Und Ihre Flucht . . . und wie Sie mich hierher lockten . . . spät, aber sicher . . . Alles erstklassige Sachen. Mein Kompliment.«

»Nehme ich und werfe es Ihnen wieder an den Kopf.«

»Vicomte, Sie sind ein Gigant!«

»Esel! Worauf wollen Sie eigentlich hinaus?«

Rebbis löste sich mühsam von der Wand und wankte ins Zimmer vor. In der Mitte blieb er vor Schwäche stehen. »Wir zahlen sehr viel«, lispelte er.

»Immerhin sind vor drei Monaten Ihre Flics sogar auf die Straße gestiegen.«

»Der Präfekt ist im Grunde vernarrt in Sie. Ich würde Sie ihm nicht einmal einzureden brauchen.«

»Was für ein Sonntagsherz Sie haben!«

Rebbis machte einen Schritt nach vorn. »Mein Wort darauf, daß . . .«

Der Vicomte wich ausspuckend zur Seite.

»Ich übernehme Ihre Leute.«

»Albern!«

»Ich werde alles tun, was Sie wollen. Ich werde . . .«

Der Vicomte sah ihm wie müde auf die Brust. »Sie haben eine schöne Krawattennadel. Ich wundere mich, daß Gugusse sie übersehen hat.«

»Ein schwarzer Onyx. Nichts Besonderes.« Rebbis strich sich das verknitterte Plastron zurecht und spielte mit dem Stein. »Sie wollen also nicht?«

»Nein, zum Teufel!«

»Warum nicht? Es ist doch das bessere Geschäft. Und absolut sicher für Sie.«

Der Vicomte blies ihm auf den Mund.

Rebbis überwand sich schluckend. »Ich begreife Sie nicht. Sie sind doch wie alle hochbegabten Kriminellen nur von den Umständen ins Verbrechen hineingetrieben worden. Wie die sozialen Verhältnisse heute liegen, gibt es von da keinen Aufstieg mehr. Nur ein elendes Proletarierleben, wenn Sie einmal zurück wollen. Sie wissen aber auch, daß Sie, wenn Sie dieses Leben fortsetzen, ja doch über kurz oder lang unter der Guillotine liegen. Und nun biete ich Ihnen die Rehabilitierung und wahrhaftig kein Proletarierleben. Die Sicherheit erhalten Sie dadurch, daß Ihre Ernennung zum Kommissär im Regierungsblatt erscheint, bevor Sie sich melden. Und da sagen Sie nein? Warum?«

Der Vicomte näherte sein Gesicht und schrie: »Weil ich Vicomte bin und kein Flic!«

»Ich bin nicht so naiv, Ihnen derlei zu glauben. Sie mißtrauen mir.«

»Wie kamen Sie mir hier auf die Spur?«

Rebbis besann sich lange. Dann entschied er sich, da sein Gehirn versagte, für die Wahrheit. »Ich erkannte Sie auf dem Boulevard Baille wieder. Trotz Ihrer guten Maske. Das ist meine Spezialität. Ich merke mir eine Augenpartie, eine Stirnpartie, ein Ohr.«

Der Vicomte schwieg nachdenklich. Dann sagte er hastig: »Jemand muß mich verraten haben. Wer?«

Rebbis lächelte geschmeichelt. »Sie irren. Ich sah Sie aus dem Buchladen kommen, mit dem Geld in der Hand. Irgendwie kamen Sie mir verdächtig vor. Mein Blick ist geschult. Ich ging um Sie herum, um Ihnen zu begegnen und Ihr Gesicht zu sehen. Ich erkannte Sie sofort. An Ihrem Mund.«

»Und nachher gingen Sie zu dem Buchhändler sondieren.«

»Nein. Ich ließ den Buchladen überwachen.«

Der Vicomte stampfte auflachend mit dem Fuß. »Woher kennen Sie dann meinen Truc? . . . Ah, Ihr erstes Wort hier war also schon eine Falle.«

»Den Buchladen hielt ich für eine Verständigungs-Etappe.« Rebbis begann am ganzen Körper zu zittern. »Sagen Sie mir, Vicomte, was haben Sie mit mir vor! Ich kann Ihnen vielleicht von größtem Nutzen sein . . .«

»Geschmeiß!« Der Vicomte wischte sich mit dem Handrücken den Mund ab. »Bon. Ich lasse Sie frei, wenn Sie vier Dossiers für mich stehlen und mich über den Inhalt einiger anderer informieren.«

Rebbis griff sich an den Kopf; er verwünschte sich, weil ihm kein Ausweg einfallen wollte. Plötzlich aber huschte ein kleines Lächeln über seine Nase hinweg.

Der Vicomte sah es und wußte, daß er ihn hintergehen wollte. »Nun?«

»Ich bin bereit.«

»Merci.« Der Vicomte wandte ihm verächtlich den Rücken. »Bec-Salé!«

Da hob Rebbis die rechte Hand an die schwere Silberfassung des Steins in seiner Krawatte. Seine Finger zuckten ein bißchen. Und mit einem Ruck riß er den Onyx heraus, an dem im Schein der Petroleumlampe eine lange schmale Dolchnadel aufblinkte.

Als aber seine Faust sich gegen den Rücken des Vicomte schnellen wollte, fiel durch die Türspalte ein Schuß.

Rebbis taumelte röchelnd zurück.

Bec-Salé stürzte herein, versetzte Rebbis einen Fußtritt in den Hintern, so daß er in die Knie brach, und hierauf einen Faustschlag ins Genick, der ihn zu Boden streckte.

Der Vicomte, der auf dem Kinn des Daliegenden einen dünnen Faden Blutes erblickte, neigte sich über ihn. Und erst jetzt sah er die Dolchnadel. »Bec-Salé, hast du deshalb . . .?«

Bec-Salé nickte.

Der Vicomte reichte ihm die Hand.

Gugusse und Henri erschienen in der Tür.

»Das Auto ist in einer halben Stunde auf der Place Castellane«, meldete Henri.

Gugusse stieß mit dem Fuß verächtlich gegen den Leichnam. »Crotte! . . . Der unten ist für acht Tage verstaut.«

»Und was machen wir«, fragte Bec-Salé, »wenn alles glatt geht, mit unseren achthunderttausend?«

»Schluß!« Der Vicomte zog seine Mütze aus der Tasche. »Wir tauchen unter, frisieren uns und werden in Reims ein Bar-Restaurant. Joop und Miette können wir gut brauchen.«

Auf schwindelnder Höhe

Parado, ein internationaler Scheckfälscher, hatte sich in Rußland dadurch verdächtig gemacht, daß er, in einem Anfall nervöser Ängstlichkeit, zwei englische Schecks nicht einlöste; und in London, weil er sechs amerikanische auf einmal vorgewiesen hatte. In Moskau neigte man mehr dazu, in ihm das zu sehen, was er war; in England hielt man ihn für einen bolschewistischen Agenten. Parado, der die Gepflogenheit hatte, gefährlich gewordene Situationen sofort aufzugeben, hatte Moskau unverzüglich verlassen; in London aber beschloß er, da er den tieferen Grund der gewaltigen Anstrengungen der Polizei zu kennen glaubte, aus seiner prekären Lage nicht nur Vorteil zu ziehen, sondern sie ein für allemal zu regulieren.

Dieserhalb begab er sich an einem regnerischen Nachmittag in das Café Westminster, wo er einen gewissen Brisskij, der seine Überwachung leitete, anzutreffen hoffte.

Brisskij, ein kleiner dicker blonder Jude, lächelte wie selbstverloren, als er Parado, servil grüßend, auf sich zueilen sah.

»Setzen Sie sich, lieber Parado!« Brisskijs runde blaue Augen rollten ein freundliches Willkommen. Das rechte hatte eine Salvarsan-Drehung nach außen erlitten und schielte rührend. »Weshalb so aufgeregt?« Er schob ein Elzevir-Bändchen von sich. »Haben Sie Ärger?«

»Schlimmer!« Parado blickte starr zur Seite.

Brisskij rieb, gleichsam besorgt, seine kurzen wulstigen Finger. »Eine Weibergeschichte?«

»Ja.« Parado wandte ihm schnell das Gesicht zu, an dem es wie leiser Ingrimm riß. »Aber eine sehr eigenartige. Ich hatte das Frauenzimmer angesprochen, weil es so aufopfernd mit mir kokettierte. Sie behauptete, Deutsche zu sein, obwohl sie fließend englisch sprach und sehr schlecht deutsch. Sie zwang mich, sie zum Diner einzuladen, bezahlte aber heimlich auch für mich. Sie gab vor, in der Bond Street zu wohnen und trat auch dort in ein Haus. Zehn Minuten später aber sah ich sie einige Häuser weiter in einer kleinen Bar wieder. Außerdem hatte sie Hände wie eine Gemüsefrau und ein zweifellos ausgeliehenes Kostüm. Nun, wie finden Sie das?«

»Absurd.« Brisskij wiegte, gewissermaßen vergrämt, das Haupt. »Sie haben da sicherlich etwas übersehen. Vielleicht war sie von der Heilsarmee.«

Parado stieg plötzlich das Blut zu Kopf: das war ja fast offener Hohn. Er mußte Fäuste machen, um ruhig sagen zu können: »Warum nicht gar – Esperantistin?«

»Also bitte . . .« wehrte Brisskij beleidigt ab.

»Bemühen Sie sich nicht.« Parado blickte finster auf seine Finger. Dann lümmelte er sich drohend über das Tischchen. »Es war eine Polizei-Agentin.«

»Blödsinn«, brummte Brisskij achselzuckend.

Parado lehnte sich enttäuscht zurück. »Warum?«

»Vor vierzehn Tagen war es genau so. Als Sie demselben Gesicht dreimal begegneten, wurden Sie nervös. Jetzt genügen Ihnen bereits ein paar dumme Lügen.«

»Und ich wiederhole Ihnen, daß man mich überwacht.«

Brisskij stülpte die überhängende Oberlippe in seinen Whisky und winkte erledigend mit dem Stock. »Sie haben Maikäfer im Kopf.«

»Schwerlich. Aber sehr gute Augen, die gesehen haben, daß Sie mit mir in den engen City-Straßen spazieren gingen, um mich den am Wege aufgestellten Spitzeln zu zeigen. Dabei ließen Sie mich eigens rechts gehen, indem Sie behaupteten, auf dem linken Ohr schlecht zu hören. Unterwegs traten Sie in drei üble Butiken, um gewisse Avis zu geben, denen zufolge man mich vor jenem kleinen Lokal, als wir Wein tranken, sehr geschickt photographierte.« Parado, der kalt lächelnd seine Trümpfe hinhieb, ließ nun eine spitze Entschlossenheit in seinen Blick und seine Fäuste auf den Hüften sich drehen.

Brisskij stellte das Glas nieder, leider ohne aufzublicken. »Kann man solche Beobachtungen machen, ohne pathologisch zu sein?«

»Kann man. Und man kann sogar wissen, daß ein Harmloser nach derartigen Mitteilungen die Möglichkeit einer Überwachung zugeben sollte, auf jeden Fall aber erstaunt und neugierig sein wird. Nur ein Spitzel dürfte versuchen, einem alles auszureden.«

Brisskij hob die Augen, die vor Parados neu einsetzenden scharfen Blicken einander zu jagen schienen. Es war so komisch, daß Parado Mühe hatte, seinen Ausdruck zu halten.

Bald aber ging um Brisskijs Lider eine deutliche Sammlung vor sich, die allmählich zu einem solch frechen Blick sich verdichtete, daß Parado es für unausweichlich erachtete, ihm Knallenderes hinzuwerfen: »Lieber Mister Brisskij, ein Polizeigehirn sieht eben überall Intriguen und vermag sich schlechterdings nicht vorzustellen, daß ein sehr gut russisch sprechender Argentinier, der in London mit amerikanischen Schecks zahlt, bloß Geschäfte mit Rußland macht. Hinzukommt meine über allen Zweifel erhabene äußerst lockere Lebensführung, die ja bekanntlich das ausschließliche Vorrecht von Verbrechern ist. Ich weiß also, daß die sprichwörtliche Zähigkeit von Scotland Yard jahrelang an mir sich erproben wird. Das kostet viel Geld und wird Ihnen weder Ruhm einbringen noch die erwartete – Prämie. Denn wenn ich wirklich russischer Agent wäre, hätte ich mich doch längst mimosisch isoliert. Die augenblickliche Sachlage bringt Ihnen also keine Vorteile und mir bloß kleine Nachteile, die Ihnen auch nichts nützen.« Parado spritzte sich gleichmütig Siphon in seinen Cassis und vermied es diesmal auch sonst, Triumphähnliches zu produzieren, hoffend, durch Abwechslung zu wirken.

Brisskij aber schwieg hartnäckig und verlegte sich darauf, ein gepeinigtes Gesicht zu machen. Sein Salvarsan-Auge turnte mit Macht.

Parado mußte sekundenlang über diese obstinate Haltung nachdenken, bevor er darauf kam, daß Brisskij ihn durch sie bewegen wollte, alles zu sagen, was er wüßte. Da Parado seine eigene Absicht dadurch nur unterstützen konnte, wollte er sich schon dazu herbeilassen, als ihm einfiel, daß es wirkungsvoller wäre, Brisskij zu zwingen, ihn zu besuchen. Er blickte rasch auf seine Uhr, warf einen Schilling auf den Tisch und entfernte sich, ohne auch nur ein Wort noch zu sagen . . .

Schon am nächsten Vormittag läutete Brisskij an der Tür des Appartements, das Parado, gemeinsam mit Cissy, in der Liverpool Street bewohnte.

Parado öffnete ihm und ließ ihn, als hätte er ihn längst erwartet, in den Salon eintreten.

Brisskij lehnte, deutlich ärgerlich, den Cognak ab, den Parado ihm sofort anbot, und setzte sich. »Ich komme, um mich zu erkundigen, wie es Ihnen geht. Hoffentlich haben Sie sich einen ruhigen Kopf angeschlafen.«

Parado zuckte verächtlich mit der Nase. Dann begann er ohne alle Umschweife. »Was soll ich von Londoner Kokotten denken, lieber Mister Brisskij, die, statt mir die üblichen eindeutigen Avancen zu machen, sentimental mit mir kokettieren? Die sofort mit mir schlafen, ohne die englische Währung auch nur zu erwähnen? Die sich in der gemeinsten Weise behandeln lassen, ohne daß ihr Bedürfnis nach den Details meiner Lebensführung auch nur die geringste Einbuße erlitte? Die gerade dann zu telefonieren haben, wenn ich sie so nachdrücklich verwirrt habe, daß sie es für ratsam halten, sich Instruktionen zu holen? Die den russischen Akzent ebenso durchsichtig affektieren wie die unwahrscheinlichsten Nationalitäten? Ich bin weit herumgekommen, lieber Mister Brisskij, und wüßte mit geschlossenen Augen eine Schweizer Nurse von einer polnischen Kunstgewerblerin zu unterscheiden.«

Brisskij schien noch immer nicht zufrieden zu sein. Er neigte den Kopf schief wie ein Hündchen, das denselben holden Klang noch einmal zu vernehmen hofft.

Parado willfahrte ihm gerne. »Ja, ich bin so weit herumgekommen, daß ich weiß, wie die junge Korsin, die Sie mir vor einiger Zeit als dumm und treu anpriesen, sich hätte benehmen müssen, wenn ich ihre Verschlagenheit nicht hätte bemerken sollen. Und daß ich weiß, wie Sie ungefähr aussehen müßten, um wirklich Lamartine zu lieben. Auf Ihre Visage fallen vielleicht Leute hinein, die Phrenologie für eine Irrlehre halten.«

Brisskij belebte sich jetzt endlich. Sein schlaffes Wangenfleisch bebte. Ein kraftloses Grinsen schob sich über sein Gesicht. Da er es für aussichtslos hielt, Parados Vertrauen sich zu erlügen, den Kampf um die Prämie aber noch nicht aufzugeben willens war, zog er es vor, kurzerhand fortzugehen. Er machte sich sogar das Vergnügen, es Parado gleichzutun: er stand wortlos auf und ging zur Tür.

Parado wußte, daß er nun fortginge, was immer ihm auch vorgeschlagen würde. Aber Brisskij mußte bleiben, er mußte . . .

Brisskijs Hand näherte sich bereits der Türklinke, und immer noch wußte Parado nicht, was er tun sollte, um ihn zur Umkehr zu veranlassen. Da, im letzten Moment, Brisskij hatte schon die Klinke hinuntergedrückt, kam Parado ein Einfall: das einzige Mittel, Brisskij zum Bleiben zu zwingen, war, ihn hinauszuwerfen.

»Hinaus mit Ihnen!« brüllte Parado, fürchtete aber sogleich, es zu spät getan zu haben.

Doch Brisskij hatte die Klinke tatsächlich wieder losgelassen und wandte sich langsam um.

Parado erhob sich schnell und unmißverständlich.

Brisskij trat, scheußlich schielend, näher. »Nicht so stolz, junger Freund!«

»Entfernen Sie sich augenblicklich!«

Brisskij setzte sich. »Das wird ja immer netter.« Er war plötzlich überzeugt davon, daß der Verdacht gegen Parado unbegründet sei; dessen unerhörte Offenheit, der kindische Zorn, mit dem er ihn im Café hatte sitzen lassen, die Frechheit, ihn einfach hinauswerfen zu wollen, bewiesen es ihm unwiderleglich. Er zupfte aufgeregt an seinen Bügelfalten.

Parado beobachtete ihn erstaunt und begriff, daß er die Prämie sich entwischen sah. Schadenfreude und Neugier durchzitterten ihn.

Mit einem Mal überflog Brisskij mit einem schnellen Blick das Zimmer. »Was würden Sie für ein Berufsgeheimnis zahlen«, flüsterte er, den Kopf schief vorneigend, »das gerade für Sie von allergrößter Wichtigkeit ist?«

Parado stutzte, innerlich sich beglückwünschend, traute dem aber noch nicht. »Bemühen Sie sich nicht.«

Brisskij bewegte lauernd das Kinn. »Es betrifft Ihre Freundin Cissy.«

Das hatte Parado nicht erwartet. Er bekam einen violetten Hals. Da er Cissy in keiner Hinsicht mißtraut hatte, fürchtete er, in ganz ungeahnter Weise von ihr hintergangen worden zu sein. Er faßte sich nur schwer. »Ich leugne nicht, daß alles mich interessiert, was Cissy betrifft, bedaure ebendeshalb aber sehr, nicht über Barmittel zu verfügen.«

Brisskij seufzte hinterhältig. »Sie haben doch vor fünf Wochen sechs Schecks eingelöst.«

»Das Geld ist längst investiert«, log Parado. »Ich habe mich sogar so engagiert, daß ich seit Wochen auf Pump lebe.«

»Könnte ja sein. Aber tausend Pfund werden Sie sich immer noch machen können.«

»Leider nicht. Ich bin weder Agent noch Scheckfälscher.« Parado entschloß sich jetzt, mit Hilfe dessen, was er Brisskij ohnedies hatte vorschlagen wollen, gratis zu dessen Geheimnis zu kommen. »Sie sehen aber, daß ich sehr gerne wissen möchte, was Sie über Cissy wissen . . . Ich wäre deshalb bereit, mich bei gewissen Dingen erwischen zu lassen, die mich nicht nachweislich hineinlegen, jedoch hinreichen, Ihnen die Prämie zu verschaffen.«

Brisskij staunte so ungeheuerlich, daß er vergaß, sich zu verstellen. »Daß Sie kein Vertrauen zu mir haben, ist begreiflich.«

Parados Finger spielten mit seinen Lippen. »Wenn ich Sie bezahle, lügen Sie mir etwas vor. Unter hohen Kennern, wie wir es sind, muß erst eine schwindelnde Höhe erreicht sein, damit sich wieder sichere Vertrauenssachen einstellen können.«

Brisskij schrumpfte gelinde in sich zusammen. »Sie wollen mich mit Ihrem Arrangement in die Hand bekommen. Wer aber sagt Ihnen, daß ich Sie mit meinem Geheimnis in der Hand habe?«

Parado zeigte ihm die Zungenspitze. »Da das mit Recht fraglich ist, müssen Sie es eben aufdecken.«

Brisskij meinte weich, fast väterlich. »Wer sagt mir, daß Ihr Arrangement überhaupt brauchbar ist?«

»Ich!« Parado hob übellaunig die Schultern. »Ein zweideutiger Brief . . . ein zweideutiges Gespräch, das belauscht wird . . . Es gibt hundert Möglichkeiten, die aber nur welche sind, wenn ich mich aktiv daran beteilige.«

Brisskij wandte ärgerlich den Kopf ab. »Das ist richtig, aber . . .«

Parado hatte den unbestimmten Eindruck, daß die Sache ihm entgleite, wenn er nicht scharf zupacke. »Es steht Ihnen doch frei, in Scotland Yard zu sagen, daß man sich bezüglich meiner Person geirrt hat. Das wird Ihnen vielleicht hoch angerechnet, wenn auch wohl nicht in Pfunden.«

Brisskij machte ein wütendes Gesicht. Als es sich geglättet hatte, stand er langsam auf. »Ich persönlich halte Sie allerdings nur für einen geriebenen Burschen. Andere Leute aber nicht. Das wissen wir positiv. Deshalb vor allem wurden Sie verdächtig. Die russische Regierung läßt Sie überwachen. Cissy steht in russischem Dienst.«

»Das also ist Ihr Geheimnis!« spottete Parado müde. Brisskijs geschickte Lüge imponierte ihm. Aber es schien ihm jetzt unbegreiflich, daß er Cissy so sehr hatte mißtrauen können.

Brisskij stand mit halboffenem Mund und leise sich bewegenden Nasenflügeln vor ihm. »Scotland Yard hält Sie für einen Agenten, den die eigene Regierung überwachen läßt. Die russische Regierung hält Sie für einen englischen Agenten und ist jetzt, nach Ihrem wochenlangen Umgang mit uns, auch davon überzeugt. Sie haben also allen Grund, sich vor Cissy in acht zu nehmen.«

Parado schwieg. Die Gleichgültigkeit, mit der Cissy ihm andere Frauen gestattete, hätte zwar ebenso wie ihre Lust, ihn durch immer tollere Räusche stets wieder zu ihr zurückzuzwingen, eine raffinierte Täuschung sein können; eine Unzahl von Details aber, die jede Täuschungsabsicht ausschlossen, widersprach dieser Möglichkeit. Parado, der diese Erwägungen schon öfter angestellt hatte, wandte sich daher umso schneller Brisskij zu, bei dessen Anblick ihn nurmehr der Wunsch beherrschte, ihn so rasch wie möglich wieder loszuwerden. Daß ihm dies in seiner Wohnung nicht glükken würde, war ihm sofort klar. »Ich danke Ihnen, lieber Mister Brisskij, und werde Ihnen die Prämie verschaffen. Begleiten Sie mich bitte. Unterwegs werde ich Ihnen auseinandersetzen, was ich vorhabe. Es eilt nämlich. Es ist eine Gelegenheit. Kommen Sie . . .«

Brisskij folgte ihm in den Korridor.

Parado zog seinen Paletot an, setzte sich den Zylinder auf, nahm seinen Spazierstock und ging zur Wohnungstür, die er vor Brisskij öffnete, ihm höflich den Vortritt lassend.

Als Brisskij im Hausflur stand, zögerte Parado kurz, ihm zu folgen. Da sah er aber auch schon, daß Brisskij es gesehen hatte. Abermals zögerte er. Nun aber hatte er überhaupt keine Wahl mehr. Und unsicher auflachend warf er die Tür vor sich ins Schloß.

Erst eine halbe Stunde später, nachdem er die Sachlage nach allen Richtungen hin scharf durchdacht hatte, beruhigte er sich: er hatte, ohne zu wissen, daß er es tat, das Beste getan, das er hatte tun können. Auch wenn er Brisskij durch die Erlistung der Prämie in die Hand bekommen hätte, wäre dieser sicherlich nicht um ein Mittel verlegen gewesen, der Mithilfe an den Scheckfälschungen sich zu entziehen und auch der Verpflichtung, ihm die Polizei vom Hals zu schaffen. Nun aber blieb Brisskij, wenn er überhaupt einen Vorteil aus der ganzen Affaire ziehen wollte, nichts weiter übrig, als ihn in Scotland Yard als harmlos zu erklären.

Lampenfieber

Wutschka war von Posen nach Berlin gedengelt, um daselbst in den Schanklokalen der Brunnen- und Invalidenstraße, angeblich als Damen-Imitator, sein Brot zu verdienen. Er war nun zwar homosexuell, aber dennoch weit entfernt davon, diese Fähigkeit in den Dienst seiner Einkünfte zu stellen; vielmehr lediglich darauf aus, sich einwandfrei zu vergewissern, ob in den zwei Jahren seiner Abwesenheit von Berlin die Aufmerksamkeit der Polizei in Bezug auf seine Person so weit nachgelassen hätte, daß an ein ungestörtes Arbeiten zu denken wäre.

Dieser Vergewisserung lag Wutschka gerade an der Ecke der Usedom- und Wiesenstraße ob, als Japoll, der ihn vorzeiten oft geankert hatte, vorbeischob und, da er in der neben dem Haustor lehnenden Gestalt den Spinat-Emil wiederzuerkennen glaubte, in einiger Entfernung beobachtend stehen blieb.

Wutschka, der seinen ehemaligen Komoschke nicht wiedererkannte, faßte ihn alsbald scharf ins Auge und hielt ihn nach drei Minuten für weidlich verdächtig: die Art, wie er mit dem Rücken gegen die Häuserfront hart am Straßenrand stand, schien ihm den Spitzel zu verraten. Wutschka pendelte sich langsam heran, bog von hinten her noch langsamer nach vorn und blickte im Vorbeigehen mit sozusagen frechem Freimut dem Unbekannten ins Gesicht: war es ein Spitzel, so würde er seinem Blick ausweichen und den Platz wechseln; war es keiner, so würde er neugierig werden oder herausfordernd.

Japoll wurde weder das eine noch das andere: er hatte beim Anblick von Wutschkas samtnem Auge sofort jeden Zweifel verloren. »Mensch, Spinat-Emil, wo kommste herjetürmt?« Dabei hieb er ihm beide Hände auf die Schultern.

Wutschka zuckte unwillkürlich zusammen: bloß die Stimme war ihm bekannt vorgekommen. »Irren Se sich nich?« schnappte er heiser.

»Mach man keene Kinkerlitzchen!« Japoll schüttelte ihn, daß ihm der Hut aufs Ohr rutschte. »Kiek mia mal vasuchsweese in die Fresse und wenn de dann noch son dumm Jesichte uffziehst, denn wer ik dennem mies jewordnen Jedächtnis mit unvaöffentlichte Memoiren uff die Beene helfen, Junge.«

Wutschka lächelte jetzt. ›Unveröffentlichte Memoiren?‹ Das konnte nur einer sein: »Nonnen-Japoll, natierlich! Wenn de dia sämtliche Jesichtshaare abjemacht hast, wie soll ik dia dann . . .« Er nahm sich die störenden Hände von den Schultern und drückte sie warm.

»Eisern!« murrte Japoll.

»Eisern!« sang Wutschka.

Beide lachten und schüttelten einander immer fester die Hände, bis Wutschka ächzte: »Laß mia los, ik jloobs dia ja!«

Japoll nahm ihn in den Arm und zog ihn weiter.

»Und jetzt jehn wa bei die Acker-Käthe, enorme Reste, und sajen juten Tach.«

»Mies is se.« Wutschka kannte seinen Japoll. »Un der Kamm liecht uff der Butta.«

»Kennste det elfte Jebot nich? De sollst nich triezen. Also, Emil, trieze nich!« Japoll preßte Wutschkas Arm fest an sich.

Der aber riß sich mit einer geschmeidigen Bewegung ganz unerwartet los. »Nee, meen Jutester, die alten Zicken hab ik dicke. Ik bin hia, um zu tingeln, um mia meen Brot honett . . .«

Japoll gab ihm einen Schlag ins Genick, daß er nach vorn taumelte. »Den alten Senf mit det Damen-Imitatieren, den kannste een andern iebers Haupt schmieren. De willst woll ne längere Sache ziehn und mechste nich bei jesehn sin. Ooch von dein Freinden nich. Det is een scheena Zuch von dia.« Er spuckte ihm vor die Füße.

Wutschka wollte ihn nicht zum Feind haben. »Kannst ja jlooben wat de willst. Aba weeßte denn nich mehr, det se mia det letzte Mal schon heftich belaichtet ham, Nonnen-Japoll?«

»Zwee Jahre uff Vajniejungsreise jewesen«, gackerte Japoll geringschätzig, »und imma noch sone Sorjen?« Plötzlich blieb er, sich verdüsternd, stehen. »Spinat-Emil, du bist erkannt! Wat haste denn vorhin unterm Haustor jestanden? Ik werde et dia sajen: denne eijenę Schmiere haste jestanden! Und wat haste da um mia herum jetreten? Denne Sorjen haste jetreten! Mensch, Spinat-Emil, nu sache mia nur noch, dette nich tingeln kannst, weil de Lampenfieber hast.«

Wutschka ging rascher. Er schämte sich.

Japoll ahnte es und erwischte ihn am Ärmel. »Een scheenet Stick Jelde is zu vadien. Kannste dia die Sache ja mal vorlejen lassen.«

Wutschkas Achseln zuckten schwach.

Und nach zehn Minuten stand er vor der Acker-Käthe, die ihn mit einem Jubelschrei auf ihre oberschenkelähnlichen Arme nahm, brüllend im Kreise schwang und schließlich atemlos sich auf [den] Schoß setzte.

Japoll sah gerührt zu.

»Kitz-kitz-kitz-kitz-kitz-kitz!« Die Acker-Käthe quetschte Wutschkas Kopf in ihren immensen Busen hinein, so daß er fast den Atem verlor, und küßte ihn mit ihren wulstigen Lippen schmatzend auf die kleine runde Glatze.

Wutschka, dessen Kräfte die der Acker-Käthe keineswegs überstiegen, stieß und stemmte vergeblich, zwischendurch krächzend: »Käthe, jib Frieden! Laß mia Luft! Ik kann nich mehr!«

»Noch scheener! Er kann nich mehr!« Die Acker-Käthe johlte nur so. Ihr Mieder krachte. »Fier mia biste nich schwul. Nich wat schwarz untern Fingernajel jeht. Nee, biste nich. De willst dia nur dennen Vaflichtungen jejenieber dennen Freindinnen hintaziehn, nischt weiter . . . Er kann nich mehr! Jleich sachste det Jejenteil!« Sie leckte mit der ganzen Zunge ihm breit über die Glatze.

»Sachste et eben«, begütigte Japoll vergnügt, »und machste det Jejenteil!«

Wutschka rang nach Luft. Es hörte sich so besorgniserregend an, daß Japoll es für rätlich hielt, einzuschreiten. Er eilte herzu und versetzte der Acker-Käthe ein wohlgezieltes Kopfstück, so daß ihr Glasauge heraussprang, auf die Diele polterte und schmollend unter den Schrank rollte.

Im Nu lag Wutschka auf dem Boden.

Japoll verschanzte sich hinter dem Tisch vor den zu gewärtigenden Racheakten der Acker-Käthe, die jedoch, durchaus nur an ihre Verunstaltung denkend, auf den Knien vor den Schrank rutschte und mit ihren nackten Armen vergeblich nach dem verlorenen Körperteil fischte.

Als sie ihn, nach mühseligen Unternehmungen, endlich zutage gefördert hatte, war sie so glücklich, daß sie sofort Frieden schloß. »Nu is aba Schluß!« Sie säuberte das Glasauge an ihrem Unterrock, speichelte es sorgsam ein und setzte es mit einem geübten Griff in seine Höhle zurück. »Und nu wolln wa vaninftich sin. Da, setzts aich uff det Kanapee! Ik jeh Kaffee machen.«

Als sie nach einer Viertelstunde mit der Kaffeekanne erschien, waren Wutschka und Japoll wieder gute Freunde geworden und bereits übereingekommen, geschlossen gegen die Acker-Käthe zusammenzustehen.

»So. Da wärn wa.« Die Acker-Käthe, selbstbewußt ihren überreifen Hintern schwingend, stampfte an den Tisch heran.

»Det erinnat mia imma an meene Kindazeit«, meinte Japoll schwermütig.

»Wat is los?« Die Acker-Käthe schenkte hoch im Bogen ein, so daß es mächtig in den Tassen pritschelte.

Japoll sabberte: »Eenmal, weil de wie ne Amme daherwackelst. Zweemal, weil de so juchendliche Jeraische machst.«

Wutschka lachte geniert. »Sehr jut. Is sehr jut.«

Die Acker-Käthe, ihrer Beschäftigung hingegeben, hatte glücklicher Weise nicht sonderlich aufgepaßt. Jetzt setzte sie sich, wohlig schnaufend. »Und nu jieß mal, Emil! Und dann zeichste, wat de hast.«

Wutschka trank und schwieg.

Japoll sekundierte ihm im voraus. »Nischt zu zeigen. Spinat-Emil is hia, um sich mit dia jesund zu machen.«

»Ausjefallne Ideen, was er hat!« Die Acker-Käthe knurrte mit der Stirn und tunkte sich eine Schrippe ein.

»Saje ik ooch.« Japoll kratzte sich den furunkelbesäten Nacken. »Aba krank mechte er sich mit dia ooch nich machen.«

»Wat?« Die Acker-Käthe, die derartige Späße nun schon gar nicht schätzte, biß drohend ihre tropfende Schrippe zu Ende. »Wat orjelste da, du fauler Stubben?«

»Keene Uffrechung nich«, beschwichtigte Wutschka ängstlich und zog, mit einem matten Blick auf den schadenfroh grinsenden Japoll, ein langes Frauenhaar aus seinem Kaffee. »Die Acker-Käthe und ich, wia ham alle zwee beede dieselben Kindakrankheeten hinta uns. Nischt mehr zu machen.«

»Stimmt uffs Haar.« Japoll lenkte hierauf, wichtig das Kinn hebend, in nützlichere Bahnen. »Käthe, haste nich vorvorjestern von ner dollen Sache jetönt?«

»Hab ik.« In pfeifenden Schlucken schlürfte die Acker-Käthe ihre Tasse leer. »Hat sich aba ausjetönt! Een leerer Sack steht nich.«

»Eenmal sitzte, Käthe. Und zweemal biste weißjott nich leer.« Japoll hustete ironisch.

»Haste noch Kaffee?« fragte Wutschka, um ihr zu schmeicheln, aber im verfehltesten Moment.

»Waren meene letzten Bohn.« Mit ihrem noch funktionierenden Auge schielte die Acker-Käthe trübselig nach dem stabilen Glasauge. »Ik bin pleite. Und ihr? Jloobt ihr denn, ik jloobe, det Spinat-Emil nischt hat? Zwee Jahre hat man 'n nich jesehn. Und is er nich unta uns een Schottenfeller, wies keen zweiten nich jibt? . . . Halt die Fresse! Bei mia nich!« Sie machte, die gesteifte rechte Hand vor ihre linke Busenwarze haltend, allem Anschein nach Ernst.

»Damen-Imitator is er jetzt«, versuchte Japoll die Situation zu jovialisieren.

Der Acker-Käthe riß die Geduld. »Entweder Spinat-Emil jibt mich wat«, trompetete sie, »oder entweder ik such mia andere Laite.«

»Oder entweder«, wiederholte Wutschka heiter, sank aber angesichts der aufflammenden Wangen der Acker-Käthe ernüchtert ins Kanapee zurück. Dann stotterte er: »Weeßte denn nich mehr, det se mia hia schon belaichtet ham? In Posen habe ik mia man bloß bei die Frida ausjeruht. Jeh du mal nach hin und zieh nen Finken bei die leeren Läden. Vollkomm ausjeschlossen. Un denn hat Posen den Fehler, det ik dort jeboren bin. Iebrigens mechte ik jar nich. Ik muß erst wissen, ob ik Lampen habe. Sonst is nischt zu wollen mit mia. Nu weeßte et.«

Acker-Käthes Züge wurden miteins höchst gewissenhaft. »Fier Lampenfieber warste imma schon bekannt. Aba wenn de wirklich Lampen hast, denn is et schon besser . . .«

»Wat is besser?« eiferte Japoll wütend. »Nischt is besser! Kennste denn Spinat-Emil nich? Der Nebbich hat doch Lampenfieber, wenn in die janze Straße keen Pflasterstein een andern erkennt. Een Scheißjeher is er. Nischt weiter.«

Die Acker-Käthe hob verzichtend eine Schulter und zog die Lippen krumm. »Nu scheen. Denn eben nich.« Sie erhob sich schwerfällig, räumte den Tisch ab und trug das Geschirr hinaus.

Japoll saß sekundenlang zornig abgewandt da. Schließlich begann er brummend: »Mit die Käthe kennte man wat janz wat Wildes ziehn, wenn de nich imma wieda mit denne saubleeden Lampen . . .«

Die Acker-Käthe stieß die Tür auf. »Nu heert mer schon endlich uff mit die janze Belaichtung! Sonst sitzen wia noch wirklich eenes scheenen Taches im Finstern.« Sie knöpfte sich die Bluse auf.

»Wat is los, Käthe?« Japolls kleine rot unterlaufene Äuglein zitterten, gewissen Befürchtungen anheimgefallen. »Jehste wech?«

»Natierlich. Achte is. Mia schenkt ooch keener wat, wenn ik die Promenade versaime.« Die Acker-Käthe stand mit einem Mal nackt im Zimmer. Ihr Bauch, den die schlaffen Brüste berührten, war aufgedunsen und dunkelbraun. Ihre roten Seidenstrümpfe mit den knallgelben Strumpfbändern, hinter denen das Schenkelfleisch hervorquoll, leuchteten obszön.

»Um achte?« Japoll schlug mit der Hand auf das wachstuchüberzogene Kanapee, daß es knallte. »Det wirste *mia* erzähln! Nich mal een Jeneraldirektor is da uff die Straße. Du jehst zu Arthur, saje *ik* dia.«

»Det merke ik, dette et mia sachst.« Die Acker-Käthe unterzog sich langwierigen Waschungen.

Japoll hielt es für hoch an der Zeit, ins Reine zu kommen. Er sprang entschlossen auf. »De willst die Sache mit deim Arthur ziehn. Aba jibts nich. Mit *uns* wird jezochn. Du un ik, *wia* ham det Ding ausjeknofelt und wia wern et ooch in Stall bring. Und wat Spinat-Emil is, so *wird* er! Sach, Emil, dette wirst!« Er hob beschwörend beide Hände.

Wutschka, der sich gegenüber dieser Tatenlust sehr waschlappig vorkam, rieb seine bläulichen Bartstoppeln, setzte aber trotzdem ein außerordentlich bereites Gesicht auf. »Jut is. Ik werde. Lampen hin, Lampen her. Und ik muß ja schließlich ooch bei meene janze Finanzlaje.«

»Eisern!« murrte Japoll.

»Eisern!« sang Wutschka.

»Blech!« machte die Acker-Käthe stoisch. »Ihr seids mia keene Freinde nich. Jefällt mia nich mehr.« Während sie mit einem Arm in ein hellgrünes Spitzenhemd fuhr, streckte sich ihr Körper, eine einzige herrliche Häßlichkeit.

Wutschka stand spontan auf, ging hin zu ihr und drückte ihr einen langen festen Kuß auf die Hüfte.

Die Acker-Käthe hielt verwundert inne, lächelte dann schmierig und quirlte Wutschkas Kopf, die Finger in seinen Ohren.

Japoll riß die Augen auf und schlich aus dem Zimmer . . .

Nachdem er etwa eine Viertelstunde an der Tür gehorcht hatte, kam er zurück, da er sicher war, nicht mehr zu stören.

Die Acker-Käthe zog sich eilig an. »Machts aich fertich!«

Japoll suchte vergnügt nach seiner Mütze und vermied es geflissentlich, Wutschkas linkes Handgelenk zu sehen, allwo sich plötzlich ein schmales Armband aus Glaskorallen befand.

Als die drei kurz darauf die steile Treppe hinabstiegen, begegneten sie zwei Männern und, als sie den Hausflur passierten, einer alten Frau.

»Käthe, ik jloobe, wia ham Lampen im Haus«, raunte Wutschka auf der Straße ängstlich.

Die Acker-Käthe packte ihn im Genick und zischte: »Noch een Wort und ik vahau dia janz iebel, meen kleenet Hindchen. Det hat sich jetzt ausjefiebert mit die Lampen.«

Das steile P

Der von sämtlichen Polizei-Direktionen Europas geplagte Gentleman-Einbrecher Léjal befand sich nach Mitternacht plötzlich auf der Straße, ohne zu wissen, wie er dahin geraten war. Als es ihm voll zum Bewußtsein kam, fiel ihm sofort ein, daß er von der Wohnungstür an bis zum Gartengitter unausgesetzt darüber nachgedacht hatte, warum Polly beim Verlassen des Cafés ihm jene eigentümliche Antwort gegeben haben mochte.

Während er noch sinnend dastand, hörte er aus der gegenüber liegenden Seitengasse auffallend laute Schritte sich nähern. Das machte ihn nicht weniger stutzig als der Mangel jeden Übergangs. ›Sollte er sich bemerkbar machen wollen, damit ich mich unbewacht glaube? Oder damit ich weiß, daß ich überwacht werde?‹ Als er aber den Mann an der Ecke halt machen und ihm beim Weitergehen folgen sah, kam Léjal auf seine zweite Erklärung zurück: ›Wenn sie nun aber wollen, daß ich mich überwacht weiß, dann können sie nur wollen, daß Polly mir unverdächtig bleibt.‹

Léjal blieb lächelnd stehen: er wußte nun, weshalb Polly, als er sie beim Verlassen des Cafés gefragt hatte, mit wem sie soeben gesprochen habe, so übertrieben lustig zur Antwort gab: ›Das war ein Ausländer, der sich ärgerte, daß du ihm zuvorkamst. Er sagte bloß: »das war vorzüglich, daß Sie ihn angelacht haben.«‹ Léjal ging vergnügt weiter. Sein Verdacht war also durchaus begründet; denn diese Äußerung paßte weniger in den Mund eines zu kurz gekommenen Ausländers als in den eines Anerkennung zollenden Vorgesetzten und war, von Polly wiederholt, der beliebte Kniff, mit der Wahrheit zu bluffen.

Hinter dem Tor des Hauses in der Kanalstraße, in dem er wohnte, blieb Léjal stehen. Nach wenigen Minuten erschien der Mann, der ihm gefolgt war, spähte sekundenlang umher und ging dann sehr langsam weiter. Léjal trat grinsend auf die Treppe. Im Bett grinste er immer noch. ›Wahrhaftig vorzüglich gemacht! Ich habe ihr dieses Lachen, mit dem sie mich anlockte, lange geglaubt. Und ich hätte es vielleicht gar nicht bezweifelt, wenn man nicht zuviel des Vorsichtigen getan hätte.‹

Am folgenden Abend kam Léjal, der mittlerweile einen sehr aparten Plan gefaßt hatte, pünktlich zum Rendez-vous. Polly wartete bereits, freute sich ein wenig zu genau, bedauerte unendlich, ganz wider Erwarten in einer halben Stunde nach Teplitz fahren zu müssen, und bat ihn, sie übermorgen zum Tee zu besuchen. Léjal war überzeugt, daß sie diese Reise vorschützte, um ihn ganz sicher zu machen, unterließ es aber, ihr zu folgen, da er mit Recht annahm, daß man ihn auch weiterhin überwache. Als er aber eine Stunde später den Wenzelsplatz überquerte, sah er Polly von Ferne an der Seite eines unscheinbaren Herrn ein Kino betreten.

Andern Morgens gegen zehn Uhr läutete Léjal in der Slezska-Straße an der Wohnungstür, die er in der vorvergangenen Nacht so nachdenklich verlassen hatte. Eine schmutzige aufgeschwemmte Vettel öffnete ihm und ließ ihn ohne weiteres in das Zimmer ihrer Pensionärin eintreten, die sich verschlafen die Augen rieb und, als sie Léjal erkannte, nach Sekunden währender ärgerlicher Ratlosigkeit darüber empört war, aus dem Schlaf gerissen worden zu sein. Léjal äußerte lax, er habe sich nicht eingebildet, der Einzige zu sein, riet ihr, ihm gegenüber nur auf die dringendsten Lügen sich zu beschränken, und streichelte ihr sehnsüchtig den Bauch. Worauf Pollys Ärger straks dem rührendsten Eifer wich; ja sie bemühte sich sogar, die von Léjal während der ersten Nacht gerügte Liebesunkenntnis der Prager Weiblichkeit dadurch wett zu machen, daß sie allerlei Nennenswertes improvisierte. Da das Tageslicht Léjal eine Unzahl mehr oder weniger verharschter Wunden bemerken ließ, zweifellos verursacht von spezifischen Lüsten, erlitt sein Vergnügen eine weitere Steigerung. So daß er, als er Polly gegen Mittag verließ, in jeder Hinsicht zufriedengestellt war.

Eines erprobten Rezeptes sich erinnernd, schickte er tagsdarauf Polly Aretinos Meisterwerk, versehen mit einer überaus schlüpfrigen Widmung ›an das steile P‹, mit welcher Abbreviatur er sowohl gewissen angestrebten intimen Fähigkeiten schmeicheln, als auch der ganzen Dame einen unbestimmten Stich ins Bedeutsame geben wollte. Der Erfolg stellte sich rasch im weitesten Maße ein: Polly erwies sich nächtlicherweile von ihrer jüngsten Lektüre außerordentlich angeregt, was eine ganze Reihe neuer Ergötzlichkeiten schuf, zugleich aber auch von tiefster Genugtuung darüber erfüllt, Léjal so fest in ihrer Schlinge zu halten.

Der zögerte nicht, getreu seinem Plan, diese noch fester zuzuziehen: er begann eines Abends, als Polly ihn nach scheinbar langem Hin und Her in das einigermaßen obskure Café Spalena geführt hatte, von seinen niederträchtigen Schandtaten zu berichten, da er rasch erkannt hatte, daß die beiden Pärchen, die sich an den Tisch gesetzt hatten, zum Zuhören erschienen waren; hielt sich jedoch sonderlich bei seinen gemeinen Beziehungen zu der Gattin des schwerreichen Bankiers Fuchs auf, von der er, seitdem sie ihm sexuell verfallen sei, mit der Drohung, ihren Gatten zu verständigen, große Beträge erpresse; und schloß endlich seine verbrecherischen Emanationen mit der überlegen selbstgefälligen Mitteilung, daß er gar bald etwas noch nie Gewagtes vom Stapel gleiten lassen werde. Polly wurde sogar derart erregt, daß sie, die wohlgedrillte, sich vergaß und, vielleicht aber auch ein wenig im Hinblick auf die sanft buchenden Augen der Kollegen, die entsetzte Bemerkung sich entfahren ließ, ob er denn gar keine Moral hätte. Léjal sagte mit hinreißender Verve: »Fällt mir gar nicht ein!« Worauf die vier lauschenden Köpfe um einiges tiefer gingen. Der Pollys jedoch sieghaft höher. Léjal schwieg nun, wie von sich selber erschüttert, und ließ die schauerliche Stimmung sich auswirken.

Und an den folgenden Abenden, da er nun stets das düstere schwüle Café Spalena bevorzugte, nachwirken, indem er, wenn auch nicht mehr also Schändliches, so doch immerhin reichlich Verlottertes von sich gab. Polly hielt es deshalb für geboten, ihn entscheidend aus sich herauszulocken. Zu diesem Zweck behauptete einmal um Mitternacht ein an den Nebentisch plazierter Kollege Pollys, sein Paletot sei ihm soeben gestohlen worden. Polly bedauerte dies lebhaft, um Léjal durch solch lächerliche Sentimentalität zu einer höhnischen Haltung zu animieren und in der Folge zu einer positiven Äußerung. Léjal hielt es jedoch für weiser, das Stümperhafte in dem Verhalten des Bestohlenen hervorzuheben und Betrachtungen über die Möglichkeiten des Verhinderns derartiger Verluste anzustellen. Er ließ sich dabei so sehr in Fachmännisches geraten, daß Polly bereits auf dem Punkt war, endlich die Vertrauensfrage zu stellen. Es erschien ihr im letzten Augenblick doch noch als verfrüht, weshalb sie den bereits begonnenen Satz zu der Versicherung umgestaltete, sie hätte seine Pelzjacke beständig im Auge behalten. Léjal dankte ihr mit einem festen Händedruck.

Und im Laufe der nächsten Woche mit immer hitzigeren Nächten dafür, daß sie seine angeblich von Tag zu Tag schlechter sich gestaltende Finanzlage durch generös vorgestreckte, nicht unbedeutende Beträge zu bessern sich herbeiließ. Vorsichtiger Weise aber inserierte Léjal den Verkauf seiner Pelzjacke und mehrerer

Pretiosen, welcher, womit er sogar leichthin gerechnet hatte, verhindert wurde; jammerte über die Schlamperei der Post, wodurch er konstant schwere Verluste erleide, um so den Eindruck zu erwecken, er halte seine Korrespondenz für unkontrolliert; und stieß schließlich zähneknirschend hervor, daß er unter diesen Umständen seinen großen Coup eben werde früher machen müssen. Polly hing bei diesen Worten jauchzenden Auges an Léjals Lippen, über welche die so ersehnten Sätze, Näheres erschließend, jedoch immer noch nicht wollten. Deshalb teilte sie ihm andern Tags mit, daß es mit ihren Ersparnissen zu Ende sei, sie ihm aber dennoch zu helfen wissen werde, denn sie gedenke ihre unfehlbare Wirkung auf die Männerwelt in Beträge umzumünzen. Léjal warf sie vor Freude brutal auf das Sofa, von dem alsbald der bebende Ruf aufstieg: »Für dich, Francis, geh ich sogar auf die Straße!«

Léjal war es wohl zufrieden und verwendete die dadurch gewonnene Zeit dazu, seine geheimen Verbindungen ausgiebiger zu pflegen und seine Maßnahmen zu treffen. Dies war ihm auch insoferne sehr erleichtert, als die Polizei, fest davon überzeugt, daß er das ihm beigegebene Lockspitzel-As keineswegs beargwöhne, es nunmehr für ganz besonders raffiniert hielt, ihn bis zum Abfang unbewacht zu lassen. Polly brachte allnächtlich stattliche Sümmchen, die freilich nicht von Kavalieren stammten, sondern aus dem geheimen Fonds, und träumte sich bereits als renumeriert und wohldotierte Directrice einer Korrektionsanstalt für Ausgeglittene. So verrann denn die letzte Woche zur allgemeinen Zufriedenheit.

In der Nacht vor dem Tag, an dem er zu handeln sich entschlossen hatte, statuierte Léjal mit einer bis dahin noch nie von ihm erreichten Serie Polly einen Rekord, so daß sie ihm mehrmals, gleichsam toll vor Glück, ins Auge stierte und gegen vier Uhr morgens mit schlechtweg meisterhaft gespielter Innigkeit hauchte:

»Francis, ich hab dich rasend lieb.«

»Du wirst es mir beweisen dürfen«, sagte Léjal mit harter Männlichkeit, »wenn ich anfangen werde, zu kommandieren.«

»Ach, tus doch!« zischte Polly heiß. »Tus doch!«

»Übermorgen.«

»Übermorgen?« Polly schlug gewissermaßen mit den Lidern ein Rad. »Aber erklär mir doch, erklär mir doch . . .«

»Morgen mache ich noch einen letzten Besuch bei der alten Fuchs und mit dieser Summe fahren wir nach Pilsen. Dort . . . wird . . . es . . . sein . . .« Hierauf stürzte Léjal sich in neuem

Anlauf über sie, die röchelnd das Haupt hintüber fallen ließ, damit ihr unhemmbares Triumphieren sie nicht verrate . . .

Zu dem für den folgenden Nachmittag verabredeten Rendezvous erschien Léjal nicht, sondern fuhr, nachdem er sich überzeugt hatte, daß dieses sein hinterlistiges Verhalten sofort die neuerliche Überwachung nach sich gezogen hatte, eine sehr bauchige Ledermappe unterm Arm, fröhlich nach Aussig. Denn er durfte nun sicher sein, daß sein Plan gelingen würde. Und er gelang prächtig. Léjal saß kaum fünf Minuten, als ein Herr im Pelzmantel, aber mit den Allüren eines Fleischermeisters und dem Kopf eines Pavian, sich ihm gegenübersetzte und seine Ledermappe nicht aus den Augen ließ. Nach weiteren fünf Minuten setzte sich eine kommisähnliche Gestalt zeitungslesend neben Léjal und kurz darauf neben den Herrn im Pelzmantel ein Kutschergesicht mit einer langen Pelerine, die auf sehr merkwürdige Weise geschlossen blieb, so daß Léjal nicht zweifelte, daß Handschellen darunter für ihn bereit gehalten wurden. Léjal schloß selig die Augen und mimte den Schlafenden. Und während er unter dreifacher Bewachung ein Pyjama, eine große Schachtel Konfekt und einige Toilettegegenstände nach Aussig entführte, nicht aber Einbrecherwerkzeuge, Patronen und Gift, saß Polly, umgeben von mehreren Kollegen, im Café Central und wartete mit zuckenden Fingern auf den telefonischen Anruf, der ihr die Verhaftung Léjals auf frischer Tat melden sollte. Aber es wurde Abend, ohne daß das Telefon für sie erklungen wäre. Und es wurde zehn Uhr. Endlich gegen ein Uhr nachts wurde sie an den Apparat gerufen, wo ihr eine vor Ärger schleimige Stimme kurz mitteilte, Léjal verbringe die Nacht in einer Villa der Baumgartenstraße mit einer Gouvernante und auch sonst habe sich nichts Bemerkenswertes entdecken lassen; allenfalls, daß er einen größeren Betrag per Postanweisung an sie abgeschickt habe.

Wieder am Tisch, betrachtete Polly verstört ihre Handflächen, blickte endlich nassen Auges auf und flüsterte:

»Das verstehe ich nicht . . .«

Die Kollegen machten äußerst verdutzte Gesichter, als Polly, auf ihr ungeduldiges Fragen hin, schließlich berichtet hatte. Einer begann allmählich, sie mit leiser Ironie ins Auge zu fassen: »Daß Léjal dir das Geld zurückschickte, beweist, daß er Lunte roch.«

»Ich wette, daß er die Fuchs gar nicht kennt«, miauzte ein anderer.

»Mit Pilsen hat er dich ganz einfach gefrozzelt.«

»Und mit allerhand anderm auch.«

Polly zitterte überall. »Wenn einer von euch behaupten kann, daß ihm diese ganze Geschichte klar ist, will ich das dümmste Luder sein.«

»Dann bist du's schon.« Der leise Ironiker kniff die Augen klein. »Francis Léjal hat sich aus uns allen einen guten Tag gemacht.«

Daß es sich tatsächlich so verhielt, mußte Polly andern Tags erkennen, als Léjal im Café Central sich plötzlich neben sie setzte und freundlich fragte, ob sie sich wohlauf befinde.

Polly brachte es nur zu einem bemitleidenswert heiteren Gesicht. »Danke. Und wie wars bei der alten Judenschickse, die du mir vorgezogen hast?« Sie wollte es nicht wahr haben, dupiert worden zu sein.

Léjal drohte ihr schelmisch mit dem Kaffeelöffel. »Wie unüberlegt! Willst du damit etwa behaupten, daß du meine Postanweisung aus Aussig nicht erhalten hast?«

Polly war so vollends unterkellert, daß sie schmatzend zur Seite sah, anstatt um einen Einfall sich zu bemühen.

Léjal stippte den Mittelfinger auf ihren nackten Unterarm. »Das Lob fraglicher Ausländer sollte selbst die tüchtigste Polizeihure besser verschweigen.«

»Saulouis!« keuchte Polly erbleichend.

»Steiles P!« Léjal erhob sich schnell. Während er sich entfernte, rief er zurück: »Feiles P!«

Vier Stunden später fuhr er unbehelligt nach Zürich, wo er nach drei Tagen via Wien die Nachricht empfing, daß alles geklappt hätte und einundzwanzigtausend Dollars und elftausend Schweizer Francs in Sicherheit seien.

Die Prager Polizei aber hätte nie auch nur gemutmaßt, daß der waghalsige Einbruch in die Villa des Bankiers Katz, welcher in derselben Nacht erfolgte, die Léjal in Aussig verbrachte, von diesem bis ins kleinste Detail vorbereitet und nach seinen Direktiven ausgeführt worden war.

Daisy

Stunden schon vor Ankunft der großen englischen und südamerikanischen Schnelldampfer ist der Hafen in Barceloneta von einer kunterbunten Menschenmenge umlagert, in welcher dem aufmerksamen Beobachter sehr bald die große Zahl einer ganz bestimmten Gattung von Frauen auffällt, deren Anwesenheit bei diesen Gelegenheiten unerklärlich anmutet. Es sind Frauen aus den unteren und mittleren bürgerlichen Ständen, sehr einfach und sauber gekleidet, wenn auch meist in südlicher Farbigkeit, und begleitet von ihren jugendlichen Töchtern, deren Schönheit und Rasse ebenso sehr Bewunderung erregt wie ihre Lebhaftigkeit und Gesundheit. Daß sie Verwandte oder Bekannte bei ihrer Ausschiffung begrüßen wollen, ist schwerlich anzunehmen, denn es müßten ihrer zu viele sein; auch nicht, daß sie lediglich aus Schaulust sich hier einfinden, denn das Einlaufen großer Schiffe findet zu häufig statt, als daß es nicht längst jeden Reiz verloren hätte. Was es eigentlich ist, das ganze Familien an den Hafen zu den Schiffen führt, erfährt man nicht so ohne weiteres.

Cossenlink, der erst wenige Tage in Barcelona sich aufhielt, hatte bereits mehrere Matrosen, Hafenarbeiter und Lastträger danach gefragt. Ein Achselzucken oder ein Grinsen war die Antwort. Deshalb wandte er sich endlich, obwohl er es für sehr gewagt hielt, respektvoll grüßend an die ihm zunächst stehende Señora, die ihre etwa fünfzehnjährige Tochter neben sich hatte. »Sie haben wohl einen Verwandten auf der Mauretania?«

Die Señora zupfte graziös an ihrem schwarzen Schleier. Ohne den Kopf zu bewegen, musterte sie den Fremden. Ihre großen Pupillen standen steil in den Augenwinkeln.

»Jedenfalls aber doch einen guten Bekannten«, fügte Cossenlink hastig hinzu, von dem Verhalten der Señora bereits irritiert.

Unterdessen schien Cossenlinks Musterung zu seinem Vorteil ausgefallen sein: die Señora drehte ihm langsam das Gesicht zu, lächelte charmant und legte den Arm um die Schultern ihrer plötzlich errötenden Tochter.

»Die Kleine ist Ihre Tochter, Señora?« Cossenlink fragte nur, um ein Gespräch zu erreichen.

Die Señora sah an ihrer Tochter hinab, dann Cossenlink verwundert in die Augen. »Finden Sie, daß sie zu klein ist?«

Cossenlink fürchtete, ihren Mutterstolz verletzt zu haben. »O nein«, versicherte er übereilig, »das wollte ich nicht sagen. Durchaus nicht. Aber bei uns sagt man zu jungen Mädchen so.«

»Ai!« Die Señora wiegte leise ihren kleinen schwarzen Spitzenfächer. Ihre weiten Augen verkleinerten sich. »Wo ist das?«

»In Norwegen.«

»Ai! Das ist sehr weit im Norden. Noch weiter als Rußland, nicht wahr?«

»Ja, es ist sehr weit. Und es gibt dort nicht so schöne Frauen wie hier.«

»Die Frauen hier gefallen Ihnen also? Liebt man denn in Ihrem Land die Mädchen nicht?«

»Aber gewiß. Man liebt auch die Mädchen.«

Die Señora hob und senkte mehrmals freudig die Lider, deren lange Wimpern zarte Schatten unter die Augen stachen. Sie nahm ihre Tochter bei der Hand und zog sie ein wenig nach vorne. »Rosita ist noch ein Mädchen.«

Cossenlink verneigte sich leichthin. Dann aber vermochte er angesichts des bestrickenden Liebreizes der Kleinen, die die Augen flatternd niederschlug, sich nicht zu beherrschen: »O, was für eine entzückende Tochter Sie haben, Señora!«

»Nicht wahr?« Die Señora fächerte sich geräuschvoll. »Rosita ist ein sehr schönes Mädchen.« Sie fuhr ihr liebkosend über die welligen blauschwarzen Haare, an deren linker Seite, reizvoll arrangiert, eine gelbe Rose hing. »Sie ist noch viel schöner, wenn man sie gesehen hat.«

»Ich bin überzeugt davon . . .« Cossenlink, dessen Neugierde bloß verdrängt worden war, wurde jetzt aufmerksam. Ohne jedoch noch recht zu begreifen, mehr dazu geneigt, den landesüblichen Freimut anzunehmen, fragte er vorsichtig: »Aber Sie erwarten wohl jemanden?«

Die Señora glaubte, eine gewisse Verlegenheit wahrgenommen zu haben, über deren Ursache sie nicht im Zweifel war. »Nein, wir erwarten niemanden. Wir gehen oft zu den Schiffen. Es ist eine Abwechslung. Aber wenn Sie wollen, gehen wir ein Stückchen zusammen.«

Cossenlink stimmte liebenswürdig zu.

Minutenlang gingen sie schweigend hinter einander durch die lachende und schreiende Menge. Nur von Zeit zu Zeit wandte die Señora sich um und sandte Cossenlink einen freundlichen, gleichsam aufmunternden Blick über die Schulter. Erst als sie aus dem Gewühl in die kleinen Gassen von Barceloneta kamen, traten sie wieder neben einander. Nach einigen gleichgültigen Fragen und Antworten begann die Señora von ihrem Gatten zu erzählen, der in Hostafranchs eine Baumwollfabrik habe, welche leider in den letzten Jahren sehr zurückgegangen sei, weil er infolge eines Kniescheibenbruchs nicht mehr so nach dem Rechten sehen könne. Ihre älteste Tochter vertrete ihn zwar oft, aber man liebe es in Spanien nicht, in Geschäften mit Frauen zu tun zu haben. Da sie keinen Sohn besitze, werde die Lage immer ungünstiger. Gerade vor zwei Tagen habe die Aduana die Monats-Verrechnung geschickt, achtzehnhundert Pesetas, die noch nicht bezahlt seien. Das Personal stehle, sei schwer kontrollierbar, paktiere mit den Kunden, die deshalb unpünktlich oder nur teilweise bezahlten . . . Ihre einzige Freude sei ihre Rosita und ihre einzige Hoffnung und glücklich der Mann, der ihre Tugend werde pflücken dürfen, obwohl sie nur schweren Herzens sich entschließen würde . . .

Cossenlink hatte zwar bereits eine bestimmte Vermutung sich aufgedrängt, dennoch aber war er, sobald er Mutter und Tochter neuerdings betrachtete, vor dieser Frische und Schlichtheit immer wieder wankend geworden. Nun, als die Señora zuwartend schwieg, entschied er sich, sich Klarheit zu verschaffen. »Ich zweifle nicht daran, daß Sie Ihre Tochter gut verheiraten werden.«

Die Señora bewegte schnippisch ihren Fächer, schlug ihn miteins knallend auf, drückte ihn auf das Gesicht, so daß nur die Augen frei blieben, und neigte sich so Cossenlinks Ohr zu: »Ai! Zum Heiraten ist sie noch zu jung und zu arm.«

»Wie alt ist sie?« fragte Cossenlink leise.

»Sie werden den Taufschein sehen. Zwölf Jahre war sie vor einer Woche. Sie haben also nichts zu fürchten.« Die Señora hob den Kopf und entfernte den Fächer vom Gesicht.

Cossenlink schwieg perplexiert, so unerwartet war ihm die Gewißheit dessen geworden, was er im Grunde schon gewußt hatte.

Die Señora nahm sein Schweigen als Zustimmung und hielt den Augenblick für gekommen. »Rosita, mein Engel, geh ein paar Schritte voraus!«

Rosita gehorchte schnell und freudig.

Und während Cossenlink, entzückt von der gazellenhaften Leichtigkeit ihres Gangs und der herrlichen Schmiegsamkeit ihres Körpers, halb benommen halb begehrlich ihr nachblickte, ergriff die Señora seinen Arm. »Sie sind ein vornehmer Herr. Und Sie gefallen mir und Sie gefallen auch meiner Tochter. Geben Sie vierzehnhundert und Sie sollen sie bis morgen haben. Die vierhundert, die noch fehlen, wird unsere Franchita machen. Es ist nicht viel, Señor.«

›Es ist sehr viel‹, sagte sich Cossenlink, der, einmal im Klaren, seine volle Sicherheit wiedergefunden hatte, ›aber es wäre nicht viel, wenn Rosita wirklich . . .‹ Er zweifelte jedoch durchaus und war überzeugt davon, eine Kupplerin vor sich zu haben und ein abgekartetes Spiel. »Ist Rosita tatsächlich Ihre Tochter?«

Die Señora blieb ruhig stehen und sah mit unaffektierter Würde an ihm hinunter. »Sie sind ein vornehmer Herr. Deshalb will ich es nicht gehört haben. Wir wohnen in Hostafranchs. Wir werden einen Wagen nehmen und Sie werden sich von allem überzeugen.«

Sie warf den Kopf leicht zurück und schritt schweigend voran.

Cossenlink folgte, ebenso entschlossen wie neugierig, und winkte einem Ponny-Wagen, der, nachdem Rosita zurückgerufen war, alle drei in kaum einer halben Stunde vor das Haus der Señora brachte. Diese Fahrt, die Rosita mit allerliebstem Geplauder ausgefüllt hatte, hatte Cossenlink vorübergehend an seiner Auffassung irre gemacht. Der kleine baufällige Torrès aber, neben dessen zerschlagener Holztür ein niedriger schmutziger Laden sich befand, schien jeden Zweifel auszuschließen.

Pablo Florès, ein fetter Alter, der laut atmete und übel roch, saß bei ihrem Eintritt in das weite unebene Wohnzimmer mit seiner Tochter Franchita an einem großen runden Holztisch und aß. Er erhob sich schwerfällig, blieb aber wegen seines kranken Beins am Tisch stehen und verneigte sich linkisch.

Nachdem die beiden Mädchen aus dem Zimmer geschickt worden waren, setzte sich die Señora an den Tisch, lud Cossenlink mit einer Handbewegung ein, Platz zu nehmen, und trug hierauf ihrem Gatten den Handel unumwunden vor. Der nickte mehrmals, seinen Stiernacken reibend, und riet, dem vornehmen Fremden zu vertrauen: wenn er auf den Preis einginge, stünde es ihm frei, erst am Morgen zu bezahlen.

Cossenlink war zutiefst darüber erstaunt gewesen, mit welch sicherem Takt die beiden sich darauf beschränkt hatten, ihn ihr Gespräch bloß mitanhören zu lassen. Nun mußte er, beinahe verwirrt, erkennen, daß die Señora nicht gelogen hatte. Nach kurzem Überlegen zog er sein Portefeuille und legte vierzehnhundert Pesetas auf den Tisch vor Pablo Florès, der sie, ohne nachzuzählen, in sein Flaus steckte und Cossenlink über den Tisch hin seine schwielige rote Hand reichte . . .

Bald darauf betrat Cossenlink das winzige Dachzimmer, in dem Rosita ihn erwartete.

Sie saß, nur mit einem kurzen weißen Hemdchen bekleidet, auf dem Bettrand. Auf ihren braunroten flaumigen Wangen lag jetzt ein feiner gelblicher Puder. Ihr dichtes Haar war aufgelöst und ringelte sich in zierlichem Gelock um den Hals. Sie machte, kindlich lächelnd, eine wollüstig einladende Gebärde.

Cossenlink ergriff ihre kleine dunkle Hand, um sie zu küssen. Doch noch bevor er es hatte tun können, fiel Rosita ihm um den Hals; hielt aber vor seinem Mund inne. Ihr Atem roch nach frischen Mandeln. Beide sahen einander in plötzlicher Leidenschaft wild und lange in die Augen. Endlich preßte Rosita ihre jungen glühenden Lippen auf die seinen und gab ihm langsam ihre spitze süße Zunge . . .

Cossenlink verbrachte in dem winzigen Dachzimmer seine seltenste Liebesnacht. Rosita war nicht nur unberührt gewesen, sie war auch in allen Künsten der Liebe unterrichtet worden, selbst den feinsten und letzten. So daß die volle erste Glut ihrer südlichen zwölf Jahre in absonderlichem Kontrast zusammentraf mit der Furcht, ungeschickt zu sein, und ihrem Stolz, wenn sie sicher war, es nicht gewesen zu sein. Erst gegen Mitternacht schien die Nimmermüde ein wenig zu ermüden.

Cossenlink verließ das Bett und holte den Wein und die Früchte, welche auf einem Stuhl neben der Tür lagen.

»Das macht Durst.« Rositas dünne silberne Vogelstimme klang jetzt weicher und tiefer. Sie wischte ihre Lippen, naß von Küssen, mit dem Leintuch trocken.

»Ja, das macht Durst.« Cossenlink, der bisher fast nicht gesprochen, lediglich die Flut ihrer Liebesworte und Schreie genossen hatte, wußte nichts zu sagen.

Plötzlich bat sie ihn, ihr einen Namen aus seinem Land zu geben. Als Cossenlink verwundert nach dem Grund fragte, antwortete sie lächelnd, das sei so der Brauch; sie würde diesen Namen dem ihren hinzufügen und immer zur Erinnerung an diese Nacht führen.

Cossenlink schrieb den Namen, der ihm stets am besten gefallen hatte, auf das kleine gelbe Kärtchen, das sie ihm reichte, und zwar auf ihr ausdrückliches Verlangen in die Mitte: Daisy. Worauf sie mit unbeholfener Schrift ›Rosita‹ davor und ›Florès‹ dahinter schrieb.

Beide tranken und aßen und tranken mehr, als sie wollten, so wohl fühlten sie sich und außerstande, darüber zu reden. Aber der Wein wirkte schließlich doch. Rosita begann wieder zu plaudern. Zwar nicht mehr so harmlos und lustig wie auf der Fahrt im Ponny-Wagen, aber nicht weniger viel und bunt. Sie erzählte von ihrer Schwester Franchita, die beinahe schon die ganze Mitgift beisammen habe und auch nur mit sehr feinen Herren gegangen wäre, aber nur mit Schiffsoffizieren und mit manchen sogar vierzehn Tage. Sie selbst hätte auch geglaubt, ihr Erster würde ein Schiffsoffizier sein, und deshalb wäre sie auch zur Landung der Mauretania gekommen, aber zufrieden sei sie deshalb doch sehr und er solle bitte noch einige Tage bei ihr bleiben . . .

Cossenlink küßte sie und versprach, so lange mit ihr zu schlafen, als er noch in Spanien bliebe.

Und er hielt Wort. Während der vier Wochen, die er in Barcelona verbrachte, schlief er keine Nacht im Hotel. Aber auch tagsüber war er stets mit Daisy zusammen. Hand in Hand schlenderten sie durch die Straßen oder auf der langen Promenade, die von der Rambla bis Gracia reicht, oder sie ruderten auf dem Llobregat. Und sooft sie an La Seu vorbeikamen, der großen Kathedrale, trat Daisy unter das Portal und verrichtete ein kurzes Gebet. Und immer, wenn sie einer ihrer Jugendgespielinnen begegnete, bat sie Cossenlink, ein kleines Geldstück zu geben, und manchmal gingen sie zu dritt, ja auch zu viert ein Stück Weges oder traten in eine Trattoria.

Kurz vor seiner Einschiffung nach Tunis hatte Cossenlink große Unannehmlichkeiten mit der Polizei, die ihn, da er so häufig mit jungen Mädchen gesehen worden war, für einen Mädchenhändler hielt. Erst als er mit Hilfe des Ehepaares Florès nachgewiesen hatte, daß es sich nur um die allgemein tolerierte Familien-Prostitution gehandelt habe, ließ man ihn frei. Da sein Schiff den Hafen aber bereits verlassen hatte, verlebte er noch eine Woche glücklicher Tage an der Seite Daisys.

Faule Zeiten

Stenglewski, der vor Jahren einmal die Arbeit der Polizei an sich hatte ergehen lassen müssen, erinnerte sich dieser Zeit der holdesten Beobachtungen und aufregenden Gegenzüge nicht ohne leise Wehmut. Da ihm zum wirklichen Verbrecher zwar nicht der Geist, leider aber das erforderliche Quantum Nervenkraft fehlte, er andererseits jedoch auch nicht zu einer geregelten Tätigkeit hinneigte, stand er somit seit langem vor der unerquicklichen Alternative, entweder seine kleinen Betrügereien fortzusetzen und sich dabei zu langweilen, oder zu Großem überzugehen und so, vielleicht sein Leben wagend, jene Sensation sich zu verschaffen, deren Vorgeschmack er dereinst im Geplänkel mit der Polizei genossen hatte.

Dennoch war diese Alternative eigentlich niemals so recht in den Vordergrund seines Bewußtseins getreten. Stenglewski langweilte sich und ging jeden zweiten Monat von einem kleinen Schwindel zum andern über. Da geschah es, als er eines Abends vor einem opalenen Apéro auf der Terrasse des Café de l'Epoque saß, daß Titin, den er lange Zeit nicht mehr gesehen hatte, sich zu ihm setzte und seine verwitterten Wangen rieb:

»Faule Zeiten, Stenglewski. Kein Geschäft und kein Féz.«

Stenglewski schnaufte zustimmend durch die Nase, pendelte müde das Haupt, spie schließlich, der wegen seines Halsleidens nicht rauchen konnte, eine Gewürznelke auf den Asphalt und setzte sich hierauf achselzuckend eine neue an das Zahnfleisch.

Titin sah ihm interessiert zu. »Geschmack ist eine Bedürfnisfrage. Davon war ich schon immer überzeugt.«

Stenglewski sog genießerisch an seiner Nelke. »Man ändert sich nicht. Ich lutsche immer noch Vögelchen und du machst deine faden Witze. Aber die Zeiten sind oberfaul, das ist richtig.«

»Was willst du.« Titin, dem ein Windstoß das Ende seines Halstuchs auf Nase und Mund drückte, entfernte es mit der Hand. »Das Leben ist ein einziger Cafard, manchmal unterbrochen von angenehmen Empfindungen, welche zu verhindern die Polizei da ist.«

»Sag das nicht. Wie wunderbar wars, als sie mich für den Juwelenräuber in der Rue Tronchet hielten. Bloß weil ich einen großen Hammer mein eigen nannte.« Stenglewski schlug sich mit der flachen Hand auf den rechten Biceps und ließ dabei die Finger vielversprechend in der Luft zucken.

Titin lächelte ein Fragezeichen. »Nicht so blumig! Ich habe mir sagen lassen, daß die Flics Sporteln schätzen und deshalb die Felder ihrer Tätigkeit, wenn sie mangeln, sich einfach fabrizieren. Wunderbar kann ich das nicht gerade finden.«

Stenglewski wischte sich mit dem Mittelfinger neugierig die Lippen. »Du glaubst also, daß sie auch an miesen Fährten arbeiten, nur um . . .«

»Ohne Zweifel!« Titin beschmierte das Mundstück einer kurzen dicken Zigarre mit Vaseline, das er in einer schmalen Büchse in der Westentasche trug. »Wenn *sie* pfeifen, kommt noch lange niemand. Aber wenn *wir* pfeifen, – wettgerannt kommen sie.«

»Vaseline?«

»Was denn.«

»Warum?«

»Nina.«

»Also immer noch.«

»Kein Vergnügen mehr.«

»Pfeifen *wir* doch.« Stenglewskis Augen erglühten miteins in seltsamem Enthusiasmus.

Titin vollführte auf seiner Stirn mit dem Zeigefinger einen kleinen Kreis. »Für *den* Féz danke ich.«

»Sag das nicht, Titin.« Stenglewski bohrte aufgeregt in der Nase. »Es *ist* ein Féz. Und sogar ein Geschäft, wenn mans versteht.«

Titin roch mit geschlossenen Augen an seiner Zigarre. »Triffst du Vorkehrungen für meine Heuerung zu einem Coup?«

»Vielleicht.« Stenglewski säuberte seinen Zeigefinger an der Hose. »Wenn man sich richtig gefährlich macht, lassen sie was springen.«

Titin lehnte mit der Zigarre ab. »Das ist eventuell für einen Separatgenießer wie dich ein Féz. Ein Geschäft ist es auf keinen Fall. Da würde ich schon lieber gleich zur Polizei gehen.«

Stenglewski wog grübelnd allerlei in sich ab. Und plötzlich strichen seine dürren Hände langsam die Hüften hinab. »Titin, das wäre . . . unter Umständen . . . vielleicht sogar . . . Das könnte . . . Man müßte . . .«

Titin senkte seine Zigarre. Seine Lippen spitzten sich.

Stenglewski preßte beide Hände auf seinen Arm und begann, mit wilder Mimik, zu detaillieren . . .

Schon am nächsten Vormittag begab Stenglewski sich zum Polizei-Kommissariat des XVII. Arrondissements auf der Place Châtillion und berichtete mit dampfenden Lungen und völlig zerschlagener Stimme, daß bei ihm eingebrochen worden sei. Worauf drei Beamte unverzüglich ihre Taschen sattelten und, mit Stenglewski an der Spitze, an den Tatort eilten. Daselbst, einem länglichen düsteren Hofzimmer in der Rue des Fleurs, bot sich ihnen ein ziemlich primitiver Anblick: auf dem zerwühlten Bett lag eine kleine Eisenkassette, wie Geschäftsleute sie im Ladentisch zu halten pflegen, mit offenem Deckel und leer. Daß das Schloß forciert worden war, unterlag keinem Zweifel. Mehr schon, ob der Betrag von fünfzehntausend Francs, dessen Stenglewski beraubt worden sein wollte, auch tatsächlich sich darin befunden habe. Als die Beamten, auf das ärmliche Logis hinweisend, diesbezügliche Äußerungen fallen ließen, stieß Stenglewski verzweifelt die Fäuste gen Himmel, jammerte von zehn Jahren schwerster Arbeit, mühsamster Existenzgründung, von unsäglichen Entbehrungen und schwierigen Ersparnissen, warf überhaupt mit trist illustrierenden Vokabeln nur so um sich und erreichte nach einer Viertelstunde, daß man wenigstens willig wurde, ihm zu glauben. Dies umsomehr, als er, infolge dieser Erfahrung mit der Passivität der Polizei scheinbar konsterniert, daran ging, sich selbständig zu machen: er drehte das Licht an, untersuchte die Fensterrahmen, die Wände, die Tür, den Fußboden; und wies schließlich, zum nicht geringen Ärger der erstaunt assistierenden Beamten, auf Wachsspuren im Türschloß hin und auf ein Stückchen hellroter Leinwand, das er unter dem Bett aufgelesen hatte. Während die Wachsspuren für sich selber sprachen, blieb das Stückchen Leinwand stumm. Umso beredter jedoch wurde Stenglewski. Er behauptete, die Anwesenheit dieses Stoffrestes in seinem Zimmer, in dem kein wie immer gearteter Gegenstand dieser Stoffsorte sich befunden habe, dürfte sehr wahrscheinlicher Weise von größtem Nutzen für die Auffindung einer Spur sein, dankte den Beamten für ihre Bemühungen mit bitterer Miene und der Versicherung, daß er nun selbst der Sache nachgehen wolle, und ersuchte lediglich darum, ihn erforderlichen Falls zu unterstützen. Die Beamten, beinahe verlegen, sagten dies selbstverständlich zu, nahmen ein Protokoll auf und stiegen hierauf mit Stenglewski hinab, der vor der Portierloge halt machte, um die Concierge zu inquirieren. Kaum war diese aus der Tür getreten, als Stenglewski mit einem halb unterdrückten Aufschrei vorstürzte, das Stückchen hellroter Leinwand aus seiner Tasche riß und auf ein kleines Loch drückte, das sich in dem Leinwandkittel befand, den die Concierge trug. Die Beamten wunderten sich indigniert, stellten Fragen und erfuhren, daß der Leinwandkittel, zum großen Ärger seiner Besitzerin, einen ganzen Tag lang verschwunden gewesen wäre. Stenglewski, sichtlich der Situation gewachsener, verabschiedete die Concierge dankend und trat mit seinen Begleitern auf die Straße, wo er ihnen, mit bereits deutlich einsetzender Arroganz, mitteilte, er halte die Concierge nicht für schuldig, das habe er, lediglich psychologisch, an der Art ihres Reagierens erkannt, sondern neige dazu, an einen Zufall oder eine seltene Komplikation zu glauben, deren Aufhellung ihm schon noch gelingen werde. Und an der Ecke der Avenue de Clichy verließ er, auf einen Pauschal-Gruß sich beschränkend, die drei Beamten, welche, vor ihren Vorgesetzten zurückgekehrt, so Erstaunliches berichteten, daß dieser nicht umhin konnte, Stenglewskis Umsicht zu rühmen und ihn per Rohrpostkarte für den folgenden Nachmittag zu sich zu bestellen.

Stenglewski erschien bereits drei Stunden früher. Und zwar mit der Mitteilung, daß er dem Täter hart auf der Spur sei; er bitte um Sukkurs. Dieser wurde ihm sofort zugesagt, aber erst dann gewährt, als er berichtet hatte, daß er nach seiner Rückkehr die Concierge abermals verhört und herausbekommen habe, ein dicker junger Mann mit einer braunen Mütze wäre am Tage vor dem Einbruch von ihr gesehen worden, wie er, nicht unverdächtig, vor dem Hause und einmal sogar vor der Loge sich zu schaffen gemacht habe; daß er, Stenglewski, den Zusammenhang daraufhin bereits vag konzipierend, sich den Leinwandkittel ausgebeten und, wie wenn er verloren worden wäre, in die Ecke neben der Haustür geworfen habe, jedoch so, daß jeder Vorübergehende ihn sehen konnte; auf diese Weise habe er, Stenglewski, nachdem er hinter einer Laterne sich auf die Lauer gelegt hatte, nach stundenlangem Warten beobachten können, wie ein junger Mann, auf den die Beschreibung der Concierge genau paßte, vor der Haustür stehen geblieben wäre und mit einem schnellen scheuen Griff den Leinwandkittel unter seinem Mantel versteckt hätte, schneller als er gekommen war mit ihm davoneilend; er sei ihm vorsichtig gefolgt und habe ihn in der Impasse Bilcoq im letzten Haus rechts verschwinden sehen. Der Kommissär lobte Stenglewskis Geschicklichkeit und Voraussicht und gab ihm zwei seiner besten Beamten mit.

Als diese nach zwei Stunden zurückkehrten, konnten sie berichten, daß der Leinwandkittel in einem versteckten Winkel des Schnürbodens sich vorgefunden habe, der Täter selber leider nirgends zu entdecken gewesen und auch von niemandem gesehen worden sei; Stenglewski aber habe sie auf dem Rückweg in der Rue Ordener plötzlich wortlos verlassen und sei auf eine in der Richtung La Chapelle vorbeifahrende Tram gesprungen.

Von nun an erschien Stenglewski fast täglich im Kommissariat, meldete die neuesten Ergebnisse seiner Spürarbeit, holte sich Rat und löste immer neue Rätsel. Nachdem er herausbekommen hatte, daß der Täter den Leinwandkittel der Concierge weggenommen hatte, um sie verdächtig zu machen, es aber für vorsichtiger gehalten hatte, ihn gänzlich aus dem Weg zu räumen, nachdem er seine Schuldigkeit getan hatte, stellte Stenglewski fest, daß der Mann, den er in der vorbeifahrenden Tram erkannt hatte, der Bruder des Täters war und in der Rue Doudeauville wohnte. Er wußte die Bekanntschaft dieses Bruders zu machen, durch ihn die Geliebte des Täters kennen zu lernen und durch sie dessen Gewohnheiten und schließlich ihn selber, den er geschickt umgarnte, indem er ihn veranlaßte, einen neuen Einbruch zu unternehmen. Während jedoch Stenglewski bei all diesen Recherchen und Lockspitzeleien die Mithilfe der Polizei mit der Begründung ablehnte, es ginge allein auch und mache ihm so weit mehr Vergnügen, bat er sich, als er zum letzten Schlag ausholen wollte, drei Beamte aus. Der Schlag ging fehl. Angeblich sollte der Täter dadurch, daß einer der Beamten zu früh vor der Schenke sich gezeigt hatte, mißtrauisch geworden und plötzlich spurlos verschwunden sein und mit ihm sein Bruder und seine Geliebte.

Stenglewski war über das Mißlingen seiner zeitraubenden Anstrengungen so niedergeschlagen, daß er den Kampf aufgab. Und da auch die Polizei nicht sonderlich darauf hielt, die Angelegenheit weiterzuverfolgen, inzwischen aber konstatiert hatte, daß Stenglewski bereits einmal ungerechtfertigter Weise unter Aufsicht gestellt worden war, gedachte sie dieses in zwiefachem Betrachte bedauernswerte Opfer dadurch schadlos zu halten, daß sie ihm vorschlug, in ihre Reihen zu treten. Stenglewski tat es nach einer viertägigen Bedenkzeit. Nicht ohne zuvor Titin zu konsultieren, der über die einzelnen Stadien des gesamten Vorgehens Stenglewskis selbstverständlich bis ins Kleinste orientiert worden war. War er es doch, der in vielerlei Verkleidungen den Flics, wenn es sich nicht hatte umgehen lassen, vorgeführt worden war und durch seinen Rat nicht wenig dazu beigetragen hatte, Stenglewski bis zu diesem Ziel zu bringen.

»Nun wären wir also so weit.« Stenglewski ergriff die eigene Hand und schüttelte sie.

Titin steckte das Ende seines Halstuchs sich in den Mund und biß es sorgenvoll. »Ob es aber auch wirklich ein Geschäft werden wird?«

»Sag das nicht.« Stenglewski knallte überzeugt mit zwei Fingern. »Es *wird* ein Geschäft werden. Wir ziehen, nach Schema Rue des Fleurs, mehrere schwere Sachen auf und treiben wochenlang eine Streife nach der andern dahinter her.«

Titin lehnte mit einem Bleistift ab. »Die Sporteln und Spesen sind, wie du ja bereits bemerkt hast, doch viel unbedeutender, als wir annahmen.«

Stenglewski sog mißmutig an seiner Nelke. »Wir müssen eben *ganz* schwere Sachen aufziehen.«

»Auch die Arbeit ist größer, als ich dachte.« Titin zog mit dem Bleistift einen beschwörenden Kreis auf das Tischchen. »Wir müssen den ganzen Truc umbauen.«

Stenglewski vergaß seine Nelke, so dékonzertiert war er.

Titin lächelte plötzlich überwältigend. »Wir führen die Sachen eben aus. Und sollte schon die erste uns edel machen, ziehen wir uns zurück.«

Stenglewski packte Titins obersten Rockknopf und sprühte los: »Das wäre . . . das wäre . . . Roulant wäre das! Wir brechen eine fette Kiste auf. Du gehst mit dem Gummi auf Sommerfrische und ich bearbeite unsern Verduft. Sollst sehen, wie miserabel ich hinter uns her bin! Wie großartig wir entkommen werden! Denn ich werde wieder heftige Beweise meines Scharfsinns und meiner Geschicklichkeit liefern und . . .«

». . . und eventuell einen falschen ans Messer.«

»Wozu?«

»Zeitgewinn! Und man fixt es so, daß sie ihn später doch wieder laufen lassen müssen.«

»Das *wird* ein Féz!« Stenglewskis Augen faszinierten sich selber.

Titin zog, eine sanft wuchtende Selbstzufriedenheit in den Zügen, die schmale Büchse mit Vaseline aus der Westentasche und hierauf eine kurze dicke Zigarre aus dem Rock.

Stenglewski ließ ein wallendes Grinsen über sein Gesicht hereinbrechen. »Wird sich bald ausgeschmiert haben.«

»Was denn.«

»Nina.«

»Warum?«

»Vaseline!«

»Was willst du ... Es ist zwar kein Vergnügen mehr, aber sie hat sich so an mich gewöhnt, daß ich ...«

»Das könnte ... Man müßte ...«

»Stenglewski, das werden faule Zeiten.«

»Für Ninas Portemonnaie, ohne Zweifel.«

»Auch. Aber hauptsächlich für die Polizei.«

Der Sturm auf die Villa

Schicketan war mit der immer noch banalen, aber zweifellos oft vernünftigen Absicht in Berlin geblieben, sich reich zu verheiraten. Er hatte sich allerdings nicht freiwillig dazu entschlossen, sondern teils einem wohlgemeinten Rat seines Freundes Fidikuk folgend, teils unter dem Einfluß einer gewissen Müdigkeit, die wiederum verursachte, daß er nicht mit der ihm eigenen Energie Ausschau hielt, vielmehr tagelang in Berlin umherbummelte, als würde die reiche Braut ihm von selber vor die Füße stolpern.

Da begab es sich, daß Schicketan eines Nachmittags, als er den Kurfürstendamm überquerte, einer eleganten hübschen Dame begegnete, deren Bekanntschaft er vor Jahren gemacht hatte. Er eilte auf sie zu, kam aber zu spät. Denn plötzlich war ein junger Mann neben sie getreten, der allem Anschein nach sie hier erwartet hatte.

Schicketan ging schnell an dem Paar vorbei, da er die Situation für unbrauchbar hielt, legte aber Wert darauf, gesehen zu werden. Er erstaunte darüber, in dem jungen Mann einen äußerlich höchst unscheinbaren Spengler-Epigonen namens Hungel zu agnoszieren, den er persönlich kannte, und gleichwohl nicht gegrüßt zu werden. Der Zufall wollte es, daß Schicketan drei Tage später Hungel im Café Schilling an das Schienbein stieß. Man begrüßte einander lachend, tauschte kleine Erinnerungen aus und kam, nicht ohne Schicketans geschicktes Dirigieren, auch auf Frau Klipprich zu sprechen.

Als Schicketan sich von Hungel verabschiedete, war er über die gegenwärtigen Lebensumstände Frau Klipprichs im allgemeinen orientiert: sie war inzwischen von ihrem Gatten schuldfrei geschieden worden und in Zehlendorf-West Besitzerin einer schloßähnlichen Renaissance-Villa, die sie allein und infolge ihrer trüben Eheerfahrungen sehr zurückgezogen bewohnte. Da Schicketan sich erinnerte, daß Frau Klipprichs Vater ein sehr reicher Gummi-Fabrikant sein sollte, war sein Interesse so sehr gestiegen, daß er den taktischen Fehler beging, den Wunsch auszusprechen, Frau Klipprich wiederzusehen. Zu seinem Erstaunen war Hungel verlegen geworden und hatte, als hätte er es vergessen, rasch hingeworfen, Frau Klipprich habe ihn sogar gebeten, wenn er Schicketan begegnen sollte, ihm zu sagen, daß sie ihn gerne einmal bei sich sehen würde; und zum Überfluß hierauf dem Gespräch so unvermittelt eine andere Wendung gegeben, daß Schicketan nicht im Zweifel darüber war, was ihn dazu bestimmt hatte. Dies umsomehr, als Schicketan weder die Adresse Frau Klipprichs kannte noch die Zeit, zu der sie Besuche zu empfangen pflegte, weder die Fahrtverbindung noch die Telefon-Nummer, welche er auch nach wiederholtem Suchen nicht zu finden vermochte.

Schicketans Müdigkeit war wie fortgelächelt. Seine alte Energie kehrte wieder, wie stets, wenn lukrativen Zielen der Ehrgeiz sich verband, einen Gegner matt zu setzen. In wenigen Minuten wußte er die Wohnung Hungels und anderntags durch wohlüberlegte telefonische Anfragen mit mehrfach verstellter Stimme es zu erreichen, Hungels Wege für den folgenden Tag zu erfahren. Er lief ihm in der Tauentzienstraße in die Hände, zeigte sich über die Maßen erfreut über dieses schnelle Wiedersehen und war abermals sehr erstaunt, von Hungel zu hören, daß Frau Klipprich ihm aufgetragen habe, Schicketan für Sonntag zum Tee einzuladen und ihn zu diesem Zweck im Café Schilling zu suchen. Schicketan dankte, versprach zu kommen und lächelte nicht einmal darüber, daß Hungel auch jetzt noch sich darauf beschränkte, ihm mitzuteilen, die Fahrtverbindung und der Weg zur Villa seien überaus kompliziert, er werde jedoch halb vor fünf im Café Schilling auf ihn warten und ihn persönlich hinausbegleiten.

Schicketan, davon überzeugt, daß Hungel zu diesem Rendezvous nicht erscheinen würde, machte sich Sonntag bereits um drei Uhr nachmittags auf den Weg zum Vorort-Bahnhof, der linker Hand hinter dem Potsdamer liegt. Da die Abgangszeit der Züge seit einer Woche mit dem Fahrplan divergierte, verlor Schicketan drei Viertelstunden, so daß es bereits ein Viertel nach vier war, als er Zehlendorf-West erreichte. Daselbst begab er sich unverzüglich zum Gemeinde-Amt, wo er nach langem Warten Frau Klipprichs Adresse erfuhr und auch den Weg gewiesen erhielt. Dieser stellte sich alsbald als wirklich kompliziert heraus. Und als, nach fortwährendem Fragen, es Schicketan endlich gelungen war, die Villa zu finden, zeigte seine Uhr fünf Uhr fünfzehn.

Die alte Frau, die ihm öffnete, teilte ihm verwundert mit, Frau Klipprich befinde sich in Berlin, und wackelte noch schneller mit dem Kopf, als sie hörte, daß es sich um eine persönliche Einladung handle. Sie ließ Schicketan nur ungern eintreten und konnte sich nicht entbrechen, grinsend zu äußern, es werde wohl sehr lange dauern.

Es dauerte auch wirklich lange. Und zwar bis sechs ein halb. Um welche Zeit Hungel erschien, der sich ausführlich darüber ärgerte, solch Pech gehabt zu haben: er habe während der letzten Tage Frau Klipprich wegen Zeitmangels nicht gesehen und ihr die Mitteilung von der Bestellung ihrer Einladung erst vor zwei Stunden telefonisch machen können, und zwar leider nur ihren Eltern, zu denen aber, wie er bestimmt wisse, Frau Klipprich heute sich begeben werde, so daß sie unter allen Umständen von seiner, Schicketans, Anwesenheit in ihrer Villa noch erführe, obwohl freilich doch nicht abzusehen sei, wann sie und ob überhaupt . . .

Schicketan weidete sich an Hungels Eifer und Ungeschick und versicherte geruhsamster Miene, er habe Zeit und werde warten, möge es auch bis zehn Uhr nachts dauern; schließlich werde Frau Klipprich ja doch einmal heimkehren.

Hungel kämpfte, wenn auch nicht mit vollem Erfolg, seine Wut nieder und mußte es sich gefallen lassen, daß Schicketan ihn zu einem Gespräch zwang, das jener, um nicht zu zeigen, daß er ihn durchschaue, so heiter zu gestalten wußte, daß Hungel trotz seinem tristen Zustand einige Male lachen mußte.

Frau Klipprich kam halb vor zehn nach Hause. Hungel war ihr, sobald er den Wagen hatte vorfahren hören, auf die Treppe entgegengeeilt, von wo aus Schicketan aufgeregte und unwillige Stimmen vernahm. Nachdem er eine halbe Stunde allein geblieben war, kam Hungel mit der Nachricht, Frau Klipprich bitte um Entschuldigung, sie mache Toilette.

Endlich, nach einer weiteren Stunde, die unter feixenden Konversationsversuchen verronnen war, erschien Frau Klipprich in einer allerliebsten Abendrobe. Es war nicht zu verkennen, daß sie ihrer Toilette höchste Gewissenhaftigkeit hatte angedeihen lassen. Sie erschöpfte sich in Entschuldigungen; es müsse wie verhext gewesen sein, daß Hungel . . . und sie könne es einfach nicht begreifen . . .

Schicketan begriff umso besser. Und ließ, während man selbdritt vorzüglichen Tee trank und unzählige Sandwichs verschlang, keine Gelegenheit vorüber, seine liebenswürdigsten Seiten vorzuweisen und Hungel vorsichtig zu ironisieren. Dies bewirkte, daß Frau Klipprich bereits um elf Uhr ihrem Hungel allerlei Schmollendes verabreichte, ja sogar zu kleinen Verweisen sich verstieg. Was

Hungel, ziemlich deutlich déséquilibriert, damit quittierte, daß er schon nach einer Stunde zum Aufbruch drängte.

Frau Klipprich wehrte sich heldenhaft. Hungel aber ließ nicht locker, und da Schicketan seinen ersten Besuch nicht zu einem nächtlichen Tête-à-tête mißbrauchen, andererseits Frau Klipprich ihn auch nicht dazu auffordern durfte, blieb Hungel Sieger.

Nicht lange. Denn am übernächsten Tag rief Schicketan, der inzwischen mit den Geheimnissen der Gesellschafts-Anschlüsse sich vertraut gemacht hatte, telefonisch an und wurde für den folgenden Tag zum Tee gebeten.

Als er nurmehr wenige Schritte von der Gartentür der Villa entfernt war, tauchte miteins Hungel vor ihm auf, der ohne Zweifel irgendwo auf der Lauer gelegen war, um die Ankunft seines Gegners abzupassen. Obwohl Schicketan dieses Vorgehen nur damit sich zu erklären vermochte, daß Hungel ihn mit Frau Klipprich nicht allein lassen wollte, glaubte er an einem gewissen Plus von Heiterkeit zu erkennen, daß Hungel etwas plane. Glücklicherweise. Denn andernfalls hätte Schicketan vielleicht doch geglaubt, was Hungel ihm, als sie gemeinsam Frau Klipprichs Erscheinen erwarteten, wie nebenbei mitteilte: daß Frau Klipprich sich so lange nicht blicken lasse, weil sie indisponiert sei, unwohl . . . ein Zustand, der bei ihr stets langwierig und sehr schmerzhaft sich äußere, so daß sie in jeder Hinsicht dringend der Schonung bedürfe.

Schicketan, der Hungels Manöver, ihn zu veranlassen, seinen Besuch abzukürzen und etwaige Angriffspläne vorderhand zu begraben, sofort durchschaute, tat, als Frau Klipprich, wiederum in einer entzückenden Robe, eintrat, als wäre er zerstreut, und beschränkte sich darauf, die banalste Konversation zu machen.

Hungel war überzeugt, ihn unschädlich gemacht zu haben. Er zögerte deshalb nicht länger, seine Scharte vom letzten Mal dadurch auszuwetzen, daß er sich plötzlich mit der Behauptung erhob, eine wichtige Verabredung zu haben und sehr zu bedauern, die beiden allein lassen zu müssen.

Als dies geschehen war, arrangierte Schicketan sich weitläufig in ein Fauteuil und holte, mit Hilfe einer Zigarette, eines seidenen Taschentuchs und eines kleinen Flacons, auch szenisch weit aus.

Frau Klipprich saß ihm gegenüber auf dem Sofa, die schönen Hände lieblich in den Schoß gebettet, und harrte mit harmonischer Wohlerzogenheit und geschmackvollen kleinen Koketterien dessen, was so außergewöhnliche Vorbereitungen mit Recht versprachen.

»Man muß den zurückgebliebenen Dampf eines Weggegangenen sich verziehen lassen.« Schicketan sah erst jetzt auf. »Wenn man nicht in getrübter Atmosphäre sich beeinträchtigt wissen will.«

Frau Klipprich drückte ihre schmalen rosigen Fingernägel noch schmäler, während sie mit hell läutender Stimme sich verwahrte: »Ich schätze Hungel sehr. Er ist ein absolut zuverlässiger Mensch.«

»Das ist vor allem bequem.« Schicketan steckte den Hals des Flacons sich in die Nase und schnupfte geräuschvoll an ihm. »Alle Eigenschaften, die man an anderen schätzt, müssen diesen Vorzug haben, wenn sie nicht entwertet werden wollen.«

Frau Klipprich, welche die Richtigkeit dieser Behauptung dumpf bezweifelte, widersprach unsicher: »Es gibt auch unbequeme Vorzüge.«

»Sie irren.« Schicketan trocknete sich mit dem Taschentuch die trockenen Mundwinkel. »Ein Vorzug, der anfängt, unbequem zu werden, ist nurmehr eine Eigenschaft, die man bestenfalls nachsichtig duldet.«

Frau Klipprich hielt es für einfacher, direkt zu antworten: »Sie mögen Hungel nicht.«

»Wie alle Leute, die überaus philosophisch parlieren, privatim aber, wenn ihre Interessen in Gefahr sind, nicht weniger schieben als alle anderen.«

»Und ich wiederhole Ihnen, Herr Schicketan, daß Sie Hungel eben nicht mögen. Ich habe wohl auch bemerkt, daß er . . . Das ist verzeihlich.«

Das Zimmermädchen trat ein, um den Tisch abzuräumen.

Nachher war es schwierig, geschickt auf das vorhergegangene Gespräch zurückzukommen. Schicketan überlegte nicht lange, sondern zog es vor, es kurzerhand wiederaufzunehmen. »Was macht Hungel eigentlich? Wenn er bloß wie Spengler dichten würde, das ginge noch an. Aber ich fürchte, er hat eine – Lebensaufgabe.«

Frau Klipprich steifte sich ein wenig. »Gewiß.«

»Ach«, stöhnte Schicketan spöttisch und ließ seine Zigarette wie gelangweilt fallen. »Lebensaufgaben sind die primitivste Form der Hysterie.«

Frau Klipprich ärgerte sich, als hätte es ihr selber gegolten. »Hungel ist nicht hysterisch.«

»Da ich beobachtet habe, daß er nicht Ihr Geliebter ist, ja Sie nicht einmal nachhaltig beeinflußt hat, dürfte meine Auffassung die richtigere sein.«

Frau Klipprich erboste sich beinahe, weil sie dieses versteckte Lob sich bereits als Manko deutete. »Ist man hysterisch, wenn man ein bißchen eifersüchtig ist?«

»Das wohl nicht. Aber wenn man es sich zur Aufgabe gemacht hat, dort den Wächter zu spielen, wo man nie Besitzrechte hatte.«

In dieser Art, bald amüsant bald médisant, sprach Schicketan noch lange Zeit, bis Frau Klipprich, immer mehr in Laune gebracht, ihn zum Abendessen zu bleiben bat. Beim Dessert spiralte das Gespräch nurmehr um sehr lockere Dinge, Frau Klipprichs Finger erregt um das Obstbesteck und Schicketans Gehirn sich vor den Sprung.

Er erhob sich plötzlich, nahm Frau Klipprich an der Hand, wies, als sie neugierig aufgestanden war, mit ausgestrecktem Arm auf den gestirnten Nachthimmel und führte sie so zu der auf dem Wege zum Fenster befindlichen Chaiselongue, auf die er sie blitzschnell niederwarf und sich auf sie . . . Der Sturm war unternommen. (Unblutig.)

Und bereits nach zehn Minuten verziehen. Denn Frau Klipprich hauchte hold: »Karl, wirst du . . . werden Sie . . .« – »Ja.«

»Hier bei mir?«

»Hier bei dir.«

»Immer?«

»Immer.«

»Aber Hungel?« Sie errötete lustig.

»Der hat doch seine Lebensaufgabe.«

»Und du . . .« Ihre Augen sprühten lachend auf. »Du hast – Druckknöpfe.«

»Bereit sein ist alles, süße Lissy.«

Nach etwa einer Stunde, die heißeste Lust und verrücktes Geplauder zugleich erfüllt hatten, vernahm Schicketans feines Ohr von der Straße her einen ihm nur zu bekannten Pfiff.

Weshalb Schicketan, nachdem er sich, mühselig genug, frei gemacht hatte, eine halbe Stunde später aus dem Garten trat, wo Fidikuk, bereits ungeduldig wartend, ihm überstürzt mitteilte, die Polizei habe nun doch Wind bekommen und die Heirat würde also an der unvermeidlich schlechten Auskunft scheitern.

Schicketan tobte. »Und deshalb mußtest du mich jetzt stören? Ausgerechnet jetzt?«

Fidikuk grinste gemein. »Nee, deswejen nich jerade. Aba ik rate dia, vaschwinde noch vor der Morjen jraut. Wat biste ooch janze Tache lang rumjeschweddert for nischt und wieda nischt? Mit so vill Marjarine uffm Koppe jeht nur een Varrickter in de Sonne.«

»Warum also?« Schicketan pfitschte wütend mit dem Stock. »Warum?«

»Et is wejen . . .« Fidikuk zögerte teilnahmsvoll.

»Die Sache mit Amanda am Ende gar?«

Fidikuk nickte still.

»Verflucht und angespien! Und ich bin so müde!«

Der Sturm auf die Villa war wie gewonnen so zerronnen.

Bukarest – Budapest

Der Wiener D-Zug hatte seit etwa zwanzig Minuten Bukarest hinter sich, als Schingut den Toilettenraum verließ und seinen mit einer Reisemütze belegten, in einem Abteil zweiter Klasse befindlichen Mittelplatz einnahm. Hierauf zog er eine Zeitung aus der Tasche und tat, als lese er, um unbeobachtet die Mitreisenden mustern zu können. Links von ihm saß eine weißhaarige Dame, die unausgesetzt an einem gelben Stift roch; rechts von ihm ein halbwüchsiger Gymnasiast, der Kants ›Praktische Vernunft‹ mit persönlichen Randbemerkungen versah. Deshalb hielt Schinguts erfahrenes Auge nur den ihm gegenüber sitzenden Herrn seiner Aufmerksamkeit für würdig. Dessen hellgrünen Waterproof, der glatt zusammengerollt im Netz lag, erkannte Schingut als echte Londoner Marke, Wäsche und Krawatte von allererster Qualität, desgleichen den dunkelgrauen Sakko, der schwerlich älter war als acht Tage. Nur das feiste Gesicht war für Schingut ein Rebus: es war kugelrund, ockerrot, glattrasiert und im höchsten Grade nichtssagend, welchen Effekt sonderlich die kleinen lichtlosen Augen bewirkten und die kurze Stupsnase. Selbst nach wieder und wieder unternommenen Musterungen mußte Schingut sich eingestehen, daß er weder die Nationalität noch den Beruf seines Gegenübers zu fixieren imstande war. Das war ihm seit Jahren nicht mehr widerfahren. Und da er allen Grund hatte, seine Reise mit größter Vorsicht auszuführen, nahm er sich augenblicks vor, sein beunruhigendes Vis-à-vis zu untersuchen.

Als dessen Blick das nächste Mal dem seinen begegnete, sagte Schingut deshalb laut, wenn auch durchaus wie absichtslos: »Eine sehr gute Strecke! Wie ruhig der Wagen geht!«

»Ja. Sie haben recht.«

Schingut schwieg, die Zeitung neben sich legend, und blickte zum Fenster hinaus. Er rechnete auf den suggestiven Zwang, der von einem hingeworfenen Satz, dem nichts weiter folgt, ausgeht.

Und er hatte richtig gerechnet. Der Herr wartete bloß auf Schinguts Blick, dem er, als er eintraf, zulächelte. »Sie fahren auch bis Budapest?«

Schingut, der einen leichten slawischen Akzent konstatiert hatte, nickte, obwohl sein Reiseziel Brünn war. »Gefällt es Ihnen?«

»O, sehr. Ein kleines Paris. Sie sind wohl von dort?«

»Nein. Ich war noch nie in Budapest.«

Der Herr wiegte erstaunt den Kopf. »Ich hätte gewettet, daß Sie in Budapest geboren sind.«

Schingut war, obwohl er es völlig zu verbergen wußte, fast verblüfft: er war tatsächlich aus Budapest gebürtig. »Weshalb?« fragte er leise.

»Ihr Deutsch hat jenen breiten und singenden Tonfall. Sehr schwach. Aber es ist doch zu merken.«

Schingut schmunzelte höflich. »Sie beobachten sehr scharf.« Innerlich aber grinste er: er war drei Monate alt gewesen, als seine Eltern ihn nach Mailand verkauft hatten, und hatte seither Ungarn nie wieder gesehen.

»Keine besondere Leistung. Man muß eben darauf achten. Und da ich selbst Budapester bin . . . Barany ist mein Name.«

»Schingut.«

»Angenehm.« Barany verneigte sich abermals.

Schingut desgleichen. Da er aber bereits überzeugt war, daß sein Gegenüber ebenfalls log und auch in der Absicht, sich zu orientieren, legte er sich gewissermaßen auf die Lauer.

»Also Sie sind trotzdem nicht aus Budapest.« Barany lächelte wie einer, der sich herbeiläßt, mit einem Lügner noch weiter zu reden.

Schingut hißte eine gewisse verlegene Bedachtlosigkeit. »Habe ich denn behauptet, daß ich aus Budapest bin?«

»Aber gewiß nicht.« Barany blickte fröhlich auf die Deckenlampe. »Habe *ich* denn das behauptet?«

»Aber keineswegs.« Schingut zog eine kleine Feile aus der Westentasche. »Schließlich könnte man ja auch einen bestimmten Akzent haben, ohne ihn am Ursprungsort erworben zu haben.« Er feilte an seinen Nägeln.

»Ja natürlich.« Es war offensichtlich, daß Barany an diese Gelegenheit sich klammerte. »Man könnte ihn zum Beispiel in jahrelangem Umgang mit einer Person sich angeeignet haben.«

»Zweifellos.« Schingut nickte geradezu begeistert, feilte dabei aber so heftig, daß er sich blutig riß. »Teufel auch! . . . Oder indem man wochenlang eine Rolle spielte.«

»Eine Rolle?« fragte Barany verwundert, als begriffe er nicht das Geringste.

»Nun ja.« Schingut speichelte seinen verletzten Finger ein und umwickelte ihn äußerst behutsam mit seinem Taschentuch. »Zum . . . Beispiel . . . in einem Stück.«

»Ach so.« Barany war leicht enttäuscht, glitt aber schnell darüber hinweg. »Sie sind vielleicht Schauspieler?«

Schingut ärgerte sich nun fast schon. »Nicht mehr, als man so fürs Haus braucht.«

Barany, dem diese halbe Herausforderung nicht entging, lachte deshalb schallend auf. »Sehr gut! Wirklich sehr gut! . . . Aber, ich bitte Sie. Das Leben ist eine Rauferei. Wer immer aufrichtig wäre, läge bald auf der Nase.«

»Wem sagen Sie das«, seufzte Schingut kordial und feilte wiederum an seinen Nägeln.

Beide sahen freundlich zum Fenster hinaus. Es war eine gewisse Harmonie hergestellt.

Der Gymnasiast, der selbstverständlich so getan hatte, als hörte er nicht zu, begab sich, empört über die Banalität des Vernommenen, fluchtartig in den Speisewagen.

Der alten Dame war es gelungen, einzuschlafen.

Als Schingut es bemerkte, wurde er plötzlich heiter: es hatte ihm ein gut Teil seines Elans geraubt, von Dritten gehört zu werden. Nun schickte er sich an, schärfer ins Zeug zu gehen. Er überfiel geradezu Barany mit seiner Stimme: »Sie sind Reisender, nicht wahr?«

Barany machte ein impertinentes Gesicht. Es konnte allerdings auch lediglich verstimmt sein.

Schingut hielt es für impertinent und deshalb Barany für sehr verdächtig. Er steckte die Feile ein und erklärte, liebenswürdig lächelnd: »Ihre Art, den Mantel zu rollen, ist nämlich typisch für die englischen Reisenden.«

Barany schmatzte ironisch. Aber es war trotzdem schwer, zu behaupten, daß es nicht nervös war. »Ich war nie in England und bin auch nur insoweit Reisender, als ich eben reise.«

Schingut verdroß es, daß sein Kniff mißlungen war: er hatte nicht daran gezweifelt, daß Barany ihm antworten würde: ›Nein, ich bin kein Reisender, sondern . . .‹ Deshalb sagte er vorwurfsvoll: »Ich hätte gewettet, daß Sie Reisender sind. Aber Sie sind wohl bloß vorsichtig.«

»Oho!« Barany schien ernstlich beleidigt zu sein.

»Nun, ich meine«, lenkte Schingut händereibend ein, »Sie sagten doch selbst, wer immer aufrichtig wäre . . .« Sein Taschentuch fiel zu Boden.

»*Das* schon. Aber damit habe ich doch nicht gesagt, daß man lügen müsse.« Barany ärgerte sich darüber, gleichsam hinterrücks des Widerspruchs geziehen zu werden.

Schingut hob sein Taschentuch auf. »Aber ich bitte Sie. *Das* habe ich doch gar nicht gesagt.« Er dachte, das Taschentuch auf dem Knie glättend, krampfhaft darüber nach, wie er das Gespräch umstellen könnte. »Übrigens kann man es vermeiden, die Wahrheit zu sagen, ohne zu lügen.«

»Allerdings.« Barany nahm sich eine Zigarre. Es machte den Eindruck, als hielte er das Gespräch für beendigt.

»Sehen Sie«, begann Schingut nach einigen ihm sehr peinlichen Sekunden, »*ich* bin sehr vorsichtig. Ich habe Ihnen zum Beispiel nur aus Vorsicht keine Zigarre angeboten.« Er wunderte sich hinterher, daß ihm nichts Besseres eingefallen war.

Barany wandte langsam den Kopf. »Ach so. Sie hätte ja auch vergiftet sein können.«

»Erraten!« Schingut gehabte sich entzückt, um sich selber zu verbergen, daß er eine Dummheit gemacht hatte. »Es war also sehr vorsichtig von mir, mich keinem Refus auszusetzen. Denn es kränkt ja doch stets ein wenig.«

»Das ist richtig.« Barany leckte liebevoll das Ende seiner langen Importe.

Schingut saß neuerdings auf dem Trockenen. Er ärgerte sich maßlos über sich selber, steckte hastig das Taschentuch ein und biß erregt an seinem Schnurrbart.

Er schien Barany nun zu erbarmen. Denn mit einem Male schwenkte dieser jovial seine Zigarre. »Sehen Sie, *Sie* könnten Detektiv sein.«

»Ich?« Schingut wußte nicht, sollte er sich freuen oder verschanzen: war es ein Vorstoß oder vielleicht wirklich nur so hingesagt? Schließlich fragte er für alle Fälle harmlos: »Wieso?«

Barany zog mit großem Genuß an seiner Zigarre und die Brauen sich auf die Stirn. »Erinnern Sie sich daran, daß *Sie* es waren, der zuerst zu sprechen begann? Sie machten eine Bemerkung über das gute Fahren des Wagons und schwiegen dann. Wie aber, wenn Sie nur geschwiegen hätten, damit ich ein Gespräch beginne? Das ist doch ein alter beliebter Detektiv-Kniff.« Er wartete, verschmitzt mit den Lidern flatternd, auf die Wirkung.

Diese kam sehr langsam. Eigentlich gar nicht. Denn Schingut senkte die Augen, als langweile er sich, ja als würde er müde.

Barany spielte mit seiner Zigarre, ohne Schingut weiter zu beachten. »Und als Sie mich plötzlich fragten, ob ich Reisender sei, dachte ich mir, Sie könnten vielleicht fragen, damit ich Ihnen meinen Beruf nenne. Darin bestärkte mich auch Ihre spätere Bemerkung, daß die Art, wie ich meinen Mantel rolle, typisch für die englischen Reisenden sei. Ganz abgesehen davon, daß ich nicht glaube, Engländer sein zu müssen, um meinen Mantel geschickt zusammenzurollen.«

»Sehr scharfsinnig!« Schingut hielt es nun doch für schlauer, sein Verhalten zu ändern. »Aber ist es nicht wirklich lustig, daß ich genau dasselbe vermutete wie Sie? Als Sie nämlich behaupteten, ich spräche mit Budapester Akzent, war ich überzeugt, daß Sie auf diese Weise erfahren wollten, wo ich geboren bin. Denn ich weiß ja doch, daß ich den Budapester Akzent nicht habe. Und als Sie . . .«

»Ganz interessant.« Barany lächelte bissig.

»Und als Sie kurz darauf sagten, daß man einen Akzent ja auch in jahrelangem Umgang mit einer Person sich aneignen könnte, zweifelte ich nicht daran, daß Sie auf diese Weise mich in die Enge treiben und zu einer Auskunft zwingen wollten. Und als ich dann meinte, man könne ja auch durch eine Rolle . . . und als Sie fragten, ob ich Schauspieler wäre . . .« Schinguts sich zusammenschiebende Stirn frohlockte allzu deutlich.

Barany rückte sich bequem auf seinem Platz zurecht. »Ganz interessant. Nur besteht ein auffälliger Unterschied zwischen unseren Auffassungen. *Ich* habe nämlich bloß scherzhaft geäußert, daß Sie Detektiv sein könnten, während *Sie* davon überzeugt sind, daß ich Detektiv bin.«

»Aber, aber . . .« Schingut war nun absolut sicher, einen Detektiv vor sich zu haben, und beschloß, das Gespräch schnell und liebenswürdig zu beenden. »Und selbst wenn Sie es de facto wären. Was wäre schon dabei? Ich wäre trotzdem nicht weniger erfreut, Ihre Bekanntschaft gemacht zu haben.«

»Angenehm.« Barany verneigte sich. »Aber ich bin wirklich kein Detektiv.«

»Ich ebenfalls nicht.«

Barany verneigte sich abermals.

Schinguts Gesicht strahlte ein Glück aus, als hätte er den Schah von Persien kennen gelernt. »Ich bitte Sie. Man unterhält sich. Eine Eisenbahnfahrt ist lang. Und es ist doch im Grunde so gleichgültig, woher man stammt und wer man ist. Die Hauptsache ist, daß man sich die Zeit vertreibt. Womit, das ist auch sehr egal. Hab ich nicht recht?«

»Aber gewiß.« Barany klopfte mit sichtlicher Genugtuung die Asche von seiner Zigarre.

Beide sahen freundlich zum Fenster hinaus. Es war neuerlich eine gewisse Harmonie hergestellt. Wenn auch diesmal ganz anderer Art . . .

Bald darauf verließ Schingut das Abteil, blieb aber, für Barany sichtbar, etwa eine Viertelstunde vor einem Gangfenster stehen, bevor er verschwand.

Als der Zug in Szegedin hielt, eilte er auf den Perron, kaufte einige Zeitungen und bestieg den Speisewagen.

Sobald der Zug sich wieder in Bewegung gesetzt hatte, erschien der Gymnasiast im Gang vor dem Abteil; und zwar mit dem überlegen verglasten Blick desjenigen, der gerade etwas unerhört Wichtiges und Überragendes gelesen hat. Nachdem er sich überzeugt hatte, daß Schinguts Abwesenheit seinem Gehirn die Sicherheit vor Zumutungen verbürgte, warf er sich in seinen Eckplatz.

Die alte Dame schlief selig weiter . . .

Erst als der Zug sich Budapest näherte, verließ Schingut den Speisewagen und betrat die Toilette. Hier wartete er, bis der Zug hielt. Doch auch dann wartete er noch fünf Minuten, um sicher zu sein, bei seiner Rückkehr ins Abteil Barany nicht mehr vorzufinden.

Das Abteil war leer. Schingut lugte vorsichtig auf den Perron hinaus. Und plötzlich wurde er kreidebleich: die weißhaarige Dame aus dem Abteil kam schnellen Schrittes zwischen zwei Männern auf den Wagon zu, in der einen Hand ein Taschentuch, das Schingut an den Blutflecken und dem dreifachen schwarzen Rand als das seine erkannte. (Es trug die Initialen L. F., seines jüngsten Opfers, und stellte eine schwere Indizie dar.) Und fast gleichzeitig erblickte Schingut, gerade gegenüber dem Fenster, an dem er stand, Barany, den zwei Kriminalbeamte gefesselt an den Handgelenken hielten.

Wenige Sekunden später war auch Schingut verhaftet.

Die Bande Kaff

Gegen sechs Uhr morgens stand die Sonne stets in einem langen Streifen an der rechten Wand jenes Zimmers, das Kaff fünf Minuten, nachdem es frei geworden war, vom Portier mit der Begründung sich erbat, er habe es bereits dreimal bewohnt und schätze es wegen seiner ruhigen Lage. Er schätzte es nicht deswegen, sondern wegen des langen Streifens Sonne, dessen Verwertung ein sterbender Kumpan aus Dankbarkeit ihm vermacht hatte.

Am folgenden Morgen, als gegen sechs Uhr seine Taschen-Weckuhr schnurrte, sprang Kaff aus dem Bett, ergriff den großen länglichen Handspiegel, den er am Abend vorher in Spiegelschrift mit Buchstaben bemalt hatte, hielt ihn in den Sonnenstreifen und dirigierte den Widerschein vorsichtig durch das offene Fenster auf die Decke des gegenüber, eine Etage höher, befindlichen Zimmers, woselbst Anny, die gleichfalls sich hatte wecken lassen, in nur wenig verschwommenen Buchstaben den Satz las: ›Delaro arbeitet schon, sei um elf Café Dauphin.‹

Anny sah verabredetermaßen nach dem Wetter und hüpfte hierauf ins Bett zurück, neugierig nach der Decke blickend, auf der nach wenigen Minuten die Worte erschienen:

›Sei pünktlich!‹

Anny war es. Und da sie Delaro schon von der Straße aus hatte sitzen sehen, betrat sie so das Café, daß sie ihm den Rücken zuwandte und ihn erst dann zu erblicken schien, als sie ihm bereits am Nebentisch gegenübersaß.

Delaro rauchte vergnügt, während das eine Auge für alle Fälle über den Rand der Zeitung hinausging.

Anny, dies unter dem breiten Hutrand hervor beobachtend, hielt es daraufhin für vorteilhaft, Delaros Aufmerksamkeit dadurch zu erregen, daß sie ein leeres Cachet aus ihrem Handtäschchen nahm und mit übertriebenen Vorkehrungen, dabei nicht gesehen zu werden, schluckte.

Delaro sah es. Da der Fall, dessentwegen er von Southampton nach London gekommen war (die Aufspürung des Falschmünzers Kaff und seiner Bande), ihm für den Augenblick nichts zu tun gab, zögerte er nicht, die Dame näher zu besichtigen. Nachdem er, vorbedachter Weise allerlei Zeitungen suchend, mehrmals an Annys

Tisch vorübergewechselt war, ließ er wie versehentlich ein Journal neben ihr zu Boden fallen und entschuldigte sich unaufhörlich.

Anny, sehr ergötzt, daß es ihr gelungen war, summte die ersten Takte des New-Yorker Chanson ›I can't love . . .‹ und lächelte dämonisch.

Delaro setzte sich deshalb, als geschähe es vor Verwirrung, ihr gegenüber an den Tisch. »Sie kommen aus New-York?«

Anny sah traurig über ihn hinweg. »Geben Sie mir zwei Zigaretten!«

»Zwei . . .?«

Anny blickte, noch trauriger, auf den Tisch.

Delaro hielt ihr sein Etui hin.

Nachdem Anny sich bedient hatte, erläuterte sie: »Eine für die Schnauze, die andere für meinen Kerl.«

Delaro behielt seine seriöse Miene bei. »Sie nehmen Morphium?«

»Wer zuerst schweigt, schweigt am besten.«

»Sie scheinen nicht viel zu tun zu haben.«

»Tätigkeit ist aller Laster Anfang.«

Delaro, kaum lächelnd, entzündete sich eine Zigarette.

Anny hüstelte. »Ich bin sicher, daß Sie mich für so verausgabt halten, ich könnte glauben, Sie wären mit der Anlage geboren, die Zigarette so zwischen den Lippen zu drehen, wie Sie es tun.«

Delaro ärgerte sich nun doch und vergriff sich deshalb: »Ich gehe nur mit Weibern, die mir gut stehen.«

»Also ein Einsamer.«

Delaro mußte lachen. »Heben wir doch unsere Raketen für den Ernstfall auf. Unter uns wäre es angezeigter, offener zu sein.«

»Unter uns?« Anny holte abermals ein Cachet hervor. »Lügen wir also deutlicher.«

»Unverbesserlich!«

»Beeilen Sie sich! Die Situation geht zu Ende.«

Delaro, schnell auf seine Armbanduhr blickend, schlug ihr vor, mit ihm in den Regent's Park zu fahren und dann bei ›Frascati‹ in der Oxford Street zu lunchen.

»Ist das das Lokal mit der roten Ziegelfassade?«

Delaro nickte und erhob sich . . .

Als sie die Drehtür des Cafés passierten, streifte Anny die Wade des knapp vor ihr eintretenden Kaff, der die Mütze schief in die Stirn gedrückt trug und um den linken Arm einen falschen Verband.

Sobald sie mit Delaro in einem weich dahinrollenden Cab saß, äußerte sie deshalb, es vorzuziehen, in ›Oddeninos Imperial‹ zu lunchen; das sei zudem näher dem Regent's Park.

Nach zwei Stunden, während welcher Delaro endgültig sich davon überzeugt hatte, eine geistreichelnde, aber harmlose Amerikanerin vor sich zu haben, die aus unglücklicher Liebe ein Opfer jener schrecklichen Drogue geworden war, saßen sie in ›Oddeninos Imperial‹ einander gegenüber.

Zwei Tische hinter ihnen saß Kaff, mit falschem Schnurrbart, einem Toupet und in einem eleganten Cutaway.

Eine Viertelstunde nach dem Dessert verabschiedete sich Delaro, dem Kaff unauffällig auf die Straße folgte, wo er sah, wie Delaro dicht neben einer Gruppe von zwei Männern und drei Frauen, die durchwegs schwarz gekleidet waren, stehen blieb, als müsse er sich orientieren, in Wirklichkeit aber, um aus dem Gespräch der fünf Geheimagenten den erwarteten Bericht entgegenzunehmen.

Kaff kehrte in das Lokal zurück, um seinen angeblich vergessenen Spazierstock zu suchen: das Zeichen für Anny, daß er in sein Hotel sich begebe. Dort erschien nach einer halben Stunde ein Kommissionär, der ihm einen Brief übergab, in welchem ein Stück Zeitungspapier sich befand: das Zeichen für Kaff, daß es noch nicht so weit sei . . .

Am nächsten Morgen gegen sechs Uhr hielt Kaff den großen Handspiegel in den Sonnenstreifen.

Anny in ihrem Zimmer las: ›Delaro arbeitet Hochdruck, Eile tut not.‹ Sofort lief sie zum Fenster und sah nach dem Wetter; diesmal aber mit der Variation, die rechte Hand über die Augen zu halten: das Zeichen für Kaff, daß sie es für diesen Abend versuchen werde.

Eine Stunde später telefonierte sie dem Portier des Hotel Atlantic, er möge sie mit Mister Delaro verbinden.

»Ah, Sie . . . Anny?« Delaros Stimme war nicht nur morgendlich frisch, sondern auch die eines Mannes, der soeben ein vorzügliches Geschäft gemacht hat. »So früh schon auf? Nun, wie gehts?«

»Haben Sie wirklich erst übermorgen Zeit für mich?« zwitscherte Anny gekränkt in den Apparat.

»Liebe, ich sagte Ihnen doch, daß ich . . .«

»Sie essen zu wenig. Deshalb haben Sie keine Gefühle.«

»Vielleicht haben Sie recht. Aber ich habe eine ganze Reihe sehr wichtiger Sachen zu erledigen, die kei . . .«

»Gestern sagten Sie, es wäre nur eine.«

Delaro, der es nicht gesagt hatte, ließ sich, unsicher geworden, Lügen strafen. »Sie passen ja gefährlich auf.«

»Habe ich eine Schmutzkonkurrentin?«

»Für einen so billigen Herrn halten Sie mich?«

»Nein. Aber die Londoner Damen nicht für sehr teuer.«

»Sie haben eine wunderbare Schnauze.«

»Und, ich schwöre es Ihnen, keinen Kerl.«

»Daran habe ich niemals geglaubt.«

»Ich wußte es. Halten Sie die Bewegung der Erde um die Sonne für inkorrekt?«

»–?–«

»Nun?«

»Ich warte auf die Pointe.«

»Sie irren. Ich wollte damit nur sagen, daß Sie diese Bewegung, zu der Sie im Großen und Ganzen gezwungen sind, auch im Kleinen und Halben mitmachen sollten, sofern Sie nicht . . .«

»Dieser Verdacht, Sie seltenes Nachtgestirn, kann mich nicht treffen, denn . . . Eine Sekunde, bitte . . .«

Anny nahm augenblicks den zweiten Hörer, setzte sich geräuschlos, hörte auf zu atmen und lauschte angestrengt. Nach einigen Sekunden näherten sich undeutliche Stimmen Delaros Apparat. Aber erst nach etwa drei Minuten vermochte Anny folgende Satzfetzen aufzufangen: ›. . . war es nicht im Chronicle, Pitts . . . Man muß, wenn es klappen soll, in der Fenchurch Street . . . Im Osten. Dann aber hat es keinen Zweck, die Leute, die doch . . . von South Kensington bis . . .‹ Neuerliches Stimmengewirr. Dann: › . . . vielleicht auch zwecklos, Pitts . . . Ich bin dafür, es doch so zu machen, daß wir sofort . . .‹ Die Stimmen entfernten sich.

»Anny?« rief Delaro endlich ungeduldig. »Anny, halloh!«

Anny machte ein Geräusch, als ergriffe sie erst jetzt wieder den Hörer. »Halloh, Delaro? Halloh! Ah, Sie vermuten wohl, daß ich so wenig Zeit habe wie Sie?«

»Wieso.«

»Nur Leute, die keine Zeit haben, warten lange.«

»Ebenso wahr wie rar. Doch ich kann Sie entschädigen. Ich habe heute Zeit für Sie.«

»Meinen Glückwunsch!«

»Unverschämt!«

»Such is life!«

»Aber entzückend.«

»Also heute abend. Um acht.«

»Bei Frascati, wie vereinbart.«

»Good bye.« Anny hängte den Hörer ein . . .

Kaff befand sich noch in seinem Zimmer, als er ans Telefon gerufen wurde, wo ihm der Kassier eines Cinéma-Theaters mitteilte, Mrs. Plinghton sei leider immer noch krank und lasse ihn herzlich grüßen. Kaff wußte nun, daß Anny es erreicht hatte.

Nur für diesen Fall hatten sie eine direkte Verbindung vorgesehen, die an Vorsicht und Durchtriebenheit nichts zu wünschen übrig ließ: Kaff rief vom Wartezimmer eines Zahnarztes in der Parliament Street aus um drei Uhr nachmittags, auf die Sekunde genau, die Wohnung eines Zahnarztes auf dem Haymarket an und bat darum, Miß Flower, die im Wartezimmer sei, an den Apparat zu rufen.

»Miß Flower selbst?«

»Ja. Mister Pringgs?«

»Ja, selbst. Was hat man Ihnen mitgeteilt?«

»Daß der Laden in der Fenchurch Street schon vermietet ist. Man muß sofort einen anderen suchen.«

»So. Das ist unangenehm. Auf jeden Fall aber ist es besser, wenn Sie heute Abend zwei Stunden warten, damit ich mich melden kann.«

»All right.«

Kaff verließ das Wartezimmer unter dem Vorwand, einen wichtigen Gang erledigen zu müssen.

Anny tat desgleichen . . .

Als sie abends in großer Toilette bei ›Frascati‹ erschien, erwartete Delaro sie bereits im Vestibül, war aufgeräumter noch als am Morgen und hatte diesmal so vorzüglichen Appetit, daß es Anny nicht schwer fiel, das Diner bis gegen zehn Uhr hinauszuziehen.

Zu dieser Zeit wurde Delaro ans Telefon gerufen, wo man ihn mit verstellter Stimme bestürmte, sofort nach Fenchurch Street zu fahren; Kaff sei, als Arbeiter verkleidet, dort aufgetaucht, in der Wohnung sei Licht, man höre Tumult etc.

Delaro hatte die unbekannte Stimme zwar Verdacht erregt, der Umstand aber, daß sie ihn ›Pitts‹ genannt hatte, ließ ihn annehmen, daß die Aufregung Powells Stimme (denn nur diese konnte es sein) verändert haben mochte.

Delaro bat um Entschuldigung, Annys Hand ergreifend; er würde in einer halben Stunde zurück sein.

Anny aber bestand darauf, mitfahren zu dürfen.

Unterwegs wurde Delaro, eben als er mit beiden Händen Annys Kopf nahm, um sie zu küssen, blitzschnell von ihr gefesselt. Ihn zu knebeln unterließ sie, um ihn, freilich mit vorgehaltenem Browning, ausfragen zu können: »In welcher Angelegenheit sind Sie in London?«

Delaro, der seine Lage nicht unterschätzte, hielt es für das Vorsichtigste, falsch die Wahrheit zu sagen: »Um Casallo zu finden.«

»Kaffs Komplizen?« Anny kicherte höhnisch. »Warum nicht lieber ihn selber?«

Delaros Brauen zuckten zornig. »Wer hat mit mir telefoniert?«

Anny wackelte mit der Browning, ihn kurz gegen den Chauffeur richtend. »Der!«

»Wer?«

»Der am Volant – Kaff.«

»Ah!« Delaro machte sichtlich eine furchtbare Anstrengung, um seine Ruhe zu bewahren. »Ich weiß, daß ich Ihnen ausgeliefert bin. Geist wie dem Ihren bin ich unter Verbrechern noch nie begegnet. Das entschuldigt meinen Hereinfall ein wenig. Ich verspreche Ihnen, die ganze Falschmünzer-Affaire durch ein Machtwort niederzuschlagen, wenn Ihre Bande Europa verläßt.«

»Er stellt Bedingungen!« Anny stieß mitleidig den Atem aus. »Er verspricht! Sie scheinen vor Angst zu vertrotteln.« Sie hielt die Waffe näher an seine Stirn, da sie den unklaren Eindruck gehabt hatte, als hätte er versucht, sich zu bewegen.

»In meinem Portefeuille in der linken Brusttasche befinden sich siebenhundert Pfund.« Delaro dachte so rasend nach, daß er erbleichte. »Außerdem unterschreibe ich für das Zehnfache.«

»Er deliriert«, sagte Anny trocken. »Halten Sie mich wirklich für so dumm? Dann würde ich mich allerdings nicht mehr darüber wundern, daß Sie mich nicht überwachen ließen.«

»Selbst wenn es geschehen wäre, hätte es wohl nichts verhindert. Wenn Menschen Ihres Kopfs Verbrecher werden, entwickeln sie eine tolle Phantasie und arbeiten viele Jahre hindurch gänzlich ungestört. Bis einmal ein Zufall, der immer kommt, ein wichtiges Detail lüftet und dadurch bald auch das ganze System.« Delaro hoffte, halb bereits sich aufgebend, ihr doch noch zu schmeicheln.

Anny jubilierte innerlich, diesen Gegner vor dem Schuß zu haben. »Schlucken Sie das!« Sie hielt ihm ein Cachet hin, das eine Dosis Morphium enthielt, die genügt hätte, ein Pferd zu töten.

Im selben Augenblick hob Delaro die Fäuste, um ihr die Stahlfassung der Handschellen auf den Kopf zu schlagen.

Anny schoß. Und sah sofort, daß es nur ein harter Streifschuß war, der den Schläfenknochen weggerissen hatte. Das Hirn lag in der Breite eines Fingers bloß. Der Schmerz mußte ungeheuerlich sein. »Schlucken Sie das!« befahl sie herrisch, wütend darüber, daneben geschossen zu haben.

Delaro, vor Schmerz fast ohnmächtig, aber doch noch so weit bei Bewußtsein, um zu wissen, daß er verloren sei, öffnete die Lippen und verschluckte das Gift.

Drei Sekunden später schoß Anny noch einmal. Die Kugel drang neben der Nase schief nach oben ins Gehirn. Delaro war sofort tot . . .

Der Mord hatte sich im dichtesten Straßengewühl ereignet, so daß die Detonationen selbst von Kaff nicht gehört worden waren.

Nachdem Anny durch das Hörrohr mit Kaff sich verständigt hatte, hielt das Auto bald darauf vor einem kleinen Restaurant, das Anny nur betrat, um es nach wenigen Minuten wieder zu verlassen.

Kaff, der weitergefahren war, hielt vor einer kleinen Bar, stieg aus, trank einen Likör, trat auf die Straße, dann in einen Laden und ließ schließlich das Auto im Stich.

Am nächsten Morgen erwachte er, durch die Weckuhr bereits daran gewöhnt, von selber gegen sechs Uhr. Aber der Sonnenstreifen fehlte. Der Himmel war bleigrau. Kaff sah aus dem Fenster.

Gegenüber, eine Etage höher, lehnte Anny am Fenster und lachte, als sie ihn erblickte. »How do you do, Mister Pringgs?«

»Thank you, very well, Miß Flower.«

Das Geheimnis der Concetta Cappi

Neapel ist die einzige Stadt Italiens, die den Strich verboten hat. Dessen um das Ende des vorigen Jahrhunderts ganz unverhältnismäßiges Überhandnehmen bedingte diese gewiß sehr erstaunliche Maßnahme, die, einmal getroffen, beibehalten wurde, weil sie der großen Frömmigkeit der Bevölkerung entsprach, vor allem aber, weil man bemerkte, daß es auch so ging. Zwar etablierten sich in der Folge allenthalben neue Bordelle und die Kupplerinnen tauchten in ganzen Rudeln auf, aber der eigentliche Zweck war doch erreicht: die direkte Verlockung fehlte. Allerdings nur während einiger Jahre. Denn allgemach bildete sich ein gänzlich neuer Brauch heraus, der nicht sowohl das Verbot erfolgreich umging, als auch eine gewisse Gewähr dafür bot, daß er beschränkt bleiben würde.

Die Sängerinnen der Kabaretts, die fast ausnahmslos ihre Gunst verkaufen, fuhren nämlich nach Schluß der Vorstellung, meist erst nach Mitternacht, in Mietdroschken nach Hause und wurden unterwegs von ihren zahlreichen Verehrern stets mehrmals angehalten, mit Blumen und Liebesworten überschüttet. Und manchmal kam es auch vor, daß einer das Glück hatte, im Wagen mitgenommen zu werden. Bald wurden die Droschken der Sängerinnen immer häufiger angehalten und immer häufiger wurden Glückliche mitgenommen. Und nach Verlauf einiger Monate konnten besonders aufmerksame Beobachter bereits feststellen, daß auch Damen, die allem menschlichen Ermessen nach keine Sängerinnen waren, gegen Mitternacht sehr langsam nach Hause fuhren, immer wieder die Via Roma passierten und erst verschwanden, wenn sie glücklich einen ergattert hatten.

So kam es, daß Neapel den vornehmsten Strich der Welt bekam: den Droschken-Strich. Seine Exklusivität erwies sich allerdings erst nach einiger Zeit. Die Regiekosten waren nämlich sehr hoch und mußten auf den Kavalier abgewälzt werden, so daß einerseits dem hohen Preis eine schöne Dame entsprechen mußte, andererseits der schönen Dame ein zahlungsfähiger Kavalier. Deshalb bildete sich zunächst folgende Gepflogenheit heraus: die Droschke anhalten, um mit der Insassin zu reden und sie zu begutachten, war gratis; wer aber, ohne sich schon endgültig entschlossen zu haben, die

Droschke bestieg, war, wenn er nachträglich gleichwohl sich zurückziehen wollte, verpflichtet, die mitgefahrene Strecke zu bezahlen. Daß in solchen Fällen nicht nur die bis dahin von der Dame allein zurückgelegte Strecke angerechnet wurde, sondern oft das Vielfache, war ebenso verständlich wie die Folge davon: die Herren wurden überaus vorsichtig und stiegen überhaupt erst ein, wenn man sich über den Gesamtpreis geeinigt hatte. Da diese langwierigen Unterhandlungen vom Wagen aus zum Trottoir hinab weder nach dem Geschmack der Damen waren noch nach dem der Herren, vollzog sich die definitive Siebung: die Droschken wurden nurmehr von Herren angehalten, die jeden Preis zu zahlen willens waren, und nur jene Damen, die darauf verzichten konnten, täglich Erfolg zu haben, fuhren auf den Strich.

Die Königin dieses allnächtlichen Wagen-Korsos war jahrelang die schöne Maria Cappi gewesen, deren geheimnisvoller Tod viel von sich reden machte. Sie wurde eines Nachts an der Ecke der Via Chiaia durch einen Flintenschuß in den Hals getötet. Der Mörder wurde nicht entdeckt; sei es, weil die Richtung, aus der der Schuß gekommen war, nicht mit Sicherheit festgestellt werden konnte, sei es, weil der Kutscher nach dem Schuß, den er nicht gehört hatte, noch minutenlang weiterfuhr. Erst als der Körper der Ermordeten bei einer holprigen Stelle fast aus dem Wagen fiel, hielten Passanten den Kutscher auf.

Dieses Ereignis gab umso mehr Grund zu den unglaublichsten Kommentaren, als die einzige Tochter der Ermordeten, die siebzehnjährige Concetta, die fast noch schöner war als ihre Mutter, nach deren Begräbnis ihre Verlobung mit dem jungen Principe Faradossi, der, um sie gegen den Willen seines Vaters heiraten zu können, Bankbeamter geworden war, brüsk löste und noch in derselben Nacht im Wagen ihrer Mutter auf den Strich fuhr. Als man es Faradossi hinterbrachte, rannte er wie ein Toller auf die Via Roma. Zufällig war der Wagen Concettas einer der ersten, die ihm begegneten. Faradossi blieb aufbrüllend stehen und schoß dreimal. Als der Wagen hielt und Concetta ihn wachsbleich, aber unverletzt verließ, feuerte Faradossi vor ihren Augen sich eine Kugel in den Mund. Und nun geschah das Allerunglaublichste. Concetta stieg wieder in den Wagen, ohne ihren toten Bräutigam auch nur berührt zu haben, und gab ihrem Kutscher barsch den Befehl weiterzufahren. Man erzählte sich, daß sie bis gegen fünf Uhr morgens die Via Roma auf und ab fuhr. Niemand wagte, den Wagen anzuhalten, weil alle sie kannten, alle wußten, was sich ereignet hatte, und alle die Jungfrau Concetta Cappi für wahnsinnig hielten. Als sie aber nachts darauf wieder auf der Via Roma erschien und die folgenden Nächte wieder, war der Bann gebrochen. Dennoch war der erste, der ihren Wagen anhielt, ein unbekannter Fremder gewesen.

Kersuni war kaum zwei Tage in Neapel, als ein Bekannter, mit dem er spät nach Mitternacht über die Via Roma heimging, beim Erscheinen des Wagens Concettas ihm deren Geschichte erzählte.

Kersuni, für den sie weniger romantisch sich ausnahm als für den Erzähler, wurde immerhin so neugierig, daß er sich vornahm, obwohl ihm Concettas hoher Preis genannt worden war, diese Frau kennenzulernen und vielleicht, koste es, was es wolle, ihr Geheimnis.

Schon in der nächsten Nacht wartete er vor einer kleinen Bar in der Nähe der Piazza Dante. Gegen Mitternacht trabte der elegante Dogcart Concettas vorbei. Kersuni, der nicht wußte, daß Concetta gewöhnt war, es ihren Liebhabern nicht leicht zu machen, erreichte deshalb zu spät den Fahrdamm. Er wartete nun hart am Rande des Trottoirs, bis der Wagen zurückkam, und gab schon von weitem dem Kutscher ein Zeichen mit dem Stock. Der Wagen hielt kurz vor ihm.

Kersuni grüßte mit einem leichtem Kopfneigen und stieg wortlos ein. Der Wagen setzte sich wieder in Bewegung.

»Sie sind Ausländer?« fragte Concetta französisch und mit einer Stimme, die Kersuni durch ihren gebrochenen Klang aufhorchen machte.

»Ja.«

»Sie zahlen zweitausend Lire?«

»Ja.«

»Für jede weitere Stunde zahlen Sie ebenso viel?«

»Ja.«

»Geben Sir mir bitte Ihren Paß.«

Kersuni, der stets auch einen falschen bei sich trug, gab ihr diesen.

Nach einer Weile sagte sie: »Damit es keine Differenzen gibt.«

Kersuni nickte höflich. Es fiel ihm auf, daß sie kein anderes Bijou trug als um den Hals ein kleines Kruzifix aus schwarzen Steinen.

Von Zeit zu Zeit stellte sie noch allerlei Fragen, unterließ es aber bald, da Kersuni nur ausweichend oder gar nicht antwortete.

Sobald die Via Roma passiert war, nahm der Kutscher scharfen

Trab und hielt nach einer Viertelstunde vor einer versteckt liegenden kleinen Villa auf dem Vomero.

Das Weitere vollzog sich in der üblichen Weise. Kersuni war lediglich darüber erstaunt, daß Concetta das schwarze Kruzifix nicht ablegte, obwohl sie sich völlig ausgekleidet hatte. Als er nach etwa einer Stunde das Bett verließ, fragte er nach dem Grund.

Concetta bewegte verächtlich ablehnend die Lippen. »Sie haben ja bisher überhaupt sehr hartnäckig geschwiegen. Wollen Sie doch bitte auch weiterhin dabei bleiben.« Sie dehnte ihren schlanken ebenmäßigen Körper und warf dann rasch einen rotseidenen Peignoir über.

Kersuni hatte sich bereits zuvor im Zimmer, das aussah wie alle eleganten italienischen Boudoirs, umgesehen und soeben auf dem Toilette-Tisch einen dunklen, durch einen runden Bilderrahmen halb verdeckten Gegenstand bemerkt, der seine Aufmerksamkeit dadurch fesselte, daß er zu irisieren schien.

Noch bevor Concetta es hätte verhindern können, hielt Kersuni eine längliche Bronze-Statuette in der Hand, darstellend einen geschwänzten bocksbeinigen Teufel, dem ein nacktes kleines Mädchen ehrerbietig den Hintern küßte.

Doch da riß Concetta ihm auch schon die Statuette aus der Hand und schleuderte sie in eine offenstehende Wäsche-Schublade, die sie hastig zustieß und versperrte. »Was sind das plötzlich für Manieren?« rief sie empörter, als es dem Vorfall entsprach.

Kersuni beobachtete sie unbeweglich. »Was sind das für Steine, die Sie um den Hals tragen?«

»Schwarze Brillanten.« Concettas Lippen verschoben sich drohend. »Wünschen Sie noch . . .«

»Sie legen dieses Kruzifix niemals ab?«

»Niemals.« Concetta schrie es fast. »Hier haben Sie Ihren Paß.« Sie warf ihn in ein Fauteuil. »Wünschen Sie noch zu bleiben?«

Kersuni steckte seinen Paß ein und setzte sich. »Ja.«

»Sie erinnern sich an unsere Vereinbarung?«

»Ja.«

»Für jede weitere Stunde . . .«

»Ja.«

Concetta, die ihn während ihrer Fragen wild angeblitzt hatte, ließ sich achselzuckend in ein Fauteuil fallen, schlug ein Bein über und sah, das Kinn in der Hand, zum Plafond empor.

Kersuni, Knie und Fäuste rechtwinklig an einander gepreßt, saß ihr gegenüber und starrte sie unausgesetzt an . . .

Nach drei Viertelstunden bewegte Concetta sich zum ersten Mal. »Es dürfte die zweite Stunde um sein.«

Kersuni blickte auf seine Armbanduhr. »Es fehlen noch fünfzehn Minuten. Aber wollen Sie sich nicht vergewissern?«

»Danke.«

Kersuni schwieg und starrte sie weiter an.

Nach einer halben Stunde nahm Concetta ihren Kopf aus der Hand, wandte Kersuni voll das Gesicht zu und fragte rauh: »Was wollen Sie eigentlich noch?«

»Einige Fragen an Sie richten.«

»Gehört das zu unserer Vereinbarung?« Ihre Stimme zitterte vor Wut.

»Nein.«

»Es freut mich, daß Sie wenigstens ein Gentleman sind.«

»Danke.«

Concetta senkte die Augen. Dann riß sie ihr Fauteuil mit einem heftigen Ruck beider Hände zur Seite, so daß Kersuni nicht einmal ihr Profil sah.

Nach einer weiteren halben Stunde folgerte Kersuni, der Concetta nach wie vor, nur vielleicht noch verbissener, angestarrt hatte, aus nahezu unmerklichen Bewegungen, daß seine Suggestion zu wirken begann. Da er immerhin mit einer unvorhergesehenen Störung rechnen mußte, hielt er es für angezeigt, sofort zu sprechen. »Ich weiß«, sagte er laut, aber mit tunlichst gleichmäßiger Stimme, »daß Ihre Mutter erschossen wurde. Daß der Principe Faradossi . . . Ich weiß, was alle Welt weiß. Ich weiß aber auch, daß das Geheimnis, das noch heute jene Ereignisse umgibt, durchaus nicht so undurchdringlich ist und keineswegs auf das Konto einer Maffia zu setzen ist oder gar Gefühlvolles oder Leidenschaftliches verbirgt, sondern . . .«

»Sondern?« kreischte Concetta halblaut und riß ihr Fauteuil mit einem mühsamen Ruck in die frühere Lage zurück.

»Sondern es ist ein kleines schwarzes Kreuz und ein Teufel.« Kersuni hustete erregt.

»Schweigen Sie!« Concetta war schwerfällig aufgestanden und taumelte nun zu Kersuni, dessen Arm sie erfaßte und zitternd umspannte. »Schweigen Sie zu jedermann!« Ihre Stimme hatte fast keinen Klang mehr. Ihre schwarzen unruhigen Augen waren trüb geworden und glotzten ins Leere. »Sie haben es erraten. Meine Mutter wurde erschossen, weil sie nach Spanien fliehen wollte. Ich hätte ihr Schicksal geteilt, wenn ich – *jenem* Mann nicht gehorcht hätte. Faradossi wollte mich töten, weil er mich liebte und nichts begriff. Es brachte ihn um den Verstand. Meine Mutter wollte, daß ich ihn heirate. Heute weiß ich, warum. Jetzt aber fällt mir das – *andere* schon so schwer wie meiner Mutter. Wenn das Maß voll sein wird, werde ich mich selbst töten. Nun wissen Sie es. Schweigen Sie, wenn Ihnen Ihr Leben lieb ist.« Sie ließ sich erschöpft zu Boden gleiten.

Kersuni hielt ihre Hand fest. »Die schwarze Messe.«

»Ja. Wir haben unsere eigene Synagoge. Eine grauenhafte Parodie der Peterskirche. Und mehr als vierhundert Satanisten und Satanistinnen.« Concetta hielt gepeinigt inne. Ihr Blick schien gänzlich zu erlöschen. »Anfangs war ich wie rasend . . . Hören Sie, wie es war. Faradossi war mein Erster. Es war mir zu wenig. Und da ereignete sich jener Mord. Es war um ein Uhr nachts. Ich erfuhr es eine Viertelstunde später von – *jenem* Mann, den ich für den Geliebten meiner Mutter hielt. Ich warf mich schluchzend auf den Divan und er sich über mich . . . und diesmal war es mir nicht zu wenig. So daß ich ihm blindlings gehorchte und zwei Tage später auf den Strich fuhr. Am nächsten Nachmittag brachte er mich in die Synagoge und las die Messe auf meinem Bauch. Ich mußte eine junge Katze in der Luft zerreißen. Ich mußte einem Hahn die Kehle durchbeißen. Ich mußte den Kelch mit Urin und Menstruationsblut leeren. Und ich tat es. Tat es mit Vergnügen. Glauben Sie mir, Grausamkeit und Ekel sind das größte Vergnügen . . .« Sie lächelte irr.

»Weiter . . . weiter . . .« flüsterte Kersuni gierig.

»Anfangs war ich wie rasend darüber, daß ich das alles tat und daß ich es mit Vergnügen tat. Doch diese Abscheulichkeiten retteten mich vor dem Abscheu vor mir selber. Aber man hält es nicht aus. Und wenn der Körper es nicht mehr hergibt, das ist das Ende. Man ist zum Brechen voll und soll weiter essen . . .« Concettas Kopf fiel, wie im Genick gebrochen, auf die Brust.

Kersuni streichelte ihre Hand, ihre Haare. »Nur noch eins. Wer pißt auf den verhaßten Philipp?«

»Jedesmal ein anderer.«

»Ich meine . . . wer ist euer Katharer?«

Concetta schloß schläfrig die Augen. »Derselbe.« Sie sank in sich zusammen. »*Jener* Mann.«

Kersuni hob ihr Kinn. »Wer?« Er starrte ihr lange und fest in die

Pupillen. Concettas Augen füllten sich plötzlich mit einem solch seltsam müden alten Haß, daß Kersuni erschauerte.

Dann zischte sie einen in Neapel gefürchteten Namen.

Kersuni schwieg lange. »Warum schickt er Sie auf den Strich?«

»Wir müssen alle huren. Aber auch wegen der Irreführung.«

»Müssen Sie ihm Geld geben?«

»Der Synagoge. Aber er hat auch schon von mir . . .«

»Warum haben Sie meinen Paß verlangt?«

»Wir müssen alle spitzeln. Und dann für alle Fälle . . .« Concettas Lippen schlossen sich nicht mehr. Ihre Augäpfel verdrehten sich.

Kersuni rieb ihr die Schläfen, bis sie einschlief. Dann trug er sie ins Bett und deckte sie bis ans Kinn zu . . .

Es gelang Kersuni, ungesehen das Haustor zu erreichen. Der Schlüssel steckte von innen.

Auf der Straße blieb Kersuni stehen. Doch das Lächeln darüber, daß er nicht bezahlt hatte, erstarb vor der jähen Einsicht, so rasch wie möglich abreisen zu müssen.

Der berühmte Zedde

Er hatte zu kurze Beine und einen zu langen Oberkörper und war klein, von gelblicher Gesichtsfarbe und überhaupt häßlich. Das Häßlichste an ihm jedoch war seine Freundin, die ihn um mehr als Haupteslänge überragte, eine behaarte Warze am Kinn trug und darüber eine hexenhaft ausladende Nase. Sie hieß Magdalena, hielt sich für schön und Zedde für ein Genie.

Zu dieser Auffassung war sie langsam, aber zielbewußt von Zedde bewogen worden, der darin das angenehmste wie auch sicherste Mittel sah, sie zu veranlassen, ihren Monatslohn mit ihm zu teilen.

Nachdem Zedde, was nicht schwierig gewesen war, Magdalena zu Fall gebracht hatte, begann er immer deutlicher unter dem Leben zu leiden und über mysteriöse körperliche Beschwerden zu klagen, um sowohl das schärfste geistige Symptom des werdenden großen Mannes aufzuweisen als auch das diesem stets anhaftende Pathologische, das überdies den Vorteil hatte, Mitleid zu erregen. Als Magdalenas Aufmerksamkeit in dieser Hinsicht genügend eingesponnen war, ging Zedde zu dumpfen Reden über, welche, da Magdalena allmählich von ihnen bewegt wurde, zu nächtelangen verbissenen und konfusen Debatten führten, die Zedde vorsichtiger Weise in jenem Augenblick, da Magdalena zu ermüden begann, mit einem sexuellen Überfall zu beenden pflegte. Bald schätzte Magdalena diese Debatten nurmehr um des sie unweigerlich abschließenden Überfalles willen, ja hielt sie halb unbewußt für überflüssige Hinausschiebungen jenes holden Endes. Zedde bemerkte diese Wendung und beeilte sich, zu handeln. Er zwang Magdalena, die es bisher aus Gründen der Wohlanständigkeit vermieden hatte, sein Zimmer zu betreten, es dennoch zu tun, indem er in der Nähe des Hauses, in dem er wohnte, einen Schwächeanfall simulierte. Magdalena schleppte ihn unter Tränen in sein Zimmer hinauf und hätte ihn beinahe fallen lassen, so sehr war sie von der grenzenlosen Unordnung, die daselbst herrschte, perplexiert. Alles lag kunterbunt durcheinander. Tisch, Stühle, Sofa, ja selbst der Fußboden waren dicht mit alten Büchern, Papieren, Briefen und Manuskripten bedeckt. Während Magdalena, den kranken Freund völlig vergessend, über die ausgestreuten Schätze sich hermachte, beobachtete Zedde sie zwischen halb geöffneten Lidern hervor, höchst zufrieden mit sich und seiner so wohl arrangierten genialen Unordnung. Plötzlich stieß Magdalena einen kleinen Schrei aus: »Was, Otto, du dichtest?« Zedde, der nur auf dieses Stichwort gewartet hatte, fuhr stöhnend empor, ließ sich aber, als hätte er nicht die Kraft, ihr das Manuskript zu entreißen, verzweifelt wimmernd aufs Bett zurücksinken.

Von dieser denkwürdigen Stunde an begann Magdalena ihren Freund nicht nur mit den Augen der Liebe zu betrachten, sondern bereits mit denen einer Frau, die den ihr gebührenden Anteil an seiner Biographie sich sichern will. Und als Zedde kurz darauf zum ersten Mal seine finanziellen Bedrängnisse gequält vor ihr entrollte, lächelte sie bloß ein stilles Frauenlächeln und legte ihm ihr Portemonnaie in die Hände. Nach vierzehn Tagen, die sehr redselig und begeistert verliefen, bat sie ihn schüchtern, doch die Hälfte ihres Monatslohns annehmen zu wollen. Zedde wehrte sich eine Stunde lang gewissenhaft. Dann wurde er schwach und gab unmutig nach.

Nach zwei Monaten aber begann Magdalena, ohne es sich freilich einzugestehen, sich zu langweilen. Die dumpfen Reden Zeddes, seine seltsamen, regelmäßig wiederkehrenden Anfälle, seine expressionistischen Gedichte, die sie nicht verstand, und die malerische Unordnung, in der er lebte, hatten ihren Reiz eingebüßt. Auch war es immerhin verwunderlich, daß ein Genie wie Zedde nicht den geringsten äußeren Erfolg zu verzeichnen hatte. Und so kam es, daß Magdalena eines Abends, als Zedde gerade besonders dumpf daherredete, etwas Präziseres zu hören wünschte, Weltanschaulicheres. Und als Zedde daraufhin nur noch dumpfer orakelte, warf sie ihm einen Polster an den Kopf, so daß er seinen krummen Zwicker verlor, und rief ihm barsch zu, er sollte zu ihr ins Bett kommen. Als nun aber gar die am nächsten Tag fällige Zahlung des halben Monatslohns in ziemlich unfroher Weise erfolgte, war es Zedde klar, daß er Gegenmaßnahmen treffen mußte.

Er traf sie in Gestalt eines jungen Russen, namens Pluchin, der gleichfalls über keinerlei Einkünfte verfügte, dafür jedoch über große Pfiffigkeit und eine ans Unwahrscheinliche grenzende Frechheit. Zedde, der ihn vor allem als pfiffig kannte, erzählte ihm im Café Odeon, verzweifelt wie er war, seinen schwierigen Fall, vorerst allerdings in der Einkleidung einer Novelle, die er zu schreiben gedenke, und bat, bezüglich eines packenden Schlusses, um sein literarisches Urteil. Pluchin, der Zeddes unklare Liebschaft kannte, ahnte, daß dieser Geschichte Lebendiges zugrundeliege, und bediente sich des nahezu nie versagenden Kniffs, es ihm auf den Kopf zuzusagen. Zedde gab es verärgert zu und bat um Rat. Angesichts der Möglichkeit, Zeddes Notlage auszubeuten, ließ Pluchin sich herbei, für die Angelegenheit sich zu interessieren, und versprach, nachdem er zehn Franken gepumpt hatte, eine wiederherstellende Lösung zu finden.

»Aber es ist unbedingt nötig«, säuselte Zedde unruhig, »daß Magda in ihrer Meinung über mich . . . ich meine, was das Genie betrifft, sehr gekräftigt wird.«

Pluchin zog sich animiert die Hose zurecht. »Daß Sie ihr eine neue Weltanschauung servieren, ist ebenso unmöglich wie unnötig. Erstens ist alles schon dagewesen und zweitens kann man auch andersrum das sexuelle Interesse für Sie neu beleben.« Er glotzte auf ein Wasserglas und erst hierauf auf Zeddes glanzlose Äuglein.

Zedde kratzte sich den verschwitzten Kopf. »Andersrum?«

Pluchin glotzte auf einen Pfeiler. »Man müßte etwas Bewegtes bringen. Etwas Wucherndes.« Und mit einem Mal zuckte sein Kopf weit nach vorn. »Hollah, nichts einfacher als das! Ich werde Sie beobachten.«

»Sie . . . beobachten . . . mich . . .?« Zeddes Oberkörper verschwand bis zu den Lippen hinter dem Tischrand.

»Spielerei. Neunzehnhundertfünf war ich in Moskau. Bei der Bombengruppe. Daß man bei dieser Beschäftigung seine Erfahrungen sammelt, wird Ihnen einleuchten.«

»Aber . . . das . . . wieso . . .« Zeddes Äuglein schienen durch den Zwicker hüpfen zu wollen.

Pluchin lächelte unverschämt. »Spielerei. Unsereiner hat Übung in Masken. Ich werde Sie persönlich beobachten. Und vor allem Sie darin unterweisen, auf welche Auffälligkeiten in Ihrer Umgebung Sie Magda hinzuweisen haben.«

Zedde begriff endlich. »Das ist originell.« Über seinem Näschen aber entstand gleichwohl eine düstere Grube, die von Sekunde zu Sekunde sich vertiefte. »Aber doch nicht das Gewünschte. Sie will Genie, Ruhm. Nicht bloß Gefährlichkeit. Das liegt ihr nicht.«

»Spielerei,« behauptete Pluchin kaltstirnig. »So machen wir eben Ruhm. Was ist Ruhm? Aber nur ein Kalkül. Also, es bleibt dabei.«

»Es bleibt dabei?« Zeddes Grube über dem Näschen zersprang.

Pluchin hustete despektierlich. »Selbstverständlich. Ich mache trotzdem dieselben Sachen, als würden Sie wie ein gefährlicher Verbrecher beobachtet. Sie weisen Magda auf mich hin und auf die Auffälligkeiten. Das alles sieht auch glatt aus wie Ruhm. Ich garantiere für diesen Effekt.«

»So erklären Sie es doch deutlicher!« Zedde errötete vor Besorgnis, es könnte ein Hereinfall sein.

Pluchin installierte sich introduktiv. »Wenn Sie mir schriftlich ein Viertel von Magdas Monatslohn für den Fall des Erfolges aussetzen.«

»Ein Viertel ist viel«, stotterte Zedde erbleichend.

»Zaudern Sie nicht!« Pluchin gröhlte frech. »Sie sind bei der Geburt Ihres jungen Ruhms dabei. Also schreiben Sie!«

»Ein Viertel ist sehr viel.« Zedde sah sich jedoch bereits von den langen Armen seiner Magda neuerdings innig umschlungen. So siegte schnöder Ruhm über gutes Geld. »Topp. Ich bin dabei. Aber so erklären Sie es doch nur genauer!«

Pluchin erklärte es. Sehr genau. So genau, daß Zedde schon an dem auf diese sonderbare Unterhaltung folgenden Abend seine Magda in das Kabarett Bonbonnière führte, woselbst er sie sogleich darauf aufmerksam machte, daß vor ihnen ein Herr säße, der allzu häufig in sein Handspiegelchen blicke. Magdalena mußte dies nach kurzer Zeit der Beobachtung zugeben und wunderte sich. Worauf Zedde betreten meinte, er müsse wohl annehmen, daß dies ihm gelte. Magdalena zuckte die Achseln und äußerte gänzlich nebenhin, das begreife sie nicht. Zedde erinnerte sie daran, mit welcher Dienstbeflissenheit der Boy in der Garderobe ihm beim Ablegen des Mantels behilflich gewesen wäre und mit welch ungewohntem Schwung der Saaldiener die Tür vor ihm aufgerissen hätte. Magdalena, welche diese Beobachtungen zwar ebenfalls gemacht zu haben sich einbildete, ohne jedoch etwas Außergewöhnliches in jenen Dienstleistungen zu erblicken, zuckte abermals, diesmal schon unwillig, die Achseln und fragte gleichgültig, was das alles denn heißen solle. Zedde hielt es für verfehlt, jetzt schon darauf zu antworten, und verwies ablenkend auf die eben beginnende Vorstellung und auf die Pause. Als diese kam, stieß er plötzlich ein verblüfftes »O!« aus. Magdalena fuhr herum. Ihre Augen fragten zornig. Zedde wies mit dem Kopf in eine bestimmte Richtung. Magdalena folgte ihr und sah an der Wand einen Herrn stehen, der mit einem Fernglas Zedde auffällig fixierte und, als er daran sich Genüge getan, einen neben ihm stehenden Herrn auf Zedde aufmerksam machte. Als auch dieser Herr sein Fernglas hob, hielt es Magdalena nicht länger. Sie ergriff Zeddes Ärmel und flüsterte erregt: »Was soll das alles?« Zedde drehte sich etliche Sekunden hin und her, um ihr schließlich gequält mitzuteilen, daß man ihn hier wohl allgemein zu kennen scheine.

»Was? Man kennt dich?« Magdalena zerrte, während ihre Stimme zwischen Zweifel und Hoffnung bebte, aufgeregt an seinem Ärmel.

»Ja«, sagte Zedde ernst.

Magdalena dachte zwei Minuten schweigend nach. Dann schien sie sich zu entsinnen. »Otto, bist du wirklich schon so berühmt?«

Zedde senkte die Lider und vermied es feinfühlig, zu antworten.

Magdalena verhielt sich während des folgenden Teils der Vorstellung äußerst reserviert. Zeddes vorsichtig kontrollierenden Blicken aber entging es nicht, daß sie mit einer Genugtuung rang, die immer wieder der Regung sich näherte, seine Hand zu ergreifen.

Als nun aber gar beim Verlassen des Kabaretts eine vor dem Portal wartende Dame Zeddes wegen einen Herrn anstieß und wenige Sekunden später hinter Magdalena die Worte fielen: »Das ist er ja doch!«, da riß Magdalena Zeddes Arm an sich, schleifte ihn fast über das Trottoir und beförderte ihn in eine Droschke, in der sie, kaum daß der Kutscher losgefahren war, ihren berühmten Geliebten mit Liebesbeteuerungen überhäufte und schließlich sogar, ungeachtet der grellen Straßenbeleuchtung, leidenschaftlich abküßte.

Diese Nacht wünschte Magdalena nichts Weltanschauliches zu hören, sondern begnügte sich mit den festlichen Hingerissenheiten ihres Zedde und ihrerseits mit ausgefallenen Innigkeiten. Und am folgenden Morgen erfolgte, in beinahe beschämend verlegener Weise, die Zahlung des seit vierzehn Tagen fälligen halben Monatslohnes.

Die versprochene Hälfte dieser Hälfte seinem Helfer Pluchin zu geben, dazu vermochte Zedde, dem der Erfolg, wie stets, nicht so viel wert zu sein schien, leider sich nicht zu entschließen. Leider. Denn Pluchin, welcher, einmal in Bewegung, Geschmack an seinem neuen Metier gefunden hatte, war am Abend zuvor Zedde und seiner Magda, allerdings mehr neugierig als mißtrauisch, gefolgt, hatte an deren Tür in der Spiegelgasse etwa eine Stunde lang gehorcht und war darum, als Zedde im Café Odeon behauptete, die Sache mache sich zwar wieder, sei aber durchaus noch nicht in der gewünschten Ordnung, so wütend, daß er darauf verzichtete, Zedde eine herunterzuhauen, sondern beschloß, fürchterliche Rache zu nehmen.

Er tat, als ginge er in die Telefonzelle. In Wirklichkeit aber trat er auf die Straße und resolut auf einen Polizisten zu, dem er in sich überstürzenden Worten mitteilte, im Café Odeon sitze der langgesuchte Anarchist und Schwerverbrecher Jusmalin.

Der Polizist, ohnehin ein Exoten-Fresser, fiel auf Pluchins vorzügliches Theater hinein, stürzte ins Café und schleppte Zedde, der, halb besinnungslos, kaum zu gehen vermochte, zum Kommissariat auf der Schipfe.

Pluchin hatte zwar dem Polizisten versprochen, er werde sofort nachkommen, eilte aber schnurstraks in die Spiegelgasse. Er hatte die Chance, Magdalena in tiefstem Negligé und singend vorzufinden.

Magdalena erzitterte beim Anblick Pluchins, den sie nicht kannte, und als er mit fast versagender Stimme hervorstammelte, daß ihr Freund . . . er habe sie öfter mit ihm gesehen . . . Zürich sei ja nicht so groß . . . und soeben im Café Odeon . . . wie man ihn . . . verhaftet . . . – da röchelte sie: »Verhaftet . . .« und sank, sich völlig abhanden gekommen, auf das Kanapee.

Pluchin, der bei dieser Gelegenheit die Abwesenheit sämtlicher weiblicher Reize hatte konstatieren müssen, schluckte etwas nieder. Dann versicherte er wie außer sich: »Er ist sicherlich unschuldig. Beruhigen Sie sich. Man wird ihn wieder freilassen.« Er bemühte sich um sie, wobei er die unerfreulichsten Gegenden mied und nur dort massierte, wo es nicht allzu hoffnungslos war, Angenehmes zu empfinden.

Magdalena fand sich erst wieder, als diese Betätigungen nachließen. »Ich danke Ihnen, daß Sie gekommen sind. Daß Sie es mir erspart haben, es unvorbereitet zu erfahren.« Sie entwand sich keusch seinen Händen.

Pluchin, als hätte er ihre Ohnmacht keinen Augenblick bezweifelt, lächelte teilnahmsvoll; doch auch ein wenig ratlos: er wußte nicht, wie er nun seiner wahren Absicht zuschwenken könnte.

Magdalena erhob sich geschmeichelt und lehnte sich an einen Stuhl, betörend an ihrer Warze zupfend. »Zedde ist ja ein bißchen pathologisch. Er schwatzt dann immer so konfuses Zeug. Es könnte wohl sein, daß er irgendein unüberlegtes Wort . . .«

Pluchin, perfid grinsend über diese so rasch erschienene Gelegenheit, tat einen Schritt nach vorn. »Vermutlich. Denn man sagte mir, daß die Polizei ihn bereits seit Wochen beobachtet.«

Magdalena reckte sich unnatürlich. »Ja, ich habe ... ja, ich war ... ja, ich hätte ...« Bei jedem ›Ja‹ zog sie am Tischtuch und weinte mit den Lippen. Mit einem Mal aber stieß sie einen langgezogenen Ruf aus, der schauerlich durch die immer noch offen stehende Tür das dunkle Treppenhaus entlanglief. Dann brach sie auf den Stuhl nieder. »Also *das* war es! Das also! O, dieser gemeine Komödiant!«

»Meinen Sie seine geniale Unordnung? An die habe ich nie geglaubt. Ebenso wenig wie an seine mysteriösen Anfälle.«

Magdalena tobte mit den Armen. »Auch das noch! Auch das noch! Aber das Gemeinste war das gestern in der Bonbonnière!«

»Nun, wie wars?« fragte Pluchin lauernd.

Magdalena faßte sich erstaunlich schnell. »Nicht sehr berühmt.«

Pluchin, seiner Rache nunmehr gewiß, verließ unverzüglich Magdalena, welche an dieser zweideutigen Haltung erkannte, daß sie wohl daran getan hatte, ihre ärgste Schmach nicht preiszugeben.

Eros vanné

Henriette war eine von jenen Frauen auf dem Montmartre, die gegen neun Uhr morgens sich auf den Heimweg machen, unterwegs aber in ein Bistro treten, um für die nachtsüber zu sehr übermüdeten Nerven in Gestalt eines Chauffeurs, eines Negers oder eines sonstwie vakanten Costaud das letzte Tonicum zu finden. Dabei liebte sie es zu erzählen, daß sie ihre Stute vor der Vorstellung mit Champagner wasche, deshalb aber diesen Wein als Drogue empfinde.

Als Béschof, ein Raté undefinierbarster Art, das gehört hatte, bestellte er eine halbe Flasche Mumm brut und reichte Henriette, die am selben Tisch ein Beefsteak aß, ein volles Glas.

Henriette griff hastig danach und goß den Inhalt in einem Zug hinunter.

Béschof, der daraufhin auch den Zirkus ernstlich bezweifelte, fragte nun, von ihrem grünlich schillernden Unterarm dazu bewogen: »Salben Sie Ihren Leib?«

»Nur vor der Vorstellung.« Henriette raubte seine Zigarillo.

»Médrano?« Béschof las eine Paranuß vom Boden auf.

Henriette, ohne auch nur eine Sekunde sich zu besinnen, nickte.

»Ich bin dort Habitué.«

»Jedenfalls in den Ställen«, meinte Henriette gelassen.

»Wo waschen Sie denn Ihre Stute, wenn nicht . . .« Béschof steckte die Paranuß in den Mund und zerbiß sie vergnügt.

Henriette untersuchte die Haltbarkeit ihres Gebisses.

Béschof verlangte es erklärlicher Weise, in ihre schwärzlich unterwühlten Augen zu sehen. Aber es glückte ihm nicht. Deshalb äußerte er herausfordernd: »Wissen Sie, daß die Araber die Pferde höher schätzen als die Frauen?«

»Das beweist noch gar nichts für Sie.« Henriette schlug ein Bein so schwungvoll über, daß dessen violette Kniescheibe oberhalb des heruntergerutschten Seidenstrumpfes sichtbar wurde, und schmiß das Ende der Zigarillo, das sich zu entblättern begann, einem Stummelsammler durchs offene Fenster an den Kopf.

Béschof dauerte die Ouvertüre bereits zu lange. Er neigte sich schnell vor, packte routiniert Henriettes Kopf und küßte sie lange und detailliert.

Als Henriette sich ihm endlich entwand, bekundete alles an ihr beträchtliches Wohlgefühl. »Hierher kommst du also auch immer erst nachher?«

»Nachher – das ist nicht das richtige Wort. Mein Minimum sind drei Damen. Dann erst bin ich auf der Höhe.«

»Ah . . .« Henriettes Bein fiel unter den Tisch. Ob es bloß ausgeglitten war oder hinunterreflektiert, blieb zweifelhaft. »Du suchst dir also hier eine, die es noch brauchen kann.«

»Pas la blague!« Béschof zwickte skeptisch sein Kinn. »Aber ich liebe Damen mit der äußersten Müdigkeit.«

Henriettes halb entrougte Lippen schmatzten langsam. »Spuck doch endlich diese gräßliche Nuß aus!«

»Du willst also?«

Henriette preßte ihren Leib geil an das Tischbein. »Ja. Wenn du mir glaubst, daß ich es noch . . . gut . . . sehr gut . . . brauchen kann.«

Béschof verteilte die inzwischen Purée gewordene Nuß auf der Zunge, so daß seine Worte breiig wurden. »Ich glaube es dir, wenn du es au pair machst.«

Henriette ließ das Tischbein pikiert los, kam sich nun jedoch wie verwaist vor. »Ich esse aber stets noch ein Aloyau, zwei Millefeuilles und einen Brie.«

Béschof blickte auf die Uhr über der Bar. »Bist du in einer halben Stunde damit fertig?«

»Pour sûr.« Henriette trommelte mit ihrem enormen Tourmaline an das Glas und wies, nachdem sie schleunig zu Ende getafelt hatte, den Kellner mit einer stolzen Geste an Béschof . . .

In der Rue Gabrielle zog Henriette Béschofs Hand sich auf die Brust, schob sie unters Kleid und flüsterte, dergestalt zu beseligen anhebend: »La poitrine urf, hein?«

Béschof, keinswegs dieser Auffassung, ließ es dabei bewenden, weil es ihn, solchem hingegeben, eines Gesprächs enthob. Spleenig Straßen hassend, wünschte er, rasch anzukommen.

An der Ecke der Place du Calvaire und der Rue Berthe entfernte sich Henriette mit einer schnellen Körperwendung Béschofs müde knetende Hand und schritt, seiner ganz sicher, voraus ins Haus.

Béschof lächelte ob dieser Sicherheit: es hätte nur eines kleinen Entschlusses bedurft, um ihn sofort umkehren zu lassen. Wenige Sekunden lockte ihn sogar diese Möglichkeit als neues Plaisir. Als er aber erkannte, daß er es konzipierend schon genossen hatte, folgte er Henriette nur noch vergnügter.

Im fünften Stock, gegenüber der Treppe, stand eine Tür offen, hinter der, als Béschof sich ihr näherte, Henriettes orientierende Stimme erscholl: »Passe par-là, mon coco.«

Béschof betrat ein unaufgeräumtes Zimmer, auf dessen verbogenen Dielen zerbrochene Näpfe, schmierige Tücher, Haarnadeln und Papierfetzen herumlagen. An der streckenweise in langen Streifen herunterhängenden Tapete klebten zerquetschte Wanzen. Auf dem unsauberen Bett schlief eine kleine gelbliche Katze. In der Mitte auf einem frisch gestrichenen Tisch gärten die Reste einer Mahlzeit. Über dem ganzen Ensemble hing eine säuerliche Schlafstuben-Atmosphäre.

Béschof Sinne soffen selig diese Details. Mit gierig gehendem Atem schlich er zu einem Stuhl, ließ sich, vor Wonne zaghaft, nieder und betrachtete eben die schweinisch bemalte Tür, als Henriette sie mit einem Fußtritt schloß.

»Me voilà.« Henriette, die ihre Abendrobe mit einem Schlafrock vertauscht hatte, darauf unterhalb des Nabels japanische Funktionäre auf den Steinschenkeln einer Pagode sich berieten, setzte sich auf eine niedrige Chaiselongue dicht neben der Tür und strampelte mit den Füßen.

Béschof wiegte sich auf dem Stuhl. »Dieses Möbel schätze ich nicht. Leg dich ins Bett!«

Henriette schlenkerte sich hoch, ließ den Schlafrock fallen, knöpfte das bis zu den Knien reichende fleckige Hemd an den Schultern auf und streifte es mit berechneten Zwischenakten ab. Als sie nackt dastand, postierte sie die Hände mit gespreizten Fingern auf die fetten Hüften und drehte sich odaliskenhaft im Kreise. »Hein, sagt dir das etwas?«

»Du hast unterm Hals schmutzige Schatten.« Béschofs Augen umschossen kundig ihren Akt. »Neben den Brüsten auch. Und dort . . . eine wüste bläuliche Röte . . .«

Henriette stellte ihre Drehungen mit einem schnellen Blick auf ihre ungewaschenen Füße ein. »Was sind das für versaute Beobachtungen?«

»Im Gegenteil, profundeste Wahrnehmungen!« Béschof hatte Mühe, seine Hände zu beherrschen. »Das linke Knie ist arg zerschlagen. Heb das rechte Bein!«

»Quelle pitié!« Henriette tat es aber doch.

Béschof hustete, heiser vor Wollust. »Komm her!«

Henriette trippelte auf ihn zu.

Béschof schlang sie sich mit beiden Armen zwischen die Knie. Seine Nase wanderte, nacktselig schnüffelnd, über Henriettes wogendes Fleisch, während deren Rechte seinen Hals umspielte und ihre Linke den eigenen.

»Da . . . da . . . da . . .« Béschofs Hände waren außer sich, tollten über Haut und Wülste. Es schien, als sammelten sie habsüchtig etwas ein und hielten es immer wieder der Nase hin. »Wie eine Mischung von Heu, Safran und Moder.«

»Warum nicht gar Teer und Schlamm, hein?« Henriette gluckste unbestimmt.

Vor Béschof dampfte alles. Er schwamm. »*Dich* müßte man mit Champagner waschen.«

Henriette fing an, sich verhöhnt vorzukommen. Sie stieß Béschof zurück und hüpfte zur Chaiselongue.

Béschof rächte sich sofort. »Von einer Salbe keine Spur.«

»Prahler!« Henriette gelang es zu rülpsen.

»Schade, daß deine eklatanten Fähigkeiten unter dem Mangel an Regie leiden.«

»Du hast weder Fähigkeiten noch . . .«

»Talg!«

»Was . . .?«

»Bade wieder einmal!«

Henriette stürzte wie tobsüchtig auf ihn zu. Ihre Hand traf aber nur in die Luft, da Béschof rechtzeitig entwichen war. Von hinten her packte er ihre schwappigen Arme und schlug seine Zähne ihr zischend zwischen die Schultern.

Henriette schleuderte sich geschickt zu Boden, derart sich befreiend. »Assez!« schrie sie aufspringend. Das rote Mal seiner Zähne leuchtete auf ihrem Nacken.

Béschof fühlte, daß er, wollte er nicht zu kurz kommen, sofort einlenken mußte. »Weißt du übrigens schon . . .«

»Ich will nichts wissen«, heulte Henriette und fuchtelte mit ihren Fäusten.

» . . . daß Clémenceau sich heute früh um sechs erschossen hat?«

Henriette blieb sekundenlang ohne Atem. Dann aber krümmte sie sich vor Lachen. Der ganze Bauch war eine Falte.

Woraufhin Béschof mit rekordähnlicher Geschwindigkeit sich auszukleiden begann.

Und während Henriette noch lachend sich hin und her bog, griff

Béschof nach ihren Händen und zog die über seine stürmische Nacktheit erregt Kreischende bettwärts. Beide achteten nicht der kleinen Katze, die fauchend über sie hinwegsprang und auf einer Stuhllehne einen zornigen Buckel machte.

Béschof proponierte sofort sehr diffizile Nuancen, so daß Henriette, von so viel Kenntnissen und Elan gleicherweise impressioniert, ihr Allerletztes hergab, die erlesensten Erschöpfungen genießend . . .

Beide waren eben im Begriffe einzuschlafen, als an der Tür gepocht wurde.

Henriette fuhr hoch.

»Wer ist da?«

»So mach doch auf!« krächzte eine häßliche Männerstimme.

»Ah, der von der Polizei.« Henriette ließ sich aus dem Bett gleiten. »Ich muß ihn hereinlassen. Steh auf und setz dich hierher! Es dauert nicht lang.« Sie warf einen Polster hinters Bett, schob, nachdem Béschof leise fluchend dahin gefolgt war, einen Stuhl davor und verhängte ihn mit Kleidungsstücken. Dann öffnete sie.

»Warum läßt du mich so lange warten?«

»Keine Litanei!« befahl Henriette gelassen. »Sei froh, daß ich dich nicht hinauspfeffere.« Da diese Behandlung zu den Bedürfnissen des Klienten gehörte, fügte sie hinzu:

»Ich habe heute keine Minute zu verschenken, du Drecksau!«

»La ferme! Ich lasse mich nicht mehr abspeisen. Jetzt mußt du das Ganze machen.«

Henriette, die vor Schläfrigkeit taumelte, hätte sich am liebsten entrüstet. Doch dazu fehlten ihr die Argumente. Zur Zustimmung aber die Gewißheit der – Möglichkeit.

Der Klient erriet, was in ihr vorging. Seine Hand verließ die Hosentasche und stellte ein Fläschchen, auf dem ›Purgativ Pink‹ zu lesen war, hämisch vor sie hin auf den Tisch.

Béschof vernahm die Vorbereitungen, die ihn höchst merkwürdig däuchten. Und plötzlich hörte er die häßliche Männerstimme wieder: »Ah und gestern hab ich die Anezka Tritt gehabt. Weißt du, das ist die kleine Polin, die wir vor ein paar Tagen bei ›Peignen‹ beobachteten, Boulevard de Belleville . . . Noch, noch, Henriette . . . Jack hat sie aufgespürt, als er die alte Flouche abholte. Anezka wollte aus dem Klosettfenster springen. Das war ein guter Fang. Nihilistin und Hure und Kupplerin und weiß der Kuckuck was noch alles in einer Person. In der Präfektur schimpfte sie herrlich. Da kannst du mit deiner Gueulerie einpacken. Sogar Lépine staunte. Ich war direkt ergriffen. Aber dann sprang sie doch aus dem Fenster. Eine tolle Katze . . . Bitte hierher, Henriette, hierher . . . War sofort tot. Aber glücklicherweise habe ich meine Beziehungen zum Lariboisière. Gestern nacht war ich dort. Und so bekam ich mein Täubchen doch noch. Durch den Leichendiener. Und noch was ganz Besonderes . . . Ah, so ists recht, Riette, Riette . . . So konnte ich sie ausnehmen. Mit diesen Händen da. Mit diesen Fingern. Und haute den ganzen Salat in die Pfannen. Herrlich! Ah, es war . . . Aber nachher hatte ich entsetzliche Angst wegen des Leichengifts, wie der Diener sagte. Ich nahm sofort ein Sublimatbad. Zwanzig Francs! Billiger tat ers nicht, der alte Falot. Schließlich, die Sache war es wert. Es war ganz herrlich!«

»Du Dreckspitzel!« heulte Henriette, wirklich angewidert.

Béschof, der atemlos gelauscht hatte, überwand sich erst jetzt, so sehr hatte seine eigene Phantasie ihn gefesselt: er hob den Kopf und sah . . .

Dann sank er wie benommen zurück, unfähig, etwas zu denken oder zu tun. Es war ihm, als wäre bereits viel Zeit vergangen, als er miteins Henriettes Gesicht über sich erblickte.

»Das Schwein ist schon fort. Kannst aufstehen.«

Béschof kroch totmüde hervor. Alles roch in übelster Weise. Sein Kopf drehte sich. Er zog sich hastig und unbeholfen an und vergaß, als er aus der Tür eilte, zu grüßen.

Henriette blickte ihm verächtlich nach. Dann machte sie das Fenster weit auf und nahm ihre schwierige Coiffure vorsichtig auseinander.

Die Frezzaria

ist die offizielle Hurengasse von Venedig. Sie ist trotzdem nicht schmäler und dunkler als eine Calle und unterscheidet sich tagsüber durchaus nicht von dem herkömmlichen Straßenbild der Lagunenstadt. Nachts jedoch, wenn sowohl der fromme Venezianer sie geflissentlich meidet als auch der soignierte Fremde und nur das unbürgerliche Gelichter der ganzen Welt sich über sie hinschlängelt, wird sie tierisch bis zur Phantastik.

Pinöff, ein Däne, den der rätselhafte Vorname Duri schmückte, reiste, als die Kopenhagener Polizei ihn zu bedrängen begann, kurzweg auf die Frezzaria, die ihn im Alter von siebzehn Jahren so gründlich berauscht hatte, daß er mit Soun, einer broncefarbenen Ägypterin, und Messer Ugo, dem seltsamsten Franzosen, die erste Fahrt ins Abenteuer angetreten hatte.

Daß er der venezianischen Quaestura avisiert worden war, hielt Pinöff für sehr wahrscheinlich, obwohl er auf der ganzen Strecke, weder im Berliner D-Zug noch im Rom-Expreß, irgendetwas Verdächtiges wahrgenommen hatte. Lediglich ein Kellner des Münchner Speisewagens hatte einmal unmotiviert frech geantwortet und ein alter Herr hinter Verona ein wenig zu korrekt um Feuer gebeten. Pinöff, der die Nervosität, welche ihm die Aufmerksamkeit der Polizei verursachte, endgültig loszuwerden wünschte, traf darum für alle Fälle seine Vorkehrungen, als der Zug Mestre verließ und über die lange Mole Venedig sich näherte. Er holte seine beiden Handkoffer, die nichts enthielten als in Lumpen gewickelte Steine, fürsorglich aus dem Netz herunter, überzeugte sich umständlich, ob die Schlösser wohl schlossen, legte Schirm und Plaid bereit, zog seinen dunkelbraunen Macfarlane an und wartete, das wachsame Auge auf sein Gepäck gerichtet, stehend die Einfahrt ab. Als der Zug hielt, schrie er, so laut wie nur möglich, nach einem Facchino und folgte ihm, als er mit seinen Koffern beladen vor ihm herwankte, auf den Fersen. Vor den Toiletten hieß er ihn stehen bleiben, zog seinen Mantel aus, warf ihm diesen über die Schulter und betrat vor seinen Augen den Waschraum. Nachdem er abgesperrt hatte, entkleidete er sich hastig, wendete Rock, Weste und Hose, die nun von grüner Farbe sich erwiesen und als ungefüttert, ersetzte den harten Kragen durch einen weichen, wechselte die rötliche Krawatte gegen eine weiße aus, setzte sich eine graue Sportmütze auf statt des ·weichen Hutes und veränderte sein Gesicht durch eine diskrete Bemalung und eine kleine Grimasse, die es zur Gänze unkenntlich machte. Ohne irgendetwas zurückzulassen, zog er sich ganz hinten vor der Mauer an der Holzwand hoch, ließ sich, nachdem er gesehen hatte, daß er leer war, in den anschließenden Abort niedergleiten und erreichte von diesem aus auf dieselbe Weise den daneben befindlichen, dessen Tür er schnell öffnete und laut zuwarf. Und während er, gemächlich dahinschlendernd, eine Zigarette sich entzündete, verschwand er vor dem Bahnhof in der Menge, die sich gegen den Halteplatz des Vaporetto drängte.

Trotz all dieser Exaktheit bemerkte Pinöff schon vor der Haltestelle Rialto den alten Herrn aus dem Zug wieder, der ihn um Feuer gebeten hatte. Nichts war zwar näherliegend, als daß ein Ankömmling denselben Vaporetto benützte; was aber bot Pinöff die Gewähr dafür, daß es sich nicht anders verhielt? Augenblicks war er entschlossen, sich Gewißheit zu verschaffen und sein definitives Verschwinden, das er ohnedies der Frezzaria vorbehalten hatte, mit peinlichster Vorsicht zu organisieren. Freilich hing dies zum guten Teil davon ab, ob die alte Keile Chagise noch vor dem Caffè Orientale zu finden war.

Als der Vaporetto der Haltestelle San Marco sich näherte, drängte Pinöff sich an die Bordseite vor, als wollte er aussteigen. Sobald er jedoch beobachtet hatte, daß auch der alte Herr sich beeilte, aufzubrechen, setzte er sich wieder hin und verkniff nur schwer ein Lächeln, als er den alten Herrn sich bemühen sah, so zu tun, als hätte er sich geirrt.

Vor dem Dogenpalast stieg Pinöff aus und schwenkte sich, die Hände in den Hosentaschen, die Riva degli Schiavoni hinunter bis vor das Caffè Orientale und noch langsamer durch den Gang zwischen den Tischen: Keile Chagise war nirgends zu erblicken. Da das Caffè sich bereits zu leeren begann, durfte er, nach elf Uhr nachts, kaum hoffen, ihr hier noch zu begegnen. Zudem hatte er längst bemerkt, daß den alten Herrn ein kleiner dicker Mann ohne Hut abgelöst hatte. Deshalb ging Pinöff langsam weiter bis zum Hotel de Londres, rannte blitzschnell in eine schmale Seitengasse, dann im Zickzack durch ein halbes Dutzend Durchhäuser, wandte sich endlich nach dem Markusplatz und mischte sich in die noch längs den Kaffeehaustischen promenierende Menge, um in einem günstigen Augenblick gegen das Postamt zu oder über die Fruttarol nach der Frezzaria zu entkommen.

»Duri!« summte es da mit einem Mal neben ihm.

Pinöff hatte die Geistesgegenwart, weder stehen zu bleiben noch auch nur den Kopf zu wenden. Bloß seine Augen hatte es dieser Stimme zugerissen: Keile Chagise, das pockennarbige wächserne Gesicht mit der unheimlichen Vogelnase auf einen schnarchenden Mops gebeugt, den sie auf den Armen hielt, humpelte neben ihm her. »Keile«, sagte er halblaut und ging noch langsamer, um, hinter sie geraten, besser gehört zu werden. »Mußt mich vermoosen.«

Ihre Vogelnase sank noch tiefer auf den Mops, während sie wie im Gebetston leierte: »Geihst in del Fruttarol. Stellst dich an der Bar an der Ecke. Wirst fölgen dem Kind mit hälber Stick Melonen in die Händ und wirst passen auf, wenn du wirst zu haben sein auf der S. Moisè.«

»Keile . . .«

Doch schon war sie um einen Passanten herum nach vorne verschwunden . . .

Bald darauf ließ auf der Salizzada S. Moisè ein Kind eine halbe Melone fallen, über die sogleich ein junger Bursche ausglitt, der, kaum daß er sich aufgerichtet hatte, das Kind beschimpfte und schlug. Von einer älteren Frau deshalb zur Rede gestellt, schimpfte er immer lauter und versetzte ihr schließlich einen Stoß gegen die Rippen. Es dauerte nicht lange, so rauften sie. Und nach wenigen Minuten gab es eine allgemeine Schlägerei, an der mehr als ein Dutzend sehr zweideutiger Männer und Frauen sich beteiligten.

Pinöff, der Keile Chagises Plan sofort begriff, schlug alsbald mit in den Haufen ein und tauchte im Nu unter den Fäusten der Raufenden unter, die sich Schritt für Schritt gegen den Eingang zur Frezzaria wälzten, um, vor deren erstem Haus angelangt, innezuhalten und, von allen Seiten verstärkt, die Straße abzusperren.

An zwei Röcke geklammert, hatte Pinöff alle Kraft und Geschicklichkeit aufbieten müssen, um nicht zu Boden gezerrt und niedergetrampelt zu werden. Jetzt fühlte er, als der Haufen zum Stehen kam, sich miteins vorne am Kragen gepackt und nach unten zu zwischen den stoßenden Beinen hervorgezogen. Sobald er befreit war, wurde er, wobei man ununterbrochen auf ihn einhieb, zwei Häuser weitergehetzt und plötzlich in ein Tor gestoßen, worauf an seiner Statt ein junger Bursche, der im Schatten des Torbogens gewartet hatte, die Frezzaria hinabgeprügelt wurde . . .

Pinöff war, da die Hiebe, die er erhalten hatte, fast so echt waren wie die Fußtritte, völlig erschöpft zusammengebrochen, als er an die Mauer geflogen war. Er kam erst wieder zu sich, als es ihm kalt auf den Augen wurde.

»Steihst auf, Duri, Jingl.« Keile Chagise steckte den nassen Schwamm ein, legte sich einen Arm Pinöffs um die Schultern und schleppte ihn so durch den engen Gang in einen stockfinsteren Hof, wo sie ihn über einer Kellerfalltür an die Wand lehnte. »Wirst herunterkömmen, Jingl, und wirst sein weich und vermoost, Duri.« Sie klopfte mit der Faust zweimal auf die Falltür, die fast gleichzeitig langsam nach unten wich. Pinöff glitt, eine runde müde Masse, schnell hinab und tat einen kurzen Fall auf eine Matratze . . .

Nach etwa fünf Minuten wurde er von vier Armen hochgezogen und fortgetragen. Zwei Türen gingen. Und alsbald befand er sich in einem niedrigen, von einer grünlichen schmutzigen Kristallampel schlecht beleuchteten Keller und wurde auf eine mit Decken und Fellen überladene Ottomane niedergelegt. Als er versuchte, seine Helfer zurückzuhalten, humpelte Keile Chagise herein, ihren Mops wieder auf den Armen. »Addio. Bringts was zu essen mit! Auch Mozarella, zwei Stick. Und den Vaterlaus und Peppo. Avanti! Avanti!«

»Wer sind die?« Pinöff rieb sich die schmerzhaftesten Stellen und strich sich die Haare aus der Stirn.

»Wer werden se schon sein. Unsrige.« Keile Chagise legte behutsam ihren Mops in ein altes zerschlissenes Lederfauteuil und setzte sich hierauf dicht neben Pinöff. »Duri, redst jetzt. Sagst der alten Chagise. Sagst ihr.« Sie reichte ihm von einem Sessel ein Glas Chianti.

Pinöff ließ sich ihre welke knöcherne Hand auf der seinen gefallen. »Riecht ja nach Jasmin hier.« Er leerte gierig das Glas.

Keile Chagise lächelte unterwürfig, wobei ihre Nasenspitze die Oberlippe berührte, so daß es aussah, als spalte sie sich in zwei Teile. »Die Signora Rus hät gegeben. Hät gehört, daß ein Guter von die Unsrigen is gekömmen.« Sie griff hinter die Ottomane und drückte Pinöff einen großen Strauß blühenden Jasmins auf den Bauch. »Geihst eben zwei bis drei Tage mit ihr, Duri. Sie verdients. Wie lang hät sie gehäbt deine Soun? Unsere gebenschte Soun? Drei Jahre. Drei Jahre.«

»Soun? Wo ist sie? Ist sie hier?« Pinöff ließ den Strauß fallen und packte ihre Arme. Seine Augen wurden klein und naß.

»Joi, joi, joi, was für ein Gewure!« Keile Chagise stand, die Hände auf die Knie gestützt, mühsam auf und humpelte zu einem halboffenen Schrank, aus dem sie eine alte Priesterstola nahm. »Schaust her, Jingl. Mit dem traifen Fetzen da is se gekömmen, hät ihm verkehrt umgewickelt gehäbt und hät vor den lebendigen Augen der alten Chagise herausgezogen. Immer wieder herausgezogen. Was se herausgezogen hät? Was wird se schon herausgezogen zu haben? Gelder. Schwere Gelder. Alles englisches Papier.« Sie legte ihm feierlich die Stola auf die Knie.

Pinöff hörte und sah nichts. »So sag doch schon, was mit ihr los ist. Ist sie hier?«

»Wie kann se hier sein, wenn se is in Kairo? Erster Klasse im Hotel Nil? Wärste gekömmen vor fünf Wochen, häste se gesehen gekennt bei der Signora Rus.« Keile Chagise schlug sich, mit einem Mal ohne jeden Übergang heiser lachend, auf die dürren Schenkel. »Häste se gehalten für die jingere Schwester von der Signora Rus. Drei Jahre is se hier herumspäziert und hät gebaut an einer Sache, joi, joi, joi.«

»Und was macht sie jetzt in Kairo? Ist Messer Ugo mit?« Pinöff fieberte vor Ungeduld. Seine Stimme klang fast zornig.

»Was wird se schon machen in Kairo? Guten Eindruck auf die Hotelgäste. Schad, daß es nix is geworden mit der großen Sache in der Pensione Hering. Du weißt doch, in der Calle dell Angelo.« Keile Chagise stieß plötzlich einen dunklen Pfiff aus. Es war wie ein Vogelruf. »Was ich vergeß! Vergeß ich die Hauptsach! Wart, Duri, Jingl, wirst haben Freud an deiner Soun und Freud an deiner alten Chagise.« Sie zerrte sich einen Tisch heran, zog sich an ihm hoch und humpelte in eine Ecke, wo sie in einem hohen Haufen Plunder und Fetzen herumwühlte.

Pinöff streichelte geistesabwesend die Stola auf seinen Knien: Soun war weit weg. Das war alles, was ihn im Augenblick bewegte.

»Da, du Schweden-Goj, da haste was von deiner Soun.« Keile Chagise riß, heranhumpelnd, einer mittelgroßen Gliederpuppe den Porzellankopf herunter.

Während Pinöff mit zitternden Fingern durch den Hals in das Stroh des Puppenleibes griff, stand Keile Chagise, die mageren Arme faul hängen lassend, mit leise schaukelndem Körper vor ihm und schaute mit einem unsäglich erfahrenen Lächeln seinen Händen zu.

»Fünfzehnhundert Pfund«, sagte Pinöff gepreßt.

»Messer Ugo weiß nix davon. Auf dich is se scharf gewesen zu sein, Duri.«

»Ich Esel, ich Esel, ...« Pinöff lächelte häßlich. »Ist sie mit ihm?«

»Messer Ugo macht sich in Smyrna. Is gut, daß se getrennt sind. Was wird schon sein mit dem Jingl? Mit dem Jettatore? Macht er sich mit die wilden Augen und mit dem gefährlichen Ponim? Nicht macht er sich.« Keile Chagise ließ sich zu Boden rutschen. »Ruhst dich aus hier, Duri, und dann fährst herunter zum Nil.«

»Nimm!« Pinöff hielt ihr einen Hundertpfund-Schein hin, den sie schweigend zusammenfaltete, bis er so groß war wie ein Spielwürfel.

Da kamen Schritte an die Tür.

Pinöff steckte die Scheine schnell in die innere Westentasche.

Keile Chagise stopfte den ihren in eine halb ausgehöhlte Semmel, die sie wieder unter die Schürze schob.

Vier junge Männer traten einer nach dem andern ein. Zuletzt die Signora Rus, eine noch hübsche Frau unbestimmten Alters.

Zwei der jungen Männer legten Eßwaren auf den Tisch, drückten hierauf gleich den andern Pinöff fest die Hand und blieben schweigend stehen, wo sie gerade standen.

»Das ist er also«, sagte die Signora Rus mit einem gezierten Lächeln.

»Zucca, daher kommst!« rief Keile Chagise und streckte die langen Finger ihrem Mops entgegen, der sich widerwillig auf den Boden plumpsen ließ und schwerfällig heranwankte. »Der Große mit die Coteletten is der Vaterlaus. Der Kleine mit dem roten Schnauzer is Peppo. Raniero und Victor, das sind noch junge Porser ... So setzts euch doch auf die Ärsche!«

Pinöff, der gleichgültig sitzen geblieben war, hob rasch den Jasminstrauß auf und roch an ihm. »Und Sie sind die Signora ...«

»Si.« Die Signora Rus leckte sich einladend die vollen Lippen, so daß Pinöff ärgerlich den Jasminstrauß neben sich auf die Ottomane legte und die Stola darauf.

»Hab ich das Jingl vermoost?« Keile Chagise wackelte mit den Fingern an einem ihrer letzten Vorderzähne. »Vermoost hab ich ihn.«

Und während man allmählich ins Gespräch kam und ins Erzählen, drang von oben her, von der Frezzaria, dumpfes Brummen und Getrappel und zuweilen die schrillen Pfiffe der Spitzel.

Der Freund aus Costa Rica

Es war in Innsbruck, in der Leihanstalt. Kaneder wartete gerade auf die Schätzung seiner goldenen Uhr, als ein leises, aber sehr lustiges Lachen ihn zwang, sich umzuwenden.

Ein nettes blondes Fräulein stand hinter ihm. »Habens auch ka Geld?«

»Danke.« Kaneder fühlte eine jähe Hitze. »Bloß Zahlungsschwierigkeiten.«

»I eigentli auch. Mei Freund aus Costa Rica, der mir sonst immer pünktlich am ersten . . .« Sie schien flüchtig zu erröten. »Muß halt der Rubinring da von ihm herhalten.«

»Also Leidensgefährten . . .«

Nach einer halben Stunde saßen sie im Café Maria Theresia.

»O, i hab Ihna no gar net gsagt, wia i heiß.«

Kaneder blickte höflich zur Seite. »Ist doch gleichgültig.« Er las aber doch sofort die Adresse des Briefs, den sie aus ihrem Handtäschchen nahm: ›Ghilaine Lambert, Wien IX, Schulz-Straßnitzki-Gasse 8‹. »Ein seltener Vorname. Zugelegt?«

Sie sah pikiert an ihm vorbei. »Meine Mutter war Französin.«

»Und ihr Vater?«

»Armenier. Ich bin auf einem Schiff zwischen Pera und Neapel geboren.«

»Eine schwankende Geburt«, witzelte Kaneder mit Naturnotwendigkeit.

Sie ging fein lächelnd darüber hinweg. »Was wollns.«

»Darf ich den Brief lesen?« Kaneder zwinkerte pfiffig.

»Aber bitt schön.«

Es war eine Trostspendung ihres Beichtvaters, der sie ermahnte, brav zu bleiben und nicht zu unterliegen. Kaneder juckte sich die Hand. »Wohnen Sie noch in der Schulz-Straßnucki . . . Straßnicki . . .«

»'s is zwar scho in der Näh vom Gürtel, aber a wunderhübsche klane Dreizimmer-Wohnung.«

»Die der Freund aus Costa Rica bezahlt.«

»Was denn!«

Kaneder bemühte sich jetzt, das Datum des Briefes zu entziffern. Als ihm das gelungen war, lächelte er langsam. »Wie lange wohnen Sie schon dort?«

»Wird bald a Jahr.«

»So alt ist dieser Brief auch. Dann ist ja alles in Ordnung.«

»Wieso?« fragte sie frech, ein Débâcle ahnend.

»Inzwischen sind Sie jedenfalls doch unterlegen.«

»Herr Kaneder, ich muß Sie ernstlich ersuchen . . .« Sie mußte nun aber über sich selbst lachen. »Wissens, i bin nämlich, das hat mir mei Mutter aufm Sterbebett anvertraut, a natürlichs Kind vom Großfürsten Georg. Der Freund aus Costa Rica is sein Bevollmächtigter in der Alimentensachn. Sie begreifen. Daher kann von an Unterlegensein gar net die Red san.«

»Ich begreife«, versicherte Kaneder, der nichts begriff, als daß es ihm zu bunt wurde. »Wirklich schade, daß ich schon in einer Stunde nach Wien zurück muß.«

»Ja, 's is schad.« Sie neigte bedauernd, aber vielsagend das Köpfchen. »Net wahr, wir wern uns hoffentlich in Wean wiederschaun?«

»Wenn es Ihnen recht ist, heute in acht Tagen im Café Lebman in der Kärnthnerstraße.« Kaneder wünschte, rasch fortzukommen.

»Ich geh *nie* ins Lebman.« Sie hob empört die Hand.

»Also dann im Graben-Café. Um fünf. Abgemacht?«

Sie nickte verheißungsvoll. »Hier habens auf jeden Fall mei Telefon-Nummer.« Sie schrieb sie auf eine Papierserviette, die Kaneder in die Rocktasche steckte . . .

Zwei Wochen später saß Kaneder, der längst dieses kleine Intermezzo vergessen hatte, eines Nachmittags im Café Lebman, als er plötzlich Ghilaine, sorgfältig geschminkt und einen blendenden Weißfuchs um die Schultern, eintreten und einen Herrn lebhaft begrüßen sah. Kaneder versteckte sich schnell hinter einer Zeitung, zahlte und drückte sich grinsend.

Am anderen Morgen erwachte er frühzeitiger als sonst und fand keinen Schlaf mehr. So fiel ihm Ghilaine wieder ein und schließlich bedauerte er, sich nicht den Scherz gemacht zu haben, sie zu begrüßen. Da erinnerte er sich, daß sie ihm ja in Innsbruck ihre Telefon-Nummer aufgeschrieben hatte. Sofort sprang er aus dem Bett zum Schrank und durchstöberte die Taschen des Rocks, den er damals getragen hatte. Überraschender Weise fand sich die Papierserviette noch vor.

Kaneder holte sich den Telefon-Apparat und nahm ihn mit ins Bett. »13 453 . . . Halloh, Fräulein Lambert? . . . Halloh, wer ist dort . . . Halloh, halloh . . . Ja, ich spreche . . . Halloh, Fräulein Lambert? Ja, man hat uns unterbrochen . . . Wie bitte? . . . Halloh . . . Na endlich . . . Hat man Sie vom Apparat weggerufen? . . . Nicht? Umso besser. Wie geht es Ihnen, blonde Schöne? . . . Wer ich eigentlich bin? Aber Sie erinnern sich doch sicherlich noch an meine Stimme . . . Nicht? Na, dann sage ich nur – gestern Nachmittag im Café Lebman . . . Na also . . . Was? Ich bin ein notiger Karpfen, ein zwiderer Kren? . . . Na, also bitte . . . Warum ich eigentlich gestern nicht mitkommen wollte? Sofort. Sagen Sie mir erst, warum Sie so außer sich sind. Sie sind ja atemlos. Sie sprechen ja, als hätten Sie gerade eine Semmering- Besteigung hinter sich . . . Was? Ich fasle? Durchaus nicht. Oder sollte es sich um eine andere Besteigung handeln? Von wo aus sprechen Sie überhaupt? . . . Von Ihrem Schreibtisch aus? Sie sitzen um sechs Uhr morgens an Ihrem Schreibtisch? Sie? Ja, haben Sie denn die Nacht durchgearbeitet? Jedenfalls, denn jetzt höre ich eine Männerstimme . . . Halloh, halloh . . . halloh . . . halloh . . .«

Kaneder stellte den Apparat auf das Nachtkästchen. Dann brüllte er wiehernd auf, legte sich in die Seite und schlief noch einmal ein.

Am Nachmittag dieses Tages betrat Kaneder gegen fünf Uhr das Café Lebman.

Ghilaine saß bereits in einer Ecke und las das Kleine Witzblatt.

Als Kaneder sie begrüßte, staunte sie ihn ratlos lächelnd an.

»Innsbruck!« sagte Kaneder eindringlich.

»D'Hauptstadt von Tirol«, äußerte Ghilaine vergnügt. Mit einem Mal aber schlichteten sich ihre Züge. Es war unzweifelhaft, daß sie sich mit irgendeinem Erinnerungsfetzen herumbalgte.

Das machte Kaneder wagemutig. »Café München«, log er. »Gegen elf Uhr abends. Serenata von Toselli.«

Ghilaines ganzes Gesicht hielt gleichsam im Anlauf inne. Aber es vermochte sichtlich nicht, das Dunkel zu durchdringen. Daraufhin tat sie, als wäre es ihr gelungen: »Aber natürli! Jetzt erkenn i di wieder! Grüß di Gott! Servus! Na, wie gehts allerweil? Was machn die Würscht?«

Kaneder setzte sich, ein einziger Jubel. »Mattes Geschäft.«

»Das sagst immer.« Ghilaine lächelte unbändig. »Aber gut, daß d' da bist. Jetzt kannst mir glei die fufzich Kraneln geben, die i noch zu kriegen hab.«

Kaneder juckte sich die Stirn.

Ghilaine hielt es für richtig, sich zu ereifern. »Was? Bist auch so a notiger Karpfen, so a zwiderer Kren? Wegen fufzich lumpige Kraneln? Schamen sollst di was . . .«

Kaneder war, angesichts dieses dermaßen schütteren Erinnerungsvermögens, davon überzeugt, daß diese Nachforderung ein Kniff sei. »Gut, du sollst sie haben, obwohl ich mich nicht erinnere . . .«

»Was? Du erinnerst di net?« Ghilaines Hände flogen umher. »I sag nix als Hotel Kreid, Rudolfstraßn.«

»Und ich sage dir, daß es im Hotel Greif war.« Kaneder war auf der Höhe.

Ghilaine schien flüchtig zu erröten. »Du faselst ja. Außerdem liegt mir das stagelgrün auf. Gibst mir also die fufzich.«

»Ja, aber erst in deiner Wohnung.«

Ghilaine begehrte auf: »Frechheit! Übrigens habe ich jetzt gar keine Zeit.«

»Wir nehmen ein Auto. Auf dem Alsergrund sind wir in zehn Minuten. In einer Stunde kannst du wieder hier sein.«

»Wer sagt dir, daß i aufm Alsergrund wohn?« Ghilaine schlang sich ihren Weißfuchs fester um den Hals und schickte sich an, sich zu erheben. »I wohn in der Josefsstadt. Josefsgassen 11. Da gehts no viel gschwinder.«

»Hast du nicht einmal in der Schulz-Straßnucki . . . Straß . . .«

Ghilaine blieb sekundenlang bewegungslos stehen. Die zugehörige Erlebnis-Sphäre hatte sie gestreift. Es kam aber nur zu einem Achselzucken. »Da hat a Freundin von mir gwohnt. I glaub sogar, sie wohnt no dort. Was, hast vielleicht mit der Lambert auch scho gschlafn? Mit der Zwiderwurzen? Heißt net amal so. I wer mi hüten und der Urschl no amal mei Zimmer borgn. Wenn i dann ihre lumpigen drei Löcher amal brauch, hats an Ausred . . . Komm, gemma!«

Als sie im Auto saßen, packte Ghilaine von neuem der Neid.

»Du kennst also die Lambert?«

»Ja.« Kaneder benützte die Gelegenheit. »Sie hat sogar einen Beichtvater. Fromm sein kann man ja schließlich trotzdem.«

Ghilaine schlug die Hände über dem Kopf zusammen, was ihr jedoch nur approximativ gelang. »Das . . . das glaubst, du Zeiserl du? Den Brief hat sie sich do selber gschriebn! Zum Vorzeign. Zum Imponiern. Da fallns gern drauf 'nein, die alten Hofrät. Mir hat sie 'n auch amal borgt.« Sie hielt inne. Die dazugehörige Erlebnis-Sphäre hatte sie gestreift. Es kam aber wiederum nur zu einem Achselzucken. »Übrigens, is das a Lügnerin! I glaub sogar, sie spitzelt. I hab amal bei ihr im Bett Polizeiakten gfundn. Hat sie dir auch von dem Freund aus Costa Rica vorgschwindelt, was?«

»Sie hat mir sogar aufbinden wollen, daß sie auf einem Schiff zwischen Pera und . . .«

»Was?« Ghilaine schüttelte wütend die Hände. »So eine Person! Das hat sie von mir amal ghört aus Hetz und jetzt sagt sie's glei nach. Am End hat sie dir auch gsagt, daß sie a natürlichs Kind . . .«

» . . . des Großfürsten Georg . . .«

»Na, was sag i! . . . Und daß der Freund aus Costa Rica bloß . . .«

» . . . der Bevollmächtigte . . . wegen der Alimente . . .«

»I sags ja! . . . Alls macht sie mir nach. I erzähl nämlich gern Gschichtn und mach gern a Hetz und sie macht jetzt gleich alls nach. So a Bisgurn! Wann warst denn 's letzte Mal bei ihr?«

»Vor einem Jahr.«

»Und da hast dir das alls gmerkt?« Ghilaine stutzte, aber ohne Erfolg.

»Ich habe ein sehr gutes Gedächtnis.«

»Ganz wia i.«

»Das habe ich schon bemerkt.«

Während des Restes der Fahrt einigten sie sich über den Preis, den Ghilaine, bereits in scharfer Konkurrenz mit ihrer Rivalin sich fühlend, sehr niedrig ansetzte.

An der Tür von Ghilaines Treppenzimmer las Kaneder: ›Fritzi Klimpfner, Artistin‹.

Das Zimmer war hell und geräumig und eleganter, als Kaneder vermutet hatte. Auf dem Nachtkästchen neben dem Bett stand ein Telefon. Ein Schreibtisch freilich fehlte . . .

Schon während des ersten Sturms klingelte das Telefon.

Fritzi, Kaneder noch am Herzen, griff nach dem Hörer. »Halloh, hier Fritzi . . . Wer is . . .« Sie hielt die Muschel zu. »Was sagst, die Lambert is da.« Sie nahm den Hörer wieder ans Ohr. »Na, wie gehts denn allerweil . . . Na ja, aber ins Kolosseum geh i net . . . Scho gut, machs kurz, i hab jetzt ka Zeit . . . Kommst halt in aner Stund ins Lebman, dann wer i scho sehn . . . Auf Wiederschaun!«

Kaneder empfand eine gewisse Befriedigung darüber, daß in seinem Fall nur eine Dame die Störung vollzog; aber auch darüber, daß Ghilaine Lambert also doch kein Phantom war. »Von wo aus hat sie telefoniert?«

»Aus der Schulz-Straßni . . .« Fritzi gab sich mit Feuereifer ihren Pflichten hin . . .

Als Kaneder zahlte, zog er es vor, auf die Fünfzig-Kronen-Nachforderung zu vergessen.

Fritzi desgleichen, da sie sich immer noch in scharfer Konkurrenz fühlte.

Nachdem Kaneder sie im Auto ins Café Lebman zurückgebracht hatte, fuhr er, einer spontanen Neugierde erliegend, in die Schulz-Straßnitzki-Gasse.

Neben der Klingelreihe an der Haustür war unter ›IV. Stock‹ tatsächlich zu lesen: › Ghilaine Lambert, Private‹.

Kaneder stieg die vier Treppen hoch und klingelte, hörte aber nichts. Hierauf klingelte er noch einige Male, ohne daß man ihm öffnete. Schließlich drückte er, weniger in der Hoffnung, die Tür offen zu finden, als vielmehr ärgerlich auf die Klinke, die, fast zu seinem Schreck, nachgab.

Kaneder trat leise ein, lehnte die Tür an und lauschte. Vom Ende des Korridors her hörte er Stimmen. Er schlich herzu, stellte sich mit einem Mut, den er selber an sich bestaunte, neben die halboffene Küchentür und vernahm die Stimme eines Mannes. »So gehts net. Das beste Mittel, wenn man a Dummheit gemacht hat, is, man betracht sie wie an Schachzug. So mach ichs. Akkurat aso machts auch der Polizeirat. So hat er scho oft Glück ghabt, der alte Schloderer.«

»No ja«, raunzte eine Frauenstimme, »is ja alls recht schön und gut aso, aber fad is, wenn d' amal gsagt hast, daß d' net an Gfühl glaubst, nur an Absichten. Das is mir aso rausgrutscht.«

»Rausgrutscht! Wie oft hab i dir net gsagt, überleg erst, bevorst plauschst. Drehsts jetzt halt aso, als wärn bei dir die Gfühl was so Seltens, daß aner scho an ganz an ernste Absicht mit dir habn muß, bevorst ihm a Gfühl glaubst. Paß auf, das putzt'n. Und amal putzt, kannst ihm dann gschwind einreden, daß er sa Gfühl für di beweisen muß. Dann hast'n so weit.«

»No ja, Maxl, aber . . .«

»Hast die Akten ordentlich glesn? Sonst machst grad noch an Pallawatsch.«

»Aber ja. Kannst sie glei mitnehmen. Ich hols.«

Kaneder rannte auf den Fußspitzen zur Wohnungstür zurück. Im selben Augenblick, da er sie erreichte, hörte er einen erstaunten Ausruf. Er blieb stehen.

Die Lambert kam hastig auf ihn zu.

»Entschuldigen Sie, bitte«, sagte Kaneder rasch. »Die Klingel funktionierte nicht und die Tür war unversperrt.«

»Was wollns denn überhaupt?«

»Ihre Freundin Fritzi läßt Ihnen sagen, daß sie Sie nicht im Café Lebman erwartet, sondern . . .«

»Aber i hab doch gar ka Rendez-vous mit ihr.«

»Haben Sie ihr nicht vor einer halben Stunde telefoniert?«

»Aber gar ka Idee! Die soll mir erst amal mein Rubinring zruckgebn, sonst zeig ichs noch an.«

Kaneder wurde sehr unangenehm zumut. »Da muß ein Fehler sein.«

»A Fehler? Mir scheint, Sie hats! Oder hams sich vielleicht in der Tür g'irrt?«

Von dem Wortwechsel angelockt, trat Maxl auf den Korridor.

»Du, hörst, Maxl, komm amal her! Der da kommt von der Fritzi und i hab gar ka Ahnung . . .«

Maxl näherte sich spähend. Als er neben ihr stand, sagte sie, mit der Hand auf ihn weisend: »Mein Freund aus Costa Rica.«

Kaneder verfärbte sich. Dann verbeugte er sich unbeholfen. Plötzlich aber machte er wie ein Verrückter kehrt, rannte die Treppe hinunter, sprang in der Porzellangasse in ein Auto und fuhr ins Café Lebman, um sich einen phantastischen Triumph zu holen.

Fritzi war jedoch nicht da. Der Ober konnte ihm bloß mitteilen, daß sie zwar vor einer halben Stunde gekommen, aber sofort wieder mit einem Herrn, der sie erwartet hatte, fortgegangen sei.

Die schwarze Serie

Eines Morgens war es Kencim beim Erwachen, als müsse er miserabel aussehen. Da er höchst seltsamer Weise abergläubisch war, sprang er mit einem Satz aus dem Bett und auf den kleinen Handspiegel zu, der auf dem Tisch lag.

Kencim hatte sich nicht getäuscht: aus dem Spiegel grinste ihm ein eingefallenes grünliches Gesicht entgegen, in dem die Augen gleich schwarzfettigen Oliven hingen.

Kencim schleuderte den Spiegel auf den Divan und machte sich, überzeugt, einen schlechten Tag vor sich zu haben, mißmutig an die Toilette, mitunter resigniert innehaltend, so sehr quälte ihn das Bewußtsein seines reduzierten Exterieurs, das er gerade an diesem Tage zu einer gewissen Unternehmung in seinem normalen Glanze dringend benötigt hätte.

Und siehe da, bereits in der Portierloge fing es an: von den drei Zeitungen, die er abonniert hatte, fehlte der Figaro. Und als er das Hotel verließ, sprach ihn so unvermittelt, daß er fast erschrak, ein ziemlich schlecht gekleideter Mann an, der das Französische auf eine Weise radebrechte, die keiner fremden Sprache zu entsprechen schien. Erst nach wiederholtem Fragen und auch dann nur, weil er es erriet, vermochte Kencim ihm die Auskunft zu erteilen, die er wünschte.

Nervös und verstimmt begab Kencim sich in das gegenüber befindliche Café Biard. Der Kaffee stand kaum vor ihm, als er auch schon wieder auf die Straße lief, um sich den Figaro zu kaufen. Seine Nervosität steigerte sich noch, als bei seiner Rückkehr von den beiden Zeitungen, die er auf dem Tisch hatte liegen lassen, die Humanité verschwunden war.

Voll Ärger darüber, daß seine üble Voraussicht sich bestätigte, durchflog er die Zeitungen nur und wollte eben aufbrechen, als er an dem dunkelblauen Trotteur einer draußen vorübereilenden Dame Suzanne zu erkennen glaubte. Sofort rannte er zur Tür: es *war* Suzanne, die ihm doch so oft gesagt hatte, sie frühstücke ausnahmslos im Café Louis in der Avenue Kléber. Diese Lüge beschäftigte Kencim augenblicklich zwar weniger als Suzannes auffallendes Benehmen, das so gar nicht zu ihrer sonstigen Gemessenheit paßte; aber auch dieses war ihm nur insoferne wichtig, als es ihm wiederum bewies, daß er die schmerzliche Entdeckung, welche ihm über einen bis dahin geschätzten Menschen die Augen öffnete, just an *diesem* Tage machen mußte.

Mehr als übellaunig stieg er zur Métro hinunter. Während der Fahrt erinnerte er sich des ersten Zusammenseins mit Suzanne im Bois bei ›d'Armonville‹ und jener kleinen blauen Plüsch-Chaiselongue, wo er zum ersten Mal . . . und daß Suzanne nachher an der Porte Dauphine plötzlich behauptet hatte, die Métro nehmen zu müssen. Er hatte sich nach einigen Minuten umgewandt und gesehen, wie Suzanne die Treppe der Métro-Haltestelle wieder heraufkam. Er war ihr sogleich nachgeeilt, hatte sie aber nicht mehr erblicken können und war schließlich der Meinung gewesen, sich geirrt zu haben, als sie tagsdarauf bei ›Fauchon‹ auf seine diesbezügliche Frage neckisch geantwortet hatte: »O, il m'aime, ce n'est pas original!« Und nun . . .

Nach mehreren geschäftlichen Visiten, die infolge seiner Nervosität oder der Abwesenheit der erforderlichen Herren ergebnislos gewesen waren, nahm Kencim, da er sich um mehr als eine halbe Stunde verspätet hatte, ein Taxi und fuhr zu ›Royal-Topsy‹ hinter der Madeleine. Adèle, mit der er sich zum Déjeuner verabredet hatte, war nicht da. In blindem Zorn nahm er an, sie würde überhaupt nicht mehr kommen, und eilte in das unweit gelegene billigere Restaurant ›Bernard‹. Zu seiner maßlosen Überraschung sah er Adèle an einem Tisch mit drei Herren, die nicht eben einen sehr soignierten Eindruck machten. Als sie ihn endlich erblickte, schien sie die Herren an ihrem Tisch plötzlich nicht mehr zu kennen und erhob sich langsam. Sobald er mit ihr allein an einem Ecktisch saß, erklärte sie ihm alles sehr plausibel, so daß er beinahe beschämt schwieg, war aber ebendeshalb derart kratzbürstig, daß er es vorzog, sie im Taxi nach Hause zu schicken, ohne sie zu begleiten.

Da Kencim nach all dem nichts hätte bewegen können, seinen Tag in der gewohnten Weise zu beenden, zündete er sich, sehr zufrieden mit seinem Entschluß, bis zum Abend spazieren zu gehen, eine Zigarre an und schlenderte über die großen Boulevards. Vor der Olympia-Taverne grüßte ihn ein Herr, den er nicht kannte, und etwa zwanzig Schritte weiter ein zweiter. Kencim kam gar nicht dazu, darüber nachzudenken, welchem Umstand er dies verdanke, da ihn miteins Madame Mildred begrüßte, die Besitzerin eines mondänen Modesalons, in dem er letzthin, sonderlich für Suzanne, mancherlei gekauft hatte. Er hatte dieser stadtbekannten

Modegröße stets außergewöhnlich hofiert, so daß er, als sie wie scherzhaft seinen Arm nahm, es sich nur zu gerne gefallen ließ. Madame Mildred war bei sprudelnder Laune und schnatterte gerade den neuesten Potin herunter, als sie von zwei jungen Herren unterbrochen wurde, welche sie sofort Kencim vorstellte. Sie sprachen jedoch nur mit Madame Mildred und verabschiedeten sich rasch wieder. Mit einem Mal hemmte Madame Mildred ihren neuerlichen Redestrom brüsk, stieß Kencim den eigenen Arm gegen die Rippen, lief quer über das Trottoir und verschwand in einem Haustor. Kencim hatte kaum Zeit, sich darüber zu wundern, als ein Herr ihm in den Weg trat und steif grüßend äußerte, es sei ihm sehr angenehm, nun zu wissen, mit wem seine Nichte ihren Mann betrüge. Ohne zu antworten oder auch nur zu grüßen, ließ Kencim den Herrn stehen.

Auf der Place de l'Opéra bestieg er, vor Wut fast außer sich, ein Taxi und befahl dem Chauffeur zu fahren, wohin er wolle. Aber bereits nach fünf Minuten hielt er es nicht länger aus und rief durch das Hörrohr die Adresse seines Hotels. Als der Wagen endlich in der Rue Mozart hielt, atmete er befreit auf: in seinem Zimmer würde er wohl geborgen sein. Zwei Stufen auf einmal nehmend, rannte er die Treppe empor und warf sich erschöpft auf den Divan. Er war jedoch kaum einige Sekunden gelegen, da klopfte es.

»Je vous salue, mon cher Kencim.« Gizzé tänzelte über die Schwelle. »Ça va toujours?« Er lehnte sich, seinen Körper leise wiegend, an den Tisch, drehte sein Rohrstöckchen zwischen den zu sehr beringten Fingern und näselte: »Ça va, ça va, ça va.«

»Ça va pas du tout.« Kencim stemmte sich ruckweise in den Sitz.

»O, o, o, o.« Gizzé spitzte neugierig die leicht geschminkten Lippen. »Aber dein Aussehen ist ganz befriedigend.«

Kencim riß es herum. »Was? Willst du damit sagen, daß ich gut aussehe?«

»Mais oui. Du siehst aus wie ein konkurrenzloser Rosenstock.«

»Niederträchtig!«

Gizzé zuckte mit seinem Rohrstöckchen und wunderte sich weiter.

»Was ist denn nur los mit dir.«

Kencim flog empor und rannte im Zimmer auf und ab. »Was los ist?« rief er kieksend, »Pech, nichts als Pech! Ich kenne das ja. Aber so schlimm wie heute war es noch nie.« Und er begann, auf Gizzés interessiertes Fragen hin, die wechselvollen Schicksale des Tages zu berichten. Als er zu Ende war, ohne daß Gizzé sich zu äußern beliebte, schrie er ungeduldig: »Nun? Sprich doch! Was sagst du dazu?«

Gizzé setzte sich sorgfältig und schnupperte hierauf nachdenklich an seinem Stockknauf.

»Die schwarze Serie!« schrie Kencim bebend. »*Meine* schwarze Serie! Und vor Mitternacht wird schwerlich Schluß mit all diesen Widerwärtigkeiten sein.«

»Das glaube ich ja nun eigentlich auch«, meinte Gizzé eigenartig zurückhaltend. »Aber deine schwarze Serie hat meiner Auffassung nach mit deinem blödsinnigen Aberglauben nicht viel zu tun.«

»So. Nun, zugegeben. Womit dann aber . . .?« Kencim stand da, als wäre er jeden Augenblick bereit, den Revolver zu ziehen.

»Silence, mon cher Kencim!« beschwichtigte Gizzé graziös. »Die Sache ist vielleicht doch ernster, als sie scheint. Sag mir aufrichtig, René, hast du Grund dazu, ein schlechtes Gewissen zu haben?«

Kencim lachte affektiert. »Dazu hat man immer Grund.«

»Gewiß. Aber ich meine – speziellen Grund.«

Kencim biß sich, weil es ihm dazu gehörig schien, auf die Unterlippe. »Man hat auch immer einen speziellen Grund. *Jeder* macht doch Geschäfte.«

»Mon cher René, sag mir bitte ganz offen, ob du in letzter Zeit etwas getan hast . . . Ich will ja nicht wissen, was . . . etwas getan hast, das dich, wenn es bekannt würde, mit dem Gericht in Konflikt bringen könnte.«

»Das ist aber doch stark!« Kencims Empörtheit brach jedoch vor Gizzés listig lauernden Augen schnell zusammen.

»René! Unter uns ist das doch wirklich nicht nötig.«

Kencims Schultern gaben bei. Und da seine Unruhe inzwischen sehr gestiegen war, lächelte er entgegenkommend. »Also gut. Nehmen wir an, es sei so.«

Gizzé schlängelte sich an seinem Rohrstöckchen hoch. »Das genügt mir. Und nun antworte mir auf alle meine Fragen absolut aufrichtig! War es heute das erste Mal, daß dir auf unerklärliche Weise etwas abhanden kam? Eine Zeitung, ein Papier, eine Notiz?«

Kencim dachte nach. »Es ist mir allerdings erst heute aufgefallen. Aber es könnte wohl auch sein . . .«

»Das genügt mir. Wurdest du schon öfter in jüngster Zeit auf der Straße von zweifelhaft aussehenden und ebenso sprechenden Individuen um eine Auskunft ersucht?«

»Ja. Gerade heute hat mich einer . . .« gab Kencim unwillig zu. »Aber . . .«

»War die Veränderung, welche du heute morgen an Suzanne bemerktest, so – abrupt, daß die Vermutung naheliegend wäre, ihr früheres Verhalten könnte Verstellung gewesen sein?«

»Ja«, mußte Kencim abermals zugeben. »Sie ging heute schleifender, aufmunternder, frecher und trug den Schirm in ordinärer Weise unterm Arm, während sie sonst . . .«

»Bist du sicher, sie erkannt zu haben, als sie die Métro an der Porte Dauphine wieder verließ?«

»Ganz sicher.«

»Hast du beobachtet, daß man dir folgte, wenn du einen Laden betratest?«

»Nein.«

»Hast du auf deinem Rock Kreidespuren, Kreidezeichen bemerkt? Oder vor deiner Tür Wachstropfen?«

»Nein.« Kencim untersuchte seinen Rock.

Gizzé öffnete schnell die Tür, sah nach und kam ebenso schnell wieder zurück. »Hast du die drei Herren, die mit Adèle bei ›Bernard‹ aßen, zuvor schon einmal gesehen?«

»Nein. Keiner von ihnen kam mir bekannt wor.«

»Waren sie tadellos gekleidet?«

»Im Gegenteil.«

»Wo hast du Adèle kennengelernt? Hast *du* sie angesprochen?«

»Eigentlich sie mich. Es war bei ›Latinville‹. Du kennst doch diese reizende Confiserie in der Rue de la Boëtie.«

»Das genügt. Haben dich schon öfter Leute gegrüßt, die du dich nicht erinnern konntest zu kennen?«

»Vielleicht . . . Ja, doch . . .«

»Genügt. Hat Suzanne dich gebeten, ihr bei Madame Mildred Hüte zu kaufen? Oder hast du diesen Modesalon aus anderen Gründen gewählt?«

»Madame Mildred ist Suzannes Modistin. Sie kauft bei ihr bereits seit Jahren.«

»Warst du oft mit ihr dort?«

»Etwa fünf oder sechs Mal.«

»Hast du dort Herren . . . Männer angetroffen?«

»Ja. Sehr oft sogar. Aber es waren immerhin Herren.«

»Genügt. War der Mann, dem Madame Mildred auf dem Boulevard de la Madeleine dich überließ, tadellos gekleidet?«

»Mit übertriebener lächerlicher Eleganz.«

»Ich wußte, daß ich mich nicht geirrt hatte.« Gizzé ließ sich langsam nieder, senkte die Augen, die bis dahin streng in die Kencims geblickt hatten, und überließ sein widerstrebendes Gesicht einer gewissen Feierlichkeit. »Die Polizei!«

Kencim setzte sich, schlaff vor Erstaunen.

Gizzé richtete seine unbarmherzig gewordenen Augen fest auf ihn. »Deine schwarze Serie ist nichts weiter als eine Serie von Polizei-Manövern, die dir erst heute aufgefallen sind, weil dein zufällig erwachter Aberglaube dich scharfsichtiger machte.«

»Aber du selber hast mich doch verhöhnt . . . ich sähe aus wie ein . . .« Kencim sprang plötzlich auf den Tisch zu und griff nach dem Handspiegel. »Tatsächlich! Ich sehe tatsächlich blühend aus . . . Ja, aber . . . Das ist ja ein ganz anderer Spiegel! Der von heute morgen war in braunes Holz gefaßt. Der hier ist schwarz. Das Stubenmädchen hat ihn jedenfalls vertauscht. Ja, dann ist aber doch . . .«

Gizzé betrachtete ihn wie einen Verrückten. »René, ich bitte dich!«

»Ja, aber dann habe ich mich ja doch geirrt! Der andere Spiegel hatte eben grünliches Glas!« Kencim hatte Kopf und Arme nicht mehr in seiner Gewalt.

Gizzé begriff jetzt. »Richtig. Aber das ändert nichts an der Tatsache, daß . . .«

Da krachte die Tür auf: Suzanne brauste ins Zimmer, ordinär mit ihrem Schirm fuchtelnd. »Du Lump du! *Was* hast du heute morgen für Gaunereien vorgehabt? Schweig, du hast mich ganz genau erkannt, als ich vor dem Café vorbeiging. Warum hast du so getan, als hättest du mich nicht erkannt? Ich habe genau gesehen, daß du mir ein Stück nachgingst. Leider hatte ich keine Zeit, um dir auf deine Schliche zu kommen. *Was* sind das für Gaunereien? Antwort, du Lump!«

»Bon jour, mademoiselle Suzanne.« Gizzé gelang es nicht, ihr die Hand zu küssen. »Bitte, gestatten Sie mir eine kleine Frage. Warum frühstückten Sie heute ausnahmsweise nicht im Café Louis?«

»Was geht das Sie an, Sie Carrotier? Aber das ist ja unglaublich!« Suzanne schwang sich auf den Tisch und legte ihren Schirm schlagbereit über die Knie.

»Du betrügst mich«, rief Kencim wütend, aber schon ein wenig unsicher geworden.

»Ah . . . weil du mich damals bei ›d'Armonville‹ gesehen hast . . .«

»Ja«, log Kencim, sofort wieder überzeugt.

Suzanne schwenkte drohend ihren Schirm. »Telefoniere doch Madame Mildred. Sie wird dir sagen, *warum* ich damals wieder umkehrte. Um mein Handtäschchen zu holen, das ich vergessen hatte. Es lag auf dieser blauen Chaiselongue, die übrigens viel zu kurz war.«

Kencim machte ein überaus verdutztes Gesicht, das sich freilich bald einem Lächeln näherte.

Suzanne zog den Schirm ein. »Telefoniere aber nicht in ihre Wohnung. Ihr Mann hat sie nämlich hinausgeworfen. Schließlich begreiflich. Ein Geliebter – wer sagt da etwas? Aber gleich ein Dutzend auf einmal? Und sogar ein Lappländer ist darunter, den kein Mensch verstehen kann.«

Gizzé blickte hochnasig auf die Straße hinunter. »Jedenfalls keine sehr glaubwürdige Zeugin.«

»Trotzdem scheint es, mon cher carrotier«, höhnte Kencim ihm zu, »als ob alle diese Widerwärtigkeiten doch noch vor Mitternacht . . .«

Suzanne, die einen ungeheueren Triumph ahnte, entschloß sich zu einem erbitterten Gesicht.

Kencim packte sie an den Schultern. »Mit dem Resultat meiner Gaunereien werde ich dir jetzt die beiden Ringe kaufen, die du schon immer . . .«

Suzanne schnellte sich mit einem Schrei auf seine Lippen.

Gizzé benützte die Gelegenheit, um sich zu drücken.

Sprotte schmust

»Wat meenste, wie ik dazujekomm bin.« Sprotte nahm die kurze Pfeife aus dem furchigen Gesicht und zwirbelte seinen struppigen Schnurrbart. »Eejentlich uff ne sehr romantische Weise. Denkst dia woll, denn is et sichalich ne Schwei – ei –« Er pumpte einige Male an seiner Pfeife. »– ei – nerei. Denn biste een bejabter Junge. Sis imma ne Schweinerei. Also ik wa in Italien in irjend so nem jräulichen Nest mit der jewöhnlichn dollen Kirche. Wie ik nach Italien jekomm bin, ausjerechnet? Mechste woll wissen. Na scheen, ik habe mia jefracht: wie kannste Jlick ham, Sprotte? Und ik habe mia jesacht: Mensch, jeh man feste los und paß uff uff die Jelejenheiten! Na, so wars ja nich jerade jekomm, Jlick is wat andres, aba ... Na also, der Küsta hatte mia rausjeschmissn, weil ik Brot wollte und keen Stick Stein. Na, wat sehn meene Ojen, hungerkollrich wie se schon uff de Kirchentier jlotzen? Een Relief sehn se mit Noahn, wie er jrade die ältste Tochta bejattet, wobei die jingere schon an die Reihe jewesen dichte bei liejt. Und ik saje dia, elf Jahre wa ik, da hab ik schon in nem alten Schmöker Säulen jefunden mit schweinische Vazierung, jestrotzt ham se nur man so. Trotzdem hat det noch keen besondern Eindruck uff mir jemacht. Aba Noah ... nee ... Wart, Hundejast, ik zieh lieba 'n Laden zu un lech 'n Riejel vor. Besser is besser.«

Hundegast hob mühsam den einbandagierten Kopf, aus dem nur ein Auge blickte, und reckte sich unter Stöhnen auf dem feuchten Stroh zurecht.

Sprotte schlurfte zurück, einen mitleidigen Blick auf Hundegast lenkend und einen trübseligen auf seine ausgegangene Pfeife. Dann warf er sich auf das Stroh nieder neben Hundegast, legte die Pfeife weg und seine Hände zwischen die prallen Schenkel, um sie dieserart zu wärmen. »Wat soll ik dia sajen, Hundejast, meene Kaischheit bin ik natierlich schon vill frieher valustisch jegang. Det wa damals mit sechzehn bei meene Tante, die wo frieher mit ner Brille uff'n Strich jing, ne hohe Fuchzijerin un noch ne sehr üppje Dame, als ik ihr'n Schlafpulver jab von wejen meener jewaltjen Neujierde nach die Beschaffenheet von ihre kolossalen Beene. Bei diesa Jelejenheet habe ik iebrijens entdeckt, det ik zu Höherm jeborn bin. Et fehlte man bloß det klare Sehn, jewissermaßn der jroße Schwamm, wo nachher allens janz anders aussieht. Und nu Noah . . . Bejreifste? Ik weeß, dette bejreifst, Hundejast. Also ik jlotze uff besachtes Relief. Natierlich bin ik zu potent und mit die Schamlosichkeet sozusajen von sonem Kunstwerk kann ik nich mit. Ik wa bloß schwea erjötzt von wejen ausjerechnet an die Kirche mit ran und von wejen Noahs Jründlichkeet und so ne Chuzpe von nem Familienvater und so . . . Ik schmuse. Total, der Mann hat mia imponiert. Ik bin eben 'n duftes Jehirne und sone Sachn machn aus mia keen Idioten, wat sich einredet, mit Noah is keen Staat zu machen. Nee, ik sehe da klar. Ik sah man janz klar. Und habe sofort heftich darunta jelittn, det ik meene Schwester Rieke ausjelassen habe, wo det Meechen doch, wenn se mia bloß ansichtich wurde, wahhaftich nich mit ihre Reize jeizte. Vorbei is vorbei. Jejenwärtich is Rieke in Saïgon schwanger, sachte ik mia, und Mutta von jlatt drei Bäljer, also schon nich mehr, wat se jewesen, und die enorme Entfernung nich zu vajessen. Nee, sachte ik mia, det is vorbei. Aba meen jewissermaßn empörtet Jemiet erblickte ne dolle Lücke, wat sache ik Lücke, det wa ne Erlebnis-Pleite, ne unvazeihliche Untalassungssinde . . . Ik schmuse. Total, ik wa familienweese uff det janze Kirchdorf schaf und sachte mia: Sprotte, de bist ne runde Numma!«

Hundegast griff sich mit beiden Händen an den Kopf. Sein Unterleib wackelte.

Sprotte neigte sich über ihn. »Wat, Hundejast, de meckerst schon? Na, denn wirste bald wieda ieba de Wiese renn! Junge, Junge!« Er schob sich hoch, da der heruntergebrannte Lichtstumpf, der auf einer Holzkiste klebte, zu verlöschen drohte, zog eine Stearinkerze aus der Weste und während er sie lautlos installierte, hörte man die Ratten unter den unterwühlten Dielen pfeifen und einen Köter sich flohen. Sprotte versetzte ihm einen freundschaftlichen Tritt, bevor er sich auf das Stroh zurückgleiten ließ. »Wo wa ik man stehn jebliebn. Jawoll, bei meene runde Numma.« Er lachte heulend. »Siehste, Hundejast, de bist ooch ne runde Numma, nich bloß weil de jejenwärtich weißjott rund bist. Kannste mia denn ieberhaupt erkenn aus die weiße Kujel raus?«

Hundegast nickte ein wenig.

Sprotte lächelte zufrieden und setzte sich, die Knie mit den Händen gegen den Leib ziehend. »Na also, det wa damals in Italien sozusajn meene Wiedajeburt. Nu wa ik janz helle. Nu konnte man mia nich mehr. Nu jabs keen Halten. Det wa der jroße Schwamm jewesn mit Noah. Ik kam von da unten zurick mit sehr villem Jelde und mit nem System. Det is ja det Malhör von dich, dette keen System hast. Hättste een System jehabt, hätten se dia nich so hibsch jekonnt. Na, det wird ja nich wieda vorkomm. Nu biste ja woll fitt jetanzt. Wat willste. Bist ja noch nich finfunzwanzich. Nua, wenn eener mit Dreißich noch nich is, wo er hinjehört, denn jehört er hin, wo er is. Wat willste. System is eben der Kitt vons Janze. N steifer Jewinn is nur systematisch zu azieln un ooch det wahre Vajniejen, wo ik jeradezu mit Unendlich multipliziere, wenn ick et jewinnbringend jestalte. System is imma Jewinn. System is Jlick. Die Stejreifklauer sind det personifizierte Prozeßfutta. Jelejenheet macht nich bloß Gannoven, se macht ooch Vorbestrafte, Hundejast. Na, de bist ja noch mits blaue Oje davonjekomm, det heißt, et is ja nich bloß een blauet Oje, aba ik saje dia, et is jut so. Nu biste fitt. Nu wirste . . .«

Hundegast knurrte dumpf.

»Sollst nich mit mia achseln!« Sprotte versetzte einer unweit von ihm auf dem Boden liegenden zerbrochenen Ziehharmonika einen unwilligen Schlag, so daß sie leise erbrummte. »Wenn ik saje System, so is et doch det Jejebene, det nich jeda Stift in die Straße weeß, von wat ik orjle, vaschteste. Ik meene, det is natierlich meen Jeheimnis. Aba so vill kann ik dia sajen, wat 'n Kenna is un keen fauler Kopp, der weeß, det man sich perfektionieren muß im Sinne von die vorhandnen Vorzüje. Und Hundejast, de hast Vorzüje. Is et nich ne seltne Sache, wie de mit eener eenzjen Hand . . .«

Hundegast grunzte bescheiden.

Sprotte erhob sich, um ein Bedürfnis zu verrichten. Da aber ein plötzlicher Regen auf das Asphaltdach der Scheune zu prasseln begann, schlurfte Sprotte in eine Ecke, vor der ein leeres reifenloses Faß stand, und ließ die Hose herunter. Worauf er, alsbald in voller Verrichtung, von neuem anhub: »Wat soll ik dia sajen, Hundejast, ik bin von da unten zurickjekomm als een jemachter Mann. Als stolzer Professionel, wie Juste imma sacht, die in Lyon Priejelmassöse wa. Und als een sicherer Systematiker, wie *ik* saje. Natierlich werd ik dia nich vormachn, wie ik arbeete. Det kannste nich verlang. Aba ik werde dia wat erzähln, wat sich vorzüjlich eijnet für denne ganze Laje und wat mia nach Noah dea wichtichste Moment von meene janze Laufbahn jewesen is. Et wa in Hamburg, ne vafluchte Stadt. Ik wa im ›Efeu‹ abjestiejen, jleich beim Bahnhof. Weeßte, ik liebe die Bahnheefe, die Schnellzüje un die kleenen

Hotels bei 'n Bahnheefen . . . Ik hatte ne dufte Sache in die Finger. Da stellt mia der Wirt 'n Meechen vor. Na, eejentlich wa et mehr ne Zulle, fast mecht man sprechn ne Dame. Jarderobe, Manieren, Jesundheet, alles da. Acht Tage machte ik den janzen Wirbel mit. Sojar de Briste hat se schultern kenn. Da fliecht pletzlich der Oba raus. Der Naie wa Wise, een juter Bekannter von mia. Bißken zimperlich. Wie ik 'n sehe, zwinkere ik so, det er mia vaschteht. Am andern Abend erwischt er mia im Flur un steckt mia im Vorbeijehn, det der Wirt een ehmaljer Zuchthaisler is und det 'n jetzt die Polente bezahlt. Ik saje danke und denke mia: Sprotte, de bist noch janz frisch, hast nich een Tach im Kittchen jehängt, bist 'n saubrer Solitär, nich in de Hand, meene Herrschaften . . . Tja, weit jefehlt! Wat soll ik dia sajen, et wurde een jroßer Jestank. Ik wollte jerade zu Kläre rieber und ihr adjee sajen, da türmt Wise rin, ne Vase mit drei Nelken ausjerechnet in die Hand, uff mich zu und japst: ›Teilach, Sprotte, denne Kläre is 'n Lockspitzel! Ik hab ihr im Korridor jesehn, wie se mitm Wirt jezischelt hat.‹ Wat soll ik dia sajen, in finf Minuten wa ik bei ihr un saje et ihr uff 'n Kopp zu. Det wa jroßartich, wie sich det Luda jehalten hat! Aba ik habe jewußt, det se sich bloß hält. Denn ik habe jesehn, wie ihr Popo jezittert hat. Na, ik habe jejrinst, det et nua son Vajniejen wa. Da will se mia niedaspottn und rickt det Strumpfband heher, damit ik jereizt bin un bei ihre Beene bleibe. Ik spucke ihr hin un will jehn. Da fliecht de Seitentier uff, zweie packen mia un een dritta schnappt meene Taschen un zieht hastenichjesehn een Brillantring un ne richtje Perlenbrosche, allens schwere Ziffern. Natierlich hatt ik von dem janzen Quietsch keene blasse Ahnung, aba die Kläre sacht, et jehört ihr un sie hätt et schon vorjestern vamißt. Wat soll ik dia sajen, in ner halben Stunde saß ik feste. Ik habe noch den Fehla jemacht, mia zu vateidijen. N jroßer Stuß gewesen! Uffrichtichkeet is det Vadächtichste fier sone Laite! Sechs Monate mußt ik abschwimm. Ik, bei dem et imma det erste wa, wenn ik 'n naies Jesichte sehe, det ik mia sofort saje, det kennte ne Polizeikreatur sind. Ik habe et mia ja ooch bei die Kläre jesacht, aba ik habe jejloobt, ik bin sicha, wo doch keen eenzjer Mensch . . . Na, siehste, et wa wejen Wise. Det ham de Hunde woll jesehn oda wa er selber 'n Hund jewesen schon frieher, wat weeß man. Die zerschnittne Neese hat er jehabt un jebrannte Locken ooch. Muß ja nich effektiv stimm, aba ik habe det erst späta erfahrn, det se die Spitzel, wenn se sie festklemm, mit 'n Messer de Nasenspitze karieren. Merk dia det, Hundejast, det is ne Richtschnua. Ooch wenn eener so zimperlich is . . . Schmus. Ik totalisiere: Erstens brauchste een System, Hundejast, und zweetens brauchste de passive Resistenz. De darfst nischt mitmachn. Aba schon jar nischt. Nich mit nem Anton un nich mit ner Seege. Und nich mit niemanden nich. Det is so vill wie Knast jeschoben. Det is jedalldorft. Jedalldorft, saje ik dia . . . jawoll . . .« Sprotte lachte dröhnend, dieweil er sich sehr primitiv beendete.

Hundegast hatte sich in die Seite gedreht und wandte dem heranschlurfenden Sprotte den schmerzenden Kopf zu. Das winzige freie Auge erglänzte im Licht der Kerze.

Sprottes Schnurrbart zuckte, als er sich niederließ. »Jedalldorft, saje ik dia!« Er drohte fürchterlich mit dem ganzen Gesicht.

Hundegasts Blick wedelte.

»Nua nich weich wern!« Sprotte winkte mit beiden Händen ab. »Ik weeß det am besten. Is nich leicht, so ohne 'n Blick, der sacht, det haste jut jemacht. Nich leicht. Aba et muß sind. Ik habe een jekannt, dem se 'n Mitjeher wechjeschossen ham. Un weeßte warum? Der hat son Spitzel de Holzhand nachjeschmissn und der hat jejloobt, et is ne Handjranate. Armer Taifel! Der andere aba hat det nich ausjehalten so alleene. Der is aus Langeweile, nua um Jesichta zu sehn, direkt unvorsichtich jeworn, jeradezu in de Polente hineinjeloofen. Natierlich warn se ihm jleich hintaher. Aba wat macht det Roß Jottes? Statt sich hinzulejen und assyrisch zu kaffern, arbeetet er weiter, mit Fliejenbesetzung. Macht noch ihre Bekanntschaft, machts ihn noch leicht. Een janzes Jahr ham se 'n herumjehetzt un zujesetzt mit 'n janzen Dreck, den se ham. Kunststick! Wenn ik fier Jemeenheeten von staatswejen honoriert werde, leiste ik det ooch. Aba een, von dem man nich weeß, ob er wat dreht oda nich, zu dem machn, wat se brauchn fier feste Jemmchen zu vaknalln, damit son Kerl avangsiert un ne Dekoration kriecht, wie se 's mit mia jedaichselt ham, nee, det würd ik nich machn. Det is jeschmacklos. Mehr saje ik nich.«

Hundegast versuchte ächzend, sich aufzusetzen. Es war deutlich, daß er etwas sagen wollte.

Sprotte drängte ihn sanft auf das Stroh zurück und bettete seinen Kopf vorsichtig höher. »Is jut, Junge, is jut. Ik weeß et ja schon längst. Bei dia wa et noch nich det fehlende System, bei dia wa et schon die Polente. Scheen ham se dia zujerichtet, die Bande! Ham se dia valleicht ooch bestohln wie mia? Na, kannst et mia erzähln, wenn de wieda janz bist. Obwohl ik mia den janzen Dreck ja denken kann. Und wenn de et mia nich erzählst, is et noch besser. Fang lieba jleich bei mia an mit die passive Resistenz!« Er brüllte höhnisch auf. »Und warum ik dia det allens vorschmuse, wat? Ik Oberroß Jottes? Weeßte, Hundejast, et jibt Ojenblicke, wenn ik dia da so liejen sehe und wo ik eben so janz alleene bin, weeßte, da packts een un man kann nich anders und wird bleede. Und ik sache mia, wat, een Napoleon biste ooch nich un et kann dia ooch nochmal passiern, dette so wo liechst und det et janz hibsch wäre, wenn dia da eener wat vorschmust. Is ja vafllucht dreckich, mit nem kaputten Kopp in een nassen Stall liechen un nich rauskönn und nischt zu fressen ham. Aba haste noch Jlick jehabt, dette Moritz erwischt hast. War er alleen, wie de jekomm bist?«

Hundegast nickte.

»Is jut«, lobte Sprotte und hob seine Pfeife auf. »Aba wenn de wieda draußen bist, schenkst ihm een Joldstick. Moritz is 'n patenter Watteonkel, aba ik hab 'n in Vadacht, det er 'n Rumblaser is, fast mecht man sprechen 'n Anjeber von janz hintenrum. Wenn de 'n aba jut schmierst, kommts ihm uff detselbe raus und wer weeß, ob de 'n nich nochmal brauchst.«

Hundegast legte seine blutleeren mageren Finger auf Sprottes Hand, der sie nach einigen Sekunden langsam zurückzog und aufstand. Und ganz plötzlich ging ein heftiges Zucken über ihn hin. Er ballte die Faust, daß die Pfeife knarrend zerbrach, und stieß zwischen den Zähnen hervor: »Weeßte, ik scheiße uff de janze Welt, mia inklusive! Wenn ik den, der den janzen Dreck da jestimpert hat, mal vor die Faiste kriejen kennte, die Fresse wird ik ihm einschlajen . . . Na, is jut. Ik komm morjen wieda, wenns finster is, un mit nem schmalzjen Rumfutsch. Adjes. Ik schwanke ab.«

Sprotte hatte sich bereits der Tür genähert, als ein Geräusch ihn veranlaßte, sich umzuwenden.

Hundegast hatte sich aufgesetzt, gespenstisch beleuchtet von der flackernden Kerze, und winkte Sprotte zu sich zurück.

Als dieser vor ihm stand, griff Hundegast sich unters Hemd und zog einen Lederbeutel hervor, den er Sprotte hinhielt.

Der nahm ihn verwundert, zuckte die Achseln, ging dann aber doch zur Kerze und öffnete ihn. Er enthielt mehrere Dutzend Tausendmarkscheine. »Det also is denne Sore. Na scheen, ik jratuliere dia, Junge. Da kannste dia ne Existenz von uffmachn, wenn de nich bleede bist.«

Hundegast nahm den Lederbeutel, den Sprotte ihm auf die Knie geworfen hatte, zupfte vier Tausendmarkscheine heraus und legte sie Sprotte vor die Füße.

Sprotte zögerte. »Jetzt biste jeriehrt wie 'n altes Weib, ik weeß. Und wenn de wieda janz bist und ik den Kesch valleicht nich mehr herjebe, hab ik dia zum Feind.«

Hundegast machte eine wilde Handbewegung.

»Na, is jut.« Sprotte hob die Scheine auf und befühlte sie. »Wenn de jetzt schon Jefiehle haben mußt, denn jib mich denne Hand druff, dette von mia niemals nich een Wort daherquasselst, dette imma sajen wirst: ›Sprotte, Sprotte, kenn ik nich! Soll aba 'n juter Fisch sind, wenn man 'n richtich frißt . . .‹ Und nu is jut, Junge, und lech dich wieda hin und vafiehr mia det Biest nich. Pscht, Bismarck, wech!« Er versetzte dem Köter einen freundschaftlichen Tritt. Dann gab er Hundegast schnell noch einmal die Hand und eilte zur Tür. Bevor er sie schloß, steckte er den Kopf durch die Spalte und rief: »Dobronoz!«

Un débrouillard

Selbst für einen ungewöhnlich schönen jungen Mann ist es in Paris schwer, weibliche Gunst gelegenheitsweise und gratis zu erlangen. Denn auch jene Damen, die keine festen Preise haben, besitzen sehr lukrative Grundsätze, welche es ihnen schlankweg verbieten, der Liebe mit einem noch so imposanten Fremdling sich hinzugeben, wenn er nicht durch sichere Anhaltspunkte Gewähr dafür bietet, daß es zu nennenswerten Zahlungen kommt.

Ulescu bot diese Gewähr in keiner Hinsicht. Schon daß sein Akzent ihn als Rumänen verriet, also dem klassischen Volk der Rastas angehörig, wirkte ungünstig; nicht weniger aber seine üppige Eleganz, seine allzu dégagierten Manieren und sein geflissentliches Meiden jedweder größerer Spesen. Dennoch war es ihm in den ersten Wochen seines Pariser Aufenthaltes, kraft seiner Neuheit als Erscheinung und nonchalant vorgewiesenen gefälschten Hundert-Dollarscheinen, ziemlich mühelos gelungen, zwischen Clichy und Barbès mehreren Bar-Heroinen den Eindruck eines Mannes zu machen, dem gegenüber restloses Vertrauen das klügste Verhalten wäre. Bald aber sprach es sich unter den Geblitzten herum, daß Ulescu nichts Seriöses sei, und eines Abends stieß er allenthalben auf jene beunruhigend leeren Blicke, die selbst den neuartigsten Versuch aussichtslos machen.

Da Ulescu in übergroßer Vorsicht es verschmäht hatte, das Wohlgefallen, das er einigen kleinen Kokotten erregte, zu einer Einnahme auszubauen, andererseits aber plötzlich wahrnehmen mußte, daß die Polizei, der sein Metier als Pickpocket nicht verborgen geblieben war, bereits ein Auge auf ihn hatte, befand er sich angesichts der Unmöglichkeit, seinem Beruf nachzugehen, in einer umso schwierigeren Situation. Diese nachhaltig und einträglich zu klären, sann er Tag und Nacht. Der ohnehin sehr unbedeutende Barbetrag, den er noch sein eigen nannte, war bereits katastrophal dem Nichts entgegengeschmolzen, als er auf einen, seinem Balkan-Gehirn wahrlich Ehre machenden Ausweg verfiel: er denunzierte sich selbst der Präfektur in einem ausführlichen Brief als gefährlichen Anarchisten, der sich mit der Absicht trüge, den Ministerpräsidenten meuchlings über den Haufen zu knallen. Als gründlicher Kenner der Praktiken der Polizei zweifelte er keinen Augenblick an den Folgen dieses Schreibens und begab sich andern Abends, eine diabolische Genugtuung um die Augen, weichen Schrittes auf den Boulevard Rochechouart.

Er hatte ihn kaum zur Hälfte hinter sich, als eine weidlich angejahrte Dame mit lastermüder Miene, strohgelben abgeschnittenen Haaren und defekter Nase ihre geröteten Äuglein vor ihm entfaltete und, lüstern grinsend, ein sehr schadhaftes Gebiß entblößte.

Obwohl es Ulescu empörte, wie gering man ihn auf der Präfektur einschätzte, vermochte er gleichwohl einer gewissen freudigen Regung, endlich wieder Beachtung zu finden, nicht zu wehren. Hinzukam, daß er dringend eines Weibes bedurfte, so daß die Überlegung, er könnte duch Auslassung der ersten Attacke die Zurückziehung des weiblichen Personals verursachen, ihm nicht schwer fiel; umso weniger, als seine Absicht, die jeweilige Dame nicht zu repetieren, überhaupt seinen Gepflogenheiten entsprach.

Um nicht durch rasches Kehrtmachen aufzufallen, stellte Ulescu sich kurz vor ein Schaufenster, bevor er seiner Dupe folgte. Nach wenigen Schritten hinter sie gelangt, legte er mit bemerkenswerter Unverfrorenheit ihr die Hand auf den Nacken und schnob, während sein Blick sich wie in fesselloser Begehrlichkeit bog:

»Von welchem Betrag aufwärts haben Sie Empfindungen für mich?«

»Hein?« Sie blieb zusammenzuckend stehen und lächelte erschreckt. »Ich begreife nicht, was . . .« Es war außer Zweifel, daß sie fürchtete, sich irgendwie verraten zu haben.

Ulescu lächelte maliziös. Dann ließ er seine Hand ihre Schulter entlang in die Achselhöhle gleiten und verlieh gleichzeitig seiner ganzen Haltung etwas Distinguiert-Verworfenes. »Ich meine . . . Sie sind sicherlich ebenso teuer wie schön.«

Sie gewann, obwohl noch nicht ganz beruhigt, langsam ihre Haltung zurück. »Auch wenn ich schön wäre, würde ich niemals Geld verlangen.«

»O!« Ulescu entfernte, während er mühselig ein Gelächter unterdrückte, respektvoll seine Hand. »Für solch eine Ausnahme habe ich Sie freilich nicht gehalten.«

Der morbide Schatten unter ihrer Nasenwurzel verlängerte sich hochmütig. »Sie werden sich dazu herbeilassen müssen.«

»Mit Vergnügen.« Ulescu würgte. »Schließlich erreichen Leute, die sich rar machen, nach einiger Zeit ohnedies, daß man sie dafür hält. Aber ich würde doch vorziehen, daß Sie es mir sofort beweisen.«

Sie bewegte miteins, ohne jeden Übergang, wie unzurechnungsfähig die Arme, so sehr bedrängte sie die Schwierigkeit einer Replik. Deshalb hielt sie es für forscher, das Weib hervorzukehren. »Sie gefallen mir ja sehr . . . nur . . . es ist . . .«

»Ich weiß. Sie können sich bloß furchtbar schwer entschließen.«

Sie nickte mit dem wallenden Federhut wie ein Leichenwagenpferd.

Ulescu beroch galant ihre Hand, um sein Grinsen zu decken, und schnarrte energisch: »Aber das ist doch kein Grund, nicht mitzugehen.«

»Allerdings . . .« Sie lachte schrill auf, ohne sich auch weiterhin noch sonderlich anzustrengen.

Ulescu war überzeugt, daß sie sich ganz sicher fühlte. Deshalb führte er sie, ununterbrochen schwatzend, so daß sie immer wieder lächeln mußte, und jedem Lokal ausweichend, so daß sie ihn schließlich schnippisch maß, direkt in das kleine Hofzimmer, das er in einem Garno der Rue Belhomme bewohnte, warf sie ohne Umstände sogleich aufs Bett und wusch sich, nachdem er sich Genüge getan, überaus gewissenhaft, ohne auf ihr Gezeter zu achten. Als sie deshalb endlich erkannte, daß sie es an Taktik hatte fehlen lassen, setzte sie sich, heftige Gêne markierend, auf den Eimer, beanstandete mit tränenerstickter Stimme die Kleinheit des Raumes und lobte, wieder munterer werdend, ein geräumiges helles Appartement, das ihr seit kurzem winkte, in dem allein zu hausen jedoch zu trist sei.

Ulescu wartete, hämisch die Lippen auf einander pressend, bis sie vor den Spiegel trat. Während sie ihren Federhut, der sich immer noch, nun freilich in sehr desolatem Zustand, auf ihrem Kopf befand, vergeblich zu renovieren trachtete, schlich Ulescu sich zur Tür, öffnete sie geräuschlos und postierte sich draußen platt an die Wand.

Es dauerte nicht lange, da erschien die Erwartete erstaunt vor der Tür und trat, noch erstaunter, auf die Treppe; Ulescu aber in diesem günstigen Augenblick schnell ins Zimmer zurück. Er schloß die Tür und nahm aus dem Handtäschchen, das er kurz zuvor unter das Traversin geschoben hatte, einen Zehnfrancs-Schein, gerade als heftig an die Tür getrommelt wurde.

Ulescu öffnete gefährlichen Blicks und warf das Handtäschchen vor die Füße der gänzlich verwirrt Stammelnden: »Aber . . . das ist . . . das ist ja . . .«

»C'est jeune et ça ne sait pas«, sang Ulescu in höchstem Tremolo, nachdem er die Tür zugeschmettert und abgesperrt hatte . . .

Am folgenden Nachmittag, als Ulescu vor dem Café Dupont saß und an einem Picon-Citron zwitscherte, setzte sich ein würdevoller alter Herr mit einem außergewöhnlich gepflegten weißen Bart und bläulichen Brillengläsern an seinen Tisch, obwohl die Terrasse noch freie Tische aufwies, und bat nach einiger Zeit höflich um den Petit Parisien, der neben Ulescu lag. Dieser überhörte es. Der Herr bat noch einmal, sich krümmend vor Höflichkeit. Ulescu warf nachlässig hin, er vermute, daß es schon spät sei, und begann, innerlich gröhlend, mit der Lektüre des Petit Parisien, die er jedoch nach wenigen Minuten unterbrach, um in heftigen Ausdrücken des Unwillens darüber sich zu ergehen, daß die Regierung von unverständlicher Laxheit in der Erteilung von Aufenthalts-Bewilligungen an unsichere Ausländer sei. Der alte Herr schmunzelte fröhlich und meinte, Frankreich könne wegen einer Handvoll Balkan-Filous seinen Ruf der Gastfreundlichkeit nicht gefährden. Ulescu beruhigte sich darob, äußerte sich noch des Breiteren über die vorzüglichen Sicherheitsverhältnisse in Paris, bedauerte hierauf flüchtig, daß so viele junge Damen infolge der Geschlechtskrankheiten außerordentlich an Reiz verlören, und suchte plötzlich das Pissoir auf, von dem aus er, seinem Tischgenossen die Begleichung der Zeche überlassend, ungesehen durch den Seitenausgang den Boulevard Barbès erreichte.

Die Folge dieser Konversation war, daß Ulescu, als er gegen elf Uhr nachts die Rue Victor Massé passierte, unmittelbar vor dem Eingang zum Tabarin eine wohlige Frauenstimme hinter sich locken hörte:

»Offrier mir was, schöner Schwarzer, ja?«

Ulescu wandte sich um und stellte mit einem schnellen Blick fest, daß seine Beschwerde berücksichtigt worden war: diesmal hatte man keine halbinvalide alte Kokotte auf ihn losgelassen, sondern einen mittleren Jahrgang, der nicht nur noch sehr wenig gelitten hatte, dessen hohe feine Beine sogar höchst eindringlich warben.

»So. Offerieren.« Ulescus Stimme klang so mild, daß sie ihn selbst beglückte. »Sehe ich aus, als würdest du Geld von mir nehmen?«

»Quel culot!« Sie ergriff seinen Oberarm und zog ihn in das Etablissement, immer wieder versichernd, sie wolle nur ein Bock und es verpflichte ihn zu nichts.

Vor der Bar klagte Ulescu sofort über die unverschämten Preise der Nachtlokale, den infamen Egoismus der Frauen und die Schwierigkeit, in Paris billig und einigermaßen komfortabel zu wohnen.

Sie meinte leise, daß es auch in Paris Frauen gäbe, die trotz ihrem diesbezüglichen Beruf unter der Vakanz ihres Herzens litten; verriet schelmisch, daß der Bar-Keeper stets ihr Konto zu belasten pflege, wenn sie den Spazierstock ihres Kavaliers an sich nehme (was sie gleichzeitig tat); und erinnerte sich plötzlich, freudig in die Hände klatschend, daß sie gerade vorgestern die Adresse eines kleinen, aber ganz entzückenden Appartements, das sofort beziehbar sei, erfahren habe.

Ulescu lächelte, als das Wort ›Appartement‹ fiel, ganz besonders maliziös, flüsterte dann aber schlicht, ob sie sich nicht vielleicht mit all dem über ihn lustig machen wolle.

Als Antwort zerrte sie ihn von seinem Hocker und, obwohl er, lediglich zu seinem Vergnügen allerdings, lange und ernstlich sich sträubte, endlich auf die Straße, woselbst sie wie leidend auf ihre gelben Seidenhalbschuhe blickte, während sie ihn fragte, wo er wohne.

Ulescu wies mit dem Daumen hinter seine Schulter, jedoch in die falsche Richtung.

Gleichwohl ging sie mit ihm in der richtigen weiter und fragte erst an der Ecke der Rue Belhomme, wo denn eigentlich sein Hotel sei.

Ulescu behielt sie die Nacht über bei sich, vereinbarte gegen Morgen ein Rendez-vous um Mitternacht im Tabarin und steckte ein Fünffrancs-Stück, das sie, zweifellos absichtsvoll, auf dem Tisch vergessen hatte, ostentativ ein, so daß sie ihn darob mit überlauter Aufgeräumtheit verließ.

Selbstverständlich begab Ulescu sich nicht ins Tabarin, sondern ins Café Dupont, wo gegen ein Uhr morgens ein eleganter junger Mann, der den leicht Angetrunkenen spielte, sich neben ihm auf die Bank fallen ließ und von seinem Pech mit Weibern daherstotterte; er habe schon zwei Vermögen mit ihnen durchgebracht und nur schwärzesten Undank geerntet. Ulescu antwortete ebenso heiter wie beiläufig, daß er hinwiederum das Vermögen zweier Damen durchgebracht habe und, was das Ernten betreffe, auf sofortige bare Dankesbekundung halte; leider aber entpuppten sich heutzutage die Weiber schon nach wenigen Stunden als geizig, wenn nicht gar als habgierig. Hierauf wollte er das Pissoir benützen, wurde aber unterwegs vom Kellner um Zahlung gebeten . . .

Am nächsten Nachmittag sprach auf dem Boulevard des Batignolles eine pompöse Blondine Ulescu an und bemühte sich alsbald in der Rue Belhomme zwei Stunden ausgiebig um ihn. Obwohl sie einen Fünfzigfrancs-Schein zu Boden flattern ließ, wurde sie noch am selben Abend versetzt. Tagsdarauf war es eine schlichte Rothaarige, die sechzig Francs opferte. Ihr folgte eine vornehme Schlanke mit hundert Francs. Dieser eine burschikose Dicke, die ein Manicure-Necessaire zurückließ und zwei Orangen. Auch fernerhin wechselte Quantitatives mit Qualitativem, Großes mit Kleinem, Raffiniertes mit Primitivem. Fast alle ließen ein Andenken zurück oder sich eines entwenden und alle hatten ein Appartement oder wenigstens in Aussicht. Sämtliche Bemühungen gestalteten sich intensivst, ja oft dermaßen hingebungsvoll, daß Ulescu manch Neues, manch Seltenes an sich erfuhr. Und allnächtlich gab es Minuten, wo er unsäglich maliziös lächelte. Mehr als gratis schwelgte. Unerhörtes genoß.

Leider erfolgte allgemach der Wechsel mit größeren Unterbrechungen und die von Zeit zu Zeit im Café Dupont oder anderwärts auftauchenden, sehr verschiedenartig stilisierten männlichen Typen wurden zusehends zudringlicher. Und eines Tages mußte Ulescu konstatieren, daß er bereits seit einer Woche unbeschickt geblieben war; daß die zudringlichen Typen sich zwar nicht mehr zeigten, dafür aber eine äußerst scharfe Überwachung seiner Person eingesetzt hatte, die eine ganze Kette von Unannehmlichkeiten nach sich zog: der Patron seines Hotels grüßte nicht mehr und setzte ihm eine Phantasie-Steuer auf die Wochenrechnung; das Stubenmädchen brachte sein Zimmer nurmehr fiktiv in Ordnung; die Kellner in den Cafés und Restaurants beflissen sich wohl einer krampfhaften Höflichkeit, in der Bedienung jedoch nicht des geringsten Eifers; und überall überhielt man ihn in der frechsten Weise mit den Preisen, was umso erschrecklicher war, als Ulescu jegliche Einkünfte versiegt waren. Er sah knirschenden Mundes eine Katastrophe nahen und verfluchte sich und die schicksalsschwere Stunde, die ihn jenen unheilvollen Brief hatte schreiben lassen.

Da rettete ihn ein Zufall. Ein Russe verübte ein Revolver-Attentat auf den Ministerpräsidenten, das fehlschlug. Da der Attentäter in Vaugirard wohnte und nicht die kleinste Spur von ihm zu den Kreisen führte, die Ulescu auf dem Montmartre gezogen hatte, konnte dieser bereits am Tage nach dem Attentat beobachten, daß sein Patron ein freundliches Gesicht machte, daß sein Zimmer in neuem Glanz erstrahlte, die Kellner ihn sofort bedienten und die hunderterlei Gestalten, die ihn gleich zähen Insekten überall umschwirrt hatten, verschwunden waren.

Nach einer Woche war Ulescus Sicherheit derart gestiegen, daß er es wagte, vorsichtig zu seinem Metier zurückzukehren. Der Erfolg war ihm sogar ungewöhnlich hold. Überraschender Weise auch bei den Damen, deren Interesse an ihm durch den rapiden Wechsel auffallendster Erscheinungen machtvoll sich erhöht hatte. So daß Ulescu neuerdings gratis schwelgte und Unerhörtes genoß.

Zu den Texten

DER PFIFF UM DIE ECKE erschien, als vierter Band der Sammlung »Die tollen Bücher«, erstmals 1925 im Elena Gottschalk Verlag (Berlin) in einer Auflage von dreitausend Exemplaren und wurde 1927 als Titelauflage in die siebenbändige Werkausgabe »Die Bücher von Walter Serner« des Paul Steegemann Verlages (Berlin) aufgenommen. Die Erstausgabe hat den Untertitel »Zweiundzwanzig Spitzel- und Detektivgeschichten«, während in der unserer Edition zugrundeliegenden Werkausgabe letzter Hand Serners Erzählungen einheitlich als »Kriminalgeschichten« bezeichnet werden.

Offenkundige Druckfehler wurden berichtigt, die häufig eigen- bzw. altertümliche, gelegentlich auch variierende Rechtschreibung des Autors (z. B. ›Elbogen‹) jedoch beibehalten. Zusätze des Herausgebers stehen in eckigen Klammern.

Die tückische Straße

Neunzehn Kriminalgeschichten

Inhalt

Das Rendez-vous mit dem Goldzahn

Möglichkeiten verpflichten.

Diesen Satz hatte Eiermann insgeheim seiner Lebensführung vorangestellt. Schon in jungen Jahren. Was zur Folge hatte, daß seine Biographie durchaus nicht so schematisch geblieben war wie die anderer, sondern streckenweise ganz ungewöhnliche Höhepunkte aufwies. Allerdings nur in venere. Auf anderen Gebieten pflegte Eiermann, wenn seinem Auge Möglichkeiten sich boten, es im Bewußtsein der ihm mangelnden Fähigkeiten zu schließen. In venere aber war es vor jeder Möglichkeit weit offen und schloß sich erst, wenn sie zur süßen Wirklichkeit geworden war.

Dieses offene Auge, mit dem er jederzeit spazieren ging, verursachte nicht selten, daß Möglichkeiten, die andernfalls gar keine geworden wären, plötzlich vor ihm sich auftaten. Denn so manche Dame, die nur so für sich hinwandelte, ließ im Anblick seines groß auf sie gerichteten Auges, das ihre zur selben Größe sich ausdehnen. Damit war für Eiermann die verpflichtende Möglichkeit da.

Eines Abends aber fiel ihm, als er bereits heimkehren wollte, schon von ferne etwas Glänzendes auf, das bei näherem Zusehen als ein durch das konstante Lächeln seiner Besitzerin entblößter, abnormal großer Goldzahn sich erwies.

Eiermann war dermaßen von diesem Anblick gefesselt, daß er das Gesicht der Goldzahn-Besitzerin gar nicht gesehen hatte. Erst als das hypnotisierende Glänzen seinem Auge fehlte, bemerkte er, daß jene Dame bereits an ihm vorbeigegangen war. Er machte straks kehrt, sah aber nichts mehr. Da, ein kurzes Aufblitzen: der Goldzahn bog um die Ecke. Diesmal blieb Eiermann auf der Fährte. Denn als er an die Ecke kam, wandelte vor ihm eine einzige Dame. Er hatte, weit ausschreitend, sie fast schon eingeholt, als sie in die Grennegade einbog und daselbst ein Haus betrat.

Ihr dahin zu folgen, wagte er nicht: sie konnte verheiratet sein, einen strengen Vater haben, eine Megäre zur Tante . . . Eiermann hatte da so seine Erfahrungen. Nachdem er auf dem gegenüber befindlichen Trottoir noch etwa fünf Minuten auf und ab gegangen war, ohne den ersehnten Goldzahn am Fenster zu erblicken, beschloß er, da einen solch abnormal großen schwerlich zwei Personen zugleich in einem Hause besitzen konnten, einen Brief nach

Grennegade sechs zu adressieren und zwar ›An die Dame mit dem Goldzahn‹. Zudem mußte der Briefträger diesen sicherlich längst bemerkt haben, so daß ein also adressierter Brief zweifellos richtig bestellt werden würde. Eiermann stürzte in ein Restaurant, verfaßte eine ebenso energische wie vorsichtige Liebesepistel und warf sie ungesäumt in einen Briefkasten.

Am folgenden Abend begab er sich zwischen fünf und sieben Uhr wohl ein Dutzendmal an den Poste-restante-Schalter. Vergeblich. Erst als er tags darauf zum zehnten Mal wiederkehrte, empfing er einen großen blauen Brief, auf dem in barock gemalten Buchstaben die Worte ›Rendez-vous mit dem Goldzahn‹ prangten. Eilends setzte er sich auf eine Bank und seine vor Neugierde feucht gewordenen Augen lasen alsbald:

> Kaere Herre, ik haben gehabt nigt det Vergnügen zu haben Ires Bekanntschaften. Ik hofen es zu werden. Copenhague c'est en Stadt en lille langweiliges og es ist zu winschen det die Heiterkeiten widerkert. Vieleichd Sie sind morgen Soendag klokken drei précis zu den Langelinie pavillon sur la terrasse. J'aurai mon petit chapeau blanc. Og werden ik zeigen immer men goden Goldzahn welcher Sie hat gemacht en solches impression.
>
> Au revoir, kaere Herre.
>
> Dédette.

Eiermann, der bei der Wahl der Krawatte subtilen Überlegungen sich hingegeben hatte, erschien sonntags erst um drei ein Viertel vor dem Langelinie-Pavillon. Langsam betrat er dessen Terrasse: er erblickte etwa ein Dutzend kleiner weißer Hüte, aber von einem Goldzahn nichts. Fürchtend, zu spät gekommen zu sein, erbleichte er fast vor Ärger, ließ sich schließlich an einem runden Tischchen nieder und bestellte ein Glas Bier. Dann blickte er verzweifelt um sich: es wimmelte nur so von kleinen weißen Hüten, glücklicher Weise aber nicht von Goldzähnen, so daß immerhin noch Hoffnung bestand. Wieder und wieder mit jähen Blicken nach einem Goldzahn jagend, leerte er sein Glas und vergaß, so sehr meditierte es in ihm, den Schaum sich vom Mund zu wischen.

Es war vier Uhr, als er, unweit hinter sich, die Worte hörte: »Non, non. Ik haben det nigt gehabt. Sie haben gemacht en Irrtum, garçon. Mais certainement.«

Eiermann riß den Kopf herum: die Dame, die mit dem Kellner also disputierte, trug einen kleinen weißen Hut, aber, so viel von dem nur wenig entblößten Gebiß zu sehen war, keinen Goldzahn.

Dennoch war Eiermann überzeugt, Dédette vor sich zu haben. Er eilte auf sie zu, drängte den Kellner zur Seite und verneigte sich: »Habe ich das Vergnügen, das Rendez-vous mit dem Goldzahn . . .?« Er vollendete nicht: auf der ihm abgekehrt gewesenen Seite des Gebisses erglänzte der obere Eckzahn voll eitel Gold. »Ich sehe, daß ich es habe.«

»Setzen Sie!« Dédette lächelte verschwenderisch. Plötzlich aber spannten sich ihre Züge mokant. »Sie haben Gelberes . . . sur la bouche.«

»Ah, Sie haben recht.« Eiermann fuhr sich ärgerlich mit beiden Händen an den Mund, ihn mit schnellen Griffen säubernd. »Aber was für ein Zufall, daß Sie mit dem Kellner . . . Ich wollte schon fortgehen.« Und während er jene Banalitäten äußerte, welche in solchem Fall die Mehrzahl der Männer Europas zu produzieren pflegt, wunderte er sich, daß er nicht französisch sprach. Da fiel ihm ein, wie ergötzlich es wäre, so zu tun, als verstünde er diese Sprache nicht. Sofort war er dazu entschlossen.

Nach einer Konversation von krampfhaftester Lebhaftigkeit, die durch Dédettes lückenhaftes Deutsch allein ein wenig vergnüglich wurde, verließen die beiden den Pavillon und promenierten auf der Langen Linie.

Eiermann, der inzwischen erfahren hatte, daß sein Brief verspätet übergeben worden war, weil der Briefträger erst am zweiten Nachmittag Dédettes Tür hatte geöffnet erhalten, kam jetzt darauf zurück: »Da haben Sie also dem Briefträger Ihren Goldzahn gezeigt und er hat Ihnen . . .«

»Naturellement«, zirpte Dédette. »Wir haben noch gelachen og ik haben ihn gegeben en Pourboire.« Sie zupfte mit sechs Fingern ihre bräunlichen Schläfenhaare zu Locken. »Aber jeg haben gehabt difficultées med Ihre Briefen og nigt gewollt nehmen en fremden personnage . . . forcément.«

»Ja, ja.« Eiermann war ein wenig verwirrt: Dédette, die sehr gut angezogen war und noch besser geschminkt, machte es ihm schwer, sie einzuordnen. Deshalb versuchte er, sie auf die Probe zu stellen: »Und dann eine Dame von Ihrer Stellung . . . Mein Brief war nicht bloß in der Adresse gewagt.«

»Comment?« Dédette blinzelte zu ihm empor. Als sie seine großen Augen sah, glaubte sie zu verstehen, welch außergewöhnliche Chance sie habe. Augenblicks änderte sie den bereits sehr aufmunternd gewordenen Ton. »Oui, gewagt. Jeg hätten schon nigt dürfen . . .« Sie dehnte die Vokale nasalst. »Aber ik war si curieuse og wi ik haben studiert Ihre Briefen, jeg haben sehr geschwanken. Doch de Soendag c'est si ennuyeux og ik haben mir gesagt, du wirst dich diese Herre bloß anschauen. Denn ik bei mene Stellung . . .«

»Erlauben Sie mir bitte eine Frage.« Eiermann schnappte absichtlich in ihren seriösen Ton ein, eine fast ehrerbietige Haltung einnehmend.

Dédette hob arrogant das Kinn. »Jeg bin seit zwei Monate zu die Fru Landraten von de Pillingende . . . pour la lécture et la conversation.«

»Ach so.« Eiermann glaubte es ihr sofort: das war weniger, als er für möglich gehalten, und mehr, als er gefürchtet hatte. Seine sehr üppigen Hoffnungen schienen sich zu verflüchtigen.

»Oui. Avant ik waren à Berlin. Drei Jahren. Zu en riche dame israélite.« Dédette verdünnte ihre Stimme noch mehr. »Weil ma famille durch de Krieg haben ganz verarmten.«

Eiermann blieb stehen, sich verbeugend. »Richard Eiermann mein Name.«

»O, merci.« Dédette nickte ein bißchen. »Jeg heißen Dédette de la Fournichon. Mon père . . . men Vatern war Colonel og ist gefallen zu Verdun.«

Eiermann neigte, zum Zeichen des Mitgefühls, wenn auch völlig gleichgültig, das Haupt. Als er es wieder hob, fing Dédette an, ihre Familienverhältnisse und die der Familie, die sie gegenwärtig beherbergte, des Breiten zu detaillieren. Hierauf ging sie zu ihren Wünschen über, welche zwischen einer unabhängigen Situation und einer Verheiratung nach ihrem Geschmack pendelten, und schließlich zu ihren Bedürfnissen, zu denen vor allem ein lieber Freund zum Promenieren gehöre. Obwohl Eiermann lediglich ihre drollige Ausdrucksweise gefiel, pflichtete er ihr in allem bei, nicht ohne kurz zu bemerken, daß sie, was das Promenieren betreffe, durchaus auf ihn zählen könne. Dédette nahm es beifällig auf, begann aber, von ihrem vielfältigen und deshalb anspruchsvollen Innenleben zu sprechen: sie sei orthodoxe Katholikin und kurz vor Antritt ihrer Stellung nach Lourdes gefahren zur Basilique de Notre Dame du Rosaire, da sie nach deren Besuch sich stets besonders gefeit fühle gegen die Schändlichkeiten des Lebens und seine trügerischen Verlockungen.

All dies erstaunte zwar Eiermann leise, betrübte ihn aber nur insoferne, als es seine Befürchtungen bezüglich der von ihm gehegten Hoffnungen sattsam zu begründen geeignet war. Rasch jedoch kehrte sein Skeptizismus wieder und ließ ihn auf seine Routine und seine Reize bauen, die er, sobald es dunkler geworden war, auf unbegangeneren Wegen mit äußerster Entfaltung einzusetzen willens war. Nachdem er die erwähnten Themen etwa eine Stunde noch zu variieren gezwungen worden war, begann es zu dunkeln und er deshalb, Dédette den einsamen Pfaden um das alte Kastellet zuzuführen. Dort wählte er eine idyllisch gelegene Bank mit dem Ausblick auf den Hafen und ließ, als man saß, seine Hände gelinde um die Hüften Dédettes spielen, welche diese schwülen Attacken wie mechanisch abwies, so daß er zu ernstlicheren Handgriffen überzugehen wagte. Als sie nunmehr aber unwillig sich sträubte, überfiel er sie mit seinem hitzigen Mund und durchstürmte den ihren, lediglich seinen Lüsten dienend, zehn Minuten lang.

Als er Dédette endlich freigab, saß sie wie benommen: wessen er sich erdreistet hatte, war ihr in Anbetracht der vorhergegangenen Konversation allzu unerwartet gekommen.

»Habe ich Sie verletzt?« Eiermanns Unterlippe stand, ironisch und noch feucht, ein wenig vor.

»Oui, Sie haben mich . . .« Dédette hielt ratlos inne, dann es aber doch für angezeigter, die Sachlage anzuerkennen und einzulenken. »Aber Sie haben mich zu viel, kaere Herre Eiermann. Vous m'avez fait un bleu. Là. C'est dégueulasse.«

Eiermann sah gar nicht hin, schloß aber ob der letzten Vokabel grinsend die Augen: Dédette hatte, auf seine Unkenntnis ihrer Sprache sich verlassend, seinen Skeptizismus entscheidend fundiert und seinen Hoffnungen ihre Üppigkeit wiedergegeben.

Dédette verschob angesichts dieser intransigenten Haltung und der immer dichter werdenden Dunkelheit die Restaurierung ihrer Züge, eine neuerliche Attacke überdies sowohl vorhersehend als auch bereits wünschend.

Sie kam denn auch. Und zwar ebenso abrupt wie die erste, nur noch um ein Erkleckliches intensiver. So daß Dédette sich nicht mehr zu beherrschen vermochte und ihre Linke zitternd auf das Zentrum ihrer Erregung drückte. Als Eiermann dies sah, bereitete er sich vor, den Sieg ohne Zögern zu erzwingen. Denn wie oft war nicht so manch Eine, die im Bann der Dunkelheit und seiner Küsse ihm bereits halb erlegen war, später unter dem warnenden Eindruck des Straßenlebens zurückgewichen und seinen Klauen entschlüpft. Einmal aber völlig besiegt, stand einer unmittelbaren Wiederholung in seiner Wohnung, deren Milieu derartige Entschließungen ohnedies günstig zu beeinflussen pflegte, kein Argument mehr im Wege. So schuf denn Eiermann eine Zwangslage und opferte Aphroditen.

Dédette hatte nicht eigentlich Widerstand geleistet. Nur so viel, daß Eiermann glauben konnte, sie sei nicht durchaus willig. Hinterher aber gehabte sie sich um so empörter: es entspreche keineswegs ihren Familienverhältnissen, auch nicht dem Bilde, das sie sich von einem guten Freund gemacht habe; ganz abgesehen von ihrem Innenleben, dem er einen schweren Stoß versetzt habe; sie werde sogleich morgen zur Beichte gehen und der Madonna von Lourdes zwei Kerzen stiften; das Leben sei voll von trügerischen Verlockungen und Eiermann ein Schändlicher.

Dieser überhörte es resolut und schickte sich an, viel und verheißungsvoll von dem holden Wirrsal seiner Wohnung und deren parfümierten Ecken zu plaudern und, mit heuchlerischem Ernst, von seiner Absicht, sein ödes Junggesellenleben mit Hilfe einer Gefährtin zu beenden, die Ausländerin wäre und durch ihren größeren Gesichtskreis charmanter und vielseitiger als das nordische weibliche Element.

Dédette erwies sich daraufhin schnell verändert. Sie drängte, zu Eiermanns innigem Ergötzen von ›décamper‹ sprechend, zum Aufbruch, restaurierte unter der ersten Bogenlampe der Bredgade eilig ihr arg verschmiertes Gesicht und ließ sich nach zahlreichen, wenn auch um so kürzeren Weigerungen in seine Wohnung führen.

Daselbst verbrachte Eiermann, auf Dédettes unabänderlichen Befehl hin, den sie mit ihrer Keuschheit rechtfertigte, unter Ausschluß jeder Beleuchtung eine überaus eifrige Liebesnacht, die bis gegen fünf Uhr morgens währte, um welche Zeit man dem wohl verdienten Schlaf sich überließ.

Um sieben Uhr erwachte Eiermann zufälliger Weise und mußte eine sehr überraschende Entdeckung machen: Dédette lag nicht mehr neben ihm. Er beruhigte sich jedoch schnell: sie hatte ihren Dienst antreten müssen und ihn nicht wecken wollen.

Stolz und freudetrunken durchthronte er den Tag im Café Paraplyen auf dem Rathausplatz. Abends freilich, als er heimkam, wartete seiner die zweite, unliebsame Überraschung: seine Brieftasche mit achthundert Kronen, die in einem Schreibtischfach sich befunden hatte, war verschwunden, desgleichen, als er mißtrauisch geworden, kontrollierte, elf Taschentücher, ein silbernes Zigarettenetui und ein alter goldener Ring.

Nachdem Eiermanns Gehirn eine außerordentlich turbulente Nacht hinter sich hatte, eilte er in die Grennegade, um nach Dédette zu fragen. Aber niemand im ganzen Hause, in dem überdies keine Frau von Pillingende wohnte, wußte etwas von einer Französin. Nun fuhr er in die Stampesgade zum Briefträgersaal. Der Briefträger der Grennegade erinnerte sich sehr wohl an jenen blauen Brief: er habe, nachdem er in allen Etagen mit ihm abgewiesen worden war, eine junge Dame, die ihm tagsdarauf auf der Treppe entgegenkam, gefragt, ob dieser Brief an sie gerichtet sei; denn sie habe einen Goldzahn gehabt und er deshalb angenommen, daß sie im Hause wohne, obwohl es freilich auch bloß eine Besucherin gewesen sein könnte; aber wenn ein Brief eine *solche* Adresse habe, könne man nicht verlangen, daß er es allzu genau nehme.

Zwei Tage später erfolgte die dritte Überraschung: Eiermann hatte Läuse und mußte zu einer gründlichen Rasur schreiten und der ausgiebigen Verwendung von grauer Salbe. Dieser Prozedur lag er am andern Morgen eben wieder mißlaunig ob, als ihm vom Teppich her etwas entgegenglitzerte. Und alsbald hielt er eine winzige ovale Silberplaquette in der Hand, auf der als mattes Relief die Madonna von Lourdes sich abhob und die Inschrift: ›Je suis l'immaculée conception‹.

Eiermanns nicht unsympathische Züge schmückte ein schlechthin mongolisches Grinsen, während er sich zuhöhnte: »Möglichkeiten verpflichten.«

Die Clincher Box

Whitehill kam sehr langsam zu sich. Und auch, als er die Augen schon geöffnet hatte, sah er noch nichts. Nur die Stirn brannte in kurzen schnellen Stößen. Er setzte sich mühsam auf. Und jetzt erst begann er sich zu erinnern. Er war am Abend vorher zu Broc in die Conventry Street gegangen. Der Pole Mzir sprach und die Kouropatrouska. Und dann sprach er selber. Es fiel ihm ein, daß es ihn dabei irritiert hatte, wie eigenartig Genove und die Jegera ihn gemustert hatten. Und er entsann sich ganz deutlich, daß er bald nurmehr den Eindruck gehabt hatte, man lasse ihn reden, ohne zuzuhören. Und dann plötzlich . . .

Whitehill griff sich an die Stirn. Und dann war ihm plötzlich grau und dick vor den Augen geworden.

Nun blickte er sich in dem Raum um, in dem er sich befand. Und preßte alsbald seine Schläfen: er sah genau so aus wie ein Loch im Pitcher, besaß ein kleines vergittertes Fenster, hinter dem, sehr nahe, eine dunkle Ziegelwand war, und dieselbe Einrichtung. Whitehill kam nach kurzem Überlegen zu dem Schluß, daß, während er gesprochen hatte, die Polizei geräuschlos eingedrungen war, ihn rücklings betäubt hatte und nach Newgate gebracht.

Er stand auf und lauschte. Nichts. Er klopfte vorsichtige Worte an die Wände. Nichts. Untersuchte die Tür, den Judas: kein Schloß, kein Riegel, keine Schiene. Aber hart neben der Tür, in einer Einbuchtung der Mauer, befand sich ein Klingelknopf. Whitehill rieb sich die Wangen: den hatte es in der Zelle, in der er einmal drei Monate gesessen war, nicht gegeben. Er ging zum Fenster. Es schien ihm kein Zweifel daran möglich, daß es so gekommen war, wie er es sich vorgestellt hatte; nur daran, daß er, der mitten im Zimmer gestanden war, der erste gewesen sein sollte, der narkotisiert wurde. Da sah er den Klingelknopf, obwohl er den Blick nicht von ihm gewendet hatte. Es dauerte lange, bis er sich eingestand, daß er ja bloß klingeln wollte, es aber nicht wagte. Als er auf die Uhr sehen wollte, hielt er lächelnd inne: er hatte sie vor drei Tagen versetzt. Und da griff er auch schon in seine Taschen: alles war da, die wollene Börse, der Browning, die Neb-Ka's, aber keine Zündhölzer. Auch das gab es im Pitcher nicht. Da es jedoch diesmal um etwas anderes sich handelte, vermutete er einen Trick.

Dessen Hinterlist vermochte er nicht zu begreifen. Seine Ohren wurden heiß und sein Wunsch, zu klingeln, ein unbezähmbarer Trieb. Und mit einem Mal stürzte er vor und stieß den Zeigefinger so schnell auf den Klingelknopf, daß die Gelenke knackend sich bogen. Während er sie nervös massierte, schnellte plötzlich die Tür auf.

Whitehill fuhr zurück: in der Tür stand ein Herr im Smoking und schwarzem Cape, in der Hand einen Zylinder, weiße Glacéhandschuhe und eine langstielige rosa Rose.

Am liebsten hätte Whitehill sich gesetzt. Seine Erregung hatte sich in die Beine entladen, die schwach wurden. Er glaubte, daß er wanke, und schämte sich.

Der Herr setzte sich auf das Strapontin und wies ihn mit der Hand an, ihm gegenüber auf das Bett sich zu setzen.

Whitehill starrte schluckend, während er sich niederließ, auf den kurzen spitzigen Schnurrbart, der zu zucken begann:

»Wir hatten Sie schon lange im Verdacht, Whitehill. Einer meiner Leute folgte Ihnen auch gestern wieder und hat alles beobachtet. Allerdings nicht gehört, was Sie gesprochen haben. Ihren Genossen gelang es leider, zu entkommen. Deshalb wurde rasch dafür gesorgt, daß niemand auch nur an Ihre Befreiung denken kann. Sie befinden sich im Rog-house und haben den Chef des Geheim-Departments für die Sicherheit des Staates vor sich. Herren Ihres Schlages machen wir nicht einmal kurzen Prozeß, sondern gar keinen. Nur durch ein offenes Geständnis aller Machinationen Ihrer Bande können Sie Ihr Los mildern. Wenn alle Ihre Angaben sich als richtig erweisen, werden Sie nach Indien deportiert. Vielleicht später eine administrative Stelle. England werden Sie freilich nie wiedersehen.«

Whitehill wunderte sich, daß er jedes Wort verstanden hatte. Denn es war ihm gewesen, als sähe er nur seine Hände, die bleischwer auf den Knien lagen. Als es ihm endlich gelang, aufzublikken, sagte er, ohne daß er später sich hätte erinnern können, es sich überlegt zu haben: »Ich kann kein Geständnis machen. Ich sollte ja gerade aufgenommen werden. Ich weiß also noch gar nichts. Nur, daß ich verloren bin.«

Der Herr erhob sich. Dabei fiel ihm die Rose aus der Hand. »Geben Sie mir Ihre Waffe!«

Whitehill durchfuhr es: ›Ich werde ihn niederknallen und dann – auf und davon!‹ Aber als seine Rechte nach der hinteren Hosentasche stieß, sah er in der Hand des Herrn einen kleinen, auf ihn gerichteten Browning.

Nachdem Whitehill seine Waffe ausgeliefert hatte, verließ der Herr, die seine unverwandt schußbereit vor sich hinhaltend, langsam rückwärts gehend die Zelle und warf die Tür ins Schloß.

Whitehill sprang sofort hinzu, drückte, rüttelte, fühlte sie ab. Erfolglos. Es blieb ihm ein Rätsel, wie sie von innen geöffnet worden war. Erst als er wieder auf dem Bett saß, mit den Fingern seinen Hals malträtierend, wußte er, daß er nur aus unvorstellbar gräßlicher Verzweiflung so lange mit der Tür sich beschäftigt hatte. Sein Kopf sank nach hinten. Der Körper fiel schräg nach.

Es war finster, als er die Augen öffnete. Er hatte geschlafen. Ein seltsamer Geruch, der vordem nicht dagewesen war, zog ihm in die Nase. Whitehill roch ihn gierig. Es war wie eine unbekannte feine Speise, wie ein junger südländischer Wein . . . Whitehill lächelte: er hatte Hunger und was so seltsam roch, war die rosa Rose. Er tastete nach ihr, fand sie rasch und roch. Immer wieder. So lange und tief, daß es ihn fast umnebelte. Er wollte nichts denken. Es war ja aus. Vielleicht schon morgen, vielleicht schon . . . Er sah ein Bild, das ihm einmal in den ›London News‹ aufgefallen war: den im Hof von Rog-house gehängten Slings. Er sprang auf. Schweiß perlte ihm auf der Stirn. Seine Beine trugen ihn nicht. Es schauerte ihn bis unter die Bauchdecke. Da riß er den Kopf herum: »Der Klingelknopf!« gurgelte er heiser hervor. »Ich muß klingeln. Denn ich halte es nicht aus. Ich muß lügen. Denn ich will nicht . . .«

Er taumelte zur Tür und preßte seine Faust dreimal gegen die Wand, bevor er den Klingelknopf fand. Dann glitt er zu Boden.

Bald darauf wurde es in der Zelle hell. Whitehill hob langsam den Kopf: der Herr im Smoking, diesmal ohne Cape und ohne Zylinder, war eingetreten.

»Sie haben geklingelt, weil Sie sprechen wollen. Ich höre.«

Whitehill richtete sich auf. Als er stand, wurde ihm ganz klar, daß er, was immer er auch sagen oder tun mochte, verloren war: niemand, der einmal bei Broc gewesen war, hatte noch Pardon erhalten; und keiner noch war aus Rog-house ausgebrochen. Der brennende Wunsch, es nicht zu glauben, erfüllte ihn. Aber es gelang ihm nicht. Diese furchtbare Erkenntnis gab ihm sonderbarer Weise seine Kraft zurück. »Ich werde nicht sprechen. Machen Sie mit mir, was Ihnen beliebt.«

Der Herr schlug sich auf den Schenkel. »Und wenn wir Sie nicht nach Indien schicken, sondern mit fünftausend Pfund auf die Straße?«

Whitehill zuckte die Achseln: ein unerwartet plumper Trick. »Ich spreche nicht.«

»Sie sind Mitglied der Anarchistenbande Broc und Zegarac. Der Society.«

»Nein.«

»Ich weiß, was Sie in der Conventry Street gesprochen haben.«

»Der hat Sie angelogen wie alle Ghouls.«

»In meiner Abteilung geht es schärfer zu. Wer lügt, der fällt.«

Whitehill zeigte eine gewisse sauere Heiterkeit. »Und doch werden alle in Ihrer Stellung immer wieder angelogen. Aber das alles hat ja keinen Zweck.« Er ließ sich pfeifend auf das Bett niederfallen. Als er aufblickte, war der Herr nicht mehr in der Zelle.

Whitehill wollte eben aufstehen, als eine elegante Dame hereinrauschte, sofort seinen Arm nahm und sich neben ihm aufs Bett setzte.

Bereits an Überraschungen gewöhnt, reagierte Whitehill auf diesen Überfall mit Widerwillen. Das knisternde Taftkleid aber, der feine Duft von L'heure bleue und der immer wärmer spürbare Schenkel taten bald ihre Wirkung. Whitehill entzog sich nur mühsam den zarten Fingern, die seinen Arm umschmeichelten, und schlug sich nervös aufs Knie.

Erst jetzt sprach die Dame. »Wie gefalle ich Ihnen?«

Whitehill öffnete schmatzend den Mund: er genierte sich plötzlich wegen seines unrasierten Bartes.

»So gut, daß Sie sichs etwas kosten ließen?«

Whitehill verkniff verächtlich die Lippen. »Ich besitze fünf Schilling.«

»Nicht so. Etwas anderes.« Die Dame rückte ihm nach, legte ihren Arm um seine Schultern und preßte Schenkel und Brust fest gegen ihn, so daß er ihren wohlriechenden Atem auf Mund und Nase fühlte. Mit einem Blick stellte sie fest, daß seine feindliche Spannung nachließ. »Sie tun, als wäre es Ihnen durch eine List geglückt, hier herauszukommen. Es wird Ihnen bei Broc großes Ansehen verschaffen. Sobald Sie uns die Bande übergeben haben, erhalten Sie die fünftausend und meine Natur. Für ein paar Tage. Oder so lange, wie Sie wollen. Nun?«

Noch bevor er den Blick ihr hätte zuwenden können, fühlte Whitehill zwei heiße Lippen auf den seinen, eine weiche Hand an seinem Hals, die andere anderswo spitz und süß . . . und eine rote Flut schoß ihm in die Augen. Als er aber über diesen duftenden lockenden Leib sich stürzen wollte, entwand er sich ihm mit behender Kraft.

»Alles hängt nur von Ihrem Ja ab.« Sie maß ihn mit ironischem Vorwurf, das Rouge ihrer Lippen mit dem Zeigefinger fassonierend.

Keuchenden Atems mußte Whitehill seine Finger quetschen, um nicht blindlings zu toben. Der Schmerz machte ihn klar. ›Hätte ich sie jetzt gehabt, so hätte ich vielleicht ja gesagt.‹ Dann lachte er auf: »Schlauheit ist oft das dümmste Kalkül. Ich danke. Ich bin die Maus. Sie sind die Katze.«

Sie knickte ein bißchen ein. »Also unter keinen Umständen?«

Whitehills Kopf verneinte unwirsch.

Sie machte segnende Handbewegungen gegen ihn. »Man wird Sie foltern.« Sie setzte den Finger an den Klingelknopf.

Aber Whitehill sah, daß sie ihn nicht niederdrückte. »Das halte ich für eine stupide Drohung. Sie prügeln nur noch von Zeit zu Zeit.« Er spürte freilich einen bitteren Geschmack im Mund.

Da drückte sie den Klingelknopf nieder und blickte Whitehill fest an. Dessen Auge aber wurde plötzlich so grausam und unerbittlich, daß sie wußte, sie würde ihn durch nichts mehr irremachen. Schnell sich umwendend, rauschte sie aus der Tür. Fast gleichzeitig erlosch das Licht.

Überzeugt, daß man ihn nun allein lassen würde und vielleicht einige Tage hungern, warf Whitehill sich aufs Bett. Als er erwachte, war die Zelle hell und die Türe offen, aber niemand zu sehen. Augenblicks sprang er auf, prallte jedoch zurück: in der Tür war Broc erschienen.

Whitehill drehte ihm, dünn pfeifend, den Rücken zu. ›Das wird ein Ghoul sein, der ihm ähnlich sieht.‹ Seine Augen wurden ganz klein. Da fühlte er sich am Arm berührt, wandte den Kopf und sah einen weiß gedeckten Tisch und neben sich den falschen Broc, der ihn zum Platznehmen einlud. Er setzte sich erfreut und begann sofort zu essen.

Ihm gegenüber rauchte Broc und reichte ihm, als er seinen Hunger gestillt sah, sein Etui.

»Sarony?« Whitehill zeigte lächelnd die Zungenspitze und biß sie. »Sogar Brocs Marke kennen Sie schon?«

»Ich traktiere meine Freunde gut.«

»Ich falle nicht auf Sie hinein.« Whitehill rauchte mit vollen Lungen. »Es genügt also, daß Sie Ihren Auftrag herunterleiern.«

»Ich *bin* Broc.«

Whitehill spuckte unter den Tisch. Dann machte er mit den Lippen ein ordinäres Geräusch, das er auf dem Turf gelernt hatte.

Da stieß der andere einen eigentümlichen Pfiff aus.

›Den kann er auch schon?‹ Whitehill räusperte sich verzagt.

Wenige Sekunden später rauschte die Dame vom vergangenen Abend durch die Türe und küßte ihn auf die Haare, die sie mit beiden Händen streichelte: »Nun, Charlie, hast du gut geschlafen?«

Whitehill legte die Zigarette weg. Es war ihm, als hätte er etwas sehr Lustiges gehört. Da . . . es kam von draußen: Gläser klirrten leise, Stimmen raunten. Er blickte bald sein Gegenüber an, bald die Dame neben ihm. Und plötzlich fühlte er, noch ohne etwas zu wissen, daß er wohlgeborgen war.

Da stand Broc auf. »Whitehill, erinnern Sie sich doch an das, was Sie uns vorgestern abends sagten: ›Bei der Aufnahme in die Society ist jeder der allerschärfsten Prüfung zu unterziehen. Nicht nur in Bezug auf seine persönliche Eignung, sondern auch – die Integrität seines Willens.‹ Nun, mein lieber Whitehill, Sie haben Ihre Integrität besser bewiesen als mancher andere von uns.«

Whitehill schob die Unterlippe hoch und rieb sich, verlegen lächelnd, das Kinn mit einem Finger.

Broc warf die Zigarette an die Wand. »Der elegante Herr war Léonor Lévin, einer unserer wertvollsten Mitarbeiter. Die Dame hier ist meine Freundin und langjährige Helferin Sure Stek. Sie befinden sich in London, in der Conventry Street, und zwar in meinem Apartment, das Sie gar nicht verlassen haben.«

»Wer hat mich dann aber . . .« lallte Whitehill, an die Stirn sich greifend.

»Ich war so frei.«

»Sie, Broc?«

»Und dann deponierten wir Sie in dieser Zelle, die vorwiegend ähnlichen Zwecken dient.«

Whitehill hüstelte ganz leise.

Sure Stek lachte herzlich: »Dieses Zimmer heißt die Clincher Box.«

Whitehills Lachen dröhnte.

Broc packte ihn am Arm und zog ihn in den daneben befindlichen Salon, in dem die Mitglieder der Society, Weingläser in der Hand, ihn stürmisch begrüßten.

Las Tortilleras

Ljungdahl umwickelte seine blutende Hand mit dem Spitzentaschentuch, das Ramona ihm auf den Tisch geworfen hatte, bevor sie Cristina gefolgt war. Als er die Zipfel verknüpfte, kam Ramona wieder an den Tisch. Sie schlug, etwa fünfzehnmal und überaus schnell, die Zähne auf einander: »Sie sind nicht mein Typ. Außerdem habe ich mich schon mehr verteilt, als mir zuträglich ist. Aber Cristina gefallen Sie doch so sehr. Kann man es deutlicher beweisen?« Sie schnellte den kleinen Finger vorsichtig auf seine verbundene Hand. »Übrigens ist sie schöner als ich.«

Ljungdahl hob ablehnend die Hand, die sofort schmerzte. »Ihr Hut, Ramona, paßt nicht zu Ihrer Stimme.«

Ramona setzte kurz ihre perlweißen Zähne auf die Unterlippe. »Es freut mich, daß Sie sich bekehren.«

»Fast alle Frauen bekommen ohne Hut einen blöden Ausdruck. *Sie* würden gewinnen.« Ljungdahl umkrallte mit der unverletzten Linken ihren Schenkel oberhalb des Knies.

Ramona zischte: »Wiederholen Sie diesen Griff nicht!«

Ljungdahl rieb seine brennenden Finger, die ein heftiger Fächerschlag getroffen hatte. »Ich glaube Ihnen die kalte Schulter nicht. Sie verbergen mir etwas.«

Ramona spie sich achselzuckend auf den Unterarm, schmierte eine trockene gelbe Crême darauf, rieb sie mit dem Zeigefinger zu Brei und mit einer geschickten Wendung auf Kinn, Nasenspitze und Stirn, wodurch sie Lichter erzielte, welche ihr ganzes Gesicht gleichsam nach innen zu verkürzten und jenen scharfen Ausdruck, in den Ljungdahl wie vernarrt war, noch verstärkten.

»Ist Cristina überhaupt Spanierin?«

»Sobald Sie wollen, führe ich Sie zu ihr.« Ramona überpuderte ihre Arbeit mit staunenerregender Geschwindigkeit.

Ljungdahl stupste ihr den Mittelfinger auf den Oberarm. »Cristina ist ja vielleicht schöner. Aber im Ernstfall zählt das Detail mehr. Ich liebe Ihr grausames Gesicht.«

»Gerede!« Ramona parfümierte sich den berührten Oberarm.

»Jede Gier ist unbegreiflich.« Ljungdahl mußte miteins lachen, da er Ramonas Geste verstand. Dabei lockerte sich das Taschentuch, so daß das Blut wieder zu fließen begann.

Ramona schob ihm das Taschentuch von der Hand, zerriß es zwischen den Zähnen und verband die Wunde. »Cristina hatte schon wilde Jahre gehabt, bevor sie nach Cordoba kam. Sie heißt allerdings Ferretti. Ihre Mutter war Italienerin. Aber ihr Vater Spanier. Torero.« Sie neigte den Mund über seine Hand, um die Zipfel des Taschentuches, deren einen sie zwischen die Zähne klemmte, fest zuziehen zu können. »Sie ist ein uneheliches Kind. Noch heute trägt sie um den Hals ein kleines Medaillon mit der Miniature ihres Vaters. Damit hat es eine eigene Bewandtnis. Wollen Sie nicht danach fragen?« Sie stieß, da er nicht antwortete, seine eben noch mit größter Behutsamkeit behandelte Hand brutal von sich, pfiff aber sofort, als bereue sie es. »Es war ein Wunder, daß niemand sah, wie sie Sie gestochen hat. Und es kam doch sofort Blut. Das ist ihr erster Gunstbeweis. Und ich kann Ihnen versichern, daß Sie ihr imponiert haben, als Sie das Glas auf den Tisch schlugen und dem Kellner ruhig sagten, Sie hätten sich geschnitten.«

Ljungdahls Zunge leckte flau: es war Ramona nun doch gelungen, seine Begehrlichkeit abzulenken und seiner Eitelkeit zu schmeicheln.

Ramona speichelte, als hätte sie es ihm vom Gesicht gelesen, sich den Zeigefinger ein und strich mit ihm über seine Lippen. »Wie kann man ein Weib wie Cristina auslassen? Andere müssen schwer zahlen.«

Ljungdahl schnappte nach ihrem Finger.

Aber Ramona, mit dem Blick bei der Sache, war schneller. »Sie wollen also? Sie wollen, nicht wahr? Sie wollen!«

›Als würde sie dafür bezahlt‹, dachte Ljungdahl, aber er hütete sich, es auszusprechen; und er hörte sogar auf, es anzunehmen, als er die herrische Geste sah, mit der sie ihren Busen arrangierte. »Der Stolz ist hier fast ein Laster.«

Ramona nahm es als Zustimmung. Ihr pralles Posterieur zog sich ein. Plötzlich stand sie steil und mit hochgezogenen Schultern. Ihre Unterlippe rollte ein bißchen.

Sie verließen die Terrasse des Circulo Mercantil und gingen den Paseo Gran Capitan hinunter. Vor ihnen flammten die Bogenlampen auf, eine nach der andern. An der Ecke der Calle de Burgos begann Ramona vorauszugehen und eigentümlich die Arme zu bewegen. Flüchtig war es Ljungdahl, als gebe sie damit irgendein Zeichen. Da der schweigsam zurückgelegte Weg ihn zudem ernüchtert hatte, entschloß er sich, so rasch wie möglich sich zurückzuziehen. Es sofort zu tun, wagte er nicht, die spanische Empfindlichkeit kennend.

Ramona trat nach wenigen Schritten in ein Haus und durch eine niedrige eiserne Gittertür in einen atriumähnlichen, mit einigen halb zerbrochenen Petunientöpfen kärglich geschmückten Vorraum, in dessen einer Ecke hinter gelblichem Milchglas ein Talglicht brannte. Es roch nach Weihrauch und Urin.

Zum ersten Mal lächelnd, ergriff Ramona Ljungdahls Hand und zog ihn schnell durch eine Seitentür in einen schmalen Gang, wo sie viermal an eine Tür pochte, durch deren Ritzen Licht drang. Ein Riegel wurde zurückgestoßen. Im Rahmen der Tür erschien Cristina in einem zu langen und fast grotesk geschnittenen Hemd, über das ihr aufgelöstes langes schwarzes Haar hinabwallte. Sie preßte sogleich ihren Körper an den Ljungdahls und machte eine rasche Drehung, so daß dieser ins Zimmer zu stehen kam.

Ramona schloß von draußen die Tür.

Ljungdahl hatte ihr Gesicht noch gesehen: sie hatte immer noch gelächelt. ›Sie hat vielleicht gar nicht aufgehört, zu lächeln‹, ging es ihm kurz durch den Kopf.

Cristina warf ein bereits sehr schadhaftes Seidentuch sich übers Hemd, schlüpfte in einen kurzen Unterrock von rotem Flanell, den sie über das Tuch band, und stieß die nackten Füße in dunkelgrüne Pantöffelchen. »Schau mich an!«

Ljungdahl tat es ohnedies. Aber er sah nicht viel, da sie vor dem Licht stand; nur, daß sie den rechten Fuß hob, mit dem sie seine verbundene Hand beinahe berührte.

»Das war meine Visitkarte.«

Ljungdahl lächelte wirr. Und während er einen auf dem Kachelsims liegenden eigenartigen Gegenstand zu erkennen sich bemühte, wurde sein Kopf nach hinten gestoßen. Erst Sekunden später wußte er, daß sie ihn geküßt hatte und in die Oberlippe gebissen. Er schmeckte Blut.

Christina hing sich an seinen Hals, ihm etwas vor die Augen haltend. Immer wieder. Und immer näher. Er nahm es ihr schließlich aus der Hand und senkte es, so weit die Halskette, an der es hing, es zuließ: es war eine Miniature, darstellend einen Espada, dem ein Stier in der Arena den Bauch aufschlitzt. »Ist das alles?«

»Du bist enttäuscht?« Cristina riß ihm mit einem ärgerlichen Ruck des Halses das Medaillon aus der Hand und wirbelte sich auf einem Absatz zur Seite. Dann setzte sie sich, schlug ein Bein über, zündete sich eine kleine Zigarre an und sang zwischendurch leise die Canzonetta von Filipucci.

Ljungdahl, der längst vergessen hatte, daß er sich hatte zurückziehen wollen, sah mit einem Mal, daß sie in der Rechten eine Reitpeitsche hielt, mit deren dünner Lederschleife sie einem großen schwarzen Kater den Kopf kraulte. Vergeblich versuchte er, den Geruch, der von ihr ausging, zu präzisieren.

»Weißt du, was die Amore ist?« Cristina machte einige pfitschende Lufthiebe.

»Ein Wort, das so gut wie kein anderes jede Gier erleichtert.«

Cristina stemmte eine Hand gegen den Bettpfosten, der knackte. »Weil du es nicht weißt. Weil du ein Turnó bist.«

Ljungdahl fühlte sich beengt: da er nicht annehmen konnte, eine Neo-Sentimentale vor sich zu haben, vermutete er, nicht verstanden worden zu sein. Mit einem Blick auf ihren Leib, der in feinen Spiralen sich bewegte, zog er es vor, zu lächeln.

Während Cristinas schlanke Linke die Hüften entlang strich, knallte ihre Rechte die Schleife der Reitpeitsche vor der Schnauze des Katers auf die Kacheln. »Ich werde dir erzählen, wie es bei mir war.« Sie holte aus und traf den Kater mit solcher Wucht auf die Nase, daß er mit fauchendem Gurgeln auf sie zuschoß. Aber noch bevor er sie erreicht hatte, trafen ihn drei, vier, fünf Hiebe, so daß er sich winselnd verkroch. »Es hat sehr frühzeitig angefangen. Vida. Interessiert es dich überhaupt? Du stehst ja da wie ein Regenwurm.« Sie wies mit der Reitpeitsche auf einen Baststuhl mit außerordentlich niedrigem Sitz. »Wenn du nicht willst, darfst du auch die Wand verdrecken.« Sie ließ mit einem rapiden Lachen die Zigarre über die Finger laufen, so daß die Schatten an der Mauer tanzten. »Vida. Meine Mutter nahm mich schon mit sechs Jahren in die Arena.« Und nun begann sie mit auffälliger Geläufigkeit und fast geschmackloser Häufung blutrünstiger Details das Erlebnis ihrer ersten Corrida zu schildern, die einem Amateur-Matador das Leben gekostet hatte und in der Folge ihr die Unschuld. Da der Stier, bevor er die tödliche Cogida gerannt hatte, drei Espadas außer Gefecht gesetzt hatte, wäre die Aufregung des Publikums so gestiegen, daß es, als die Fortsetzung der Corrida untersagt wurde, zu einer blutigen Schlägerei gekommen wäre. Dies alles hätte sie so erregt, daß sie nicht einschlafen konnte, ihre Mutter, die im selben Zimmer schlief, mit ihrem Liebhaber im Bett beobachtet hätte und durch diesen Anblick zum ersten Mal in jenen Zustand geraten wäre, der schließlich in die Arme eines Mannes führt. An dieser Stelle schwieg sie, um Atem zu holen, und bog, aufs Äußerste von ihren Worten erregt, die Reitpeitsche zwischen den Händen. Ihre Zähne zerrieben die Zigarre.

Ljungdahl, den es zwang, an das Erzählte zu denken, ärgerte sich unklar ein wenig. Er wollte sich zurechtfinden, ihre Absicht erkennen. Aber alles war wie von dieser Frau verlegt, von ihrem herben Geruch, ihrer harten Stimme, ihrer aufregenden Erregung.

Cristina warf die Zigarre an die Zimmerdecke und traf sie noch in der Luft mit der Reitpeitsche, von der sie knallend auf einen Spiegel flog. »Jeden Sonntag ging ich nun mit meiner Mutter zu den Corridas. Denn ich plärrte so, daß sie mich mitnehmen mußte. Die Plätze kosteten sie nichts, da sie mit allen Banderilleros und Espadas, die damals in Madrid berühmt waren, geschlafen hat. Mein Vater war Valencia II. Ein großer Espada. Der vielleicht einer der größten geworden wäre, wenn ihm nicht mit vierundzwanzig Jahren in Sevilla ein Stier . . .« Sie schwang das Medaillon kurz vor sich her. »Meine Mutter hat es ihr ganzes Leben lang bedauert, daß sie damals nicht nach Sevilla gefahren war. Aber sie war im siebenten Monat schwanger mit mir und fühlte sich schlecht. Das Medaillon habe ich von ihr geerbt. Sie hat es sich eigens von Aguero machen lassen, der den Tod meines Vaters mitangesehen hatte. Ich trage es immer. Ebenso wie meine Mutter.« Sie küßte es langsam, schwang es mit einer jähen Bewegung auf den Rücken und sprang vor Ljungdahl hin, ihm die Hand auf den Magen pressend. »Siehst du, Catelo, so hat es bei mir angefangen. Mit zwölf Jahren *war* es dann. Ein Mono. Die sind schlimmer als die Ärgsten. Ich trieb es mit ihm auf dem Abattoir zwischen den toten Stieren. Unter Fleischgestank und Blutdunst. Einmal lagen wir halb auf dem Bauch eines Stieres, der noch zuckte. Ein anderes Mal brach einem, neben dem wir lagen, plötzlich noch ein Blutstrahl aus dem Maul und floß uns über die Beine. Und wieder einmal, da . . .«

Ljungdahl wußte nicht, ob er nicht mehr zuhören oder bloß das heiser Keuchende ihrer Stimme nicht mehr ertragen konnte oder ob es seine nicht mehr niederzuzwingende Gier war: er warf sich auf Cristina und seine Lippen auf die ihren. Doch er berührte sie nicht: Cristina hatte ihn durch einen Faustoß an die Wand geworfen.

Gleichzeitig sauste ein Peitschenhieb durch die Luft und ihm brennend über Stirn und Wange.

Cristina stand mit gespreizten Beinen vor ihm. Die Zunge hing ihr aus dem Mund. Mit einem bestialischen Schrei holte sie bis über die Schulter aus. Und nun klatschte Hieb auf Hieb nieder.

Ljungdahl war dermaßen überrumpelt, daß er weder den Schmerz voll spürte, noch sich zu wehren wußte. Als jedoch die Hiebe immer schneller und fester fielen, löste er sich knirschend von der Mauer und hob die Fäuste. Aber Cristina bückte sich, nach etwas greifend. Und schon traf ihn ein vierfacher Knutenhieb, quer über Brust und Arme. Er brüllte auf. Ein zweiter Knutenhieb schnitt auf seinem Rücken. Krächzend stürzte er vor. Sie entwich ihm geschmeidig und versetzte ihm einen furchtbaren Hieb auf den Hintern. Er bäumte sich. Seine Stimme pfiff vor Schmerz. Aber die Hiebe prasselten unbarmherzig auf ihn nieder. Wieder schmeckte er Blut. Es rann aus der Nase, auf den Wangen, an den Ohren, die Brust hinunter. Überall brannte es ihn schier unerträglich und wurde immer unerträglicher. Er fiel in die Knie. Es war wie ein Feuerregen um ihn, naß und leuchtend. Schließlich schwand ihm das Bewußtsein . . .

Als er zu sich kam, hörte er das Geräusch von plätscherndem Wasser, das Gehen nackter Füße. Obwohl jede Bewegung ihn schmerzte, stand er stöhnend auf. Schräg hinter ihm flackerte in einem offenen Zimmer eine kleine Kerze. Gegenüber sah er eine Tür. Gedankenlos rüttelte er an ihr. Verschlossen. Da hörte er schwaches Ächzen. Dann einen kleinen Schrei. Er näherte sein Auge einer Ritze und erblickte auf einem Bett Ramona und Cristina in wollüstiger Verschlingung. Eine Weile sah er ihnen zu. Dann wischte er mit einem Strumpf das Blut sich vom Gesicht. Dabei fühlte er, wie übel er zugerichtet war, und trat vor einen matten Wandspiegel. Bei seinem Anblick fluchte er laut auf. Als er gehen wollte, hörte er Ramona lachen. Wütend trat er ins Zimmer zurück, zerschnitt vier Röcke und zwei Seidenkleider und spuckte unzählige Male in einen gefüllten Weinkrug . . .

Zwei Tage später begegnete er in Madrid auf der Gran Via Mario Tosato, einem amüsanten Florentiner, und berichtete ihm von seinem Mißgeschick. Ohne seine Zigarette auch nur einige Sekunden zu vernachlässigen, erklärte Tosato, liebenswürdig lächelnd: »Las tortilleras di Cordoba . . . conosco tutte . . . conosco anche dal profumo a occhi chiusi. La Ferretti a un odore differente. Odora di Kater. Vous comprenez. Verstehn Sie . . .«

Ljungdahl verstand. »Ma . . . Sie haben . . . Excusez . . .«

Tosato krümmte verdeutlichend die Hände, den Spazierstock unter die Achsel klemmend: »Si capisce. Sono due tortilleras molto sadistiche. La Ferretti, erzählt sie grande Romanen. L'altra è la più fina. Fa il trucco. Ma avevate de la chance. Branco Freixas, Sie kennen, aus Lisboa, er hinkt noch heute, ecco.«

Narziss

»Paulchen von Beisiegl . . . zu dienen.«

»Paulchen . . .?«

»Ich finde die Liebe genußreich, aber sinnlos.«

Frau Prollius, die wie so manche ehrsame kölnische Hausfrau sich nicht zu erhaben dünkte, vornehme Straßenbekanntschaften zu machen, schüttelte lachend den Kopf. »Also, lustig sind Sie. Aber wenn Sie sich einbilden, daß ich . . . dann gehen Sie lieber!«

»Psychologie ist, sich nichts gefallen zu lassen.« Von Beisiegl begann langsam zu gehen. »Da Sie nun aber wissen, daß ich das weiß, wäre es klüger, sich einiges gefallen zu lassen.«

Frau Prollius, die literarische Ambitionen hatte, witterte sofort den Schöngeist und bog mit ihm auf den Hansaring ein. »Solange Sie sich auf Redensarten beschränken, dürfen Sie sich viel erlauben.«

»Wenn ich nicht überzeugt wäre, dadurch kokett zu wirken, würde ich jetzt fluchen.« Von Beisiegl öffnete seinen Handschuh.

»Stört er Sie bei dieser Unterlassung?« Frau Prollius wurde immer wohler. »Aber warum wollten Sie denn nur fluchen?«

»Weil die Gewißheit sich mir einstellte, daß ich keinen vernünftigen Effekt erzielen würde, wollte ich Ihnen einen Zwanzigmark-Schein in die Pfote stecken.«

Innerlich sich zwar fühlend, hielt Frau Prollius es doch für richtiger, abzuwehren. »Ich sagte, Sie dürfen sich viel . . . Alles dürfen Sie sich aber nicht erlauben.«

»Immer nur halb!« Von Beisiegls Lippen schürzten sich salop. »Wären alle Bösen nicht auch ein wenig gut und alle Guten nicht so sehr böse, dann dürfte man sich alles erlauben, ohne die Überzahl, in der die Dummen sich befinden, noch zu vermehren.«

»Ihr Kopf scheint ein Kaleidoskop zu sein.« Frau Prollius legte überlegen die Hände auf den Rücken.

Von Beisiegl senkte kurz die Augen: das war eine überraschend feine Antwort gewesen. Deshalb äußerte er lax: »Sie werden noch als Prestige-Jägerin enden, wie alle, die zu gescheit sind, um ihren Neid, und zu feig, um ihre Dominationslust zu zeigen.«

»Halten Sie mir bitte keine Vorlesung aus Ihrer Schreibtischlade.« Frau Prollius hemmte geziert den Schritt. »Sie haben doch so amüsant angefangen, Sie Paulchen.«

»Gnädige Frau«, sang von Beisiegl, süß grinsend, »ich bin von dem Fehler junger Intelligenzen, sich zu überschätzen, in einem Maße frei, daß ich geradezu am Laster der Selbstverachtung leide.«

»Das hätte ich am wenigsten erwartet.« Zum ersten Mal, seit sie mit diesem eleganten jungen Mann sprach, fiel Frau Prollius auf, daß im Grunde alles an ihm widerspruchsvoll war; nicht nur die ungebügelte Hose und das Jicky-Parfum, die abgenützten Schuhe und der teuere Pelz. Um das Unangenehme dieser Beobachtung sich wegzuschieben, aber auch um sie zu kontrollieren, fragte sie unsicher: »Sie haben doch sicherlich schon ein tolles Leben hinter sich, nicht wahr?«

»Um ein Leben zu schildern, braucht man einen Gesichtspunkt. Das Leben aber, das ich bisher geführt habe, hatte keinen. Ich führe es täglich anders. Oft stündlich.« Von Beisiegl hustete müde.

»Das kann ja nett werden!« Frau Prollius lachte, allerdings noch sehr unfrei. »Aber warum dieser schroffe Wechsel, wenn ich fragen darf?«

»Das unerschöpfliche Chaos . . . seine ungeahnten Genüsse . . . seine Blödheiten . . .« Von Beisiegl blickte in eine Auslage, als spräche er von Sardinen. »Ein Messerstich durch die Brust, so daß die Spitze aus dem Rücken ragt, kann zum Wohlgefühl werden. Es kommt nur auf die Axe an. Schon an Vormittagen auf den Terrassen der Cafés tanzen, in vornehmen Restaurants plötzlich ordinäre Lieder singen, ausnahmslos lügen, die Lügen widerrufen, aber sogleich den Widerruf, sich selber widerrufen, seine letzte Viertelstunde und seine letzte Silbe . . . Das alles, meine Gnädige, kann einem etwas bedeuten.« Er schneuzte sich gleichgültig in ein blutigrotes Seidentaschentuch von übertriebener Größe.

Frau Prollius drehte sich gelinde der Kopf. Aber wie wohl viele ihrer Standesgenossinnen, statt mißtrauisch zu werden, sich unzureichend vorgekommen wären, so glaubte auch sie, daß es nur an ihr läge. Fast schon kleinmütig, sagte sie: »Ihre Weltanschauung ist sehr apart, aber . . .«

»Weltanschauung?« Von Beisiegl lächelte wehmütig. »Immer nur ein ästhetisches Bekenntnis! Das ist stets prekär.«

Frau Prollius hatte das Bedürfnis, ihm das Sprechen leichter zu machen. »Mir gegenüber nicht. Denn ich fühle, was Sie meinen.«

»Wollte ich meine Weltanschauung mit Argumenten behängen, also mit Zitaten, würde ich mir den Magen verderben.« Von Beisiegl sog pfeifend an einem hohlen Zahn. »Und wollte ich, um den nötigen autoritativen Effekt zu erzielen, Zitate selber erfinden, würde ich mich eines zu großen Privatvergnügens berauben. Ich ziehe es deshalb vor, wenn man meinen Argumenten zu Leibe geht, sie mit diesem zu illustrieren.« Er machte große feuchte Tieraugen gegen den Himmel.

Frau Prollius hatte sich nunmehr an alle diese Seltsamkeiten gewöhnt, ohne allzu sehr an Initiative eingebüßt zu haben. »Illustrieren Sie, Herr von Beisiegl!«

»Sagen Sie Paulchen zu mir! Das stärkt mein verbogenes Herz!«

»Sie sollten sich nicht alles so zu Herzen nehmen ... Paulchen.« Frau Prollius glaubte plötzlich, des Rätsels Lösung zu haben.

Von Beisiegl aber hob die Hand und schlug ihr schmerzhaft auf den Arm.

Jäh errötend und außerstande, zu sprechen, blieb Frau Prollius stehen.

Von Beisiegl blickte ihr auf den Busen. »Noch nie gab es ein besseres Mittel, etwas ad absurdum zu führen, als es mit der Hand zu tun . . . Vielleicht gehen wir die Riehler Straße weiter.«

Frau Prollius folgte ihm wie willenlos, da sie drei Autos hatten ausweichen müssen. Hierauf redete sie sich ein, sie sei zu wohlerzogen, um kurzerhand kehrtmachen zu dürfen. Dies umso leichter, als von Beisiegls Stimme, plötzlich in weichster Schwingung, also sich vernehmen ließ:

»Auch mit mir selber verfahre ich ganz schonungslos, wenn es sich darum handelt, mich ad absurdum zu führen. Das ist sehr gut für die Psyche.«

»Sie machen sich aus Perversität so schwer verständlich.« Irgendwie mußte Frau Prollius ihren Unmut entweichen lassen. »Sie sind so eitel, daß Sie tun, als wären Sie es nicht.«

»Was?« Von Beisiegl rollte zornig die Augen. »Das wagen Sie mir . . .?«

Frau Prollius erschrak. »Verzeihen Sie . . .«

»Ha!« schrie von Beisiegl, so daß zwei Passanten lachend sich umwandten. »Ich bin der Allereitelste, den jemals die Erde getragen hat. Was nicht einmal dadurch, daß ich es zugebe, gemildert wird. Denn ich verzichte auf den billigen Scherz, mir einzubilden, man nivelliere seine Schwächen und Fehler, indem man sie lächelnd oder sachlich zugibt.«

Frau Prollius hielt sich die Ohren zu. »Sie sind eine unerträgliche Mischung von Selbstvergötterung und Selbstbespeiung.«

»Auch mein Liebesleben strotzt nur so von Blödheiten«, jammerte von Beisiegl komisch.

Frau Prollius blieb nichts anderes übrig, als zu lachen, wenn sie ihren Begleiter nicht verlassen wollte. Und da sie das begreiflicher Weise längst nicht mehr vermochte, lachte sie noch lauter, um sich gleichsam zu bekräftigen. »Damit verschonen Sie mich bitte!«

»Niemals!« Von Beisiegl gähnte.

Frau Prollius, die vor lüsterner Neugier nichts gehört hatte, berührte seinen Arm. »Ich wollte sagen, daß Sie es mir schonend beibringen sollen.«

»Schonen werde ich Sie. Denn ich bin vielleicht auch der boshafteste Mensch unter der Sonne. Obwohl ich mich noch nie für einen guten ausgegeben habe. Deshalb aber zeichnete sich mein Liebesleben durch völlige Wahllosigkeit aus und letzte Monstrositäten. Was mir auch in den Weg kam, ob Frau oder Mädchen, ob alt oder jung, ob Kokotte oder Päderast, ob Hund oder Katz . . . stets versuchte ich es.« Von Beisiegl schnupfte nonchalant.

»Was?« rief Frau Prollius entsetzt, » . . . oder Katz?«

»Gelang es nicht, so ließ ich das jeweilige Lebewesen stehen und schritt zum nächsten. Gelang es, so nahm es den üblichen Verlauf ins nächste Stundenhotel, wo es in der Regel zu Prügeleien kam.« Von Beisiegls Hand wies mißbilligend zur Ruhe. »Ich reagiere nämlich auf jedes zärtliche Wort, dessen betrügerische Absicht mir klar ist, mit Schlägen. Fehlt diese, wie in Ihrem Fall, so schlage ich zur Vorsicht. Diese Behandlung ermöglicht es mir, eine aufrichtige Situation herbeizuführen. Manchmal sogar Sympathie und Anhänglichkeit. Deshalb wähle ich stets die miserable Behandlung als den sichersten Weg zum Herzen des Weibes. Den zu Ihrem gedenke ich jedoch überhaupt nicht einzuschlagen, weil ich Ihre Bekanntschaft zu regulär gemacht habe.«

Frau Prollius wußte nicht, wie ihr geschah. Immer wieder verdroß es sie, daß sie sich noch zu wundern vermochte.

Von Beisiegl lächelte geringschätzig. »Irregulär hätte ich Sie kennen gelernt, wenn es in Mailand gewesen wäre. Dann wären Sie übrigens heute meine Frau.«

Frau Prollius hatte dieselbe Empfindung, die sie einst im Schleuderwägelchen des Berliner Lunaparks gehabt hatte. Sie sah aus wie eine Schwerkranke.

»Denn in Mailand war ich einmal auf dem äußersten Minus-qui-vive.« Von Biesiegl betonte jedes Wort bedächtig. »Ich beschloß nämlich, die erste Frau, die mir auf der Via Torino einen aufmunternden Blick widmen würde, zu heiraten. Grauen und Wollust zugleich packte mich. Mein ganzes künftiges Leben hatte ich auf eine einzige Karte gesetzt, die ich das wahnwitzige Leben ziehen lassen wollte.«

Frau Prollius, die sich wieder eingefangen hatte, staunte neugierig zu ihm empor: »Toll!«

Von Beisiegl atmete kaum, allem Anschein nach ob dieser Anerkennung. »Nun, diese Frau war eine Knirpsin. Im Café Biffi, in das ich sie führte, bemerkte ich, daß sie von abstoßender Häßlichkeit war. Außerdem stank sie penetrant und undefinierbar, war aber sehr gut gekleidet.«

»Sie stank?«

»Sie stank. Mir stieg das Blut zu Kopf. Ich hatte Moira zu sehr herausgefordert, mir zu viel zugemutet. Wortlos rannte ich davon und wollte mir eine Kugel durch den Kopf jagen.«

»Aber weshalb denn nur?«

»Glücklicher Weise hatte ich damals vorübergehend ein ebenso kurzes Gedächtnis wie Sie.«

»Wieso?«

»Mir erleichterten es allerdings Zahnschmerzen, zu vergessen, daß ich keine Karte mehr hatte.«

Frau Prollius war wie außer Atem: »Keine Karte mehr?«

»Die letzte hatte ich auf den aufmunternden Blick gesetzt und verloren.« Von Beisiegl hauchte das Folgende nur: »Aber obwohl ich verspielt hatte und das Recht verwirkt, zu leben, ließ ich mich dazu herbei, zu vegetieren, indem ich mich mit einjährigem Hausarrest bestrafte. Auf meine Wohnungstür schrieb ich: ›Reservado el derecho de admisión‹. Klingelte es, so öffnete ich fast nie, sondern rief: ›Il y a du monde‹. Aber das alles langweilt Sie doch sicherlich.«

Frau Prollius zappelte vor Ungeduld mit allen Gliedmaßen. »Aber nein . . . Es interessiert mich ganz kolossal.«

»Wenn ich aber einmal öffnete . . .« Von Beisiegl war ein wenig aus dem Schwung geraten. ». . . schmetterte ich schnell wieder die Tür zu.« Er hielt inne, als hätte er es soeben getan. »So blieb ich ein ganzes Jahr allein.«

»Sie hatten ja noch Ihre Tiere«, meinte Frau Prollius ernst.

Von Beisiegl verspürte einen unbezwinglichen Lachreiz, besiegte ihn aber gleichwohl spurlos. »Damals schätzte ich das nicht mehr. Ich hatte eine Gummipuppe.«

Frau Prollius' Mund blieb offen, ihre Lunge gänzlich untätig.

»Durch eine im Rücken angebrachte Öffnung konnte sie mit warmem Wasser gefüllt werden, so daß sie schon ein trefflich Stück Illusion zu bieten vermochte. Um so mehr, als sie in ihrem essentiellsten Teil durchaus gebrauchsfähig eingerichtet war.«

Puterrot werdend, blieb Frau Prollius wie erschöpft stehen.

Selbst sein Hauchen dämpfte von Beisiegl nun noch: »Nachdem ich von dem gelieferten Dutzend Wachsköpfe genug hatte, fertigte ich mir selbst welche an. Und zwar nach den Gesichtern der Schönen Mailands.«

Frau Prollius mußte, wollte sie ihn verstehen, fest an ihn sich pressen. Er tat, als litte er es nur.

»So hatte ich alle Begehrenswerten im Bett und in effigie benützt.«

»Wie macht man denn das?« lispelte Frau Prollius.

»Vorsichtig«, näselte von Beisiegl bedeutungsvoll. »Und als mein Jahr der Strafe um war . . .«

»In eff . . . Aber wie . . .« Frau Prollius fragte nicht weiter, obwohl sie unsäglich bedauerte, nicht die Unverfrorenheit dazu zu haben.

» . . . verließ ich die Wohnung.« Von Beisiegl weidete sich an seinem Opfer. »Auf dem Tisch ließ ich einen Irrigator zurück, halb voll Wasser und darin eine Lilie. In einer Blechkiste hatte ich ein Kohlenfeuer angefacht, damit der Rauch Neugierige anlocke. Ich sah draußen in einer Verkleidung zu, wie sie über meine Puppen sich entsetzten.«

Frau Prollius, die angespannt auf etwas ganz Bestimmtes zu warten schien, kränkte es, daß er nicht weiter erzählte. In plötzlich sich einstellendem Stolz aber beschränkte sie sich darauf, glühend zu ihm emporzublicken.

Von Beisiegl trat brutal zur Seite, mißgestimmt darüber, daß ihm nichts mehr einfallen wollte.

Frau Prollius aber, diese Qual nicht länger ertragend, platzte heraus: »Aber warum wäre ich denn sonst heute Ihre Frau?«

Das war von Beisiegl völlig entfallen. Wieder verspürte er jenen unbezwinglichen Lachreiz, besiegte ihn aber gleichwohl wiederum spurlos, indem er zum Falsett überging: »Sie wären meine Frau geworden . . .« Er blickte starr vor sich hin: sein Dampf war abgegeben. Da lächelte er plötzlich hämisch.

Frau Prollius, nichts begreifend, als daß es sie zwang, es wissen zu wollen, sprang geradezu an ihm hoch: »Also warum denn? Warum hätten Sie mich geheiratet? Sie lächeln?«

»Weil ich den zoologischen Garten sehe.« Von Beisiegl schritt mächtig aus.

Frau Prollius hielt sich mühsam hinter ihm. »Also warum . . . geheiratet?« Sie merkte immer noch nicht, wie albern alles war, was sie sagte und tat.

»Sagen Sie Paulchen zu mir!« Von Beisiegl falsettierte unentwegt, wenn auch infolge des schnellen Gehens nicht mehr so einheitlich.

»Also bitte, Paulchen, sagen Sie es mir!«

»Im Zoo. Den brauche ich dazu.«

»Warum? Paulchen?«

»Sie werden bald sehen, wozu.«

Als sie angelangt waren, winselte Frau Prollius: »Also, antworten Sie!«

Von Beisiegl marschierte unbarmherzig weiter. Erst in der Nähe des Löwenhauses blieb er stehen, ergriff Frau Prollius' Hand und zog die gänzlich Widerstandslose in ein Boskett. Und mit einem Mal öffnete er mit beiden Händen weit seinen Pelzmantel, unter dem sein magerer weißer Körper in völliger Nacktheit erschien.

Frau Prollius' Augen umflorten sich. Ihr Handtäschchen fiel in den Schnee. Da aber sah sie deutlich. Und was sie sah, ließ sie gell aufschreien. Wie besessen rannte sie davon.

»Narziß!« röchelte von Beisiegl. »Narziß!« Dann schloß er mit zuckenden Lippen Mantel und Augen . . .

Bevor er das Boskett verließ, steckte er das Handtäschchen, in dem dreihundert Mark sich befanden, ein, ohne zu zögern.

Die verhängnisvolle Camel

Abends sechs Uhr sandte Pérez an eine Dame in Madrid eine Depesche, welche der Absicht diente, ihn endlich zu jenen letzten Innigkeiten vordringen zu lassen, welche mißgünstige Umstände bisher noch stets verhindert hatten.

Edith bestellte, als sie die Depesche gelesen hatte, telefonisch für den folgenden Abend zwei Betten für den Schlafwagen (zehn Uhr zwanzig) nach Sevilla und packte, hocherfreut, sofort ihren Koffer.

Der Luxuszug von Barcelona fuhr pünktlich am nächsten Morgen in den Atocha-Bahnhof in Madrid ein und barg in einem Abteil seines Schlafwagens Pérez und dessen Freundin Reinalda, die wieder loszuwerden er seit zwei Jahren vergeblich sich bemühte. Denn sie war so schlau, ihn nicht zu hörnen, weil sie es, was nur auf diese Weise völlig sicher zu erreichen war, auf eine große Abfindungssumme abgesehen hatte. Er hingegen glaubte, so vorzüglich spielte sie es ihm vor, sie liebe die Abwechslung nicht, sei anhänglich und hoffe auf eine Heirat. Wie sehr er hierin sich täuschte, wäre ihm erschreckend aufgegangen, hätte er Reinaldas Verschlagenheit gekannt, die in dem sehr aparten Grundsatz kulminierte: sich betrügen zu lassen, um selbst betrügen zu können; ja, zu diesem Zweck das Betrügen sogar nahe zu legen.

Dies hatte sie auch am Tage der Abreise von Barcelona getan, da sie während des Diners bemerkt hatte, daß Pérez, obgleich jeder Grund ihm dazu zu fehlen schien, gerne kurze Zeit allein geblieben wäre. Zwar wußte sie von Ediths Existenz nichts, glaubte aber dennoch sofort an eine Frau. Deshalb schickte sie ihn nach einer Viertelstunde mit der Bitte fort, ihr rasch noch eine Schachtel Coty-Rachel zu holen. Als er wieder ins Zimmer trat, fiel ihr eine schlecht versteckte Fröhlichkeit auf und, als sie im Coupé sich installiert hatten, daß er wider alle Erfahrung das obere Bett als ruhiger und luftiger pries als das untere. Kaum nickend, meinte sie leise: »Du weißt, daß ich leichter einschlafe als du. Es macht mir also nichts aus, unten zu liegen.«

»Niemals!« Pérez produzierte stürmische Galanterie. »Ich überlasse selbstverständlich dir das obere Bett.«

Reinalda drückte ihm zart die Hand und schmunzelte.

Pérez schloß vergnügt das abgewandte Auge.

Bis zur Station Mora la Nueva, die gegen elf Uhr nachts erreicht wurde, blieb Reinaldas Kopf fast unbeweglich. Desto eifriger aber schossen ihre Augen hin und her. Da sie wußte, daß ihr nichts entgangen sein konnte, begab sie sich getrost, immerhin aber gleichzeitig mit Pérez zu Bett. Während des von geschäftlichen Besuchen erfüllten Tages in Madrid wich sie nicht von seiner Seite, nahm aber erst, als sie gegen elf Uhr nachts zum Atocha-Bahnhof zurückfuhren, wahr, daß er nervös wurde; und bald darauf im Schlafcoupé, daß er etliche Male zu oft in den Gang blickte. Bereits überzeugt, daß die zweite Nacht den Aufschluß bringen würde, schützte sie Müdigkeit vor und bestieg, nur das Kleid ausziehend und auf die Nachtfrisur verzichtend, das obere Bett.

Nach zehn Minuten hörte Pérez, der so tat, als lese er, sie leise schnarchen. Trotzdem wartete er noch etwa eine halbe Stunde, bis er sie ganz fest eingeschlafen glaubte. Dann nahm er ein kleines Etui aus der Tasche.

Reinalda, die so sich gelegt hatte, daß sie nur das linke Auge zu öffnen brauchte, um in dem gegenüber befindlichen Spiegel alles zu sehen, was auf dem unteren Bett sich begab, erblickte in Pérez' Hand einen in Platin gefaßten herrlichen Brillanten. Obwohl die für sie nun unanzweifelbare Tatsache, daß Pérez im Schlafwagen ein Rendez-vous mit einer Dame vereinbart hatte, ihr gleichgültig blieb, errötete sie vor Wut darüber, daß er, der seit einem Jahr ihr keine Geschenke mehr machte, ein solch wertvolles Bijou für eine Andere gekauft hatte.

Nachdem Pérez sich ausgezogen hatte, parfümierte er sich den nackten Körper, selbst die delikatesten Stellen, und legte ein neues seidenes Pyjama mit geradezu lächerlicher Pedanterie an. Hierauf vergewisserte er sich noch einmal Reinaldas tiefen Schlafs, bevor er hinausschlich.

Kaum war die Tür geschlossen, als Reinalda schon hinuntersprang und sie vorsichtig so weit öffnete, daß sie den Kopf hindurchschieben konnte. Sie sah, zwei Coupés weiter vorne, Pérez an eine Tür klopfen, hinter der er nach wenigen Sekunden verschwand, schlüpfte in den Gang und preßte das Ohr an jene Tür. Sie hörte das verzückte Gestammel Verliebter, Küsse über Küsse, Spott über sich und Verächtliches. Stolz hob sie den Kopf und eilte zurück. Fiebernd überlegte sie. Ihr Gesicht strahlte vor Haß. Nach einer Stunde war ihr Plan fertig. Vorerst blieb ihr aber nichts übrig, als zu warten, bis Pérez zurück wäre.

Er kam sehr spät und mit äußerster Vorsicht, verzehrte sein Frühstück, trank die Weinflasche aus und rauchte noch eine halbe Zigarette, deren Rest er in eine Weinlake neben dem Glas fallen ließ. Kurz darauf hörte Reinalda seine tiefen regelmäßigen Atemzüge. Rasch suchte sie den Fahrplan und stellte fest, daß sie um sechs Uhr morgens in Cordoba wären. Als der Zug nach zehn Minuten hielt, zog sie so schnell wie möglich Pérez' Anzug sich an, steckte seinen Revolver ein, drückte seinen Hut tief in die Stirn und band um Mund und Nase ein Taschentuch. So eilte sie, sobald der Zug wieder fuhr, vor jenes Coupé und klopfte, mit verstellter Stimmte wispernd: »Ich bins, Miguel.« Und noch bevor Edith, die sie anfangs für Pérez gehalten hatte, hätte schreien können, drückte sie ihr den Revolver auf die nackte Brust und zischte rauh: »Es geschieht Ihnen nichts, wenn Sie freiwillig alles herausgeben.«

Edith tat es, mühsam ein würgendes Schluchzen unterdrückend. Als Reinalda etwa tausend Pesetas, zwei goldene Armbänder und drei Ringe in die Tasche gesteckt hatte, forderte sie den in Platin gefaßten Brillantring, den Edith, nachdem sie ihre Verblüffung überwunden hatte, wimmernd aus ihrem Nécessaire zog. Im Nu war Reinalda aus dem Coupé, in wenigen Sätzen vor dem ihren und so rasch darin, daß Edith, obwohl sie fast sofort die Türe wieder aufgerissen hatte, den Gang leer fand.

Reinalda machte aus ihrer Beute, der sie auch Pérez' Uhr und Ringe hinzufügte und dessen gesamte Barschaft, die ihre und ihren Schmuck, mit Hilfe eines Taschentuchs ein Säckchen, das sie sich geschickt um die Hüften band, so daß es ganz oben hinter ihren Beinen hing und von dem Gummigürtel gegen die Hemigloben gedrückt wurde. Hierauf legte sie sich ins Bett und wachte wider Willen, aber unsäglich triumphierend.

Edith hatte sofort den Kondukteur geweckt, und als der Zug in Hornachuelos hielt, durfte niemand aussteigen. Das Vorgefallene wurde nach Los Rosales telegrafiert, wo ein Polizeikommissär mit zwei Gendarmen den Zug bestieg. Edith verschwieg ihr Beisammensein mit Pérez, berichtete alles Übrige aber wahrheitsgemäß. Als der Kommissär, der alle Coupés visierte, von ihr begleitet, zu dem von Pérez kam, wurde dieser ersucht, in den Gang zu treten. Schaudernd erkannte sie den Hut wieder, den ihr Angreifer getragen hatte, und auch der Anzug schien ihr derselbe zu sein. (Und sofort glaubte sie, nur Pérez könnte von dem Brillantring gewußt haben.) Der Kommissär, der ihre Erregung bemerkt hatte, spuckte ein bißchen und fragte scharf nach deren Ursache. Die Hand zitternd vor den Lippen, antwortete Edith, fügte aber hinzu, der Mann wäre kleiner gewesen.

Da trat Reinalda unter die Tür des Coupés.

»Wer ist diese Dame?« Der Kommissär rückte an seinen Brillengläsern und spuckte aus.

»Meine langjährige Freundin.« Pérez, nichts Gutes ahnend, blickte verstört um sich und steckte schließlich die heiß gewordenen Hände in die Rocktaschen. Plötzlich machte er einen überraschten Ausruf.

Der Kommissär fixierte ihn mißtrauisch.

»Ich bin bestohlen worden. Mein Portefeuille mit sechstausend Pesetas fehlt und . . .« Pérez durchsuchte aufgeregt seine Taschen. » . . . und meine Uhr und meine beiden Ringe.«

Reinalda stieß einen kleinen Schrei aus, eilte ins Coupé zurück, tat, als durchstöbere sie ihren Koffer, und kam gerade zurecht, um den Kommissär sagen zu hören:

»Wir wollen jetzt vor allem erheben, ob es im Zug noch einen Reisenden gibt, der denselben Hut hat.«

»Mein Schmuck ist weg«, rief Reinalda, gegen Tränen ankämpfend. »Auch mein Geld.«

Der Kommissär lächelte bissig, seine Brillengläser mit einem schmutzigen Taschentuch putzend. »Haben Sie ihren Begleiter während der Nacht das Coupé verlassen sehen?« Er spuckte ein bißchen.

»Ich habe fest geschlafen.« Reinalda blickte mißbilligend auf Ediths wohlgeformten Busen und ihren abwechslungsreich gegliederten Körper. »Sie sehen sehr mitgenommen aus, Señorita.«

Edith wandte sich ab, mühsam ihre zuckenden Muskeln zügelnd. Ihr Rücken bebte, als sie dem Kommissär folgte.

Sobald sie wieder allein waren, setzte Pérez völlig ratlos sich auf das Bett und lamentierte: »So etwas . . . Und gerade . . . Und dann derselbe Hut . . . Wenn nun niemand im Zug denselben Hut hat?«

Reinalda gluckste traurig. »Und zu allem Unglück sind wir auch noch ohne Geld.« Ihre Linke verließ seine Schulter, die sie eben noch geklopft hatte. »Aber wirklich seltsam ist es, daß er auch einen ähnlichen Anzug hatte. Und daß dieses ordinäre Weibsstück ihm die Tür aufgemacht hat.«

Unüberlegter Weise blickte Pérez zornig auf. Schnell aber heuchelte er ein Gähnen. »Du kennst doch diese Frau gar nicht. Sie sieht immerhin distinguiert aus.«

»Du nimmst sie in Schutz, obwohl sie dich belastet hat? Du bist kühn, mein Lieber.« Reinalda pfiff, den Kopf schüttelnd.

»Er hat doch aber denselben Hut gehabt!« Diese Begründung, von der Pérez glaubte, daß sie nicht zutraf, däuchte ihn gleichwohl so plausibel, daß er sie noch übertrieb: »Sie hatte also die Verpflichtung, gleichsam an einem Modell dem Kommissär die Arbeit zu erleichtern.« Solcher Narrensprünge ist das normalste menschliche Gehirn fähig, wenn es um seine privatesten Interessen geht.

Reinalda dachte sich: ›Du bist ein Rindvieh‹. Laut aber sagte sie: »Diese Person hat auf ein Klopfen hin geöffnet. Das habe ich sie sagen hören. Wer wird denn nachts dem Erstbesten die Schlafwagentür aufmachen? Eine sehr verdächtige Angabe!« Sie starrte wie jemand, der im Reden findet, was schärfstes Nachdenken ihm nicht eingebracht hätte.

Pérez spielte, immer unruhiger werdend, mit einem Ohr und vermied es, aufzublicken. »Es könnte doch auch der Kondukteur . . .«

»Aoh! Der klopft nicht, sondern öffnet ein bißchen und spricht durch die Spalte.«

Pérez war aufgesprungen. »Was geht das alles uns an?«

Reinalda rieb mit der Faust seinen Arm. »Sehr viel, wenn du dein Geld und deinen Schmuck wiederhaben willst.« Sie stieß ihn auf den Fußknöchel, um ihn mit der Frage zu überrumpeln: »Besitzst du einen Revolver?«

Pérez'. Augen, die der heftige Schmerz unter Wasser gesetzt hatte, gingen im Kreis. »Ja. Was willst du denn . . .«

Reinalda steckte einen Finger zwischen die Zähne. »Hast du ihn mitgenommen?«

Pérez, völlig verwirrt, erbleichte, ohne noch zu wissen weshalb. »Ja. Ich will . . .« Er nahm hastig seinen Revolver aus dem Koffer.

In diesem Augenblick kam der Kommissär zurück und erklärte, daß im ganzen Zug kein Passagier denselben Hut habe wie Pérez. »Ist das Ihre Waffe?«

Pérez ließ sie sich aus der Hand nehmen.

Der Kommissär hielt sie sofort Edith hin. »Erkennen Sie sie wieder?«

Edith erkannte sie auf den ersten Blick.

Sowohl der Kommissär wie auch Pérez sahen diesen Blick. Da richtete Edith die Augen weit und wunderlich auf Pérez, der vor diesem Blick erschrak. Auch dieses Erschrecken sah der Kommissär. Aber auch Pérez hatte bemerkt, daß er es gesehen hatte. Mit einem Mal erkannte er die Größe der Gefahr. Alle seine Sinne spannten sich aufs Äußerste. Und da sah er auch schon eine rettende Möglichkeit und stürmte auf sie zu:

»Bevor Sie behaupten, daß kein Passagier einen solchen Hut hat wie ich, müssen Sie sämtliche Gepäckstücke revidieren. Wenn Sie nichts finden, müssen Sie die Strecke absuchen lassen. Und bleibt das ergebnislos, muß man festzustellen trachten, ob der Hut nicht vielleicht in einer Toilette verbrannt wurde.«

Der Kommissär lächelte erfahren. »Das ist in der Tat richtig. Und es ist interessant, was für verdächtige Einfälle Sie haben.«

»Verdächtig? Das ist man schon, wenn man nicht so dumm ist wie die anderen«, entfuhr es Pérez, der es sogleich gerne ungesagt gewußt hätte.

»Wir sind zu professionellem Mißtrauen verpflichtet und Sie zur Höflichkeit.« Der Kommissär stand da, als würde er um sich selber trauern. »Wir wollen uns also an den Revolver halten.« Er wandte sich an Edith: »Sie erkennen doch diese Waffe wieder?«

Edith war längst entschlossen, zu leugnen. »Aber nein. Der Bandit hatte doch einen Browning.«

Der Kommissär schaute sie durchbohrend an. »Warum lügen Sie?« Seine Stimme gehabte sich, als wüßte er, warum sie gelogen hatte. In Wirklichkeit stand er vor einem Rätsel.

Edith wurde rot und noch röter, weil es ihr nicht gelungen war, diese Wallung zurückzudrängen. »Ich habe nicht ge . . .« Der Bauch des Kommissärs erschien ihr miteins so groß, daß sie ihn verwundert betrachtete.

Der Kommissär holte seinen erprobtesten Kniff hervor. Er brüllte fast vor ihrer Nase: »Sie *haben* die Waffe agnosziert. Sagen Sie, warum Sie es leugnen, oder ich verhafte diesen Herrn.«

Edith aber durchschaute ihn, einen flehenden Blick auf Pérez richtend. Und als dieser mit einem verzweifelt fragenden erwiderte, war sie plötzlich von seiner Unschuld überzeugt. »Ihre Pflicht wäre es zuvor, Herr Kommissär, das Coupé und das Gepäck dieses Herrn zu revidieren.«

Widerwärtig mit den Lippen schnalzend, betrat der Kommissär das Coupé, während Reinalda an ihm vorbei in den Gang neben Pérez eilte.

»Eine sehr faule Geschichte! So habe ich mir die Feria in Sevilla nicht vorgestellt. Und in Madrid hast du auch wieder keine Geschäfte gemacht. Ein Malheur kommt immer in Gesellschaft.« Reinalda musterte Edith frech.

Da lief der Kommissär in das Coupé Ediths, in dem er nur wenige Sekunden verblieb. Durch seine Dazwischenkunft wurde ein gefährliches Brio verhindert. Als er wieder erschien, schaute er drein, als wäre er eingerahmt worden. In der Linken hielt er eine Zigarette, in der Rechten drei. »Diese vier Zigaretten sind von derselben Marke wie die, welche, nur zur Hälfte geraucht, dort auf dem Fensterbrett in einer Weinlake liegt. Diese eine Zigarette hier trägt deutlich Rougespuren, die zweifellos von den Lippen dieser Dame stammen.« Er wies mit den Augen auf Edith. »Die übrigen drei zeigen diese Spuren nicht, jedoch die stärkere Pressung durch Männerlippen. Alle fünf aber sind Camel-Zigaretten, ein amerikanisches Fabrikat, das man in ganz Spanien nicht zu kaufen bekommt. Nur in Portugal sind sie im Handel.« Er fühlte sich dermaßen von sich beglückt, daß er sich bemühte, seltener auszuspucken. »Daraus geht zur Evidenz hervor, daß sowohl dieser Herr als auch diese Dame mit Leichtigkeit werden erklären können, wie sie zu diesen Zigaretten gekommen sind.«

Pérez' Herz schlug bis in den Hals. Es war ihm, als wanke alles rings um ihn. Endlich faßte er sich zitternd: »Ein Geschäftsfreund aus Lissabon hat mir . . .«

Der Kommissär wandte sich höhnisch grinsend an Edith, deren Kopf ein verneinendes Zeichen machte, und psalmodierte: »Es ist außer Zweifel, daß dieser Herr Ihnen heute Nacht in Ihrem Coupé eine seiner Zigaretten angeboten und dort drei davon geraucht hat.« Er spuckte nun doch wieder ein bißchen.

Reinalda schüttelte die Fäuste vor Pérez' Augen. »Oh, du niederträchtiger Schurke! Seit drei Jahren belogen und betrogen! Schändlich ist das!«

Der Kommissär wies sie grob, aber nicht ganz ohne Anteilnahme zurecht. Dann wandte er sich wieder an Pérez: »Wie lange waren Sie im Coupé dieser Dame?«

Pérez marterte schweigend seine Lippen.

»Zumindest die Zeit, um drei Zigaretten zu rauchen. Dann kehrten Sie zu Ihrer vertrauensselig schlafenden Freundin zurück und bestahlen sie. Und zur Irreführung der Behörde – sich selber.«

»Je absurder, desto leichter verfällt man darauf.«

»Ob meine Annahme so absurd ist, wird Ihre Vermögenslage erweisen, die sicherlich schlecht ist.« Der Kommissär nieste explodierend. »Und dann machten Sie also Ihren Coup. In diesem Anzug. In diesem Hut. Mit diesem Revolver. Als Sie zurückkamen, rauchten Sie noch, glücklicherweise, eine Camel. Die wurde Ihnen verhängnisvoll. Der Indizienbeweis ist komplett. Sie sind verhaftet.«

Ohne daß er dessen sich versah, hatte Pérez miteins Handschellen um die Gelenke.

»Ihre Beute werden wir finden«, höhnte der Kommissär, während er ihn, der in unerträglich wühlender Pein nicht aufzublicken wagte, den beiden Gendarmen übergab, die ihn abseits führten. »Niemand darf in Sevilla den Zug verlassen«, rief er den Bahnbeamten zu. »Nur diese beiden Damen.« Er spuckte heftig aus.

Als nach wenigen Minuten der Zug in Sevilla hielt, verließ Reinalda ihr Coupé. Gleichzeitig trat Edith aus dem ihren. Schweigend maßen sie einander. Da aber fiel Edith ein, daß sie ja beide auf scheußliche Weise betrogen worden waren, und reichte ihr die Hand. Reinalda ergriff sie und drückte sie fest. Aber Edith war es, als wäre ihr Lächeln nicht bloß liebenswürdig gewesen, sondern auch ein wenig häßlich, fast teuflisch. Auch später, während der Gerichtsverhandlung, in der Pérez auf Grund des kompletten Indizienbeweises zu vier Jahren Gefängnis verurteilt wurde, fiel ihr dieses Lächeln oft ein. Sie wußte jedoch nichts mit ihm anzufangen. Reinalda aber genoß, ohne die geringste Gewissensqual zu empfinden, ihre Freiheit und ihre Rache. Und nicht nur ihre Beute, sondern auch die Abfindungssumme, welche das Gericht ihr zugesprochen hatte. Freilich nicht in der von ihr geforderten Höhe.

Das Loch in der Weste

Es war sechs Uhr nachmittags, als Vinzeriche den Tea Room ABC in der York Street betrat. Er setzte sich ganz hinten in eine Ecke und wartete.

Da trat er auch schon ein. Es war ein schlecht gekleideter junger Mann, der einen fadenscheinig gewordenen Trump trug, ein ›Brettchen‹, mit daran fixiertem Kragen und schwarzer Krawatte. Das Gesicht, das allein Vinzeriche veranlaßt hatte, in den Tea Room einzutreten, war fast unnatürlich mager und das eines ungewöhnlichen Menschen. Daß der junge Mann ihm gefolgt war, bewies zwar noch nichts: wieviele der unwahrscheinlichsten und schillerndsten Schein-Situationen hatte Vinzeriche nicht schon erlebt; hier aber, in diesem entlegenen Lokal, würde es sich bald eindeutig zeigen, ob . . .

Der junge Mann trat an den zweitnächsten Tisch. Miteins aber schien er eines andern sich zu besinnen und setzte sich an den Nebentisch, Vinzeriche schräg gegenüber.

Dieser wollte es immer noch nicht glauben, obwohl es nach diesem geradezu schulmäßigen Manöver schon schwer war.

Die Kellnerin kam. Vinzeriche bestellte. Der junge Mann genau dasselbe.

›Das zweite Manöver‹. Aber Vinzeriche wartete immer noch.

Nachdem serviert worden war, versuchte er, die Entscheidung zu beschleunigen, indem er mehrmals gähnte und mit den Fingern auf den Tisch trommelte. Aber es geschah nichts. Er wunderte sich. Und vergegenwärtigte sich sofort sämtliche Beobachtungen, die er gemacht hatte, seitdem der junge Mann ihm gefolgt war. Aber es war das tausendmal gesehene Bild gewesen. Plötzlich hörte er die Stimme. Er vernahm jedoch keines der Worte. Er hörte nur diese klare, dunkel vibrierende Stimme, die, während sie seinem Ohr den erwarteten Gegenbeweis zu liefern schien, eben dadurch, daß er sie überhaupt hörte, bewies, daß trotz ihr derjenige, dem sie zugehörte, ein . . .

Vinzeriche gab sich innerlich einen Ruck: der junge Mann sprach ja noch immer, sprach mit ihm. Und sprach – deutsch.

» . . . Ihr Schweigen mich vermuten läßt, daß Sie nichts dagegen haben.« Der junge Mann trug sein Tee-Tablett zum Tisch Vinzeriches und setzte sich neben ihm auf die Rohrbank, sofort weitersprechend: »Sie haben sogleich, als Sie mich hinter sich erblickten, gewußt, was ich bin. Ich übernahm Sie in der Shaftesbury Avenue und fuhr neben Ihnen in die Underground hinunter. Bei der Trafalgar Square Station setzte ich mich neben Sie. Und von diesem Augenblick an hatte ich die Absicht, Ihnen zu sagen, was ich Ihnen jetzt . . . Denn Ihr Gesicht kann nicht . . . Ein gemeiner Verbrecher sieht ganz anders aus. Ich bin freilich erst ein halbes Jahr dabei ... aber ich ...« Seine Finger verkrampften sich in einander. Ein fast grotesk banges, halb irres Lächeln sprang um seine Lippen. Seine Augen tränten und wurden undeutlich.

Vinzeriche blickte sie fest an. Als er sie wieder deutlich sah, war es ihm, als fröre jenes Lächeln gleichsam ein: die Zähne blieben getrennt, kein Atem passierte sie. Vinzeriche blickte auf die Hände: sie waren knochig, nervig, wenn auch sehr schmutzig, und vervollständigten in ihrer schlanken Geschlossenheit den Eindruck dieses Menschen.

»Ich . . .« Der junge Mann strich sich die Haare aus der Stirn, nahm mit zitternder Hand einen Schluck Tee und wischte sich mit einem Finger den Mund ab. »Es war mir eine Erleichterung, daß ich mit Ihnen würde deutsch sprechen können. Aber die Hauptsache war doch Ihr Gesicht. Ich habe mir gesagt: der – oder du findest nie wieder einen. Bitte schauen Sie mich nicht an! Ich kann sonst nicht weitersprechen. Thank you.« Er nahm abermals einen Schluck Tee. Es schien, als müßte er ihn hinunterwürgen. Dann holte er sich ein Päckchen aus der Tasche und zündete sich mit immer noch zitternder Hand eine Lucky Dream an. »Ja . . . Ich habe . . . Und ich will Ihnen jetzt also sagen, wie ich dazu gekommen bin. Ich werde Sie nicht mit Überflüssigkeiten langweilen. Meine Eltern sind mit mir aus Deutschland herübergekommen, als ich zwölf Jahre alt war, und starben nach zwei Monaten durch einen Unfall in der Fabrik. Nicht einen Debbish haben sie mir hinterlassen. Aber London ist groß und die Abfälle liegen auf der Straße. Und nachts schlief ich mal da, mal dort. Ich habe sogar noch mehr gefunden, als ich brauchte. Zeitungen und Broschüren. Oft sogar Deutsches. Und dann habe ich stundenlang gelesen. Ich mag Zeitungen sehr. Denn so ist die Welt. Verlogen und böse. Und man kann sie nicht besser machen. Denn das Leben ist ein Krieg. Und wenn die Zeitungen nicht wären, würde ein Krieg nicht einen Tag später kommen. Man müßte die Regierungen abschaffen und die Polizei. Aber dann kommt die Anarchie. Denn die Welt ist böse. Ich habe mich schon oft gefragt, warum. Ich weiß nur, daß es immer so sein wird. Denn ich bin auch böse. Und jeder Nächste ist mein Feind . . . O, beg your pardon . . . Ich bin ganz anderswohin gekommen . . . Glauben Sie mir bitte, daß ich mit diesem Leben zufrieden war. Es war mir lieber als das, das ich bei meinen Eltern geführt hatte. Aber da wurde ich einmal aufgegriffen. In der Holland Park Avenue vor der Castle Bar. Das war ja nun für einen so abgerissenen Jungen wie mich eine auffallende Gegend. Der Rozzer, der mich mitnahm, hat mich schon unterwegs ausgefragt. Hätte ich gewußt, was ich heute weiß, ich hätte ihm etwas vorgelogen und er hätte mich wieder laufen lassen. Die Nacht lag ich im Clink. Am nächsten Morgen gaben sie mir einen Sixpence und ließen mich hinaus. Jede Woche griffen sie mich nun anderswo auf. Und immer am Morgen einen Sixpence. Da hat einmal einer im Clink mit mir zu reden angefangen. Er redete die halbe Nacht. Damals habe ich schon geahnt, daß sie nicht mehr locker lassen würden, und versteckte mich nun immer, so gut ich konnte. Es dauerte auch fast vier Wochen. Aber diesmal nahmen sie mein Maß, die Fingerabdrücke und photographierten mich. Und immer öfter hatten sie mich jetzt. Und immer übler wurde es im Clink. Da blieb mir nichts anderes übrig als die Arbeit. Aber ich wurde überall weggeschickt. Ich merkte jedoch bald, daß man sie beeinflußt hatte. Denn oft, wenn ich schnell hineinlief und sogleich meine Bitte herunterstotterte, sagte man freundlich ja. Und wenn ich später zum Antritt wiederkam, sagten sie nein. Die von der Station hintertrieben es immer wieder. Sie hielten mich wohl für verwendbar. Ich sprach deutsch. Und da sie alles über mich wußten . . . keine Verwandten, keine Freunde, kein Vormund, nicht einmal Bekanntschaften . . . ein vogelfreier Londoner Vagabund . . . da ließen sie nicht mehr locker. Was hätte ich in dieser Lage tun können? Aus London fliehen? Zweimal war ich noch nicht über die Stadt hinaus, da hatten sie mich schon. Das dritte Mal kam ich in einem Holzwagon bis Harwich. Aber am Hafen klaubten Sie mich auf. Da habe ich es aufgegeben. Vom Morgen bis in die Nacht gehetzt zu werden wie ein wildes Tier, das hatte ich satt. Der Mensch ist nicht geschaffen, ein böses Schicksal, das er nicht ändern kann, lange zu ertragen. Er redet sich dann ein, daß er ja, wenn er auch tut, was seine Feinde wollen, später einmal doch wieder wird tun können, was er will. Und so fällt er hinein. So bin ich hineingefallen. Und mit fünfzehn ein halb Jahren ein Rozzers-

Nark geworden, ein Ghoul.« Er legte die Zigarette, die längst ausgegangen war, auf die Untertasse, strich sich nervös die Haare aus der Stirn und wandte den Kopf ab.

Vinzeriche saß unbeweglich da. Er ließ diese Stimme in sich nachklingen. Sie war die schönste, die er seit Jahren gehört hatte. Und diese Geschichte die merkwürdigste. Mit einem Blick auf die neben ihm zuckende Wange vergewisserte er sich, daß die Bereitschaft des jungen Mannes, weiterzusprechen, ungebrochen war.

Ein kurzes Klirren. Irgend jemand hatte ein Geldstück in das mechanische Klavier geworfen, das ›Destiny‹ zu spielen begann.

»Wie alt sind Sie jetzt?« Vinzeriche wünschte das Hemmende dieser Musik aufzuheben.

»Sechzehn.« Der junge Mann zündete sich die Zigarette wieder an und schien auf die Musik zu lauschen. Plötzlich zuckte er zusammen. Dann hüstelte er verlegen, während er das Tischtuch zurechtzupfte. »Sehr unangenehm diese Musik. Sie macht die Situation unklar. Ich mag überhaupt Musik nicht. Sie paßt nie dazu. Es ist eine Spielerei.« Sein Gesicht dehnte sich gequält. »Ich hatte gehofft, ich würde es ein paar Jahre aushalten und dann wohl eine Gelegenheit finden. Aber schon nach vierzehn Tagen hielt ich es nicht mehr aus und von einer Gelegenheit keine Spur. Und jetzt bin ich schon ein halbes Jahr dabei, mir ist zum Kotzen übel von allem und . . . Und als ich Sie da in der Underground von der Seite her betrachtete . . . Ich wußte doch, wer Sie sind: der geschickteste Kerl, der jemals die Ghouls an der Nase herumführte . . . Da habe ich mir also gesagt: der – oder du findest nie wieder einen. Und was wissen sie schon von ihm? Nichts als daß er deutscher Abstammung ist und einer der gefährlichsten und waghalsigsten Verbrecher sein soll. Und wenn Sie es wirklich wären? Ich habe genug gelesen und erlebt und weiß, daß die Gesetze und die Moral von den Machthabern gemacht werden. Zum Schutz vor der Massenkonkurrenz. Und die Polizei ist ihnen so wichtig, weil sie die Vorsehung spielt. Ohne die Polizei gäbe es keine Religion, sondern Anarchie. Eine Institution, die das äußerste Gegenteil dessen ist, was sie aufrecht zu erhalten hilft, lenkt die Geschicke eines Landes. Die Anarchie im Staate! Und dieser Trottel von Bürger glaubt an den lieben Gott oder sich unabhängig oder ein Höhenmensch, der in Geist und Güte schwimmt. Was für Trottel! Man braucht doch nur die Nüstern zur Tür hinauszustecken, um zu riechen, daß alle Welt böse ist. Was war Napoleon? Ein Anarchist. Und Metternich? Ein Polizist. Und was ist Lloyd George? Ein Intrigant. Was dasselbe ist. Ich sage das alles nicht so, wie ich möchte. Aber ich bin zu nervös, und die Musik ist so unerträglich. Wenn ich innerlich vor mich hin rede, da erscheint mir alles sehr klar herausgebracht . . . und jetzt plötzlich kommt mir alles so klobig vor.« Er schleuderte die Zigarette zu Boden und versuchte, sich nicht zu ärgern. Sein schmaler Mund und das spitze Kinn bewegten sich.

Vinzeriche sah, daß er bald lächeln würde. Deshalb blickte er wieder vor sich hin und verzichtete darauf, etwas Aufmunterndes zu sagen, wohl wissend, daß bei Bekenntnissen saugendes Schweigen das klügste Verhalten ist.

»Also und . . .« Der junge Mann lächelte. »Also wie ich Sie da so neben mir sah in der Underground . . . Sie haben ein ganz unglaubliches Gesicht . . . Es ist halb . . . halb . . . Ich kann es nicht sagen. Ausgesprochen, wäre es schon dumm.« Seine Augen gingen zur Seite, um ein Echo seiner Worte sich zu holen. Da es nicht kam, blickte er wieder geradeaus und sprach, wiewohl er bereits lebhafter und zutraulicher geworden war, nun leise und stockend. »Sie sind ja auch bloß maßlos verdächtig. Sie haben ein vierbändiges Dossier. Einbrecher sollen Sie sein, Falschmünzer, Frauenausbeuter, Eisenbahnräuber . . . Es reißt gar nicht ab. Und da habe ich mir also gesagt: er ist entweder alles, dessen sie ihn verdächtigen, und noch viel mehr, oder gar nichts von alledem, sondern etwas ganz anderes, ganz Ungewöhnliches, ganz Überragendes. Und dann kann er dir helfen. Und da habe ich es auch schon ganz sicher gewußt: der – und kein anderer! So. Jetzt ist alles heraus. Beg your pardon . . .« Er hörte aber nur auf, zu sprechen, weil es ihm war, als wäre jedes weitere Wort zu viel. Als er sich jedoch schweigen hörte, merkte er, daß er bloß nicht mehr hatte weitersprechen wollen. Er drehte sich Vinzeriche zu und blickte ihn offen an.

Der wandte langsam den Kopf. Er wußte, daß ein langer Blick oft nicht vergeblich ist. Wenn er auch nichts Unumstößliches zu finden vermag, so wird er doch oft zur Warnung oder Ermutigung. Aber Vinzeriche war zu lange durch die Schule des Kampfes und der Niedertracht gegangen, um nicht zu wissen, daß das erst hinterher zu zählen vermochte; daß es gerade in diesem Fall, der ein seltenes Musterbeispiel von Doppelspiel sein konnte, lediglich als Anfang genommen werden durfte und beileibe nicht als das Ganze. ›Warten, warten und nicht schließen!‹ Er legte die Hände in einander und so auf den Tisch. »Sie glauben zweierlei: den Mann vor sich zu haben, der alles, was Sie sagten, für aufrichtig zu halten vermöchte; und der imstande wäre, Sie vor der Polizei zu verbergen. Ists nicht so?«

Der junge Mann nickte ernst. »Ja. Und selbst wenn er von meiner Aufrichtigkeit nicht überzeugt wäre. Denn ein Mann wie Sie kann doch nur glauben, was ihm klipp und klar bewiesen wird. Aber Sie haben fünfzehn Jahre lang allen Ghouls getrotzt. Da dürfen Sie es wohl wagen, einem armen Schlucker wie mir *trotzdem* zu helfen.«

Vinzeriche hatte die Absicht gehabt, ihn nicht mehr anzublikken, sondern lediglich noch einige Fragen zu stellen. Gleichwohl sah er wieder auf. Unterwegs aber war sein Blick von einem weißen runden Fleck, der sich bewegte, abgelenkt worden. Der runde Fleck war ein Loch in der Weste des jungen Mannes. Das Weiß war dessen Haut. Und was sich bewegte . . . Vinzeriche sah genauer hin: der Fleck war dort, wo das Herz sich befinden mußte . . . Was so schnell und deutlich sich bewegte, war – das pochende Herz des jungen Mannes.

Das mechanische Klavier ging in ein häßliches Rasseln über und stand dann still.

Vinzeriche preßte seine Hände zwischen die Schenkel, so sehr erregte ihn, was er gesehen hatte. Die scheinbar so meisterlich beherrschte Aufregung des jungen Mannes war eine um vieles stärkere Ermutigung; sie konnte aber auch die desjenigen sein, der sein Schicksal in die gefährliche Hand eines andern gegeben hat; oder dessen, der weiß, daß er eine gute Karriere vor sich hat, wenn es ihm gelänge, das Vertrauen eines der größten Verbrecher zu gewinnen. Vinzeriche schloß die Augen: er hatte es schon in Fällen, die weitaus unsicherer waren, gewagt. »All right. Leeren Sie Ihre Taschen aus!«

Der junge Mann saß etwa fünf Sekunden verwirrt. Dann flogen seine Hände in die Taschen, deren kläglicher Inhalt im Nu auf dem Tisch lag. »Und einen Browning habe ich«, sagte er leise. »Es ist am besten, Sie nehmen ihn selbst.«

Vinzeriche, mit dem Kopf ablehnend, las die Polizeikarte unter Zelluloid. »Felix Igelski. Ist das Ihr richtiger Name?«

»Alles stimmt. Und ich bin nie widerspenstig und kann drei Tage ohne Essen bleiben und . . .«

»Stecken Sie das Zeug wieder ein! Sie gehen mir bis Ecke Waterloo Road-Stamford Street nach. Ich werde es kurz machen, damit Sie mich nicht abgeben müssen. Das Weitere wird sich finden. Good bye.« Vinzeriche ging, ohne ihm die Hand zu reichen. An der Tür wandte er sich noch einmal um.

Igelski saß mit schiefem Rücken bewegungslos auf seinem Platz. Das Kinn lag auf der Brust. Das Loch in der Weste war unsichtbar.

Vinzeriche stand schon auf der Straße, als ihm einfiel, daß er es nicht mehr gesehen hatte, weil Igelskis Hand darauf gedrückt war. Er zuckte mit der Oberlippe, schritt weit aus und pfiff einen alten Rag. Nach einiger Zeit knurrte er vor sich hin: »Wenn aber das Ganze *doch* Theater war . . . dann wehe dir, mein Igelski!«

Dem Andenken von Francis Bough

Übersee

Ella war aus Eberswalde, gleichwohl aber auf Abwege geraten, die sie sogar bis nach Pernambuco geführt hatten. Hier litt sie plötzlich unter Heimweh; mehr wohl infolge des sehr unnoblen Verhaltens ihres brasilianischen Freundes als der Fremdartigkeit der Stadt. Deshalb lehnte sie jede Männerbekanntschaft, die nicht schon optisch die Aussicht auf eine Rückreise nach Europa zuließ, energisch ab; unter andern auch einen jungen Luxemburger, der nicht nur elegant und ein begehrenswerter Mann war, sondern auch mit auffälliger Hartnäckigkeit sich aufdrängte. Denn Ella, seit langem wissend, daß derart mit Vorzügen ausgestattete Herren nur schwer zu größeren Ausgaben zu bewegen sind, blieb unbarmherzig: »Nee, nich zu machen!«

Finnenbing hatte bisher französisch gesprochen. »Das ist ja großartig! Deutsch ist meine Muttersprache.«

›Schon aus‹, dachte sich Ella und lief davon.

Finnenbing jedoch, an seine Wirkung glaubend, hatte sie bereits am Schirm. »Aber was haben Sie denn nur?«

»Heimweh!«

»Na, da rutschen Sie eben mit dem nächsten Kasten zurück.«

»Danke. Aba det wa mia keen Jeheimnis.«

»Exquis! Wenn Sie wollen, fahre ich sogar früher nach Europa.«

»Ik will. Dann bin ik Ihn endlich los.«

Finnenbing betrachtete sie entzückt. »Ich nehme Sie mit. Abgemacht!«

Aber Ella war überzeugt, daß er es nur versprochen hatte, um das nähere Ziel zu erreichen. »Bei mia könnse keen Blumtopp jewinn. Da müssense neunzehn trudeln.«

»Ich bin bereit, zu trudeln.« Finnenbing streichelte ihren nackten Unterarm.

Ella hinderte ihn daran. »Hering mit Schlagsahne!«

Ihr Widerstand reizte Finnenbing, Ernst zu machen. »Rechts um die Ecke ist die Royal Mail. Rua de Bom Jesus.«

Ella stutzte, hoffnungsvoll die Waden durchdrückend. »Wann jeht denn der nächste Dampfa?«

»Aber das hat doch noch Zeit.«

»Jawoll, für Ihn, aba nich fier mich.«

Schließlich aßen sie doch Hering mit Schlagsahne und nach einem umständlichen Lunch Emmentaler mit Himbeerkonfitür. Woraufhin Finnenbing, das nähere Ziel betreffend, dringlicher wurde. Ella aber schickte ihn nach der Kabine und ließ, fest entschlossen, erst auf dem Schiff die erwartete Gegenleistung zu effektuieren, vorsichtshalber sich das Ticket aushändigen.

Finnenbing mußte unverrichteter Dinge wieder abziehen und vier Tage lang in Ellas Gesellschaft auf die ›Arcadian‹ warten. Obwohl er unterdessen immer mehr sich entflammte, wurde er im selben Maße mißtrauischer. Denn Ella gewährte nicht den flüchtigsten Kuß und durchkreuzte seine Konversation gleich einer raffinierten Gaunerin. Und am Tag vor der Einschiffung war es so weit mit ihm, daß er am liebsten die Office gebeten hätte, ihn umzubetten.

Aber auch Ella hatte von ihrem Partner nichts erfahren können. Daß er für eine belgische Automobilfabrik reise, widersprach seinen Gepflogenheiten. Das hatte ihre Zurückhaltung verschärft und die Vermutung, ihr blendender Kavalier könne vielleicht nur ein Abenteurer sein. Ella war entschlossen, einmal auf dem Schiff, die Kabine nicht mit ihm zu teilen.

Beim Lotsenboot verfehlten sie einander. Finnenbing, der mit dem zweiten Boot kam, hatte vorsichtiger Weise die Nummer der Kabine sich notiert. Als er sie betrat, packte Ella schon aus. Beide betrachteten einander mit unmißverständlichem Mißbehagen, das, weil das Schiff bis auf den letzten Platz besetzt war, zu einem deutlichen Ingrimm sich verdichtete. Da sie aber von der neuen Umgebung, dem Erregenden der Abreise und der scharfen Meerluft mit gesteigerter Lebensfreude erfüllt wurden, ging in ihnen, als sie backbords einander begegneten, fast gleichzeitig dasselbe vor: sie beschlossen stillschweigend, ihr Unbehagen wegen der gemeinsamen Schlafstätte zu ignorieren. Lächelnd und plaudernd schlenderten sie über Deck. Als das Schiff zu beben begann, klatschte Ella in die Hände, und Finnenbings Entzücken der ersten Tage kehrte wieder; aber auch sein Wunsch, Ella auf den Grund zu blicken. Doch während er sämtliche Sonden, über die er verfügte, bereits resultatlos angesetzt hatte, erinnerte sich Ella, der es gleich ihm erging, an den Kniff eines schwedischen Pelzhändlers, der, um sie zu aufschlußreichen Bekenntnissen zu bestimmen, spontan Privatestes, das später als erlogen sich herausstellte, vor ihr ausgebreitet hatte, nach dem Rezept: ›Sprichst du vom Mausen, so wird der andere, wenn er maust, auch vom Mausen sprechen.‹

Ella, den kleinen Finger zwischen die Zähne steckend, führte Finnenbing in eine Pelargonien-Ecke, begann, um den Übergang zu cachieren, üppigste Laune zu produzieren, und erst allmählich, von sich zu sprechen. »Also, ik will Ihn nich uff de Folta spann.« Sie heuchelte, als müsse sie erst von Wort zu Wort sich entsinnen. »Vor drei Jahre wa et jewesen. Da wa ik mit nem jewissen Fenyö in Scheveningen. Palace sin wa jewesen. Un nen Millionär aus Peru ham wa in de Arbeet jehabt. Ne kuriose Bratscholle! Die Jolanthe wa seine. Ne prachtvolle Person! Ik will ihr nich miekrich machen. Jar keen Interesse! Da sin wa also injeschritten. Denn det ham wa sofort rausjehabt, det die separiert jeschnürt werden müssen. Mia is jleich uffjefallen, det der Peruaner nie im Badekleid wa un imma janz miede dajesessen is. Nua wennt jerejnet hat, is er spornstreichs vaschwunden. Fier meen Oje war det nich bloß so vom Rejen davonjeloofen. Fenyö hat jejloobt, sie jibt ihm wat ein. Un det der Schlissel zu die janze Bindung bei ihr steckt. Un kess wie 'n Kaffer quatscht er die Jolanthe mal an, wiese jrade ausm Wasser kommt. Det müssense nämlich wissen, Finnenbing, kommste jrade ausm Wasser, biste immma unzurechnungsfähich, halb verrickt un ieberhaupt nicht janz uff de Höhe. Jleich hatse sich von dem Torpedo in de Ohren liejen lassen. Un unter uns, ausjekocht is der Junge bis uff de Fußlappen jewesen. Uff frech un unvorsichtich hat er jeschworen. Nämlich wenn Fernando, unsa Peruaner, ihm dabei jesehen hätte . . . oj weh, die Pätsch! Det er jejloobt hätte, er is 'n Kommunist, so hätt er abjekriecht. Ne Stunde später hat er dann die Jolanthe een janz unjlaublichen Liebesbrief jeschriebn. Aba ik habe die Details jebremst. Un noch am selben Abend hat er ihr schon jehabt jehabt. Un ihr uff eene Achsel een scheenet Zijarettenloch hinjebrannt.«

»Hinjebrannt?« Finnenbring blieb vor Überraschung der Blick aus.

»Natierlich. Na also, wenn Fernando det jesehen hätte, wär jarantiert Blut jeflossen. Da is die Jolanthe, ebene Sache watse is, wie se die Bescheerung im Spiejel jesehen hat, lieba jleich mit Fenyö nach Rotterdam jeautelt. Un nachher mit die Batavier Line uff London. Na un wat wer nu ikke jemacht ham? Dreizehn hab ik mia jemacht un mia so injepuppt, det Fernando formvollendet jetröstet wa. Bei mia is er aba bald wieda jerade jegang. Von die Ermiedungstechnik, da halte ik nischt von. Da wern die Männer nua vadrießlich un fang an, an die Zukunft zu denken. Det Richtiche wa im vorliejenden Falle de Sache mitm Rejen. Se wern jleich vastehn. Der Mann hat nämlich, kurz jesacht, den Rejen jeliebt. Die faichte Luft un det Pritscheln uffm Fensterblech, det hat ihm mächtich anjerecht. Nich wiedazuerkenn wa der Mann. Na un in Schevening rejnet et ja nu unjefähr so alle drei vier Tache. Det hat mia jenücht. Un jemopst is jesund. Aba uff diese Weise wa er imma hoch in Stimmung un ik habe natierlich, wenn ik in seine Arme jelejen bin, jelejentlich mal bißken jestöhnt. Na un sonst ham wa Tango jetanzt. Schee Gastong. Oder im Trianong. Wissense, man soll die Männer ooch nich zur Besinnung komm lassen. Dann frajense zu viel, zum Beispiel, wat ik die Viertelstunde uff de Toilette mache. Un von da zu nem reellen Verdacht is nua ne Jeschwindichkeit. Eenmal warn wa in die Zentraldiele oda so. Da hat Fernando schon mit mia jetanzt, wie wenn er an een andern Planeten anjeschlossen jewesen wär. Ella is Ella. So valiebt is er jewesen. Ins Rejenströmen an meine Seite. Na, da war er nu janz feste anjemacht un hat nich mal mehr de Koffa zujesperrt. Un zwee Nächte druff bin ik mit ner sehr elastischen Ziffa rieba zu Gastong un hab mia von nem jung Holländer, der mia schon von janz zu Anfang wie 'n Blöda nachjeloofen is, nachm Haag mitnehm lassen. Een sehr vornehmes Haus uff der Maurits-Kade. Een paar Tache druff wa ik mit dem talentierten Jingling in London. Un bei Pinoli in der Rupert Street hab ik ihm vasetzt. Denn hab ik mein Fenyö anjeklingelt un denn ham wa jezählt. Sehr lange. Denn Fenyö, könnse sich vorstellen, hatte die Jolanthe natierlich ooch noch die Zuricklejungen abjemolken.« Sie schob, die Hände unterm Nacken, den Kopf auf die Stuhllehne zurück. »Jott, wenn ik so dran denke! Nee, im Beruf bin ik nie jestorben!«

Finnenbing leckte an seiner Oberlippe. Der Blick war seinen Augen zwar wiedergekommen, aber es flackerte seltsam in ihnen.

Ella schwankte, ob sie es für Ironie, Berufsfreude oder Heimtücke halten sollte. Schließlich entschied sie sich dafür, daß er sich über sie lustig mache, und biß wütend an ihren Lippen.

Dieweil Finnenbing mit sonor anschwellender Stimme äußerte, schon am ersten Tag geahnt zu haben, welcher Art ihr Leben wäre. Verwundert sei er nur darüber gewesen, daß sie sich eingebildet zu haben scheine, er könnte sie um ihrer schönen Augen willen nach Europa mitnehmen. Er sei nämlich auf der Flucht vor zwei Portugiesen, die ihm nach dem Leben trachteten, weil er ihnen im Café Abrazilleira, auf der Rocio in Lissabon, zehntausend Eskudos abgenommen habe und tagsdarauf einen Freund erschossen. Sie hätten gemerkt, daß er falsch gespielt habe, und ihm im Hotel Borges eine Falle gestellt. Und er, anstatt an seine Regel sich zu halten, Dupes nicht zweimal hochzunehmen, sei hingegangen, obwohl er gewußt hätte, daß er am besten täte, es nicht zu tun. Das sei überhaupt ein psychopatisches Manko seiner Natur, wider besseres Wissen zu handeln.

Ellas Wangen wölbten sich kurz. »Janz jenau so is et jewesen, wie ik meine Jungfernschaft verloren habe. Ik habe ooch nich jewollt und ik habe et doch jemußt.«

Finnenbing schluckte ein Grinsen, während er erklärte, dies komme davon, daß man vor Langeweile und Überdruß apathisch sei, sich dumm und taub mache, so wie einer, der halsüberkopf sein letztes Geld setze, um Schluß mit sich machen zu können. Im Hotel Borges hätte er jedoch nur auf Nichtverlieren trichiert, so daß die Gun-mans aus Wut darüber, ihr Geld nicht zurückgewinnen zu können, die Revolver gezogen hätten. Er wisse heute noch nicht, wie er unverletzt aus dem Zimmer gekommen wäre; nur, daß er einen von ihnen tot darin zurückgelassen hätte. Er sei dann geflohen. Zuerst nach Vigo, dann Madrid, Barcelona, Genua, Syrakus und wieder Lissabon. Dann New York, Buenos Aires und Pernambuco. Und überall habe er gewußt, daß die beiden da seien. Die indirekten Wirkungen! Die neuen Bekanntschaften! Auch Ella habe er kurze Zeit in Verdacht gehabt, sie könnte ihm von diesen Banditen in den Weg geschickt worden sein. Da es Finnenbing war, als hätten ihre Lider unwillig gezittert, entschuldigte er sich.

»Nee, nee.« Ella imitierte ein Schneuzen. »Ik bin nich beleidicht. Mein Antlitz tut bloß manchmal so.« Sie hielt seine Schauergeschichte lediglich für schlechter erfunden als die ihre. Denn wenn er wirklich wäre, wofür er sich ausgab, wäre er schwerlich so vertrauensselig gewesen. Sie hielt ihren Kniff für mißraten. Da lächelte sie mit einem Mal. Er war geglückt: Finnenbing *war* das, wofür er anfangs sich ausgegeben hatte. »Nu sajense mal, Sie oller Quaßler, wennse mia nu nich wejen meine schön Ojen mitjenomm ham, wejen wat denn dann?«

Finnenbing, der ihre Schauergeschichte geglaubt hatte und die seine erlogen, um Ella zu bewegen, ihm davonzulaufen, ärgerte sich heftig, daß es ihm nicht gelungen war. »Wollen wir zusammen Bratschollen essen?«

»Jehnse wech, Sie Suppenaufzuch!« Ella kicherte überheiter.

Finnenbings Züge erschlafften gänzlich. »Sie machen sich über mich lustig.«

»Janz jenau so wie Sie. Wissense, ik bin nämlich ne Klasse für sich.«

»Exquis!« stöhnte Finnenbing sachte.

Aber da riß Ella ihn an sich und küßte ihn minutenlang. Und nach einer Stunde lag er neben ihr in der Kabine, dachte aber trotzdem bereits darüber nach, wie er seine Begleiterin nach der Ankunft in London reibungslos entfernen könnte.

Den Lunch, den Tee und auch das Dinner ließen sie sich in der Kabine servieren. Bis Mitternacht ging es in jeder Hinsicht hoch her. Erst ein peinlich komischer Zwischenfall schuf die Nachtruhe: die Luke oberhalb des Bettes hatte sich geöffnet, so daß plötzlich der Kamm einer Welle hindurchflog – mitten auf Finnenbings unbekleidetes Posterieur.

Man lachte zwar, aber es war doch eine starke Abkühlung. Und da auch die Trockenlegung des Bettes sehr ernüchternd wirkte, drehte Ella nachher das Licht ab. Sie konnte jedoch so lange keinen Schlaf finden, daß alles ihr noch einmal durch den Kopf ging. Und sobald sie Finnenbing schnarchen hörte, begann sie, seine Effekten zu inspizieren. Als sie sich an seine Kleider machte, las sie im Mantel die Firma E. Bertoloni Genova, im Hut L. Garipoli Siracusa, auf der Schuhschlipfe Freire Lisboa, auf der Krawatte Budd New York, im Hemd Camiseria Caleri Madrid und im Kragen Panero Barcelona. Entgeistert ließ sie den Kragen fallen: sie zweifelte nun nicht mehr, daß sie in Gesellschaft eines von rachedurstigen Portugiesen verfolgten Falschspielers sich befand. Bis ihr einfiel, daß er ja doch auch als Automobilreisender in jenen Städten gewesen sein könnte. Auf der Suche nach seinen Agenda fand sie ein kleines Buch mit Zahlen und stenographischen Notizen. Die Achseln zuckend, huschte sie ins Bett zurück. Aber der Schlaf floh sie.

Bis London. So daß sie, um ihn wieder zu finden, vor Finnenbing floh, der so froh darüber war, daß er, als sie ihm acht Tage später in Fullers Tea Room in der Victoria Street begegnete, bereits in Begleitung einer jungen Dame sich befand. Ella würgte der Neid und deshalb wiederum der Zweifel. Sie horchte den Oberkellner aus, von dem sie erfuhr, daß Finnenbing ein schrullenhafter Millionär sei und Londoner. Als sie ihn aber anderntags besuchen wollte, war er schon wieder abgereist. Auf dem Rückweg reflektierte sie ohne Unterlaß. Und plötzlich glaubte sie zu begreifen: Finnenbing hatte sie von allem Anfang an für das gehalten, was sie ihm auf dem Schiff vorgemacht hatte, und, apathisch vor Langeweile und Überdruß, trotzdem nach Europa mitgenommen. Sie schlug sich auf die Stirn: »Wie mit Steifjase wa ik uffjezojen! Jott soll schitzen, det der Mann Selbstmord bejeht! Nee, det laß ik mia een Detekk kosten. Aba een Aß.« Und da rannte sie auch schon, daß die ganze Straße lachte.

Wong Fun

Plötzlich stand er unter der Tür, bleich, klein, grünlich – und mit einem schwarzen Blutfaden auf der rechten Schläfe.

Die Galli lief herzu, griff ihm unter die Achseln und schleifte ihn mehr, als sie ihn führte, zu einem Klubfauteuil.

Alle reihten sich im Halbkreis um ihn. Spriller hielt ihm ein Glas Bowle an die Lippen, das er, gurgelnd vor Schwäche, leerte; und Molde gab ihm seine brennende Zigarette, die er in hastigen Zügen zu Ende rauchte, als hätte er diesen Genuß jahrelang entbehrt. Dann machte Spriller allen ein Zeichen, sich zu setzen; auch Mumm, der mit karbolübergossener Watte und einem Röllchen Charpie erschien. Völlig verdutzt, vermochte er nicht zu begreifen, daß niemand um Wong Funs Wunde sich kümmerte. Als aber Sprillers Hand ihn nochmals anwies, sich zu setzen, tat er es kopfschüttelnd und fast unwillig.

Die Galli ließ sich jetzt seitlich neben Wong Fun niedergleiten. Ihre Augen hingen an seinen Lippen, die, schmal und blutleer, schmerzvoll sich verschoben.

Alle fühlten einander atemlos warten. Aber keiner fragte. Jeder respektierte den lethargischen Zustand Wong Funs, dessen dünne straffe Lider endlich sich hoben. Die gelben starken Zähne öffneten sich: »Er hatte mich unten fast eingeholt. Ich sah, er wird sofort schießen. Werfe mich nieder. Er schießt. Ich greife unter die Brust nach der Spritze . . . und dann blieb ich liegen. Zu Patmac's rannte er hinüber, um zu telefonieren. Schon war ich um die Ecke und sicher. Ak, ak.«

»Das fünfte Mal.« Molde stellte sich wichtig in eine Fensternische.

»Etwas Wunderbares, diese Spritze!« Die Galli wischte Wong Fun das Blut von der Schläfe. Nur ein kleiner runder Fleck blieb.

»Schade, daß er wieder so nahe dem Apartment verschwunden ist.« Spriller hastete nervös auf und ab. »Das muß von heute ab unter allen Umständen vermieden werden.«

Wong Fun hob sich langsam auf den Armen, ging mit zackigen Schritten auf Mumm zu und holte sich dessen Hände. »Das Blut ist gut.« Sein gedrungener, kugelrunder, dicht behaarter Kopf schien etwas erschnuppern zu wollen. »Aber zu spröde die Haut. Mehr Wasser trinken!«

Mumm errötete jäh.

»Verräterisches Erröten hat mein Vertrauen.« Wong Fun starrte ihm aus großer Nähe ins Gesicht. Sekundenlang. Miteins ließ er ihn stehen. »Sag, Spriller, du gibst ihm alles?«

Der nickte. »Er ist neunzehn und aus Florida.«

Wong Fun schaute scharf, wenn auch wie flüchtig auf Molde, dann auf die Galli und trottete, auf Möbel und Wände sich stützend, in den Korridor, allen mühselig mit der Hand winkend. »Muß eine Stunde schlafen, ak.«

»Das hätte ich nicht für möglich gehalten«, flüsterte Mumm.

Niemand achtete auf ihn. Sogar Issy, die ihm bereits einige Male zugelächelt hatte, trat weg von ihm und stieß das Röllchen Charpie, das ihm entfallen war, kichernd vor sich her.

Mumm ärgerte sich immer noch, aus all dem nicht klug werden zu können, wiewohl nicht das kleinste Detail ihm entgangen war, kein Wort dieser sonderbaren Szenen, von denen das Rätsel der Schußwunde, die nicht behandelt werden durfte, das sonderbarste blieb, da er weder Kugelsicherheit noch irgendeine unbekannte Injektion gelten lassen konnte. Er setzte sich verkniffen, harrte aber offenen Blicks.

Die Galli, deren helle spitzige Stimme ein wenig störte, ergriff Sprillers Arm. »Fritz, du bist ein ganzer Kerl!«

»Vielleicht.« Spriller nahm mit beabsichtigter Zimperlichkeit seinen Arm aus ihrer Hand und führte diese steif auf eine Stuhllehne. »Aber dieses Meisterwerk von einem Unterschlupf ist nicht mein Verdienst. Wie kommt es, daß Sie das noch nicht wissen?«

Die Galli schnalzte, scherzhaft ihr Gesicht hinter einem Arm verbergend. »Ihr seid ja alle so maulfaul und burlesk. Und dann bin ich erst zum zweiten Mal bei euch in London. Und diesmal noch kaum einen Tag.«

Spriller schichtete vier Kissen übereinander und setzte sich darauf. »Dieses Apartment, ohne das unsere Existenz, so wie wir sie führen, unmöglich wäre, ist unter unvorstellbaren Schwierigkeiten, mit geradezu übermenschlicher Geduld und mit Hilfe grandioser Verschleierungsmanöver umgebaut und eingerichtet worden.«

»Willst du damit sagen, daß du es nie zustande gebracht hättest?« Die Galli schob sich auf die Stuhllehne.

»Man kennt die Grenzen seiner Fähigkeiten erst, wenn man sie erprobt hat. Weil das bei so vielen Menschen verhindert wird, sterben Hunderte als unbekannte Helden.« Spriller machte mit einer Quaste laszive Bewegungen. »Ich habe mich übrigens noch nicht ganz durchprobiert.«

Mumm strahlte mit den Augen. »Erzählen Sie doch die Geschichte des Apartments!«

Molde klatschte in die Hände, seinen viel zu feisten Hintern neben einer Chaiselongue niederlassend, auf die, dicht hinter ihm, Issy sich legte und ihre Beine so, daß seine großen Balkanaugen viel zu tun bekamen.

Plötzlich umschlich ein blondes schönes Mädchen unhörbar Sprillers Kissensitz, um an ihm vorbei zu Mumm zu gelangen. Sie reüssierte jedoch nicht.

»Hui!« Die Galli setzte neugierig die Zähne auf einander. »Also los, Fritz! Das Apartment ...«

» ... gehörte dem größten Verbrecher, den London je besessen hat – Gabriel Sulbac.« Spriller ließ die Quaste fallen, ein Knie mit beiden Händen ergreifend. »Einige Sekunden vor seinem Tod schenkte er es mir. Es war in Marseille. Ich wohnte Rue Nationale, im Hotel Nîmes. Sulbac, ohne daß ich es wußte, nebenan im Prince Hotel. Eines Abends saß ich in der ›Abeille dorée‹, als er eintrat. Ich erkannte ihn sofort. Bei einem Boxkampf im Playhouse hatte man ihn mir einmal gezeigt. Ich hatte diesen Kopf nicht vergessen, weil er so ratzekahl war.«

»Drauflosgehen, das ist die ganze Weisheit«, hörte man mit einem Mal das schöne blonde Mädchen sagen. Hinterher pfiff sie leise.

Spriller wandte sich erstaunt nach ihr um. »Liebe Wally, es ist erst die ganze, wenn man zuvor seine Erfahrungen konsultiert hat.«

Mumm bekam unversehens einen roten Kopf und rief in Wallys blitzende Augen: »Energie ist alles! Wahnsinn! Gelder! Weh dir, wenn du ein Schwächling bist!«

Issy rieb sich die Nase mit dem Handrücken. »Dieser junge Mann, der nicht von gestern ist und erst seit heute bei uns, redet schon von morgen.«

Dieses Lob tat Molde mit einem hölzernen Lachen ab und einem schlechten Scherz: »Ich sehe bereits Sargbretter an seinem Podex kleben.«

»Schluß mit der Regeldetri!« Die Galli schlug mit der Spitze ihres Elbogens auf die Stuhllehne. »Recht haben nur die Ereignisse. Also, Fritz!«

Wally nickte, seltsam lächelnd, und versuchte noch einmal vergeblich, in Mumms Nähe zu kommen.

Um sich Distanz zu schaffen, schneuzte sich Spriller. »Obwohl Sulbac sein Gesicht unglaublich geschickt verändert hatte, fühlte er sich rasch von mir erkannt, ohne daß er aber gewußt hätte, wer ich sei.«

»War er häßlich?« Issy hing Molde ihre Beine auf die Schultern.

»Er hatte den Kopf eines hübschen Herrschaftskutschers.« Spriller hatte so lässig geantwortet, daß er nun sicher sein konnte, nicht mehr unterbrochen zu werden. »In jenem Restaurant trat er ganz nahe an meinen Tisch, mit der Frage, ob ich ihm nicht hundert Sous leihen könnte. Nach zwei Minuten wußte er, daß er einen Kameraden vor sich hatte, und pries diesen Zufall. Denn das ganze Lokal war schon voll von Ghouls. Und auf der Straße standen sie in jedem Haustor und an jeder Ecke. Da ich mich ganz sicher gefühlt hatte, war es mir gar nicht aufgefallen. Sulbac versprach mir leise einen Patzen dafür, mich unter solchen Umständen angesprochen und dadurch der Polizei vorgesetzt zu haben. Und er hielt Wort. Als sie uns nachher im Flur des Prince Hotels zernierten, zischte er mir zu: ›Sobald ich schieße, hau dich nieder!‹ Er schoß. Die andern auch. Ich lag schon vor den Schüssen. Er fiel neben mich. Da fühlte ich es wie einen kühlen Strahl auf der Schläfe und hörte ihn ganz nahe hauchen: ›Ich bin fertig. Was auch noch kommt, mach den Toten! Aber kehr mir erst die Hose um, wenn du drei Stunden gefroren hast.‹ In diesem Augenblick kamen die Ghouls heran und schleiften uns unters Haustor. Hier sagte mir Sulbac die letzten Worte: ›Merk dir London . . . Knights . . . 10 und 33 . . . Maudette . . .‹ Im Wagen blinzelte ich vorsichtig. Niemand saß vor der Tür. Man hielt uns also für ex. Sulbac lag tot neben mir. Lächerlich, daß ein Toter so häufig demoralisierend wirkt! Obwohl ich damals erst einundzwanzig war, also überhaupt leicht zu irritieren, hatte ich doch Respekt. Damals errang ich mein Selbstbewußtsein und meine Stirne vor den Katastrophen. Wir wurden in die Leichenkammer gelegt. Furchtbar kalt wars. Drei Stunden blieb ich bewegungslos liegen. Ich parierte. Spät nach Mitternacht erst erhob ich mich. Das höre ich. Da wird die Luft dünner und das Gehör schärfer. Langsam riß ich Sulbac die Hose auf. Siebenhunderttausend! Hinauszukommen war überraschender Weise nicht schwer. Unterwegs betrachtete ich mich in einem Ladenspiegel. An meiner rechten Schläfe lief ein dicker dunkler

Blutfaden hinunter, der längst geronnen war. Wie aus einem Schußloch gekommen. Sulbac hatte, selbst schon zutote getroffen, eine kleine Spritze aus der Tasche gezogen (ich hatte sie in seiner Rocktasche gefunden) und mir den roten Strahl auf die Schläfe gespritzt, um mich zu retten und mit mir sein Erbe und sein Apartment.«

»Und seine letzten Worte?« Die Galli stieß, begehrlich lauschend, den Kopf weit nach vorne.

Da ließ Wally gegen den Kissensitz Sprillers sich fallen, der ins Wanken geriet, aber doch noch sich zu halten vermochte. Lächelnd drohte er ihr und antwortete der Galli: »Er hatte wohl schon geahnt, daß er verloren war, und noch im Restaurant mir viel von seinem Londoner Apartment erzählt. Auch von der Art der Zugänge. Aber weder deren Lage, noch die Adresse hatte er angegeben. Vermutlich hoffte er noch bis zum letzten Augenblick. Nun aber wußte ich alles: Knightsbridge Street 10 und 33, Maudette. Das war ein Hutsalon. Nun, es dauerte fast zwei Wochen, bis ich die Schiebleisten fand.«

Mumm, der mit vor Herzklopfen nassen Augen zugehört hatte, befriedigte der Schluß nicht. »Darf ich eine solche Blutspritze sehen?« Miteins bemerkte er, daß Wally ihm verstohlen winkte. Als er neben ihr stand, zwickte sie ihn schmerzhaft in die Hüfte und verließ unauffällig das Zimmer. Er folgte ihr über den Korridor in ein dunkles Zimmer, wo sie Licht machte.

Wong Fun lag auf einem Sofa unter einer roten Plüschdecke. »Kommt sehr nahe, alle beide!« Er richtete sich schwerfällig auf und berichtete mit zitternder Stimme, zwischendurch immer wieder um Atem kämpfend, daß er Komödie gespielt habe und erst unten auf der Treppe gespritzt. Man habe ihm auf der Straße aufgelauert und ihn aus nächster Nähe getroffen. Die Galli sei eine Verräterin. Wenn man nicht schnell handle, sei alles verloren. Die Wunde habe nach innen geblutet.

Wally weinte. »Spriller hat erzählt, wie er zu dem Apartment kam. Ich konnte es nicht hindern.«

»Sie hat ihn hingehalten«, jammerte Wong Fun. »Sie darf nichts merken. Sie ist verschlagen. Könnte ein Zeichen geben. Geht hinein und . . .« Er fiel erschöpft zurück.

Mumm blickte starr in Wallys Pupillen. Er fühlte, als er ihre Hand hielt, daß er noch bebte.

Wong Funs Augen waren nur ein kleiner Spalt. »Die feine Galli!

Molde, falscher Sire! Ihr müßt es machen. Sofort! Sperrt sie in die Dunkelkammer! Geht hinein! Schlau sein! Issy herschicken!«

Beide gingen, die Augen unentwegt auf ihn gerichtet; auch, als sie schon unter der Tür waren.

Bald darauf kam Issy. »Fühlen Sie sich nicht gut?«

Wong Fun nahm, fragend, ob sie Molde liebe, ihre Hand zwischen die seinen.

»Diesen gewichsten Pomadegauner?«

»Ernst sein! Antworten!«

Issy wollte frech werden und zerrte an ihrer Hand.

»Du mußt es sagen. Privatleben gibt es bei Spriller nicht. Hast es geschworen, Issy.«

»Aber es ist doch gar nichts . . .« Issy blies die Backen auf und warf den Oberkörper schnell zurück.

Aber Wong Fun hielt sie fest und zwang sie. Seine Hände fühlten, wie ihr Widerstand schmolz.

Wie eine Erleichterung spürte Issy es miteins von ihnen ausgehen. Halb erstaunt, halb noch böse, stieß sie den Kopf hoch. »Er hat mich vorgestern vergewaltigt. Ich war wie gierig nach der Niederlage. Ich war aber nur . . .«

»Hundert Jahre für dich, Issy. Denn du lügst nicht.«

»Er hat mir gesagt, daß er in Rußland ein Komplott geschmiedet hat. Morgen schlagen sie los. Es würde sicherlich glücken und er von der englischen Regierung fünfzehntausend Pfund bekommen, mich heiraten und in Sidney ein Haus kaufen. Ich war aber nur sehr dumm, glaube ich.« Issy schloß, die Zunge zeigend, die Augen.

Wong Funs Gesicht war wächsern geworden. Mit einer letzten qualvollen Anstrengung raffte er sich hoch und preßte die Hände auf Issys Schultern, so daß sie vor ihm in die Knie glitt. »Ak, ak. Das Komplott gegen *uns* . . . Du wirst bald hören, was . . .« Sein Kopf rutschte zur Seite. »Ak, ak . . .« Er fiel nieder. Brust und Kopf hingen über das Sofa hinunter. Die Perrücke, die teilweise sich gelöst hatte, ließ eine quer über den Schädel laufende breite violette Narbe erkennen.

Issy hatte Mühe, ihre Hände zu benützen. Als sie endlich stand, biß sie sich in die Finger.

Da kamen alle. Einer hinter dem andern. Als Vorletzter Mumm. Hinter ihm Wally.

Spriller legte Wong Funs Kopf auf das Sofa, schob die Perrücke zurecht und riß die Augen auf, um nicht gerührt zu werden. Nach einem langen Schweigen brachte er mit unsicherer Stimme heraus: »Dem haben wir unsere Freiheit zu danken. Und diesen beiden da.« Er wandte Mumm und Wally das Gesicht zu, das dankbar aussehen wollte. Ein plötzliches klebriges Ziehen in den Augen aber machte es böse und scharf. Deshalb rief er hastig: »Stop! Alles liegen und stehen lassen! Sobald ich pfeife, durch den zehner Gang ab! Dem holden Pärchen Galli-Molde werde *ich* auf den Knopf drücken. *Sie* werden hochgehen.«

Alle drängten ungestüm zur Tür.

»Und nun auf Wiedersehen bei Patmac's in Portsmouth!«

Dem Andenken von Hector Salina

Psycho-Dancing

»In ein nettes Hotel hast du mich da geschickt!«

»Liebe Cosma, wohnt man in einem Palace, so ist man mit Glanz verdächtig. Und wohnt man ganz minus, machen Sie sofort eine Haussuchung.«

»Du willst sagen – *wir!* «

»Dieses Hotel Bristol hat die richtige Mittellage.«

»Vamos!« Cosma sprang auf, die Finger krallend.

Aber Ranépos Unterarm fällte sie auf das Sofa. »Ich habe noch mit dir zu reden.«

»Und ich dieses stickige Café satt. Und einiges andere auch noch.« Cosma knetete ihren Hals und begann die Kontrolle ihres Gesichtes, auf dem deplazierte Mimik mit fehlender abwechselte, zu verlieren.

Ranépos Hand spielte nervös um seinen Mund. »Wir dürfen nicht zusammen auf die Straße. Hier bin ich sicher, daß wir unbeobachtet sind.«

Cosma zerriß unterm Tisch eine Likörkarte. »So öde habe ich mir das Leben mit dir nicht vorgestellt.«

»Auch du bist bereits . . . in Belgien . . .« Ranépo schüttelte seine Rechte.

Cosma schlug auf den Tisch, daß das Metall ihrer Ringe erklang. »Aber nicht in ganz Europa wie du. Übrigens habe ich hier noch nicht das Geringste bemerkt.«

»Infolge meiner Vorsicht. Ich gebe ja zu, daß sie unser Leben nicht heiterer macht, aber . . .« Ranépo legte seine Hand auf die ihre, die vergeblich sich wand, schließlich aber doch still hielt.

»Alles wäre gut, wenn du untertauchen wolltest.« Cosma machte sich, ein wenig umgänglicher werdend, an die Picatostes.

»Unsere Köpfe taugen zu keiner Maske.«

»Also endlos so weiter?« Cosma schleuderte, den Atem bis aufs Letzte hinausstoßend, Ranépos Hand hoch.

Der kostete seinen Amontillado. »Hat man die Poli einmal in sein Kalkül aufgenommen, wird es bald, als wäre man mit dieser Betreuung auf die Welt gekommen.«

»Muy bien!« zischte Cosma mit saurer Miene. »Aber wir sind nun schon zwei Wochen liiert, ohne daß du – kalkulierst.«

»Spanien ist ein stilles Land.«

Cosma maß ihn mit einem grauen Blick. »Kein Zweifel, ich bin mit dir hineingefallen.«

Ranépo klopfte sich mit zwei Fingern auf die Brust. »Gib mir noch drei Tage Zeit.«

»Morgen fahre ich.« Cosma schloß erledigend die Augen.

Ranépo winkte einem alten Weib, das mit dem ›Heraldo‹ hausierte. Während er ihn las, wandte Cosma die Augen gepeinigt dem Plafond zu und versuchte, nach Atem zu ringen. Es gelang ihr; nicht aber, die Aufmerksamkeit Ranépos darauf zu lenken. Das verstimmte sie so endgültig, daß sie ihm die Zeitung aufs Gesicht schlug.

Ranépo erboste sich ernstlich: »San sivela! Willst du denn gewaltsam erreichen, daß sie uns bemerken?«

»Wenn ich schon mit niemandem kokettieren soll, will ich dich wenigstens ärgern.« Cosma raste mit Kopf und Händen in übernatürlicher Verzweiflung.

Ranépo hielt es für unabweisbar, sie nachhaltig abzulenken. Er legte ihr, auf eine Notiz weisend, den ›Heraldo‹ auf die Knie.

Cosma reckte den Hals, als quäle man sie, las dann aber doch. Als sie zu Ende war, stieß sie die Zeitung zu Boden. »Was geht das uns an? Das war eben ein Commis.«

»Wahrscheinlich.« Ranépo entfaltete warnend seine Züge. »Aber trotzdem geht es uns etwas an.«

Cosma stand auf, ihre Hüften pressend. Ranépos erstaunten Blick beantwortete sie mit einem verachtungstriefenden. »Soll ich vielleicht erst eine Eingabe bei dir machen, wenn ich . . .?«

Als sie zurückkam, lachte sie: »Weißt du, was ich draußen an der Wand gelesen habe?«

»Ne.« Ranépo freute sich über ihre gute Stimmung und beging deshalb den Fehler, es zu zeigen.

»Deine Definition.« Cosmas Gesicht zog sich ein, während sie sich geräuschvoll setzte.

Ranépo schwieg vorsichtshalber.

Endlich, sichtlich von seiner Haltung angenehm berührt, ließ Cosma sich dazu herbei: »Chulo, c'est un poiss' espagnol qui se dirige avec la . . .« Sie lachte schrill auf.

Wie sehr es ihn auch amüsierte, legte Ranépo ihr rasch die Hand auf den Hals. »Psst! Hast du denn nicht gelesen?«

Cosma gehabte sich wie aus dem Schlaf geschreckt.

»Im Heraldo: Apl Fud.« Ranépo schmatzte unliebsam. »Ein so

intensiver Name, daß er allein schon dich hätte aufhorchen machen müssen.«

Cosma legte die Hände in einander, bewegte sie resigniert gegen den Bauch und schlichtete sie hierauf vernichtet in den Schoß. »Neben deiner Vergangenheit werde ich meine Lebensfreude nicht wiederfinden.«

Ranépo biß die Zähne auf einander. »Diese Notiz beweist, wie wohl ich daran tat, schon auf dem Bahnhof mich von dir zu trennen und in ein anderes Hotel zu ziehen.«

Cosma tat, als schnappe sie nach etwas. »Ich warte darauf, daß du mir etwas ans Wunderbare Grenzendes servieren wirst.«

Ranépo hielt an sich. Dann haspelte er es herunter: »Diese Notiz, derzufolge ein mit demselben Zug wie wir ankommender Hochstapler nach vergeblichem Widerstand verhaftet wurde, ist von A bis Z erfunden.«

Cosma hing spöttisch die Oberlippe in ihren Jérez-Quina.

»Und *warum* wurde sie erfunden?«

»Die Zeitung hatte eben Stoffmangel.«

»Mit dir hat man ein schweres Leben!«

»Beruht ganz auf Gegenseitigkeit.«

»Cosma! Das gilt doch uns! Die Kartothek ist gezogen, der Apparat läuft.«

Cosma ließ das Glas los. »Du halluzinierst, Sixto.«

Ranépo hielt abermals an sich. Dann hauchte er: »Apl Fud wurde erfunden, damit wir glauben sollen, die Polizei hätte keinen Dunst von unserer Anwesenheit, unvorsichtig werden und wie reine Toren in eine Falle laufen.«

Mit zwei Fingern und großer Mühsal zog Cosma ein Haar aus dem Mund.

Diese Beschäftigung hielt Ranépo für fingiert. »Wenn es auf dich allein ankäme, säßen wir schon drin.«

»Wo wohnst du eigentlich?«

»Hotel Colon. Carrera de San Jeronimo.«

»In derselben Straße? Ich habe es aber nicht gesehen.«

»Sehr begreiflich.«

»Ich sehe wohl überhaupt nichts?« Cosma stieß ihn viermal vor die Brust. »Ich rate dir, bringe mich nicht zur Verzweiflung!«

»Nur zur Vernunft würde ich dich ganz gerne bringen.«

»Unterlaß das lieber, wenn du Wert darauf legst, mich wiederzusehen.«

Da hielt Ranépo es nicht mehr aus. Seine Stimme wurde tonlos: »Du fährst also morgen?« Da sie nickte, ging er, ohne noch einmal sich umzuwenden. Er hatte darauf gerechnet, daß sie ihn zurückrufen und dieser Triumph es ihm erleichtern würde, sie gefügiger zu machen. Nun stand er auf der Gran Via und betrachtete, leise stöhnend, in einem Ladenspiegel sein hereingefallenes Gesicht. Naturgemäß schlug seine trübselige Stimmung bald um. Als wüßte er überhaupt nicht, was ein Mercado ist, schlenderte er durch die Menschenmenge, und als er an der Ecke der Puerta del Sol dem Ex-Torero La Torre begegnete, sprach er ihn vergnügt an, ja ließ sich sogar in die Muelle mitnehmen, dem Casino der Stierkämpfer.

Von hier aus telefonierte er nach drei Stunden dem Hotel Bristol, man möge, wenn die Señora Valdès zurückkomme, ihr mitteilen, daß Baron Luron sie abends im ›Alcazar‹ erwarte. Er zweifelte nicht daran, daß Cosmas Langeweile bis dahin so letal geworden wäre, sie allein sich vorwagen zu lassen.

Seine Vermutung war falsch, das Resultat jedoch gleichwohl das erhoffte. Denn Cosma, die davon überzeugt war, daß die Polizei ihr einen belgischen Baron schickte, um sie ins Garn zu locken, hatte die Wut darüber, Ranépo nicht zurückgerufen zu haben, dazu gebracht, den Kampf aufzunehmen. Sie erschien in prunkvoller Toilette und war sehr erfreut, den Baron nicht vorzufinden, sondern Ranépo plötzlich neben sich zu erblicken. Nachdem dieser ihr zugeflüstert hatte, daß er über diesen Zufall sonderlich deshalb sich freue, weil ein blonder Jüngling bereits sehr mit ihr sich beschäftige, riet er ihr, Avancen zu machen und sich schnell zu orientieren; er selber wolle unterdessen versuchen, sich ein wenig zu amüsieren.

»Mit Apl Fud hatte ich also recht.« Cosmas Lippen spannten sich stolz. Aber als sie sich zur Seite wandte, war Ranépo nicht mehr da, sondern der blonde Jüngling, der sie mit sanfter Gewalt an seinen Tisch führte.

Nach zwei Stunden stellte Cosma fest, daß ihr Kavalier sehr routiniert sich benahm: er hatte ihr keineswegs den Hof gemacht, sondern einen Vortrag über die eigenartigen Geschlechtsbetätigungen der Javaner gehalten und hierauf resolut vorgeschlagen, wenn sie dem von ihm geleiteten diesbezüglichen Anschauungsunterricht Gäste zuführen und durch ihre Anwesenheit stimulieren wolle, ihr zwanzig Prozent der erzielten Gesamteinnahme zu überlassen.

Ohne noch zugestimmt zu haben, immerhin aber über die Originalität dieses Köders erstaunt, begab Cosma sich in die Toilette.

Auf dem Rückweg begegnete sie, einer stereotypen Abmachung gemäß, Ranépo, der es gleichfalls für richtig hielt, jenen Vorschlag, der zweifellos bloß die tolle Lüge eines Schüchternen sei, anzunehmen, und versprach, bald an ihren Tisch sich zu schmuggeln.

Als dieses Versprechen erfüllt war, hatte er drei Herren und drei Damen aus der Umgebung rasch veranlaßt, am Tisch Platz und an dem für zwei Uhr nachts in einem Privathaus der Calle de Preciados verhießenen Anschauungsunterricht teilzunehmen.

Als man daselbst in sehr würdelosem Zustand eingetroffen war, kassierte der blonde Jüngling noch auf der Treppe das Eintrittsgeld ein, 500 P. pro Kopf, und ließ erst dann die Gesellschaft in einen sehr eleganten Salon eintreten, in dem auf allen Tischen, bereits geöffnet und von Gläsern umstellt, Weine und Liköre der Gäste harrten, die, nachdem etliche Flaschen geleert waren, in einen bis zum folgenden Mittag währenden Schlaf verfielen.

Nur bei Cosma wurde er unterbrochen, da Ranépo sie gegen vier Uhr in ein Auto trug, das in wenigen Minuten vor dem Hotel Colon hielt. Dessen Portier war nach Einhändigung von zwanzig Pesetas blind für den Umstand, daß Ranépo mit einer taumelnden Dame im Arm in den Lift trat . . .

Mit brennendem Kopf erwachte Cosma gegen neun Uhr und riß die Augen auf: »Sixto!« Sie weckte ihn rücksichtslos. »Sind wir denn immer noch in diesem Schweinestall?«

»In einem andern: meinem Zimmer.« Ranépo probierte den Unterkiefer, als schmerze er.

»Wie kam ich hierher?« wisperte Cosma wütend.

Ranépo begann mit gewollter Langsamkeit zu erklären.

»An die Autofahrt mit dir erinnere ich mich jetzt«, unterbrach ihn Cosma heftig. »Aber du . . . bist du dort auch eingeschlafen?«

»*Ich* bekam kein Schlafpulver.«

Cosma zwinkerte geradezu gewalttätig. Ihre Zungenspitze wurde sichtbar. Und ihre kleinen Finger hoben sich steif.

Ranépo beschäftigte sich mit deren Anblick, gleichmütig berichtend: »Den Java-Sexualbluff habe ich dem blonden Jüngling persönlich geliefert. Ich versprach ihm ein Drittel der Einnahmen. Nach der Zahlung mußten die Leute leider eingeschläfert werden.«

Obwohl sie viel getan hätte, um es zu verhindern, ärgerte Cosma sich rot. »Warum hast du mir das nicht bereits im Dancing gesagt?«

»Ich wollte dich nicht zur Verzweiflung bringen.« Ranépo trauerte in die Luft. »Indem ich dir unrecht gab.«

»Mit Apl Fud etwa?« Cosma sagte es zwar fragend in der Form, aber zornig ablehnend im Ton. Alles an ihr wogte. Rasch jedoch stabilisierte sie sich wieder. »Lächerlich! Dann wären sie schon längst hier gewesen.«

»Wenn der blonde Jüngling nicht der Sohn eines Generals wäre.«

Cosma, die zu begreifen begann, nagte hinter zwei Fingern. »Die sechs Leute werden aber doch das Geld reklamieren.«

»Und von unserem Generalssohn wiederbekommen.« Ranépo steckte ihr eine rote Nelke zwischen die Brüste. »Der Unglückliche!«

Cosma, eine Lücke ahnend, dachte scharf nach. »Aber ... *er* hat doch einkassiert.«

»Als er eingeschlafen war, kassierte *ich*.«

»Wann gab er dir die zwei Drittel?«

»Während des Gelages.«

»Du kassiertest also nur noch tausend? Dann hast du für mich nicht bezahlt.« Cosma warf ihm die Nelke ins Gesicht. »Sprich!«

Ranépo zählte wie verlegen seine Finger. »Der Junge ist auf mein ganzes Arrangement nur eingegangen, um mir zu helfen, meine Geliebte zu kompromittieren, damit sie nicht mehr zu ihrem verhaßten Gatten zurückkehren könne.« Er konnte fast sehen, wie sie innerlich sich schalt. »Es schmeichelte seiner jungen Männlichkeit, mir einen galanten Dienst erweisen zu können. La Torre hat ihn mir vorgestellt.«

Cosma ruderte mit einem Elbogen einer neuen Lücke entgegen. »Der Sohn eines Generals nimmt solches Geld niemals.«

Ranépo hielt ihren Elbogen auf. »Ich glaubte dich auf dem Psycho-Dancing schon sicherer. Fast jeder nimmt jedes Geld, wenn es gefahrlos scheint und ein – sagen wir kriminell-romantisches Überlegenheitsgefühl verschafft.« Und als er ihren Rücken sich runden sah, fügte er hinzu: »Die Wohnung gehörte La Torre, der sie vorgestern aufgab, war aber noch herrenlos.«

Cosma rieb sich die Brüste und zwirbelte ihre Warzen. Mit einem Mal änderte sie so ärgerlich ihre Lage, daß das ganze Bett krachte. »Aber scheußlich ist es, daß man getrennt wohnen muß.« Sie staunte mit allen Körperteilen, als er widersprach. »Wohne ich im Hotel Bristol? Si. Befinde ich mich im Hotel Colon? Si. Komm zu dir, mein Freund!«

Ranépo wies mit unerschütterlicher Ruhe auf den Plafond. »Etagenhotels.«

Cosma schlug die Hände über dem Kopf zusammen. »Und da läßt du mich in den zweiten Stock steigen?«

»Diese hier unmögliche Unhöflichkeit dürfte unser nahes Wohnen ganz besonders zufällig erscheinen lassen.« Obwohl sie es nur schwer zufrieden war, lächelte Ranépo ihr aufmunternd zu: »War es denn gestern wirklich so öde? Glaube mir, Belgien ist *auch* schon Europa.«

An den seltsamen Baron Luron sich erinnernd, gab Cosma ihm recht. Und als sie sich die Nacht repetierte, schmunzelte sie.

Ranépo, der erriet, woran sie dachte, fragte leise: »Wann fährst du?«

Mit einem Ruck war Cosma neben ihm, packte ihn an den Ohren und biß ihn zärtlich in den Hals.

The mistery of Tottenham Court Road

Als Jabert in Shearns Hotel auf dem Tottenham Court Road eintrat, war niemand zu sehen. Nachdem er seinen Koffer in das Zimmer getragen hatte, in dem er schon zweimal übernachtet war, ging er in das W. C., in dessen Tür er auf einen jungen Mann in einer Ärmelweste stieß, der von seltener, beinahe unwirklicher Schönheit war, aber einen dermaßen bösen Zug um den Mund hatte, daß er sich wunderte, ihn so offen zur Schau getragen zu sehen.

Obwohl es erst sieben Uhr abends war, ging Jabert sogleich zu Bett. Er hatte in Devonshire den kompliziertesten Kassenschrank seiner Karriere bewältigt und schlief, übernächtigt, augenblicks ein. Als er gegen fünf Uhr morgens erwachte, hörte er ein schleifendes Geräusch auf dem Korridor. Unwillkürlich dachte er an den schönen jungen Mann vom vergangenen Abend. Der Plan, ihm einen Besuch zu machen, war kaum erwogen, als Jabert auch schon entschlossen war, in sein Zimmer einzudringen. Mit dem Erforderlichen versehen, schlich er sich auf den Strümpfen vor das W. C., um die Richtung zu rekonstruieren, in welcher der junge Mann gegangen war. Daselbst befanden sich nur zwei Zimmertüren, deren erste er mit drei Stichen öffnete. Das Zimmer war unbesetzt; das zweite unversperrt, das Bett unberührt. Schon wollte er sich zurückziehen, als das Licht seiner Taschenlampe zufällig das Fenster streifte. Er zuckte zusammen: sah er recht . . .? Hing da nicht . . .? Ja, dort am Fenster hing ein Mann, hatte sich einer aufgehenkt.

Jabert drehte das Licht an und den Körper des Toten sich zu, um den abgewandt hängenden Kopf sehen zu können. Er erblickte, was er eigentlich schon gewußt hatte: das Gesicht des schönen jungen Mannes mit dem bösen Zug um die Lippen, den der Tod in einen abschreckend häßlichen verwandelt hatte. Jabert öffnete die Hose des Toten, um festzustellen, ob Selbstmord vorlag. Das untrügliche Zeichen fehlte. Im selben Augenblick vernahm er vom Korridor her dasselbe schleifende Geräusch. Sofort kroch er unters Bett. Einige Sekunden später spürte er einen schwachen Luftzug: die Tür war geöffnet worden. Da entdeckte er neben dem Fenster eine Frau, die, nur mit dem Hemd bekleidet, auf dem Fußboden lag. Und fast gleichzeitig hörte er die Stimme eines Mannes:

»Jo. Die Hauptsache wäre also jetzt besorgt. Wenn sie morgen den Bender da am Fenster hängen sehen und diesen Crack daliegen . . .«

Jabert sah, wie zwei Finger den Busen der Frau auf dem Fußboden betasteten und sie mit einer rohen Bewegung auf den Rücken rissen. Er war durch sein Leben hart geworden, der Anblick dieser Hände aber ließ ihn dennoch erzittern. Da hörte er jene Stimme wieder:

» . . . werden sie glauben, daß er nach seinen zwanzig Schnicks das Delirium bekommen hat und wie sie ihn hängen sah, hat sie sich vor Schreck hingelegt. Oder sie werden nach der Rauferei . . .«

»Aber woher hast du ihn denn überhaupt?« Eine hellere Stimme sprach diese Worte.

»Er hat mir mal einen Gang vershackelt.«

»Du hast ihn doch nicht . . .«

»Hoho . . . Schwer wars nur, ihn bis daher zu dreideln. Gebaumelt hat er dann schneller, als'n Hund läuft.«

»Du hast ihn . . . meinetwegen . . .?«

»Garn, garn! Ich hätte dich also mit dieser Irish-beauty da auffliegen lassen sollen?«

»Ich weiß schon, daß die vom Gericht nichts glauben. Aber ich . . .«

»Dear me, ist das ein Doodle! Und wenn du mit Engelszungen geflötet hättest, nach vier Wochen wärst du in die Schlinge gestiegen.«

»Aber die da . . .? Was ist mit ihr?«

»Diese Foozle? Die hab ich . . . No, Willy, ich bin nicht da, um dich vor dir zu entschuldigen.«

»Und wo ist denn nur Blossie hin?«

»Up! Zum letzten Mal! Gestern hast du mit den beiden Colts, mit Blossie und mir unten gesoffen. Um zwölf bist du mit ihr losgegangen. Um zwei Uhr war sie wieder unten. Und wie ich um vier bei dir anklopfe, ist Licht und ne tote Frau auf dem Teppich . . . Hollah, was . . . Weißt du noch, ob das Licht . . .«

»Ob das Licht . . .?«

»Ich hab das Licht abgedreht, wie ich raus bin.«

»Ich erinnere mich. Du hast abgedreht.«

»Gemini! Es hat aber gebrannt, wie wir zurückgekommen sind. Tsss!«

Lautlos zog Jabert seinen Browning, schob sich nach hinten und zwängte sich eben zwischen Bett und Wand hoch, als er die hellere Stimme flüstern hörte, ob jemand da sei. Da wußte er, daß der andere unters Bett gekrochen war und jeden Augenblick seine Füße sehen konnte. Schnell hob er den Kopf: zwei Schritte vor ihm bewegte sich der Rücken eines Mannes. Schnell schlich Jabert sich hervor und hinter den drei Schritte entfernten Fenstervorhang. Nach kurzer Zeit hörte er die tiefere Stimme wieder:

»Da ist was . . . Ich weiß genau, daß ich das Licht . . . Jemand war da. Blackfriars! Stell dich vor die Tür!«

Ein Schuß krachte. Jabert duckte sich, übersät von Glassplittern. Dann sprang er seitlich hoch und schoß auf den Mann mit dem noch rauchenden Browning.

Der Mann sank mit einem kleinen Glucksen um.

Jabert aber blickte starr zur Tür: dort stand der schöne junge Mann, der mit weit aufgerissenen Augen wie zur Abwehr ihm die Handflächen entgegenhielt. Als Jabert sah, daß der auf dem Boden Liegende tot war, ging er auf den Mann vor der Tür zu. »Wer bist du?«

»Wer bist *du*?«

Jabert wies mit seinem Browning auf einen Stuhl neben dem Tisch. Als er ebenfalls saß, legte er die Hand mit der Waffe aufs Knie. »Erklär mir rasch die Situation! Wer ist das?« Er zuckte mit dem Kopf nach dem Gehenkten und wunderte sich, nur eine ganz schwache Ähnlichkeit mit seinem Gegenüber bemerken zu können.

»Weiß ich nicht.«

»Und die da?«

»Weiß ich auch nicht.«

Sekundenlang betrachtete Jabert das schöne Gesicht vor sich, dessen böser Zug sich zu verschärfen schien. Seine Zunge strich dünn über die Lippen: »Noch einmal, erklär mir!«

»Well. Also gestern haben wir zusammen gesoffen. Das hast du wohl noch gehört.«

»Du gingst dann mit einer gewissen Blossie . . .« Ein bedauerndes Lächeln kräuselte Jaberts feinen Mund.

»Um vier Uhr wachte ich auf. Daß ich überhaupt mit ihr allein dort drüben in einem Zimmer war, das kam, weil ich alkoholisiert war. Immerhin, so plötzlich allein mit einem fremden Weib . . . Der ärgerliche Geruch von Teer und altem Obst . . . Riechst du ihn nicht auch? Nun, da hatte ich schon eine matte Ahnung, daß das alles nicht geheuer war. Aber die Person ließ mich ja nicht ne Sekunde denken, fiel sofort mit allen Ups and Downs über mich her. Scheußlich!«

Jabert schmunzelte zufrieden. »Um vier bist du also aufgewacht. Schneller, schneller!«

»Well. Debast stand im Zimmer. Das ist der, den du niedergeknackt hast. Hats verdient, der Fiddler. Und dann sah ich also diese Tote da.«

Jabert neigte neugierig den Kopf zur Seite. »Wirklich eine Irishbeauty! Und dann hast du sie mit ihm hierher geschleppt.«

»Das weißt du? Well. Also Debast fragte bestürzt, was denn los sei . . . Ich stotterte, es sei nicht Blossie. Das sei eine verteufelt dumme Geschichte, jammerte er. Aber sag mal . . . die Schüsse! Sie werden kommen.«

Jaberts Lider flatterten verneinend. »Nach zwölf hören die Beaksmen so was nicht gern. Und die im Hotel auch nicht. Weiter, weiter!«

»Also ich fragte ihn nicht nach Blossie, nicht, wie diese Frau in mein Zimmer gekommen und wie sie . . . auf dem Teppich . . . tot, im Hemd . . . Ich wußte schon, daß das ganz zwecklos gewesen wäre. Er versprach dann, mir diese Schweinerei zu flicken, wenn ich ihm auf Knock springen würde. Dann ließ er sich mein Leben beichten. Das Lügen fiel mir nicht schwer, weil er fortwährend fragte. Selbst ein so gerissener Fiddler, wenn man ihm nur sagt, was er hören will, ist leichter anzulügen als das leichtgläubigste Frauenzimmer.«

»Jo, jo.« Jabert bohrte seine Zunge in die Wange. »Er hat dich leimen wollen. Die Leiche hat *er* zu dir hineingelegt. Und den hier hat er sich heraufgeholt, um das Ganze auf Hobble zu machen, auf Susancide. Da habe ich dich also gewissermaßen abgeweicht.« Da der andere nickte, zwinkerte er: »Ohne mich wärst du ihm nicht mehr ausgekommen. Was machst du sonst?«

»Ich bin in Roß's Restaurant angestellt.«

»Tottenham Court Road 62. Das Essen ist gut.«

»Wie überall, wo Kokotten verkehren.«

»Warst du schon mal away?«

»Nicht nen Tag.«

»Wie heißt du?«

»Willy Cuttler. Aber wärs nicht gescheiter . . .«

»Hat Zeit. Wie ich sehe, bist du ein Mary-Ann. Gibs nur zu!«

Cuttler, der bis dahin, völlig unbeweglich, unausgesetzt dieselbe Stelle des Tisches fixiert hatte, blickte rasch auf. »*Du* bist wohl einer?«

Jaberts Zunge wackelte an der Unterlippe. »Da kannst du dich also bedanken.«

»Ich bin zwar kein Mary-Ann, aber ich möchte schon endlich weg aus dieser toten Gesellschaft.« Cuttler stand auf und riß sich die Ärmelweste herunter. »Auf Knock läßt einen eben jeder springen.«

Jabert wartete, bis er im Bett war. Als er sich zu ihm legte, schob er seinen Browning griffbereit auf das Nachttischchen . . .

Nach einer Stunde saßen beide wieder am Tisch; Cuttler mit trüben Augen, Jabert griesgrämig.

»Hundertfünfzig Schilling geb ich monatlich meiner Braut.«

Cuttler stand auf, den Kopf schüttelnd. »Laß mich schon fort jetzt!«

»No«, knurrte Jabert. »Sag lieber ja!« Er hob die Hand mit dem Browning ein wenig.

Cuttler setzte sich und blieb unbeweglich und in derselben Haltung wie anfangs.

Durch die Ereignisse der Nacht, seine Macht und den seltsamen Rausch, den er genossen hatte, war Jabert härter und unbeugsamer geworden, als er noch vor wenigen Stunden für möglich gehalten hätte. »Willy, leg die Foozle aufs Bett!«

Cuttlers Augen schlossen sich kurz. Dann tat er es überaus schnell. Dabei entblößte er auf der linken Hüfte der Toten eine tellergroße grünblau schillernde Verletzung. Das rechte Auge trug ein schon ins Schwärzliche spielendes Veilchen, über dem, ein satanischer Kontrast, eine zusammengeklebte weiße Haarsträhne hing, die einzige in dem noch dunklen Haar.

Cuttler setzte sich aufs Bett, mit den Fingern der Toten spielend, um seinem Peiniger den Rücken zukehren zu können.

»Zehn Meter gegen den Wind spürt man, daß die 'n paar Tage alt ist. Schade. Beine, Beine!«

»Alles ist wert, daß es zugrunde geht«, brummte Cuttler schläfrig.

»Du auch. Soll ich dich umknacken?«

Cuttler riß es herum. Sein Gesicht wurde fahl. »Debast war 'n Schurke. Aber wenigstens weg in mich.«

»Gleichsam strafmildernd ist das also für dich.« Jabert grinste, zischend: »Erklär mir das!«

Cuttler blickte auf den Arm der Toten, der aus dem Bett hing und mit den Fingern den Boden berührte. »Ein schöner Mensch bringt die andern außer Rand und Band, wirkt überhaupt antisozial. Da merken sie, daß sie nichts sind als ne miese stiere Hammelherde, die bei jeder Gelegenheit bluten muß. Und deshalb haben sie gar nicht den Mut, weg zu sein. Dafür rächen sie sich.« Er legte den Arm der Toten behutsam aufs Bett. »Hat einer aber den Mut, dann macht er jede Schweinerei, um einen zu kriegen. Was du mit mir gemacht hast, hätte er jeden Tag machen können. Aber er hat mich auf seine Weise erobern wollen.

Jabert schwenkte vergnügt den Browning. »Great Scott, Willy, du bist ja 'n Idealist.«

Cuttlers Augen wurden rot, der böse Zug um seinen Mund abschreckend häßlich.

Jabert verglich ihn mit dem des Gehenkten. »Der böse Zug des Todes. Wenn man acht gibt, kann man ihn bei jedem schönen Menschen sehen. Komisch ist das.«

»Gar nicht komisch ist das«, rief Cuttler laut. »Je schöner einer ist, desto früher verliert sich alles in ihm. Weil er am schnellsten und gründlichsten merkt, was für eine Bubble die ganze Welt ist.«

»Ich sags ja, du bist 'n Idealist«, höhnte Jabert. »Nimm lieber die hundertfünfzig!«

» . . . weils die schickste Form ist, zugrunde zu gehen.« Cuttler, der in Gedanken gewesen war, hatte laut vollendet.

Jabert wußte nicht, warum es ihn wütend machte. »Und wenn ich dich jetzt umknacke, just nachdem, gehst du dann vielleicht nicht schick zugrunde?« Dessen Schweigen machte ihn nur noch wütender. »Deck sie auf! Also?« Er näherte ihm die Waffe.

Cuttler gehorchte, die Beine krümmend, mit haßerfüllt zuckenden Augen.

Doch gerade, als Jabert ihm etwas ganz Unglaubliches befehlen wollte, flog mit einem Krach die Tür auf: die beiden Colts, stämmig und untersetzt, traten ins Zimmer, Revolver in den Händen. Als sie Debast auf dem Boden erblickten, schossen beide. Cuttler fiel lautlos über die Tote auf das Bett. Da krachten hintereinander zwei Schüsse. Die beiden Colts taumelten, heulten auf und ringelten sich wimmernd an einander nieder. Sobald sie sich nicht mehr bewegten, streichelte Jabert seinen Browning. Noch nie hat er so gut geschossen wie diese Nacht. Und zweimal war er verfehlt worden. Doch sofort befiel ihn der Aberglaube seiner Zunft, der fordert, daß, wer dem Tod entging, den des Andern respektieren müsse. Deshalb berührte er weder Debast noch den, der auf ihn geschossen hatte. Bei Cuttler fand er acht Schilling, bei dem anderen Colt drei Pfund. Als er wenige Minuten später die Treppe hinunter eilte, war die Portierloge leer, die Haustür offen und nirgends jemand zu sehen . . .

Der fünffache Mord in Shearns Hotel ging monatelang unter dem Titel ›The mistery of Tottenham Court Road‹ durch die englischen Zeitungen. Die Polizei stand zwar nur teilweise vor einem Rätsel, da Debast und die beiden Colts ihr als Schwerverbrecher und Homosexuelle bekannt waren, aber den wahren Hergang vermochte sie nicht zu rekonstruieren. Um so weniger als Shearns Anhang und seine Angestellten jene Nacht in der nur wenige Häuser entfernten Horse Shoe Bar zugebracht hatten, um irgendeinen Geburtstag zu feiern. Die Annahme, daß dies im Einverständnis mit Debast geschehen war, drängte sich fast von selber auf, war aber nicht zu begründen. ›The mistery of Tottenham Court Road‹ blieb unaufgeklärt. Auch als Jabert vier Monate später verhaftet wurde.

Jene Nacht war ihm doch zum Unglück geworden. Die Macht und der Rausch, den er genossen hatte, hatten ihn unvorsichtig gemacht, ja verwegen. Bei einem simplen Wohnungsdiebstahl wurde er überrascht. Da man ihm noch drei schwere Einbrüche nachweisen konnte, erhielt er sechs Jahre Coop.

Auf dem Rummelplatz

Sikora, der die Lange Pannekoekstraat dahergeschlendert kam, blieb auf dem Nieuwe Markt beim Anblick der bunten Zelte erstaunt und erfreut zugleich stehen. Und als nun gar ein echter Jazz-Band loshämmerte, legte er die Hände langsam auf die Hüften, hob seinen Unterleib unternehmungslustig aus der Hose und setzte sich, den schmetternden Klängen zu, in Bewegung. Und bald gerieten seine Beine in verheißungsvolles Wiegen, fühlte er doch nichts Geringerem sich entgegengetragen als dem Ziel der heißen Wünsche von zwanzig einsamen Nächten, zu denen, von anderen Misèren ganz zu schweigen, der Mangel an Gelegenheiten ihn verurteilt hatte.

Sikora sog an sämtlichen Fingern, so sicher war er bereits, daß ihm binnen kurzem nicht nur ein blondes Liebchen sich präsentieren würde, sondern auch eine Möglichkeit, seine Finanzen durch einen kühnen Griff in eine fremde Tasche aufzubessern. Das grelle Azetylen-Licht und das biedere Tanzvolk ließen ihn jedoch seine Wünsche als unrealisierbar erkennen: hier tanzten fast nur anständige Mädchen mit Ladenangestellten oder Gesellen und die paar unscheinbaren Huren, die er agnoszierte, waren mehr Konkurrenz als Opfer. Sikora mußte seinen kühnen Griff als unlukrativ unterlassen und, solange er in seiner schäbigen Joppe steckte, jede amouröse Annäherung als aussichtslos. Schon wollte er voll Galgenhumors im Schwung kehrtmachen, als eine mollige Blondine an ihm vorübertanzte, die ihrem Partner, dem die Kräfte zu versagen begannen, mit der Faust spottend auf den Rücken schlug: »Du bist a Held! Wie kann aner nur so schwitzen!«

»Seit zwa Stunden tanz i«, entschuldigte sich ihr Tänzer, »und seit aner mit Ihnen.«

Sikora, dem eine Gelegenheit zu winken schien, reckte sich auf den Fußspitzen höher, ließ sich aber wieder auf die Fersen nieder, als ihm einfiel, wie sehr unwahrscheinlich es war, daß der junge Mann eine Tänzerin, mit der er seit einer Stunde walkte, so ohne weiteres abgeben würde. Da tanzte das Paar neuerdings an ihm vorbei, der konstatierte, daß, wenn man in der Mitte der Tanzenden sich hielt, es gar nicht so leicht wäre, die Qualität eines Anzuges zu bestimmen. Dann starrte er auf das rot durchflochtene

Blond der Partnerin, ihre vollen glühenden Lippen, die glatt gespannten pfirsichfarbenen Wangen und die großen dunkelblauen Augen und rollte, wie von tausend Insekten gestochen, die Schultern: »Kruzitürkenüberanander, das is a Weiberl!« Doch da war es seinen Blicken schon wieder entschwunden.

Sich auf die Zunge beißend, marschierte Sikora längere Zeit auf demselben Fleck. Diese kaum hoffnungsvolle Meditation wurde einige Male von dem an ihm vorübertanzenden Paar angenehm unterbrochen. Beim vierten Mal glaubte er deutlich wahrzunehmen, daß der Held die nächsten Takte schwerlich würde durchhalten können. Und da sah er ihn auch schon innehalten, den Schweiß sich von der Stirn wischend und gänzlich außer Atem; sie, ihm mit höhnischem Lächeln und zweifellos ebensolchen Worten Rippenstöße verabreichend.

Sikora sah blond. Nur blond. Magnetisch zog es ihn hin. Und er wußte wirklich nicht recht, wie es zugegangen war, daß er bereits an das Hinterteil seines allerdings noch fiktiven Nebenbuhlers stieß. Aber als er nun wieder die großen dunkelblauen Augen erblickte, die ihm zuzulächeln schienen, als er die vollen roten Lippen schimpfen hörte: »Ach, das is aber blöd, daß Sie net mehr könner, Sie Krischbindl, jetzt find i kan Tänzer mehr«, da ergriff er die Bicepse des vor ihm Stehenden, stellte jubelnd fest, daß sie den seinen ganz enorm unterlegen waren . . . und schon stieß er den jungen Mann mit aller Kraft zur Seite und versetzte ihm eine knallende Ohrfeige. Stolz schwellten sich seine Lungen, als er die zwischen Entsetzen und Wohlgefallen einherfliegenden Augen seiner Auserkorenen sah und die völlige, sichtlich dem Irrsinn sich nähernde Verstörtheit des so verblüffend Gezüchtigten.

Die drei bildeten in dem um sie her brandenden Gewoge eine seltsam starre Insel des Schweigens. Sikora wurde es jedoch schnell klar, daß, wenn er noch länger schwieg, die Situation leicht zu seinen Ungunsten sich verändern könnte. Er mußte unter allen Umständen etwas sagen: erklären, schimpfen, verläumden. Schon öffnete sich sein Mund: die Lügen kamen ihm ganz von selber, wenn er in wartende neugierige Augen blickte; und nun gar in solche, groß und dunkelblau. »Patton, gnä Fräuln, i hab net anders könner. Aber Sie wissen sicher net, was für a saubers Bürscherl der Haderlump da is.« Er streifte den also Beschimpften kurz mit einem Blick, um die Wirkung zu überprüfen. Gekränkte Unschuld vermochte ja ungeahnte Kräfte zu verleihen, selbst einem im allgemeinen bereits Erschöpften. Dieser aber empfand, was wohl der Mehrzahl der jungen Männer in diesem Fall widerfahren wäre, ein dumpfes Schuldgefühl, das durch das energische Auftreten seines Beleidigers nur noch wuchs. Sein Blick wich zur Seite. Das genügte Sikora: »So a Platterer, so a lumpiger! So a Fallott, so a ölendiger!« Er hob, enthusiasmiert von der dunklen Fülle seiner eigenen Stimme, die Hand hoch, ließ sie aber wieder sinken, als der derart neuerlich Bedrohte einen Schritt zurückwich, einer Tänzerin auf den Fuß trat und von deren Partner sich im Rücken bedrängt sah.

»Segns es, das schlechte Gwissen? Ausreißen tuat er, das Quisiquasi-Gsichterl! Halt die Pappen!« brüllte Sikora plötzlich, obwohl der mit der Beschwichtigung seines zweiten Angreifers Beschäftigte rein technisch ihm gar nicht hätte widersprechen können. »Und mit so an Latsch ham Sie a ganze Stund lang umanandatanzt?«

»Sie wern glei ane fangen. Könnt mir passen! Seit zehn Minuten plag i mi mit eahm.«

Da sein Opfer bereits vom Strudel der Tanzenden etliche Meter weggeschwemmt worden war und fast schon außer Sichtweite, stieß Sikora hervor: »Lassens ihn laufen, den Safaladi-Kavalier!« Er packte den Arm seiner Erkämpften und drängte sie, die, unter dieser Eigenmächtigkeit plötzlich erbosend, mit Händen und Füßen wild um sich schlug, aus dem Gewühl vor einen Lebkuchenstand, wo er einen halben Gulden, den Rest seiner Barschaft, auf den Zahlteller legte und, ohne hinzublicken, seine offene Hand daneben. »So a Rauferei macht an Hunger.« Er blickte, dem es auf eine Ungenauigkeit mehr nicht ankam, lächelnd und selbstsicher auf den Bauch seiner Holden. »Bitt schön, bedienens sich. Wie heißens denn?«

»Sophie Peereboom. Aber das geht Ihnen an Knaatsch an.«

»Ja, was wär denn jetzt das?«

Sophie schlug ihre Zähne in das Lebkuchenherz und riß es sich vom Mund. »Mei Vatter war halt a Wiener Holländer.«

»Und nachher sans daherkommer nach Rotterdam, um Herzen z'fressen.«

»I freß kane als solchene da. Hab niemanden hergrufen, Sie Drischl.« Den Mund halb voll, ließ Sophie sich herbei, Wohlgefallen zu äußern: »Aber neinpfeffert hams ihm a ganz feste. Für gwöhnlich war er gar net so a Pupperl.«

Sikora litt unter dieser Einschränkung einigermaßen, erkannte aber, daß es nun galt, das bloß lädierte Bild seines Nebenbuhlers gänzlich entzweizuschlagen. »Das glaub i, daß der tepperte Krowot net aso war.«

»Wie war er denn? Warum hams es ihm denn so gebn?«

Sikora wand sich wie einer, der es vermeiden möchte, einen schwer verletzten Gegner weiter zu bekämpfen. »Liegt Ihnen denn gar aso viel an dem Saumagen?«

»Wenn der wüßt, wie er mir Wurscht war!« Sophie bohrte ihm die Faust auf den Nabel. »No also, was is?«

Sikora, jenes mit Recht bezweifelnd, hielt es nun für unvermeidlich, ihn endgültig niederzuschlagen. »Von mir aus! I hab ganz zufällich sa Bekanntschaft gmacht. Wenn ma das überhaupt aso heißen kann. I bin halt grad dazukommer, wie ers gmacht hat. Im Café Het Westen am Binnenweg.«

»Gehns da öfter hin?« Sophie, schon an sich denkend, lächelte.

»A Zeitlang war i jeden Tag dort.« Sikora hatte jenes Lokal allerdings nur renomméehalber genannt. »Also, i hab mi grad hingsetzt ghabt und bstellt. Da seh i, wie aner am Tisch vor mir . . . die ane Hand hat auf der Hüften von an Weibsbild ghabt . . .«

»Wars hübsch?«

»Die – und hübsch! A alter Landauer wars, a ganz an ausgfahrener. Aber scho a sehr a hohe Vierzicherin. Und hergricht, daß aner Sau hätt grausen könner.« Sikora belächelte ihr Erstaunen. »Kommt no viel besser. Also mit der andern Hand fischt der Halunk so unten rum um die Röck. Erst hab i gmeint, er will sich bloß amüsiern und hab scho fast glacht. Da hab i aber gmerkt, daß er was suchen muß. Und grad wie i besser hinschau, verschwind die Hand. Da hat ers gfunden ghabt, das Geldtascherl. Laßt es ihn erst ziehen, hab i mir gsagt. Aber da hat ers aa scho in der Hand ghabt und eingsteckt. I steh auf und setz mi breitspurich vor ihn hin. Die Situation könnerns sich gar net vorstellen. Da muß ma a Phantasie ham. Alstern er hat a Gsicht gmacht wie a verbogene Wagendeichsel. Was soll i Ihnen da noch viel derzähln . . .« Er hielt absichtlich inne und schielte auf die Tanzenden.

Sophie stieß ihn ungeduldig mit dem Knie. »Da schauns her! No und was war dann weiter?«

Sikora schluckte sich den Mund frei. »Da hab i halt mein Coup gmacht, mein Mali. I hab mi für an Kriminaler ausgebn und die

Herrschaften ausm Lokäul auf die Straßen nausbeten. Draußen hab i nur die Hand hinghalten, da hat er mir scho 's Geldtascherl gebn. Nachher hab i aso tan, als wenn i den Kriacher aus Mitleid laufen lassen tät. Aber i hab dann noch a harte Arbeit ghabt, damit i die alte Schabraken loswer. Absolut hats mir ihren Dank ausdrücken wollen. Kenn i scho, die Ausdrückerei. Das könnerns sich leicht vorstellen, was gwollt hat, die gfährliche Alte.« Wie in der Erinnerung noch angeödet, warf er seinen Lebkuchen fort. »Aber wolln ma jetzt net ans tanzen? I hab scho gnug von derer ganzen Gschicht.«

Von ihr geradezu unterjocht, drängte Sophie ihren Busen gegen ihn und hob gehorsam die Elbogen.

Sikora schrotete diese Hingabe augenblicks mit gierigem Druck aus, weshalb Sophie keuchend mit den Füßen gegen seine Beine trat.

Sikora versuchte, sie durch Schmeicheleien abzulenken, erhielt jedoch einen so heftigen Stoß in den Rücken, daß er locker ließ. »Ui! Aber die Jazz-Musi, da laß i nix drauf kommer.«

»I a. I hab 'n zum Fressen gern, den Jazz.« Sophie sprach dieses Wort nicht wie er buchstabengetreu aus, sondern wie ›Schatz‹.

Sikora glaubte, sie mache ein Wortspiel, und preßte hervor: »Fressens mi halt, siaße Sopherl!«

»Das könnt mir passen!«

Aufprustend überließ Sikora seine hemmungslosen Beine den tyrannischen Takten des Fox-trot.

Der Tanz gestaltete sich für ihn nicht nur zu einem Genuß von auserlesener Fülle, hielten doch Sophies Formen nur zu sehr, was die Linien versprochen hatten, sondern auch zu einem Triumph von ungeahntem Ausmaß. Denn Sophie, ohnedies der Kraft und dem Mut ihres Tänzers bereits zugetan, hatte es sich durch den Kopf gehen lassen, in welcher Gefahr sie geschwebt hatte: vielleicht hatte Karl, der Geohrfeigte, nur deshalb noch nicht an ihren Ersparnissen sich vergriffen, weil er etwas viel Schlimmeres geplant hatte; vielleicht war sie durch das kühne Eingreifen dieses Unbekannten vor ganz Entsetzlichem bewahrt worden. Ein von Dankbarkeit, wohligem Schauder und Innigkeit durchquollener Blick entstrahlte ihrem Auge.

Sikora sah ihn. Halb vor Erstaunen, halb vor Seligkeit geriet er aus dem Takt. Sofort aber riß er den schwül vor ihm schwankenden Busen mit kraftvollem Schwung wieder an sich, so daß er die Rippen spürte und Sophie einen stechenden Schmerz.

»Au!« Sophie verzerrte übertrieben ihre Züge. »Werns net aufhörn? Sie tun mir ja weh.«

»Die wahre Lieb tut immer weh«, zischte Sikora ihr betörend in die Haare. »Ach, du Siaße, du Siaße, i hab di damisch gern. Sag, hast du mi aa, Sopherl?«

Wie zur Abwehr, aber gänzlich erfolglos, wand Sophie, verlegen lachend, den Oberkörper. »Aber wissen möcht i jetzt endlich, wiest eigentlich heißt, du Strick.«

»Franzl.«

»Das gfallt mir. So hat mei Bruder gheißen, der an die Masern gestorben is. Und wie noch?«

»Sikora.«

»Jessas, bist du vielleicht gar a Böhm?«

»A halber.« Hierauf versetzte Sikora ihr auch schon anderweitig vorgebrachte und ihm darum sehr parate Teile seiner Biographie. Und als er eine Stunde später, die Büste Sophies im Arm, in die Lange Pannekoekstraat einschwenkte, war es ihm darum ein Leichtes, durch Veranstaltung etlicher Kuß- und Kampfstationen die letzten Verheerungen im Widerstand seiner sehnlichst Begehrten anzubringen.

Erst gegen ein Uhr nachts langten die beiden auf dem Goudschen Singel an und vor dem Haus, in dem Sophie eine Mansarde des Geflügelhändlers Pet Comans bewohnte, dessen Ladenangestellte sie war. In ihren Zügen leuchtete zwar ein einziges Ja, in ihren Beinen aber war immer noch Kampfeslust. So daß Sikora ihr schweigend den Hausschlüssel aus der Hand riß und, vorsichtig seines schäbigen Anzuges wegen das helle Licht einer Laterne meidend, das Tor aufschloß, in das er Sophie mit einem so unerwarteten Stoß hineinbeförderte, daß sie einige Meter weiterstolperte und fast zu Fall gekommen wäre . . .

Als Sikora das Haus verließ, polterte es von einem nahen Kirchturm sechs. Er reckte sich ein bißchen und atmete tief den Dunst der morgendlich trüben Straße. Dabei las er auf dem Schild über dem Laden neben dem Haustor die Worte: ›Wild en Gevogelte‹. Er lachte wiehernd auf.

Ein altes Weib, das einen Korb mit Fischen vorbeischleppte, schüttelte mißbilligend den Kopf über ihn.

Sikora rief ihr, sich die Hände reibend, nach: »Naa, naa, du alte Kletzen, da steh i als a Ganzer da.« Denn er war überzeugt, daß er bald noch ganz anders dastehen würde. In seiner Rocktasche befand sich nämlich ein englischer Matrosen-Paß, dessen Photo der Stempel kaum erreicht hatte und der für ihn deshalb einen weitaus größeren Wert darstellte als Sophies Ersparnisse, die er nach gestillter Leidenschaft zwar gesucht, nach reiflichem Erwägen aber unberührt gelassen hatte.

Deiters Putsch

Piotr Deiter, ein Russe, erwachte am 18. April 1925 um vier Uhr morgens durch einen Kanonenschuß: es gab in Lissabon wieder einmal einen Militärputsch. Vor dem Fenster war nichts als Rauch zu sehen. Als er sich verzogen hatte, gewahrte Deiter, daß das gegenüber befindliche Haus eingestürzt war und die den Hof abschließende Mauer. Da der Portier das Haustor unter keinen Umständen geöffnet hätte, war Deiter jäh dazu entschlossen, über den Hof fortzugehen, um gewisse lustvolle Erinnerungen an die Wirkung der Kanonenschüsse des vorletzten Putsches zu einem speziellen zu verwerten.

Als er nach wenigen Minuten in der Rua da Gloria stand, fiel ihm ein, daß er vergessen hatte, zweckentsprechend sich anzukleiden. Deshalb stieg er durch ein Parterrefenster in das nebenan befindliche Haus seines Freundes Poito, der gar nicht verwundert war, sondern ihm dafür dankte, ungeachtet der Gefahr zu seinem Geburtstag gekommen zu sein. Deiter gratulierte, frühstückte, die Abwesenheit Zoilas bedauernd, und wußte Poito später zu veranlassen, zum Zeitvertreib ihm seine sämtlichen Anzüge vorzustolzieren. Als man beim achten angelangt war, machte er den Scherz, den neunten sich selber anzuziehen, und tänzelte, gleich einem Mannequin, vor Poito hin und her.

»Er paßt dir ausgezeichnet.« Poitos Auge expertierte.

»Wie für mich aus der Kanone geschossen.«

»Ein Volltreffer!«

»Bum!« Und Deiter schüttelte miteins herzlich Poitos Hand, mit gerührter Stimme hauchend: »Ich danke dir dafür!«

Poito machte ein dummes Gesicht. Als er begriff, lächelte er grandseigneuresk und ließ es dabei bewenden.

Mit diesem Truc besorgte sich Deiter seit mehreren Jahren seine Garderobe. Er behielt die neue Akquisition, mit der er Großes vorhatte, auf dem Leibe, drückte sich unter einem Vorwand und eilte alsbald auf die Praça do Rio de Janeiro. Hier blickte er siegesgewiß auf ein Fenster der zweiten Etage jenes stattlichen Gebäudes, das Zoila bewohnte. Durch das Fenster des Parterre-Abortes drang er ins Haus und ungesehen bis zum Schlafzimmer Zoilas vor, die zum Zeitvertreib mit ihrer Freundin Delfina telefonisch alte Erinnerungen austauschte. So erfuhr er, daß diese, die seit zwei Jahren die Gattin da Silvas war, eines hohen Justizbeamten, mit Zoila voreinst in Paris die Straße gemacht hatte; daß beide in der Rue de la Montagne-Sainte-Geneviève ein Maison meublée bewohnt und daselbst und bei Vachier allerhand Unsägliches erlebt hatten.

Als Deiter nachher eintrat, war Zoila, die den langjährigen Freund Poitos nur wegen seiner Verwendbarkeit duldete, zum ersten Mal von seinem Erscheinen entzückt: sie ängstigte sich sehr. »Aber die Kugeln fliegen doch nur so herum! Ich habe sogar die Fensterladen schließen und Licht machen müssen.« Sie nahm verzagt ihr Gesicht in die Hände.

Deiter, dessen Mut bloß der ihm angeborene Leichtsinn war, kniete, eine Grimasse schneidend, nieder. »Ohne dich halte ich es keinen Tag aus. Erhöre mich oder ich benütze die Gelegenheit.«

Zoila lachte. »Ich könnte dir nicht einmal davonlaufen.«

»Und würdest du schreien, käme sicherlich niemand. Man würde glauben, es hätte dich eine verirrte Kugel getroffen, und nur um das eigene Leben zittern.« Deiter ließ, es ihr vorführend, seine Arme schlottern.

Da donnerten in großer Nähe rasch hinter einander mehrere Kanonenschüsse. Zoila schlug sich, ebenso oft erschreckend, die Hände auf den Mund, während Deiter die Wiederkehr jener gewissen Wirkungen mit einem leisen Zungenschnalzen begrüßte und den Rock sich auszog.

Von dieser Geste indigniert, lallte Zoila: »Du hast ja schon wieder einen neuen Anzug.« Plötzlich aber schrie sie auf. »Eine Kugel hat eingeschlagen.«

Es war keine gewesen, sondern ein Tischchen, das Deiter umgestoßen hatte. Er sprang herzu, um Zoila, die bleich geworden wankte, zu stützen. Der hierbei unvermeidliche Kontakt trieb ihm das Blut in Kopf und Rumpf.

In diesem Augenblick fiel, diesmal de facto und in unmittelbarer Nähe, ein Kanonenschuß.

›Es wirkt wunderbar‹, jauchzte Deiter innerlich, ließ die Jammernde auf den Divan fallen, zog hinter ihm Weste und Hose aus und wartete auf Zoilas völlige Zermürbung durch den nächsten Kanonenschuß.

Der fiel denn auch prompt. Den neuerlichen Tränenstrom Zoilas ignorierend, warf Deiter sich über sie und genoß neben nennenswertem Widerstand eine halbe Stunde lang den von Schluchzen erschütterten Leib einer Halbohnmächtigen, die bei jedem folgenden Kanonenschuß aufschreiend an ihren Peiniger sich klammerte. Deiters Putsch war geglückt.

Bald darauf wieder auf der Straße, verließen seine Gedanken den errungenen Triumph. »Diese Delfina!« Und schon überlegte er, wie er sie ihrer Freundin hinzugesellen könnte. Da sah er, daß der Portier des Hotel Atlantic den Kopf durch die Tür steckte. Er sprang herzu und drängte sich unter dem Vorwand ein, sich bergen zu wollen; in Wirklichkeit aber, um telefonieren zu können.

Der Ereignisse wegen wünschte die Beamtin zu wissen, wer er sei.

»Paolo Poito ist mein Name. Erster Sekretär Vasco da Fleites. Ich spreche vom Atlantic aus.« Und bald darauf hörte Deiter den holden Sopran Delfinas:

»Wer ist denn am Apparat?«

»Paolo Poito.«

»Aber Sie haben doch eine ganz andere Stimme als sonst.«

»Der Schreck ist mir in die Glieder gefahren. Ich war nämlich soeben bei Zoila. Sie hatte gerade mit Ihnen telefoniert, als ein Schuß ins Zimmer . . .«

Delfina schrie auf.

»Beruhigen Sie sich! Sie ist unverletzt. Aber halb wahnsinnig. Wollen Sie sie nicht aufsuchen? Aber bitte nicht telefonieren! Sie liegt im Bett und hat Kompressen auf der Stirn.«

»Aber die Revolution . . . Ich kann doch nicht . . .«

»Ich werde Sie führen, Senhora. Ich bürge dafür, daß Ihnen nichts zustößt. Ich erwarte Sie neben Ihrer Haustür. Ich flehe Sie an . . .«

»Mein Mann ist in Belem, im Schloß, bei einer Sitzung . . . Ich kann doch nicht . . . Si, si, also ich komme.«

Deiter sprang aus dem Fenster des Lesezimmers und lief in die Travessa de Sant Antao. Nach wenigen Minuten erschien Delfinas in einen dichten Schleier gehülltes Köpfchen und blickte beunruhigt darüber, nicht Poito vor sich zu haben. Deiters schöner Anzug beschwichtigte sie jedoch schnell; auch seine vor Ergebenheit bebende Stimme:

»Ich bin Poitos Sekretär. Seit zwei Tagen. Er wurde, kurz nachdem er mit Ihnen telefoniert hatte, weggerufen. Das Haus, wohin er sofort kommen wird, ist nur ein paar Schritte von hier entfernt.«

Die Aufregung, das Knattern der Schüsse und das Ungewöhnliche der ganzen Situation verhinderten Delfina, des Unwahrscheinlichen, das Deiter berichtet hatte, sich bewußt zu werden. Sie schlug, beinahe glücklich darüber, tapfer sein zu können, den Mantelkragen hoch und folgte ihm, der sie um die Ecke führte, in die Rua da San Juliao, allerdings in deren unteren ordinären Teil. Hier pochte er an die Tür des Hotel Lisboa, eines üblen Absteigequartiers.

Während Delfina die Häuser entlang geeilt war, hatte sie kaum gewagt, aufzublicken, achtete auch jetzt auf nichts und wunderte sich erst, als er ein kleines düsteres Zimmer öffnete, aus dem ihr der Geruch von nasser Wäsche und vergossenem Wein entgegenschlug. »Olà!« Sie hatte in einer Ecke ein Bett erblickt.

Da hatte Deiter sie jedoch schon ins Zimmer geschoben und zugesperrt. »Setzen Sie sich und tun Sie so, als wären Sie in der Rue de la Montagne-Sainte-Geneviève. In dem Meublée schräg gegenüber dem Bal Vachier.« Er zog sich die Weste aus.

»Vach . . .?« Delfinas Mantel glitt von den Schultern. Ihr Schleier schwebte zu Boden.

»Von einem klingenden Entgelt kann selbstverständlich nicht die Rede sein. Und von dem Coup der Entsprungenen rate ich ab.«

»Ent . . .« Delfinas Finger machten vage Bewegungen um den Mund. Nur in ihrem verloschenen Blick war schon jetzt das entsetzte Ahnen dessen, was da kommen würde.

»Entgelt sei das unverbrüchliche Schweigen über Ihr so viel bewegtes Vorleben. Selbst über die Plünderung der Wohnung des alten Pinaud.«

Delfinas Brust ging hoch: sie hatte alles begriffen. Ihre Finger durchstöberten zitternd ihre Taschen: leer. »Ich gebe Ihnen morgen . . .«

Deiter lauschte: das Knattern der Gewehre hatte aufgehört, und seit langem war kein Kanonenschuß mehr gefallen. Er lächelte mühsam, hoffte aber schnell, es auch ohne jene Wirkungen zu erreichen. »Ziehen Sie sich aus!«

Delfina, die ihn unablässig und wie von Sinnen angestarrt hatte, kreischte auf. Doch Deiter war schon neben ihr, riß ihr die Kleider vom Leib und schleuderte die Tobende aufs Bett. Da sah er, halb über sie geneigt, wie sie die Lippen öffnete, entschlossen zu einem markerschütternden Schrei. Den Bruchteil einer Sekunde überlegte er. Dann zog er den Mund zusammen und spie Delfina in die Kehle. Sie verging fast vor Ekel. Es war, als brächen ihre Augen.

Ihr ganzer Körper sank in sich zusammen und bebte leise. Da packte Deiter seine größte Leidenschaft, die Grausamkeit. Er spie Delfina unaufhörlich ins Gesicht, während er den wesenlos gewordenen Körper vergewaltigte . . .

Eine Viertelstunde später gab er dem Portier der Travessa de Sant Antao einen Brief für Delfina und rannte zu Poito, der diesmal sehr verwundert war. »Aber wie sieht denn nur deine Hose aus!«

Deiter blickte an ihr hinunter. »Verflucht!«

»Kenne ich die Glückliche?«

»Hast du Benzin?« Deiters Ohren lauerten, als er hinwarf: »Übrigens habe ich da Silvas Frau gesehen.«

Poito riß es herum. »Diese Frau hast du . . .?«

»Gesehen!« Deiter schmunzelte orientiert. »Es war die kleine Saraf vom Salao Foz. Wo ist das Benzin?«

Poito suchte stürmisch. Alsbald mit Erfolg.

Während Deiter sich die Hose putzte, detaillierte er: »Delfina kam aus dem Atlantic, als ich vorbeiging. Der Portier schrie hinter ihr her. Ein mutiges Weib! Sie bat mich, sie heimzubegleiten. Jetzt wäre, meiner Ansicht nach, der Moment für dich da.«

»Für mich?« Poitos Hände gehabten sich, als dirigierten sie ein unsichtbares Symphonie-Orchester.

»Ich brauche dreihundert Eskudos.« Deiter pfiff. »Für meine kranke Tante in Porto.«

»Wieso – der Moment?«

»Eigentlich keine große Summe. Aber doch schwer aufzutreiben.«

Poito maß ihn verblüfft und angewidert zugleich. »Du könntest ein Assaoul sein, wahrhaftig. Aber wenn du wirklich etwas weißt, das mir . . . dann zerreiße ich diese drei Scheine hier in zwei Hälften.«

»Wann bekomme ich die fehlenden Hälften?«

»Wenn es mir bei Delfina gelungen sein wird.«

»Das kannst du nachher leugnen.« Deiter spuckte in die Hände und rieb sie, da Poito von einem Fuß auf den andern trat. »Zerreiß die Scheine!« Als seine Finger das Geld fühlten, wurde er liebenswürdig: »Die anderen Hälften, lieber Paolo, wirst du mir geben, wenn ich dir die Hälfte der Details, die du brauchst, gesagt haben werde.« Sobald Poito zustimmend gesummt hatte, stellte Deiter sich hin, als hätte er jahrelang in der Rua do Ferregial gewohnt. »Vittorino da Silva ist jetzt in Belem, Delfina also allein. Das ist die eine Hälfte.«

Poito rümpfte die Nase. Die von neuem in ihm erwachte Gier nach der Frau, die er seit Jahren vergeblich begehrte, ließ ihn jedoch nicht weiter sich bedenken.

Deiter steckte die anderen Hälften fürsorglich ein. »Delfina ist durch den Kanonendonner und die Angst auf der Straße erschöpft und willenlos, aber aufgeregt. Du wirst also keine Schwierigkeiten haben. Außerdem hat sie eine tolle Szene mit ihrem Mann hinter sich. Und schließlich weiß sie schon, daß du kommst.«

»Was?« Poito hob die Faust zum Schlag. »Du hast eine Schurkerei gemacht? Antworte!«

Deiter spie nachlässig aus. »Alles wahrhaft Schwierige gelingt doch nur durch Schurkerei. Zum Beispiel jeder Reichtum. Auch jeder Staat. Ohne Schurkerei würde er sich überdies in wenigen Stunden in nichts auflösen. Deshalb haben wir doch so oft Revolutionen. Portugal hat zu brave Präsidenten. Und da willst du Delfina kriegen, indem du mit dem Finger winkst?« Er lächelte Poito spöttisch zu. »Du bist angekündigt und hast nichts weiter zu tun, als eine ernste Miene aufzusetzen und deinen Rock auszuziehen . . . Sie wird aufschreien und sich sofort hinlegen. Aber es eilt.«

Noch kämpfte Poito mit sich. »Sag, was sich eigentlich zugetragen hat!«

»Erst, wenn du ihr Liebhaber bist«, gackerte Deiter, »werde ich dir für einen gewissen Betrag sagen, womit du sie so in die Hand bekommst, daß sie dich niemals verabschieden kann, dir vielmehr eine schnelle Justizkarriere vermitteln muß.« –

Nicht lange nachher erschien Deiter noch einmal bei Zoila, die bei seinem Anblick sich wimmernd aufsetzte, aber doch begann, sich die Haare zu ordnen. »Was bringst du denn da?«

Deiter warf ein Bündel in die Ecke. »Meinen alten Anzug.«

»Paolo hatte übrigens denselben. Du nimmst wohl deinen Freunden alles weg?«

»Einiges überlasse ich auch den Damen.«

Da klingelte das Telefon. Zoila stürzte sich auf den Hörer. »Ah, Delfina . . .«

Mit einem Satz war Deiter neben ihr, ergriff den anderen Hörer und sprach in die Muschel: »Ich möchte Sie nur bitten, Senhora, Poito, der jetzt wohl schon bei Ihnen sein wird, zu sagen . . .« Da Zoila sich anschickte, ihm den Hörer auf den Kopf zu schlagen, schrie er: »Rufen Sie ihn lieber ans Telefon!« Als er Poitos Stimme hörte, preßte er Zoila den Hörer ans Ohr, das nun den unwiderlegbaren Beweis dafür erhielt, wie sie betrogen worden war.

Als sie endlich aufhörte, zu heulen, sagte Deiter: »Ich räche dich, wenn du mir dreihundert Eskudos für meine kranke Tante in Porto gibst und meine Geliebte bleibst, bis ich eine andere habe.«

Zoila warf ihren Körper gegen den seinen, überall ihn mit beiden Händen umschmeichelnd. »Aber du mußt Paolo ruinieren!«

Deiter schmatzte zustimmend, war jedoch zu ermüdet für jede weitere Aktivität. »Nimm die Finger weg! Jetzt reden wir von Geschäften.« Er streckte ihr die flache Hand unter die Nase. Sein Putsch war über die Maßen geglückt.

Im Hotel Fleißig

einem kleinen Hotel in der Warmoesstraat in Amsterdam, wohnte Fietsch seit einer Woche. Hier fühlte er sich sicher. Die Wirtin, eine dicke faule Person, nahm sich nicht einmal die Mühe, ihren Gästen ins Gesicht zu sehen. Kein Kellner. Nur ein altes verhutzeltes Stubenmädchen schlurfte von Zeit zu Zeit über den Korridor. Besser hätte Fietsch es nicht treffen können. Bis fünf Uhr nachmittags lag er im Bett, unzählige ›Miss Blanche‹ rauchend. Dann machte er lange und penibel Toilette, da er die Vorsicht, sich umzuarrangieren, nicht außer acht lassen wollte, und begab sich in das nur einige Häuser weiter unten am Hafen gelegene Café De Sleepdienst. Nach Einbruch der Dunkelheit machte er einen ausgedehnten Rekognoszierungsgang durch den Hafen und nach Mitternacht einen Besuch im Boardinghouse Hong Tonks, das hinter einer zivilen Fassade ein konträres Treiben verbarg. Und gegen fünf Uhr morgens lag er wieder in seinem weichen Bett im Hotel Fleißig. Dieses Leben gedachte er so lange wie nur möglich fortzusetzen, um sich in Vergessenheit zu bringen und eines Tages, ein ganz neuer Herr, seiner Existenz jenen großartigen Schwung zu geben, dessen sie zu seinem Leidwesen bisher entraten hatte. Da aber führte ein ganz unvermutetes Intermezzo eine vorzeitige Wendung herbei.

Fietsch war eines Nachts schon gegen drei Uhr heimgekommen und hatte soeben seine Schuhe ausgezogen, als es klopfte. Er hielt inne und lauschte. Dann lächelte er: entweder hatte er sich getäuscht oder irgendwo im Hotel wurde ...

Da klopfte es abermals. Diesmal war jeder Zweifel ausgeschlossen: es hatte an *seine* Tür geklopft. Er stellte den Schuh, den er noch in der Hand hielt, unhörbar auf den Boden, schlich sich von der Seite her zur Tür und blickte durchs Schlüsselloch: jemand stand dicht davor. Fietsch zögerte immer noch, da er niemanden in Amsterdam kannte und niemand seine Adresse. Da fiel ihm ein, daß bei ihm ja Licht zu sehen war, also ein Hotelgast draußen sein konnte, der irgend etwas brauchte. Schon wollte er öffnen, als es wiederum klopfte. Dieses Klopfen, das eigentümlich kurz und gleichmäßig gewesen war, ließ ihn innehalten: so klopfte man im Gefängnis. Es war also einer von der Zunft draußen oder ein Piper. Fietsch überlegte. Nicht lange. Denn wie fast jeder in solchen

Augenblicken neigte auch er dazu, das Angenehmere zu glauben. Mit einem Ruck sperrte auf.

Vor ihm stand ein untersetzter Mann in einer abgetragenen Winterjacke, aus deren Tasche eine Mütze lugte. Seine kleinen dunklen Augen funkelten, während er mit der Hand verlegen sich durch das spärliche rötliche Haar fuhr. »Jestattense, aba ik . . .«

Fietsch ließ seine Augen nicht von den Händen des Mannes; auch nicht, als er ihn an der Schulter ins Zimmer holte. »Wat wollnse denn?« Er drehte den Schlüssel um.

»Ik möchte Ihn bitten . . .«

»Kennse mia denn?« Fietsch stand steif vor dem Mann. Nur seine Augen umeilten ihn.

»Ik wohne nämlich schon zwee Taje hia. Unten am Ende vom Jang. Aba kenn tu ik Ihn nich. Det heeßt, ik habe Ihn jestern Puppchen feifen jehört.«

Fietsch wurde mißtrauisch. »So. Also det hab ik nu jar nich jerne, wenn eener wat heert.«

Der Mann knöpfte, unliebsam berührt, den Katzenfellkragen seiner Jacke auf. »Jestattense bitte, aba det is een falscher Vadacht.«

Fietsch hob die rechte Hand in Kopfeshöhe, senkte die Finger horizontal und winkte mit ihnen. »Na, heiß is Ihn ja schon.«

»Jestattense . . .« Der Mann nahm den Katzenfellkragen ab, den er neben dem Schenkel baumeln ließ. » . . . wenn ik Ihn wiedahole, detse sich in een schweren Irrtum befinden.«

»Na, Spanier sindse jedenfalls nich.« Fietsch grinste mit schief offenem Mund. »Sonst hättense keene Jlatze.«

Der Mann ärgerte sich erstaunlicher Weise und ripostierte: »Na un Sie? Sie ham ja falsche Haare.«

»Det Arjument jejen mia is ja nu bei die Haare herbeijezochen.« Fietsch, der seine Antwort für geistreich hielt, pflegte sie in solchem Fall stets anzubringen. »Ik friere nämlich uffm Koppe. Aba wie hamse denn det so schnell jemerkt?«

»Falsche Haare liejen so liniert.«

»Nich schlecht. Nu aba . . .« Fietsch warf einen Blick auf seine neben dem Bett an der Wand hängende Taschenuhr. »Dreie is durch un Nacht. Wat wollnse denn nu eejentlich?«

Der Mann wand die Hände vor dem Bauch. Und plötzlich huschte ein schüchtern flehender Blick zu Fietsch empor. »Ik möchte Ihn bitten, Se solln mia een Rat jeben.«

Fietsch, durchaus noch nicht sorgloser geworden, hüstelte trokken. »Det is imma ne vataifelt dumme Jeschichte. Wenn man een mal erst nen Rat jeben muß, denn is ihm jewöhnlich ieberhaupt nich mehr zu helfen.«

»Bürstense mia nich jleich ab«, sprudelte der Mann, miteins nervös, hervor und setzte sich auf den nächsten Stuhl. »Et is mia schon noch zu helfen. Ik muß mia bloß ofee machen bei een, der sich auskennt.«

»Woher wissense denn, det ik mia da auskenne?« Fietsch dehnte eindrucksvoll die Stimme. »Ik weeß zwar jar nich, watse meen, aba ik meene . . . Se ham doch selber zujejeben, detse mia nich kenn. Also ruddelnse nich!«

Der Mann stand auf, als wollte er auf ihn zugehen und mit einem einzigen Wort ihm alles erklären, setzte sich aber schnell wieder, als wäre es ihm so leichter, zu sprechen. »Ik bin nämlich noch sehr jung. Zwoundzwanzich. Aba een jewissen Blick hab ik nu doch schon. Und wie ik Ihn jestern feifen jehört habe, da hab ik mia Ihn nachher anjeschaut, wiese fort sind. Und da hab ik nu jleich jesehen, ne Nulpe is det nich.« Er schwieg, scheu um sich blickend.

»Unjelechte Eier!« Fietsch hatte längst die Hände in den Taschen: die eine hielt den Browning umklammert, die andere sein Schnappmesser.

In diesem Augenblick wurde ein langsam stärker werdendes Kratzen vernehmbar und bald darauf hohles Pochen.

Fietschs Gesicht, das sich bedrohlich verfinstert hatte, hellte sich auf: jemand kam die Treppe empor und kratzte mit dem Schlüssel an der Mauer. Die Tür des Nebenzimmers wurde aufgesperrt. Die leise Stimme einer Frau war zu hören und die heisere eines Mannes.

»Sehnse mal.« Fietsch wies verächtlich mit dem Kopf auf die Wand. »Der eene nimmt sich wat Solides vor und der andere eene Dame. Die da drieben haut ihn dafier. Jleich wernse.«

Man hörte das falsche Lachen einer Frau, die sich auszieht, und das geile des zusehenden Mannes.

Als es still wurde, sagte Fietsch eisig: »So. Also ik bin keene Nulpe. Darf ik Ihn bitten . . . wat ik bin?«

Der Mann hustete langwierig. »Eener, der schon jesessen hat.«

Fietsch lächelte mit offenem Mund. Dann nahm er die Hände aus den Taschen. Sein Mißtrauen war zwar noch nicht ganz beseitigt, aber so viel stand jetzt fest, daß sein nächtlicher Besucher ein Neuling war. »Also un wenn ik schon jesessen hätte . . . wat dann?« Da er ihn neuerdings die Hände winden sah, duzte er ihn: »Wie heeßt du eejentlich, du Hurtich?«

Wider alles Erwarten wurde der Mann daraufhin nur noch scheuer.

Aus dem Nebenzimmer erklang leises Mundharmonikaspiel.

»Himmelkreuzschwerenotnochmal! Musike macht die Bande ooch noch! So mach schon det Maul auf!« Fietsch trat auf den Mann zu und rüttelte ihn an den Schultern.

»Ik bin der Lang aus Dessau un Antisemit.«

»Na endlich!« Fietsch ließ ihn los. »Un Antisemit biste ooch. Det is mia piepe. Ik bin ja nu keen Jude, aba von de Toleranz. Det kann nie schaden.« Er setzte sich aufs Bett, die Füße unter die Schenkel emporziehend. »Also wat is nu los!«

Lang drehte ihm mit beiden Händen den Stuhl zu. »Ik hab et ja jewußt, detse mia nich so mia nischt dia nischt vor de Tiere setzen werden.«

»Mia wat, dia nischt!« Fietsch lachte kurz.

»Nee, nee, machense keene Witze! Die Sache is mia sehr ernst.« Lang machte eine beteuernde Geste mit dem ganzen Arm. Dabei stieß er ein Glas vom Tisch, das zerbrach.

»Liesenschmalz!« brummte Fietsch, ohne sich jedoch zu ärgern. »Laß man! Setz dia! Schieß nu schon los! Aba machs kurz! Is schon später.«

Lang suchte einen Ruheplatz für seine aufgeregten Hände. Schließlich legte er sie unterhalb des Stuhls an das Holz und hob den Kopf. »Et wa bei meine letzte Tour nach Southampton, wo ik wejen die Ankunft von die ›Almanzora‹ . . . Ik hatte da wat vor, nich? Da hat et eben anjefang, wie ik uff de Waterloo Station injestiejen bin. Et wa valleicht finf Minuten vor Abjang des Zuches, wie een junger Mann de Wagontiere uffreißt un fracht, ob det der Zuch nach Gravesend is. Ik mach nee mitm Koppe. Und denn janz kurz vor Abjang des Zuches is een janz hibsch anjezochener Mann jekomm un setzt sich mia jejenieber in de Ecke. Jleich hinter ihm aba is eener injestiejen, der is so plänär uff Piper herjerichtet jewesen, det man hätte meen sollen, et wär eener. Un det sollte ik woll jerade, nich?«

»Aha!« machte Fietsch wissend. »Ik rieche den Kitt schon. Aba azähl nua mal un ohne Salm, wenn ik bitten darf, wa?«

»Jawoll . . . Also un an die letzte Station vor Southampton is er ausjestiejen. Det is meine erste Beobachtung. De zweete is die. Ik habe mia een Zimma jenomm. Im South Western House. Mitten im Hafen zwischen de Schien und Docks. Det wa am Tache, wo die ›Almanzora‹ fällich wa. Im Hotel saje ik, ik will morjen mit die

›Araguaya‹ nach Buenos Aires. Nu hat aba die ›Almanzora‹ in Le Havre irjendeen Malöhr jehabt un is een Tach später anjekomm. Een ekelhaftet Pech! Also ik entschließe mia anders. Ik jeh nich nach Southampton, sondern ik hocke im Hotel. Abends is een alter Herr an mein Tisch jesessen un hat jleich jeschmust mit mia. Allens janz stur un kaff. Aba beim Wechjehn hat er mia jefracht, ob ik nich valleicht von Jöteborch komm. Ik saje nee. Wie er wech is, is mia aba wiederjekomm, det ik uff die Waterloo Station von nem Koffer von eener Dame, die ooch jewartet hat... Ik habe det so jemacht, wie eener sich die Stiebel bindet... Da habe ik also ne Etikette abjenomm, ›Göteborg Hotel‹ is druff jestanden, un injesteckt. Ik habe ihr aba erst, wohljemerkt, uff mein Koffa jepicht, wie ik im Zimmer jewesen bin. War et also nich sehr uffällich, det der alte Jlimma da jerade uff Jöteborch jetippt hat?« Lang hatte während der letzten Worte die Hände vom Stuhl gelöst und machte eifrige fahrige Gesten.

»Keen Salm!« brummte Fietsch. »Un 'n bißken jeschwinda! Klöhn nich so!«

Lang wand den Kopf im Kragen, als hätte er auf einen Abszeß im Nacken zu achten. »Un nich vorher hab ik den Alten jesehn un nachher ooch nich mehr. Un jetzt kommt de wichtichste Beobachtung. Also am andern Vormittag is die ›Almanzora‹ injeloofen. Vaninfticher Weise eene Stunde bevor die ›Araguaya‹ raus is. Da hat et also nich uffalln könn, det ik uffm Quai wa. Mein Kunden habe ik jleich jesehn. Uff der Hühnerleiter is er jestanden un hat Winke-winke jemacht. Wie er runter wa, bin ik seim Diena nach in de jroße Jepäckshalle. Mein Plan is jewesen, ik laß ihm int Jespräch vawickeln un zwischenmank schwenke ik die Koffa ab. Et is aba janz anders jekomm. Wie mein Dackel den Diena uff englisch anquasselt, schmust mia eener an. Ik seh sofort die Zahl. Der wars, der mit mia im Zuch nach Southampton jefahren is un mia ooch nich eenmal ins Oje jeblickt hat. Ik weeß jar nich mehr, wat er mia da vorjesung hat. Quatsch natierlich. Aba wie ik 'n endlich los wa, ist von mein Dackel un der Diena nischt mehr zu sehn. In London habe ik erst meine Wut jeschluckt un wa schon halb beschickert, wie mia mein Dackel am Kinne jreift. Wie durch een Wunda hat die janze Chose nu doch noch jeklappt. Der Diena hat nämlich jerade in die entscheidende Minute längeres Jroßes zu varrichten jehabt, un wie mein Dackel mia hat vahindert jesehn, hat er allens alleene jemacht.« Er wetzte mit dem Hintern und klimperte mit den Fingern auf die Knie. »Det is allens. Aba ik jloobe, da brauchense keene Federwache, nich?«

Fietsch ließ seine Füße los, die auf den Boden schnellten, und neigte sich vor, die Elbogen auf den Knien, die Wangen in den Händen. »Nee, brauche ik nich. Is doch nischt passiert.«

Langs Finger lagen still. »Nu machense sich man keen Streußelkuchen mit mia!«

»Doje spritzte!« Fietsch lallte vor Vergnügen. »Fiehlste dia immer noch nich sicha in die Haut, meine Lobelle? Ik seh dia doch durch un durch.«

»Jawoll. Un ik geniere mia da jarnich.« Lang hob erleichtert die Hände. »Ik möchte nua erstens . . .«

»Pscht!« machte Fietsch befehlend. »Det is een sehr miesa Zustand, ik weeß. Aba nu saje mal, haste schon mal mit die Piper zu tun jehabt?«

Lang streckte den Zeigefinger der rechten Hand aus und machte mit dem Daumen die Bewegung des Hahnaufziehens. Dabei schüttelte er heftig den Kopf.

Fietsch wandte das Gesicht ab. »Ik meene natierlich nich jleich kabore lejen. Ik seh schon, du weeßt noch jar nischt von wiese arbeeten. Hast nua so deine Privatbeobachtung jemacht, wa?«

Lang nickte mit funkelnden Augen und dem ganzen Körper.

Fietsch drehte seinen langen Oberleib vor, nahm mit einem schnellen Griff Lang die Zündholzschachtel aus der Brusttasche und zündete sich eine ›Miss Blanche‹ an. »Nu hör mal, mein Junge. Vadächtijen kannste allens, wenn de willst. Aba fier een Vadacht ne jesunde Basis finden, det is imma vaflucht schwea. Hast dia ja ooch selber jesacht, det da eener schon keene Nulpe nich sin darf. Na, da haste et nich schlecht jetroffen mit mia.« Er wedelte sich den Zigarettenrauch unter die Nase und sog ihn entzückt ein. »Nu man scheen der Reihe nach! Beobachtung eens willste schließen, det der junge Filz von de Wagontiere et zua Konstatierung jemacht hat, ob de effektiv im Coupé sitzst. Bong. Dein plänärer Piper willste schließen, det der schon an un fier sich un vonwejen det Aussteijen an die vorletzte Station die Uffjabe jehabt hat, den hibsch anjezojenen Knoppel in die Ecke jejen Vadacht zu decken. Bong. Beobachtung zwo willste schließen, det der alte Jlimma beim Essen een Piper wa un ieba die Jöteborch-Etikette im Bilde un bei die Inspizierung von dein Zimma hat er ihr uff dein Koffa jesehn. Daher die Fraje, ob de von Jöteborch kommst. Absicht, um dia sicha zu machen, wa? Bong.«

Lang wackelte auf seinem Stuhl vor Freude. »Jawoll, jawoll. Wennse von de ›Arjus‹ wären, könntense et nich scheena diktieren.«

Fietsch spie durch eine Zahnlücke einen dünnen Strahl. »Wenn de mia mit disse Alöcher in Vajleich ziehen willst, kannste jleich wida adjes sajen.«

»Jestattense bitte . . .« Lang machte sich klein. »Ik kann Ihn nua vasichern, detse janz meine Uffassung entwickelt ham. Det heeßt, mia is det allens nua so vorjekomm, aba die richtichen Schlisse haben *Sie* mia jezojen.«

Fietsch rieb sich herablassend die Nase. »Det mit von Jöteborch, det haltense fier janz besonders fiffich, die Jötta.«

»Ja so, ja . . .« Lang, der vor Ungeduld nicht recht zugehört hatte, drängte weiter. »Un nu Beobachtung drei, wennse so fraindlich sin wolln.«

»Da willste schließen, det der Knoppel ausm Zuch, der dia in die Jepäckshalle 'n Koffatransport vahindert hat, dia ebendeswejen anjeschmust hat, wa?«

»Jenau so un nich anders!« rief Lang begeistert.

»Pscht!« machte Fietsch kategorisch. »Un nu spitz mal deine Löffel: et is det Kennzeichen von durch die Bank, wat de Piper machen, dette et von ner Harmlosichkeit nich untascheiden kannst. Det hört sich an wie'n jewöhnlicha Quatsch. Det sieht aus wie ne zufällje Bejejnung. Wie ne von selbst jekommne Situation. Is et nu een Kennzeichen, det et kenns jibt? Schwerlich. Un uffn Kunstfehla kannste bei Scotland nich rechn. Die sin uff Jlanz jedrillt.«

Lang duckte sich. »Wat soll nu . . .«

Aus dem Nebenzimmer erscholl plötzlich lautes und unheimlich schnelles Trampeln und Stoßen, auf das alsbald dumpfe verquollene Schreie folgten.

»Det jeht nu jeden Tach so.« Fietsch hielt das Ohr hin. »Un jetzt fangse ooch schon in de Nacht an. Un imma kriecht er die Dresche ab. Kann eim wirklich die Lust vajehn.« Er blickte resigniert zur Decke. »Also wat de da allens azählt hast, det kann natierlich ooch janz harmlos sind. Dafier is noch sehr bekräftijend, det dein Dackel den Koffatransport janz unjeschoren bewerkstellicht hat.«

Lang kratzte sich den Kopf. »Valleicht weeß de Polente schon, wo de Koffa hin sind. Valleicht wollnse uns bloß nich Wind machen, bis se ooch de Details jesammelt ham.«

»Bong.« Fietsch rauchte mit geschlossenen Augen. Er öffnete sie auch nicht, als er sagte: »Ik meene weda entweda noch oda, sondern ik saje, det sind Angstschlisse.« Er schlug die Augen auf, um die Wirkung zu sehen.

Lang kroch geradezu in sich hinein. »Un wat is nu also definitorisch Ihre Uffassung von det Janze?«

Fietsch machte ein paar Schritte. Da er keine Schuhe an den Füßen hatte, setzte er sich wieder aufs Bett. »Kernseefe! Meine Erfahrung is jewaltich. Un wat ik dia saje, det kann dia jeden Zweifel rauben sozusajen. Ik weeß, *wat* det Entscheidende is.«

»Nu also ...« Lang schlug sich den Handballen auf den Mund.

»Man sachte, Junge!« Fietsch näßte Daumen und Zeigefinger und zerdrückte zwischen ihnen den glimmenden Rest seiner Zigarette. »Ik habe mia zwar nu schon ieberzeucht, dette keen Piper nich bist . . . Schon jut, nua keene Saubohn! . . . Aba ik weeß noch nich, ob de det allens da azählt hast, bloß damit ik fier die Jewißheit een Ieberblick jewinne.«

»Nee, so wat! Du heiljer Strohsack!« Lang deutete, wirklich komisch, ein Händeringen an. »Wat sollte ik denn sonst . . . nich?«

»Jibt man sehr ville Möjlichkeeten.« Fietsch legte den unförmlichen Rest seiner Zigarette auf den Daumennagel und schnellte ihn mit dem Mittelfinger der andern Hand Lang aufs Ohr. Er lachte über den Treffer. »Denkste nach, kannste ville finden. Wenn de aba wirklich ne Angstreise hiaher jemacht hast, ik meene, wenn de erst retour willst, bis de dia sicha fiehlst, da wirste dia die Jewißheit doch nu wat kosten lassen, wa?«

Lang hob eckig eine Schulter nach vorn und schob häßlich den Mund hoch. »Se wollen . . . Ik soll also . . .«

Fietsch rieb die Handflächen an einander. »Jib mich zwanzich Fund un ik saje dia Bescheid.« Er blickte zu Boden, die Lippen spitzend.

Lang machte ein sehr widerspruchsvolles Gesicht. »Et is nua . . . Det heeßt, ik habe jar nich so vill.«

Fietsch hob langsam den Blick und öffnete den Mund. »Bong.« Sein Mund öffnete sich wieder. Er dachte sichtlich scharf nach. Dann pfitschte er flott mit drei Fingern. »Macht nischt. Bei mia jibts det nich: wennse komm, könnse jehn. Keener kann gleich sehn, ob et bloß 'n Papierbukett is. Na scheen, paß uff! Det Entscheidende is die Fraje von dem Jlimma nach Jöteborch. Klebt er Jöteborch, saje ik taffke Jöteborch. Det is ihr Patent. Det is ihre Lieblingsblende. Unbejreiflich, detse jrade da druff schwören. Fier mia is det direkt der klare Wink. Da weeß ik jleich, aha, et pipert, un zieh 'n Schwanz in. Watse da nämlich machen mit det harmlose

Hinhalten vons Vadächtje, det is nich harmlos, weil et een sehr jroßa Zufall sin mißte. Ik saje ja nich, det Zufälle ne Rarität sin. Aba, jeleckt: vabliffende Zufälle, die sin eene. Un Zufälle sin imma vabliffend, wennse ne uffälje Jleichzeitichkeit darstellen un enorm jünstich ankomm un wenn der andre et eenfach nich hat wissen könn. Det is akkurat der vorliejende Fall. Jrade zu die frachliche Zeit sin in Southampton pro Tach sechs bis zehn jroße Dampfer aus alle Richtung injeloofen. Der Jlimma aba hat ausjerechnet uff Jöteborch jetippt. Folchlich is et fier mia jar keen Zweifel, det de Polente weeß . . .«

»Wat weeß se . . .?« Langs Brust fiel ein.

»Det die Koffa jeschnappt sin. Du warst ihn vadächtich un sie ham dia ieberwacht. Also liecht et doch uff die Hand, det se dia mit die Koffa in Vabindung setzen. Nu wäre et aba deshalb sehr anjenehm, wenn de rauskriejen kenntest, ob de hia ooch in Behandlung bist, wa?«

»Vaflucht!« knurrte Lang.

»Stimmt.«

Nach einer Weile hob Lang den Kopf. »Na, un kenntense mia da nu nich een Rat jeben?«

Fietsch schwieg taktischer Weise, an Langs steigender Angst sich weidend. Endlich fing er leise an: »Also, wat det erste is, mißtest de dia mal ne Woche lang unta meine Spezial-Beobachtung bejeben und jenau so leben wie ik hia. Na, un habe ik mia nu von deine Behandlung iebazeucht, so kennte ik dia dann schon een Rat jeben, wie de abjehn kannst. Is et nischt, na ooch jut. So oda so aba, jockel jetzt nich nach London! Du kennst dein Jejna nich. Jut uffpassen könn, det jenücht nich. Wenns mal dicke kommt un de nich jleich allens kapierst, biste aus.«

Lang schmatzte, Tränen in den Augen, und stierte auf den Tisch.

»Na, laß man nich jleich Bitta in Speichel, Junge.« Fietsch lehnte sich weit zurück, gähnend die Arme krumm biegend. »Kannst ja noch froh sin. Een anderer saust beim ersten Ausjehn rin un hat jleich zum Jabelbissen een paar Lenze wech. Bist doch 'n hella Kopp. Jeh in de Lehre, det rate ik dia.«

»Aba wie soll ik denn . . .« Lang stand langsam auf, sich den Hintern reibend.

»Wat haste denn? Det is een Maulaufmachen. Wenn de willst, kannste zu mia komm.« Fietsch lümmelte sich vor. »Du jefällst mia.«

»Wat?« Lang machte freudestrahlend einen Sprung. »Zu Ihn, Fietsch?«

Der rutschte fast vom Bett. »Mia is, wie wennste schwebst.« Er wischte sich über die Stirn. »Du kennst mia? Du hast jetremmelt?«

Lang wich vor seinen aufflammenden Augen zurück. »Nee, nee, nee . . . Ik habe bloß uffm Tische da Ihren Nam jelesen. Un den Nam kenn ik nu freilich. Und da is mia jleich janz anders jeworden, nich?«

Fietsch schlug sich knallend aufs Knie. »Die Platze kennte man kriejen!«

Lang wünschte sehnlich, ihn zu besänftigen. »Et is ja bekannt, detse dichten. Aba detse et so stimmungsvoll machen un ins Schwarze jetroffen, det hätte ik nich fier jejeben jehalten.« Und plötzlich kam ihm der richtige Einfall. Er lief zum Tisch und las, über ihn sich neigend, langsam und jede Silbe mühsam prononcierend:

»Een fades Lied vajeht nach Osten,
Im Westen fahl der Tach erlischt.
Da stellt een Piper sich uff seinen Posten
Und eene Hure ihren Kerl drischt.
Rudolf Fietsch.«

Tief geschmeichelt senkte Fietsch den Kopf. »Danke fier Komplimente! Keene Ursache! Det mache ik wie Kartenspielen.« Er erhob sich träge. »Also, ik saje dia, et is bessa, du jehst nich fremd. Mach jetzt in dein Zimma! Viertel vor finfe jehste an meine Tür vorbei un machst een Doppelschritt. Aba laut. Dann jehste ins Sleepdienst schaufeln un wartst, bis ik komme. Wenn ik dann da bin un eene Blangsche uff de Diele schmeiße, jehste rumloofen. Is piepe wo. Un um zwölf jockelste zu Hong Tonk, da unten rechts vorne. Kennste et doch, wa?«

Lang roch an seinen Fingern. »Aba ik . . .«

»Nischt aba!« Fietsch stellte sich habacht. »So wirds jemacht, wenn de nich willst, det ik mia von dia denke, der Mensch is nich jekonnt.« Er drängte ihn, seine Schultern packend, zur Tür. »Jetzt biste bei Fietsch im Jriff. Jetzt heeßts parieren oda nich. Wat andres jibts da nich. Aut oda knaut.«

Lang drückte sich an der Tür herum, geflissentlich über ihn hinwegblickend.

»Nu raus damit!« Fietsch blies ihm ins Gesicht. »Wat denn noch?«

Da hielt Lang ganz von unten ein wenig die offene Hand hin.

Fietsch schnalzte mit der Zunge, griff in die Tasche und steckte ihm zwei Gulden in die Finger. Dann blickte er ihm gleichsam allumfassend ins Gesicht. Er war innerlich sehr stolz auf diesen Blick, den er seinen Kreaturen mit Vorliebe auf den Weg mitgab.

Lang, der diesen Blick nicht länger aushielt, drehte sich schnell um und wollte hinaus.

Fietsch sperrte auf. »Vorsicht is ooch die Mutter von mein Vater sein Sohn. Nu jeh man!«

Lang verbeugte sich schroff und schloß mit affektierter Grazie die Tür hinter sich.

Fietsch ging zum Tisch, spuckte auf zwei Finger und rieb seinen Namen unleserlich. Dann grinste er minutenlang: er hoffte zuversichtlich, mit Hilfe dieses klugen und doch so leicht lenkbaren Jungen seiner Existenz jenen großartigen Schwung zu geben, dessen sie zu seinem Leidwesen bisher entraten hatte.

Diluvialzeit

Arzet saß, den rechten Fuß preziös auf das linke Knie gelegt, vor dem Café El Diluvio (in Barcelona) neben einem Glas Cazalla. Das rechte Knie stützte er mit seinem Stock, dessen Enden er mit beiden Händen hielt. Seine breiten Lippen quirlten mit Hilfe der Zunge eine Favoritos. Die winzigen stechenden Äuglein huschten konstant über die Plaza Palacio und den Paseo de la Aduana, dessen Eckgebäude, die Präfektur, sie geflissentlich zu übersehen schienen.

Mit einem Mal schlossen sie sich und der rechte Winkel, den die Favoritos mit dem Kinn gebildet hatten, wurde zu einem spitzen: Valdesusos gelber kahler Schädel war auf dem Platz aufgetaucht.

»Jetzt schon so müde?« flötete Valdesuso leise, während sein Grinsen zu einem Lächeln subtilster Fassung sich veredelte. Da jener sich nicht rührte, sagte er lauter: »Du mißtraust mir.«

Arzet hob ein wenig den Kopf. Dabei verrutschte ihm die Favoritos so bedrohlich, daß er sie nur mit einer schnellen Lippenbewegung zu halten vermochte.

Diese Bewegung, die, an ein Erwachen angereiht, viel zu energisch war, sah Valdesuso und lächelte noch subtiler. »Dein Foxsleep geschieht mir zu Ehren.«

Arzet ließ seinen Stock links los und das Knie herunterfallen. Dann schlug er die Augen auf. Seine Wangen taten, als träume er noch. »Du?«

Valdesuso flatterte mit den Händen. »Schon gut.« Er blickte auf seine Schuhspitzen, die er sachte bewegte: »Was macht Juana?«

Arzet hielt sich gepeinigt den Kopf, als fiele es ihm ganz außerordentlich schwer, in der Wirklichkeit sich zurecht zu finden. Schließlich reichte er Valdesuso zwei Finger zum Gruß.

Der stupste darauf. »Ab!« Seine Stimme wurde finster. »Also fang schon endlich an zu lügen!«

Da neigte Arzet, die Favoritos aus dem Mund nehmend, sich weit vor: »Seit einer Stunde mache ich Diluvialzeit.«

»Ne!« rief Valdesuso, hob das linke Bein und lauschte, die Hand am Ohr. Aber es kam kein Knall. »Du hast die Bofia da drüben im Auge? Sie haben aber doch gar keinen.«

»Wenn du verliebt bist, fängst du an zu stinken, Blas.« Arzet stieß ihm den Zeigefinger auf den Schenkel. »Pacheco haben sie. Werden ihn also zwischen vier und sechs fortbringen.«

Valdesuso wiegte, fast, aber durchaus noch nicht ganz überzeugt, seinen birnenförmigen Schädel und bestellte. »So wäre also dein Fox-sleep denen da drüben zu Ehren vorgefallen?«

Arzet bog feierlich die Schwurfinger krumm. »So wahr ich mit der Madonna kein Verhältnis habe . . .« Die Favoritos war ihm aus dem Mund gefallen. Als er sich nach ihr bückte, stieß sein Kopf an den Valdesusos, der, die Ohren sich zuhaltend, ihn vorgestreckt hatte. Arzet befühlte griesgrämig eine werdende Beule. »Sensi! Jetzt solls nur nicht auch noch regnen!«

Valdesuso, überhaupt ein harter Schädel, behielt die Hände auf den Ohren: jener Fluch Arzets hatte seine fast fest gewordene Überzeugung heftig erschüttert. Nach einer Weile, als der Kellner ihm den Negrita hinschob, trank er ihn sorgfältig aus, wischte sich die Lippen mit dem Halstuch trocken und säuselte: »Da stör ich lieber nicht. Außerdem naht mir eine Diarrhoe.«

Arzet schloß die Augen und bedeckte seine Stirn mit der Hand.

»Adios, Orion!« Valdesuso machte ihm im Weggehen mit seiner Sereias einen kleinen Aschenstrich auf den rechten Ärmel.

Arzet blickte ihm unter der Hand nach und kicherte lautlos.

Valdesuso überquerte die Plaza Palacio, erreichte, hinter einem fahrenden Sandkarren sich haltend, ungesehen die Plaza Isabel und so den Paseo de la Aduana, wo er neben eine schier endlose Piß-Polonaise sich stellte, so daß er, durch einen dicken Lastträger wohlgedeckt, Arzet aus nächster Nähe beobachten konnte.

Der war wieder völlig munter geworden, aber sichtlich nervös und blickte eben auf seine Uhr, als jemand ihm von hinten die Hand auf den Kopf legte.

»Phaï, phaï!« Juana steckte ihm jovial einen Finger in den Kragen. Sie setzte sich mit Schwung.

Arzet runzelte die Stirn. »Sieht man dich auch wieder einmal? Und wie du nach Pengos riechst!«

»Ich rieche noch nach etwas ganz anderem.« Juana installierte ihren überaus faltigen Rock. »Ich sags bloß nicht.«

Arzet ließ die Achseln spielen. »Ist dir vielleicht die Pneumatik geplatzt?«

»*Ich* laufe noch gerade.« Juana schneuzte sich waldhornähnlich.

»Was war denn los?« Arzets Stimme spitzte sich beunruhigt zu.

Juana puderte ihre Nase. »Ich habe zu Pinto gesagt: ›Sehen Sie, dieser Rock hier hat eine Tasche ohne Sack. Geben Sie mir einen Macho und Sie dürfen es feststellen.‹ «

»Und?«

»Und? Er *hat* es festgestellt. »Juanas Nasenflügel blähten sich lange.

»Wenn wir nicht hier säßen ...« Arzet klappte die Kiefer auf einander, »... würde ich dir jetzt eine herunterhauen, daß du die Colon-Säule für 'nen Bleistift hältst.«

»Welches Glück!« Juana belächelte seine drohend gehende Hand. »So komme ich nicht in Verlegenheit, dich für ein unbeschriebenes Blatt zu halten.« Sie winkte dem Kellner und verlangte außerdem einen Bogen Papier.

Des Haders müde, wurde Arzet liebenswürdig. »Du weißt, ich kann tagelanges Wegbleiben nicht vertragen. Ich bin erst dreißig.«

»Aber ich war doch gar nicht weg«, zirpte Juana gemächlich. »*Du* warst weg.«

Arzet zerbiß seine Favoritos, einen Pflasterstein fixierend.

Juana trillerte dem erscheinenden Kellner zu, dem sie einen konzilianten Schlag auf den Hintern versetzte; zum Dank für den ihr gebrachten Papierbogen, den sie sogleich zusammenfaltete und in den Hut steckte, um ihn enger zu machen.

Arzet sah wie gekränkt zu.

Valdesuso, hinter der Piß-Polonaise, hatte kein Detail übersehen. Sehr informiert, saugte er an seiner Sereias, ahnend, daß ihm noch allerlei bevorstünde.

Und mit Recht. Mit einem Mal nämlich stand Ohakl am Tisch, ein kleiner wie ein Pole aussehender Kroate, der wegen seiner Liebedienerei überall über die Achsel angesehen wurde. »Comme elle est couchable, hein?« sagte er zu Arzet mit einem nassen Blick auf Juana, die mit den Elbogen und aller Welt kokettierte.

Arzet entfernte sich Ohakls Hand von der Schulter. »Was willst du?«

Den eingesunkenen Sattel seiner Nase reibend, setzte Ohakl sich neben Juana und bat inbrünstig um einen Kuß.

»Aupa!« piepste Juana. »Und dabei hat er Lippen wie aus altem Gummi.«

»Wir können dich jetzt nicht brauchen.« Arzet klopfte die Zigarrenasche auf Ohakls Mütze. »Mach, daß du fortkommst!« Seine Stimme grollte noch einige Zeit.

Ohakl, an diese Behandlung gewöhnt, streifte grinsend Juana

noch schnell mit der Hand über den Busen, was ihm einen knallenden Hieb auf die Stirn eintrug, und begab sich leise pfeifend weiter.

Valdesuso blickte ihm nach. Ohakl, ihm seit je nicht geheuer, drückte sich die Häuser entlang, geradezu die Mauern rasierend, und verschwand im vierten Haustor, von hier aus von Zeit zu Zeit nach Arzets Tisch auslugend, an den soeben Sergia trat, einen grauen Cordobaner tief auf den Haaren. Sie trug ein gelbes Brusttuch mit eingestickten blaßroten Rosen und blaue Pompons an den weißen Halbschuhen. Sie liebte es, aufzufallen. Sie behauptete, das sei das beste Mittel, sein gutes Gewissen zu affichieren.

Arzet war nicht dieser Auffassung. »In diesem Aufzug brauchst du dich nicht hier aufzuhalten.«

Sergia drehte turnend die Handgelenke. »Noch sehr fraglich, wer von uns beiden dem andern die Aussichten auf den Adel schmälert.« Sie zeigte ihm schnippisch ihre schwarzseidene Unterhose.

»Die Corona veneris hast du jedenfalls schon.«

Juana heulte: »Was der nur heute für nen pippen Tag hat! Über alles ärgert er sich. Mir scheint . . .«

»Was scheint dir?« krächzte Arzet und schleuderte seine gebrauchsunfähig gebissene Zigarre weit von sich.

»Daß ich mir auch eine schwarze Unterhose kaufen werde. Da sieht man nicht gleich alles.«

Sergia liebte Auseinandersetzungen. Sie behauptete, das rege den Appetit an und sei sehr gesund für die Nieren. Sie rückte ihren Stuhl neben den Juanas, die über ihre Anwesenheit besonders deshalb sich freute, weil sie Arzet verhinderte, seine üble Laune noch mehr zu zeigen.

»La bella Sergia!« Juana zupfte sich ihre Hand heran und küßte sie, als ob . . . »Wenn ich so schön wäre wie du, würde ich mit diesem Stachelschwein von Orion überhaupt nicht verkehren. Und Pacheco würde ich einen Fußtritt geben und mir im ›Excelsior‹ einen Brunillo auf Lebenszeit holen.«

Sergia zog langsam ihre Hand an sich. »Ich bin seit zwei Stunden Witwe.«

»Haben sie denn Pacheco?« Arzet schnellte erblassend nach vorn, beherrschte sich aber rasch.

Sergia zog, gleichmütig nickend, einen gelben Brief aus dem Gürtel.

Arzet las ihn mit den Lippen und hervorquellenden Augen. »Das ist nicht wahr.«

»Er hat ihn aber Sullmann selber übergeben.« Sergia schob schmatzend das Brusttuch mit den Schultern höher. »Und der ist gleich wieder davongelaufen.«

»Ein kirschenweicher Brief!« Arzet beroch ihn verächtlich.

Juanas Lachen schepperte. »Wenn *du* im Pandib wärst, würdest du auch keine Enziclica erlassen.«

»Und sich an den Hosenträgern aufhängen!« Sergia knüpfte das Tuch über der Brust.

»Ist ein Strick vornehmer? O, es ist von allem das Mutigste!« Juana zog eine Korallenbörse aus dem Mieder und legte Sergia einen Schein von fünfundzwanzig Pesetas in den Schoß. »Damit du ihn anständig begraben kannst.«

Arzet schielte mißgünstig auf den Schein, schwieg aber.

Sergia nahm ihn mit zwei Fingern hoch. Plötzlich sah man ihn nicht mehr. »Muchas gracias.« Verlegen werdend, enteilte sie.

Nach einiger Zeit rieb Juana sich die Backen. »Schrecklich! Und sonst schrie er doch immer herum wie ein Pistolero.« Da sah sie, wie Arzet ihr unterm Tisch die Hand hinhielt. Lachend rannte sie davon, ohne bezahlt zu haben.

Es fiel Valdesuso schwer, ihr nicht zu folgen. Aber Arzet mußte, da zudem Ohakl auf seinem Posten verharrte, etwas Besonderes vorhaben. Nach einer Viertelstunde hinkte denn auch ein alter Mann am Tisch vorbei und klapperte auffällig mit den Absätzen seiner Holzpantoffel. Alsbald klopfte Arzet mit dem unteren Ende eines Bleistifts dreimal auf den Marmor, worauf der Alte wie versehentlich sich an den Tisch setzte, einen Zettel darauf zurückließ und mühsam und im Zickzack davonhinkte. Gleichzeitig sah Valdesuso, daß Ohakl dem Alten folgte. Er folgte Ohakl, dem er an der Ecke einer unbelebten Seitenstraße mit seiner Matraque auf den Kopf schlug, und ging an den Tisch Arzets zurück, der bei seinem Anblick erschrak und den Zettel in eine Zeitung schob. »Du warst wohl schon fort?«

Arzet rieb sich die Augen, um Zeit zu gewinnen. »Ich war mit Sergia im Retiro. Hab sie an die Griffe gehängt und ihr das Leben gezeigt.«

»Wie man sich bettet, so genießt man.« Valdesuso zog Arzets Ärmel unter seine Augen. »Seltsam, daß bei dieser bewegten Beschäftigung dieser Aschenstrich, den ich dir vor dem Weggehen machte, intakt geblieben ist.«

Arzet war sekundenlang bestürzt. »Den Strich hast du gar nicht gemacht. Sondern einen faulen Witz.«

»Es wäre auch zu gemein, Pacheco die Gachi zu nehmen, während sie ihn haben.«

»Man kann nicht schnell genug sein. Das ist das Vorsichtigste.«

»Das ist wahr. Aber eine Lüge.« Valdesuso legte die Hand auf die Zeitung. »Da ist ja noch meine ›Voz‹!«

»Das ist *meine*.« Arzet wollte seine Hand fortstoßen.

»Kannst du es beweisen?«

»Unsinn! Aber es fängt an, zu regnen.«

»Ein beschriebener Zettel liegt darin.«

Arzets Kopf zitterte kurz. Dann sammelte sich stürmische Glut in seinem Blick. »Du warst gar nicht weg, du . . . Nette Diarrhoe das!«

»Halts Maul, golfo! Ab!«

»Du hast aufgepaßt!«

»Wie Ohakl dir aufgepaßt hat.« Valdesuso juckte sich triumphierend die Oberlippe. »Das Rückenteil seines Rocks, der sonst noch fast neu ist, glänzt von oben bis unten. Vom vielen An-den-Wänden-Lehnen. Und jetzt geht er deinem Alten nach.«

»Ein Cargueño! Dieser Lakai!« Arzets Gebiß schlotterte, während seine Hände auf Valdesusos Unterarm sich preßten. »Blas, das ist ja entsetzlich!«

»Zeig mir den Brief Sergias!«

Arzet wollte schon wieder loswettern, als ihm einfiel, daß die Zeit drängte. »Er ist echt.«

Valdesuso überflog ihn, sein Kinn massierend. »Also entweder ist hinterher wahr geworden, was du mir vorgelogen hast. Oder er hat Sergia etwas vorgelogen, damit andere es für wahr halten.«

»Er hat ihr etwas vorgelogen.« Arzets Hand griff in die Zeitung. »Blas, du bist klug.«

Auf dem Zettel war zu lesen: ›Tengo charpe grande lio manca la confitura Vieni P.‹

Valdesusos Stirn faltete sich. »Das ist mir zu tief.«

Hastig übersetzte Arzet: »Habe das Geld. Große Konfusion. Mir fehlt die passende Erklärung. Komm! Pacheco.«

»Um wieviel handelt es sich?«

Arzet schluckte schwierig. »Es regnet schon stärker . . . Hundertfünfzigtausend.«

»Papier? War Pacheco allein?«

»Papier. Den Anfang habe *ich* gearbeitet.«

»Wo ist er jetzt?«

»Calle Concordia. Dort hat er zwei Zimmer.«

»Weißt du, wer ihn da festgenagelt hat?«

»Zwei, die ihm Platz gestanden haben.«

»Aber jetzt erst die Wahrheit wissen. Wer ist der Alte?«

»Sein Sohn ist Stiefelputzer.«

»Nicht sehr bezeichnend für den Vater. Ab! Laß den Jungen holen!«

Arzet, der durchaus nichts begriff, in seiner Angst aber Valdesuso völlig sich überließ, winkte einem Botanes.

Als er fort war, äußerte Valdesuso sachte: »Wieviel gibst du mir, wenn ich dir die Confitura schmiere?«

Arzet schmerzte das ganze Gesicht. »Ohne Pacheco kann ich nicht . . .«

»Der wird froh sein, wenn ich ihn aus der großen Lio hole.«

Arzet schloß die Augen, um ihn wenigstens nicht zu sehen. »Wieviel?«

»Ein Drittel. Was hast du eigentlich mit Juana?«

Arzet blickte zur Marquise empor, auf die der Regen trommelte.

»Sie scheint dir nicht zu parieren.«

»Manchmal läuft sie tagelang wie ne Uhr. Dann wieder hat sie eine Woche, wo sie glatt durch die Lappen geht. Und zum Überfluß hat sie noch ne zu leichte Hand. Hast du gesehen, wie sie Sergia . . .?« Arzet atmete tief und schwer.

Valdesuso nahm nickend den Zettel auf die Zunge.

»Für das Begräbnis!«

Valdesuso lachte so heftig, daß der nasse Zettel Arzet auf den Kragen flog. »Perdone, Orion! Hör zu. Ich hab eine feste Hand. Überlaß mir Juana! Ich werde auch Sergia richtig einstellen, während Pacheco nicht da ist. Und daß ihr beide längere Zeit . . . Olà, olà.«

Die Augen Arzets verdrehten sich schon minutenlang. Flüchtig war es ihm jetzt, als könnte er verstehen, daß Unglück wahnsinnig mache. »Blas, der Alte!«

Valdesuso schüttelte die Hand. »Ohakl liegt mit einer Bohne auf dem Kopf in der Calle de Cambios Nuevos und schläft. Ab!«

Arzet packte Valdesusos Hand und küßte sie.

Valdesuso steckte sie rasch ein. »Spätestens in einer halben Stunde wird er dahinüber in seine Anstalt gehen und auf euch beide mit dem Finger zeigen.«

»Er weiß doch noch nichts.«

»Es genügt, daß er das weiß.«

Da kam der Botanes mit dem Stiefelputzer an.

»Orion, gib jedem einen Macho!« befahl Valdesuso düster, hob das linke Bein und lauschte. Diesmal kam ein mächtiger Knall.

Arzet gab, die Zähne entblößend.

Valdesuso zog den Stiefelputzer, der immer noch kicherte, an einem Rockknopf heran. »Lauf sofort zu Pacheco in die Calle Concordia Nummer . . .«

»Vier.«

»Und sag ihm laut, daß die Bofia schon weiß und dein Vater dich schickt. Er soll mit dir gehen und alles mitnehmen. Wenn er muckt, sag ihm leise: ›La confitura!‹ Und jetzt lauf, was dich die Beine tragen! Ab!«

»Aber . . . was . . .« Arzets Brust arbeitete ungestüm.

Valdesuso hob, Schweigen gebietend, die Hand. »Wenn er fünfzig Meter weit ist, lauf ich ihm nach. Wenn ich so weit bin, läufst du mir nach. Pacheco wird aus dem Haus kommen. Die beiden, die ihm die Lio gemacht haben, werden ihm auf den Fersen bleiben. Ich werde das verhindern. Und du wirst mir dabei helfen. Die Madonna steh uns bei!« Er lief über die Straße.

Arzet blickte ihm nach, teils dankbar, teils wütend. Denn es begann überdies in Strömen zu regnen. »Diluvialzeit!« knirschte er und lief Valdesuso nach.

Homingmans schönste Komposition

Homingman hatte die Bekanntschaft Fifitts auf der Enzpromenade gemacht, indem er plötzlich von hinten grußlos mit den Worten neben sie trat: »Ich würde mich freuen, wenn Sie sich langweilten.«

Fifitt hatte gelacht und man war ins Gespräch gekommen. Und als Homingman sie nach einer Stunde vor dem Badhotel verließ, hatte sie ihm ein Wiedersehen versprochen, wenn auch nicht fixiert, und den Wunsch geäußert, in seiner Erinnerung als Fifitt zu existieren und nicht anders. Er erreichte ohne Schwierigkeiten sechzehn Spaziergänge an der Enz und vier auf dem Sommerberg und schließlich eine Autofahrt nach Baden-Baden, allwo es in dem auf einer Anhöhe gelegenen Hotel Grethel sich begab, was insoferne eines besonderen Reizes nicht entbehrte, als Homingman ein Pyjama sich ausleihen mußte, das viel zu kurz, und Fifitt ein Nachthemd, das viel zu eng war.

Damit war für Homingman, der das Tempo seines Lebens zu gut kannte, um nicht davon überzeugt zu sein, daß niemals ein Wiedersehen erfolgen würde, diese Episode beendet. Er fuhr nach Kopenhagen, Fifitt nach München. Er trauerte während der Eisenbahnfahrt Fifitts schlanken Beinen nach, diese einen ganzen Tag seinen seltenen Küssen. Dann war es aus.

Als aber Homingman den zweiten Frühling, der auf diesen Sommer folgte, in San Remo verbrachte, sah er schon am dritten Tag im Speisesaal des Riviera Palace Fifitt allein an einem Tisch sitzen. Er drückte sich augenblicks. Denn seine Situation, ohnehin bereits von äußerster Kompliziertheit, hätte durch eine unbesonnene Wiederaufnahme der Beziehungen zu Fifitt eine weitere Komplikation erlitten. Er setzte sich in der Hall in einen versteckt stehenden Klubsessel, entzündete sich eine Kyriatzi und kurbelte sein Gehirn an.

Sein Leben hatte kurz nach jener schönen Nacht im Hotel Grethel eine so mißliche Wendung genommen, daß die Kopenhagener Polizei sein Photo unter der Nummer 225 in ihr Album eingereiht hatte. Er maß diesem Umstand keine allzu große Wichtigkeit bei, war vielmehr so raffiniert, ihn sich zunutze zu machen. Er verschmähte es, eine gründliche Metamorphose an sich vorzunehmen, und beschränkte sich darauf, die zahllosen Herren und Damen, die im Restaurant, im Café und auf den Promenadenbänken neben ihm sich niederließen, scheinbar halbblind, schwerhörig oder sonstwie invalid waren, auch gerne an allerlei nervösen Störungen litten, in ihrem ohnedies traurigen Beruf zu unterstützen, indem er tat, als sehe er sie überhaupt nicht, und ihnen gelegentlich Lügen zu hören gab. Er wollte warten, bis eine angemessene Beute sich zeigte, und mit Hilfe derer, die dazu kommandiert waren, sie ihm zu entreißen, sie sich holen. Und er wollte so komponieren, daß seine Undurchschaubarkeit von nie noch erreichter Vollkommenheit wäre.

Nun, diese Beute war in Darmstadt im Hotel zur Traube in Gestalt einer jungen, über alle Zweifel reichen und zudem sehr schönen ungarischen Großbäckerstochter erschienen. Homingman hatte, kaum daß er sie erblickte hatte, sofort sich zurückgezogen. Das war seine Stärke. ›Vermeide jedes überraschende Zusammentreffen, das stets zu Extemporalien zwingt, sondern komponiere deine Absichten!‹ Also war in seinem kleinen Notizbuch zu lesen, in dem er alsbald auf sein wichtigstes Axiom stieß: ›Von zwei Objekten wähle nicht das größere, sondern das glattere!‹ Da er, der seiner schönen Ungarin nach San Remo nachgereist war, für einen der folgenden Abende ein zweckentsprechendes Rendez-vous im Westend Hotel präpariert hatte, wog er die beiden Objekte. Leider ohne Erfolg, weil Fifitts Gewichtsverhältnisse ihm fehlten. Nach einer zweitägigen Enquête jedoch kannte er diese. Die neuerliche Gewichtsprüfung fiel zugunsten Fifitts aus, die Alexandra von und zu Stettenhausen hieß und die einzige Tochter ihrer verwitweten und anhanglosen Mutter war. Daß die schöne Ungarin größere Reichtümer besaß, wurde durch die rekommandablere Glätte der Sache Fifitt aufgewogen. Und nun machte Homingman sich ans Komponieren. Der Umstand, daß die Polizei das Hotel innen und außen belagert hielt, mußte als zentraler Punkt angesehen werden. In Fällen, die infolge der Umsicht des gejagten Wilds die übliche sporadische Überwachung als unsicher befürchten lassen, wählt nämlich die Polizei die lückenlose Umklammerung. Ihr Kalkül, wer den einzelnen Häscher rasch herausschnüffelte, wäre am ehesten zur Annahme geneigt, es seien gar keine da, wenn er nur Häscher sähe, war im Falle Homingman freilich deplaziert. Denn dieser hatte in seiner jeweiligen Umgebung nie noch etwas anderes gesehen als Feinde und stets lediglich sich bemüht, Objekte zu suchen.

Noch am selben Abend lächelte er, seine Komposition vollendet im Kopf, die in der Hall rings um ihn eifrig konversierende Umklammerungs-Staffel freundlich an und sagte sich: ›Ein Gefängnis ist das Leben ohnedies. Aus diesen lebenden Mauern aber werde ich mit dem Finger ausbrechen.‹ Und alsbald winkte er mit dem Zeigefinger. Die Konversationen versiegten augenblicks. Wohl ein halbes Schock lauernder Augen teilte sich in zwei Teile: die einen flogen in die Richtung, in der Homingmans Finger gewinkt hatte, die anderen hafteten auf ihm selber, der liebenswürdig grinste. Er hatte gleichsam rhetorisch gewinkt und bloß das Vergnügen der realisierten Metapher sich geleistet. Hierauf ging er siegesgewiß in den Speisesaal und auf den Tisch Fifitts zu. Um ihr den Übergang zu erleichtern, setzte er sich sofort neben sie und erzählte ihr, allerdings auch in Hinsicht auf das plötzlich hinter ihm sitzende Lauscherpärchen, die Erlebnisse seiner ersten Autofahrt nach St. Raphael, die niemals stattgefunden hatte. Dann flüsterte er schnell, daß er am nächsten Vormittag von zehn bis zwölf in den Giardini Marsaglia promenieren werde, und verabschiedete sich überkorrekt von der weidlich Konsternierten. Und eine Viertelstunde später erschien er in der Hall des Westend Hotel, wo an diesem Abend ein kleiner Ball stattfand, zu dessen Teilnehmern Vilma Kököllö zählte. Er trat diskret neben sie und sagte leise vor ihrem Ohr: »Sie haben auf der rechten Schulter einen Schmutzfleck. Gestatten Sie, daß ich Sie hinausführe.« Dabei hielt er ihr den Arm hin, den sie verdutzt ergriff. Im Korridor bearbeitete er mit seinem Taschentuch dezent ihren Rücken. Dieser Tätigkeit sah eine alte Dame zu, deren Indignation er auf den ersten Blick als adjustiert erkannte. Weshalb er, während er Vilma so nahe an ihr vorbeiführte, daß sie sie streifte, mit den Worten grüßte: »Buona sera, Madame Reichsgräfin.«

Vilma, die aus dem Erstaunen gar nicht herauskam, stotterte: »Aber was . . . Reichsgräfin . . .? Und Sie sagen ›buona sera‹?«

»Wenn ich jemandem zu verstehen geben will, daß ich ihn kenne, aber keine Ahnung habe, wer er ist, grüße ich in mehreren Sprachen. Dann besteht die Hoffnung, daß er mir in seiner Muttersprache antwortet, oder die Chance, daß er verschwindet.«

Vilma lachte aus vollem Hals: Homingman hatte die erste Attacke gewonnen. Und gewann im Verlaufe des Abends fast eine Schlacht. Er rollte den ganzen linken Flügel Vilmas auf. Und zwar mit Hilfe eines halben Dutzend neuerdings hinzugekommener

Ballgäste, die alle das Riviera Palace verlassen hatten, wie um eigens ihm als Komparsen zu dienen. Tagsdarauf sprach ganz San Remo über diesen unerhörten Vorfall.

Und vormittags elf Uhr zwölf Homingman darüber mit Fifitt, die ihn, an seine Eskapaden von Baden-Baden sich erinnernd, sofort in Verdacht gehabt hatte, als sie beim Frühstück vom Nebentisch her die erste Version vernahm. »Das sieht Ihnen ähnlich. Schweigen Sie! Es ist ganz aussichtslos für Sie, zu leugnen. Aber sagen Sie mir, ob es wirklich so war.«

»Ja, wie soll es denn eigentlich gewesen sein?« fragte Homingman erheitert, aber wohl überlegter Weise leise resigniert.

»Sie ist also ohnmächtig geworden?«

»Dazu hat man sie gezwungen!«

»Sie wollten wohl sagen, daß *Sie* sie dazu gezwungen haben.«

»Keineswegs. Sondern die Umstehenden.«

»Jawohl, weil sie gesehen haben, wie Sie Ihre Hand mißbrauchen wollten.«

»Eine Interpretation, die falsch ist.« Homingman rollte langsam die Schultern. »Vielleicht habe ich jene Geste nach dem Unterrock Fräulein Kököllös lediglich gemacht, um die Umstehenden zu Interpretationen zu veranlassen.«

»Sie schwindeln.«

Homingman, der aufrichtig gewesen war, gähnte. »Daran zweifelt meist niemand, wenn ich es nicht tue. Nur wenn ich lüge, glaubt man mir manchmal.«

»Ganz wie in Wildbad.« Fifitt zeigte lächelnd ihre schönen Zähne. »Aber Spaß beiseite, ich finde es sehr chic von den jungen Leuten, die es sahen, daß sie sich auf Fräulein Kököllö stürzten und sie gleichsam zur Ohnmacht zwangen.«

Homingman lachte brutal. »Aber sie haben ihr doch die Röcke links hochgeschoben und Strumpf und Unterhöschen untersucht, als hätte ich da eine Giftschlange oder Bazillenkultur angelegt.«

»Deshalb möchte ich ja von Ihnen wissen, wie es eigentlich war. Denn grundlos machen wohlerzogene junge Leute doch so etwas nicht. Das wäre ein zu geschmackloser Scherz.«

»Die jungen Leute waren eben *nicht* wohlerzogen, sondern ganz einfach unverschämt. Das hatte ich ja auch erwartet.«

»So, das hatten Sie erwartet!« Fifitt schritt schneller aus, schlug aber den Weg in die Berge ein statt den nach dem Corso. »Sie erwarten das wohl von allen wohlerzogenen jungen Leuten?«

Homingman, der sich verplappert hatte, lenkte ein: »Sie unterstellen meinen Worten eine ungerechte Verallgemeinerung. Und im übrigen ist mir dieses Seide gewordene ungarische Beugel schon zum Hals heraus. Wenn *ich* nicht wohlerzogen wäre, würde ich nach diesem Vorfall mich überhaupt nicht mehr um sie kümmern.«

Das beruhigte Fifitt, die zwar nicht eifersüchtig war, aber nicht wünschte, daß die Wiederaufnahme ihrer Beziehungen zu ihm durch Nebenbeschäftigungen verzögert oder geschmälert würde. Denn sie war ein in jeder Hinsicht emanzipiertes Persönchen, das, weit davon entfernt, in ihn verliebt zu sein, ihn bloß als Amüsement schätzte; tags die Konversation, nachts die Position.

Während sie, in Schwarzwald-Erinnerungen schwelgend, den letzten Villen sich näherten, folgte ihnen in dem üblichen Abstand ein ältliches Ehepaar. Deshalb schrieb Homingman in einem Augenblick, da Fifitt ihre Haare ordnete, auf eine Streichholzschachtel: ›Ce soir à dix heures‹, und ließ sie zu Boden fallen, was das weibliche Auge in seinem Rücken veranlaßte, an dieser Stelle zurückzubleiben, um die Person, welche die Streichholzschachtel suchen würde, zu agnoszieren. Und nach zehn Minuten riß er unversehens einen Zweig ab, knickte ihn und hängte ihn über einen Ast. Das ihm folgende männliche Auge hielt es jedoch für ratsamer, auf seinen Fersen zu bleiben. Aber Homingman war um ein anderes Manöver nicht verlegen: er zog, als sie in einen Fichtenwald kamen, Fifitt hinter zwei dicke Bäume, wechselte noch dreimal das Versteck und wartete schließlich hinter einem Sandhaufen, bis sein Verfolger sich verloren hatte. Fifitt, die über sein Verhalten sich wunderte, erklärte er, das faschistische Italien verfolge mit Vorliebe die illegitimen Zärtlichkeiten fremdländischer Nichtstuer. Fifitt war es zufrieden; auch, daß er sie auf vielerlei Fußsteigen zu dem gleichfalls auf einer Anhöhe gelegenen Hotel Bellavista führte, wo er ihr zu déjeunieren vorschlug.

Als sie daselbst gegen zwei Uhr die Toilette zu benützen wünschte, wies er ihr den Weg. Er öffnete sogar selbst die Tür, in die er Fifitt jedoch schnell hineinstieß. Denn es war gar nicht die Toilette, sondern das von ihm beim Portier meuchlings gemietete Zimmer, in dem es bald stürmisch zuging.

Um sechs Uhr nachmittags stiegen sie nach San Remo hinunter, trennten sich aber, als sie in die Villenzone kamen, und dinierten im Riviera Palace, durch zwei Tische von einander geschieden. Homingman vermied es vereinbarungsgemäß, mit Fifitt zu sprechen, und begab sich gegen zehn Uhr ins Westend Hotel, wo auch an diesem Abend ein Ball stattfand. Wider Erwarten, wenn auch nicht wider das seine, erschien Vilma ebenfalls auf diesem Ball. Sie beging wie so viele den Fehler, zu glauben, das Peinliche eines Vorfalls würde am besten aus der Welt geschafft, wenn man so tue, als wäre gar nichts Peinliches vorgefallen. Und dieses Getue ist gerade für alle Welt das Peinliche. Dies wurde noch dadurch verstärkt, daß Vilma, die Homingman nicht zu begegnen erwartet hatte, einen zweiten Fehler beging: sie eilte sofort auf ihn zu, obwohl der unerhörte Vorfall vom Abend vorher durchaus noch keine befriedigende Erklärung gefunden hatte. Auch nicht für Vilma, die der brennende Wunsch, sie zu erhalten, zu Homingman getrieben hatte. Kaum daß sie mit ihm ein wenig abseits geraten war, stöhnte sie denn auch schon:

»Also jetzt werden Sie mir unverblümt sagen, was gestern abends ...« Ihre Augen sprühten böse. »Ich begreife absolut noch nichts.«

Homingman holte sich eine Haarsträhne, als versuche er, nachzudenken. »Wenn ich aufrichtig sein soll ...«

»Sie müssen!« Vilma stieß ihm den Fächer auf die Brust.

Homingman nahm vorsichtig sein Kinn in die Hand. »Ja also ... Es war in der Hauptsache ...« In diesem Augenblick gewahrte er schräg hinter sich das unvermeidliche Ohr der Polizei und sich gegenüber Fifitt, die soeben zur Tür hereinkam. Sein Gehirn hüpfte. Und komponierte ihm das reizvollste Detail. Er neigte sich, wie um leiser zu sprechen, Vilma zu und sagte, in Wirklichkeit aber lauter als vordem: »Dr. Mesch hat das Schächtelchen gefunden. Auch der geknickte Zweig hat seine Schuldigkeit getan, wie ich sehe.«

»Aber ... Ich verstehe kein Wort ...« Vilmas Stirn wich weit zurück.

Homingman schob sie rasch vor sich her, um aus dem Bereich der Polizeiohren zu kommen, und explizierte: »Herr Dr. Mesch aus dem Hotel Royal hatte beim Tee im Westend ein Schächtelchen mit Perlen verloren. Während des Balls bildete ich mir ein, es unter Ihren Füßen zu sehen. Meine impulsive Geste hat dieses alberne Rudel von Keuschheitsknaben für einen Angriff auf Ihre Tugend gehalten.«

»Diese Knaben haben mich doch aber visitiert!«

Homingman mimte den Erstaunten. »Was? Ja, das wußte ich

doch gar nicht. Ah, da haben sie Sie wohl für die Diebin gehalten. Eine Unverschämtheit! Aber seien Sie außer Sorge! Dr. Mesch hat das Schächtelchen heute unversehrt wiedergefunden.«

Vilma machte immer ratlosere Augen. »Haben Sie nicht noch von einem geknickten Zweig gesprochen?«

Homingman visperte: »Moment! Pardon!«, eilte spornstreichs durch die Tür, öffnete in dem menschenleeren Korridor ein Fenster, stieß einen ohrenzerreißenden Fingerpfiff aus und sprang in den Hof hinunter. Hierauf lief er durch den hinteren Eingang ins Hotel zurück, wo er in der Hall vom Portier gemächlich seinen Mantel verlangte. In dem Hotelauto, das ohnedies zum Bahnhof fahren wollte, ließ er sich zum Riviera Palace bringen, nahm langsam seinen Zimmerschlüssel und stieg noch langsamer die Treppe empor, um es so arrangieren zu können, daß er ungesehen statt in die zweite Etage in die dritte einbiegen und mit dem Schlüssel, den Fifitt ihm gegeben hatte, in deren Zimmer verschwinden konnte. Sein Fingerpfiff war für diese das verabredete Zeichen gewesen, nach zehn Minuten in ihr Hotel zu fahren.

Für die Polizei aber ein Zwischenfall, der sie die ganze Nacht auf den Beinen hielt. Denn sie glaubte an einen abenteuerlichen Coup Homingmans und hielt den Pfiff für das Signal für seine Komplizen. Die Umgebung des Westend Hotel wurde gründlich abgesucht, drei Streifen in die nahen Wälder geschickt und unausgesetzt gefragt und geforscht. Aber erst gegen acht Uhr morgens fand sich eine Spur. Der Portier, der abgelöst worden war, nachdem er Homingman den Mantel ausgehändigt hatte, kam in die Hall, um seinen Dienst anzutreten. Von den Beamten bestürmt, sagte er, was er wußte. Da fuhr das Hotelauto vor, dessen Chauffeur die Mitteilung des Portiers bestätigte und unverzüglich mit dem leitenden Kommissär und drei Beamten ins Riviera Palace rasen mußte. Nachdem Homingmans Zimmer vergeblich durchwühlt worden war, fuhr der Kommissär fauchend ins Westend Hotel zurück, wo er die schöne Ungarin sofort einem zweiten Kreuzverhör unterzog. Das erste hatte bis drei Uhr morgens gedauert, weil sie sehr verdächtiger Weise von einem gewissen Dr. Mesch gesprochen hatte, der von niemandem in San Remo gesehen worden war, von einem Schächtelchen Perlen, das er verloren haben sollte, und von einem geknickten Zweig, von dem sie selber nichts begriff. Da sie auch diesmal wieder auf diese seltsamen Details zurückkam, wurde sie unter scharfer Eskorte samt ihrer weinenden Mutter ins Riviera

Palace gebracht, was während der Nacht verweigert worden war, und in ihrem Zimmer streng bewacht.

Um neun Uhr klingelte Homingman, ohne daß Fifitt es sah, dem Zimmermädchen, mit dem er zweimal geschlafen hatte. Als er sicher war, ihr zu begegnen, trat er auf den Korridor, lief ihr just vor der Tür in die Arme und eilte, äußerste Verlegenheit heuchelnd, in die Toilette, Kurz darauf Fifitt hinunter zum Frühstück.

Nach einer Viertelstunde kam Homingman und setzte sich, ihren leisen Protest ignorierend, ihr gegenüber. Als der Kellner ihn sah, schrie er fast auf. In wenigen Sekunden war der Frühstückssalon voll von Gästen und Personal. Endlich kam auch die Polizei.

Homingman, deren Zustand wohl kennend, fragte immer wieder, warum man ihn denn gesucht und wer gepfiffen habe; er wäre, als er den Pfiff gehört hätte, in der Toilette gewesen und nachher mit dem Hotelauto . . .

»Aber Sie haben die Nacht nicht in Ihrem Zimmer zugebracht«, krähte der Kommissär.

Homingman streckte sich arrogant. »Ich schlafe, wo es mir paßt.«

»Sie sind verpflichtet, auszusagen.« Der Kommissär krächzte nur so, wurde aber verlegen, weil er wußte, daß er unrecht hatte.

»Ist ein nächtlicher Fingerpfiff, dessen Grund Sie weder kennen noch dessen Folgen, eine hinreichende Basis für solche Inkommodierungen?« Homingman wandte ihm den Rücken.

Da aber kam dem Kommissär unverhoffte, für Homingman freilich die erhoffte Hilfe. Das Zimmermädchen der dritten Etage trat vor und rächte sich: »Aber Herr Homingman hat doch im Hotel geschlafen. Ich habe ihn selber aus Nummer 53 herauskommen sehen.«

»Wer wohnt auf Nummer 53?« fragte der Kommissär scharf.

Alle wußten es und wandten sich ab. Und da Fifitt blutrot wurde, wußte es auch der Kommissär. Wütend zog er mit seinen Edilen ab.

Nach vier Wochen heiratete in Mainz Fräulein Alexandra von und zu Stettenhausen sehr wider ihren Willen, aber notgedrungener Weise Herrn Robert Homingman, der mit dieser seiner schönsten Komposition Vollkommenstes vollbracht hatte. Seine Schwiegermutter rang die Hände und war entschlossen, nach einem halben Jahr die Scheidung zu erzwingen. Es kam aber nicht dazu, da

Fifitt nach einigen verzweifelten Ehebrüchen, die übrigens Homingmans Meisterhand von hinten nieder zu dirigieren gewußt hatte, es aufgab, einen ebenbürtigen Positionsersatz zu finden.

Vilma Kököllö aber laboriert immer noch an einer schweren Psychose, in der Perlen und geknickte Zweige eine große Rolle spielen. Sogar Professor Alfred Adler vermochte mit diesem Fall nichts anzufangen und glaubt noch heute an Schizophrenie.

Das Fest in der Via Alfeo

Garringa, eine unklare Existenz, saß im Caffè Dora an der Ecke des Corso Buenos Aires, als ein Gast am Nebentisch seinen Schiffsfahrschein liegen ließ. Obwohl Garringa ihm sofort auf die Straße nacheilte, war er bereits im Gewühl verschwunden. Da aber Name und Adresse auf dem Fahrschein standen, beschloß Garringa, ihn seinem Besitzer zurückzubringen, falls dieser ihn nicht reklamieren sollte.

Als er nach zwei Stunden noch nicht gekommen war, machte Garringa sich auf den Weg zum Hotel de Londres, wo er Signor Pingezzi zu sprechen wünschte. Der Portier maß ihn neugierig und bedenklich über seinen rostigen Zwicker hinweg und fragte schleimig: »Sind Sie ein Verwandter von ihm?« Als Garringa erstaunt verneinte, lispelte er achselzuckend: »Signor Pingezzi ist nämlich vor einer Viertelstunde gestorben. Und morgen früh wollte er sich noch nach Alexandrien einschiffen. Ecco la vita.«

Garringa hob, zaghaft schnupfend, die Hand an die Mütze und ging. Sehr langsam. In seiner Mansarde angekommen, grübelte er verbissen weiter und so lange, daß er oft vor Ungeduld aufstöhnte. Gegen drei Uhr morgens endlich war sein Plan gefaßt und um acht Uhr eilte er zum Bahnhof, wo er sein Köfferchen in das Deposito gab.

Der Portier des Hotel de Londres teilte ihm auf sein unterwürfiges Fragen unwillig mit, daß betreffs das Ableben des Signor Pingezzi alles in Ordnung sei, die Leiche aber wahrscheinlich erst morgen nach Livorno überführt werden würde.

»Und er wollte doch heute mit der ›Esperia‹ ...« stieß Garringa erregt hervor. »Hatte er denn schon die Kabine?«

Der Portier spritzte den Federhalter gegen ihn aus. »Ä! Noch dreißig können Sie haben.«

Garringa schnupfte nicht einmal. Er holte schnurstraks sein Köfferchen und rannte hinunter an den Hafen, wo er erfuhr, daß die ›Esperia‹ erst um elf Uhr ausfahre. Er setzte sich auf ein aufgeringeltes Tau und wartete, im Rausch eines überwältigenden Entzückens: in vier Tagen also würde er in Alexandrien sein, wo seine Manila arbeitete; neunhundert Lire würde er ihr zeigen und drei Tausender, die allerdings nicht ihm gehörten, sondern ... Er machte eine erledigende Geste gegen die Stadt in seinem Rücken: ›La polizia? Pah!‹ Er reiste ja als Signor Pingezzi, erster Klasse, und war in zwei Stunden spurlos aus Genua verschwunden.

Als er endlich die Hängebrücke emporkletterte, drängten hinter ihm zwei Reisende so brutal nach, daß er einen Stoß bekam und weit nach vorne torkelte. Um nicht hinzufallen, klammerte er sich an eine eiserne Säule. Grinsend sah er, daß er auf diese Weise die Kontrolle durchbrochen hatte.

Das sollte ihm zum Schicksal werden. Nicht weil er unter einem falschen Namen reiste, sondern aus einem ganz andern Grund. Er hatte sich nämlich im Taumel seines Reisefiebers den Fahrschein nicht genau angesehen. Dies tat jedoch der Stewart, den er nach langem Umherirren nach seiner Kabine gefragt hatte.

»Sie haben ja bloß zweite Klasse. Da müssen Sie nach hinten gehen und dann die Treppe hinunter.« Der Stewart machte ein kleines blaues Kreuz auf den Fahrschein. »So. Jetzt sind Sie in Ordnung.«

»Wann ist das Schiff in Alexandrien?« Garringa rang um Haltung.

»Wir fahren diesmal nur bis Syrakus. Kein Verkehr.« Der Stewart ließ ihn stehen.

Garringas Kopf kugelte über Bord: das Schiff war schon in voller Fahrt. Seine Augen stürzten auf den Fahrschein: ja, da stand in rotem, freilich mattem Gummidruck – Siracusa. Er ließ sich auf eine Bank fallen und starrte verzweifelt vor sich hin: alles war zu Ende; er mußte noch in Italien von Bord gehen. Nach wütendem Überlegen entschloß er sich, bis Syrakus zu fahren. Anfangs hatte er beabsichtigt, schon in Neapel an Land zu gehen, dies aber verworfen, weil dort die Möglichkeit, ausfindig gemacht zu werden, zu groß war. In Syrakus aber glaubte er sich während der kurzen Zeit, die er auf ein Schiff würde warten müssen, sicherer.

Nach einer Fahrt von zwei Tagen, während welcher Garringa mehrmals seekrank gewesen war, lief die ›Esperia‹ in den Hafen von Syrakus. Da gerade im letzten Teil der Fahrt die See sehr hoch gegangen war, so daß Garringa wieder heftig gekotzt hatte, verfügte er, als er aus dem Landungsboot stieg, nicht über seine volle Entschlußfähigkeit. Froh, endlich wieder festen Boden unter den Füßen zu haben, ließ er von einem jungen Burschen, der unablässig auf ihn einredete, nach der Via Alagona sich schleppen und im Ronco Olimpia in ein altes Steinhaus. Er warf kaum einen Blick auf das winzige halbdunkle Zimmerchen und sich angekleidet aufs Bett.

Als er die Augen aufschlug, war es stockfinster. Er lag, wie ihn däuchte, auf einem Sandhaufen. Sein Kopf lehnte an etwas Hartem. Die Glieder und der Mund schmerzten ihn. Und plötzlich erschrak sein ganzer Körper: er war gefesselt und geknebelt und wohl zweifellos beraubt worden. Tränen traten ihm in die Augen. Nach einer Stunde mühsamer und schmerzhafter Versuche gelang es ihm, den Knebel aus dem Mund zu stoßen. Die Stricke aber gaben nicht nach. Die Helligkeit wurde zusehends größer. Er sah bereits, daß er an einem großen Holztor lehnte und vor ihm ein weiter leerer Platz sich ausdehnte, von kleinen hellfarbigen Häusern umsäumt. Bald mußten Menschen kommen. Wenn er bis dahin nicht befreit war, würde alles herauskommen. Fieberhaft suchte er die Umgebung nach etwas Scharfem ab. Aber er entdeckte nichts. Nur Kiesel lagen umher und Plunder.

Plötzlich fiel sein Kopf hintüber: aus dem Tor war eine Frau getreten, deren große schwarze Augen alsbald ruhig auf ihn sich richteten. Schnell den Blick senkend, betrachtete er ratlos die nackten schmutzigen Füße, die dicht vor ihm standen.

»Wie kommst du daher?« fragte sie, ihren Rock fester bindend. »Warst du in der Kaserne?«

»Sie haben mich hergebracht.«

»Wer. Die Militari?«

»Bestohlen haben sie mich.«

»Du bist nicht von hier, das hör ich. Bist wohl erst gestern gekommen, mit der ›Esperia‹?«

Garringa nickte.

»Weiß schon, wer das war.« Sie verschob die Wangen, wobei ihre Augen fast verschwanden.

Garringa glaubte zu bemerken, daß sie ihn mit einem gewissen Wohlgefallen musterte, und hielt ihr die gefesselten Hände empor.

Sekundenlang starrte sie darauf, ohne sich zu bewegen. Miteins aber stieß sie das Kinn verächtlich nach oben, nahm mit unvermuteter Kraft Garringa auf die Arme, trug ihn eine niedrige Steinmauer entlang und durch eine flügellose Tür in einen feuchtwarmen Raum. Hier legte sie ihn hinter einem speckigen dunkelroten Vorhang auf eine breite Ottomane und setzte sich neben ihn.

»Allora, mio amico, erzähl mir erst mal, wieviel Geld sie dir abgenommen haben. Und sag nur Metta zu mir.«

Garringa schwieg. Die Wahrheit zu sagen, schien ihm ebenso gefährlich wie lügen unvorteilhaft; denn Metta dachte offensichtlich an ein Geschäft. Er entschied sich deshalb für ein[en] Kompromiß. »So im Ganzen waren es ... rund viertausend.«

Metta faltete die Hände: »Porca Madonna! Viertausend! Und da kümmerst du dich gar nicht weiter darum?«

Garringa hielt ihr die gefesselten Hände hin, die sie löste, während er berichtete. Dann höhnte sie: »Wenn du zur Polizei gehst, siehst du dein Geld nicht wieder.«

»Wenn ich aber nicht hingehe, sehe ich es auch nicht wieder.«

»Du willst also die viertausend so einfach segeln lassen?«

»Will ich nicht.« Garringa blickte sie herausfordernd an. »Du hast doch gesagt, daß du weißt, wer es war.«

»So?« Metta suchte mit den Augen die Wände ab. »Hab ich das?«

»Si. Da könntest du mir ... Da könnte ich doch ... Da könnten wir uns doch das Geld wieder verschaffen.«

Metta zwinkerte ihm zu. »Sag mal ... hat das Geld dir gehört?«

Garringa nickte eifrig.

Mit einem komisch singenden Zwitschern sog Metta die Luft ein. »Wenn es dir aber zum Beispiel nicht gehört hat ... Was hast du überhaupt hier in Syrakus machen wollen, ä?«

»Nach Alexandrien wollte ich weiter.«

»So.« Metta rückte ihm ganz nahe. Und wie von selber fiel ihr Hemd die Schultern hinunter und entblößte zwei riesige fleckige Brüste, an denen die Warzen gleich blauen Pflaumen hingen. Sie hielt Garringa die wulstigen Lippen hin.

Er küßte sie ohne jedes Vergnügen, aber auch durchaus nicht widerwillig. Dann verlangte er zu trinken.

Metta brachte ihm ein Glas Ziegenmilch, streifte ihren Rock ab, schob das Hemd bis zu den Brüsten hoch und wies mit einem breiten einladenden Grinsen auf ihren nackten sonnegebräunten Leib ...

Nach einer Viertelstunde kleidete sie sich an. »Das Geld gehört also nicht dir.«

Garringa, dem ihre Schlauheit gefiel, hustete. »Dann hätte ich es wohl schon verschmerzt.«

»Es ist aber besser, wenn du da bleibst.«

Garringa kämmte sich schweigend.

»Setz dich mal da her an den Tisch und schreib mir einen Brief an Carlo!« Metta schneuzte sich mit dem Daumen.

Garringa schnupfte übellaunig, gehorchte aber.

Nachdem Metta ihm diktiert hatte, ging sie mit dem Zettel unter die Tür: »Pietro, Pietro, venga!«

Wieder im Zimmer, zerrte sie Garringa auf die Ottomane. »Carlo kommt. Das weiß ich. Du versteckst dich da hinten unter der Kiste. Aber rühr dich nicht! Wirst schon sehen.« Sie fuhr ihm lachend mit der Zunge über die Wange, den Mund und legte sich neben ihn . . .

Nach einer Stunde kam Carlo. Garringa, durch ein Astloch der Kiste blickend, erkannte ihn sofort: es war derselbe, der ihn auf der Passeggiata Aretusa abgefangen hatte.

Metta verhandelte sehr lange mit Carlo, der nicht glauben wollte, daß sein Opfer ein entfernter Verwandter von ihr sei, der sie schon seit langem habe heiraten wollen, aber jetzt erst das Geld beisammen gehabt hätte, um ein Geschäft anfangen zu können. Immer noch mißtrauisch den Kopf wiegend, wünschte Carlo diesen Verwandten zu sehen. Metta sagte, er sei zur Polizei gegangen, habe ihr aber versprochen, zu verschweigen, daß er bei ihr war. Daraufhin stieß Carlo sie auf die Ottomane und versprach nachher, fünfzehnhundert Lire zurückzugeben und noch tausend, wenn wirklich geheiratet würde.

Als er fort war, kroch Garringa mit einem ledernen Gesicht hervor und ging eilends unter die Tür, um frische Luft zu haben. Vor allen Türen sah er halbnackte Weiber sitzen, die ihre verfilzten Haare mit kurzen Holzkämmen bearbeiteten oder von kleinen Mädchen sich lausen ließen. Nach dem, was er soeben bei Metta mitangesehen hatte, zweifelte er nicht mehr daran, wo er sich befand. Gewiß, Metta war die wohlerhaltenste, aber die Aussicht, an ihrer Seite sein Leben zu verbringen, fest in ihren Krallen durch ihre Mitwisserschaft, schien ihm unerträglich. Da fiel ihm ein, wie unvorsichtig es war, sich auf der Schwelle blicken zu lassen. Schnell trat er zurück. Und bekam eine Gänsehaut, als Metta ihm freudenärrisch um den Hals fiel.

»Heute werfe ich sie alle hinaus, die Militari. Heute wird gefeiert und getanzt.« Sie sprang in ihren unförmigen Holzpantoffeln grotesk umher und heulte ein Lied.

Garringa rieb sich knirschend die Knie. »Metta, was willst du denn mit dem Geld machen?«

»In Damaskus eine Trattoria. In drei Monaten kündige ich.«

»Und was weiter?«

»Ä, und da heiraten wir.«

Garringa spie sich auf die Schuhe und fegte sie mit einem Stück Papier sauber. Dabei zeterte er ob seines grausamen Geschicks in sich hinein. Schon wollte er aufspringen, um irgendwie eine Änderung zu erzwingen, als ein langer Soldat hereineilte, sich auf Metta warf, ihr einen Teller aus der Hand riß und an die Wand schleuderte, daß die Scherben bis in die Mitte des Zimmers spritzten.

»Hinaus!« schrie Metta. »Ich mag nicht.«

Der Soldat aber zerrte sie hinter den Vorhang und zwang sie auf die Ottomane nieder, die Garringa soeben erschreckt verlassen hatte. Dieser mußte sich darauf beschränken, wegzublicken. Er wunderte sich, daß er Mettas Schmach schon fast als die seine empfand. Bald aber wurde der Trieb, sich umzuwenden, immer stärker. Und schließlich zog es seine Augen mit unwiderstehlicher Gewalt zur Ottomane, auf der Metta keifend und zischend, aber vergeblich sich wehrte und mit all ihren Anstrengungen, dem Unhold sich zu entwinden, nur dessen Vergnügen erhöhte.

Endlich war es zu Ende. Metta rannte, wie unter einem Rest von Scham, auf die Straße hinaus.

Der Soldat schimpfte, stieß mit dem Fuß nach Garringa und hätte ihn unweigerlich in den Unterleib getroffen, wenn nicht die halb herunterhängende Hose ihn behindert hätte. Deshalb ergriff er einen blechernen Waschkrug und goß, roh lachend, Garringa den Inhalt nach. »Sauerei, das alles! Metta, komm her! Deinem Ruff geb ichs nicht.«

Metta trat maulend in die Tür. Der Soldat gab ihr drei Lire, schimpfte noch in der unflätigsten Weise und tänzelte hinaus.

Metta sprang zur Seite und spuckte hinter ihm her. Dann machte sie sich wieder ans Waschen des Geschirrs, als wenn nichts geschehen wäre.

Gegen vier Uhr nachmittags kam Carlo mit dem Geld, das Metta sofort in einen Zipfel ihres Hemdes knüpfte. Für Garringa hatte er nur einen verächtlichen Blick. Als er aber ging, war er für den Abend eingeladen worden, zu dem er ein halbes Dutzend gemeinsamer Bekannten mitzubringen versprach.

Metta holte alte Papiergirlanden hervor und schmückte Wände und Plafond. Dann holte sie Wein und nach einer halben Stunde waren beide angetrunken und balgten sich, ineinander verkrallt, auf der Ottomane, bis sie einschliefen.

Als sie gegen neun Uhr erwachten, kamen die ersten Gäste. Und um zehn Uhr wälzte sich zu den Klängen einer Okarina und einer Ziehharmonika ein Knäuel Soldaten, Huren, Gauner und Matrosen in dem kleinen Zimmer Mettas. Und vor der Tür standen die Nachbarn, lachten, tanzten und rissen ordinäre Witze.

Nach Mitternacht, als es bei Metta längst still geworden war, ging ein Kanonikus draußen vorbei. Er tat, als hindere seine Soutane ihn beim Gehen, um unauffällig die Szene betrachten zu können.

Metta lag, völlig nackt, auf der Ottomane; neben ihr Carlo, das Gesicht auf ihrem Bauch. Und vor ihm auf dem Boden hockte Garringa. Speichelfladen liefen ihm über Kinn und Wangen. Er hatte sich vor Wut sinnlos besoffen.

Am nächsten Morgen, kurz nach sechs Uhr, wurde er verhaftet und mußte noch am selben Tag, an der Seite eines Kriminalbeamten, die Rückreise nach Genua antreten.

Irma

»Schauns amal nach, Sie Mannsbild, ob die Zentralheizung offen is.«

»Scho. Aber funktioniert net. Ja, is viel zu kalt da.«

»Bittschön, gebns mir mein Mantel her!«

»Mir wolln doch . . . I mein . . . sich ins Bett . . .«

»Legns sich doch 'nein, wenns Lust ham.«

»Bitte nach Ihnen.«

»Ujegerl, wie er sich scho hat!«

»Wies halt wolln.«

»Sie ham ja recht. Aber gehns naus so lang. Bis i ruf. Net gmuckst, sondern gfolgt! Gengerns!«

Schiller ging, draußen einige wuchtige Schritte machend. Dann schlich er sich zurück und blickte durch eine abgeschabte Stelle der Mattglasscheibe. Irma stand vor dem Spiegel und schlang sich einen kleinen roten Shawl um die Haare. Während sie sich entkleidete, spülte sie sich den Mund aus. Ihr Körper war unerwartet mager und unebenmäßig, die Schenkel sehr deutlich behaart. Um die Hüften lag ein Bruchband, das sie in ihren Unterrock wikkelte. Grimassierend schlüpfte sie ins Bett, nur schwarze Seidenstrümpfe an den Beinen. Schiller war zwar von dem Gesehenen sehr enttäuscht, klopfte aber trotzdem. »Im Bett gfallns ma besser.«

»Wieso. Sie sehn doch noch weniger.«

»Die Pölster machen Ihnen a andere Farb.«

»Schmeichler! Aber die Gattihosen lassens fei an, hörns?«

Schiller entkleidete sich mit nervöser Hast. Hinter der Bettstelle. Denn seine Wäsche war ärmlich und schmutzig. »Na, schön is net grad, das Kabinett.«

»Unds Bett könnt breiter sein. Was hast denn zahln müssen?«

»Fünf Schilling. Taier is scho. Aber dafier bleibn ma aa lang.«

»Naa, naa. Länger als bis elfe kann i net. Hat e scho gschlagen.«

»Na, hör amal, das is aber . . .«

»Sag erst, wie vielst ma eigentlich gibst.«

»Hamer doch scho ausgmacht. Dreißich.« Schiller untersuchte mit mißtrauischen Blicken ihren Kopf.

»Hast *du* gsagt, i net.«

Schiller hob zornig den Ton: »Also so eine bist! Erst billich anlocken und nachher wurzen wollen! Wär ja noch schöner!«

Irma hing die Beine aus dem Bett. »I kann ja wieder gehn.«

»Dreißich is scho mehr als gnug.« Schiller pirschte sich seitlich heran. »Zwanzich is die Taxen.«

»Mir ham gar ka Taxen.« Irma wandte sich ab. »Zehn Schilling kann a jede verlangen. Aber dafier geht dir nur a Schlampen vom Gürtel. Und die geht net. Mir schätzen uns selber ein.«

»Hättst mir aa scho unten sagen könner.« Schiller, der einzulenken wünschte, stieß ärgerlich hervor: »Na, sagn ma also fünfunddreißich. Aber kan Groschen mehr.«

Irma lächelte ihm über die Schulter zu. »Geh, schau, hörst, gib ma wenigstens vierzich.«

Schiller grinste: er hätte, wenn er zäher gewesen wäre, überhaupt nicht mehr zu bieten brauchen. »Fünfunddreißich hab i gsagt. Kost mi eh scho vierzich mitm Zimmer.«

»Und wenn i ganz liab zu dir bin . . .« Irma schoß heran, drückte ihm einen schnellen Kuß auf die Schläfe und wandte sich wieder ab. »Dann aa net?«

»Hör scho auf jetzt!« Schiller rieb die Füße an einander, hielt aber inne, als er seine durchlöcherten Socken sah. »Fünfunddreißich! Dabei bleibts!«

Irma wackelte mit den Schultern, den Kopf hochgereckt. »Aber gibst mas erst.«

»Was denn noch . . . Ach so, im voraus. Fier so an haltst mi?« Schiller gelang es, unbemerkt seine Socken auszuziehen.

Irma drückte die Beine an einander und die Arme um die Brüste. »Das mach i gar net anders. Möcht die sehn, die bis nachher wart. Und außerdem, was weiß ma? Oft schauns aus wie Erzherzög in Zivil und was sans? Blitzer!«

Schiller tat, als gähne er. »Da stell i mi erst gar net her.« Er griff hinters Bett und kramte in seiner Hose. »Ja blöd.«

»Bist stad!«

Schiller lachte plötzlich. »Hast mi am End fier an Erzherzog ghalten?«

»I bin doch net narrisch.« Irma trällerte. »Sag amal, bist du a Jud?«

Schiller hielt indigniert inne. »I schau also aso aus?«

»Eigentlich scho.« Irma, die den ungünstigen Effekt bemerkte, fügte neckisch ablenkend hinzu: »Drum handelst aa aso, du Wischiwaschi.«

Das ärgerte Schiller noch um vieles mehr. »Sigst ja, daß i dirs sofort geb. Aber wer garantiert mir, daß d' dann aa liab zu mir bist?«

»Jessas, wie er daherredt!« Irma meckerte heiter, schielte aber dabei besorgt nach dem Geld. »Wie mit der Kundschaft.«

Schillers große Augen traten böse hervor. »Was sagst? Du haltst mi also fier an . . .«

»Ich halt Ihnen fier gar nix, mei Liaber. Aber a Verkäufer kenntst scho grad sein.«

Schiller, der sah, daß er sie nicht täuschen konnte, spielte mit dem Geld in der Hand. »Net ganz. I bin Rayonchef beim Gerngroß.«

»Na, da gratulier i ja.« Irma, die heftig zu frösteln begann, gab es auf, auf das Geld zu warten, und schlüpfte ins Bett zurück. »Du, hörst, weißt, da kenntst mir, wenn i amal komm, a paar Blusen billicher lassen.«

Schiller spurtete mit den Lippen, immer noch mit dem Geld spielend. »I selber verkauf nur in besondere Fäll. Aber wennst wirklich liab zu mir bist, mach i an Ausnahm.«

Irma drehte sich der Wand zu. »Kenn i scho. Im Bett sagns ja und wenn ma dann hinkommt, kennerns an gar net mehr.«

Schiller wollte schon replizieren. Doch da übermannte es ihn. »Da hast. Nimm!«

Irma hielt abgewandten Kopfes die Hand unter der Decke hervor.

»Zwanzich, dreißich und da noch eins, zwei, drei, vier, fünf. Und jetzt machst mir Platz. Wie liegst denn du ieberhaupt da?«

»Dank schön, du Grobian.« Irma zog die Knie hoch, nahm das Geld zwischen die Zähne und schob es sorgsam in beide Strümpfe. Dann streckte sie die Beine stramm und riß Schiller an sich, der stöhnend ihren kühlen knochigen Leib umklammerte . . .

Irma, die das Bett verlassen hatte, wollte eben nach dem Unterrock greifen, als Schiller ihn ihr aus der Hand riß. Das Bruchband fiel zu Boden. Dann sprang er ihr nach und stieß sie rücksichtslos aufs Bett. Sie fiel schräg hin, schmerzhaft mit dem Knie anstoßend:

»Das is aber a Frechheit!«

Schiller stand erbost vor ihr. »A Frechheit is, daß d' jetzt scho wieder hast fort wollen.«

Irma räkelte sich belfernd hoch. »Sie glaubn mir scheint, daß i Ihnen fier Ihre lumpichen fünfunddreißich . . . Ujegerl! Da hams lang was dran! Dafier a ganze Nacht hinschmeißen! I bin doch ka Tepp.« Sie rieb sich feixend das rot gewordene Knie.

»Wer hat denn von aner Nacht gredt? Zwa Stunden!« keuchte Schiller exaltiert. »Das is bei diesem Betrage selbstverständlich.«

»Gar nix is selbstverständlich«, höhnte Irma kieksend. »Als daß i Ihnen da unter der Hand wegmagern tät. Lassens mi aus! I geh jetzt.«

Schiller packte ihren Arm fester. »Da bleibst!«

Schnaufend versuchte Irma, ihren Arm freizumachen. »Mit Gwalt könners mi gar net dabehalten.«

Davon halb überzeugt, ließ Schiller sie murrend los und setzte sich neben sie. »Also, bleib scho da!« Er klopfte ihr, allerdings zu kräftig, auf die Schulter.

»Hauns net aso, Sie Karnalli!«

»Nur noch fünf Minuten. Das macht der Liebe ka Kind.«

Irma aber stand entschlossen auf. »I hab grad gnug.«

»Aber i noch net.«

Schiller trat neben sie, von hinten ihre Brüste ergreifend.

»Redst mir lang gut.«

»Und wie schön das Madel baut is! Taifi!«

»Schiebens nur!« Irma zupfte mißlaunig an ihren Strümpfen.

Schiller, dem ihre Stimme milder geworden vorkam, schmeichelte weiter: »A sehr guats Parfum hast.«

»Trêfle incarno. A Present.«

»Trêfle incarnat«, korrigierte Schiller selbstgefällig. »Riecht ganz echt.«

»Besserns mir nur aus. Das imponiert mir noch lang net. Aber echt is. Das hat mir a Oberleutnant von an ungarischen Regiment verehrt. Der hats seim Gschpusi gmaust. A noble Gans. So san die Männer.« Irma hatte sich von ihren Assoziationen hinreißen lassen. Betreten blickte sie zur Seite.

Schiller dachte lediglich daran, sich herauszustreichen. »Hat der dir aa so viel gebn wie i? I glaub net.«

»Offizier zahln immer die Hälft.« Die Absicht, ihn zu ärgern, war in Irmas Ton unverkennbar.

»Hör i zum ersten Mal.« Schiller räusperte ironisch. »Hast di vielleicht gar mit dem Flascherl bezahlen lassen?«

»Das gibts wieder net«, versicherte Irma lakonisch.

»Und bei mir, wo i dir alles im voraus . . . da willst net amal so lang bleibn, wie sichs ghört?« Schiller fing an, an seine Ungehaltenheit selber zu glauben.

»Wie sichs ghört? Sie gfalln ma.« Irma blickte unsäglich müde an ihm hinunter.

»Mach mir doch an Abonnementspreis.« Schiller wollte es mit einem imaginären Vorteil versuchen. »Da fahrst am besten dabei.«

Irma lächelte hochmütig. »Alle Mannsbilder wolln a Abwechslung. Wirst di scho net abonnieren.«

»Bei dir scho. Du bist ja noch net lang dabei.«

»Drei Jahr«, sagte Irma leise, obligat den Kopf senkend.

»Sigt ma dir net an.« Schiller hielt den Moment für günstig. »Also jetzt, schau, gemmer wieder ins Bett.«

»Naa, nix da, nix da, nix da . . .« Irma stieß aber doch nurmehr sehr schwach um sich. »Bist an ekelhafter Kerl.«

Da ging Schiller mit seiner Stimme zum Sturm über: »Und du bist a liaber, o du gscheiter, o du ganz gehauter Fratz!«

»Gengerns weiter!« Irma lachte eitel. »I wer net Ihn Ihr . . .«

»Schatz!« Schiller glühte. »Du wirst es! Du wirst es!« Seine Komödie hatte ihn begeistert. Er packte Irma um die Hüften und wälzte sich mit ihr aufs Bett.

Irma, deren Bruchstelle er gedrückt hatte, schrie auf.

Schiller, an einen letzten Widerstand glaubend, stürzte sich über sie, küßte sie wie ein Rasender und überbot sich selber. Eine halbe Stunde lang . . .

Nachher sagte Irma plötzlich: »Bist der erste, weißt.«

Schiller stützte den Kopf in die Hand. »Was soll i wissen?«

Irma lag da, auf die Lippe sich beißend, die Hände hinterm Nacken. »Der was mi ganz gnommen hat.« Sie schloß die Augen.

Schiller atmete nicht, so sehr war seine Eigenliebe befriedigt worden. »Möglich wärs ja. Aber das sagst vielleicht halt nur aso.« Es bereitete ihm großen Genuß, sich zu zieren.

Irma kaute ihre Zunge, bevor sie sich empörte. »Glaubst es also net?« Da er ein unbestimmtes Gesicht machte, tat sie einen tiefen Atemzug. »Hast es vielleicht net gfühlt? Auf das hab i scho immer gwart. Aufs Richtiche.«

»Bist scho a siaßer Fratz, Irma«, sagte Schiller, ohne daß ihm das Zärtliche gelang. »Mir wars aa anders mit dir als sonst.«

Irma setzte sich schnell auf. »Sag amal aufrichtich, is das wahr?« Sie versuchte mit seltsam forschender Gespanntheit, in seinen Augen zu lesen. »Nächstes Mal suchst dir ja doch wieder an andere. Wetten möcht i.«

Schiller lächelte unmerklich. »Leider san ma net verheirat.«

Irmas Brust zuckte kurz nach vorn. Ihr Hals bewegte sich, als schlucke sie etwas. »San ma net.« Sie zerrte an ihren Haaren. »Aber wenns wahr is, was da gsagt hast, da könnt ma sich doch arrangieren könnt ma sich da.«

»No ja.« Schiller rümpfte mißtrauisch die Nase. »Brauchst doch andere, die mehr zahln. Oder net?«

Irma riß an ihren Fingern. »Bist an Aff. I such mir gar kan andern.« Sie steckte die Zungenspitze zwischen die Zähne, wie um sich zu zwingen, etwas zu unterdrücken.

Bis zu diesem Augenblick hatte Schiller an einen Versuch Irmas geglaubt, ihn zum Stammkunden zu machen. Nun aber begann er seinen Vorteil zu wittern. »Aber wie willst dich denn mit mir arrangieren? Das is a schwieriche Sach.«

»Gar net schwierich.« Irma war unerwartet gereizt. »Und wal i ja doch scho amal bin, was i war und bleibn muß, wal du net gnug hast . . .« Sie stockte gequält, nach einer passenden Formulierung suchend. »A freie Person is ja eigentlich nie net jung. I mein, wenn mas amal gwesn is, dann is scho egal, ob mas no bleibt, mein i, was?«

Schiller nickte lauernd.

»Derfst mi deswegen aber net fier schlecht anschaugn.« Irma prüfte ängstlich sein Gesicht.

Schiller zwang sich, eine undurchdringliche Miene zu machen. »Fallt mir ja gar net ein.«

Irma machte mehrere heftige Bewegungen mit dem Kopf. Und noch bevor Schiller dessen sich hätte versehen können, warf sie sich aufweinend ihm an den Hals. »Du, hörst, i mag di aso und . . .«

Schiller war so überrascht, daß er fast gelächt hätte. Vielleicht war es sogar nur diese Überraschung, die ihn verhinderte, zurückweisend zu werden.

Irma löste ihr tränenüberströmtes Gesicht von seiner Brust, schluchzend: »Hörst, weißt, derfst net lachen . . . nein?«

»Aber i lach doch gar net.« Schiller wurde unbehaglich zumut.

»Mechst weggehen?« Irma sah demütig zu ihm auf. »Kannst aa allein weggehen, wennst willst.«

Schiller wußte nicht, was er sagen sollte. »I kann aa mitgehen.«

Leise weinend, preßte Irma die Hände auf den Unterleib.

Das rührte Schiller irgendwie. »I wer dir meine Adreß gebn.« Er machte eine rasche Geste.

»Naa, bleib noch im Bett, ja?« Irma legte sich ihm von neuem an den Hals. »Oder kommst einfach ins Café Mariahilf. Da bin i jeden Abend zwischen fünf und sieben.«

»I wer sicher kommer.« Schiller, der nurmehr halb daran glaubte, blickte auf die gegenüber befindliche Wand. Da bemerkte er das Bruchband auf dem Boden, erinnerte sich an die behaarten Beine und verzog den Mund.

Irma, die an seinem Blick hing, wurde betrübt. »Oder hast da net Zeit?«

»Scho.« Schiller lockerte geschickt die Umarmung, die anfing, ihm zu viel zu werden. Und in fast unerklärlicher Bosheit fügte er hinzu: »Mußt mir aber an andern Preis machen, hörst?«

Irma hielt ihm den Mund zu und schrie: »Aufhörst jetzt da damit! Oder i schau di nimmer an, du, du . . . Kannst doch von mir ham, was d' willst, du Buberl.« Sie küßte ihn wild.

Dieses Argument überwand auch den Überdruß des Nachher. »Also is guat«, sagte Schiller weich. »I komm.«

»Sag, wie oft!«

»Jeden Samstag, Sonntag. Und am Dienstag und Donnerstag aa.« –

Er kam schon in der ersten Woche am Donnerstag nicht. In der zweiten kam er nurmehr Samstag und wies das Geld, das Irma ihm anbot, zurück. In der dritten kam er, teils aus Widerwillen, teils ängstlich geworden, überhaupt nicht mehr.

In der vierten Woche wurde Irma als Leiche aus der Donau gezogen. In der Zeitungsnotiz, die Schiller übersah, war zu lesen, daß das Motiv der Tat unbekannt sei.

Es war unglückliche Liebe gewesen.

Das denkwürdige Gespräch

In einer warmen Märznacht schlenderte Omstertal durch die kleinen Gassen von Florenz, als er plötzlich stolperte. Er blieb stehen, um festzustellen, was ihm im Weg gewesen war. Als seine Augen an das Dunkel des Gassenwinkels sich gewöhnt hatten, sah er, daß er über den Fuß eines Mannes gestolpert war, der vor einem Fensterladen stand. Omstertal hustete laut. Ohne jeden Erfolg. Da trat er an den Unbekannten heran und klopfte ihm auf die Schulter.

Der wandte sich langsam um, den Borsalino tief in die Stirne gedrückt. »Cosa desidera?«

Omstertal wunderte sich über diese Ruhe. »Mi permetta di . . .«

»Sie sprechen deutsch?«

»Ja. Sind Sie Deutscher?«

»Ja.«

Omstertal wunderte sich noch mehr. »Entschuldigen Sie. Ich sah Sie dastehen und fürchtete . . . Ja, ich weiß selbst nicht, was ich eigentlich fürchtete.«

»So, so.« Der Unbekannte rückte den Hut ein wenig höher. »An Ihrer Aussprache des Wortes ›permetta‹ habe ich sogleich erkannt, daß Sie Berliner sind.«

Omstertal, der ein eigentümlich verkniffenes Gesicht erblickte, nickte.

»Hm, wenn jetzt eine verschleierte Person, nicht zu entscheiden, ob Frau oder Pfaffe, ob jung oder alt, ob Mädchen oder Mann, mich anspräche, so könnte ich augenblicks ihr Alter nennen, ihr Geschlecht, ihre wichtigsten Gewohnheiten, den Stand, das Gewicht und so weiter. Ich würde mich vielleicht manchmal irren, aber doch wohl nur . . . sagen wir zu zehn Prozent.«

Omstertal hatte ihm zwar genau zugehört, gleichwohl aber war seine Aufmerksamkeit abgelenkt gewesen: er hatte nämlich in dem Fensterladen, vor dem der Unbekannte gestanden war, ein helles Loch gesehen. Sollte er seinen Landsmann erwischt haben, als er, auf irgendwelchen unlauteren Pfaden, durch dieses Loch blickte? Ein wenig verwirrt, wandte er ihm das Gesicht wieder zu. »Ja also . . . da werden Sie von mir wohl auch bereits mehr wissen als meinen Heimatort.«

Der Unbekannte richtete sich auf. Auch seine Stimme hob sich:

»Eben deshalb habe ich mit Ihnen weitergesprochen. Es erstaunt mich, daß sie mich für so dumm hielten, dem Erstbesten zu sagen, was ich Ihnen soeben sagte.«

»Danke.« Omstertal lächelte. »Ich freue mich, so ganz ex tempore einen Landsmann kennen gelernt zu haben, dessen ich mich nicht zu schämen brauche, obwohl ich nicht leugnen kann ...«

»... daß er an fremder Leute Fenster steht und sie durch ein Loch beobachtet.«

»In der Tat.«

»Wollen wir nicht ein wenig spazieren gehen?«

Omstertal folgte schweigend und außerordentlich neugierig geworden.

Nach wenigen Schritten begann der Unbekannte: »Bevor ich Ihnen erkläre, weshalb ich vor jenem Loch stand, will ich Ihnen sagen, weshalb ich es Ihnen überhaupt erkläre. Weil ich Sie kenne. Gewiß, ich habe Sie noch niemals gesehen, weiß nicht einmal Ihren Namen. Und doch kenne ich Sie. Seit zehn Minuten. Aber das genügt mir, um zu wissen, daß Sie fünfunddreißig Jahre alt sind, unverheiratet (was nicht besagen will: unbeweibt), etwa siebzig Kilo wiegen, keinen Beruf haben und wahrscheinlich auch niemals einen hatten und daß Sie mein Bruder im Geiste sind. Nämlich ein – Dreckkerl.«

Omstertal griff sich an die Knöpfe und errötete. Schnell aber beruhigte er sich: er war, obwohl der sonderbare Kauz mit keiner seiner Behauptungen sich geirrt hatte, davon überzeugt, einen Verrückten vor sich zu haben. »Nicht sehr schmeichelhaft. Schließlich kann keiner von sich behaupten, ein Engel zu sein. Schlafen Sie wohl!«

Aber der Unbekannte hielt weitergehend seinen Ärmel fest. »Nicht so, mein Bester. Wiewohl Sie mich nun schon seit fünfzehn Minuten kennen, scheinen Sie noch nicht viel von mir heruntergesehen zu haben. Ich gebrauche jenes Wort nicht im landläufigen Sinne, sondern auf Grund meiner Präzision.« Er lachte blechern. »Präzision! Was für ein phantastisches und zugleich – ungenaues Wort!«

Omstertal vermutete, nicht recht gehört zu haben. Aber der Unbekannte wiederholte seinen letzten Satz, wie für sich hinsprechend. Sekundenlang hatte Omstertal die Absicht, wortlos kehrt zu machen. Aber da sprach der Unbekannte schon wieder mit seiner starken klaren Stimme, die alle Worte wie mit stählernen

Zangen aus dem Mund hob: »Beachten Sie, daß meine Substantiva fast immer einen dem herkömmlichen Wortsinn fremden persönlichen haben. Was die Worte Dreckkerl und Präzision für mich bedeuten, werde ich Ihnen später erklären. Jetzt will ich, damit Sie mich weder für einen Charlatan halten noch für einen Verrückten, Ihnen vorerst sagen, daß ich Ihr Alter daran erkannt habe, wie Sie mir auf die Schulter klopften. Ein jüngerer Mann hätte fester geklopft, ein älterer entweder schwächer oder viel heftiger als ein junger. Dazwischen liegen allerdings noch viele Nuancen. Übungssache! Ihr Gewicht erkannte ich an Ihrer Körperhaltung. Mit dem Normalgewicht Ihres Alters (bei Ihrer Größe) wären Sie gerade dagestanden, nicht leicht gebückt. Daß Ihr Regenmantel Ihren Körper verbirgt, akzentuiert das. Beider Feststellungen vergewisserte mich Ihre Stimme. Sie ist überhaupt das Verräterischste. Mit dem Normalgewicht hätten Sie lauter gesprochen und mir auch um eine Nuance fester auf die Schulter geklopft. Ihre Stimme hat mir ferner verraten, daß Sie stets mit einer Frau schlafen. Es muß nicht dieselbe sein. Die Stimme eines solchen Mannes hat einen besonderen Klang, den ich nicht benennen mag. Adjektive sind noch unpräziser. Ach, alles ist so ungenau! Nie sagt man etwas das Ens der Dinge wirklich Treffendes. Ihre Stimme hat mir aber auch verraten, daß Sie beruflos sind und ein . . .«

»Dreckkerl!« Omstertal schmunzelte vergnügt. »Sie haben wohl sehr eifrig Detektivromane gelesen?«

Der Unbekannte blieb, scharf aufblickend, stehen. »Nicht so, mein Bester. Sie sind doch ein Mann von Geist. Ich mache es Ihnen ja nicht leicht, die Geduld zu bewahren, aber sollten Sie wirklich keine Ohren dafür haben, daß ich mich konstant und immer deutlicher ankündige?«

Omstertal wurde, wie sehr er auch dagegen sich sträuben mochte, unbehaglich zumut. Zudem waren sie unterdessen auf den Lung' Arno gekommen, an dessen niedrige Steinmauer der Unbekannte sich lehnte. Und plötzlich sagte er: »Ich bin nämlich ein Genie.«

Omstertal mußte, obwohl er mit aller Energie versucht hatte, unbeweglich zu bleiben, doch lachen.

»Sehr richtig! Jedes Lachen enthält schon eine kräftige Portion Größenwahn.« Der Unbekannte rieb sich die Hände. »Nämlich auch Männer von Geist verhalten sich vor jener hohen Selbsteinschätzung ganz so wie Sie. Das ist eines jener leider sehr seltenen

Symptome, die eklatant beweisen, was für ein gewaltiges Stück Dummkopf in jedem Menschen steckt. Hätte ich Ihnen ebenso à brûle-point mitgeteilt, ich wäre ein Idiot oder ein gemeiner Verbrecher, so hätten Sie, wie jeder andere, es geglaubt oder vielleicht für übertrieben gehalten und gerade solch schonungslose Selbsterkenntnis für geeignet, aus dem Idioten noch einen ganz passablen Dummkopf werden zu sehen und aus dem Verbrecher einen braven Kleinbürger. Wie kommt es nun, daß in diesem Fall immer sofort geglaubt wird und dort niemals? Weil das gewaltige Stück Dummkopf, das in jedem Menschen steckt, darin besteht, im Geheimen sich selbst für ein Genie zu halten und vielleicht noch einige Tote.«

Omstertal wurde noch unbehaglicher zumut, ja beinahe feindselig. Es gelang ihm jedoch, diese kleinliche Regung auszuschalten. »Sie haben mich zum zweiten Mal matt gesetzt. Ich will wenigstens nicht so dumm sein, meine gekränkte Eitelkeit zu verbergen.«

»Verfallen Sie nun doch nicht ins Gegenteil! Wie jung Sie innerlich noch sind!« Der Unbekannte ergriff zart Omstertals Arm, ließ ihn aber sogleich wieder los. »Ich habe mich nicht in Ihnen geirrt. Deshalb kann ich mir auch die Freude machen, Ihnen zu erklären, weshalb ich vorhin durch das Loch im Fensterladen blickte. Meine vorherrschende und wertvollste Eigenschaft ist nämlich die Neugierde. Von den Bonzen wurde sie mißkreditiert wie alles, was nur zu sehr dazu sich eignet, andere Aufschlüsse zu gewähren als die, welche opferwillig machen. Alles, was jemals in der Welt Neues vollbracht wurde, muß aber auf Neugierde als wichtigsten Triebfaktor zurückgeführt werden. Doch hier soll ein Essayist weiterschreiben. Ich entdeckte den Wert dieser Eigenschaft, als ich blutjung einmal bei einer meiner Cousinen durchs Schlüsselloch blickte, während sie mit ihrem Mann sich unbeobachtet wähnte. Ich war ein frühzeitig Mann gewordener Junge, hätte es aber dennoch nicht für möglich gehalten, daß etwas, das ich so wohl aus eigener Erfahrung kannte, dermaßen verändert auf mich wirken könnte, wenn ich es aus dem Versteck mit ansähe. Ich erkannte, bis zu welch unwahrscheinlichem Grad alles von Bosheit, Grausamkeit und Gemeinheit durchsetzt ist. So sehr, daß der Eindruck, ich hätte Irre vor mir, immer deutlicher mir sich aufdrängte. Am deutlichsten in jenem Augenblick höchster Lust, als ich sah, wie die Augen meiner Cousine wie in beginnender Verblödung brachen; und an jenen Stellen der Konversation, wo beide, scheinbar aus einem Übermaß von Glück, die Gekränkten spielten. Mit völlig erlogenen Argumenten. Mit dem Betrug einer Kennerschaft, die in der Situation selbst sich ironisierte. Mit einer eitlen Beredsamkeit, die immer boshaft blieb und gerade dann, wenn sie am hingerissensten sein wollte, nur Grausamkeit war und Gemeinheit. Ich wartete fiebernd darauf, daß jene beiden plötzlich in ein homerisches Gelächter ausbrächen, gegenseitig ihren Irrsinn erkennen und ihn einander an die Köpfe werfen würden. Nichts. Der Grund ist, daß das, was man selbst tut, einem durch sich selbst verstellt ist, und das, was man Andere tun sieht, dadurch verstellt wird, daß die Agierenden durch das Bewußtsein, beobachtet zu sein, an Spontaneität einbüßen. Erst das versteckte Beobachten verschafft die erforderliche Distanz. Man ist weder Zuschauer noch Beteiligter. Man ist draußen und schaut hinein. Man ist vor dem spontanen, unverstellten, wahren Leben angelangt. Jeder Mensch, jede Beziehung von Menschen unter einander ist ein gefundenes Fressen für jeden Dritten, der draußen ist und durchs Schlüsselloch schaut. Was für Unsäglichkeiten! Was für ein Irrsinn! Was für ein Vergnügen! Der Schleier der Bonzen zerreißt. Und was man sieht, ist – der Dreck.«

Omstertal fühlte, daß er längst in die diesem Manne eigene Sphäre geraten war. Derselbe Trieb, von dem jener so viel sprach, hatte seiner sich bemächtigt: die Neugierde. »Wirklich nichts anderes?«

»Auch das, was man hört.« Der Unbekannte schwieg einige Sekunden, wie im Banne von Gedanken, die ihm in die Quere kamen und nicht sofort anzuschließen waren. »Ha, Geist! Leidenschaft! Fanatismus! Glaube! Nichts als verführerische Worte, hinter denen der Irrsinn lauert! Große Worte, um den eigenen Dreck zu verbergen. Ich sage Ihnen, hätte die Erde Geist, sie würde stehen bleiben. Aber sie ist ja selbst bloß Dreck. Und deshalb dreht sie sich um ihren Dreck. Alles dreht sich um den Dreck. Dreck dreht sich um Dreck. Dreck, alles Dreck . . .« Er löste den Körper von der Steinmauer und wackelte mit den Händen wie ein Klosterprediger. »Seien wir doch einmal, lediglich zu unserem Vergnügen, völlig aufrichtig! Was bleibt da, scharf geknetet? Eitel Schweinerei! Ich versichere Ihnen, mich schon oft durchaus ernstlich gefragt zu haben, ob Goethe nicht vielleicht bloß ein Weltfurz war. Sie lachen? Lieber junger Megalomane, auch ich habe lange gelacht. Aber das Lachen ist mir vergangen. So vergangen wie die Megalomanie.« Er kicherte auf unerträgliche Weise. »Nun also, das Leben ist im tiefsten Grunde Dreck. Deshalb wären die Priester, die Staatsmänner, die Künstler, die Philosophen, behielten sie ihr Trugbild für sich, Privatirre, die meines Mitleids sicher wären. Da sie es aber aller Welt oktroyieren, sind sie furchtbare Verderber. Und sie entlarvten sich ja auch, wenn man sie durchs Schlüsselloch beobachtet. Was ich so an Grausamkeit gesehen habe, würde die Erfahrungen jedes regulären Irrenwärters übertrumpfen. Sie entlarven sich überdies auch ohnehin: sie lieben zwar die Menge vorgeblich in überschwenglicher Weise, jeder Einzelne aber, der vor ihre Lichter kommt, kriegt ihren sonst wohl verkapselten Dreck zu riechen, ihre Bosheit und Gemeinheit. Man habe doch den Mut zu seinem Dreck! Man muß die Verderber von vorher aus seinem Gehirn eliminieren, ganz frisch von sich aus vorgehen und sich den Teufel um das scheren, was Andere gesagt und getan haben. Hier müßte eine neue Religion einsetzen, welche die Erde erobern wollte. Hier stünde man auf einer These, die keine Erfindung wäre wie die Moral, der Staat, die Kunst oder irgendein anderes Ideal. Und haben nicht alle, die auf diese ungenauen Präzisionen sich festgelegt haben, immer wieder sich blamiert? Die beste Entscheidung: gar keine. Es lebe der Dreck! . . . Aber die Naturalisten, höre ich Sie denken! Haben sie nicht vielleicht doch streckenweise aufrichtig berichtet? Man frage die Leser! Man frage sich selbst! Früher oder später merkt jeder die Vorspiegelungen. Wenn das Leben nur zu einem kleinen Teil diesen Spiegelungen entspräche, müßten alle längst so tötlich sich gelangweilt haben, daß die Welt ausgestorben wäre und der letzte Selbstmörder ein grandioser Hohn auf die ganze Schöpfung. Gerade dadurch aber, daß das Leben wild und gefährlich ist, unberechenbar und grausam, irrsinnig und falsch, dumm und boshaft, eitel und gemein, ist es lebenswert, bietet es immer wieder neue aufreizende Situationen, Banalitäten, Frivolitäten, Brutalitäten, Bizzarerien, Bluffs und so weiter. Das allein macht Vergnügen. Nur hier geht es aufrichtig zu. Nur hier im Angesicht des Drecks. Und ich müßte ein dummes Kalb sein und ein noch dümmerer Lügner, wenn nicht jeder, der durch ein Schlüsselloch zwei Menschen beobachtet, sich köstlich amüsierte. Ein Schusterjunge ebenso wie ein Künstler. Der Unterschied in den Motiven würde bei genauer Untersuchung als sehr geringfügig sich erweisen. Denn wer über den agnoszierten Dreck sich freut, freut sich von seinem Dreck aus.« Wieder rieb er sich, vielleicht zum zehnten Mal, schadenfroh die Hände.

Omstertal lächelte, fast ein wenig bestürzt. »Jetzt weiß ich, was Sie eigentlich unter Dreckkerl verstehen. Auch darin haben Sie nicht geirrt: ich *bin* ein Dreckkerl in diesem Sinne. Diese Ihre Weltanschauung ist auch die meine, wenngleich ich sie ganz anders fundiert hätte. Denn für mich gibt es nicht nur Dreck. Für mich gibt es auch die Lust.«

Der Unbekannte drohte ihm schelmisch mit dem Finger. »Ich drohe Ihnen nicht mit dem Finger. Und es ist auch nicht schelmisch, sondern eine irre Geste: allein würdig einem Einwurf, wie Sie ihn eben taten. Würde ich Sie jetzt über Ihre Lust ausfragen, so würde ich ein Heer von Tiraden zu hören bekommen. Ich werde mich also hüten.« Er trat ganz nahe vor ihn hin und sprach ihm ins Gesicht: »Wollust ist doch der reine Dreck. Wollust ist doch das Leben an sich. Wollust ist doch alles. Wollüstig ist noch der nach einer tollen Liebesnacht gänzlich Geschwächte, der seine müden Glieder in die Kissen schmiegt. Wollüstig ist noch der gänzlich des Weibes Überdrüssige, der einen Hund streichelt. Wollüstig ist der Hungernde, der Verzweifelte, der Totkranke. Wollüstig ist jeder Lebende. Denn wer aufhört, wollüstig zu sein, stirbt. Nur der Wollüstige hält das Leben aus. Die Geschlechtslust ist ja nur ein Teil der ganzen Wollust. Allerdings ihr bestes Teil. Deshalb herrscht in jeder Wollust immer ein Teil fürs Ganze vor. Und in jedem Teil herrscht immer auch das Ganze. Es ist vielleicht die einzige Symbolik, die sinnvoll ist, daß durch jedes Loch des menschlichen Körpers Dreck passiert. Und daß er, wenn er mit letzter Wollust passiert, einen Zustand von Seligkeit verursacht, der zwischen Verblödung und manifestem Irrsinn schwankt. So daß in der Worte unmittelbarster Bedeutung das Leben in seinem intensivsten Moment nur um den eigenen Dreck sich dreht. Hier sage ich Ihnen in Parenthese, daß das Fleisch der Schweine, die am meisten Dreck fressen, am besten schmeckt; daß, je mehr Mist und Jauche die Zwiebel schluckt, desto schöner die Tulpe wird; und daß überall dort, wo viel Dreck hinkommt, auch viel blüht. Denken Sie nur an den schillernden Reiz der Prostituierten und der Gespräche mit ihnen . . . Deshalb gehört zur höchsten Intensität jenes Momentes auch der Dreck des Wortes. Denn jeder ist doch in seiner Lust allein. Und alles, was er um sie herum spricht, dient nur ihrer Steigerung, ob es nun die schüchternen Liebesphrasen eines Gymnasiasten sind oder die ordinären eines alten Herrn: beide denken nur an ihre Wollust. Und ist sie da, dann ist sie ihnen so sehr alles, daß sie gegen ihre eigenen Worte wüten, gegen sich selbst und alles und einander von einer Grausamkeit zur anderen treiben . . . bis zum Paroxymus: sie beißen, prügeln, drosseln, zerschlitzen einander. Wollüstigster Untergang des Drecks in grausamem Irrsinn.« Er schwieg, sichtlich nicht wissend, wie er zu dem zurückfinden könnte, was er noch sagen wollte.

Omstertal, der dies deutlich fühlte, half ihm. »Auch ich halte diese Präzisionen für ungenau und – phantastisch.«

Der Unbekannte senkte den Kopf, schweigend weitergehend.

Omstertal folgte ihm schnell. Als er neben ihm ging, hörte er ihn kichern. Es schmerzte fast, es zu hören.

»Sollte ich Sie falsch verstanden haben?«

Der Unbekannte blieb stehen und hob den Blick. »Ich bin im Reden ein wenig aus der scharfen Gedankenbahn geraten. Manche Sätze waren zu elliptisch, zu sehr aus anderen Bahnen hereingeworfen. Aber ich liebe es, auf meine Echappées zu achten. Da übertrifft man sich selber. Die wunderbarsten Dinge habe ich gesagt, ich wußte selbst nicht wie. Man muß bloß sehr auf der Hut sein, nicht auf sie hineinzufallen. Noch ein wenig Geduld: es ist meine letzte Antizipation. Sie haben sicherlich schon darüber nachgedacht, warum ich Ihnen das alles sagte.«

»Ja. Aber ich muß gestehen, daß ich den Grund nicht weiß.«

Der Unbekannte zwinkerte: »Wirklich nicht?«

»Nein.« Omstertal durchzuckte es: ›Vielleicht will er, daß ich ihm ein Kompliment mache?‹ Da er sofort daran glaubte, vermochte er nicht die Bosheit sich zu verkneifen, sich selber zu schmeicheln. »Doch, ich weiß es. Sie sagten mir das alles, weil Sie mich für einen Mann von Geist halten und deshalb hofften, Ihre Gedanken von mir richtig gewürdigt zu wissen.«

Der Unbekannte hieb die Zähne hörbar auf einander. »Wollen Sie mir bitte definieren, was Genialität ist!« knurrte er barsch.

Omstertal zögerte: »Genialität ist – die richtige Vogelperspektive . . . der große Schlüssellochblick von draußen nach drinnen.«

»Wenn diese Definition richtig wäre, dann wäre sie ja von mir und ich ein Genie.«

Omstertal preßte die Finger zusammen: dieser Kopf schien sich selber noch sich zu entwinden. »Wollen Sie sich désavouieren?«

Der Unbekannte schrie auf: »Jawohl, das will ich! Denn Genialität ist nichts als – präzises Phantasieren, das niemals den Anspruch erheben darf, richtig zu sein. Gedanken sind Stimmungen.«

»So daß also, wer, wie Sie soeben, präzis phantasiert hat, zwar ein Genie ist, aber kein absolutes. Demnach gäbe es im Grunde kein wahres Genie und hätte es keines gegeben.«

»So ist es. Sondern es gibt nur mehr oder weniger präzise Phantasten, die immer schlechten Glaubens sind, denn keine Stimmung hält vor, und bloß Schwerarbeiter an ihrem Ruhm. Megalomaniaken! Dreck, mein Herr, nichts als Dreck!«

Omstertal vermochte diesmal das Lachen zu unterdrücken. »Wie heißen Sie?« Er hatte aber nur gefragt, um gleichsam sich Luft zu machen.

Und nun geschah etwas geradezu Unglaubliches. Der Unbekannte trat einen Schritt zur Seite und pißte seinen Namen in den Sand. Hierauf ging er wortlos und ohne den Hut zu ziehen.

Omstertal sah ihm nach, bis er um die Ecke bog. Dann versuchte er nochmals, den Namen im Straßensand zu lesen. Es gelang ihm jedoch nur, die Buchstaben C und m zu entziffern. Niemandem erzählte er jemals von diesem denkwürdigen Gespräch. Denn seither waren ihm außer manchem andern auch Gespräche verleidet.

Messalina – eine ...

Doktor Hégésippe Schwer (maladies de peau et voies urinaires) besaß neben seinen Ordinationsräumen in der Avenue de la Victoire in Nizza auch ein kleines Appartement, in dem seine Wirtschafterin Nounou ihm täglich um zwei Uhr ein gewissenhaft zubereitetes Déjeuner zu servieren pflegte, während dessen er unter keinen Umständen gestört zu werden wünschte. Nur eine Person nahm eine Ausnahmestellung ein: Irene, die als Patientin zu ihm gekommen war, von seinem Renommée herbei- und seinem Vornamen irregeführt. Sie hatte ihn sofort erkannt und die Vorteile, die dies und die Möglichkeit bot, deutsch zu sprechen, und aus Dankbarkeit zwei Wochen bei ihm gewohnt, um ihm die Naturalien, die sie ihm zu bieten hatte, so häufig und bequem wie nur möglich verabfolgen zu können. Seither hatte er für sie eine fast väterliche Zuneigung und für ihre Konversation eine unbesiegliche Schwäche. Dennoch hatte sie seine Ruhestunden stets respektiert und, wenn sie einmal das Bedürfnis hatte, mit ihm ein ›Causettchen‹ zu machen, zuvor telefonisch ein Rendez-vous vereinbart. Umso erstaunter war er deshalb, als er eines Nachmittags eben mit dem Déjeuner begann, unangemeldet von ihr überfallen zu werden.

»Lieber Hugo ... pardon, wollte sagen mon cher Hégésippe ... Briand helfe mir, ich kann nicht anders!« Irene drückte beide Hände sich aufs Herz und lächelte bestrickend. »Eine solche Perfidie! Und da wundern sich die Leute, daß es Terroristen gibt! Aber iß nur ungeniert weiter! Was los ist? Der Patron vom Café de Paris ... O, wie kann einer nur Franzose sein und sich die Haare glatt über die Ohren kämmen! Außerdem kaut er ununterbrochen eine Kaffeebohne. Affreux! So. Siehst du? Genau so, wie ich diese Olive da beiße. No, kann man da anders reden als spritzend und schnaufend? Du gestattest doch, daß ich mich setze. Aber daß ich zur Hauptsache komme! Vor vier Tagen hat er uns allen verkünden lassen, daß Damen ohne Begleitung nicht mehr serviert werden darf. Eine bodenlose Perfidie! Nachdem er während der ganzen Saison sich an uns gemästet hat! Denn *wir* ziehen ihm die reichen Amerikaner und Engländer ins Lokal. Mit *unseren* Reizen erreichen wir es, daß sie traumhafte Zechen machen! Durch *uns* diese

Trinkgelder! Und was diese hochnasigen Frackproletarier, alias Kellner, sonst noch von uns bekommen, ist mehr als das Dreifache von dem, was sie von den lausigen Bourgeois kriegen. Ah, malheureusement, diese Weiber haben ja keinen Corpsgeist und nicht für zehn Sous Verstand. Was meinst du, Sippi, was diese unterspickten Dulzineen jetzt machen? . . . Du gestattest doch eine Sardine? . . . Hupp! Schon verschlungen! Sie gabeln sich einen Nervi auf oder einen Métèque oder irgendeinen fadenscheinigen Marius und zahlen ihm einen Kaffee und ein Brioche, damit er so lange neben ihnen als Deckung sitzen bleibt, bis ein Amateur kommt. Quelle stupidité! Moi, je me respecte trop! Nicht einen Fuß setze ich jemals wieder in dieses Tschoch, geschweige denn wichtigere Bestandteile meines verlockenden Frauenleibes. Übrigens hat Conchita mir erzählt . . . Du kennst sie doch, diese kleine Spanierin, die immer Koriandoli-Reste in den Haaren trägt und zerbrochene Kämme. Sie hält das für enorm. Die Männer sollen glauben, um sie herum spiele sich ein ewiges Fest ab zur kontinuierlichen Feier ihrer Reize. Ach, was glauben die Männer nicht alles? Du, Sippi, mußt es doch wissen. Aber man muß schon deinen Beruf haben, um solchen Flitscherln nichts zu glauben!«

»Wer zählt die Tripper, kennt die Namen?«

»Geliebt bist du, Sippi, geliebt! So. Die letzten beiden Radieschen entziehe ich dir, damit du keine Blähungen bekommst . . . O, diese Titanen! Und *was* sie alles glauben, wenn sie die Vertrauensfrage stellen, die du dir schweigend selber beantworten würdest! O là là, ich sage es immer noch mit der ernstesten Miene von Nizza: ›Même pas un échauffement!‹ Kaum einer, der den Mund verzieht. Paraît qu'ils sont tous des idiots. Ich schau mir diese Schakale schon näher an. A moi on la fait pas, tu sais?«

» . . . la fait plus. Nur immer exakt!«

»Hast recht, Sippi. Und nicht zuletzt dank deinen sachgemäßen Mitteilungen geh ich auf Nimmerwiedersehen chez Nullnull, wenn ich ihre Trophäen für Betrulljen halte . . . O, que j'aime les limandes! Heureusement que Nounou en a fait trois. Tu permets, pas? . . . Conchita? Ah, oui. Also, sie hat mir erzählt, daß der Patron vom ›Paris‹ diesen Zeck jedes Jahr aufführt. C'est cochon de sa part, tout ce qu'il y a de plus cochon. Und diese Masochistinnen, diese Ambosse des Nachtlebens laufen immer wieder hin. Mich sieht dieses Beuglant nicht wieder. Abgesehen von allem andern, weil ich mich nicht noch einmal in eine solch gräßliche Situation bringen lassen will. Es ist keine Kleinigkeit, wenn einem plötzlich der Standplatz ausgespannt wird! Und die Telefonnummer! Man hat doch seine feste Klientel. O là là, che la vita stupida! Seit drei Tagen, seitdem diese vertrackte Lumperei passiert ist, nicht *ein* Chiqué! Von einem Orgasmus gar nicht zu reden! Was? Ferdinand? Ah, daß ich nicht gackere! Bouge-toi! Je l'ai envoyé promener. Du fragst noch, warum? No ja, woher sollst du das auch wissen. A propos, sag, hältst du mich für schön oder bloß für hübsch? Aber bitte von der Leber weg!«

»Also von der Limande weg: für sehr hübsch.«

»Geliebt bist du, Sippi, geliebt! Aber ich hätte es merken müssen! Wenn einer sich schon einen Hund anschafft und tagelang mit ihm herumzieht! Das macht ja Eindruck auf die Flics, ich gebe es zu, aber es weckt auch wieder den Familiensinn der Huren. Wissen möchte ich, bei welcher Momôme er jetzt seine Haxen ausstreckt. Der soll mir nur nicht wiederkommen! Dann kann er sich seine Anatomie numerieren lassen! Aber geschieht mir ja recht! Ich war eppes bebête. Wenn ich mir jedoch alles vergegenwärtige, kann ich mich schon begreifen. Wenn man so auf einem resedafarbenen Plüschsofa sitzt und das Orchestre hawaiian rasselt ›If you knew Suzie, like I know Suzie‹, bei rotem Glühbirnenlicht, alles sitzt depraviert da mit verschlungenen Beinen, die Kellner gehen im Katzenschritt am Tisch vorbei, du hörst jemanden sagen, er habe jetzt eine entzückende Wohnung gegenüber dem Gebärsaal La Roche und gratis die wunderbarste Musik für seine Liebesnächte, und neben dir sitzt ein Typ wie Ferdinand, zieht unnachahmlich verlottert eine Zigarette aus der oberen Westentasche, halb Féschak halb Zuchthäusler, und zeigt dir mit seiner wüsten Blässe eine rötliche Narbe auf dem Arm, deren Nähte man noch sieht, und daneben ist eine Tätowierung, ein Dolch und ein Stern, und zwischendurch entwickelt er dir des idées avançées . . . O, c' qu'il était salaud ce soir . . . Die Toilettentür ist offen und du riechst les odeurs légères . . . O là là, ich höre noch lange nicht auf, es benebelt mich schon wieder . . . Also ein Münchner schneidet vor Begeisterung einer Römerin den Paradiesreiher ab, sie schreit wie defloriert, etwas russischer Hochadel brüllt aus Sensation mit, ein kleiner Italiener heuchelt Irrsinn, warum weiß kein Mensch, und du bemerkst, wie er hinter seiner Serviette einer Engländerin die Pfunde aus dem Réticule zupft, bist also jetzt der einzige Mensch, der es weiß, Ferdinand schlägt mir vor, in die Rue Emma zu ziehen, in die Villa Emilie, dabei packt er plötzlich ganz fest meine Hüfte . . . Oui, oui, j'abrège. Man hat eben das Bedürfnis, wenn man hineingefallen ist, sich zu entschuldigen. Und das gelingt einem nur, wenn man darüber redet. Denn mit sich selber läßt man ja nicht darüber reden. Da ist man strenger. Que veux-tu? Ce sont les après . . . Ah, Artischocken! Und gar noch à la vinaigrette! Ich krieg doch eine? Merci. Sippi, sei auch gebenedeit! Passe-moi une assiette, Nounou, mais vite! . . . Ah, du möchtest also doch gerne wissen, was dieser Saukerl von Ferdinand . . . Plakiert hat er mich! Es ist mir ja nicht um den Orgasmus . . . et pour le reste, je m'en fiche pas mal. Aber das Bewußtsein, hineingelegt worden zu sein, das ertrage ich nicht. O, ich werde mich rächen. Pas pour régler la situation, wie das Milieu sagt. Meine Sorge! Standesehre, holder Quark! Non, aber um meine Verdauung wiederherzustellen. Denn seitdem dieser Strizzi mich hat sitzen lassen, bin ich verstopft. Nervosität, sagst du. Und ich sage dir, der Zorn nagt an mir und verhärtet meinen Leib. Und was das Hauptmalheur ist, mit vollem Darm kann ich nicht losgehen. Das raubt mir die innere Freiheit. Ein Skandal ist das! Und ein wahres Glück, daß ich wenigstens noch dich hab! Weißt du, dein kühler rasierter Anblick wirkt auf mich wie eine erfrischende Dusche. Ich sage mir, wie gut, daß du einen hast, der weiß, daß das Leben denen gehört, die es über die Schulter ansehen. Du schaust jeden über die Schulter an. Auch mich. Leugne nicht! Es ist zwecklos. Diesen Schulterblick im Auge hat außer dir nur noch eine. Wer? . . . Schweinskoteletten? Meine Leibspeise? Sippi, also jetzt lade mich endlich ein oder ich bin ernstlich beleidigt! Muß man denn bei dir ganz aufdringlich werden? Wer ihn noch hat, den Schulterblick? La dame du pipi, die alte Margot vom Lavabo im ›Paris‹. Die hat noch merkwürdigere Dinge gesehen als du. Vor acht Tagen hat sie mir erzählt, daß Cléclé Milch mit Äther trinkt und Marthe eine halb verweste, entsetzlich stinkende Taube im Bett versteckt hat, weil ihre alten Herren das lieben. La choléra! . . . Nounou, verse-moi! Sofort! Ich nag nur noch den Knochen da ab. Fein, das Schweinerl! . . . Margot ist überhaupt unschätzbar. Sie hat mir geraten, nur kunstseidene Strümpfe zu tragen. Wenn man sie nämlich in warmes Wasser steckt, verlieren sie den verräterischen Glanz und sehen garantiert wie echte aus. Das sind Hunderte von Francs, die man erspart. Und dann hast du doch sicherlich schon bemerkt, daß ich . . . Nicht? Also ich parfümiere mich, auf Margots Rat hin, nicht mehr.

Und die Konsequenz? In einer Woche neun neue Kunden! No, kannst du dir das wirklich nicht selber erläutern? Alles Ehemänner über die Fünfzig! Wenn sie mit einer Parfümierten gehen, merkt es die Frau. Und dann bilden diese Alten sich immer ein, daß eine Nichtparfümierte sauberer ist. Und sauber wirken, das ist doch bei uns schon das halbe Geschäft, pas? Was für ein Unglück war es zum Beispiel für die Armanda, daß ein Marokkaner ihr einen Finger abgebissen hat! Sie kann doch nicht immer den ausgestopften Handschuh tragen. Ohne ihn aber hält jeder sie für eine alte Spitals-Scharteken. C'est bœuf tout de même. Und dabei ist Armanda die Sauberkeit selber. Wenn ich das Material gehabt hätte, das sie in ihrem Leben schon hat schießen lassen, nur weil sie eine pathologische Angst vor Mikroben hat, lieber Sippi, für uns beide wäre ausgesorgt. Erinnerst du dich noch an die alte dicke Gina, die einmal bei dir war? Also die verdient das Zehnfache, bloß weil niemand sieht, daß ihr etwas fehlt. Und was der alles fehlt, das hat mir auch die alte Margot erzählt. Ihre ganze rechte Wade ist wegoperiert und der linke Busen. Da hat sie Caoutchouc hingeschnallt. Wodurch sie ihn . . .? Ja, das war eine ganz komische Sache! Was die Wade betrifft, bin ich nicht informiert. Aber mit dem Busen . . . vorausgesetzt, daß wahr ist, was sie der Margot erzählt hat . . . Also ein fünfundsechzig Jahre alter Türke soll plötzlich bei ihr einen sadistischen Koller bekommen und geschrien haben: ›Ich hasse die Mutter!‹ Und dabei hat er sie immer wieder in den Busen gezwickt. Vielleicht war es auch bloß ein alter Esel. No, jedenfalls hat er dreckige Finger gehabt wie alle Türken, und Armandas armer Busen hat dran glauben müssen. Nach zwei Tagen ist er angeschwollen und nach einer Woche haben sie ihn abnehmen müssen. Aber die ist eine Steißgeburt, ich ahne es ja. Was? Lach nicht so schmierig! Das ist sehr ernst zu nehmen. Denn mein Bruder, der Wenzel, ist doch so albern gewesen, in der Rossauer Kaserne in Wien sich zutote schikanieren zu lassen. Und warum? Weil er eine Steißgeburt war. Der Zusammenhang ist ja nicht evident, aber trotzdem ebenso wenig zu leugnen wie der Einfluß der Gestirne. Denk doch nur an die absolute Unbenützbarkeit mancher Frauen beim Mondwechsel und wie sehr man vor dem niederen Jungfrauentypus im engeren Verkehr auf der Hut sein muß. Das wird manchem deiner Patienten nicht mehr neu sein. Ah, da fällt mir eine nette Sache ein. Du hast doch auch Perrinnette gekannt, pas?«

»Die mit der eitrigen Achsel?«

»Das war Lieschen. Nein, die, die einen Rubinring trug, der Stein so groß wie hinten an einem Vélo. No also. Was? Schon das Dessert? Wo bleibt das Vogerl? Sippi, alias Hugo, ich rate dir, behandle mich fürstlich! . . . Ja, also Perrinnette! Die hat sich, das erzählt sie jedem nach zwei Minuten, von einem sehr gescheiten Kellner in Dresden ein Horoskop stellen lassen, das ihr verkündete, wenn sie die nächste Mißhandlung stillschweigend hinnehme, werde sie in einem halben Jahr reich sein. Nun, tagsdarauf bekam sie einen heftigen Tritt in die Geschäftsgegend und lag, selig darüber, eine Woche im Krankenhaus, wo ein alter Jockey, der das Bett neben ihr hatte, es war großer Platzmangel, vier Stunden vor seinem Tod sich dermaßen in sie verliebte, daß er ihr sein Vermögen vermachte. Hunderttausend Mark. Wo die jetzt sind? Weiß ich? Jedenfalls hat sie sie nicht mehr, das weiß ich. Alors, Nounou, apporte-moi le poulet d'hier soir! Kenn ich noch die Gewohnheiten im Hause Schwer? Ja, mein Kopferl! Va pour le poulet, Nounou, je le bouffe froid. Ach, tu nicht so, als hättest du keine Zeit! Du hängst ja nur so an meinen Lippen. Wie solltest du auch nicht! Von früh bis abend das einzig wahre Vergnügen, das ein Mann hat, in den unappetitlichsten Zuständen sehen, die es gibt: da muß einer sich doch auf den Geist werfen, wenn er nicht lebensüberdrüssig werden will. A propos, ich glaube, wenn die Geschlechtskrankheiten verschwänden, würden viele gänzlich neue Berufe entstehen. Das wäre vielleicht etwas für mich. Denn es gibt doch sonst nur schwachsinnige Schönheiten, widerliche Blaustrümpfe und schwer pathogene Häßliche. Also, bekenn dich unumwunden zu mir! . . . Merci. Cinquante balles, ça me suffit pour le moment. Alles merkst du beim leisesten Tönchen. Aber mißtrauisch bist du wie ein alter Handley . . . Hannnn-dln! Hannnn-dln! Erinnerst du dich noch? Unten im Hof? Immer am Vormittag? Schon damals, als ich noch ein ganz junger Fratz war, habe ich geahnt, daß ich einmal dazu berufen sein werde, der Männerwelt die Mores auszutreiben. Wenn auch nicht gerade auf der Côte d'Azur. Wie das zuging? No, dem einen Handley, der nur am Schabbes kam, *schon* nicht koscher, bin ich nämlich einmal nachgegangen, weil er einen so verschmitzten Schädel hatte, der verfluchte Jud. Ich lästere, ich weiß es. Aber was tut man nicht alles, wenn man wirklich urbane Gastfreundschaft in Dankbarkeit abtratschen will? . . . Lügen? Ich schwöre dir beim Heil meiner Formen, daß ich niemals lüge. O, nicht vielleicht, weil ich es verwerflich finde. Denn Lügen ist für

Leute, die zu viel Geist haben, das einzige Mittel, sich ein Ventil zu verschaffen. Aber ich habe bemerkt, daß Aufrichtigkeit wichtiger ist und auch beglückender, jawohl. Das ist kein Pathos, sondern das Glück des ... Warte nur ab, was kommt, mein Lieber! Wenn man aufrichtig ist, ist man nämlich immer gemein. Und wenn man gemein ist, ist man eitel. Und wenn man eitel ist, ist man glücklich. Und die größten Jesuiten die Ethiker, weil sie so unglücklich sind und so viel lügen. Und die aufrichtigsten Biester die Kokotten, obwohl sie fast alle ein Sentiment am Armband hängen haben. Nur Durchschnittsmenschen sind manchmal gut. Aber das ist jedem gleichgültig. Das ist gar keine Güte. Das ist kohinoor. O, hab dich nur nicht so! Ich stelle dir anheim, zu formulieren, was ich da alles herausgestrudelt habe. Dann wirst du erkennen, daß es unbezahlbare Perlen waren. Schwarze Perlen! Du warst übrigens ganz leise beglückt. Ich habe es an deinen Lippen und Augenbrauen gesehen. Denn ich bin *die* Aufrichtigkeit. Und dann, als du gerülpst hast, hat sich alles zu einer paranoiden Larve libidinösen Charakters kristallisiert.«

»Nicht hineingeheimnissen, Irene!«

»Hast du das Glück des Schuftes genossen oder nicht? Prossim! Und jetzt zu meinem Prager Juden! Den hatte ich schon wieder ganz aus dem Auge verloren. Damals übrigens auch. Wenn ich mir vorstelle, daß ich, hätte ich ihn nicht plötzlich an einer Ecke wiedergesehen, vielleicht gar nicht hier vor dir sitzen und glückliche Momente zusammentratschen würde ... C'est la lili, que veux tu! Denn erst nachher hat er sich zum ersten Mal umgedreht und mich bemerkt. Und als wir auf der Kleinseite waren, hat er neben einem Laden auf mich gewartet und mich angesprochen. Und meine Hände gestreichelt. Damit muß er mich paternisiert haben. Denn ich bin neben ihm wie ohne meinen Vaterkomplex dahergetrottet. Also, ich stand dann in seiner Bude und sah zu, wie er sich auszog. Behaart wie ein Affe war er und schmutzig wie die Moldau zu Ostern. Aber er hat mich nicht einmal angerührt, nur immer mit seinen kugelrunden Augen angestiert. Zuerst dachte ich, er wäre ein Scham-Maniak. Lach nicht schon wieder! Das gibt es. Das sind Käuze, die bei nichtsahnenden Jungfrauen schwere Schamzustände herbeiführen, um sich daran zu letzen. Erst vor kurzem habe ich dafür einen Beweis bekommen. Die Louison, die ich einmal wegen ihrer hartnäckigen Frostbeule zu dir geschickt habe ... Es war gar keine? Na, prosit! ... Also, sie muß schon gegen fünfzig sein und hat im Gegensatz zu ihren Kolleginnen, die noch mit vierzig glauben, ihre Haut zu Markte tragen zu können, schon mit sechsunddreißig eingesehen, daß sie nicht mehr mit einem Typ ins Bett gehen darf, wenn ihre Ungenießbarkeit nicht anekdotisch werden soll. Sie hat sich absolut nicht mehr ausgezogen, größeren Wert als je auf piekfeine Unterwäsche gelegt und sich nurmehr auf die Chaiselongue. Quelle radeuse! Wenn das jede Altgewordene sich zu Herzen nehmen wollte, unser Geschäft wäre nicht so verschrien! Ach so, ich bin schon wieder vom Thema abgekommen. No, warum nicht. Alles gehört immer dazu. Also, Louison hat mir erzählt, daß sie, als sie sich nicht mehr ausgezogen hat, eine ganz neue Kundschaft bekommen hat. Da sie schlank ist und ihr Gesicht à la Embryo montiert, hält jeder sie für sechsundzwanzig und das Nichtausziehenwollen für Scham. Sobald sie gemerkt hat, daß damit ein Geschäft zu machen ist, hat sie sich vor Scham nur so gewunden und sogar geweint. Ich würde mich genieren, mich zu genieren. Jetzt macht sie das schon so fabelhaft, daß ein Privatdozent sie als ganz absurden Fall in ein dickes Buch als Schulbeispiel aufgenommen hat. Dick, dick! Was für eine undankbare Sache doch so ein Bauch ist! Es kostet viel, ihn sich anzuschaffen, und nachher ist es noch viel teurer, ihn an das Weib zu bringen. Louison zum Beispiel zieht ihn aber nicht deshalb allein vor. Sie tut noch so, als würde sie ihn vor Scham gar nicht sehen. Da ist der Typ dann ganz weg vor Seligkeit und läßt sich ausbeuteln wie ein Sack. Aber jetzt solltest du endlich das Dessert bringen lassen. So, ich feßle dich mit meinem Getratsch so unentwindbar, daß . . . Tu nicht so, würdiger Hort der Huren von der Victoire, sondern klingel schon! Dich muß man tatsächlich mit der Nase auf deine Gastgeberpflichten stoßen. No und dabei kommt mir auch hoch, daß ich meinen Prager Juden schon wieder aus dem Auge verloren hatte. Der hat mich nämlich auch mit der Nase auf etwas gestoßen. Er brachte plötzlich einen blitzblanken Nachttopf, in dem sich Bier befand. Ich habe es austrinken müssen. Gutes Pilsener Spatenbräu. Aber was sah ich auf dem Boden des Topfes? . . . O là là, ich höre Nounou heranschlurfen . . . Schau, schau, Gaufrettes, Nüsse, Joghourt und Ananas. No ja . . . So. Und jetzt werde ich dir *auch* den Rest geben. Spann deine etwas zu großen Wascheln auf! Ich sah in dem Nachttopf einen gemalten Menschenmund, der einen Hund ins Bein beißt. Und darunter war zu lesen: ›Gott ist eine Seuche.‹ Der Mann hatte Lenin vorweggenommen. Dieses Erlebnis hat mich von Grund aus aufgewühlt. Du bist enttäuscht? Schade, daß ich nicht gelogen habe! Mir wäre sicherlich etwas Originelleres eingefallen. Nächtelang habe ich mir den Kopf über diesen Juden zerbrochen. Er hat mich nämlich sogleich darauf fortgehen lassen. Erst nachher ist mir seine Absicht klar geworden. Er wollte mich revolutionieren. Denn oberhalb seines Bettes hatte ich ein großes Ölbild der Tzarin Alexandra gesehen, das an den weiblichsten Stellen rot verschmiert war. Durch Zufall erfuhr ich später, daß er Brillant hieß und 1905 in Moskau dabei gewesen war. Und er *hat* mich auch revolutioniert. Denn von da an zogen die Helden und Träumer bei mir nicht mehr. Ich konnte keinen ernsten Roman, kein ernstes Theaterstück mehr ertragen. Alles lächerte mich. Kein Wunder, daß ich schon mit siebzehn meinen Wenzel verführte. Ich fürchte, das arme Bürscherl hat das hinterher nicht ausgehalten. Vielleicht haben sie ihn in der Rossauer Kaserne gar nicht zutote schikaniert. Warscheinlich hat er sich freiwillig aufgehenkt. Wenn es aber so war, dann war er nicht würdig, mein Bruder gewesen zu sein. Dann war er ein Blödian, für den es keine Entschuldigung gibt. Das Erlebnis mit mir hätte ihn revolutionieren müssen. Das war ja auch meine dumpfe Absicht gewesen. Und dieses Hornvieh henkt sich auf! Dann kamst du an die Reihe. No, du hast dich wenigstens nicht aufgehenkt. Aber revolutioniert hat es dich allerdings auch nicht. Glücklicher Weise. Denn sonst hätte ich dir hier auf der Victoire nicht das Renommée so unerhört hochtratschen und du mir konsekutiv dieses hervorragende Déjeuner nicht vorsetzen lassen können. Ich weiß, ich weiß, ich habe mich selber davorgesetzt. E vero. Aber es war deine verfluchte Pflicht und Schuldigkeit, es zu gestatten. Du gestattest doch? Nur noch ein Glaserl Superfine . . . Es war deine verfluch . . . Auch die fünfzig . . . Denn ich bin ein Opfer der tückischen Straße. Prossim, noch ein Glaserl Super . . . Eins, zwei, drei . . . Kling Klang Gloria . . . Was, schon drei Uhr? O là là, je dois filer et au plus vite. C'est le moment pour attrapper ce cochon de Ferdinand. Je vais lui crêver son chien. Aber ich werde das Ekel nicht ins Bein beißen. Ich werde mich beherrschen. Au revoir, Sippi. Ach, wenn ich dich so mit den letzten Schlüssen meines revolutionären Gehirnes betrachte . . . No, das kann dir ja kohinoor sein. Hand auf meinen Bauch! Der geht jetzt mit mir fort von da, etsch! So! Und da hast du noch schnell einen Jubelschmatz auf deine Platten. Leb wohl! Im Ordinationsstuhl sehen wir uns wieder.«

Doktor Schwer blickte lächelnd Irene nach, während sie graziös aus der Tür eilte. Dann feixte er, wischte sich sorgsam den Mund ab und zwitscherte an mehreren Zähnen. Als er die Tür nach seinem Ordinationszimmer öffnete, murmelte er: »Messalina – eine Blunzen!«

Juni 1926

Zu den Texten

Die tückische Strasse erschien erstmals im Dezember 1926 als Privatdruck in Wien, in einer vermutlich kleinen Auflage, die vom Autor über ein Berner Postfach vertrieben, nach wenigen Monaten aber zurückgezogen und wahrscheinlich größtenteils vernichtet wurde. Eine neu gesetzte, überarbeitete und gekürzte Fassung dieses Buches wurde 1927 in einer Auflage von dreitausend Exemplaren im Rahmen der siebenbändigen Werkausgabe »Die Bücher von Walter Serner« des Paul Steegemann Verlages (Berlin) veröffentlicht; dieser Ausgabe letzter Hand folgt unsere Edition.

Offenkundige Druckfehler wurden berichtigt, die häufig eigen- bzw. altertümliche, gelegentlich auch variierende Rechtschreibung des Autors (z. B. ›Elbogen‹) jedoch beibehalten. Zusätze des Herausgebers stehen in eckigen Klammern.

Über Walter Serner

Walter Serner: Mitbegründer und einer der brillantesten Köpfe der Dada-Bewegung, literarisches *enfant terrible* und Bürgerschreck, der sich mit seinen Gaunergeschichten und erotischen Kriminalerzählungen den Beinamen »Maupassant der Kriminalistik« (Theodor Lessing) erschrieb, bedeutender Angehöriger »jener großen Generation, die zwischen 1910 und 1925 die deutsche Literatur und unseren Begriff davon revolutioniert hat« (Jörg Drews), von Schriftstellerkollegen wie Alfred Döblin, Ernst Jünger, Kasimir Edschmid, Max Herrmann Neisse oder Carl Zuckmayer hochgelobter Avantgardist, der beste Aussichten hat, in den Rang eines Klassikers der Moderne aufzusteigen.

Walter Serner wurde am 15. Januar 1889 als Halbjude in Karlsbad geboren. In der von seinem Vater herausgegebenen *Karlsbader Zeitung* veröffentlichte er, zunächst noch unter seinem Geburtsnamen Seligmann, erste Essays und Kritiken. Nach dem Jurastudium und der Promotion in Wien und Greifswald mußte Serner in die Schweiz fliehen, weil er mißbräuchlich als »Dr. W. Serner« dem desertierten expressionistischen Dichter Franz Jung ein medizinisches Attest ausgestellt hatte. In Zürich gab Serner 1915/16 die Zeitschrift *Sirius* heraus und schloß sich 1917 dem *Mouvement Dada* an. Sein Manifest *Letzte Lockerung* löste einen handfesten Literaturskandal aus und wurde von Serners Schriftstellerkollegen Tristan Tzara so erfolgreich plagiiert, daß dieser mit seinem französischen *Manifest Dada 1918* bis heute als Begründer und Theoretiker des Dada gilt.

Serner brach daraufhin mit der Dada-Bewegung und verfaßte in der Folgezeit, während ihn ein unstetes Reiseleben kreuz und quer durch Europa führte, seine berühmten Geschichten und Erzählungen aus dem Ganoven- und Halbweltmilieu.

1928 verlor sich plötzlich die Spur Serners in der Öffentlichkeit – er war wie vom Erdboden verschwunden. Ähnlich wie im Falle B. Travens schossen seitdem die Gerüchte ins Kraut: Serner habe sich endgültig in die Unterwelt abgesetzt, mit der er seit jeher ja auf verdächtig vertrautem Fuße gestanden habe; er sei internationaler Hochstapler, Mädchen- oder Heroinhändler geworden. In Wirklichkeit hatte Serner, wie Thomas Milch vor wenigen Jahren herausfinden konnte, sich lediglich in die Anonymität zurückgezogen, getreu seiner Maxime: »Das beste Buch ist das unterlassene.«

1938 heiratete er seine langjährige Freundin Dorothea Herz und ließ sich in Prag nieder, wo er als Lehrer arbeitete.

Serner, dessen Bücher 1933 verboten und verbrannt wurden, wohnte bis 1942 im Prager Ghetto. Am 1. August 1942 wurde er mit seiner Frau in das Konzentrationslager Theresienstadt abtransportiert; kurz darauf fiel er der Vernichtungsmaschinerie des Dritten Reichs zum Opfer. Nach neuesten Forschungen soll der Todesort Walter Serners der »Wald von Blagowschtschina« sein, in der Nähe von Kilometer 13 an der Straße Minsk-Mogilev. Dort fanden vom 11. Mai 1942 bis Oktober 1942 alle Morde an den Deportierten statt. 1943 wurden die Leichen exhumiert und vom Sonderkommando 1005-Mitte auf Scheiterhaufen verbrannt.

Über den Herausgeber

Thomas Milch wurde 1953 in Erlangen geboren. Er studierte Germanistik und Anglistik in Heidelberg, schrieb 1977/78 die Magisterarbeit »Der Schriftsteller Walter Serner und sein Anteil an der Dada-Bewegung« und gründete das Walter Serner-Archiv. Thomas Milch starb nach kurzer Krankheit im Herbst 1997.

dtv

Über Erinnerungen an Glück und Schuld in seinem früheren Leben hat Thomasson den Umgang mit anderen Menschen fast verlernt. Bis er eines Tages einem kleinen Jungen zu Hilfe kommt, der von Gleichaltrigen schikaniert wird, und dadurch endlich wieder in Kontakt mit der Welt tritt – mit den Eltern des Jungen, die jetzt sein ehemaliges Haus bewohnen, und mit seiner jungen Nachbarin Agnes, die für eine Ausstellung Antworten auf die Frage sammelt: Was war der schmerzhafteste Augenblick in deinem Leben? Die Antwort fällt Thomasson schwerer als gedacht. Ein wunderbar warmherziger Roman über die Zerbrechlichkeit der menschlichen Existenz, über Liebe und Alter und über die Rolle, die Musik und Literatur dabei spielen können.

Robert Åsbacka, 1961 in Finnland geboren und aufgewachsen, lebt heute in Schweden. In den achtziger Jahren hatte Åsbacka selbst auf der Estonia gearbeitet. ›Das zerbrechliche Leben‹ ist sein dritter Roman und seine erste Veröffentlichung auf Deutsch.

Robert Åsbacka

Das zerbrechliche Leben

Roman

Aus dem Schwedischen
von Verena Reichel

Deutscher Taschenbuch Verlag

Ausführliche Informationen über
unsere Autoren und Bücher
finden Sie auf unserer Website
www.dtv.de

2013
Deutscher Taschenbuch Verlag GmbH & Co. KG,
München
Lizenzausgabe mit Genehmigung des Carl Hanser Verlages

Die schwedische Originalausgabe erschien 2008
unter dem Titel ›Orgelbyggaren‹ bei Schildts in Helsinki.

Umschlagkonzept: Balk & Brumshagen
Umschlagfoto: mauritius images/Johnér
Satz: Satz für Satz. Barbara Reischmann, Leutkirch
Druck und Bindung: Druckerei C. H. Beck, Nördlingen
Gedruckt auf säurefreiem, chlorfrei gebleichtem Papier
Printed in Germany · ISBN 978-3-423-14199-4

»Dies Knäuel grauer Körper, das sind sie. Still, kaum sichtbar, sind sie nicht mehr, in der Nacht, als ein einziger Haufen, und sie klammern sich vielleicht, die Köpfe in ihre Umhänge vergraben, aneinander.«

Samuel Beckett, *Malone stirbt*

Die Füße

1 Gerade an diesem Morgen blieb er etwas länger als sonst am Frühstückstisch sitzen. In der Zeitung stand ein Gedicht von Stig Dagerman. Es war ihm sehr vertraut. Vermutlich etwas, das Siri ihm vorgelesen hatte. Sie las gern vor, Gedichte wie Romane. Das war etwas, womit sie schon in den fünfziger Jahren angefangen hatten, als sie noch jung und verhältnismäßig formbar waren. Und obwohl er damals eigentlich nicht an Büchern interessiert war, protestierte er nie gegen die abendlichen Lesungen. Er konnte sich ganz im Gegenteil keine bessere Art vorstellen, sich der Welt der Bücher zu nähern. Obwohl eigentlich sie es war, der er sich nähern wollte. Die Bücher kamen sozusagen obendrein dazu. Allmählich wurden die Bücher Teil ihres Lebens, und viel später, als sie nicht mehr da war, um zu lesen und ihn richtig zu lotsen, kam es vor, dass er über die Esplanade zur anderen Seite der Straße und in die Buchhandlung hineinging, um etwas zu bestellen, von dem er im Radio gehört oder in der Zeitung gelesen hatte.

Aber wann Siri dieses Gedicht von Stig Dagerman gelesen hatte, war ihm nicht in Erinnerung. Es war möglich, dass es etwas war, das sie in der Bibliothek ausgeliehen hatte. Oder das Gedicht war Teil einer Anthologie gewesen. Die pflegte sie manchmal nach Hause mitzubringen. Neue schwedische Lyrik. Von Södergran bis Sonnevi und wie sie alle hießen. Und das Dagermangedicht hätte tatsächlich aus einer Anthologie sein können.

Oder das Buch stand ganz einfach in seinem eigenen Regal. Um sich Klarheit zu verschaffen, schlurfte er in die Diele hinaus und schaute nach. Zwei gediegene Regale aus lackiertem Fichtenholz, gefüllt vom Boden bis zur Decke. Da standen sie, alphabetisch geordnet. Das war alles, was übriggeblieben war, seit er aussortiert und den größten Teil von Siris nachgelassenen Büchern weggegeben hatte. Und es ist nicht ganz unmöglich, dass auch Dagerman der Aufräumaktion zum Opfer gefallen war. In diesem Fall befinden sich die Bücher jetzt zu einem höchst erschwinglichen Preis im Antiquariat der Stadt. Verkauft worden sind sie wohl kaum. Jedes Mal, wenn er dort hineingegangen war, um nachzusehen, waren die Regale mit den unverkäuflichen Büchern angewachsen. Die verkäuflichen liegen auf einem länglichen Tisch in der Mitte des Raums. Auf diesem Tisch scheint der Umsatz ziemlich groß zu sein. Aber dort hatte Dagerman wohl kaum je gelegen.

Das einzige Buch von Stig Dagerman, das er an diesem Morgen im Regal fand, war eine Billigausgabe von *Schwedische Hochzeit*. Sie stand eingeklemmt zwischen Chorell und Diktonius. Er fragte sich, warum er gerade sie behalten hatte? Vielleicht wegen des Umschlags, auf dem sich Liebe und Verzweiflung andeuten, vermutlich mehr Verzweiflung als Liebe. Er wusste nicht, ob sich das auch auf das Buch bezieht, da er es nie gelesen hatte. Vermutlich hatte Siri es irgendwann in den fünfziger Jahren gekauft. Sie legte keinen Wert auf Erstausgaben und aufwendige Einbände, für sie war der Inhalt die Hauptsache. Meist las sie im Bett liegend, mit einem ihrer geerbten Kissen im Nacken. In den letzten Jahren klagte sie oft über Schmerzen in den Handgelenken. Die Ursache der Schmerzen hatte vermutlich nichts mit dem Lesen zu tun, führte aber dazu, dass sie ihre Gewohnheiten ändern und zumindest die schwereren Bücher in einem Sessel sitzend mit dem Buch auf einem Ständer vor sich lesen musste. Oder auf dem Orgelhocker, das Buch auf dem Spieltisch aufgeschlagen, während der Pfarrer den Gottesdienst gerade allein bestritt. Sie hatte eine bemerkenswerte Gabe, gleichzeitig der Liturgie und der Liebesintrige folgen zu können. Nur bei seltenen Gelegenheiten entstand eine Stille und der Pfarrer begann unruhige Blicke zur Empore hinaufzuwerfen, um zu sehen, was die Organistin trieb, da die Musik nicht dort einsetzte, wo sie hätte einsetzen sollen. Genau das passierte, als sie Tolstois *Anna Karenina* las, und obwohl sie es zum zweiten oder vielleicht sogar zum dritten Mal las, wurde sie so tief in die Handlung hineingezogen, dass sie die Stille nicht bemerkte, die plötzlich die ganze Kirche erobert hatte. Erst als sie einige künstliche Räusperer des Pfarrers gehört hatte, ließ sie sich sacht aus dem unmöglichen Verhältnis zwischen Anna und Vronskij und zurück auf den Orgelhocker und in die Kirche heben, die sich jetzt mit flüsternden Stimmen und dem Geräusch von sandigen Schuhsohlen auf dem Steinboden zu füllen begann.

Aber Stig Dagermans *Schwedische Hochzeit* war dünn und leicht und nie an einem Ständer festgeklemmt worden. Er strich den Staub vom Titelbild und steckte das Buch wieder zurück an seinen Platz.

Dann schlurfte er zurück in die Küche und schnitt das Gedicht aus der Zeitung. Die letzte Strophe lautet:

Wie bald die Pappeln sich zeigen
nackt und schwarz wie Ruß.

Sterben ist einfach zu schneigen
wie Laub in den munteren Fluss.

Schneigen wie Laub. Vom Wasser getragen werden. Das klang friedvoll.

Aber der eigentliche Grund dafür, dass er so lange sitzen blieb, war, dass er sich zu fragen begonnen hatte, warum ein reichsschwedischer Autor wie Stig Dagerman auf die Idee gekommen war, schneigen zu schreiben? Das war doch reiner Dialekt. Aus der Schulzeit erinnerte er sich an einige Zeilen von Topelius über Winter, in denen es auf Nase und Augen schneigt und die weißen Ebereschen Blüten auf alles schneigen lassen, was da war. Aber Topelius war in dieser Gegend aufgewachsen und sog natürlich nach Art der Kinder die Redewendungen der Leute auf.

Österbottnischer Dialekt. Es schneigt.

Oder das Wort war ein Überbleibsel aus der schwedischen Zeit. Und in diesem Fall kein Dialekt, sondern altertümlich und den Leuten auf beiden Seiten des Wassers geläufig, den Bewohnern von Väster- wie von Österbotten.

Und so machte er noch einmal die Runde. Die Stadt war in Bewegung gekommen. Sogar das Mädchen in der Wohnung über ihm war wach, er konnte einen Stuhl scharren hören und dann das Pochen in der Leitung, als sie den Wasserhahn in der Küche aufdrehte. Dieses Pochen, deutete es nicht darauf hin, dass etwas nicht in Ordnung war? Die Luft? Ein Leck? Immer wenn er es hörte, dachte er, er müsse anrufen und Bescheid sagen. Aber dann vergaß er es, bis er es das nächste Mal hörte.

Das Wörterverzeichnis der Schwedischen Akademie stand weit unten am Boden. Er musste einen Stuhl heranziehen und sich setzen, um es zu erreichen. Es hatte eine Zeit gegeben, da er sich unbekümmert auf Stühle gestellt hatte, um Regale unter der Decke zu erreichen, jetzt brauchte er auch einen Stuhl, um hinunter zum Boden zu kommen. Er konnte nicht umhin, daran zu denken, was möglicherweise der nächste Schritt sein würde. Es bedurfte keiner größeren Anstrengung, um die Antwort zu finden, aber er beschloss, sich nicht damit aufzuhalten, sondern blätterte stattdessen vor bis zum Buchstaben S.

Schneien, stand da. Sonst nichts. Nichts von Dialektal oder Altertümlich. Nur schneien.

Nicht, dass es eine Rolle gespielt hätte. Das Gedicht war fein. Es hieß Herbst.

2

Der Himmel war hellgrau. Etwas dunklere Wolken waren in der Richtung des Meeres zu sehen. Niederschläge in Form von Regen, hatte es in den Nachrichten geheißen. Obgleich das wohl nicht sicher war. Die Wolken waren jetzt seit mehreren Tagen schwer gewesen, aber das einzige, was sie von sich gegeben hatten, waren Tropfen, so leicht, als wären sie ein Teil der Luft. Am Tag davor hatte er nicht einmal gemerkt, dass es regnete, bis das Gesicht schon so nass war, dass das Wasser in den Hemdkragen hineintropfte. Jetzt war die Luft trockener, fast klar, trotz der Wolken, die sich von Westen her näherten.

Sobald er aus der Tür trat, sah er Berg an seinem üblichen Platz vor dem Elektroladen. Der Rollator war neben dem Schaufenster geparkt, und Berg selbst saß auf dem kleinen Sitz, das Gesicht dem Marktplatz zugewandt. Der Marktplatz war leer und verlassen, und Berg ausnahmsweise stumm.

Thomasson schlug die andere Richtung ein, passierte den Kiosk und ging weiter nach Norden. Er hatte nicht die geringste Lust, so früh am Morgen zu diskutieren, nicht mit Berg und auch mit keinem anderen. Er wollte einfach nur spazieren gehen. Den Körper und die Gelenke in Gang bringen, fühlen, wie die Maschinerie sich rasselnd in Bewegung setzte. Dass er Berg mied, lag auch daran, dass er wusste, was dieser zu sagen haben würde. Es würde sich um die

Situation im Irak drehen, um den Ölpreis und um Russlands wiedererwachte Großmachtträume. Genau wie es in den vergangenen Wochen und in den Wochen davor gewesen war. Möglicherweise würde er auch, falls genug Zeit und Kraft vorhanden war und Thomasson sich entschied, stehen zu bleiben, die fast vergessene Vogelgrippe aufgreifen, das Atom-U-Boot Kursk und das arktische Eis, das rasch dahinschmilzt und auf längere Sicht den Meeresspiegel zu einer neuen und entscheidenden Sintflut ansteigen lassen wird.

Die Katastrophen, meinte Berg, hingen alle zusammen. Es gelte nur, das Muster zu erkennen.

Als Thomasson schließlich am Ende des Häuserblocks und in ausreichendem Abstand von dem Elektroladen angekommen war, konnte er endlich langsamer werden. Das Hemd klebte am Rücken. Das lag daran, dass er etwas schneller gegangen war, als er sollte, zumindest so früh am Morgen. Aber auch daran, dass er kein Unterhemd trug. Damit hatte er in dem Jahr aufgehört, in dem Siri starb. Mitten in der Trauer hatte es sich wie eine Erleichterung angefühlt, etwas so Einfaches zu tun, wie ein Hemd anzuziehen und hinauszugehen, ohne die Frage gestellt zu bekommen, ob er an das Unterhemd gedacht habe. Trotzdem war es ja so: hätte er jetzt ein Unterhemd an, hätte es den Schweiß aufgesogen und das Hemd trocken bleiben lassen.

Es kann ihn immer noch ärgern, dass sie so oft recht hatte.

Es war kühl, konnte nicht mehr als zehn, elf Grad haben. Der Herbst schritt rasch fort. Der August und die ersten Wochen im September waren warm gewesen, aber jetzt war alles im Begriff, sich zu wenden. Der Erdball kippte, wandte sich dem Winter zu. Oder vom Sommer ab, so musste es doch sein? Vom Licht und der Wärme. Etwas anderem zu.

Vorn an der Kreuzung ging er nach rechts den Hang hinauf. Er bemühte sich, ruhig und gleichmäßig zu atmen, die Luft tief in die Lungen zu ziehen, bevor er sie wieder hinausließ. An das Atmen zu denken, so weit war er jetzt also gekommen. In zwei Jahren würde er einen runden Geburtstag feiern. Zum letzten Mal. Das hatte er auch gesagt, als er am Morgen mit Maja gesprochen hatte. Vielleicht ein bisschen unnötig. Er hatte es sofort bereut, als er es gesagt hatte. Aber gesagt ist gesagt, und Maja, die selbst seit fast zwei Jahrzehnten tot war, würde sich wohl kaum aufregen. Sie war es mittlerweile gewohnt, das meiste zu hören.

Maja war zweiunddreißig Jahre alt, als sie starb. Oder jung. Das einzige Kind. Sie hatte Krebs bekommen und hatte ihn zu lange verschleppt. Nur ein bisschen Probleme mit dem Magen, sagte sie, vielleicht eine Form von Allergie. Oder Stress. Vielleicht der Beginn eines Magengeschwürs. Sie übergab sich und blutete. Als sie sich endlich zu einer Untersuchung aufraffte, war es schon zu spät. Sie gaben ihr Medikamente und operierten, konnten aber nicht mehr bewirken, als das zu verzögern, was in einer ungewissen Anzahl von Monaten geschehen würde. Persönlich war Thomasson damals meist an Bord, mit seinen eigenen Dingen beschäftigt. Wenn er zu Hause war, sah er, was geschah, nahm es aber nicht in sich auf. Auch viele Jahre danach wusste er immer noch nicht, ob er wirklich an die Erklärung mit dem Magenkatarrh und dem Stress geglaubt hatte, oder ob das nur etwas war, an das er hatte glauben wollen, weil es bequem war und keinen Einsatz seinerseits erforderte.

Immerhin hatte sie es geschafft, Kinder zu bekommen, zwei Söhne. Sie wohnen mit ihrem Vater und der Frau zusammen, die sie Mama nennen. Menschen, die Thomasson nicht kennt. Die Fotografien stehen in einer langen und immer staubigeren Reihe auf der Kommode: Klassenfotos, Konfirmationsfotos, Abiturfotos, und jetzt zuletzt ein Hochzeitsfoto vom Ältesten.

Bald würde es wohl wieder von vorn anfangen, mit einer Fotografie von der Taufe. Mehr würde es wohl kaum werden können.

Auch das hatte er am Morgen zu Maja gesagt. Sie antwortete nicht. Daran ist nichts Merkwürdiges, sagte er, das Leben geht weiter, der eine wird geboren, der andere stirbt, so ist es immer gewesen. Glücklicherweise.

Du bist doch nicht einmal kränklich.

Nein, er war nicht kränklich. Er war alt. Das Alter ist keine Krankheit, aber man stirbt daran.

3 Halbwegs am Hang kehrte er um und begann wieder zum Fluss hinunterzugehen. Er wollte das Wasser sehen, solange es noch zu sehen war. Bald, in etwa einem Monat, würde es gefrieren.

Es würde anfangen zu schneigen.

Wieder zurück an der Esplanade blieb er stehen. Unentschlossen. Er konnte sich nicht entscheiden, ob er sofort hinunter zum Fluss gehen sollte oder ein Stück weiter nach Norden, am Haus vorbei, und dann im Park den Fluss entlang?

Ziemlich bald merkte er, dass er zu lange stehengeblieben war, wie ein verwirrter alter Mann, der nicht nach Hause findet. Also ging er nach Norden.

Das Haus hatte noch dieselbe Farbe wie damals, als sie es verkauft hatten. Graublau. An sonnigen Tagen sah es vor den Bäumen an der anderen Seite des Flusses hellblau aus, an grauen Tagen wie diesem verschmolz es fast mit dem Wasser und dem Himmel. Es wurde einfach zu groß, zu schwer. Und nachdem Maja von ihrer Krankheit erzählt hatte, war es, als sei sowohl Siri wie Thomasson die Luft ausgegangen. So dass sie es verkauften und ein paar hundert Meter weiter zum Zentrum hin umzogen, in die Wohnung. Im Herbst vierundneunzig war Siri dann zu dieser Reise aufgebrochen. Heute vor zwölf Jahren, auf den Tag genau. Seitdem war nur noch er übrig.

Er, der sich festbiss, der nicht einmal kränklich war.

Er ging nicht ganz bis hin, sondern kehrte ein Stück davor um und ging hinunter in den Park. Er wollte sie nicht glauben machen, dass er herumschnüffelte. Es waren immer noch dieselben Leute, die dort wohnten, ein junges Paar. Nun ja, was heißt schon jung. Damals, als sie es kauften, hatten sie jung gewirkt, sie offensichtlich schwanger und mit einem Zweijährigen auf dem Arm. Seitdem waren sie noch zahlreicher geworden. Jahr für Jahr hatten neue Kinderwagen, Fahrräder, Mopeds, Motorroller, Motorräder und Autos auf dem Grundstück gestanden. Der Zweijährige dürfte wohl mittlerweile zweiundzwanzig sein. Sie betrieben eine Schrottfirma. Das eigentliche Geschäft befand sich unten auf dem Bahnhofsgelände, aber es stand immer der eine oder andere Lastwagen neben dem Haus. Hinter dem Bretterzaun, der zum Fluss hinunterführte, war ein Bagger zu sehen.

Jetzt war es still und friedlich.

Er war ungefähr den halben Weg durch den Park gekommen, als der erste Schrei ertönte. Ein böser, schriller Schrei, und dann eine abrupte Stille. Er blieb stehen und horchte. Es war nichts anderes zu hören als ein Auto, das oben auf der Esplanade entlangfuhr, und das Wasser, das unter der Kraftwerksbrücke hindurchrauschte. Aber dann kam er wieder. Und jetzt hörte er, dass es gar kein Schrei war, sondern ein Lachen, und dass auf dieses Lachen andere folgten. Sie waren aufeinander abgestimmt wie die Bausteine eines Chorwerks.

Die Geräusche kamen unten vom Fluss her. Vom Kiesweg aus konnte er nichts sehen. Seit der Damm umgebaut worden war, brauchte man sehr viel länger vom Park hinunter zum Ufer. Früher, vor langer Zeit, führte eine Treppe hinunter zu einer Brücke, wo die Frauen der Stadt ihre Teppiche zu waschen pflegten. Die Waschbrettbrücke. Jetzt sind Treppe wie Brücke verschwunden. Die Teppiche sollen angeblich heute weiter unten am Meer gewaschen werden, wo die Stadt, oder wer auch immer, zwischen den Wellenbrechern und den Reihen großer Glasfaserboote eine neue Brücke gebaut hat.

Er dachte, die Jungen wären vielleicht beim Baden, und deshalb würden sie so lachen. Obwohl es spät im Jahr war, und auf diesem Breitengrad wurde selten nach dem August gebadet. Aber sie konnten ja sonst was tun, angeln oder ein Ruderboot mit Steinen füllen. Es braucht nicht so viel, um Jungen zum Lachen zu bringen.

Er setzte sich erneut in Bewegung, aber nachdem er nur wenige Schritte getan hatte, hörte er es wieder. Und jetzt war es ganz deutlich ein Schrei, und auf den Schrei folgte ein Lachen. Er zögerte einen Augenblick. Er war zu alt. Er sollte sich nicht einmischen. Trotzdem wusste er, dass er es nicht lassen konnte. Um seiner Glückseligkeit willen. Er hatte schon allzu viele Male weggesehen. Und wie man es auch drehte und wendete, so war es doch wirklich wahr, was er morgens zu Maja gesagt hatte. Bald würde es Zeit sein, Bilanz zu ziehen. Keiner kennt den Tag und auch nicht die Stunde. Oder wie es nun hieß. Siri hätte es wortwörtlich gewusst.

Das erschreckte ihn nicht. Ihm kam eine Textzeile in den Sinn, nicht aus einem Buch, sondern aus einem Musikstück. Auch zu dieser Zeile hatte er unter Siris Anleitung gefunden.

Ich habe Lust abzuscheiden. Wie ich mich danach sehne, aufzubrechen. Der Brief des Paulus an die Philipper, Vers 23. In Thomassons Kopf erklangen die Worte in Buxtehudes

Version. Dietrich Orgelmeister. Der Größte vor Bach. So heißt es allgemein. Aber für Thomasson war er der Größte sowohl vor als auch nach Bach. Im Herbst 1705 war Bach zu Fuß von Arnstadt nach Lübeck gewandert, um Buxtehude spielen zu hören. Sechshundert Kilometer auf unsicheren Wegen. Er hatte vorgehabt, etwa eine Woche zu bleiben, daraus wurden Monate.

Ein Mythos, pflegte Siri zu sagen. Davon gibt es jede Menge.

Dass aber Bach von Buxtehude gelernt hatte, das leugnete sie nie. Er war gut, sagte sie, aber kein Genie, hat sich nie richtig in die Riemen gelegt. Gut in allem, aber nicht der Beste in etwas. Ein Mittelmäßiger unter den Giganten.

Dietrich Buxtehude weilte über dem Kampfgetümmel, jenseits der großen Gesten. Das war, wie Thomasson es sah, größer als alle Genialität der Welt.

Zwei Soprane und ein Bass.

Ich habe Lust abzuscheiden und bei Christo zu sein.

Also wich er vom Kiesweg ab und begann sich langsam den Hang hinunterzutasten, entlang der Treppe, die es nicht mehr gab. Er ging vorsichtig, die Seite voran, und suchte mit dem linken Fuß Halt, während er sich gleichzeitig an den Büschen festhielt, die dort wuchsen, wo sich einmal das Geländer befunden hatte. Das Lachen und die Stimmen waren jetzt deutlicher zu hören. Unten am Wasser tauchte undeutlich eine Schar von Jungen auf, aber er traute sich nicht, genauer hinzusehen, aus Angst, einen Fehltritt zu tun und das letzte Stück hinunterzufallen.

Es gelang ihm, ohne Missgeschick hinunterzugelangen, und als er schließlich unten ankam, waren die Jungen verstummt. Sie standen da und schauten ihn an, wussten wohl nicht, wer er war. Die Stadt ist klein, ein Ort, an dem jeder jeden kennt, aber wie klein ein Ort auch ist, alte Männer können doch mehr oder weniger unbemerkt kommen und gehen, da der eine dem anderen so verwirrend ähnlich sieht. Es ist nicht einmal sicher, ob die Eltern der Jungen oder ihre Großeltern hätten sagen können, wer Thomasson war. Dabei hatte er seit den fünfziger Jahren in der Stadt gewohnt. Manch einer erinnerte sich vielleicht noch an ihn aus der Zeit, als er einen Kaufladen in der Bankgatan hatte. Aber die, welche sich erinnern, werden immer weniger. Nachdem er erst alles verrammelt und auf den Fähren zu arbeiten begonnen hatte, hatten sicher viele geglaubt, er sei weggezogen. Aufgebrochen und für immer verschwunden. Es war, als hätte er die Tür zur Stadt selbst zugemacht, als er den Laden geschlossen hatte und weggegangen war. In seiner Freizeit saß er meist zu Hause, schaute auf den Fluss hinaus, machte seine Spaziergänge mit Siri, manchmal kam es vor, dass er ins Restaurant in der Nachbarschaft ging, um ein paar Biere zu trinken. Aber das kam selten vor, und später hörte er ja ganz damit auf.

Es waren vier Jungen am Ufer. Ein fünfter stand draußen im Wasser. Er trug einen kurzärmeligen Pullover und Jeans, und das Wasser reichte ihm ein Stück weit die Oberschenkel hinauf. Er stand da, die Arme vor der Brust gekreuzt. Er fror. Sogar von der alten Treppe aus meinte Thomasson zu sehen, wie die Gänsehaut sich entlang der streichholzdünnen Arme bis hinauf zum Hals erstreckte, der langsam einen dunkelblauen Ton annahm. Auch die Haare schienen nass zu sein.

Was er sah, war ein Junge, der bis zu den Oberschenkeln im Wasser stand und fror, während vier andere mit Stöcken am trockenen Ufer standen. Wer so etwas sieht, weiß, worum es geht. Trotzdem fragte er:

»Was geht hier vor?«

Eine Altmännerstimme, lange ungebraucht, eine Stimme, die ihre Schärfe verloren hatte. Er konnte das Resultat sofort an ihren Gesichtern ablesen. Respekt, oder wenn man aussprechen soll, was wir uns eigentlich erhoffen, nämlich Angst, war überhaupt nicht zu sehen. Nur Neugier, Verwunderung, vielleicht Erwartung: Was will der Alte?

Thomasson tat einige vorsichtige Schritte zum Flussufer hinunter. Kies und Steine rasselten unter seinen Füßen. Der Junge da draußen blieb stehen, ohne sich zu rühren. Das Wasser strömte an ihm vorbei, schlug in kleinen Wellen gegen seine Schenkel und floss weiter zum Meer hinaus. In der Luft lag ein Geruch von lebenden Fischen, wie man ihn an den Händen bekommt, wenn man einen frisch gefangenen Barsch ausgenommen hat. Es ist ein Geruch, der rasch verfliegt, bei dem Fisch, der auf dem Markt verkauft wird, lässt er sich nur erahnen. Thomasson schaute zwischen den Steinen am Ufer nach, um zu sehen, ob dort ein Fisch lag. Aber da war nichts, da waren nur die Steine und dann das beinahe schwarze Wasser, das sich im Herbstwind kräuselte. Das Herbstwasser an einem bewölkten Tag war tiefschwarz, nicht kohlrabenschwarz. Wie unbearbeitetes Eisen.

Am Boden musste es rutschig sein. Mit Algen bedeckte Steine. Aber der Junge schien sicher zu stehen.

»Komm hier heraus.«

Er fand, es hätte sich ein wenig Schärfe in seine Stimme geschlichen, als hätte sie zu der Tonlage zurückgefunden, die er oft hatte anwenden müssen, wenn er wollte, dass seine Lagerburschen unverzüglich und ohne unnötige Proteste die Arbeit ausführten, für deren Ausführung sie angestellt waren.

Also ist es möglich, dass sie noch in ihm war, die Chefstimme, denn auch dieser Junge setzte sich in Bewegung, ließ den Griff um sich selbst los und begann langsam auf das Ufer zuzugehen, vorsichtig wie ein Balancekünstler, mit ausgebreiteten Armen auf dem steinigen Boden.

Der eine der Jungen, mit grünem Kapuzenpulli und herunterhängenden Hosen, warf den Stock weg und begann wegzugehen, während er etwas zu den anderen sagte. Thomasson meinte, es klinge wie »wir hauen ab«. Aber es kann auch etwas anderes gewesen sein, wir hauen ab sagte man vor dreißig, vierzig Jahren. Aber die Bedeutung schien jedenfalls dieselbe gewesen zu sein, denn auch die anderen Jungen warfen ihre Stöcke weg und begannen langsam den Hang zum Park hinaufzugehen.

Und er konnte es nicht lassen.

»Hört mal«, rief er ihnen nach, »was hat das zu bedeuten? Warum habt ihr euren Kameraden ins Wasser hinausgejagt!«

Sie drehten sich um, ohne stehenzubleiben, gingen weiter rückwärts den Hang hinauf, während der Junge mit dem Kapuzenpulli sagte, sie hätten überhaupt niemanden gejagt, aber Balderson – anscheinend der Junge im Wasser – hätte baden wollen, aber sich nicht richtig getraut, und deshalb hätten sie ihm ein bisschen geholfen.

Die anderen kicherten und schauten einander an. Diese Jungen mochten im Alter von elf, zwölf sein. Sie waren noch nicht in den Stimmbruch gekommen. Jedenfalls nicht der, der gerade etwas gesagt hatte. Die anderen wohl auch kaum, dem Gekicher nach zu urteilen. Sie waren wie ein Haufen, ein veränderbarer Körper, der sowohl spielerisch wie bedrohlich sein konnte. Jetzt kicherten sie, und wenn vorpubertäre Jungen kichern, bedeutet das, dass jemand in der Nähe, Tier oder Mensch, leidet.

Thomasson war ein Mann, der auf die Achtzig zuging, und was er sich eigentlich dabei dachte, als er sich entschloss, den Jungen den Hang hinauf zu folgen, ist schwer zu sagen. Vielleicht war es einfach der Instinkt, welcher die Oberhand gewann, wie wenn ein noch so folgsamer Hund einen Hasen auf offenem Feld entdeckt, anfängt zu jagen, den Ruf des Herrchens erst hört, wenn er Geschwindigkeit aufgenommen hat und nicht mehr stoppen kann. Er ist dann in den Einbahntunnel geraten. Und vielleicht war das genau der Tunnel, in dem Thomasson sich jetzt befand, als er über Grasbüschel stieg, über alten Bodenschlamm trampelte und auf rundgeschliffenen Steinen Halt für die Füße suchte, während die Jungen umkehrten und die letzten Meter zum Kiesweg hinauf Tempo gewannen und verschwanden.

Als er zurückgehen wollte, geschah es, er stürzte. Der rechte Fuß landete schräg auf einem nassen, rundlichen Stein, die Sohle rutschte ab und unter ihm beugte sich das eine Knie.

Er fiel auf die Seite und stütze sich mit der Hand ab, und das erste, woran er dachte, als der Schock abgeklungen war, das Erstaunen nachgelassen hatte und er einsah, dass er gestürzt war, dass er wirklich da im Nassen lag, war das Handgelenk. Ob es gebrochen war? Er rollte sich auf den Rücken und hob den rechten Arm. Der Ärmel war nass und braun von Lehm, aber das machte nichts, ein Ärmel ist ein Ärmel. Den kann man waschen. Woran er dachte, war die Hand. Er begann sie vorsichtig zu drehen. Sie ließ sich bewegen, nach vorn und zurück und im Kreis herum. Es tat nicht einmal weh. Er ließ den Arm wieder sinken. Der Himmel war grau. Er bemühte sich, ruhig und gleichmäßig zu atmen. Von der Kraftwerkbrücke her war ein fernes Grollen zu hören. Das Wasser gluckste still gegen die Steine am

Uferrand. Er empfand weder Schwindel noch Müdigkeit. Keine Übelkeit.

Erst als er sich aufsetzte, spürte er den Schmerz im Fuß. Es reichte, das Fußgelenk auch nur ein wenig zu bewegen, und schon schnitt der Schmerz durch die Wade und das Bein hinauf. Woher weiß man, ob etwas gebrochen ist? Angeknackst? Vorsichtig wippte er wieder mit dem Fuß. Es tat weh, aber er ließ sich bewegen.

»Was ist passiert? Soll ich Ihnen aufhelfen?«

Es war der Junge. Er hatte sich die Jacke angezogen, dunkelblau, aus einem kräftigen Stoff. Sie sah groß aus und hatte einen englischen Text auf dem rechten Ärmel. Das Wasser floss von den durchnässten Hosen ab. Er sah bekümmert aus, überhaupt nicht so verlegen, wie Jungen in diesem Alter oft aussehen, wenn sie auf die eine oder andere Art an etwas beteiligt waren. Es traf den Jungen ja auch keine Schuld. Wenigstens nicht an gerade diesem hier.

Wieder bewegte Thomasson vorsichtig den Fuß. Es tat weh, aber es ging. Und er konnte nicht gut zwischen den Steinen am Fluss sitzen bleiben, auch wenn es verlockend war, in Anbetracht dessen, wie schwer sich der Körper anfühlte. Vorsichtig manövrierte er sich auf die Seite und stützte sich mit der einen Hand auf einem größeren Stein ab. Die andere streckte er dem Jungen entgegen: »Wenn du mir nur ein bisschen helfen könntest, so dass ich …«

Mit vereinten Kräften schafften sie es, den Hang zu bezwingen. Oben im Park angekommen, setzte sich Thomasson auf eine Bank in einer niedrigen Laube. Der Junge blieb auf dem Kiesweg stehen. Er sagte nichts, hatte auch auf dem Weg hinauf kaum etwas gesagt, und das Bisschen, was er trotz allem sagte, kam in einer Mischung aus Dialekt und

Hochschwedisch heraus. Thomasson fand, der Junge drücke sich irgendwie steif aus. Als strenge er sich zu sehr an.

Thomasson kannte das. Als er Siri vor über fünfzig Jahren zum ersten Mal getroffen hatte, war der Dialekt seine erste Sprache gewesen. Dann begann er sich langsam zu verändern. Plötzlich hatte Thomasson gemerkt, wie schwer es war, seine Muttersprache zu gebrauchen, wenn er mit jemandem zusammen war, der Hochschwedisch sprach. Und das kam nicht nur daher, dass es bei ihm ein Gefühl der Unterlegenheit hervorrief, sondern auch, weil dadurch das Gespräch zu versiegen schien. Es war, als wären die beiden Sprachen nicht richtig deckungsgleich, es gab immer Erfahrungen, die außerhalb liegen blieben. Siri kam aus einer anderen Welt, sie und die Geschichte ihrer Familie bildeten eine andere als er und die Geschichte seiner Familie. Es war nicht sicher, dass er es ganz und gar verstand, während es geschah. Nach dem Krieg war das Land einig wie noch nie zuvor, und von einer Kluft oder Mauer wollte man nichts wissen. Aber er konnte es in der Stille trotzdem ahnen, in einem kurzen Zögern, bevor er sich schließlich entschied, nichts zu sagen.

Er wechselte die Sprache. Zuerst nur zusammen mit Siri und ihrer Familie. Später auch in anderen Zusammenhängen. Als Kaufmann empfand er es als natürlich, die am stärksten dialektalen Worte gegen etwas Gängigeres auszutauschen. Er begab sich in eine Zwischenlage, in der alles, was er sagte, für alle verständlich war. Und als er allmählich auf den Fähren anfing, legte er seine alte Sprache ganz und gar ab. Spuren davon würden wohl immer bleiben, wie eine Narbenbildung, oder vielleicht ein Grundton. Das war schwer zu wissen.

Auf der Parkbank sitzend, versuchte Thomasson, sich

vorzubeugen, um das Fußgelenk zu massieren, schaffte es aber nur ein kleines Stück, weil es anfing, im Rücken weh zu tun. Vielleicht war auch der Rücken verletzt? Vor derlei hatte er sich schon länger gefürchtet. Ein verletzter Rücken, ein gebrochenes Bein, mehr brauchte es eigentlich nicht. Dann würde er daliegen. Das Zimmer mit einem sportbegeisterten Fremden teilen, der die Fernbedienung des Fernsehers in seinem klauenartigen Griff hielt. Besuch würde er kaum bekommen. Sie waren alle tot oder vergessen oder sowohl tot wie vergessen.

Und wer wäre daran schuld, dass die Besuche ausblieben? Er hatte sich ja nicht gerade angestrengt, den Kontakt zu halten. Nicht einmal mit den Enkeln. Noch weniger mit alten Freunden und entfernten Verwandten. Siri hätte das eine Unterlassungssünde genannt. Sünden, welche die Faulen und Feigen treffen. Und so war es wohl, dem kann er zustimmen. Aber das bedeutet nicht, dass er dafür bezahlen will. Wer möchte schon für seine Sünden bezahlen?

»Mama oder Kevin können Sie vielleicht nach Hause fahren … oder zum Krankenhaus hinauf.«

Mama. Kevin. Der Junge stand da mit seinem bekümmerten Ausdruck im Gesicht. Schmale Nase, schmale Lippen, seine ganze Person war schmal. Die braunen Haare lagen flach am Kopf an, nass oder vielleicht ganz einfach ungewaschen. Oder es sollte so sein. Thomasson hatte über mehr als ein halbes Jahrhundert hinweg Frisuren kommen und gehen sehen, und in einem bestimmten Alter sahen alle Jungen gleich jämmerlich aus. Auch dieser war kein schönes Kind.

Der Junge wollte nach Hause gehen, fror vielleicht. Durchnässt im Herbstwind. Thomasson drückte den Fuß ganz leicht auf den Boden, ungefähr so, wie wenn man über

Nacht gefrorenes Eis prüft. Man weiß, dass es bricht, aber nicht genau, wann.

»Danke, dank dir«, sagte er. »Aber ich glaube, dass ich es bis nach Hause schaffe, ich wohne da hinten an der Esplanade, es ist überhaupt nicht weit.«

Er wollte sich nicht erheben, bevor der Junge gegangen war, also lehnte er sich zurück und sagte, er wolle eine Weile sitzen bleiben und sich ausruhen, aber der Junge solle zusehen, dass er rasch nach Hause käme und die Hosen wechselte, bevor er sich richtig erkältete. Dann fragte er den Jungen, warum er nicht in der Schule war.

»Ich war unterwegs zur Schule«, sagte der Junge, »aber dann ... traf ich, ja, die da.«

Die da. Thomasson war im Begriff, weiterzugehen und zu fragen, wie sie hießen, beschloss aber, sich nicht einzumischen. Er war von der Routine abgewichen und saß jetzt mit einem Fuß, der ihn kaum trug, auf einer Parkbank, und alles, was er wollte, war, seinen Morgenspaziergang fortzusetzen, unten um die Kirche herumzugehen und dann nach Hause und mit dem Seinen weiterzumachen.

Das, und nichts anderes.

Aber ein Spaziergang um die Kirche herum würde es nicht werden. Worauf es ankam, war, nach Hause zu gelangen. Also erhob er sich. Es kam plötzlich, auch für ihn selbst. Und für den Fuß, der deutlich zu verstehen gab, dass er so schnelle Entscheidungen nicht bewältigen konnte. Er schaffte es auch nicht, Thomassons Gewicht zu tragen, obwohl das Gewicht nicht einmal annähernd so war wie früher. Der Schmerz schoss durch das Bein hinauf, die Welt begann sich zu neigen, und dass der Junge ihn noch einmal unter dem Arm fasste, bewahrte ihn davor, abermals zu fallen.

»Wenn Sie es schaffen, bis dahin zu gehen«, sagte der Junge und zeigte auf das graublaue Haus, »dann kann ich Mama oder Kevin anrufen.«

Thomasson antwortete nicht. Er schaute in die Richtung, in die der Junge gedeutet hatte. Wie weit mochte es sein? Zweihundert Meter? Es war über zwanzig Jahre her, seit sie umgezogen waren. Kein einziges Mal war er seitdem in dem Haus gewesen.

»Oder wollen Sie lieber auf der Bank warten?«

4 Die Küche lag, wenn man hereinkam, linkerhand. Thomasson setzte sich schwer auf einen Stuhl, während der Junge hinausging, um sich trockene Sachen anzuziehen.

Die Türen der Küchenschränke waren neu, und einer der Schränke war gegen einen Abzug mit schwarzer Haube ausgetauscht worden. Sonst war alles genauso, frisch gestrichen, aber genauso. Sogar die Kellerluke konnte man unter einem gestreiften Flickenteppich erahnen. Den kleinen Keller, in den man nicht hinuntergehen konnte, der vielmehr nur dazu bestimmt war, das Notwendigste zu beherbergen, hatte Siri jeden Herbst in all den Jahren mit Saft, Kompott und eigenem Gemüse gefüllt.

Thomasson hätte gern gewusst, was sich jetzt in dem Keller befand. Vielleicht überhaupt nichts? Steinstaub, Dunkelheit und Kies, Glasgefäße mit abblätternden Deckeln.

Ein großer Kühlschrank brummte an der einen Wand vor sich hin. Er reichte vielleicht für den Bedarf der Familie. Wie viele es nun sein mochten? Der Zweijährige, den sie gehabt hatten, als sie das Haus kauften, war wohl mittlerweile etwas über zwanzig, und der Junge, der Thomasson geholfen hatte, oder dem Thomasson geholfen hatte, wie man die Sache nun sehen will, mochte im Alter von elf bis zwölf sein. Also gab es vermutlich eine Anzahl von Kindern dazwischen. Und zwei Erwachsene. Wie viele mochten es sein? Fünf, sechs Personen? Das Haus war größer, als es von außen aussah, da es an einem Hang lag, und was Siri und Thomasson Partykeller und Hobbyraum genannt hatten, konnte durchaus zu Schlafzimmern umgebaut worden sein.

Er bekam Lust, ins Wohnzimmer zu gehen und auf die Rückseite hinauszuschauen, um zu sehen, ob noch etwas vom Gemüsegarten übriggeblieben war. Siris Anpflanzungen. Vier Quadrate mit Kohl, Mohrrüben und Spinat, umgeben von kleineren Beeten mit Kräutern und Beerensträuchern als Einrahmung und Windschutz. Der Kartoffelacker befand sich außerhalb des eigentlichen Gartens, weiter unten zum Fluss hin, wo das Grundstück sich ein wenig neigte, ehe es steil zum Wasser hin abfiel. Siri hatte oft darüber geklagt, dass der Platz zu sonnig und für Kartoffeln nicht geeignet sei. Außerdem war die Erde schwer und lehmig. Aber statt den Anbau bleiben zu lassen, bestellte sie massenhaft Stroh, das sie in die schwere Erde hineinarbeitete. Es gab Jahr für Jahr gute Ernten.

Aber er verzichtete darauf, hinzugehen und nachzusehen, ob die Pflanzungen noch da waren, oder ob jetzt alles ein Rasen oder Parkplatz war. Vielleicht, weil er den Fuß nicht anstrengen wollte. Oder weil er sich nicht neugierig zeigen wollte. Obwohl, hätte er sich neugierig gezeigt, hätte niemand außer dem Jungen es bemerkt. Die Tür war verschlossen gewesen, als sie kamen, und es war kein Laut zu hören bis auf das Gemurmel, als der Junge ins Telefon sprach. Es klang, als würde er Finnisch reden. Thomasson kam zur Ruhe und versuchte der Satzmelodie zu lauschen. Finnisch. An seinem Gehör war nichts auszusetzen. Jedenfalls nichts Ernstes. Menschenansammlungen waren schwierig, und Räume voller Lärm. Aber solche mied er, soweit es nur möglich war. Das Problem war eigentlich nicht, dass er Schwierigkeiten hatte zu hören, was gesagt wurde, sondern dass alle Stimmen und Geräusche sich im Kopf versammelten. Es war, als würden die Geräusche dicht unter der Haut eine neue Hülle bilden, als befände man sich in einer Blase. Es war ermüdend und nichts, dem er sich gern aussetzte.

Der Hörer wurde aufgelegt, und gleich darauf kam der Junge in die Küche. Er sagte, seine Mutter würde in Kürze kommen, und dann würde sie sich Thomassons Fuß ansehen und ihn anschließend nach Hause oder hinauf ins Krankenhaus bringen. Er fragte, ob Thomasson etwas haben wollte, und sagte, er glaube, es gäbe Kaffee. Thomasson sagte, ein Glas Wasser wäre gut.

Thomasson bekam sein Wasser, und dann wurde es still. Der Junge setzte sich nicht, sondern lief etwas planlos in der Küche herum, als würde er nach etwas suchen. Aber das tat er wohl nicht, vermutlich wusste er einfach nicht, wohin mit sich. Schließlich lehnte er sich gegen den Spülstein. Thomassons Fuß schmerzte, nicht sehr, aber doch so, dass es zu spüren war. Wenn er ihn ganz still hielt, war es vor allem wie eine pochende Hitze. Er trank sein Wasser und wartete. Er fragte sich, wie lange er würde warten müssen. Die Mutter des Jungen arbeitete vielleicht weit von zu Hause entfernt. Hatte ein Zwölfjähriger eine Vorstellung davon, wie lange man beispielsweise braucht, um dreißig Kilometer zu fahren? Sie würden vielleicht eine halbe Stunde oder mehr warten müssen.

»Wo arbeitet deine Mutter?«

Im Moment fiel ihm nicht ein, wie sie hieß, obwohl es im Vertrag gestanden haben musste. Der Junge hatte am Telefon Finnisch gesprochen, aber Thomasson konnte sich nicht daran erinnern, dass die Käufer finnischsprachig gewesen wären. Er selbst konnte Finnisch, wenigstens einigermaßen. Das Fundament dazu war wohl in den Jahren im Wald gelegt worden, und später in seiner Zeit als Kaufmann. Als Lagerverwalter auf einer Fähre ließ sich das Finnische auch nicht vermeiden. Es wäre natürlich gegangen, wäre er Åländer oder Schwede gewesen. Aber für einen Finnlandschweden hätte es gekünstelt gewirkt, und er hätte sich rasch unbeliebt gemacht. Und ein unbeliebter Lagerverwalter zu sein hieß, sich Schwierigkeiten einzuhandeln.

Und Kevin? Hatte der Mann wirklich so geheißen? Soweit sich Thomasson auf Anhieb erinnern konnte, war ihm nie ein Kevin begegnet. Er erinnerte sich an das Aussehen sowohl des Mannes wie der Frau. So, wie sie ausgesehen hatten, als sie das Haus kauften. Sie groß und feingliedrig, er ziemlich kräftig, blond, fast ein wenig rötlich. Es ist möglich, dass Thomasson auch später auf diesen Mann gestoßen war, ihn in einem Lastwagen hatte vorbeifahren oder zusammen mit anderen Stadtbewohnern im Café hatte sitzen sehen. Aber nichts davon konnte er sich ins Gedächtnis rufen.

»Abeko.«

»Aha, aha, Abeko, ja, das ist ja nicht weit.«

Was würde er schätzen? Höchstens einen Kilometer. Vermutlich ging sie zu Fuß zur Arbeit. Oder sie fuhr mit dem Rad. Wie auch immer, er hoffte, dass sie Zugang zu einem Auto hatte, wie sie auch hieß und wer sie auch war. Auf einem Gepäckträger wollte er nicht transportiert werden.

Thomasson hatte in letzter Zeit einiges über Abeko gelesen, über die Stillegung. Die Fabrik sollte ins Ausland verlegt werden. Nach China. Oder war es etwas Näheres gewesen? Rumänien, oder vielleicht Estland? Das ganze Werk sollte offenbar in Billiglohnländer umziehen. In den frühen Siebzigern hatte das schwedische Abeko eine Fabrik in Finnland gegründet, oder vielleicht sogar mehrere. Aber jetzt schien sich die Geschichte zu wenden. Jetzt etablierten sich stattdessen finnische Unternehmen in Schweden. Obwohl das vielleicht vor allem für die Großunternehmen galt. Wenn man Berg Glauben schenkte, würde man in nur wenigen Jahren, oder höchstens einem Jahrzehnt, reichsschwedische Gastarbeiter in Finnland sehen. Er behauptete, bereits zwei preiswerte Mansarden zum Vermieten bereit zu haben. Zimmer, die er wegen der steilen Treppen ohnehin nicht nutzen konnte.

»Abeko, ja. Wollten sie nicht dichtmachen? Die Fabrik verlegen?«

»Nach Polen.«

»Polen, ach ja, genau, Polen war es.«

Thomasson hatte Regenzeug von Abeko zu Hause in der Kleiderkammer hängen. Eine Jacke und Hosen, die Siri ausgewählt und direkt von der Fabrik gekauft hatte. Sie hatte außerdem einen Südwester gekauft, aber den hatte er nie benutzt, kaum dass er ihn anprobiert hatte, fühlte er sich wie eine Figur aus Astrid Lindgrens Saltkrokan. Thomasson bevorzugte Sportmütze und Regenhaube. Die Sachen hatte Siri gekauft, weil sie so gern spazieren ging. Sie pflegte immer zu sagen, dass Spaziergänge das Leben verlängerten, und nicht nur das, Spaziergänge machten den Tag auch in jeder Hinsicht inhaltsreicher. Thomasson war froh, dass das Nordic Walking zu der Zeit, als sie ihre Spaziergänge in der Gegend machten, noch nicht erfunden war. Siri wäre eine selbstverständliche Anhängerin gewesen, und Thomasson hätte an dem Tag, an dem sie mit einem Paar Stöcken unter dem Arm die Wohnung betreten hätte, dem nicht viel entgegenzusetzen gehabt. Er konnte verstehen, dass es in jeder Hinsicht gut war, und dennoch fiel es ihm schwer, sich mit dem Gedanken anzufreunden, freiwillig damit anzufangen, mit dem Stock zu gehen. Das wäre, wie vorzeitig aufzugeben. Siri hätte ihm nicht zugestimmt. Sie hätte gesagt, das wäre genau das, was er täte, vorzeitig aufgeben, indem er nicht mit Stöcken gehe. Dann hätte sie etwas über Hochmut gesagt, aber was genau, konnte er nicht mehr formulieren, weil in diesem Moment ein Auto vor dem Haus vorfuhr. Thomasson sah es nicht, hörte aber ein Motorgeräusch und dann eine Autotür, die geöffnet und geschlossen wurde. Er drehte sich auf dem Stuhl so weit er nur konnte, um zu sehen, wer es war. Der Körper war steif, als hätte er vom Rücken bis hinauf zum Schädel eine Nackenstarre. Jemand ging rasch am Küchenfenster vorbei.

»Mama ist gekommen.«

Der Junge ging in die Diele hinaus, ihr entgegen, als hätte er lange und ungeduldig gewartet. Thomasson hörte, wie sie sich die Schuhe auszog und dann den Jungen auf Finnisch fragte, ob er ihm Kaffee angeboten hätte. Er hörte sie auch den Namen des Jungen sagen: Mika.

Thomasson erkannte sie sofort. Sehr hatte sie sich nicht verändert in den zwanzig Jahren, vielleicht ein bisschen breiter um die Hüften, etwas markantere Falten um die Augen und vielleicht ein wenig rundere Wangen. Aber sie war noch jung, um die Vierzig. Vielleicht fünfundvierzig. In seinen späteren Jahren hatte Thomasson bemerkt, dass es ihm immer schwerer fiel, das Alter von Menschen zu schätzen. Besonders bei jungen Menschen. Vielleicht war das etwas, das allen geschah. Kleine Kinder sahen keinen Unterschied zwischen einem Zwanzigjährigen und einem Fünfzigjährigen, und vielleicht kehrte dieses Unvermögen, wie so vieles andere, zurück, wenn man älter wurde.

Und vielleicht war es gar nicht zwanzig Jahre her, dass er sie zuletzt gesehen hatte. Wenn er nachdachte, müsste er sie ja im Laden, auf dem Marktplatz oder sonst wo gesehen haben. Die Stadt war klein, und es war unmöglich, Begegnungen zu vermeiden. Früher oder später stieß man aufeinander.

Also hatten sie sich vermutlich bei der einen oder anderen Gelegenheit gesehen. Aber ganz sicher war er nicht. Durch Thomassons Leben verlief im Herbst 1994 eine Unsicherheitsgrenze. Es war, als hätte sich das Gedächtnis mit einem Schlag verändert. An die Zeit kurz danach hatte er wenig Erinnerungen, und das war auch nicht weiter verwunderlich. Aber es war mehr als das. Es war, als sei auch viel von seinem Leben davor verschwunden. Wie nach einer Explosion, oder dem, was man manchmal im Fernsehen zu sehen bekam: ein Gebäude, das in sich selbst zusammenstürzte und eine Leere hinterließ, die sich in alle Richtungen ausbreitete. Das einzige, was blieb, waren kleine Inseln von Grün; eine Distel, ein Halm, etwas, das zwischen den Massen atmete. Darauf musste man versuchen aufzubauen.

Aber sie erinnerte sich.

»Na so was«, sagte sie, »hallo, Sie waren das also!«

Sie trat vor und streckte die Hand aus. Thomasson machte Anstalten, sich zu erheben, aber sie sagte: »Bleiben Sie sitzen, Mika hat gesagt, Sie haben sich am Fuß verletzt.«

Und so gab sie ihm die Hand, wie er da auf dem Küchenstuhl saß. »Riitta.«

Und mit seiner Hand in der ihren erinnerte sich Thomasson plötzlich. Genau! So war es. Riitta. Und er erinnerte sich auch, dass ihr Mann nicht den Namen Kevin trug, sondern einen anderen, näherliegenden. Isländisch? Altnordisch? Siri und er hatten über diesen Namen geredet, da er etwas ungewöhnlich war, und da hatte Siri von dem älteren Bruder des Schriftstellers Mikael Lybeck erzählt, Paul Werner, der nicht viel schrieb, aber sich bei dem Wenigen, was er schrieb, solcher Namen wie Torbjörn, Ravnkel oder Ejnar bediente. Und gerade Paul Werner Lybeck, sagte sie, hätte seine Hauptperson auf einen Namen wie Balder taufen können.

Denn so hieß der Mann. Balder. Und jetzt erinnerte sich Thomasson auch, dass er erst vor ein paar Jahren, um die Jahrhundertwende herum, an diesen Namen gedacht hatte, als er sah, dass Schweden einen neuen Eisbrecher bekommen hatte, der auf Balder getauft wurde. Balder Viking. Was ihn auf einen weiteren Namen gebracht hatte, Viking Sally. Aber darauf wollte er nicht gebracht werden, nicht gerade zu dieser Zeit, und so hatte er sich entschieden zu vergessen. Wenigstens für eine Weile. Aber er wusste, dass alles früher oder später zurückkommen würde, denn das, was man vergessen will, holt einen immer ein und sucht sich seinen Weg an den unerwartetsten Stellen. Es ist, als würden die Schmerzpunkte überall versteckt liegen, wie Tretminen nach einem durchlittenen Krieg. Alles ist zur Ruhe gekommen, die Dörfer werden wieder aufgebaut, die Kinder spielen, und verliebte junge Paare gehen dicht nebeneinander über die offenen Felder. Und dann liegt sie da, die Mine, unsichtbar unter der dünnen Außenschicht.

Sie hatten unterschiedliche Nachnamen. Er hieß Andersson und sie ... Thomasson wäre fast darauf gekommen, wie er da auf einem blauen Sprossenstuhl in der Küche saß, die mittlerweile die ihre war. Es hatte etwas mit einem Krieg zu tun. Er hatte ihren Nachnamen mit einem Krieg assoziiert. Aber es war nicht der Krieg, den Siri und er selbst als verirrte junge Menschen in einem Land mit großen Träumen durchlebt hatten, sondern etwas anderes, eine literarische Kriegsschilderung. Es ging nicht um Dufva, für Runeberg hatte er nie viel übriggehabt. Nein, dies war ein Buch, das er mochte. Es musste also Linnas Kätnertrilogie gewesen sein, die Siri ihm auf seinen Wunsch hin tatsächlich zweimal vorgelesen hatte. Das erste Mal, als sie in den sechziger Jahren in schwedischer Übersetzung herauskam, und dann ein zweites Mal direkt nachdem Maja gestorben war. Die Kätnertrilogie ist ein Buch zum Lachen und zum Weinen. Und er brauchte beides.

Sie hieß nicht Koskela, und auch nicht Kivivuori. Es war eher eine Randfigur. Hellberg! So war es, der kantige Sozialist, der von Schneidermeister Halme überholt wird. Halme, der eigentlich eine der spannenderen Personen des Buchs ist. Manchmal hatte Thomasson über Halmes Emporkömmlingseitelkeit gelacht, zugleich aber seine innere Größe und zähe Kraft bewundert. Halme war einer, dem man erst dann gerecht wird, wenn man sein ganzes Leben ins Blickfeld nimmt. In kleinen Portionen provoziert er eher zum Lächeln. Aber es war ja nicht Halme, an den er denken musste, um den Nachnamen zu finden, sondern Halmes aufrührerischer Genosse und Gegenspieler Hellberg.

Denn so hieß sie. Riitta Hellberg. Und die Jungen unten am Fluss hatten von Balderson gesprochen. Er war natürlich Balders Sohn. Balderson.

Es war, als sei alles an seinen Platz gefallen, als sei das Gedächtnis von dem Sturz durchgeschüttelt und als wären neue Verbindungen geschaffen worden. Vielleicht war es das, was nötig war, ein Einfluss von außen.

»O ja«, sagte Thomasson, »o ja, ich erinnere mich.«

Riitta Hellberg erwies sich als sehr gut darin, alte Menschen mit Fußproblemen zu versorgen. Sie erzählte, sie sei viele Jahre lang als häusliche Pflegerin tätig gewesen, dann aber zu Abeko übergewechselt, wo sie Regenzeug nähte. Behutsam zog sie Thomasson den Schuh und die Socke aus und strich mit einer kühlen Hand prüfend den Unterschenkel hinab bis zu den Zehen. Dann begann sie langsam den Fuß hin- und her- und vor- und zurückzubewegen, während sie ihm immerzu in die Augen blickte und sagte, er solle sich melden, wenn es weh tat.

Thomasson fand, dass es die ganze Zeit weh tat, aber nicht auf die gleiche Weise wie am Anfang. Was er empfand, als Riitta Hellberg seinen Fuß behutsam vor- und zurück-, nach rechts und links bog, war ein anderer, heilender Schmerz. Also ließ er sie gewähren und versuchte unterdessen, nachzuspüren, wo es am meisten weh tat, um wenigstens etwas zu sagen zu haben.

»Wenn Sie ihn so drehen, zur Seite«, sagte er, »dann sticht es.«

Das tat es auch, ordentlich, und er zweifelte daran, ob er ohne Hilfe würde nach Hause gehen können.

Der Junge, Mika, hatte die ganze Zeit danebengestanden und zugesehen. Er lehnte sich nicht gegen den Türpfosten, wie man es hätte erwarten können, sondern stand gerade aufgerichtet, mit hängenden Armen und seinem bekümmerten Ausdruck im Gesicht. Nach einer Weile murmelte er etwas, vermutlich über die Schule, sagte tschüss und ging hinaus. Riitta Hellberg rief ihm nach, als er schon in der Tür stand, er solle dem Lehrer erklären, warum er zu spät kam, der Lehrer könne sie anrufen, falls es nötig war, und er solle nach der Schule direkt nach Hause gehen und zusehen, dass er seine Hausaufgaben erledigt hätte, bevor er sich in die Stadt aufmachte. Die Tür knallte zu. Riitta seufzte ein wenig, lächelte Thomasson zu, um zu sagen, ja ja, Sie wissen, wie es sein kann, und schaute dann auf den Fuß.

»Jaa«, sagte sie, »ich muss Sie zum Krankenhaus hinauffahren, damit die sich das ansehen. Etwas geschwollen ist er ja.«

Thomasson beugte sich vor, um die Socke aufzuheben, die am Boden lag. Es war im Rücken zu spüren. Aber er beugte sich ganz hinunter, und dann wieder hoch, mit der Socke in der Hand. Er konnte sie sogar über den Fuß ziehen.

Riitta ging hinaus in die Diele. »Ich rufe nur an, und dann fahren wir.«

5 Es kam jetzt nicht mehr so oft vor, dass Thomasson in einem Auto saß. Er selbst war seit zwanzig Jahren nicht mehr gefahren. In der Stadt war alles zu Fuß zu erreichen. Die Bequemlichkeit, ein Auto zu haben, wog die Kosten und Mühen nicht auf. Diese Worte stammten eigentlich von Siri, aber Thomasson stimmte zu. Ob aus alter Gewohnheit oder echter Überzeugung, ist schwer zu sagen. Überzeugungen haben einen Hang, mit den Jahren an den Kanten auszufransen.

Riitta Hellberg fuhr einen Volvo. Was für eine Art Volvo, wusste Thomasson nicht. Er wusste auch nicht, wie alt er war, aber für seine Begriffe schien er neu. Der Geruch war noch da. Der Fabrikgeruch. Leder und Plastik, vielleicht etwas Leimartiges? Oder konnte es ein Geruch von Abeko sein? Er versuchte den Kopf zu drehen, um zu sehen, ob auf dem Rücksitz Stapel von Regenzeug lagen, konnte aber keine entdecken. Also dachte er, dass das Auto vielleicht neu wäre. Oder wenigstens so gut wie neu.

Riitta glitt auf den Fahrersitz und zog die Tür hinter sich zu. Der Schlüssel steckte, aber sie drehte ihn nicht um. Es war still im Wagen, so still wie es nur werden kann in einem Auto, das mit abgestelltem Motor stillsteht. Bei solchen Gelegenheiten wurde Thomasson immer müde. Es ist nicht sicher, ob das etwas mit dem Alter zu tun hatte, denn bereits zu der Zeit, als er und Siri ein Auto hatten, war das vorgekommen. Sie konnten irgendwo hinfahren, dabei plaudern und die Landschaft anschauen, durch die sie fuhren, und wenn sie am Ziel waren, parkte Thomasson und stellte den Motor ab. In dem Moment, in dem er die Handbremse zog, überfiel ihn die Müdigkeit. Es war, als sei die Bewegungsenergie an seinen eigenen Körper gekoppelt. Er wollte einfach nur sitzen bleiben, in die Stille hinausschauen, ohne sich zu bewegen. Siri pflegte das zu irritieren. Oft war sie schon aus dem Auto gestiegen, bevor Thomasson überhaupt den Gurt gelöst hatte. Sie klopfte ans Fenster oder ging weg, manchmal musste er sich in Trab setzen, um sie einzuholen. Und das Gleiche konnte im Aufzug passieren, damals, zu jener Zeit, an Bord. Der schwere Lastenaufzug, der langsam durch das Schiff sank und schließlich mit einem leichten Schaukeln im Lagerdeck zum Stehen kam. Im selben Moment, in dem der Aufzug stehenblieb, war es, als sei auch Thomasson stehengeblieben. Er stand da in der Stille. Draußen ging alles im üblichen Takt weiter. Für eine kleine Weile war der Aufzug wie eine geschützte Zone.

Im Nachhinein hatte er überlegt, ob es wohl daran lag, dass es so vieles außerhalb gegeben hatte, das immerzu verlangte, dass er eingreifen, Stellung beziehen sollte. Oder er war ganz einfach für die Arbeit nicht geeignet. Manchmal stand er da und dachte, er hätte durchhalten, einen weiteren Kredit aufnehmen und den Laden modernisieren sollen, statt einfach aufzugeben. Dachte, die großen Kaufhäuser nehmen mehr und mehr Platz ein, aber das bedeutet ja nicht, dass alle kleinen Geschäfte verschwinden müssen. Es kommt nur darauf an, besser in dem zu werden, in dem man gut ist. Aber es ist leicht, das im Nachhinein zu sagen, damals, als es geschah, als Stunden vergehen konnten, ohne dass die

Türglocke bimmelte, war es nicht so leicht zu sehen, worin man besser werden sollte. Das Gemüse wurde schlaff und die Milch wurde alt. Es war wohl so, wie es war, es wäre nicht gegangen.

Oder er befand sich noch weiter weg, in der Zeit vor Maja und dem Laden, als sowohl er wie Siri es sich leisten konnten zu träumen.

Es war, als hätte er die Zeit hier im Aufzug anhalten wollen, als hätte er gedacht, solange er hier stand, konnte nichts geschehen, und wenn nichts geschah, ging auch nichts schief. Aber das währte in dem Fall nur eine kurze Weile, denn nachdem er mit der Schulter die schwere Aufzugstür aufgedrückt und den Lagergang betreten hatte, mit dem Alkohol und den Zigaretten links und den Süßigkeiten rechts, alles eingebettet in die Geräusche der Maschinen, die fast immer in Betrieb waren und die man eigentlich erst dann bemerkte, wenn sie stehenblieben, gab es keinen, der das geringste Zögern bei dem bemerkte, was er tat. Vom Autodeck her hörte man das Geräusch der Gabelstapler und das metallische Klappern, wenn sie über die geriffelte Achterrampe und hinaus auf den Kai fuhren. Ein Geruch nach Öl, Abgasen und warmen Reifen sickerte ins Lager herunter, trotz aller Ventilatoren und aller Lüftung. Thomasson bog nach links ab, sah, dass die Lieferwagen ausgeladen hatten und alles schon im Lager unten war. Er zog den Zettel aus der Gesäßtasche und warf einen Blick darauf. Mikkos schlampige Schrift, er würde es später ordentlich machen.

Allan! Eine Kiste mit rotem Johnny Walker, zwei mit Marlboro und fünf mit Carlsberg für die Bar.

Und Allan begann, eine halbleere Palette umzuräumen, die Kästen mit Carlsberg zuunterst, und dann ging er los, den Schlüsselbund am Gürtel klappernd, um den Whisky zu holen. Da konnte Thomasson sagen: »Moment mal. Du nimmst gleich Servietten, Plastikbecher und Teller mit in die Cafeteria. Und! Schau nach, ob noch genügend Limonade da ist.«

»Aber der Proviant …«

»Jetzt!«

Und es wurde gemacht. Keiner war erstaunt. Es war, wie es sein sollte. Er spielte den Lagerverwalter auf überzeugende Weise. Trotzdem ging es so schief.

Riitta wandte sich ihm im Auto zu.

»Wie geht es Ihnen jetzt, wo Sie allein sind? Sie wohnen doch noch hier?«

Und Thomasson war gezwungen, sich aus dem Lastenaufzug zurückzuziehen, aus dem Lager heraus, weg von dem Geruch und den metallischen Geräuschen, aus dem Schiff heraus und hinein in das Auto da auf dem Hof vor ihrem alten Haus, bevor er antworten konnte. Er fühlte, wie ungelenk er war, oder geworden war, immer gewesen war? Die Erinnerung an Siri, die ungeduldig trampelnd einen Häuserblock weiter weg stand, während er sich langsam aus dem Auto hangelte, die Fahrertür zusperrte und dann zur anderen Seite hinüberging, um zu kontrollieren, ob auch sie verschlossen war.

O ja, er wohnte noch hier. Zwei Treppen ohne Aufzug. Es geht so lange, wie es geht. Hartes Holz. Wenn man sich nur auf den Beinen halten kann. Wird es schon gehen.

Er räusperte sich und brummte, es wirkte ungewohnt. Dass es so hatte werden können. Immerhin hatte er sein ganzes Leben lang unter Menschen gearbeitet, in Berufen, die ihm abverlangt hatten, bei der richtigen Gelegenheit das richtige Wort zu finden. Der Mensch, vor dem er gestanden hatte, wollte entweder etwas kaufen oder sollte das ausführen, was auszuführen war. Vielleicht ging es ganz einfach darum, sich in einer Rolle zu befinden. Ist man ein Händler, wird von einem erwartet, dass man die Leute zum Kaufen bringt, und ist man ein Chef, wird von einem erwartet, dass man Entscheidungen trifft und den Leuten sagt, was getan werden muss. Aber was wird von einem pensionierten Witwer erwartet?

Ihm kam in den Sinn, wie lange es her war, seit er mit jemand anderem als Berg geredet hatte. Und die Frage war wohl, ob Berg eigentlich zählte. Berg war eher wie ein Teil von dem, was man gemeinhin den Medienfluss nannte.

»Wir sprechen noch manchmal von Siri«, sagte Riitta, »in der Turnstunde. Sie war sehr beliebt, immer so voller Leben.«

Die Turnstunde. Jeden Mittwoch Abend. Jahraus und jahrein. Der neue Kurs hatte gerade in jenem Herbst angefangen. Was Siri vor der Reise am meisten beunruhigt hatte, war, dass sie am Mittwoch die Turnstunde versäumen würde.

Riitta startete den Wagen immer noch nicht. Offenbar hatte sie noch mehr zu sagen. Eigentlich wollte Thomasson ihr weiterhelfen, konnte es aber nicht. Er war wieder in sich selbst zusammengesunken. Saß da. Sonst nichts.

»Ich las in der Zeitung«, sagte Riitta schließlich, »von der Gedenkzeremonie.«

»Ja«, versuchte er zu sagen, aber es wurde eher ein Krächzen. Er hustete. »Ja«, sagte er.

Er wollte nicht daran denken. Die Erinnerung an diesen Tag auf der Ostsee war etwas, was er gewöhnlich nur in der Einsamkeit, zu Hause hervorholte. Es war, wie Stück für Stück einen zerbrochenen Spiegel zusammenzufügen, um sein Gesicht wiedersehen zu können. Und das einzige, was er sah, waren die Risse.

Sie hatten sich an Deck versammelt. Die Welt war so grau, wie sie es nur werden kann. Das Meer, der Himmel, die Wellen. Trotzdem war es ein gutes Gefühl, an diesem Ort zu sein. Die Bewegungen des Schiffs unter den Füßen fühlten sich beruhigend an, wie immer, als hätte sich nichts verändert.

Seit der Katastrophe waren zwei Monate vergangen. Angehörige, vor allem aus Estland und Finnland, hatten Tallinn erst vor ein paar Stunden verlassen. Jetzt waren sie dort angelangt, wo die Position des Wracks vermutet wurde.

Hier, sagte der Pfarrer, genau hier sind sie umgekommen.

Die Musikkapelle des Militärs spielte Frédéric Chopins Trauermarsch, so schwer, dass einem das Herz in der Brust sank.

Thomasson streute seine Blumen aus. Er lauschte allem, was gesagt wurde, er sang Choral um Choral mit, seine ganze Aufmerksamkeit auf die Tiefe gerichtet. Das war der Ort, an dem sie sich befand.

Das war der Ort, an dem sie sich befand, bis er einige Zeit später erfuhr, dass die gesamte Gedenkzeremonie an der falschen Stelle abgehalten worden war. Das Wrack hatte sich nicht dort befunden, wo sie gestanden und mit ihren Toten gesprochen hatten, das Wrack befand sich woanders.

Sie alle waren getäuscht worden.

Die gesamte Zeremonie, das, was ein Abschluss hätte sein sollen, wurde zu einem Verrat. Und auf den ersten Verrat folgte bald ein weiterer. Noch immer, nach mehr als einem Jahrzehnt, kann er diesen Druck auf der Brust spüren, wenn er daran denkt, wie die Umgekommenen aufgegeben und zurückgelassen worden waren, obwohl es möglich gewesen wäre, sie nach Hause zu holen. Nicht alle, aber viele. Die Körper in Obhut nehmen. So nannte man es damals.

Die Körper sollten in Obhut genommen werden. Und das Schiff geborgen.

Es war ein Versprechen, eine Verpflichtung, eine Selbstverständlichkeit.

Aber schon einen Monat später, nach dem Gottesdienst an einem Wrackplatz, der kein Wrackplatz war, hatte sich alles verändert. Etwas war geschehen, und Thomasson hatte nie richtig verstanden, was. Es verging eine kurze Zeit, und dann hieß es: Die Körper sollen nicht in Obhut genommen werden. Es soll Grabesruhe herrschen. Das Schiff soll am Meeresboden bleiben. Und nach einer weiteren Zeit: Sie sollen in Zement eingebettet werden.

Ein für immer verschlossenes Mausoleum.

Sie wurden nicht nach Hause geholt. Eine zivilisierte Gesellschaft kümmert sich um ihre Toten. Noch immer, gut sechzig Jahre nach Kriegsende, gab es Veteranen, die nach Karelien fuhren, um die Überreste ihrer gefallenen Kameraden und Verwandten zu finden.

Im Sommer 1944 lag Thomassons Bruder mit den Händen unter dem Nacken da und schaute hinauf zu einem grauen und zerschlissenen Zelttuch. Eine Granate kam über den Bäumen angepfiffen und schlug ein. Diejenigen, die wach waren, hörten das Geräusch, die andern merkten überhaupt nichts, es war nur ein Schlaf, der fortgesetzt wurde. Bald darauf kam der Bruder in einem hellen Sarg nach Hause, der am ehesten einem zugedeckten Kahn glich. Als der Pfarrer die Trauerbotschaft überbrachte, befand sich der Körper schon neben der Kirche, zu Fuß unter Beschuss transportiert, mit Pferd und Wagen auf holprigen Straßen, auf Ladeflächen und schließlich in einem Zug quer durchs Land.

Aber diejenigen, die in jener Septembernacht 1994 in der Tiefe verschwanden, wurden nie nach Hause geholt.

Und dennoch war es keine wirkliche Tiefe. Hätte man das Schiff aufgerichtet und auf den Meeresboden gestellt, hätte der halbe Rumpf über der Wasseroberfläche aufgeragt. Tiefer war es nicht.

Trotzdem war es unmöglich, Siri nach Hause zu holen.

Die Gedenkzeremonie wurde der Anfang eines langen Schweigens. Thomasson empfand es so, als hätte Siri an jenem Tag ihr Gesicht von ihm abgewendet.

Sie fuhren die Esplanade entlang und dann den Hang hoch, wo er früher am Morgen spazieren gegangen war. Er schaute auf die Uhr. Es war ziemlich genau eine Stunde vergangen, seit er seine Wohnung verlassen hatte.

Riitta Hellberg fuhr schweigend und konzentriert. Thomasson fragte sich, was man bei ihrer Arbeit dazu sagen würde, dass sie einfach so wegblieb. Obwohl sie wahrscheinlich dort angerufen hatte, ehe sie losgefahren waren. Und vielleicht hatten die Regeln sich gelockert, da alle wussten, dass die Fabrik stillgelegt werden sollte. Er wollte fragen, was sie dann tun würde, aber die Worte steckten so tief drinnen, er kam nicht an sie heran. Und warum sollte er fragen? Was hatte er mit ihrer Anstellung zu tun?

Sie parkte und ging dann ums Auto herum, um ihm herauszuhelfen.

»Soll ich Krücken holen? Oder vielleicht einen Rollstuhl?«

»Nein nein, das ist nicht nötig.«

Er drehte die Beine heraus und griff nach der offenen Tür und dem Türrahmen. Sich aufzurichten schaffte er ohne Probleme. Er war immer stark gewesen, und obwohl das

Alter sich bemerkbar zu machen begann, fiel es ihm schwer, sich an den Gedanken zu gewöhnen, dass der Körper eines Tages nicht mehr gehorchen würde. Die Erinnerung an alles, was er einmal gekonnt hatte, war ja noch vorhanden, sie hatte sich nicht abgeschwächt. Er wusste, was für ein Gefühl es war, zu laufen, das Tempo zu steigern und mit einem kräftigen Absprung über einen breiten Graben zu setzen. Er wusste, wie es ging, aber er konnte es nicht mehr tun.

Und als Riitta Hellberg sich an diesem Tag erbot, ihm aus dem Auto zu helfen, sah er plötzlich ein, dass dasselbe eines Tages für dieses Einfache gelten würde: zu gehen.

Als er da stand und sich an der Autotür festhielt, bog ein anderes Auto auf den Parkplatz ein. Ein Mann stieg aus. Der Mann hielt ein Telefon ans Ohr gedrückt und stand trampelnd da und sprach, während er darauf wartete, dass auf der anderen Seite jemand aussteigen würde. Als die Beifahrertür zuschlug, betätigte der Mann die Verriegelung und machte sich auf Richtung Eingang. Er beendete das Gespräch und drehte sich ungeduldig um.

»Jetzt beeil dich ein bisschen!«

Der, den er angesprochen hatte, umrundete das Auto und ging dem Mann nach. Thomasson erkannte ihn. Es war der Junge, der früher am Morgen unten am Fluss gewesen war. Der mit dem Kapuzenpulli und den herunterhängenden Hosen. Er machte kurze Schritte und schaute nicht in Thomassons Richtung.

Plötzlich hörte er Riitta Hellberg rufen.

»Gustav, warte mal!«

Der Mann drehte sich um, weil er sehen wollte, wer ihn gerufen hatte. Als er Riitta erblickte, lächelte er und begann, ihr entgegenzugehen. Thomasson tat ein paar vorsichtige

Schritte, so dass er es schaffte, die Autotür zu schließen. Riitta schaute rasch in seine Richtung, als sie die Tür zuschlagen hörte.

»Warten Sie bitte einen Moment«, sagte sie.

Sie ging zu dem Mann hin und begann mit ihm zu reden. Thomasson konnte nicht hören, was sie sprachen, aber mit der Zeit verschwand das Lächeln des Mannes. Es war offensichtlich kein ganz freundschaftliches Gespräch, das sie führten.

Der Junge war ein Stück weiter entfernt stehengeblieben. Thomasson sah, dass er herschaute und dass er ihn von früher am Morgen wiedererkannt hatte. Vielleicht war es gerade das, worüber Riitta mit dem Vater sprach, dass sein Sohn mit Mika Streit gehabt hatte. Vielleicht war es auch nicht das erste Mal. Sie fuchtelte mit den Armen, es war offensichtlich, dass sie wütend war. Der Mann versuchte sie zu unterbrechen, die Situation zu beruhigen.

Nach einer Weile hatte sie offenbar gesagt, was sie zu sagen hatte, und begann, sich in Thomassons Richtung zu bewegen.

»Es muss jetzt geschehen«, sagte sie, »wir haben weder Zeit, noch können wir es uns leisten zu warten.«

»Jaja«, sagte der Mann. Er wirkte resigniert. »Ich werde tun, was ich kann, ich werde tun, was ich kann.«

Er wandte sich dem Jungen zu, der da stand und nach einem Rosenbusch trat. »Jetzt gehen wir«, sagte er.

»Nun?« sagte Thomasson, als Riitta zu ihm kam.

»Broman«, sagte sie. »Sie kennen ihn vielleicht? Er sitzt in der Stadtverordnetenversammlung.« Sie seufzte. »Es ging um die Firma, wir haben vor langer Zeit eine Baugenehmigung beantragt, bekommen aber keine Antwort und keinerlei Auskünfte.«

Thomasson sah Broman und seinen Sohn durch die Tür hinein in das Sprechzimmer des Zahnarztes verschwinden.

»Ach so«, sagte er.

Es war also nicht um den Jungen gegangen. Er überlegte, ob er erzählen sollte, was früher am Morgen mit dem Jungen passiert war. Aber er ließ es sein. Der Junge würde es vielleicht später selbst seiner Mutter erzählen wollen. Wenn es nun etwas zu erzählen gab. Vielleicht war es vor allem ein Spiel gewesen, trotz allem.

Riitta Hellberg nahm Thomassons Arm und half ihm den gepflasterten Weg hinauf und durch die breiten Glastüren hinein. Er kannte das Krankenhaus, wie man das so tut, egal ob man gesund oder krank ist. Glücklicherweise hatte er das Krankenhaus als Gesunder kennengelernt; im Laufe der Jahre hatte er die üblichen Untersuchungen absolviert, ohne ein einziges Mal eingewiesen zu werden, und die kleinen Zipperlein, die er gehabt hatte, ließ er meist von den Krankenschwestern an Bord behandeln.

Jetzt musste er sich auf ein Sofa setzen, während Riitta zum Glasschalter vorging und die Sache erklärte. Er konnte sehen, wie die Frau auf der anderen Seite sich vorbeugte und ihn musterte. Er hob den Arm in ihre Richtung, drehte den lehmverschmierten Ärmel zum Schalter hin, wie um zu sagen, hier bin ich, und ich bin wirklich gestürzt, kein Simulant, kein eingebildeter Kranker. Dann ließ er den Arm sinken. Kein einziges Papier hatte er bei sich. Aber vielleicht war das nicht nötig. Er wusste schließlich, wie er hieß und wann er geboren war. Er wusste sogar, wo er wohnte, und das war vielleicht nicht ganz selbstverständlich für einen Patienten in seinem Alter.

Thomasson fühlte sich unbehaglich, wie er da auf dem Sofa saß. Vielleicht war er deshalb das ganze Leben hindurch so gesund geblieben, er hatte nie, vielleicht aus Angst, irgendwelche Krankheiten an sich herangelassen. Und das wollte er auch jetzt nicht. Ein geschwollener Fuß, was ist das schon! Es war kaum mehr zu spüren. Ein paar Tage Ruhe, und alles wäre wieder wie zuvor.

6 Er schleppte sich vorwärts. Mehr als das war es nicht. Er schleppte sich auf der Bankgatan in Richtung Marktplatz mit einer Krücke vorwärts, nicht mit zwei, und schon gar nicht mit dem geborgten Rollator, den der Arzt ihm hatte aufschwatzen wollen.

Nachdem Riitta Hellberg wieder zu ihrer Arbeit zurückgefahren war, hatte er selbst das Reden übernommen, und da war die ganze Prozedur ins Stocken geraten.

Er war widerborstig. Er sah es selbst, und ihm gefiel nicht, was er sah; ein bald achtzigjähriger Mann, der zögernd Schuh und Socke auszog, der sich dann weigerte zuzugeben, dass es sehr weh tat, der Krücken, Beförderung und Rollator ablehnte und der schließlich, unter eigensinnigem Gemurmel, einer Krankenschwester erlaubte, den geschwollenen Fuß zu verbinden.

Schließlich erklärte er sich einverstanden, eine Krücke auszuprobieren. Eine einzige.

Diese Krücke hatte er jetzt in die rechte Achselhöhle geklemmt. Er versuchte den Takt zu finden. Vermutlich, dachte er, galt es, die Krücke als eins mit dem rechten Bein zu betrachten und sich dann vorwärtszuschwingen, wenn das linke Bein festen Kontakt mit dem Boden hatte. Es gelang nicht besonders gut, und er pendelte wie ein Zinnsoldat die leichte Neigung zum Marktplatz hinunter.

Er fühlte sich wie Molloy in Becketts Roman, der Vagabund, der sich mit Hilfe von Krücken und einem defekten Fahrrad durchs Leben schleppt, suchend und unsicher, als hätte die Wirklichkeit, Satz für Satz, direkt vor seinen Füßen Form angenommen. Siri hatte überhaupt nicht erwartet, dass Thomasson Beckett mögen würde, aber trotzdem brachte sie *Molloy* mit nach Hause, machte es sich zwischen den Kissen bequem, las laut, und da sie merkte, dass er das, was er zu hören bekam, mochte, fuhr sie fort mit *Malone stirbt* und schließlich auch mit dem abschließenden endlosen Monolog, wo Figuren aus den vorhergehenden Büchern einfließen und wieder herausfließen. Man weiß nicht wer, man weiß nicht wann, man weiß nicht wie und man weiß nicht wohin. Trotzdem ist es gut.

Und vielleicht gelang es Thomasson erst in diesem Moment, flügellahm und mit einer Krücke unterwegs in eine unsichere Zukunft, wirklich zu verstehen, wie gut. Die Bücher handelten nicht nur von ihm, von ihr, von Malone und Molloy. Sie handelten von dem, was für uns alle zutrifft, sich in einer Welt zu befinden, von deren Grenzen man keine Ahnung hat. Vermutungen anzustellen. Einzusehen, dass man der Wahrheit nur so näherkommen kann.

Thomasson hatte mehrmals in seinem Leben Anlass gehabt, an den ersten Satz in *Malone stirbt* zu denken. Siri und er lasen das Buch in demselben Jahr, in dem Beckett den Nobelpreis bekam. Das war 1969, und sie waren beide um die Vierzig. Sie waren stark. Maja war auf dem Weg, zu einer jungen Frau heranzuwachsen. Siri und Thomasson lasen und lachten herzlich über den einleitenden Satz des Buches: »Ich werde endlich doch bald ganz tot sein.«

Und sie lachten noch mehr, als sie zum Folgenden kamen: »Vielleicht nächsten Monat.«

So ging es ein paar Jahre, und plötzlich trug sich das Geschäft nicht mehr, die Leute wollten Läden mit großem Angebot und großen Flächen. Thomasson musste umdenken, er verkaufte unter Preis, um die Schulden zu decken, und entschloss sich irgendwann, auf den Fähren anzufangen. Viel Zeit fern von der Familie, aber das Geld musste irgendwo herkommen, und so hatte es zu gehen, und das nächste Mal, dass ihm diese beiden Sätze einfielen, war in den achtziger Jahren, als Maja gegen die Krankheit ankämpfte, von der sie wussten, sie würde sie ihnen nehmen. Da war es nicht mehr lustig, aber Beckett war noch genauso gut. Die Sätze waren dieselben, aber die Bedeutung hatte sich verändert, der Schwerpunkt hatte sich verschoben.

Und dieselben Sätze, mit einer weiteren Verschiebung, würden in den neunziger Jahren wiederkehren, nach der Katastrophe. Vom ersten Tag an wusste Thomasson, dass Siri sich nicht unter den Lebenden befand. Worauf er gewartet hatte, das war, ihren Körper nach Hause zu bekommen, sie beerdigen zu können, damit sie wirklich und wahrhaftig würde sterben können, so wie Maja es getan hatte und wie er selbst es bald würde tun können.

Der Tag, an dem Thomasson mit Hilfe einer Krücke vom Krankenhaus hinunterging, war ein Mittwoch. Es ging auf die Mittagszeit zu. Die Trottoirs waren leer, aber auf den Straßen fuhren die Autos im üblichen Takt vorbei. Er vermied es, sie anzusehen, während er sich vorwärtsschleppte, und versuchte, die Pendelbewegung zu verringern, indem er sich nach vorn konzentrierte, nur nach vorn. Es half ein wenig, und nach langer Zeit und vielen Pausen kam er dann an seiner eigenen Straßenecke an.

Berg saß noch immer auf demselben Platz, an dem er früher am Morgen gesessen hatte. Der Unterschied war, dass er nicht mehr schwieg. Jedenfalls nicht, nachdem er Thomasson erblickt hatte, der um die Ecke gependelt kam, um im Abstand von wenigen Metern vorbeizugehen.

Berg begann nicht sofort zu sprechen. Trotzdem hing das, was er sagen wollte, in der Luft. Die Stille um ihn herum war fast greifbar. Während seines gesamten Berufslebens war Berg als Taxifahrer tätig gewesen, aber die meiste Zeit hatte er dem Laienschauspiel gewidmet. Viele, vermutlich die allermeisten Menschen waren der Ansicht, dass ihm jedes Talent dazu fehlte, dass aber dieser Mangel zum großen Teil durch Beharrlichkeit und Engagement aufgewogen wurde. Berg hatte in fast jedem Stück, das die örtliche Theatergruppe von den frühen siebziger Jahren bis heute aufgeführt hatte, kleinere Rollen gehabt.

Schon am Beginn seiner Karriere hatte er als derjenige Bekanntheit erlangt, der seine Repliken vergaß. Bergs Eigenheit aber war, dass er nie versuchte, die Situationen mit Hilfe von Souffleur, Mitspielern oder aus dem Moment entstandenen Improvisationen zu bewältigen. Stattdessen wartete er, stand da in der Stille, bis ihm die verlorene Replik wieder einfiel. Und das tat sie meistens. Mit den Jahren hatte Berg sich auf diese Weise zu einem Meister der Kunstpausen entwickelt.

Und das war der Grund, warum die Stille ihn jetzt so dicht umgab. Thomasson spürte sie und verlangsamte seinen Schritt, obwohl er nicht die geringste Lust hatte zu reden. Der Kies knirschte unter der Krücke. Das Trottoir hätte gekehrt werden müssen.

»So so«, sagte Berg zögernd.

»Nur eine leichte Verstauchung«, sagte Thomasson.

Er räusperte sich die Kehle frei. Irgendwie fühlte er sich ertappt. Er verlagerte das Gewicht ein wenig auf den rechten Fuß und hob die Krücke, wie um zu zeigen, dass es nichts Ernstes war.

»Hast du gehört, Thomasson, dass Putin abtreten wird?«

Berg schaute abwechselnd auf Thomasson und an ihm vorbei, in Richtung auf den Marktplatz. Es war, als erwartete er, dass sich jemand aus dieser Richtung nähern würde. Er trug eine gelbe Sportmütze, hatte buschige Augenbrauen und eine Brille mit einer dicken, braunen Fassung. Der Blick dahinter war kaum zu erkennen. Die Brille mit der braunen Fassung trug er schon so lange, wie sich überhaupt jemand erinnern konnte.

»Er wird wieder ins Glied zurücktreten. Putin.«

»Ach ja?«

Thomasson versuchte mit Hilfe seiner einen Krücke ungezwungen vor Berg zu stehen. Eine Unruhe kribbelte in seinem Körper. Er wollte nicht, dass jemand vorbeikäme. Er wusste nicht recht, warum. Es war ja nichts Merkwürdiges daran, dass man sich am Fuß verletzte und gezwungen war, für kürzere Zeit eine Krücke zu benutzen. Jeder verletzte sich mal. Ihm kam der Gedanke, dass er Berg noch nie gefragt hatte, was seinen Beinen fehlte, so dass er einen Rollator benutzen musste. Berg hatte den Rollator noch nicht sehr lange. Vielleicht ein Jahr. Zuvor hatte er sich mit der Hilfe von zwei Krücken fortbewegt. Ähnlich der, die Thomasson jetzt geborgt hatte.

»Eine dritte Präsidentenperiode wird es anscheinend nicht geben. Wir werden ja sehen …«

Berg schaute zum Marktplatz hin, schien hinter Brauen und Brillenfassung die Augen zusammenzukneifen, änderte seine Stellung und stützte im Sitzen den einen Ellenbogen auf den Schenkel.

»... was für einen Platz er nach seinem Rücktritt einnehmen wird.«

»Jaa.«

»Vermutlich ziemlich weit vorn«, sagte Berg, »auf der rechten Seite ...«

Er schaute auf seine Füße, bewegte den einen auf dem Asphalt ein wenig vor und zurück, als versuche er, Sand und Kies zur Seite zu fegen, um darunter etwas Wertvolles aufzudecken.

»... damit es für ihn leichter ist, wieder vorzutreten.«

Berg lehnte sich zurück, streckte sich. Der Oberkörper wirkte plötzlich sehr lang im Verhältnis zu den Beinen, die vom Sitz des Rollators herabhingen.

»Zweitausendacht.«

Thomasson war ein wenig übel. Vielleicht war es der Spaziergang vom Krankenhaus hierher, der anstrengender gewesen war, als er erwartet hatte. Er war das Spazierengehen gewöhnt, aber jetzt war es ein bisschen was Besonderes. Außerdem schmerzte der Fuß. Er hatte vom Arzt schmerzstillende Mittel bekommen und konnte sich in der Apotheke Nachschub holen, wenn es nötig war. In dem Fall konnte er das später am Nachmittag machen. Jetzt wollte er nur etwas essen und sich dann ausruhen.

»Im März«, sagte Berg. »In knapp zwei Jahren.«

»Hhmm«, sagte Thomasson.

»Anderthalb, genauer gesagt.«

»Da kann ja noch viel passieren ...«

»Wenn wir dann noch leben«, sagte Berg. »In anderthalb Jahren.«

Thomasson wollte die Diskussion beenden, und er sagte,

er wolle hinaufgehen und die Nachrichten hören. Er versuchte ein wenig zu scherzen: »Falls was passiert ist, während ich unterwegs war.«

Berg schaute ihn direkt an. Und jetzt waren tatsächlich die Augen hinter all dem Braun zu sehen.

»Es war was mit Tschetschenien«, sagte Berg. »Im Radio.«

Thomasson hatte schon einiges über Tschetschenien gehört, aber in letzter Zeit nicht mehr so viel. Vor einigen Jahren wurde viel über die Krise berichtet, als eine Terrorgruppe in Beslan Kinder als Geiseln nahm. Das Resultat waren Hunderte von Toten. Seitdem war es ziemlich still geworden. Wenn man den Russen glaubte, war der Krieg zu Ende.

»So«, sagte er, »ich habe die Morgennachrichten gehört, aber ich kann mich nicht erinnern, dass etwas über Tschetschenien dabei war.«

»Während des letzten Krieges haben sie Geschäfte gemacht«, sagte Berg. »Die Russen. Sie verstehen etwas von Geschäften.«

Thomasson fragte sich, ob er ans Öl dachte, das Öl, das für das kaukasische Bergland der reinste Fluch zu sein schien. Oder es war etwas ganz anderes. Vielleicht die Korruption, falls sich nun diese Dinge, Öl und Korruption, auf einfache Art voneinander trennen ließen. Es irritierte ihn, dass er es nicht genau wusste. Er hatte das Gefühl, er müsste mehr über Berg wissen. Berg las keine Bücher. Auch keine Zeitungen, und dass er keine Zeitungen und Bücher las, lag daran, wie er zumindest selbst sagte, dass Buchstaben und sogar ganze Zeilen den Platz tauschten, wenn er es versuchte. Statt zu lesen, hörte er also Radio und guckte Fernsehen, und außerdem schnappte er das eine und andere auf, indem er mit

Leuten sprach, die vorübergingen. Vieles schien er auch zu erfinden. Aber erstaunlich oft hatte er doch recht.

»Du, der du so viel gelesen hast«, sagte Berg, »du hast bestimmt von Achilles gehört. Der mit der Ferse.«

Die Achillesferse. Hier befand sich Thomasson auf etwas festerem Boden. Schon in den fünfziger Jahren hatte Siri begonnen, ihn in die Klassiker hineinzulotsen. In der kleinen Mansardenwohnung, wo sie zur Miete wohnten, hatte sie ihm sowohl die Odyssee als auch die Ilias vorgelesen. Aber was Achilles mit Russlands Geschäften in Tschetschenien zu tun hatte, konnte er nicht so ohne weiteres verstehen. Vielleicht, dass das Russlands schwacher Punkt war?

»Du denkst an die *Ilias*?«

Berg schaute ihn eine ganze Weile an. Jetzt glitt sein Blick nicht mehr zum Marktplatz hin. Er saß stumm und schwer auf dem mit Kunststoff bezogenen Sitz des Rollators, die Augen blinzelten langsam hinter den dicken Gläsern. Seine gelbe Sportmütze mit grünem Plastikschirm, auf der seitlich schwarz aufgedruckt MIRKA stand, war zu klein und gleichsam oben auf dem Kopf plaziert. Es sah aus, als könnte der kleinste Windhauch sie wegpusten. Thomasson begann sich zu fragen, ob Berg überhaupt schon mal etwas von der Ilias gehört hatte. Die Achillesferse war ja etwas, das alle kannten. Genau wie der Judaskuss. Oder das Jantegesetz: Du bist nicht besser als alle anderen. Man musste nicht die Bibel und Sandemose gelesen haben, um diese Ausdrücke zu verwenden. Oder der Pyrrhussieg, von dem Thomasson wusste, dass es sich dabei um einen teuer erkauften Sieg handelte und um jemanden, der gesagt hatte: Noch ein solcher Sieg und ich bin verloren. Aber wer das gesagt hatte und wann, davon hatte er nicht die leiseste Ahnung.

»Ich habe den Film gesehen«, sagte Berg, »es muss an

Weihnachten gewesen sein, lass mal überlegen, einundachtzig, vielleicht zweiundachtzig. An Heiligabend. Er lief ziemlich spät, nachdem ich den Weihnachtsmann gemacht hatte. Jedenfalls handelte der Film davon, wie die Griechen zehn Jahre lang Troja belagerten, und zum Schluss tötete Achilles einen Gegner, der Hektor hieß, und schleppte ihn an den Fersensehnen in sein Lager. Ich erinnere mich daran, weil er denselben Namen hatte wie der, der ›Ake, Make, Pera ja mä‹ gesungen hat. Ich habe dieses Lied immer gemocht. Obwohl ich noch lieber Takataan Roos mochte. Erinnerst du dich an Takataan Roos?«

»Jaa«, sagte Thomasson etwas zögernd, »ich habe es vielleicht einmal gehört, es kommt mir bekannt vor.«

Berg begann zu singen. Der Ton war die ganze Zeit derselbe, aber er hielt einen deutlichen Takt und schaukelte unterdessen auf seinem Rollator hin und her, so dass die Räder an beiden Seiten im Takt mit dem Lied »Takataan roos, rokataan taas« zu federn begannen.

Thomasson meinte das Lied wiederzuerkennen. Zumindest das, was er vom Refrain verstehen konnte. Entweder hatte er es im Radio gehört, oder Hector persönlich hatte es einmal auf einer der Fähren gesungen, auf der Thomasson arbeitete. Es war nicht ganz ungewöhnlich, dass die einheimischen Stars irgendwann während ihrer Laufbahn ein Gastspiel auf den Schiffen gaben.

Jetzt fürchtete Thomasson, dass der Rollator umkippen und Berg auf dem Trottoir liegen bleiben könnte. Allein würde er es nicht schaffen, ihm wieder aufzuhelfen.

»Das Lied«, sagte er. »Natürlich kenne ich das.«

»Hektor«, sagte Berg, »also der im Film, blieb mehrere Tage lang dort im Lager der Griechen liegen. Tot. So tot, wie ein Mensch nur sein kann.«

»Die Sagen der Griechen sind oft grausam«, meinte Thomasson.

»Das kann man wohl sagen«, fuhr Berg fort. »Hektors Eltern mussten ein Lösegeld bezahlen, um den Körper nach Hause zu bringen. Das war das Ende. Als sie bezahlt und den Körper zur Beerdigung nach Hause gebracht hatten, konnte der Film enden. Es war lange nach Mitternacht. Genau genommen schon der erste Weihnachtstag.«

Vielleicht hatte Berg recht, Thomasson konnte sich nicht mehr genau erinnern. Er war nicht einmal sicher, ob er und Siri jemals ganz bis zum Ende gelangt waren. Irgendwie fühlte es sich an, als hätte man das Ganze schon nach wenigen Seiten im Griff. Dann rollte es auf sicheren Füßen weiter, Trochäen und Daktylen, wenn er sich nicht täuschte.

»Und die Russen haben es genauso gemacht«, sagte Berg. »Sie haben Tschetschenen gefangengenommen, weil sie Rebellen waren, und haben Lösegeld von der Familie des Opfers verlangt. Gezahlt werden sollte gern in Dollar, so um die zwanzigtausend, und dann stand es dem Mann frei zu gehen und dann abermals gefangen zu werden. Konnte die Familie nicht bezahlen, wurde er erschossen. Wenn es so schlimm kam, musste die Familie die Leiche freikaufen, wenn sie etwas zum Beerdigen haben wollte. Und wenn du in Tschetschenien den russischen Soldaten Leichen abkaufen willst, ist das viel teurer, als einen lebenden Menschen zu kaufen. Weißt du, warum?«

Thomasson wusste nicht, was er sagen sollte. Er brauchte auch nichts zu sagen, weil die Antwort schon unterwegs war.

»Man könnte ja annehmen«, sagte Berg, »dass es so ist, weil die Einkommensquelle endgültig versiegt ist. Wie wenn das Huhn aufhört, Eier zu legen. Aber es ist nicht nur das, die Russen wissen auch, dass die Verwandten in Tschetschenien alles tun, um ihre Toten heimzubringen. Sie können also in Ruhe abwarten. Wie sie es auch machen, das Geld rollt herein.«

Er verstummte und folgte mit dem Blick einem vorüberfahrenden Lastwagen. Der Fahrer schaltete herunter und gab Gas. Thomasson spürte, wie die Abgaswolke herankroch, über die Trottoirkante und weiter die Beine hoch. Es roch angebrannt. Der Lastwagen entfernte sich immer weiter, am Park und an seinem und Siris altem Haus vorbei. Der Fahrer saß vielleicht da und lauschte einem Hörbuch. So machte man es offenbar. Hören statt lesen. Thomasson war seiner Zeit voraus gewesen. Auf einem einzigen Gebiet.

»Das ist mir eingefallen, als ich Radio hörte«, sagte Berg.

»Ach so«, sagte Thomasson.

Er versuchte, die Stellung zu ändern. Es schmerzte in der rechten Schulter, und er wollte sich, so gut er konnte, auf den Fuß stützen, um sie zu entlasten. Es tat weh. Er ließ es weh tun.

»Aber gerade mit diesen Geschäften soll jetzt offenbar Schluss sein«, sagte Berg. »Die Ordnung soll wiederhergestellt sein. Das sagt er. Putin.«

Thomasson begann, auf seine Haustür zuzugehen. Es ging jetzt langsamer. Als wäre der Fuß erstarrt, während er da gestanden und Berg zugehört hatte.

»Er ist ja ein Militär. Putin«, sagte Berg. »Also muss er wohl wissen, wovon er redet.«

Thomasson nickte, ohne sich umzudrehen.

»Weißt du, Thomasson«, sagte Berg, »wer der erste Staatschef war, der nach dem 11. September mit Bush gesprochen hat?«

Thomasson wusste es nicht, nahm aber an, es sei Putin gewesen. Das meiste, was Berg sagte, hatte auf die eine oder andere Weise mit Putin oder Bush zu tun. Es war, als sei er da hängengeblieben.

»Sie sind sich ziemlich ähnlich«, hörte er Bergs immer fernere Stimme sagen, »Putin und Bush. Dieselbe Art zu gehen. Als hätten sie gerade den Rasen gemäht und seien unterwegs zu Papa, um die Bezahlung zu kassieren.«

Die Knie

7 Die Post war gekommen. Mit der Krückenspitze schob er ein paar Umschläge und eine Reklamezeitung in die Wohnung, hievte sich über die Schwelle und zog die Tür zu. Es roch muffig. Wieder hatte er vergessen, das Lüftungsfenster zu öffnen. Ganz zu schweigen davon, das Bettzeug über das Balkongeländer zu hängen. Obwohl er das nicht vergessen, sondern sich dagegen entschieden hatte. Er wollte seine Bettdecke nicht der allgemeinen Begutachtung preisgeben. Außerdem zweifelte er daran, dass man überhaupt etwas davon hatte, über einer Straße mit Durchgangsverkehr Bettzeug zum Lüften aufzuhängen. Die Traktoren und Lastwagen, die von der Bankgatan her kamen und nach Norden abbogen, bliesen all ihre Abgase direkt auf Thomassons Balkon. Möglich, dass die Milben starben, aber in dem Fall an Kohlendioxidvergiftung. Siri und er hatten sich darüber gestritten. Sie hatte den Sieg davongetragen. Damals.

Er setzte sich auf den Stuhl, den er früher am Morgen vor dem Bücherregal hatte stehen lassen. Die Krücke, grau und abgenutzt, lehnte er an die Bücher. Sie war alt. Sie hatten versucht, ihm eine neue aufzuschwatzen, eine mit einer Stütze am Unterarm, aber er hatte sich standhaft geweigert, und schließlich hatte sich die Krankenschwester demonstrativ seufzend ins Lager begeben und diese hier tief aus einem Versteck hervorgekramt. Er fragte sich, wie lange er wohl gezwungen sein würde, sie zu benützen. Nichts war gebrochen, nur eine leichte Verstauchung. Obwohl der Fuß blau und geschwollen war. Konserven standen im Küchenschrank in Reih und Glied, und in der Tiefkühltruhe gab es Fertiggerichte. Das einzige, was er möglicherweise brauchen würde, waren schmerzstillende Mittel.

Manchmal, nicht oft, kam es vor, dass er den Whisky vermisste. Gerade dieser Tag war ein solcher. Er hätte sich mit dem Glas auf dem Tisch ins Wohnzimmer setzen können, einen Schluck trinken, sich zurücklehnen, noch einen Schluck trinken und spüren, wie die Wärme sich in der Brust ausbreitete und der Schmerz im Fuß langsam nachließ und schließlich gänzlich verschwand. Aber das war nur ein Gedanke. Es würde nicht so werden. Seit dem 26. Mai 1986 hatte er keinen Whisky und auch keinen anderen Alkohol im Schrank gehabt.

In diesem Sommer waren drei Jungen seiner Aufsicht unterstellt worden. Nur zwei hatten überlebt, und dass der dritte sich nicht retten konnte, sondern mit neunzehn Jahren starb, war Thomassons Schuld.

An dem Abend, an dem es passierte, saß Thomasson in seiner Kabine und trank, und das einzige, woran er dachte, war eine Kaltmamsell, die weder bei ihrer Arbeit noch in ihrer Kajüte war. Thomasson wusste das, denn er hatte den größten Teil des Tages damit verbracht, sie zu suchen. Er ahnte, wo sie sich aufhielt. In der Kabine des Barkeepers. Dorthin hatte Thomasson sich nicht zu gehen getraut, da er nicht wusste, was er sagen oder tun sollte, wenn sie wirklich dort war. Plötzlich war er wieder ein Teenager. Er kann immer noch nicht verstehen, wie es so kommen konnte; ein bald sechzigjähriger Mann mit einer über dreißigjährigen Ehe hinter sich. Aber so war es. Die Kaltmamsell beschäftigte ihn so sehr, dass er nicht einmal Zeit hatte, sich um seine neuen Angestellten zu kümmern.

Er zog die Post mit dem gesunden Fuß zu sich her, beugte sich vorsichtig vor und hob die beiden Umschläge auf. Den einen ließ er sofort wieder zu Boden fallen, als er sah, dass darauf in Rot etwas über Großgewinne und Auslandsreisen stand. Thomasson hatte seine Reisen gemacht, mehr sollten es nicht werden, auch wenn er sie bezahlt bekäme.

Der zweite Brief kam von einem Schreiner, der in seinem Wohnzimmer eine Pfeifenorgel gebaut hatte. Thomasson hatte an einem Nachmittag im März von diesem Bauwerk gehört, als er dasaß und einem Wunschprogramm im Radio lauschte. Der Mann, der anrief, hatte einen ungewöhnlichen Wunsch gehabt, er wollte etwas von Dietrich Buxtehude, dem Komponisten aus dem siebzehnten Jahrhundert, hören.

Kaum dass der Name Buxtehude fiel, war Thomasson von seinem Sofa aufgestanden und hatte die Lautstärke seines alten Grundig aufgedreht, eine der ersten luxuriösen Anschaffungen, die Siri und er getätigt hatten, als das Leben in Finnland nach den Kriegsjahren begonnen hatte, in normalere Bahnen zurückzukehren. Er hatte zwar den Titel des gewünschten Stücks verpasst, meinte aber, es sei etwas mit »seel«, vielleicht »Mein Seel«?

Er setzte sich wieder aufs Sofa, um zu lauschen. Der Mann, der anrief, klang ziemlich jung. Unter dem Hochschwedischen lag ein deutlicher Dialekt. Thomasson konnte hören, dass er aus der Küstengegend ein Stück weiter nördlich kam.

Spielen Sie selber?

Na ja, ein bisschen.

Aha, welches Instrument, Orgel oder …?

Ja, ich spiele manchmal ein bisschen Orgel, wenn ich von der Arbeit nach Hause komme.

Und was machen Sie beruflich?

Ich bin Schreiner, sozusagen.

Sie haben vielleicht eine eigene Firma?

Nee, ich arbeite in einer Möbelfabrik, vor allem für Küche und Diele.

Ja, das ist bestimmt ruhiger, als Angestellter kann man vielleicht mal eine oder zwei Stunden freibekommen. So, Sie haben also eine Orgel zu Hause.

Jo.

Nun, ist es eine elektrische Orgel oder …?

Nee, es ist schon eine Barockorgel …

Also … mit Pfeifen und allem Drum und Dran, zu Hause?

Ja, ich habe schon in den Neunzigern angefangen, sie zu bauen, eher als Hobby …

Sie haben die Orgel selber gebaut?

Ja. Das meiste habe ich schon selber gebaut. Aber vier Metallstimmen habe ich gekauft, und dann das Gebläse, über einen Orgelbauer in Kotka bin ich an ein gebrauchtes Gebläse gekommen, so dass …

Also, wenn Sie von der Arbeit in der Möbelfabrik nach Hause kommen, setzen Sie sich an Ihre eigenhändig gebaute Pfeifenorgel und spielen Dietrich Buxtehude!

Nur komme ich nicht so oft dazu, wie ich es gern hätte, eigentlich. Ich habe ja eine Familie und … Kinder und so.

Aber was sagt die Familie dazu, eine zu haben, übrigens, wo haben Sie die Orgel? Haben Sie auch ein Musikzimmer gebaut?

Nee, sie steht im Wohnzimmer, an der einen Wand.

Und sie ist … wie groß?

Mal sehen ... sie ist knapp vier Meter breit, und zweieinhalb hoch. Ich konnte sie nicht höher bauen, weil die Decke im Weg war.

Und Ihre Frau ist einverstanden?

Nun, was soll ich sagen. Dass sie größer wird, will sie nun nicht gerade.

Das bedeutet also, dass Sie jetzt fertig sind mit dem Bauen.

Nun, beinahe, ich plane noch, das Pedal mit zwei Stimmen zu erweitern, Fagott 16 und Flöte 4.

Aha, sieh an, aber ... jetzt habe ich fast den Faden verloren, es war, ja genau, Buxtehude, den Sie hören wollten. Ein ziemlich ungewöhnlicher Wunsch, muss ich sagen! Ist das Ihr Lieblingskomponist?

Eigentlich ziehe ich wohl Bach vor, aber gerade dieses Stück finde ich fein.

Na also, dann hören wir es uns an!

Thomasson hatte dagesessen und gelauscht und daran gedacht, wie Siri in den fünfziger Jahren, wenn die Kirche leer war, oft vor der alten Telin-Orgel im nördlichen Querschiff saß und gleichsam spielerisch Stücke von Bach und Buxtehude hervorholte. Die Orgel, die immer noch da steht, ist nach ihrem Erbauer benannt, Anders Telin, der sich in den 1760er Jahren in der Stadt niedergelassen hatte, eigens um sie zu bauen. Eigentlich war er Schiffsbauer, dieser Telin, aber Orgeln waren sein großes Hobby, und als er sich der Pensionierung näherte und den Schiffsbau ein wenig eingeschränkt hatte, konnte er sich eine große und umfassende Arbeit an der Orgel der Stadt leisten. Und das Ergebnis, muss man ja sagen, war gut. In den fünfziger Jahren, nahezu zweihundert Jahre alt, war sie immer noch spielbar.

Finnlands einzige komplette Orgel aus dem achtzehnten Jahrhundert.

Vielleicht, dachte Thomasson, wie er da saß, hatte Siri in den fünfziger Jahren sogar das Stück gespielt, das der Möbelschreiner sich gewünscht hatte und das ein halbes Jahrhundert später aus dem Radio erklang. Aber er hatte die Musik nicht erkannt. Tastende Töne, wie auf einer Flöte gespielt. Auf ganz selbstverständliche Art fügten sie sich ineinander. Die Musik schuf eine vollständige Ruhe im Raum. Eine Ruhe, wie er sie lange nicht mehr empfunden hatte.

Nachdem die Musik verklungen war, ging er zu seiner Plattensammlung und begann zu blättern. Er hatte nicht alles, aber doch sehr viel. Siri hänselte ihn manchmal wegen seiner vielen Aufnahmen von *Membra Jesu nostri*, Buxtehudes Betrachtung von Jesu Leiden am Kreuz. Und es ist wirklich eine Betrachtung. In sieben Teilen richtet sich die ganze Aufmerksamkeit auf den Körper Jesu: Füße, Knie, Hände, Seite, Brust, Herz und schließlich Gesicht. Die Passionskantaten wurden von dem schwedischen Hofkapellmeister Gustav Düben im Jahr 1680 in Auftrag gegeben und zum allerersten Mal in der Deutschen Kirche in Stockholm aufgeführt.

Thomassons Interesse, oder man könnte sogar sagen Besessenheit von dem Werk, nahm genau dreihundert Jahre später ihren Ursprung. In diesem Sommer, 1980, wurde *Membra Jesu nostri* abermals in der Deutschen Kirche in Stockholm aufgeführt. Der Chor kam aus Lübeck, Buxtehudes letzter Wohnstatt, und machte seit Ostern desselben Jahres eine Tournee durch ganz Europa. Stockholm war eine der letzten Stationen. Siri und Thomasson waren anwesend. Das Konzert wurde an einem Nachmittag gegeben, und Thomasson kann sich immer noch ganz deutlich daran erinnern, wie der Chor langsam und unter vollständiger Stille von der Seite her eintrat und sich hinter den wenigen Musikern aufstellte; zwei Geigen, ein Violoncello, ein Cembalo. Und natürlich die Orgel.

So fing es an. Erst die Streicher, dann ganz kurz der Chor, und dann der Sopran, der ihm unvergesslich blieb. Es war der Sopran, der ihn in das Werk hineintrug, und er war seitdem nicht wieder herausgekommen. Erst einmal drinnen, fand er dann all das andere, aber es war der Sopran, der ihm den Eintritt gewährt hatte.

Anschließend spazierten Siri und Thomasson einige Häuserblocks weit zum Restaurant Mårten Trotzig in der Västerlånggatan und nahmen ein frühes Abendessen zu sich. Siri begann mit Käse und Hering, fuhr mit einer ganzen Scholle fort und beendete das Mahl mit Trotzigs Schokoladentrüffel und einem Glas süßem italienischen Wein. Thomasson selbst hatte nach mehreren Wochen im Ausland ein bisschen Heimweh und versuchte dem mit seinen alten Lieblingsspeisen Abhilfe zu verschaffen: Västerbottenkäse, Kalbsrücken und Hummerbéarnaise. Sie blieben noch bis gegen sieben sitzen, als es an der Zeit war, hinunter zur Skeppsbron und weiter zum Hafen zu spazieren. Der Abend war warm, und Siri ging mit bloßen Armen und mit nackten Füßen in Sandalen. Maja war noch mit ihrem Verlobten in Österbotten. Später am Abend würde sie schwanger werden und Siri und Thomasson würden damit ihre Reise von Eltern zu Großeltern antreten.

Aber davon wussten sie nichts, als sie Arm in Arm über die Skeppsbron und weiter hinunter zum Tegelsvikshamnen gingen, wo die Fähre lag.

Es war Samstag, der 5. Juli 1980, und in nur einer Stunde

wäre es Zeit für die erste Reise der Viking Sally von Stockholm nach Turku. Thomasson hatte Mitte Juni als Lagervorsteher angeheuert und war mit zwanzig anderen Mitgliedern der Besatzung nach Deutschland gefahren, um zu bunkern und das Schiff instand zu setzen. Sie waren über Kopenhagen nach Hamburg geflogen und hatten dann einen gecharterten Bus nach Papenburg und zur Meyerwerft genommen. Als sie ankamen, merkten sie, dass man mit allen Arbeiten im Verzug war. Die Toiletten funktionierten nur gelegentlich, die Restaurants und Bars sahen aus wie Baustellen und ein großer Teil der Passagierkabinen war nicht einmal annähernd fertig. Ziemlich bald sahen sie ein, dass es unmöglich wäre, die Viking Sally zum Monatsanfang in einen einwandfreien Zustand zu bringen. Aber für die Reederei war es wichtig, den Verkehr in der Hauptsaison aufzunehmen, also sollte sie hinaus. Die Anordnungen waren ganz klar und standen nicht zur Diskussion. Also schufteten sie. Aber das Schlimmste war, dass die Aufzüge nicht funktionierten. Alles, was hinauf sollte – Alkohol, Zigaretten, Süßigkeiten, Bettwäsche, Geschirr, Waschmittel, alles –, musste über die schmalen Treppen hinaufgetragen werden. Es war, als würde man sich von früh bis spät in einem zehnstöckigen Haus ohne Aufzug auf und ab bewegen. Eigentlich war das Schleppen nicht Thomassons Aufgabe, aber die beiden Lagerburschen, Tomppa und Allan, waren im Begriff, sich völlig zu verausgaben, und er entschloss sich, einzuspringen, soweit es ihm möglich war.

Siri hatte Urlaub. Sie hatten beschlossen, dass sie für ein paar Tage herunterkommen sollte, bevor es an der Zeit war, Deutschland zu verlassen. Auf diese Weise würden sie zusammen etwas von Papenburg und Emden sehen, und außerdem konnten sie in einem glänzend neuen Schiff den

Nord-Ostsee-Kanal hinauffahren. Aber Siris Reise wurde nicht ganz so, wie sie es sich vorgestellt hatten, und das meiste musste sie auf eigene Faust unternehmen, während Thomasson arbeitete. So war der Abend in Stockholm ihr erster richtiger Abend zusammen, seit sie an Bord gekommen war.

Als das Schiff den Hafen verließ, saßen sie in Thomassons Kabine auf dem siebten Deck und betrachteten durch das Kabinenfenster die abendlichen Spaziergänger auf dem Djurgården, die prächtigen Villen entlang des Wassers und Motorboote, die mit hoher Geschwindigkeit die Bugwellen durchschnitten. Es war, als könnten sie endlich aufatmen. An Bord befanden sich annähernd zweihundert Besatzungsmitglieder, gut tausend Passagiere und etwa hundert deutsche Werftarbeiter, die bis zur letzten Minute Barhocker und Leisten festschraubten.

Aber in Thomassons Kabine war alles still und friedlich. Füße, Knie, Hände, Seite, Brust, Herz, Gesicht. Er kannte ihren Körper wie seinen eigenen. Trotzdem war er immer neu. Sie lachte, als er das sagte. Aber es war die Wahrheit, die ganze Wahrheit.

Die Viking Sally war das größte Schiff, das jemals im Linienverkehr zwischen Finnland und Schweden gefahren war. Ein schwimmendes Hotel. Alle, die sie sahen, sagten, größer ginge es nicht.

Aber es ging. Nur zehn Jahre später war die Sally ein abgenutztes Schiff, das unter dem Namen Wasa King zwischen Vasa und Umeå kreuzte. Nach einigen weiteren Jahren war es Zeit für eine neue Route. Damals nahm sie unter dem Namen Estonia den Linienverkehr zwischen Stockholm und Tallinn auf.

Aber auch davon wussten Siri und Thomasson nichts auf dieser Jungfernfahrt. Sie genossen die Reise. Später am Abend gingen sie unter den Passagieren umher, ließen sich von Mikko einen Drink in der Bar servieren, und als die Ålandssee sich öffnete, standen sie im siebten Deck an die Reling gelehnt und hörten die Wellen spielerisch gegen den Bug schlagen.

8 Das Wunschprogramm, in dem der Möbeltischler aus dem nördlichen Österbotten Buxtehude hören wollte, wurde im März 2006 gesendet. Da war Siri seit elfeinhalb Jahren tot, und seit elf Jahren hatte Thomasson an seiner eigenen Orgel gebaut. Sie stand im Wohnzimmer an der Nordwand und war so weit wie möglich eine Kopie der Telin-Orgel, die Siri geliebt hatte. Ein Manual und Pedal, zwei Bälge und acht Stimmen.

Der Orgelbau war sein eigener, seine Erfindung und sein Projekt. Aber er war nicht der erste in der Stadt, der zu Hause eine Orgel in voller Größe gebaut hatte. Das war schon einmal gemacht worden, auch diesmal von einem Witwer. Krempelmacher Granholm hatte Anfang des neunzehnten Jahrhunderts eine Orgel mit fünfhundert Pfeifen in seinem Haus in der Östragatan gebaut. Hätte Thomasson an einem stillen Sonntagnachmittag bei seinem eigenen Bau eine Pause gemacht und hätte sich draußen auf seinen Balkon gestellt und genau gelauscht, hätte er den Krempelmacher durch die Jahrhunderte hindurch spielen hören können.

Bei Granholm hatte es mit einer Flöte begonnen. Eines Abends hörte er seinen Nachbarn spielen. Granholm fand, dass es gut klang, und wollte es lernen. Aber es zeigte sich, dass er zu alt und kurzatmig, zu knochendürr und steif war. Trotzdem gab er nicht auf, sondern löste das Problem, indem er einen Blasebalg mit der Flöte verband. Mit der Zeit wuchsen sowohl Kenntnisse wie Forderungen, und er fing an, Balg und Flöte mit einer Klaviatur zu lenken, um seine Choräle spielen zu können. Neue und immer größere Pfeifen stellte er her, indem er Kerzen und Zinnteller einschmolz. Einige der Pfeifen, die Granholm baute, waren so lang, dass er ein Loch in die Decke schlagen und sie über die Stadt hinausragen lassen musste wie klingende Schornsteine. Eine Ausbildung zum Orgelbauer hatte er nicht, vielmehr lernte er durch eigene Versuche und indem er genau wie Thomasson gründlich die Telin-Orgel der Kirche studierte.

Granholm baute aus Liebe zur Musik und einem seit der Kindheit entwickelten Interesse für Technik. Thomasson hatte andere Antriebskräfte. Auch sein Ausgangspunkt war ein anderer.

Nach der Katastrophe, als eine Zeit vergangen war und die Trauer sich zu legen begann, wollte er wissen, was geschehen war. Wie es sich abgespielt hatte. Und es war nicht so, dass er nur wissen wollte, warum es passiert war, ob es wirklich stimmte, dass das Bugvisier abgefallen war, die Rampe mit sich gezogen hatte und Wasser ins Autodeck eingeströmt war, ob eine Stabilisierungsflosse abgerissen oder Bomben unter der Wasserlinie gezündet worden waren, ob sie mit einem U-Boot kollidiert waren oder ob die schwedischen Streitkräfte auch in der Unglücksnacht militärisches Schmuggelgut transportiert hatten.

Er wollte wissen, wie es passiert war. Wie war es genau zugegangen? Er wollte es vor sich sehen. Und eins der ersten Dinge, die er sah, in die er sich wirklich einlebte, war, wie das Schiff, das er so gut kannte, sich spät im Verlauf des Geschehens mit schwerem Heck auf die Seite legte und wie die Schornsteinrohre mittschiffs sich mit einem Zischen ins Wasser senkten.

Denn da war es zu Ende. Erst in diesem Augenblick sah man ein, dass das Schiff wirklich untergehen würde. In dem Moment, in dem die Schornsteinrohre das Wasser erreichten, ließ die Kommandobrücke das Schiff ein letztes, langgezogenes Signal ausstoßen. Die Sirene, die Thomasson selbst so viele Male gehört hatte, im Schärenmeer von Stockholm, wenn sie sich Åland näherten oder dicht an einem schaukelnden Fischerboot vor Turku vorbeikamen.

Er hat auch ein Bild von diesem Schornstein in seinem Album. Das Bild ist im Kieler Kanal aufgenommen. Das Schiff ist nagelneu, und die Rohre sind noch immer blank. Es herrscht ein schönes Sommerwetter, und Siri sitzt auf dem Achterdeck, die Hand wie zum Schutz gegen die Sonne erhoben. Man sieht, dass es ein wenig stürmt, und sie lacht in die Kamera, als Thomasson das Bild knipst. Rechts von ihr ist der Strand mit grünen Bäumen und Büschen zu sehen, so nahe, dass das Schiff auf dem Land zu fahren scheint, und direkt darüber und dahinter der weiß-rote Schornstein mit den langsam schwarz werdenden Rohren.

Als Siri an jenem Abend am 27. September von Tallinn aus die Estonia nahm, war sie in Lettland gewesen, um sich Orgeln anzusehen. Besonders hatte sie sich darauf gefreut, endlich die große Orgel in der Dreifaltigkeitskirche in Liepaja zu sehen und zu hören. Als Thomasson an diese Reise dachte und versuchte, die Orgeln und Siris Freude zu sehen, hörte er nur den Laut der Sirene und sah die Rohre mit einem Zischen im Meer versinken. Und er dachte daran, wie sie ihm von Krempelmacher Granholms langen Orgelpfeifen erzählt hatte und wie man sie sonntags über der Stadt klingen hören konnte.

Kurz darauf begann er zu bauen.

9

Thomasson las den Brief nicht sofort, sondern nahm ihn mit hinaus in die Küche. Im Haus war die Krücke noch mehr im Weg. Allein schon sich über eine Schwelle und durch eine Türöffnung zu hieven war mutig. Sogar Haferbrei zu kochen erschien schwierig. Aber er schaffte es immerhin, den Topf aus dem Schrank zu holen. Die Tüte mit den Haferflocken stand auf der Arbeitsfläche neben dem Herd. Er maß zwei Portionen mit dem Auge ab, ließ Wasser hineinlaufen, bis es die Flocken bedeckte, gab eine Prise Salz dazu und stellte die Platte an. Er brauchte sich nur umzudrehen, um den Kühlschrank zu öffnen und Butter und eine Milchpackung herauszuholen. Der Zucker stand bereits auf dem Tisch.

Während der Brei kochte, schlitzte er mit dem Löffelstiel den Umschlag auf. Der Brief war kurz und mit der Hand geschrieben. Der Möbeltischler aus dem nördlichen Österbotten berichtete vom Fortgang seiner Arbeit. Das Fagott und die Flöte waren jetzt an ihrem Platz und der nächste Schritt bereits geplant: ein Schwellwerk für Crescendoeffekte, mit aufklappbaren Luken aus geölter Buche.

Außerdem schrieb er, dass das Stück, welches er sich in der Radiosendung gewünscht hatte, »Mensch, willst du leben seliglich« war. Und er hatte eine CD beigelegt und schrieb, dass er ein paar seiner Lieblingsstücke von Buxtehude darauf gebrannt hatte.

Thomasson drehte und wendete die Scheibe. Er hatte sich nie dazu aufraffen können, einen CD-Spieler zu kaufen. Es hatte auch kein Bedarf bestanden. Quer über die blanke Oberfläche stand in schwarzer Tusche »Buxtehude, Vermischtes« geschrieben. Seliglich. Er hatte das Wort noch nie gehört, aber mit Hilfe seines holprigen Deutsch konnte er es doch erraten. Selig. Glückselig.

Mensch, willst du glückselig leben.

Er legte die Scheibe auf den Tisch und schaute hinaus. Der Himmel befand sich auf der Höhe seines Küchenfensters.

Grau, feucht, kalt.

Der 27. September, der in den 28. überging. Auf den Tag genau vor zwölf Jahren. Ein Tag, an dem man nicht zwischen Himmel und Meer unterscheiden konnte. Er wusste es. Ohne dort gewesen zu sein, wusste er es. Grau wie Roheisen. Dann sich verdichtende Dunkelheit und eine Kälte, die alles durchdrang. Obwohl sie von der Kälte vielleicht nicht sehr viel gemerkt hatten. Jedenfalls nicht am Anfang. Nicht, als sie sich draußen an Deck befanden, und der Gedanke, der alles übertönte, sogar den Sturm und die peitschende Nässe, war, die Schwimmweste anzulegen. Vielleicht überhaupt eine Schwimmweste zu ergattern.

Er fragte sich, ob es die gleichen Westen waren, wie man sie in den achtziger Jahren auf der Sally gehabt hatte? Ob Siri, auf die gleiche Art wie er selbst, da gestanden und mit den Gurten gekämpft hatte, die nirgendwo zu passen schienen, um sie schließlich irgendwo festzuknoten, wie es sich ergab. Für Thomasson war das Ganze eine Übung gewesen, und er hatte nur gehofft, dass es schnell vorüber wäre, damit er wieder in die Wärme hineingehen und mit seinen Pflichten fortfahren konnte.

Für Siri hatte es keine Wärme gegeben, in die sie hätte hineingehen können. Als sie erst einmal an Deck gelangt war, gab es von dort nur einen Weg, hinaus auf die Schiffsseite und hinunter ins Meer.

Falls sie je so weit gekommen war. Siris Kabine lag auf dem vierten Deck. Als sie in dieser Nacht aus der Kabine trat, hatte sie zwei Möglichkeiten; nach rechts und in die große Empfangshalle zu gehen, oder nach links und die Treppen zum Vorschiff zu nehmen.

Thomasson hat sich das Schiff Mal für Mal vergegenwärtigt, jede Treppe, jeden Korridor, die gebogenen Geländer, die Plazierung der Kabinentüren, die Spielautomaten, die sich rappelvoll von ihren Plätzen bewegten und alles, was ihnen in die Quere kam, zerschmetterten, die Glaswände des Selbstbedienungsladens, der rote Teppichboden, der sich vom Boden gelöst hatte, alles hat er mit Siris Augen auf ihrem Weg hinauf zum siebten Deck gesehen.

Falls sie überhaupt so weit gekommen war.

Vielleicht hatte sie geschlafen, als der erste, richtig kräftige Knall zu hören war. Sie war den ganzen Tag gefahren und erst in den letzten Stunden vor Ablegen des Schiffs nach Tallinn gekommen. Vermutlich war sie müde gewesen und wollte wohl auch ausgeruht sein, wenn sie nach Stockholm kam, um die Enkelkinder zu treffen. Also hatte sie ein leichtes Abendbrot gegessen und dann ein wenig zerstreut das Angebot im Selbstbedienungsladen und den Boutiquen gemustert. Vielleicht hatte sie eine Kleinigkeit gekauft, aber die meisten Geschenke waren vermutlich schon in Lettland besorgt worden; kleine Figuren aus Holz, eine bestimmte Art von Kleidungsstücken, die es zu Hause nicht gab. Siri mochte solche Sachen gern; ein Schal, wie ihn noch nie jemand gesehen hatte, Fäustlinge mit Stickereien, eine Wolljacke.

Schon da, gegen halb zehn, hatte sich das Wetter bemerkbar gemacht. Der Seegang war noch nicht besonders stark, und die Bewegungen des Schiffs ließen sich leicht parieren, aber sie wusste, dass es schlimmer werden würde, wenn sie auf das offene Meer hinauskamen und die Küste keinen Schutz mehr bot. Man hatte vor starkem Wind während der Nacht und in den Morgenstunden gewarnt. Siri wurde in der Regel nicht richtig seekrank, aber sie wurde oft bleich, verlor den Appetit und wollte am liebsten die Übelkeit wegschlafen.

Vielleicht hatte sie es auch diesmal so gemacht, sich entschieden, ins Bett zu gehen und zu versuchen, den Sturm mit Schlaf zu überbrücken.

Bei der Abfahrt wehte es mit einer Stärke von zehn Sekundenkilometern, und der Wind nahm mit jeder Stunde zu. Gegen Mitternacht hatte er sich bis auf fast zwanzig Sekundenmeter gesteigert, und das Schiff stampfte mit gut vierzehn Knoten durch die Wellen. Bei solchem Wetter zittert der Rumpf, und der Bug gräbt sich so tief hinunter, dass das Wasser bis zum siebten Deck gegen die Fenster schlägt.

Thomasson selbst hatte die Angewohnheit, im Herbst im Vorschiff zu stehen, von dickem Glas geschützt, und den Sturm zu betrachten, wie er über die Ålandssee zog. Es war ein mächtiges Schauspiel. Für eine Weile verschwanden alle seine Sorgen; Majas Krankheit, die Verliebtheit und später die Eifersucht, die ihn nachts wachhielt, Siris stumme Vorwürfe während der freien Wochen, das Leben, das ihm entglitt. Das einzige, worauf er wartete, während er im Vorschiff stand, war die nächste Welle, die das Wasser mit noch größerer Kraft emporschlagen lassen würde. Da zu stehen und zu sehen, wie sich das Schiff durch meterhohe Wellen arbeitete, und zu spüren, wie sich Tausende Tonnen unter den Füßen hoben und senkten, schuf eine Ruhe im Körper. Er bekam ein Gefühl von Kontrolle, es waren enorme Kräfte am Werk, und zugleich war er außer aller Gefahr.

Aber es war nur die Ålandssee. Die Ålandssee bedeutete zwei Stunden auf offenem Wasser. Die Reise der Estonia von Tallinn nach Stockholm war etwas ganz anderes. In der Stunde nach Mitternacht begegneten ihr Wellen von über vier Metern, gelegentlich bis zum Doppelten. Sie stampfte voran, und vermutlich lag Siri in ihrer Kabine und lauschte auf das dumpfe Geräusch der Wellen, die gegen den Bug schlugen. Das Geräusch, und dann die Erschütterungen, die sich fortpflanzten und sachte abnahmen wie die Vibrationen in einer Stimmgabel. Sie hörte es und wusste, dass es ganz normal war, Thomasson hatte ihr oftmals vom Körper des Schiffs erzählt, der bei schwerer See plötzlich ein Eigenleben zu entwickeln schien. Die Sally war ein bemerkenswertes Bauwerk, viele waren der Meinung, sie sei nicht einmal ein Schiff, sondern etwas anderes, ein Hotel, ein schwimmender Vergnügungspalast. Etwas, das vorgab, etwas zu sein, das es nicht war. Unecht wie die Messingstangen rings um die Bartheke. Dennoch war es, als sei der klobige Körper in schwerer See zum Leben erwacht, sie rollte, stampfte und lavierte sich durch die Wellen voran. Bei Dunkelheit und Sturm wurde sie das, was sie eigentlich hätte sein sollen, ein Schiff.

All das hatte Thomasson Siri erzählt, und so war es erst in der Stunde nach Mitternacht, als sie die metallischen Geräusche hörte, dass sie ernstlich Angst bekam. Denn davon hatte er noch nie etwas erzählt. Davon hatte er auch nichts erzählen können, weil es Geräusche waren, die da nicht hingehörten. Eine Welle, das Schiff wurde emporgehoben und fiel der nächsten entgegen. Dann kam es: ein metallischer Knall und eine Erschütterung. Gefolgt von einem weiteren metallischen Knall und einer Erschütterung.

Bis hin zum lautesten Knall von allen. Da war es ein Uhr nachts, und wenn sie nicht wach war, so erwachte sie von dem Geräusch und dem Stoß, der durch den Schiffskörper lief. Ein Krachen, wie eine Kollision. Oder als sei das Schiff auf Grund gelaufen und abrupt stehengeblieben. Nur wenige Minuten später ging die Estonia bei einer Schlagseite nach Steuerbord in die Knie. Die Leute fielen aus ihren Betten. Das Schiff begann sich langsam wieder zu erheben. Da hatten die Passagiere, obwohl niemand das wusste, noch zehn Minuten Zeit, um aus ihren Kabinen über die Treppen zum siebten Deck zu gelangen.

Aber bevor diese zehn Minuten vergangen waren, legte sich das Schiff abermals in eine tiefe Schlagseite, diesmal etwas tiefer, und erhob sich noch einmal. Aber diesmal erhob die Estonia sich nicht ganz so weit. Es war, als hätte ein Teil der Schlagseite die Macht über sie bekommen. Und bekäme mit jeder Welle, die heranrollte, immer mehr Macht über sie. In dem Augenblick, in dem sie sich nicht mehr erhob, in dem Augenblick, in dem die Schlagseite bestehen blieb, war es nicht mehr möglich, hinauf und hinaus zu gelangen.

Siri war nicht schüchtern, durchaus nicht, aber sie achtete sehr auf ihr Aussehen und den Eindruck, den sie auf andere machte. Deshalb riss sie nicht gleich nach dem Krachen und der Schlagseite die Kabinentür auf, um im bloßen Nachthemd auf den Korridor zu rennen. Sie kleidete sich an, streckte sich nach den Hosen, die sie am Abend zuvor über den Stuhl gehängt hatte, die aber jetzt auf dem Boden lagen, schnappte sich den Pullover von dem an der Wand befestigten Sofa, setzte sich dann hin und rutschte zur Tür, wo die Schuhe unter einem umgefallenen Stuhl lagen, der weggeglitten war, als die erste Schlagseite kam. Auf dem borstigen Teppichboden sitzend, zog sie die Schuhe an. Auf dem Korridor waren Stimmen zu hören. Leute schrien.

Mitunter stellt es sich Thomasson so vor: Sie schafft es, die Tür zu öffnen und sich durch den stark geneigten Korridor zu tasten, in dem die gegenüberliegenden Türen wie Fallluken waren; würde eine sich öffnen, wenn sie vorbeikam, würde sie nicht standhalten können, sondern durch die Kabine und gegen die Wand fallen, in der die Fenster jetzt zur Tiefe hin lagen.

Aber sie tastete sich weiter, vorbei an allen Kabinen und den Schreien, die hinter geschlossenen Türen ertönten, vor bis zur Empfangshalle, die sich jede Minute mit weiteren Passagieren füllte. Die meisten kamen von unten, vom Autodeck über die schmalen Treppen, die keinen Teppichbelag hatten, wie gemacht für ölverschmierte Sohlen. Über diese Treppen tasteten sich die Menschen auf Händen und Knien voran, die Füße teils gegen die gegenüberliegende Wand, teils gegen die nachfolgende Person gestemmt. In der Empfangshalle angekommen, blieben viele dort, hier waren sie ja erst vor wenigen Stunden an Bord gekommen, und vielleicht war hier die Rettung, hinter den geschlossenen Doppeltüren. Aber die Doppeltüren blieben geschlossen, und jetzt war die Schlagseite schon so stark, dass alle, die nichts hatten, um sich daran festzuhalten, auf dem Rücken über den Boden schlitterten und gegen die Wand an Steuerbord schlugen. Andere hielten sich an Geländern und Türpfosten fest, einige schleppten und schlugen sich zur Treppe durch, wo die bereits Erschöpften stehengeblieben waren und sich weder hinauf- noch hinunterbewegten, sich nur krampfhaft festklammerten.

Aber Siri blieb nicht stehen, sie hatte sich noch keine Treppe hinaufgeschleppt, sie hatte noch Kraft und wartete auf das letzte Rollen des Schiffs, denn jetzt stampfte es nicht mehr, sondern hatte sich nur immer tiefer mit der Seite gegen den Wind gelegt. Mitten im Chaos konnte sie spüren, dass die Motoren nicht mehr arbeiteten. Unter den Schreien war es still. Das Schiff hob und senkte sich, schien sich aber nicht mehr aus der Schlagseite zu erheben. Siri stützte sich an der Wand ab, beugte sich vor, schaffte es, das Geländer zu erreichen, und begann dann sich hochzuziehen. Sie versuchte, über die Verletzten hinwegzusehen, die auf dem Treppenabsatz lagen und saßen. Sie zog sich weiter hoch, zielstrebig wie ein Turner, der eine Sprossenwand erklimmt, und als sie schließlich das fünfte Deck erreichte, war das erste, was sie sah, der Informationsschalter und eine junge Frau, die in den weiß gewordenen Händen ein Mikrophon hielt und rief: Häire! Häire! Laeval on häire! Alarm! Alarm! Alarm an Bord! – Unter dem Schalter saß ein Mann, die Hände und Füße gegen den Teppichboden gedrückt. Er stemmte sich gegen die Schwerkraft wie ein Skispringer, der beim Start zögert. Menschen flogen durch den Raum. Aus den Schränken hagelten Akten auf die Frau, die mit immer schwächerer Stimme warnte, die hochgezogenen Schultern als einzigem Schutz.

Siri machte auch hier nicht halt, sondern bewegte sich weiter wie an einem immer steiler werdenden Hang, vorbei an den zerschlagenen Glastüren des Selbstbedienungsladens, durch den immer stärkeren Geruch von ausgelaufenem Alkohol weiter zum nächsten Treppenabsatz. Mit beiden Händen am Geländer, mal mit Hilfe von anderen, mal in Gegenwehr, schaffte sie es, sich zum nächsten Deck hochzuziehen, und zum nächsten.

Aber es kommt auch vor, dass er es sich so denkt: Alles Lose, Tische, Stühle, Koffer und Tüten mit Kleidern, war bei der kräftigen Schlagseite vor die Tür gerutscht, die sich nach innen öffnete. Die Kabine war klein, und das Gerümpel verschloss den einzigen Weg hinaus.

Oder so: Sie wurde haltlos aus dem Bett geworfen.

10

Das Butterauge schmolz im Brei. Thomasson goss Milch an den Tellerrand und wartete, bis sie ganz herumgelaufen war. Dann zuckerte er den Brei und aß.

Er war fast fertig, als das Telefon klingelte. Der Laut ließ ihn zusammenzucken, so dass er Milch auf dem Tisch verschüttete. Es irritierte ihn, dass eine solche Kleinigkeit ihn derart aus der Fassung bringen konnte. Sollte das zunehmende Alter nicht bedeuten, dass allen übertriebenen Gefühlen die Spitze genommen wurde? Erhabene Ruhe. Er war nicht sicher, ob er jetzt erhabener war als früher. Langsamer, das wusste er hingegen mit Sicherheit.

Er wischte die Milch mit der Handfläche auf und strich sie dann auf eine Art am Hosenbein ab, die Siri dazu gebracht hätte, ihn anzuzischen und mit abgehackten Bewegungen eine Serviette aus der Schublade zu ziehen und sie vor ihn auf den Tisch zu werfen. Aber noch schlimmer wäre es gewesen, wenn er sich zufällig am Socken abgetrocknet hätte. Aus irgendeinem Grund war sie der Meinung, der Mittelfinger wäre am schlimmsten. Der rechte Mittelfinger am Sockenbund, das hätte bedeuten können, dass sie an diesem Tag nicht mehr mit ihm gesprochen hätte.

Er brauchte viele Jahre, um sich das abzugewöhnen. Aber auch das ging, wie so vieles andere.

Es war nicht ganz ungewöhnlich, dass das Telefon klingelte. Es war auch nicht gewöhnlich. Er nahm die Krücke und ging hinaus in die Diele, wo das Telefon neben dem Bücherregal an der Wand hing. Früher hatten sie auch im Schlafzimmer eins, aber das schenkte er dem Flohmarkt schräg gegenüber an der Straße. Er hatte es sich angewöhnt, Dinge zu verschenken, die er nicht brauchte. Er fand, es fühle sich gut an, das Gerümpel loszuwerden, die Luft war viel leichter zu atmen. Außerdem war der Mann, der den Flohmarkt betrieb, auch Vertreter einer Firma in dieser Gegend, die Grabsteine herstellte, und man konnte ja nie wissen, welche Rabatte der Vertreter eines Tages würde aushandeln können, wenn er sich nun von dieser Seite zeigte.

Thomasson meldete sich mit seinem Nachnamen. Eine Zeitlang nachdem sie sich gerade das Telefon angeschafft hatten, hatte er sich mit Telefonnummer und Namen gemeldet. Er wusste nicht mehr, warum. Vielleicht machte man das damals so. Auf die gleiche Art, wie die jungen Leute sich heutzutage nur mit dem Vornamen melden, als hätten sie nichts als einen Vornamen. Fredrik, sagt jemand und streckt die Hand aus. Und kaum ist der Name ausgesprochen, ist er auch schon vergessen. Vielleicht ist das sogar der Sinn.

Es war Riitta Hellberg, die anrief. Sie erkundigte sich nach seinem Fuß und fragte, ob sie nach der Arbeit vorbeikommen und ihn sich ansehen sollte. Sie hatte eine tiefe Stimme. Einen Alt. Möglicherweise auch Mezzosopran. Thomasson sagte, es sei ganz unnötig, eigens wegen einer solchen Sache vorbeizukommen, aber es sei lieb, dass sie anrief und nachfragte.

Sie protestierte nicht. Vielleicht war es für sie eine Erleichterung, dass er abgelehnt hatte. Bestimmt hatte sie jede Menge anderes zu tun.

»Mika wird Ihnen beim Einkaufen helfen«, sagte sie. »Sie brauchen bestimmt etwas, schreiben Sie eine Liste, dann kommt er nachher vorbei. Steht der Name an der Tür?«

Ja, das tat er. J. Thomasson. Lange hatte auch Siris Name danebengestanden, aber dann tauchte plötzlich ein Mann in Latzhosen und kariertem Hemd auf und fing an, alle Briefkastenklappen auszutauschen. Offenbar waren die alten zu klein. Häufig hatte der Briefträger klingeln müssen, um Päckchen abzugeben, die nicht durch den Schlitz passten. Und das war zeitraubend. Zeit ist Geld. Also wurden alle Briefkastenklappen ausgetauscht. Und als neue angebracht wurden, stand nur noch J. Thomasson an der Tür.

Was brauchte er denn? Vielleicht Samstagswurst. Kartoffeln. Einen Liter Milch. Er setzte sich, hob den Werbebrief vom Boden auf und schrieb eine Liste, ohne groß nachzudenken. Er hatte genug, um damit auszukommen, aber freilich, wenn der Junge sich nun bedanken wollte, indem er einkaufen ging, war es gut so. Thomasson hatte tatsächlich keine größere Lust, sich mit der Krücke in der Stadt zu zeigen. Die Leute redeten so viel. Bestimmt würden sie anfangen, darüber zu spekulieren, wie lange er überhaupt noch in der Wohnung bleiben könnte. Er hat es wohl an den Beinen, der Thomasson, würden sie sagen. Der Mann vom Flohmarkt würde erwartungsvoll anfangen, in seinen Grabsteinbroschüren zu kramen.

Er strich mit den Händen über die Knie und das Schienbein hinunter. Irgendwo hatte er gehört, dass man von unten her zu sterben beginnt, dass die Füße das erste sind, das erkaltet.

Er ging ins Wohnzimmer und setzte sich an die Orgel. Die Hände hatte er auf die Schenkel gelegt, als hätte er sie nur eine Weile ruhen lassen, sie vielleicht an den Hosenbeinen abgewischt, bevor es Zeit war zu spielen. Aber er fing nicht an zu spielen. Er schaute auf die Kerzen, die in ihren Haltern neben den Registertafeln standen. Die Flammen spiegelten sich im Holz. Die Kerzen standen etwas schief. Hätte Siri das gesehen, hätte sie ihn gebeten, sie aufzurichten. Also beugte er sich vorsichtig vor und richtete sie auf.

Zufrieden?

Er hatte sich an die Stille gewöhnt. Am Anfang war es am schlimmsten gewesen. Da war es, als verschwänden seine Worte hinunter in ein schwarzes Loch. Jetzt war es anders, und es fühlte sich, zumindest manchmal, so an, als würden sie tatsächlich ankommen.

Aber eine Antwort bekam er nie. Nicht von Siri. Aber von Maja, die angefangen hatte, immer mehr ihrer Mutter zu gleichen, die Antworten auf das meiste zu haben schien, oder es wenigstens glaubte. Plötzlich konnte es ihr einfallen, Dinge zu sagen wie:

Vielleicht hast du immer noch ein allzu schlechtes Gewissen.

Und gegen seinen Willen verstand er genau, was sie meinte. Denn es war ja tatsächlich so, dass er es nicht über sich gebracht hatte, seinen Fuß noch einmal in dieses Schiff zu setzen. Nicht nach allem, was geschehen war, nachdem er erst einmal von da weggekommen war. Vor allem konnte er sich nicht vorstellen, mit Siri an Bord zu gehen. Aber das war kein Gedanke, den er mit Maja diskutieren wollte.

Du bist nicht mitgefahren, obwohl sie dich gefragt hat.

Das hat nichts mit der Sache zu tun!

Er hinkte ohne Krücke zum Fenster hin, ohne sich um den Schmerz im Fuß zu kümmern. Es war noch immer gleichbleibend grau. Die Abenddämmerung schien schon hereinzubrechen. Die gelbe Kirche begann dunkler zu werden, das Dach wechselte die Farbe von grün zu schwarz. Das schöne Kupferbraun war nur noch eine Erinnerung.

Maja war genauso eigensinnig wie ihre Mutter. Es hatte überhaupt keinen Sinn, mit ihnen zu diskutieren. Sie taten so, als hörten sie zu, machten aber dann doch, was sie wollten. Siri war von Anfang an so gewesen, und eigentlich war es nur folgerichtig, dass sie auch bei diesem letzten Mal nicht auf ihn gehört hatte. Und wäre er mitgegangen, wären sie jetzt beide tot.

Was ihn auch wütend machte, war, dass er nicht begreifen konnte, warum sie sich nicht gerettet hatte. Siri war in ihrem ganzen Leben aktiv gewesen, war spazieren gegangen, hatte getanzt und geturnt. Und sie war immer diejenige, die die Initiative ergriff, die voranging und die besten Lösungen parat hatte. Sie war außerordentlich gesund und außergewöhnlich rührig.

Außerdem kannte sie das Schiff. Sie waren dort zusammen gegangen, er und sie, dieselben Korridore entlang, dieselben Treppen hinauf, sie hatten neben den Rettungsbooten gestanden und nebeneinander auf den Bänken gesessen, wo die Schwimmwesten verwahrt waren.

Trotzdem war sie nicht nach Hause gekommen.

Eigentlich war es nicht so, dass er es nicht verstand. Es gab keine Überlebensgarantie für einen einzigen Menschen an Bord dieses Schiffs. Es gab Besatzungsmitglieder, die sich in ihren Kabinen auf dem siebten Deck befanden, als die Schlagseite kam, wach, für die Rettungsboote trainiert und mit den Evakuierungsplänen vertraut. Nur wenige von ihnen überlebten. Andere befanden sich unter dem Autodeck, dösend, unbekleidet und unvertraut mit Passagierfähren. Mehreren von ihnen war es dennoch gelungen, hinauf und hinaus zu gelangen und außerdem in der Kälte und in den mit Wasser gefüllten Rettungsbooten zu überleben.

Jedes Mal, wenn er sich gefragt hatte, warum Siri nicht zu den Überlebenden zählte, landete er schließlich bei der Statistik. Die meisten, die sich gerettet hatten, waren Männer zwischen zwanzig und fünfundvierzig Jahren. Von all den annähernd tausend Menschen an Bord waren es nur sechsundzwanzig Frauen, die der Katastrophe lebend entrannen. Keine von ihnen war über sechzig.

Siri war gerade pensioniert worden, mit fünfundsechzig Jahren.

Wäre Thomasson mitgefahren, wären er und Siri zwei ältere Menschen gewesen, eingesperrt in eine Kabine auf dem vierten Deck. Sie wären von dem Knall durchgeschüttelt worden, wären umgefallen, als die Schlagseite entstand, und in einer Welt, die plötzlich auf den Kopf gestellt worden war, aneinandergeklammert liegen geblieben.

Aber vielleicht hätte er ja auch am Geräusch gehört und an den Bewegungen des Schiffs erkannt, dass etwas nicht stimmte. Vielleicht hätte er in einem frühen Stadium die Zeichen erkannt und zu Siri gesagt, jetzt müssen wir hinaus, hinauf, um zu sehen, was geschieht.

Aber hätte das geholfen? Hätte es ihnen geholfen, früh an Deck zu kommen und sich mit Schwimmwesten auszustatten? Hätten sie zusammenbleiben können? Die Kälte überstanden? Hätte er Siri helfen können, wenn sie ausgerutscht, gegen die Wand geknallt wäre und ein Bein gebrochen hätte? Und hätte sie ihm helfen können, wenn er nicht die Kraft gehabt hätte, sich die Treppe zum Rettungsbootsdeck hinaufzuziehen? Vielleicht wäre sie mit ihm auf einem der Treppenabsätze sitzen geblieben und hätte erfolglos versucht, die Aufmerksamkeit der vorbeikommenden Passagiere auf sich zu lenken.

Auf dem Treppenabsatz wären sie nicht von fallenden Gegenständen getroffen worden, sondern unverletzt und bis in die Seele hinein erschöpft dort sitzen geblieben, den Rücken gegen eine Wand gelehnt, die schließlich zum Fußboden geworden war. Eine Schlagseite in einem Winkel von neunzig Grad, Wassermassen, die mit einem Zischen die Luft aus dem Schiffskörper pressten, die Dunkelheit, nachdem die Lampen erloschen waren, und dann die Sirene mit ihrer Botschaft, dass jetzt alle allein zurechtkommen mussten. Dass keine Hilfe mehr zu erwarten war.

Er ging zur Orgel und blies die Kerzen aus. Eine nach der anderen, die Hand schützend über dem blanken Holz gewölbt.

11 Kaum hatte er es geschafft, sich auf dem Sofa auszustrecken, als es auch schon an der Tür klingelte. Ein kurzer Druck auf den Knopf, und dann nichts mehr. Er hatte vorsorglich aufgeschlossen, und jetzt rief er, es ist offen, nur herein. Nichts geschah. Für eine Weile war es still, und dann klingelte es erneut. Er blieb liegen.

Er hatte die Tür aufgeschlossen, er hatte gerufen, es sei offen.

Es war still in der Wohnung. Auch im Treppenhaus war es still. Trotzdem wusste er, dass der schmaläugige kleine Junge im Treppenhaus stand und auf Geräusche von drinnen lauschte. Thomasson hatte es nie gemocht, in der Mittagsruhe gestört zu werden. Die Mittagsruhe und die Osterwoche, das waren seine zwei Atempausen im Leben. Sogar Siri hatte das respektiert.

Er setzte sich auf. Er hatte es nicht einmal geschafft, richtig müde zu werden. Gewöhnlich schlummerte er ein, kaum dass er sich hingelegt hatte. Aber heute war es anders. Es war ja nicht so, dass er gewartet hätte, aber offenbar war er doch irgendwie aus dem Rhythmus gekommen. Er erhob sich und ging zur Tür, langsam und mit demonstrativ über den Boden klappernder Krücke.

Da stand der Junge. Thomasson wurde nicht recht schlau aus ihm. Er wirkte nicht schüchtern, sagte aber auch nicht viel. Er war nur still, als erwarte er, dass etwas gesagt werden müsse. Oder als plane er das, was gesagt werden sollte. Vielleicht war er einfach nur langsam. Zurück, wie man zu sagen pflegte. Oder hieß es hinterher? Hinnert, sagte man jedenfalls hier in der Stadt. Er is a bissl hinnert. Es kam wohl von hinterher. Hinter dem Wagen her? Oder sagte man: hinter dem Wagen verloren?

Im Treppenhaus erklang Musik. Vermutlich einer von den Halbtauben, der Radio hörte. Zwei von ihnen wohnten auf derselben Etage wie Thomasson. Manchmal beschlich ihn das Gefühl, es würde gar nicht notwendig sein, in ein Altersheim umzuziehen, sondern das Altersheim sei schon bei ihm eingezogen. Und für diesen Umzug waren weder Lastwagen noch Umzugskartons nötig gewesen. Nur Zeit. Die Zeit sorgte für alles.

»Mama hat gesagt, ich soll für Sie einkaufen gehen.«

Die Stimme eines Kindes. So sollte es auch sein, der Junge war kaum älter als zehn, elf, höchstens zwölf Jahre. Trotzdem fuhr Thomasson zusammen, als hätte er etwas anderes erwartet. Vielleicht war es der Ernst des Jungen, der ihn aus dem Konzept gebracht hatte.

»Genau«, sagte Thomasson, »genau. Es war nett von ihr, an mich zu denken.«

Er schaute nach dem Zettel, den er auf den Stuhl neben dem Bücherregal gelegt hatte. Er lag nicht da. Er setzte sich. Er merkte, dass er das rechte Bein gerade hielt, als sei es gebrochen und in Gips. Er fühlte sich auch etwas schwindlig. Vielleicht war er zu schnell aufgestanden.

»Ich glaube, ich habe einen Zettel in der Küche, auf dem Küchentisch. Könntest du ihn holen?«

Der Junge trat ein und zog die Schuhe aus. Es ging so schnell, dass Thomasson nicht einmal dazu kam, zu sagen, es sei nicht nötig. Vielleicht war es gut so, mit dem Putzen war es so eine Sache. Maja hatte gemeint, er solle eine Haushaltshilfe anstellen, aber er selbst war der Ansicht, wenn er nun sein Leben lang zurechtgekommen war, bräuchte er nicht in den letzten Jahren unbekannte Menschen nur zum Putzen in sein Heim zu lassen. Da sagte Maja, er sei überhaupt nicht zurechtgekommen, Siri hätte das meiste an Wäsche und Putzen erledigt.

Er konnte es nicht begreifen! Der kleinste Kommentar, und sofort fand sie etwas, um sich darauf zu stürzen. Hätte er ihr erzählt, dass er eine Haushaltshilfe engagieren wolle, hätte sie gesagt, ja, was hätte man sonst erwarten können, du hast ja nie geputzt, warum solltest du also jetzt damit anfangen.

»Ist es der?«

Der Junge stand mit dem Brief des Möbelschreiners in der Türöffnung.

»Nein. Ein länglicher Umschlag von einer Reklamesendung. Die Liste steht auf der Rückseite.«

Der Junge ging wieder in die Küche und kam nach einer Weile mit der Einkaufsliste in der Hand heraus. Er schlüpfte in die Schuhe und blieb dann stehen.

»Ja?«

Der Junge trat ein wenig auf der Stelle und ließ den Blick umherschweifen. Thomasson dachte zuerst, er müsste vielleicht aufs Klo gehen, kam aber dann darauf, dass es wohl ums Geld ging. Er hatte dem Jungen kein Geld gegeben. Die Brieftasche war in der Manteltasche. Der Mantel hing hinter dem Jungen. Thomasson wusste nicht, was er tun sollte. In der Zeitung hatte er oft von Jugendlichen gelesen, oder waren es sogar Erwachsene, die bei Leuten klingelten und um ein Glas Wasser, Papier und Bleistift baten, das Telefon benutzen wollten oder etwas in der Art, und dann schnell die Wohnung durchsuchten und Geld und Wertsachen stahlen. Immer bei älteren Menschen. Wahrscheinlich, weil es ungefährlich schien. Und es war ungefährlich. Ältere Menschen sind selten gefährlich. Was können sie schon tun? Eine unerwartete Bewegung, und sie gehen von selber kaputt.

»Die Brieftasche steckt in der Manteltasche hinter dir.«

Der Junge holte die Brieftasche hervor und reichte sie ihm. Thomasson nahm sie entgegen und hielt sie dann so, dass der Junge nicht sehen konnte, was sich darin befand. Es waren Geldscheine darin, die kleinsten waren fünf und zwanzig Euro. Er zögerte eine Weile und gab dem Jungen dann einen Zwanziger.

»Das müsste reichen.«

Der Junge nahm den Schein entgegen, ging aber nicht, sondern blieb stehen und las den Zettel, als ob er zusammenzählte, was es kosten würde. Was weiß ein Zehnjähriger von solchen Dingen?

»Was für eine Sorte Milch soll ich kaufen?«

»Normale.«

»Magermilch?«

»Normale rote Milch.«

Der Junge las weiter den Zettel. Die Lippen bewegten sich, während er sich der Reihe nach durch die Wörter buchstabierte. Schließlich hatte er offenbar fertig gelesen und legte den Schein auf die Einkaufsliste, faltete sie zusammen und steckte sie in die Jackentasche. Dann zog er den Reißverschluss hoch und ging. Er machte die Tür leise hinter sich zu.

Thomasson blieb sitzen und bewegte den Fuß langsam vor und zurück, hin und her. Es tat nicht besonders weh. Aber es war bestimmt besser, ihn ruhen zu lassen. Die

Schwellung schien ein wenig nachgelassen zu haben. Oder er hatte sich nur daran gewöhnt.

Er ging zurück zum Sofa, einem alten Schlafsofa, das er und Siri gekauft hatten, gleich nachdem sie in die Stadt gekommen waren. Anfangs war es grau gewesen, jetzt war es grün mit gelben und roten Blumen. Das Schlafsofa hatten sie für ihre erste Wohnung gekauft, eine Mansarde in der Bankgatan. Oder eigentlich war es eine kleine Wohnung; ein Zimmer mit Schlafalkoven und Küche. Das Sofa hatte genau in den Alkoven gepasst, und Siri hatte Vorhänge genäht, die sie nachts zuzogen. Dann war der Alkoven wie ein eigenes Schlafzimmer. Es war in den Fünfzigern. Ein ganzes Leben hatte sich in dieser Mansarde aufgetan.

Er streckte sich auf dem Sofa aus. Die Füße waren gegen die hintere Armlehne gedrückt. Das Sofa war 180 cm lang. Er selbst war 181 cm groß. Er hatte es nie über sich gebracht, Siri zu sagen, dass das Sofa zu kurz für ihn war, um bequem darauf zu liegen. Bequem zu liegen war in diesen ersten Jahren auch nicht das Wichtigste gewesen.

Thomasson wuchs, im buchstäblichen Sinn, während des Krieges auf. Als der nächste Krieg begann, war er dreizehn Jahre alt, aber immer noch klein und schmächtig wie ein Zehnjähriger. Während der Zeit, in der sich seine Mutter Sorgen machte, wie sein älterer Bruder an der Front zurechtkam, wuchs Thomasson sowohl in die Länge wie in die Breite, und an einem Tag kurz vor dem Endstadium des Krieges, kurz vor der Trauerbotschaft, erblickte sie ihn plötzlich, wie er in der Türöffnung stand, mit einer Jacke, die über den Schultern spannte, und Hosen, welche die Fußgelenke bloß ließen.

Aber Herrjesses, Bub!

Sagte sie. Und näher hatte er sie einem Fluch nie kommen hören.

Körperlich war er in diesem Sommer vierundvierzig ein Mann geworden. Seelisch wurde er das erst Anfang der fünfziger Jahre, als er sich auf dem Schlafsofa im Schlafalkoven ausstreckte und die Lehne an den Fußsohlen spürte und Siris warme Atemzüge an seinem Hals.

12 Er war nicht ganz sicher, ob er das erste Klingeln gehört hatte. Es schlich sich in seinen Schlummer ein. Er träumte nicht, aber er brauchte trotzdem eine Weile, um sich zurechtzufinden und zu verstehen, dass er auf dem Sofa lag und dass es seine Tür war, an der es geklingelt hatte. Beim zweiten Klingeln war er hingegen ganz sicher. Er setzte sich auf und wischte sich mit dem Handrücken über den Mund. Diesmal rief er nicht, sondern ging sofort zur Tür und machte sie auf. Der Junge stand da mit einer Tüte, die im Verhältnis zu seinem schmächtigen Körper viel zu groß wirkte. Thomasson trat zur Seite, und der Junge ging an ihm vorbei in die Diele.

»Ich wusste nicht, ob Sie die Samstagswurst geschnitten oder am Stück haben wollten. Ich habe sie geschnitten genommen.«

Thomasson kaufte sie immer am Stück. Das war billiger, und so konnte er etwas dickere Scheiben schneiden, die er briet und mit Eiern und Kartoffeln aß. Aber das konnte der Junge ja nicht wissen, und Thomasson hatte nicht aufgeschrieben, wie er die Wurst haben wollte.

»Es ist gut so«, sagte er. »Du kannst die Tüte dahin stellen, ich räume später alles in den Kühlschrank.«

»Mama hat gesagt, ich soll Ihnen helfen, die Sachen in den Kühlschrank zu räumen.«

Der Junge stand immer noch mit der Tüte in der Hand da.

»Das hat sie gesagt?«

Der Junge stellte die Tüte auf den Dielenboden und schlüpfte aus den Schuhen. Er schnürte sie nicht auf, sondern schlüpfte einfach heraus, wie man aus einem Paar Pantoffeln schlüpft. Deshalb war es letztes Mal so schnell gegangen. Nachdem er aus den Schuhen geschlüpft war, nahm er die Tüte und ging in die Küche. Thomasson folgte ihm und fühlte sich ein wenig überflüssig. Die Mutter, Riitta Hellberg, war eine tatkräftige Frau. Und offenbar war es ihr irgendwie gelungen, dies auf den Jungen zu übertragen, der eigentlich ganz und gar nicht tatkräftig wirkte. Eher das Gegenteil. Wenn er still stand und schwieg, war es fast, als würde er verschwinden. Dann, wenn er etwas tat oder sagte, war er plötzlich wieder da. Als wäre ein Motor angesprungen.

Der Junge stellte die Tüte mit den Lebensmitteln auf den Küchentisch und fing an, die Sachen herauszunehmen. Als die Tüte leer war, faltete er sie zusammen und zog die Quittung und das Wechselgeld aus der Tasche, als hätte er erst jetzt bemerkt, dass Thomasson da stand.

»Bei der Wurst gab es den Mitgliederpreis«, sagte er, »der Rabatt steht auf der Quittung.«

Thomasson nahm die Quittung und schaute nach. Achtzig Cent betrug der Rabatt.

»Ich bin kein Mitglied.«

»Ich hatte die Karte von Mama.«

Der Junge fing an, die gekühlten Lebensmittel einzuräumen. Als das getan war, fuhr er fort mit den Sachen, die in den Küchenschrank sollten. Er fand sich sofort zurecht. Es war, als kenne er die Küche in- und auswendig. Als er die Pakkung mit Haferflocken aus der Tüte nahm, öffnete er ohne Zögern den richtigen Küchenschrank, hob mit der einen

Hand die geöffnete Packung hoch und stellte die ungeöffnete dahinter, bevor er die Schranktür wieder schloss und eine Tüte mit Backpflaumen herausnahm. Er stellte sich auf die Zehenspitzen, um den oberen Schrank zu erreichen, wo die Pflaumen liegen sollten.

Thomasson überlegte, ob er ihm etwas anbieten sollte. Aber ein Zehnjähriger trank doch wohl kaum Kaffee? Und Saft hatte er nicht. Semmelspeis. So hieß es doch? Er hatte lange nicht mehr daran gedacht. Semmelspeis, das bekamen sie manchmal, als sie klein waren. Man bröselte Stücke eines Brötchens in etwas Kaffee, gab Sahne und Zucker dazu und aß es dann mit dem Löffel. Er erinnerte sich, dass es sehr gut geschmeckt hatte, und wollte den Jungen fragen, aber dann fiel ihm ein, dass er kein anderes Wort dafür kannte. Semmelspeis war Dialekt. Er konnte kein hochschwedisches Wort dafür finden. Brötchenspeise? Brötchenkaffee? Möchtest du einen Kaffee mit Brötchenstücken darin?

Bevor ihm eine geeignete Art der Erklärung eingefallen war, hatte der Junge alle Lebensmittel in den Schränken verstaut.

»Brauchen Sie noch bei etwas anderem Hilfe?«

Thomasson dachte nach. Eigentlich brauchte er überhaupt keine Hilfe. Er hätte auch beim Einkaufen keine Hilfe gebraucht, und er fragte sich, wie es kam, dass der Junge so bereitwillig war zu helfen. Vielleicht erwartete er keinen Saft, sondern Geld. Thomasson schaute ein bisschen vorsichtig zu dem Wechselgeld auf dem Tisch hin. Zwischen den Scheinen lagen ein paar Münzen, aber er konnte nicht sehen, was für Münzen. Zwanzig Cent waren zu wenig, zwei Euro vermutlich zu viel. Er hätte gern in aller Ruhe geschaut und gerechnet. Zwar hatte er sich schon an die neue Währung gewöhnt, aber noch fehlte ihm das Gefühl dafür. Solange sie Mark und Penni gehabt hatten, war alles wie von selbst gegangen, und er hatte gewusst, was teuer war und was billig. Mit dem Euro verschwand diese Selbstverständlichkeit. Alles wurde mechanisch. Sein ganzes Leben lang würde er jetzt gezwungen sein, in Mark und Penni umzurechnen, um zu wissen, ob es teuer oder billig war. Andererseits, und das war wohl ein Trost, würde er es nicht mehr so lange machen müssen.

Fang nicht wieder damit an, sagte Maja.

Der Junge stand da. Saft oder Geld. Oder weitere Aufgaben.

»Danke der Nachfrage«, sagte Thomasson. »Aber jetzt glaube ich, dass ich klarkomme. Sag deiner Mutter einen schönen Gruß und Dank.«

In dem Moment, in dem er es gesagt hatte, fiel ihm ein, dass es im Tiefkühlfach Eis gab. Vor ein paar Wochen hatte er Halsweh gehabt und eine Packung gekauft. Eis linderte immer. Er kaufte meistens das mit dem Multbeerengeschmack. Vermutlich war noch genug davon da, dass es wenigstens für den Jungen reichte. Er selbst konnte sagen, dass er nichts haben wollte. Das war ja etwas, womit Kinder rechnen, dass Erwachsene selten das haben wollen, was gut ist.

Der Junge wollte es tatsächlich. Man musste es ihm nicht einmal aufdrängen. Danke, sagte er nur und setzte sich an den Küchentisch, um auf das Eis zu warten.

Thomasson dachte, dass es so vieles gab, was sich verändert hatte. Das meiste zum Besseren, aber die Gewohnheit, dankend abzulehnen, fehlte ihm doch manchmal. Heutzutage schienen die Leute frei heraus zu sagen, was sie haben wollten. Es war so einfach; ja, nein. Es gab keinen Raum für ein Spiel. Es war, als wäre auch das Spiel mechanisiert worden. Die Kunst des Aufdrängens schien vergessen.

Also: Es kommt Besuch, und die Hausfrau sagt überzeugend, natürlich trinkst du einen Kaffee! Und der Gast antwortet genauso überzeugend, neinneinnein! Ich möchte nichts, ich bin nur auf einen Sprung vorbeigekommen! Und wehrt mit beiden Händen ab. Während sie schwatzen, gießt die Hausfrau Wasser in die Kaffeemaschine. Der Gast setzt sich an den Tisch und sagt, na ja, vielleicht eine kleine Tasse. Die Hausfrau misst den Kaffee ab, und während die Maschine brodelt und keucht, holt sie Plätzchen, Kuchen und Semmeln aus dem Schrank, und der Gast ruft, genauso überzeugend, wie er vor einer Weile den Kaffee abgelehnt hat, dass er kein Gebäck haben möchte. Absolut nicht! Nur eine Tasse Kaffee, mehr nicht!

Und wenn sie dann getrunken und das Gebäck eingetaucht haben und die Hausfrau nachgießen will, hält er die Hand über die Tasse und ruft wieder neineinnein!

Der Junge tat das nicht, und plötzlich war es Thomasson, der ihn bedienen sollte. Sicherheitshalber holte er die Eispackung vor den Untertassen heraus. Er wusste nicht, wie viel noch da war. Es zeigte sich, dass es ungefähr die Hälfte einer Halbliterpackung war. Wie viel mochte der Junge wohl essen? Klein war er und mager. Aber Eis konnten sie ja gewöhnlich jede Menge in sich hineinstopfen.

»Ich selbst will nichts davon«, sagte Thomasson. »Aber iss du nur.«

Er holte eine Untertasse und einen Löffel und setzte sich dem Jungen gegenüber an den Tisch. Der Junge zog die Pakkung näher an die Untertasse heran und beförderte das Eis mit einer schnellen Bewegung zu sich herüber. Dann nahm er den Löffel in die rechte Hand und zerteilte das Eis in kleine Stücke, die er zermanschte, wie ältere Menschen manchmal

Kartoffeln in brauner Soße zermanschen. Als das Eis die richtige Konsistenz hatte, begann er zu essen. Der Löffel hob und senkte sich. Während er schluckte, senkte sich der Löffel, um eine neue Ladung zu holen. Alles in einem ruhigen und effektiven Takt. Thomasson wollte ihn davor warnen, dass er Kopfschmerzen bekommen würde, wenn er so schnell aß, ließ es aber bleiben. Der Junge hatte offenbar Übung. Er hatte fast die Hälfte des Eises verputzt, bevor er eine Pause machte und aufschaute.

»Agnes sagt, der ganze Boden zittert, wenn Sie spielen«, sagte er.

Agnes? Konnte das die unter ihm sein? Thomasson bildete sich ein, dass sie ganz anders hieß. Eine Frau mittleren Alters, sie war mit einem Taxifahrer verheiratet gewesen, Sund, der plötzlich Probleme mit dem Herzen bekommen hatte und jung gestorben war, er war wohl nicht einmal fünfzig geworden. Jetzt wohnte sie allein da unten, die Kinder waren ausgeflogen. Aber sie hieß wie gesagt anders. Vielleicht Mona? Er meinte, den Namen bei irgendeiner Gelegenheit gehört zu haben.

»Wer ist Agnes?«

»Die, die über Ihnen wohnt.«

Das Mädchen. Thomasson sah sie manchmal, wenn sie auf der Esplanade Richtung Norden radelte. Erst hatte er gedacht, sie würde zu Abeko radeln, aber dann hatte er bemerkt, dass ihre Zeiten zu unregelmäßig waren. Keine Fabrik der Welt erlaubte ihren Angestellten, auf diese Weise zu kommen und zu gehen. Manchmal hörte er sie um acht Uhr morgens die Treppe herunterwirbeln, manchmal um zehn. Oft schien sie den ganzen Tag zu Hause zu sein, er konnte sie in der Wohnung umhergehen hören. Mitunter hörte sie Musik. Möglicherweise war sie arbeitslos, oder vielleicht arbeitete sie im Supermarkt gleich außerhalb der Stadt. Thomasson konnte sich nie merken, wie er hieß. Er schien dauernd den Namen zu wechseln. Er hatte erst einmal da eingekauft, es brauchte allzu viel Zeit, sich an einen neuen Lebensmittelladen zu gewöhnen. Man fand nie etwas. Außerdem war es ein langer Weg zu Fuß.

»So«, sagte er.

»Sie möchte wissen, was Sie spielen.«

Die Pause des Jungen war zu Ende, und er fing wieder an zu essen. Thomasson schaute auf den vorgebeugten Kopf über einem dünnen Nacken. Spielen! Er konnte kaum spielen. Siri hatte versucht, es ihm beizubringen, aber er hatte nie das richtige Interesse aufgebracht. Oder vielleicht fehlte ihm auch die Begabung, wenn es denn möglich ist, diese beiden Dinge auseinanderzuhalten. Also pflegte er jetzt nur manchmal dazusitzen und an der Orgel herumzufingern, das Pedal durchzudrücken, die Register zu ziehen und zu prüfen, ob alles so funktionierte, wie es sollte. Die Orgel war fertig, in tadellosem Zustand, aber noch ungespielt. Nahezu ungesehen.

»Ich spiele eigentlich nicht«, sagt er. »Ich versuche nur, die Orgel in Betrieb zu halten, damit sie nicht verkommt.«

Er wollte nicht, dass es so ginge wie mit der Telin-Orgel der Kirche, die vermutlich nicht mehr zu gebrauchen war. Die Bälge waren vertrocknet. Aber sie war auch ein paar Jahrhunderte älter als die, welche in Thomassons Wohnzimmer stand.

Siris Orgel. Die er gebaut hatte, damit sie da stehen und auf sie warten sollte, bis sie zurückkehrte.

Er wusste, dass sie nicht zurückkehren würde. Trotzdem baute er die Orgel. Damit sie da war. Wenn sie von ihrer Reise zurückkäme.

Der Junge hatte sein Eis jetzt aufgegessen und kratzte mit energischen, schwungvollen Bewegungen den Teller leer. Thomasson fragte sich, ob er die Orgel gesehen hatte. Sie stand an der nördlichen Wand, wenn man auf dem Weg in die Küche ins Wohnzimmer schaute. Er schien jedenfalls nicht erstaunt darüber zu sein, dass Thomasson eine hatte. Vielleicht wusste er nicht, was für eine Orgel es war, nur, dass es sie gab.

»Fühlt sie sich gestört?«

»Glaube nicht«, sagte der Junge. »Jedenfalls hat sie nichts gesagt.«

Er stand auf und stellte den Teller auf die Spüle. Dann ging er zurück zum Tisch, legte den Kopf schief und las mühsam den Text auf der CD, die noch immer da lag. Seine Lippen bewegten sich auf die gleiche Weise wie beim Lesen der Einkaufsliste. Es verging eine Weile, dann sagte er: Buxtehude.

Er nahm die Scheibe und schaute sie an. Dann sah er sich um, wo er sie auflegen konnte. Thomasson fragte sich, ob der Junge Buxtehude kannte, oder ob er einfach eine CD gesehen hatte und hören wollte, was es war. Vielleicht war er an Musik interessiert. Das waren ja viele in dem Alter.

»Ich habe keinen CD-Spieler«, sagte Thomasson.

Wieder schaute der Junge die Scheibe an, ohne etwas zu sagen. Thomasson konnte nicht erkennen, ob er enttäuscht war oder ob es ihm nichts ausmachte. Vielleicht hatte er nur gefragt, um etwas zu sagen.

»Die habe ich heute mit der Post bekommen«, sagte er. »Von einem … Kollegen. Er wusste sicher nicht, dass ich sie nicht abspielen kann.«

Der Junge legte die Scheibe auf den Tisch. Er tat es mit Vorsicht. Vielleicht waren CDs genauso empfindlich wie gewöhnliche Platten. Thomasson war noch nicht dazu gekommen, darüber nachzudenken, sie hatte nur in einer dünnen Plastikhülle gesteckt, als er sie bekam.

»Kennst du Dietrich Buxtehude?«

Der Junge schüttelte den Kopf.

»Ein Däne. Ein Komponist und Organist, im siebzehnten Jahrhundert geboren. Einer der Größten.«

Thomasson ging zu ihm hin und nahm die Scheibe. Buxtehude, Vermischtes. Irgendwo da drinnen gab es: *Mensch, willst du leben seliglich*. Woran er sich erinnern konnte, das waren die Ruhe und die Töne, die sich so selbstverständlich aneinanderreihten, und dann der lang hingezogene Schluss. Er fragte sich, was sich sonst noch auf der Scheibe befinden mochte. Vermutlich vor allem Stücke, die er schon gehört hatte und die auch in seiner eigenen Sammlung vorhanden waren.

»Oder ein Schwede, wenn man so will«, sagte er. »Er wurde in Helsingborg geboren. Aber das war damals dänisch, also weiß ich nicht recht. Vielleicht ist es falsch zu sagen, dass er Schwede war. Eher Däne. Aber das spielt vielleicht keine Rolle. Den wichtigsten Teil seiner Arbeit hat er jedenfalls in Deutschland vollbracht, in Lübeck. Er war Organist an der Marienkirche.«

Der Junge schaute Thomasson an. Es war schwer zu erkennen, ob er lauschte oder ob er nur wartete.

»Sie können sie bei Agnes anhören«, sagte er nach einer Weile. »Sie hat einen CD-Spieler, und ich glaube, sie ist jetzt zu Hause. Ihr Fahrrad ist jedenfalls da.«

»Nein«, sagte Thomasson. »So wichtig ist es nicht.«

Draußen war es immer noch grau. Und jetzt hatte es tatsächlich zu dämmern begonnen. Der Junge sollte nach Hause gehen und Hausaufgaben machen. Falls es das überhaupt noch gab. Thomasson legte die Scheibe auf den Tisch. Das Geld war noch da. Er nahm zwei Münzen, zwei Euro und zwanzig Cent, und gab sie dem Jungen.

»Vielen Dank für die Hilfe«, sagte er. »Und grüß deine Mutter.«

Der Junge nahm das Geld entgegen, ließ es in die Hosentasche gleiten und ging hinaus in die Diele. Thomasson blieb am Küchentisch stehen. Er sah, wie der Junge sich da draußen bewegte, wie er die Füße in die Schuhe steckte und sie genauso schnell anzog, wie er sie abgestreift hatte. Er schaute zur Küche und zu Thomasson hin. Er tat es rasch und nur, indem er den Kopf drehte. Thomasson musste an eine Eidechse in menschlicher Gestalt denken. Aber der Junge war ganz in Ordnung. Ein bisschen eigen vielleicht, aber nicht mehr. Vielleicht lag es an den schnellen und unerwarteten Bewegungen. Wie ein Tier. Ein Beutetier. Thomasson hob die Hand, um ein letztes Mal zu grüßen. Der Junge bewegte die Lippen. Vielleicht sagte er etwas, aber in dem Fall so leise, dass es nicht bis in die Küche hinein zu hören war. Dann drehte er sich zur Tür hin. Im nächsten Augenblick klickte das Schloss und er war weg.

Die Hände

13

Als Thomasson am nächsten Morgen aufwachte, lag er in einer Fötusstellung. Die Beine waren zur Brust hochgezogen, wie er es sich im wachen Zustand nie getraut hätte. Er blieb noch ein wenig liegen und fühlte erst einmal nach, bevor er anfing, die Knie zu strecken. Der Knorpel knackte. Die Decke hatte sich quer gelegt, und als er sich eine Weile gestreckt hatte, ragten die Füße in die freie Luft. Es war kühl. Mit der linken Hand griff er nach einem Zipfel der Decke und versuchte, ihn auf seine nackten Füße zu schleudern. Von der Schwellung merkte er nichts mehr, aber sie war bestimmt noch da. Worauf er hoffen konnte, war, dass sie sich nicht verschlimmert hatte. Wie sollte er sonst die Treppen hinunter und in den Laden gelangen? Er konnte wohl kaum damit rechnen, dass der Junge wiederkommen würde. Trotz der Münzen. Er würde im Krankenhaus anrufen und um Hilfe bitten müssen.

Oder wo musste man nun anrufen? Im Sozialamt? In der Beratungsstelle? In der Wiederverwertungsstation?

Er rollte sich vorsichtig auf den Rücken. Er hatte nicht nur in der Fötusstellung und mit der Decke quer über dem Körper gelegen. Er selbst lag schräg, als wäre er im Bett herumgewandert wie die Zeiger einer Uhr. Er wusste nicht, warum es so gekommen war. In all den Jahren, in denen er mit Siri zusammengelebt hatte, hatte er nahezu bewegungslos geschlafen. Sie scherzte gern darüber, dass sie zusammenfuhr und Angst bekam, wenn er sich mal bewegte. Als wäre ein Baum im Wald plötzlich darauf gekommen, die Stellung zu ändern. Aber seit sie verschwunden war, änderte sich das. Es war, als hätte er begonnen, Platz zu beanspruchen, nur weil es Platz gab. Er rutschte herum wie ein Fuß in einem allzu großen Schuh.

Er ließ die Beine über die Bettkante gleiten und stemmte sich hoch. Es war immer noch grau. Der Vorhang war nicht zugezogen. Sonne hatte er nicht erwartet. Ohnehin war es zu früh, die Sonne würde erst kurz nach halb acht aufgehen. Drei Minuten später als gestern. Die Tage zogen sich von beiden Enden her zusammen, wie wenn man einen Sack zuknotet. Und unten am Boden des Sacks lag Johannes Thomasson mit einem Körper, der im Begriff war, nachzugeben.

Siri war weder die Dunkelheit des Winters noch das Licht des Sommers gewöhnt. Als sie in den fünfziger Jahren hierher kamen, war es das erste Mal, dass sie sich so weit nördlich befand. Für sie war es, wie in ein anderes Land zu kommen. Er erinnert sich noch immer an ihren ersten Spaziergang über die Brücke. April und Schneesturm. Sie gingen an einem Werktagnachmittag in die Kirche, um sich allein mit Siris neuem Arbeitsplatz vertraut zu machen. Es war, als hätte sich der Wind der gesamten Ebene von Österbotten versammelt, um sie zu empfangen, als sie da Arm in Arm ankamen. Die Kirche auf der anderen Seite des Widerlagers der Brücke war im Schneetreiben kaum zu sehen. Siri hatte das Gesicht zu Boden gebeugt und hielt mit der rechten Hand den Hut fest, damit er nicht vom Wind mitgezogen würde. Sie hatte ihn von ihrer Tante bekommen, mit einer weiten, leicht gebogenen Krempe und einer Art Feder an der Seite. Die einsame Feder kämpfte nun hart, um nicht mitgezogen zu werden und hinunter zum Meer zu wirbeln.

Eigentlich war es ein Frühlingshut. Die Tante hatte gemeint, Siri bräuchte einen guten Hut, wenn sie im Frühjahr umziehen wollte.

Als sie sich der Kirche näherten, schaute Siri auf, und im selben Moment packte der Wind den Frühlingshut und fegte ihn über das Brückengeländer. Er verschwand in einem weiten Kreis und landete schließlich ein paar hundert Meter weiter auf dem Abhang zum Fluss. Sie ließen ihn liegen und eilten in die Kirche. Den Hut würden sie auf dem Heimweg holen können, oder am nächsten Tag. Bei diesem Wetter würde sich niemand in den tiefen Schnee hinunterbegeben.

Die Kirche war kalt, aber jedenfalls blieben sie vom Wind verschont. Sie wirkte überraschend groß, beinahe geräumig und leuchtete in warmen Farben. Aber die Luft, die Bänke, die Fußböden, alles war eisig kalt. Es zeigte sich, dass die Kirche mit alten und schlecht funktionierenden Öfen geheizt wurde, und als eins der ersten Dinge, die Siri als neue Kantorin der Stadt durchsetzte, wurden acht Termolux-Ölöfen angeschafft. Man kann predigen, auch wenn es kalt ist, sagte sie, und man kann in der Kälte still sitzen, wenn man entsprechend angezogen ist. Aber Orgel spielen kann man nicht in Fäustlingen.

Thomasson schämte sich und war zugleich stolz. Die Einwohner von Österbotten stellen sich gern als rührig und tüchtig dar, und dann kommt ein feingliedriges Mädchen aus dem Süden Finnlands und erzählt ihnen, wie ihre Kirche ausgerüstet sein soll. Und alle stimmen zu.

Sie gingen die Treppe hinauf zur Empore. Siri voran, barhäuptig, in einem langen Mantel und Lederstiefeln. Sie sah nicht aus wie eine Kantorin. Sie sah aus wie die junge Frau, die sie war. Oben angelangt, schwenkte sie den Mantel weg, wie ein Matador seine *capa* unter dem Stier wegschwenkt, und setzte sich auf den Hocker vor den Spieltisch. Die Orgel war eine deutsche Walcker vom Anfang des Jahrhunderts, das eigentliche Orgelgehäuse hinter dem Rücken des Organisten plaziert. Das hatte zur Folge, dass Siri mit dem Gesicht zum Altar hin sitzen musste. Thomasson wusste, dass sie das nicht mochte. Sie wollte so weit wie möglich mit ihrem Instrument eins sein und nicht davor sitzen wie ein Heerführer. Sie konnte sich damit trösten, dass sie von ihrem Platz auf der Empore aus die Romantik im Rücken und den Barock im Blickfeld hatte; sie konnte die pensionierte Telin-Orgel im nördlichen Querschiff sehen.

Sie ließ die Finger über die Tasten gleiten, als wische sie Staub oder fege vielleicht die Spuren des Vorgängers weg. Es war ganz still in der Kirche. Die Evangelisten betrachteten die beiden jungen Leute auf der Empore mit prüfenden Blicken. Dass Siri diese Stellung bekommen hatte, war für alle überraschend. Diese Möglichkeit hatte sich wie ein kleiner Spalt in einem sonst alles bedeckenden Tuch geöffnet, und durch diesen Spalt war Siri ohne zu zögern hineingeglitten. Sie tat das mit einer Selbstverständlichkeit, die sich über Generationen hinweg vererbt hatte, und obwohl es für die ganze Gemeinde schlichtweg verwunderlich war, dass jemand so Junges, und noch dazu eine Frau, einen so wichtigen Posten bekam, war es für ihre eigene Familie doch eine Enttäuschung. Von Siri hatte man so viel mehr erwartet, als dass sie eine Kantoreistelle in einer abgelegenen Provinzstadt erobern würde.

Thomasson schaute hinunter in den Chor und zu den Glasmalereien. Linkerhand Hiob mit halb ausgebreiteten Armen. Verzweifelt, aber auch mit einem starken Gottvertrauen. Was aber am deutlichsten ins Auge fällt, ist das Erstaunen: Warum muss das alles mich treffen? Warum bin ich in dieses Leben hineingeboren worden? Der Trost in alledem ist die Frau mit dem neugeborenen Kind. Man möchte gern glauben, dass das Kind in Liebe gezeugt ist.

Als Thomasson viele Jahre später zurückdachte, erkannte er, dass das ganze Leben in den Glasmalereien dieser Kirche abgebildet war. Das neugeborene Kind, der Weg der Prüfungen, die Liebe, das Glück, der Schmerz und die Erfahrung. Aber damit endete es nicht, sondern setzte sich auf der anderen Seite des Altars fort, wo noch eine weitere Gestalt mit ausgebreiteten Armen stand. Diese Gestalt hielt im Gegensatz zu Hiob die Arme vollständig ausgebreitet, die Hände zum Licht erhoben. Eine Kreuzesgestalt, welche die Träume und den Glauben der Menschen am Leben hielt. Der Traum von einem Leben nach dem Schmerz und den Prüfungen. Unter der Gestalt, die ihre Hände zum Licht erhob, im Mittelteil des Gemäldes, lag das Meer. Menschen, nackt und halb bekleidet, wurden in den Wellen herumgeworfen, und die zentrale Gestalt mitten im Bild sah aus, als wäre sie dabei, zum Licht darüber hinaufgehoben zu werden. Man sieht das Gemälde an, und wenn man genau hinschaut, versteht man, dass das, was abgebildet ist, ein Meer ist, das die Toten dem Leben zurückgibt.

Von alledem wusste Thomasson nichts an dem Tag, an dem er da oben auf der Empore stand und über Siris Schulter in den Chor hinunterblickte. Was er sah, waren Gemälde in der Ferne, der Altar, das Altargitter und das Taufbecken. Kurz gesagt den Ort, an dem ihr Erstgeborenes, hoffentlich bald, getauft werden würde.

Es dauerte etwas länger als erwartet. Aber dann kam sie. Maja Maria Eleonora Thomasson, 24.3.1956–3.9.1988.

14 Der Verband am Fußgelenk war noch da, vielleicht ein bisschen grauer als am Tag zuvor, etwas runder. Er fragte sich, ob das daran lag, dass er loser saß, oder ob das Fußgelenk noch stärker angeschwollen war? Er hielt den Fuß ganz still, vielleicht, um die Antwort nicht auf einmal zu bekommen. Solange er nicht versuchte, den Fuß zu bewegen, gab es ja die Möglichkeit, dass er sich während der Nacht gebessert hatte.

Das Geräusch der Autos auf der Esplanade drang herein. Er musste an Riitta Hellberg in ihrem Volvo denken. Es war halb sieben, sieben. Das war wohl die Zeit, in der sie anfingen. Vielleicht sogar halb acht. Wohl kaum früher. Vermutlich sorgte sie dafür, dass der Junge ein Frühstück bekam, bevor sie sich auf den Weg machte. Oder es gab ältere Geschwister, die sich darum kümmerten. Oder der Vater. Balder Andersson. Der Schrotthändler. Sie hatte nichts von ihm gesagt, und Thomasson hatte nicht gefragt. Der Ehemann war vielleicht irgendwo mit dem Lastwagen unterwegs. Oder mit dem Lastzug. Thomasson wusste nicht, wohin er fuhr oder was er eigentlich genau machte. Nur dass er Schrott besaß und damit handelte. Er sammelte Schrott, das war wohl der eigentliche Kern des Unternehmens. Und dann verkaufte er ihn. Schmolz er ihn ein? Wohl kaum. Vermutlich sammelte er ihn nur, sortierte ihn und verkaufte ihn dann weiter. Thomasson konnte sich vage daran erinnern, dass Berg erzählt hatte, Anderssons Schrottlager hätte Probleme mit Dieben. Der Preis des Kupfers war so hoch, dass es sich allmählich lohnte, zusammenzutragen, was man kriegen konnte. Man grub sogar Kabel aus dem Boden, um an das Kupfer zu kommen. Aber am leichtesten war es doch, es denen wegzunehmen, die es schon gesammelt und die gröbste Arbeit getan hatten, die Schrotthändler. Berg meinte, es sei nur eine Frage der Zeit, bis die Kupferdiebe mit dem neuen Kirchendach der Stadt davonfuhren, das dummerweise, und aus reinem Hochmut, aus keinem billigeren und weniger begehrenswerten Material gemacht war.

Er hätte Riitta Hellberg nach Abeko, nach ihrem Mann und ihren Kindern fragen können, als er mit ihr im Auto saß, oder später im Wartezimmer des Krankenhauses. Aber das hatte er nicht getan. Stattdessen saß er jetzt in seiner Wohnung, auf der Kante eines zerwühlten Bettes zwischen zerknüllten Laken und stellte sich alles Mögliche vor.

Es war wie üblich. Er fragte zu wenig und stellte sich zu viel vor. Als Siri noch am Leben war, war sie es, die das Fragen übernahm. Er selbst konnte uninteressiert wirken und halb widerwillig zuhören, wenn sie erzählte, wer sich von wem getrennt hatte und warum, von dem Geschenkladen, der Konkurs gemacht hatte, weil der neue Besitzer die Buchführung vernachlässigt hatte, oder von Auseinandersetzungen im Kirchenchor. Damals hatte er die Informationen ohne Anstrengung bekommen und nicht einmal sich selbst gegenüber zugeben müssen, dass er gern zuhörte und entgegennahm, was zu bekommen war. Jetzt musste er mit einer tickenden Neugier im Körper herumlaufen, ohne die Möglichkeit, etwas zu erfahren. Berg wusste es bestimmt, aber ihn wollte er nicht fragen. Berg hatte auf alles eine Antwort, und das, worauf er keine Antwort hatte, beantwortete er trotzdem. Über Andersson und die Hellberg wusste er bestimmt alles, was wissenswert war, und noch eine ganze Menge darüber hinaus.

Thomasson nahm die Krücke und stand vorsichtig auf. Der Fuß fühlte sich dumpf an, fast wie betäubt. Er beschloss, sich nicht darum zu kümmern, und tat ein paar stolpernde Schritte zu der Wand hin, wo der Morgenmantel an seinem Haken hing. Er fröstelte und dachte, er sollte sich eigentlich gleich richtig anziehen. Aber er ließ es sein. Irgendeinen Vorteil sollte es doch haben, dass er alt und krank war.

Die Zeitung war im Briefkastenschlitz hängengeblieben, so dass er sich nicht bücken musste. Wie gewöhnlich schaute er zuerst auf den Wetterbericht. Wechselnd bewölkt und überwiegend trocken. Tagsüber etwa vierzehn Grad. Mit den Todesanzeigen wartete er. Oft verzichtete er ganz darauf, sie zu lesen. Es war nicht leicht, aber es ging. Es waren gewöhnlich wenige, und sie waren vorhersagbar. Es war, als würden sämtliche Einwohner unter geordneten Verhältnissen vor dem Tor Schlange stehen; ach, jetzt ist dieser Jahrgang dran. Manchmal kam es vor, dass einer aus der Schlange ausbrach und zu einer ganz falschen Zeit starb.

Wie Siri. Und Maja. Und eine ganze Menge andere.

Unabhängig vom Wetter liebte er den Morgen. Das hatte er immer schon getan. Auch diesen frühen Herbstmorgen, an dem er sich mit der Krücke unter dem einen Arm und der Zeitung unter dem anderen zur Küche schleppte, um seinen Morgenbrei zu kochen.

Siri war eher ein Abendmensch. Obwohl sie das nie richtig zugeben wollte. Sie sah sowohl wie ein Abend- als auch wie ein Morgenmensch aus, und dass sie während ihrer vierzig gemeinsamen Jahre so oft spät aufstand, lag ihr zufolge immer daran, dass am Abend zuvor etwas Besonderes geschehen war, das dazu geführt hatte, dass sie nicht wie geplant um zehn, elf Uhr ins Bett gekommen war, sondern dass sich das bis zwölf oder eins oder zwei hingezogen hatte.

Thomasson widersprach ihr nie, und nachdem er Rentner und Hausmann geworden war, begann er aufzustehen und Frühstück zu machen und die Zeitung zu lesen, in der Erwartung, dass seine Frau aufwachen würde. Wenn sie endlich kam, war alles gedeckt, und sie konnte sich eilig ein Butterbrot und eine Tasse Kaffee nehmen. Während sie ihre Schuhe und ihre Papiere zusammensuchte, den Mantel anzog, in die Küche lief und einen Schluck Kaffee trank, gab er die wichtigsten Stücke aus der Zeitung des Tages bekannt. Geburten. Todesfälle. Namenstage. Initiativen in der Kommunalpolitik. Die Rose des Tages. Familientragödien, Zusammenstöße mit Elchen und gewöhnliche Unfälle im Straßengraben.

Er überlegte, was er aus der Zeitung dieses Tages zur Wiedergabe ausgewählt hätte. Sie lag vor ihm auf dem Küchentisch, ein wenig links, um für den Kaffee und das Butterbrot Platz zu lassen. Ein Artikel handelte von der Topeliusbüste, die genau in dem Park stand, in dem er am Tag zuvor den Jungen getroffen hatte. In dem Artikel wurde berichtet, wie es dazu kam, dass die Pläne verwirklicht wurden, vor über siebzig Jahren, wer bei der Enthüllung dabei gewesen war und was die Statue und vor allem Topelius selbst für die Stadt bedeutet hatten.

All dem hätte Siri vermutlich nur mit halbem Ohr gelauscht, ein bisschen überdrüssig all der Einwohner, die hier geboren waren und Jahr für Jahr ihre dürftige Geschichte wiedererzählten, und Thomasson hätte vermutlich ihr Desinteresse bemerkt, den Schluss übersprungen und stattdessen mit einer Notiz darüber weitergemacht, dass Amnesty International die Kommunen in Finnland angeprangert hatte, dass sie nicht genug unternähmen, um der Gewalt gegen Frauen zu begegnen. In den Kommunen, hieß es, fehlten sowohl Informationen darüber, wie gängig diese Gewalt war, als auch ein Handlungsplan dafür, wie man ihr vorbeugen solle.

Hier hätte Siri aufgemerkt. Prioritäten, hätte sie gesagt und den letzten Rest des Kaffees ausgetrunken, halb über das Spülbecken gelehnt, um die Tasse schnell abstellen zu können. Es geht immer um Prioritäten, nicht um Zeit, Möglichkeiten oder auch nur um Geld. Wir entscheiden, was wichtig ist und was nicht so wichtig ist. Und das, was nicht so wichtig ist, lassen wir ungetan und schieben es auf mangelnde Mittel. Komplizierter ist es nicht.

Die Tasse in das Spülbecken, ein Kuss auf die Stirn und dann rasche Schritte hinaus in die Diele.

Und er hätte weiter dagesessen und vielleicht gedacht, dass es manchmal eben doch so kompliziert sein konnte, aber nichts gesagt, sondern stattdessen in den außenpolitischen Teil geschaut. Eine Tallinn-Fähre war auf Grund gelaufen. Auch das war nur eine kurze Meldung, es konnte also nicht so schlimm sein. Die Fähre war im Schärenmeer von Stockholm auf ein Hindernis gelaufen und konnte aus eigener Kraft zurücksetzen.

Er überlegte, ob er Siri davon berichtet hätte? Eine außenpolitische Meldung, bei der eigentlich nichts geschehen und kein Mensch zu Schaden gekommen war. Vermutlich nicht. Was gab es da zu berichten? Wäre die Estonia bei schwerer See am 27. September 1994 ausgelaufen, hätte sich die Nacht hindurch aufrecht gehalten, wäre aber am Morgen bei Söderarm auf Grund gelaufen und hätte es geschafft, mit Hilfe des Lotsen und des Schiffsinspektors loszukommen, um später am Vormittag im Freihafen von Stockholm anzulegen, dann wäre auch das nichts Berichtenswertes gewesen. Nur eins der üblichen Missgeschicke, welche die Fähren Jahr für Jahr erlitten. Vielleicht hätte ein Passagier, der den Anschluss nach Göteborg oder Sundsvall verpasst hatte, Schadensersatz von der Reederei verlangt. Thomasson hätte die Meldung gesehen, den Blick ein Stück tiefer gleiten lassen und dann Siri davon berichtet, dass Schwedens Reichskriminalamt neue Methoden ausgearbeitet hatte, um den Drogenhandel zu bekämpfen.

Tatsächlich, hätte sie gesagt. Übrigens, hast du meinen schwarzen Ordner gesehen, den ich gestern auf den Wohnzimmertisch gelegt habe?

Es war still um ihn her, als er da in der kleinen Küche saß. Nicht einmal ein Wanduhr, die tickte. Er nahm einen Bissen vom Butterbrot, trank einen Schluck Kaffee.

Maja, sagte er. Was meinst du?

Er wusste nicht recht, warum er das sagte. Was meinst du wozu? Er sagte es vermutlich nur, um den Raum zu füllen. Erwartungsgemäß bekam er auch keine Antwort, also raschelte er ein bisschen stärker mit der Zeitung. Räusperte sich die Kehle so frei, wie sie es denn werden konnte. Beugte sich konzentriert über den Tisch und rückte die Brille zurecht, die ganz unten auf einer Nasenspitze balancierte, welche mit jedem Jahr immer runder und rotblauer zu werden schien. Rasche Schritte kamen das Treppenhaus herunter, wirbelten an der Tür vorbei und weiter.

Agnes. Jetzt wusste er es ja. Aber wohin sie unterwegs war, hatte er nicht in Erfahrung bringen können. Vielleicht zu diesem Geschäft, dessen Namen er sich nie merken konnte.

Es heißt Laden, sagte Maja. Nicht Geschäft. In einem Laden kauft man an der Theke. Man kann nicht Geschäft sagen, wenn man ein Einkaufszentrum meint.

Er antwortete nicht. Manchmal war das Schweigen vorzuziehen. Er aß sein Frühstück und blieb dann sitzen. Der Fuß war kaum zu spüren. Er wusste nicht, ob das gut oder schlecht war. Er würde ihn anschauen müssen, feststellen, in welche Richtung es sich entwickelte. Dass es nicht weh tat, war wohl zumindest ein gutes Zeichen. Jedenfalls wollte er das glauben.

15

In einem Schrank im Wohnzimmer bewahrte er Papiere, Bücher und Fotografien auf, die mit der Viking Sally zu tun hatten. Er pflegte auf dem Sofa zu sitzen, das Material vor sich auf dem Tisch. Mit krummem Rücken, die Lesebrille weit unten auf der Nase. Die Wand gegenüber war von der Orgel ausgefüllt. Viel mehr hatte nicht Platz. Manchmal dachte er, das sei alles, was übriggeblieben war.

Du hast tatsächlich Enkelkinder, sagte Maja.

Sie klang müde. Sie verstand weder etwas vom Orgelbau noch von der Sallysammlung. Deine Enkel würden sagen, du bist ein alter Nerd.

Thomasson wusste nicht, was ein Nerd war, und machte sich auch nicht die Mühe zu fragen.

Ein Foto aus der Sallysammlung zeigte die erste Probefahrt mit dem Schiff, nachdem es im Sommer 1980 nach Deutschland gekommen war. Das Foto war aus der Luft aufgenommen, vermutlich irgendwo außerhalb von Emden, das ein Stück weiter nördlich lag, oder vielleicht im Nordwesten, bei Papenburg. Sie blieben ein paar Tage da, bevor sie die Sally nach Mariehamn brachten. Wenn er sich nicht täuschte, war es die Stabilität, die getestet werden sollte. Oder wie sehr sie krängen würde. Falls das nicht das Gleiche war. Volle Fahrt vorwärts, gut zwanzig Knoten, und dann Gieren. Steuerbord und Backbord. Dazu brauchte es Platz, und das war vielleicht der Grund, warum die Tests vor Emden gemacht wurden statt auf der schmalen Wasserstraße, die sich außerhalb der Werft in Papenburg befand.

Er konnte sich nicht so recht erinnern. Er kümmerte sich auch nicht besonders darum. Woran er sich hingegen erinnerte, das war, dass die Krängungen zu Problemen im Selbstbedienungsladen führten. Plötzlich mussten sie alles viel gründlicher festzurren, als es sonst nötig gewesen wäre. Es brauchte keine besonders große Schlagseite, damit die Flaschen in Gefahr gerieten, so dass Tomppa und Allan Klebestreifen um die Kanten der Regale ziehen mussten.

Ein anderes Foto zeigte das Schiff außerhalb von Mariehamn ein paar Wochen später, im Juli 1980. Im Hintergrund sah man das graue Fährenterminal. Die Sally leuchtete in Rot und Weiß vor dem blauen Wasser. Die Schornsteinrohre waren noch blank. Sie war auf dem Weg hinaus, nach Stockholm oder Turku.

Thomasson befand sich an Bord. Es war nur wenige Minuten nach der Abfahrt, und da Sommer war, hatten sie Warentransporte zu allen Häfen. Das bedeutete, dass er auf dem Autodeck stand, den Block in der Hand, und Palette um Palette abhakte, welche die Jungen dann mit einem Gabelstapler in den großen Aufzug fuhren, der eigentlich eine Rampe war, ein großes Deck, das sich langsam ins Lager hinuntersenkte. Nachdem die letzte Palette hineingefahren worden war, stellte er sich selbst auf die Ladefläche und fuhr mit abwärts. Sie sanken langsam und lautlos, von den Abgasen und dem Lärm hinunter in die Stille unter der Wasserlinie.

Auf dem nächsten Bild waren fünf Jahre vergangen. Auch da war es Juli, und sie waren unterwegs von Turku. Ein schöner Sommerabend. Die Schornsteinrohre waren jetzt schwarz geworden, und die Abläufe an Bord hatten sich eingespielt. Sie arbeiteten Woche um Woche, eine Woche Arbeit und eine Woche frei.

Das war die Zeit, in der Thomasson angefangen hatte, zwei Leben zu leben, eins an Bord und eins zu Hause.

In ihrer ersten Zeit, als alles noch neu und unkompliziert war, kam Elina gewöhnlich spätabends mit einem Tablett voller Leckerbissen aus der Küche und vom kalten Büffet in seine Kabine; geräucherter und gebeizter Lachs, Krebsschwänze, Pasteten, Eingemachtes, Brot. Thomasson war als Lagervorsteher für den Wein zuständig. Weiß, rot, rosé, italienisch, französisch, spanisch, man musste nur wählen.

Sie passten gut zusammen, in jeder Hinsicht. Aber die Zeit, in der das Schwelgen ein Genuss war, hielt nicht lange vor. Nur etwa ein halbes Jahr, dann begann sich die Gewohnheit einzuschleichen. Immer öfter nahmen sie jeder für sich in der Messe das Abendbrot ein und trafen sich anschließend in Thomassons Kabine. Es war nicht nur die Gewohnheit, die sich einschlich, sondern was Thomasson betraf, waren es auch die Schuldgefühle und die Angst davor, entdeckt zu werden. Es war ungewiss, ob er je im Ernst geglaubt hatte, es könnte auf die Dauer gutgehen. Er hoffte es, wollte glauben, dass es möglich wäre, zwei Leben zu leben. Oder ein ganzes.

Wasserdichte Schotten. So stellte er sich das vor. Dazwischen verliefen wasserdichte Schotten, und es bestünde keine Gefahr, dass das Leben an Bord überschwappte. Aber als er es sich so vorstellte, rechnete er nicht mit dem Alltag und der Bequemlichkeit und damit, dass er sich für lange Zeit zwischen den beiden Leben bewegen würde. Was er sich als wasserdichte Schotten vorstellte, waren in Wirklichkeit wasserdichte Türen, der schwache Punkt, der die verschiedenen Teile verbindet. Und was er nicht wusste, oder gerade damals nicht wissen wollte, war, dass man früher oder später vergisst, die Tür hinter sich zu schließen. Oder man denkt: Ich lasse es jetzt so, ich komme ja doch bald wieder. Und gewöhnlich passiert ja nichts. Und wenn während einer genügend langen Zeit nichts passiert ist, glaubt man schließlich, dass auch nichts passieren kann.

Was passierte, war, dass Siri ein paar Fotos in seiner Tasche fand. Die Fotos waren unschuldig, erzählten aber trotzdem genug. Elina hatte sie an einem Montag in Stockholm gemacht. Jeden zweiten Montag lag die Sally am Kai, und Elina und Thomasson nahmen sich gewöhnlich mittags frei, um in Ruhe in die Stadt zu gehen und einzukaufen und sich umzusehen. Die Liegezeiten waren wie Atempausen. Gerade an diesem Montag hatten sie verabredet, sich in Söder zu treffen. Nicht auf der Folkungegatan oder der Götgatan, wo der größte Teil der Besatzung sich bewegte, sondern auf der anderen Seite von Söder, zu dem wüstenartigen Hornstull hin. Es war ein sonniger Frühlingstag, und sie begannen damit, an der Hornsgatan ein Bier zu trinken, und spazierten dann über die Brücke hinüber nach Långholmen, wo sie sich mit dem Blick auf Kungsholmen und Stadshuset auf die Klippen setzten. Elina hatte ein paar Wochen zuvor eine neue Kamera gekauft, und die hatte sie jetzt dabei. Sie stellte sie ein Stück weiter weg auf einen Klippenabsatz und drückte auf den Selbstauslöser. Es wurden feine Bilder. Thomasson mit dem Arm um Elinas Schultern. Im Hintergrund das Wasser und ein sonnenbeschienener Kungsholmen. Auf einem der Bilder küssten sie sich.

Mehr war es nicht, aber es reichte.

Eigentlich hatte Thomasson vorgehabt, die Bilder in seiner Kabine zu lassen, sie in einem Schrank einzuschließen und da aufzubewahren. Aber als es Zeit wurde, für die freie

Woche nach Hause zu fahren, steckte er sie trotzdem in einen Umschlag, den er in die Tasche packte. Er wollte die Bilder nicht an Bord lassen, da sein Kollege von der anderen Schicht nicht zuverlässig war.

Als er nach Turku fuhr, hatte er den Umschlag in der Tasche, und zwei Wochen später, als er von seinem Morgenspaziergang zurückkehrte, lagen die Fotos auf dem Bett ausgebreitet da.

16 Thomasson fühlte sich rastlos, als er da vor seinen Fotos und Aufzeichnungen saß. Es kam selten vor, dass er den Morgenspaziergang ausließ, denn mit seiner Hilfe kam der Tag in Gang. Jetzt wusste er nicht recht, wie er es anfangen sollte. Er versuchte, sich auf dem Sofa auszuruhen, setzte sich aber nach einer Weile wieder auf. Es kribbelte in den Beinen. Schließlich entschied er sich dafür, sich anzuziehen und auf den Balkon hinauszugehen. Dann würde er wenigstens die Luft und die Geräusche mitbekommen, auch wenn er das Wichtigste versäumte, den Spaziergang selbst, der das Blut durch den Körper strömen ließ und dafür sorgte, dass sich die Wärme bis in die Fingerspitzen hinein ausbreitete. Das Stillsitzen ließ den Körper stagnieren, Füße und Hände erkalten, die Schultern erstarren.

Siri hatte seine warmen Hände geliebt. Sie sagte, das sei ihr erster Eindruck von ihm gewesen, eine warme Hand in der ihren vor dem Laden seines Onkels. Sie hatte den Handschuh abgestreift, bevor sie ihn begrüßte. War stehen geblieben, hatte den Handschuh abgestreift, die nackte Hand ausgestreckt und ihren Namen genannt. Siri Ek. Ich nehme Gesangsstunden im ersten Stock.

Auf dem Balkon war es kühl, daher musste er, nachdem er erst einmal hinausgelangt war, wieder hineingehen, um sich eine Decke zu holen, die er um die Beine schlug. Sie war rot kariert und hatte jahrelang ungebraucht dort gelegen.

Der Stuhl war niedrig. Er sah den Marktplatz, aber nicht die Straße da unten. Autos fuhren vorbei. Die Klingel an der Tür des Kiosks bimmelte, wenn jemand kam oder ging. Es war bereits Vormittag. Die meisten waren schon mitten in ihrem Arbeitstag, oder sie hatten schon begonnen, auf die Uhr zu blicken, um zu sehen, wie lang es noch bis zum Lunch war.

Thomasson zog die Decke enger um die Beine. Es war, als sei der Wind von unten heraufgedrungen, von den Füßen über die Knie und weiter die Schenkel hinaufgekrochen, die schon langsam kalt wurden. In der Stille zwischen den Autos konnte er Bergs Stimme hören. Berg hatte wie üblich vor dem Elektroladen geparkt. Das war die Ecke, von der aus er den besten Blick auf die Stadt hatte. Jetzt sprach er mit jemandem, aber Thomasson konnte nicht hören, was er sagte. Die Bergpredigt. So nannte man seine Ansprachen.

Mitunter verstummte die Stimme für kurze Zeit. Das bedeutete, dass er mit jemandem sprach, der antwortete. Thomasson überlegte, wer das sein könnte. Die meisten hatten gelernt, nur im Vorbeigehen mit Berg zu sprechen, und wenn sie stehenblieben, ließen sie selten mehr als ein Stichwort fallen. Aber jetzt schien es, als spräche tatsächlich jemand mit ihm. Es war keine andere Stimme zu hören, aber als Berg verstummte, entstand eine Leere. Und Thomasson begriff, dass es in dieser Leere jemanden gab.

Er war nicht unbedingt neugierig, wollte es aber doch wissen. Vielleicht, weil er mit einem unbrauchbaren Fuß in seiner Wohnung gefangen saß. Also schob er die Decke zur Seite und erhob sich. Die Krücke ließ er liegen und stützte sich stattdessen direkt auf das Balkongeländer. Er beugte sich vorsichtig vor, damit Berg ihn nicht sehen sollte.

Obwohl die Gefahr gering war. Berg trug immer eine Sportmütze, war stark übergewichtig und konnte ganz einfach nicht hochschauen. Wenn Berg ihn wider Erwarten entdeckte, würde er sofort in die Diskussion einbezogen werden.

Die Person, mit der Berg sprach, stand mit dem Rücken zu ihm und hatte zwei schwere Einkaufstüten in den Händen. Thomasson erkannte sie an dem langen Zopf. Es war Agnes. Als er sich noch ein wenig weiter hinauslehnte, konnte er auch ihre Stimme hören. Obwohl keine einzelnen Worte zu verstehen waren. Vermutlich sprachen sie über eines von Bergs Lieblingsthemen, Bush, Putin, oder vielleicht über die Europäische Union, die er sehr befürwortete. Berg war der Ansicht, seit Kekkonens Zeit sei es mit den finnischen Staatslenkern nur abwärts gegangen. Und dass es auch im übrigen Europa keinen Lichtblick gebe. Kurz gesagt meinte er, es gebe keine Staatslenker mehr, die den Mut hatten, unbequeme Entscheidungen zu treffen, ohne zuvor eine Menge Menschen zu befragen, die immer mehr haben und immer weniger geben wollten. Das heißt, das Volk. Die Demokratie, meinte Berg, könne den Volkswillen nicht überleben, und das einzige Heilmittel sei, die Macht jenseits all dessen zu verlegen, was öffentliche Meinung und Volksbegehren hieß, das heißt, nach Brüssel. Denn solange die wichtigen Beschlüsse in Brüssel gefasst würden, könnten alle schwachen Staatslenker Europas nach Hause fahren und ihren Wählern erzählen, sie hätten versucht, dagegenzuhalten, es aber nicht geschafft.

Das Mädchen redete lange, und Berg schien zuzuhören, sah hinunter auf seine Füße und dann auf den Marktplatz, stützte seinen linken Ellenbogen gegen den Schenkel. Bald würde er sie direkt ansehen und seine Antwort liefern. Bergs Körpersprache hatte sich in den letzten dreißig Jahren nicht nennenswert verändert, trotz des Rollators und des Übergewichts. Er hatte die gleichen Gesten und Blicke sowohl im Privatleben wie bei den Theateraufführungen, und schließlich wusste niemand mehr, wo das eine endete und das andere anfing.

Jetzt schweifte sein Blick vom Marktplatz zurück und heftete sich auf das Mädchen, und Thomasson konnte sehen, wie er zu etwas ansetzte, das vermutlich eine längere Betrachtung werden würde. Berg hatte zwei Arten anzufangen, am Rand tastend oder mitten ins Thema hinein. Diesmal begann er am Rand, und Thomasson konnte an Bergs zögernder Sprechweise und den Gesten sehen, dass es ziemlich weit bis zum Kern war. Falls es so etwas überhaupt gab. Das Mädchen hörte geduldig zu. Sie war jung und keine Hiesige. Nach einer Weile machte sie einen Knicks und stellte die Einkaufstüten auf das Trottoir. Sie schüttelte die Hände nach den Seiten aus, während Berg weiter drauflos schwadronierte.

Thomasson verlagerte das Gewicht aufs linke Bein und stützte beide Arme auf das Geländer. Schräg gegenüber auf der anderen Straßenseite war das Buchhändlerpaar dabei, die Auslage neu zu dekorieren. Der Mann stand drinnen und bewegte die Bücher im Schaufenster, während die Frau auf der Straße stand und ihn dirigierte. Als sie zufrieden war, ging sie zur Probe vorbei, um zu sehen, ob alles richtig war oder ob noch etwas geändert werden müsste. Offenbar war sie zufrieden, denn sie ging hinein und machte die Tür hinter sich zu.

Thomasson überlegte, ob er etwas bestellt hatte, was da lag und auf ihn wartete. Er meinte, es sei etwas gewesen, konnte sich aber absolut nicht daran erinnern, was. Ein paar Wochen zuvor war er in dem Buchladen gewesen, um

Papier und Tintenpatronen zu kaufen, und da hatte die Buchhändlerin ihm erzählt, dass ein paar der hiesigen Schriftsteller im Herbst mit neuen Büchern kommen würden. Welche es waren, daran konnte er sich nicht erinnern. Was er noch wusste, war, dass die Bücher ihn nicht interessiert hatten.

Es war, als hätte sein Interesse für die Umwelt mit jedem Jahr abgenommen. Das war nichts, was er im täglichen Leben bemerkte, aber gerade bei solchen Gelegenheiten wie im Buchladen fiel es ihm auf. Die Buchhändlerin meinte, das alles wäre interessant für ihn. Eine Weile glaubte er es sogar selbst. Bis sie dastand und ihm aus dem Herbstkatalog vorlas. Hinterher konnte er sich nicht einmal mehr daran erinnern, wovon die Bücher handelten.

Er war an allen Kanten abgestumpft. Oder es war ganz einfach so, dass er sich konzentrierte, sich auf das Kommende einstellte. Wie ein Sportler vor einer Leistung. Oder ein Mensch in Gefahr.

Also sollte er trotz allem froh darüber sein, dass er an diesem Tag aufgestanden war und versuchte zu hören, worüber Berg und das Mädchen unten auf dem Trottoir unter seinem Balkon redeten. Es war die Neugier, die ihn auf die Beine brachte. Wäre er sitzen geblieben, hätte das einen weiteren Schritt aufs Ende zu bedeutet.

Nun war es zwar in jedem Fall ein Schritt aufs Ende zu, aber vielleicht nicht so groß, und auch nicht genauso unwiderruflich.

Das Mädchen hörte sich weiterhin Bergs Ausführungen an. Sie stand da wie zuvor und ließ die Arme an den Seiten hängen. Plötzlich sah Thomasson, wie sie sich bückte und ein Papier aus einer der Einkaufstüten zog. Sie zeigte es Berg, der verstummte und las. Dann geschah etwas, das Thomasson nicht für möglich gehalten hätte. Berg beugte den Nakken und schaute zu Thomassons Balkon hinauf. Es war, wie ein Walross zu sehen, das buckelte. Berg deutete hinauf und sagte etwas. Das Mädchen drehte sich um, und Thomasson zog sich instinktiv zurück. Später dachte er, er hätte stehen bleiben, die Hand heben und grüßen sollen, um dann auf den Marktplatz zu schauen und erst danach einen Schritt zurück zu tun und hineinzugehen. Wie ein alter Mann, der sich eine Weile draußen auf seinem Balkon aufhält, vielleicht um zu sehen, wie das Wetter sich anlässt, da er geplant hat, später am Tag einen Spaziergang um den Block zu machen.

Aber das ist etwas, woran man im Nachhinein denkt. Vermutlich war es so, dass er sich entlarvt fühlte. Obwohl es ja nichts zu entlarven gab, er hatte nichts anderes getan, als auf seinem eigenen Balkon zu stehen. Aber jetzt war es, wie es war. Er tat einen raschen, allzu raschen Schritt zurück, blieb mit der linken Ferse am Stuhlbein hängen und fiel mit dem Rücken auf die kleine runde Tischplatte. Siri hatte diesen Tisch und die beiden Stühle gekauft. Thomasson hatte schon damals gemeint, er sei zu klein und wackelig, aber Siri war der Ansicht, die Möbel passten zu zwei alternden Menschen, die zusammen auf dem Balkon frühstücken wollten. Also stellten sie diese hinaus, und dort blieben sie stehen. Den Winter über klappte er sie gewöhnlich zusammen und lehnte sie gegen die Wand, zum Schutz gegen Schnee und Nässe mit einer Persenning zugedeckt.

Der Tisch war instabil und glitt klappernd weg, knickte in den Beinen ein und blieb an der Wand liegen. Thomasson selbst fiel auf den Zementboden. Er stützte sich mit der linken Hand ab, und diesmal wusste er vom ersten Moment an, dass sie gebrochen war. Er brauchte sie nicht in die Luft zu strecken und sie im Uhrzeigersinn und gegen den Uhrzeigersinn zu drehen, um das festzustellen. Das linke Handgelenk war gebrochen.

Es war still um ihn her. Es war, als seien alle Autos stehengeblieben. Auch Bergs Stimme war nicht zu hören. Es rauschte im Kopf. Der Fußboden fühlte sich am Rücken kalt an. Er versuchte aufzustehen, aber es gelang ihm nicht. Worauf er sich stützen konnte, das waren die rechte Hand und der linke Fuß.

Bis dahin hatte er die Hand noch nicht angesehen. Das Komische war, dass sie eigentlich nicht weh tat. Aber er wusste, dass sie gebrochen war. Nach einer Weile rollte er den Körper vorsichtig nach links und bekam den Arm frei. Er stand schief. Er sah fremd aus. Während er ihn anschaute, wurde er immer röter, und zusammen mit der Röte kam das unangenehme Gefühl. Der Arm begann zu schmerzen.

Wie er da auf dem harten und kalten Boden lag, war er trotz allem froh, dass er sich die Zeit zum Anziehen genommen hatte. Er war fertig angezogen, mit Socken und allem Drum und Dran. Sogar die Unterwäsche war sauber. Er legte den verletzten Arm an den Körper. Es war, wie ein unbekanntes Kind an sich zu ziehen, von dem man wusste, dass es Wärme brauchte, ohne dass man eigentlich etwas für es empfand. Ihm war übel, und er versuchte, sich noch etwas nach rechts zu rollen, falls er sich übergeben müsste.

Von unten hörte man ein knirschendes Geräusch. Bergs Rollator auf dem schlecht gefegten Trottoir. Das Geräusch verstummte, und dann ließ sich Bergs Stimme hören.

»Thomasson.«

Thomasson antwortete nicht.

»Thomasson!«

Er wollte nicht rufen. Er fand, es gehöre sich nicht, auf dem Balkon zu liegen und zu rufen. Er würde sich nur eine kleine Weile ausruhen, bis der schlimmste Schmerz und die Übelkeit vergangen waren. Dann würde er sich sicher auf die eine oder andere Weise hineinmanövrieren können.

Er hörte Berg da unten mit jemandem sprechen. Eine murmelnde Stimme, wie wenn jemand auf der anderen Seite der Wand ins Telefon spricht. Dann wieder Berg.

»Thomasson. Bist du da?«

Kurz darauf, es konnte nicht mehr als höchstens eine halbe Minute vergangen sein, klingelte es an Thomassons Tür. Mehrere Male. Jemand fasste die Klinke an. Die Tür war zugesperrt. Er hatte die Tür immer zugesperrt. Dachte, man weiß ja nie. Nicht einmal in einer so kleinen Stadt ist man sicher. Es können welche sein, die sich auf der Durchreise befinden. Oder Zugezogene, über die man nichts weiß. Auf der anderen Seite des Flusses gab es ein älteres Paar, in deren Haus eingebrochen worden war, während sie auf der Rückseite saßen und in der Sonne Kaffee tranken. Am helllichten Tag. Keiner hatte etwas gemerkt. Geld und Schmuck waren verschwunden. Das Wertvollste. Alles andere hatten sie liegen lassen.

Sie hatten die Tür unverschlossen gelassen, hatten gedacht, was sollte hier passieren können, mitten am Tag und so. Aber es passierte.

Jetzt klingelte es nicht mehr an der Tür. Thomasson hörte die Haustür unten zuschlagen und dann Berg, der etwas zu der Person sagte, die herauskam. Es war vielleicht das Mädchen, Berg hatte sie wohl zum Klingeln hinaufgeschickt, da er selbst keine Treppen steigen konnte.

Sie glaubten vielleicht, er sei in Ohnmacht gefallen und liege jetzt bewusstlos auf dem Balkon. Er rutschte vorsichtig vorwärts, bis er nahe am Geländer lag. Jede Bewegung verursachte einen pochenden Schmerz im Arm. Er ruhte sich eine Weile aus, lag mit geschlossenen Augen da. Es war angenehm, den Hinterkopf an den Betonboden zu lehnen. Nach einer kleinen Weile schaute er auf und sah das grau gestrichene Balkongeländer einen guten Meter entfernt. Es war zu hoch, als dass er es im Liegen hätte erreichen können, aber er dachte, wenn er es nur schaffen würde, sich aufzusetzen, dann würde er es mit der rechten Hand umfassen können, sich mit dem linken Fuß hochstemmen und sich auf diese Weise hochziehen, bis er stand.

Wäre er erst mal auf den Beinen, würde er ganz normal mit Berg sprechen und sagen können, es sei nichts Schlimmes, er wolle sich nur noch ein wenig ausruhen und dann im Krankenhaus anrufen, damit sie ihm jemand vorbeischickten, der ihn abholte.

Jemand vorbeischicken, um ihn abzuholen? Es würde sich um einen Krankenwagen handeln, nicht einfach um irgendeine Person, die sich in ein Auto setzte und hier herunterkam, um nachzusehen, wie es um J. Thomasson stand. Übrigens wusste er nicht, ob sie einen wegen eines gebrochenen Handgelenks mit dem Krankenwagen abholten. Vielleicht galt das als nicht ernst genug.

Ein gebrochenes Handgelenk und ein verstauchter Fuß?

Üblicherweise war es wohl ein Angehöriger, der einen hinfuhr. Vielleicht ein Kind, eine Schwiegertochter oder ein Schwiegersohn. Oder ein guter Freund. Was Thomasson betraf, würde es ein Krankenwagen sein. Oder ein Taxi.

Das Geländer zu umfassen war ein guter Gedanke, scheiterte aber daran, dass er sich nicht aufsetzen konnte. Er versuchte es, aber es tat allzu weh. Die Übelkeit überwältigte ihn, und er war kurz davor, sich zu erbrechen. Er fürchtete, ohnmächtig zu werden und an seinem eigenen Erbrochenen zu ersticken.

Da war es besser zu rufen.

Aber was ruft man, wenn man allein auf seinem Balkon liegt, ohne aufstehen zu können? Er war an die Achtzig, hatte aber diesbezüglich keine Erfahrungen, auf die er zurückgreifen konnte.

Berg löste das Problem für ihn, indem er noch einmal seinen Namen rief. Diesmal antwortete Thomasson. Er räusperte sich und strengte sich an, wie gewöhnlich zu klingen. Es war so wie vor langer Zeit, als er allein in seiner Kabine gesessen und viel zu viel getrunken hatte und es plötzlich an der Tür klopfte. Um nicht ertappt zu werden, hatte er die Wörter im Mund geformt, ehe er sie aussprach.

»Ja«, rief er, »ich bin hier. Ich bin wohl ein bisschen hingefallen.«

»Kannst du die Tür öffnen?«

»Ich habe gewisse Schwierigkeiten hineinzukommen.«

Es hallte auf dem Balkon. Er war von Zement und Blech umgeben. Aber es gab immerhin eine Öffnung. Er war nicht da drinnen gefangen. Jetzt waren mehrere Stimmen von der Straße zu hören. Da unten schien sich eine Menschenansammlung gebildet zu haben.

»Bleib ruhig liegen«, hörte er Bergs Stimme, »hier ist jemand, der hat den Hausmeister angerufen. Er ist mit einem Schlüssel unterwegs.«

Thomasson hatte Berg noch nie so sachlich gehört. Er sagte das Notwendige und sonst nichts. Thomasson fragte sich, ob er wohl direkt unter dem Balkon auf dem Rollator saß. Und ob er nach oben schaute.

In regelmäßigen Abständen rief jemand von unten herauf, um zu hören, wie es um ihn stand. Wenn er nicht antwortete, riefen sie nur noch hartnäckiger. Also antwortete er.

Aber nur kurz, um ihnen kundzutun, dass er am Leben war. Auf längere Diskussionen wollte er sich nicht einlassen. Er tat, was er konnte, um nicht daran denken zu müssen, wo er sich befand und warum. Er lag einfach da und dachte an Dinge von früher. Die Vergangenheit hatte ihm immer eine gute Zuflucht geboten, einen Raum, in den er gehen und den er hinter sich abschließen konnte.

Es dauerte eine gewisse Zeit, aber dann hörte er schließlich das Schloss klappern und Schritte, die sich durch die Wohnung näherten.

Es waren der Hausmeister, die Nachbarin Agnes und noch eine Frau, die auf den Balkon traten. Erst erkannte er sie nicht, aber dann sah er, dass es Mona Sund war. Die Frau, die in der Wohnung unter ihm wohnte und mit einem Lastwagenfahrer verheiratet gewesen war, der es am Herzen hatte. Mona Sund arbeitete im Krankenhaus in der Pflegeabteilung, der letzten Station. Thomasson sagte sich, der einzige Grund ihrer Anwesenheit sei, dass sie einen Stock unter ihm wohne. Sie war seine Nachbarin. Aber so war es nicht. Das Leben besteht aus Zufällen. Dies war so einer.

Mona Sund setzte sich neben ihn auf den Balkonboden. Sie schob die Decke unter seinen Kopf und fragte, wie er heiße und welcher Tag sei. Thomasson sagte, er glaube, der Arm sei gebrochen, und er habe ein wenig Schmerzen im Fuß. Dann fragte er, ob sie ihm helfen könne, aufzustehen und in die Küche zu gehen. Mona Sund meinte, sie sollten etwas warten, die Sanitäter seien im Krankenwagen mit einer Trage hierher unterwegs.

Als sie das gesagt hatte, überfiel Thomasson eine große Müdigkeit. Er machte die Augen zu. Mona Sund sah, was geschah, und legte ihre Hand unter seinen Nacken, vielleicht, um ihn zu stützen, oder um ihn zu wärmen.

Ihre Hand war warm.

Weißt du noch?

Siri, die an den Abenden, an denen sie schwer einschlafen konnte, seine Hand an ihrer Wange spüren wollte. Sie sagte, es fühle sich an, wie in einer warmen Wiege zu liegen, geborgen. Im Schein der Nachttischlampe hatte sie sich zu ihm hingedreht. Willst du mein Gesicht berühren?

Über ihm bewegten sich Stimmen. Jemand breitete eine Decke aus, er konnte sie am Hals kitzeln fühlen. Er ließ sich in einen seiner Räume sinken. Nach einer Weile waren weitere Schritte zu hören, und Hände griffen nach ihm und hoben ihn auf eine Trage. Thomasson schaute rasch auf, es waren zwei jüngere Männer.

»Geht es?«

Thomasson nickte und versuchte zu lächeln. Er war müde, und es war nicht sicher, ob das Lächeln bis in sein Gesicht gelangte.

Er spürte die Neigung auf den Treppen und den Wind im Gesicht, als sie aus der Haustür traten. Schließlich hörte er das dumpfe Geräusch der Krankenwagentüren, die geschlossen wurden. Eine nach der anderen.

17 Es war Ende Mai, als die Sommeraushilfe an Bord kam. Er hieß Tony. Es war das Jahr 1986, und Thomasson immer noch ein junger Mann. Achtundfünfzig Jahre. Der Nachname des Jungen war irgendwo tief in seinem Gedächtnis begraben, aber hier mag es mit Tony sein Bewenden haben.

Kaum war Tony an Bord gestiegen, erzählte er, dass er gerade das erste Jahr seiner Ausbildung in Turku absolviert habe. Er wollte Ingenieur werden. Thomasson wusste nicht genau, um welche Art von Ingenieur es sich handelte. Ehrlich gesagt interessierte es ihn auch nicht besonders. Ihn interessierte vielmehr, ob der Junge, Tony, die Arbeit an Bord bewältigen würde; die Zeiten einhalten, einigermaßen nüchtern bleiben und tun, was ihm aufgetragen wurde.

Tony fing ein bisschen früher an als die anderen Sommeraushilfen. Für die, welche schon an Bord waren, war es gut, dass er so früh anfing, denn die Zahl der Passagiere stieg schon im Mai an, und es wurden mehr Leute gebraucht.

Thomasson begann damit, dass er Tony herumführte. Eigentlich hatte er als Lagervorsteher anderes zu tun, aber er dachte, es wäre gut, wenn er sich so ganz am Anfang selbst um den Neuankömmling kümmerte. Tony wirkte etwas unsicher, und Thomasson wollte ihn nicht als erstes Allan und Tomppa überlassen.

Tony war ziemlich redselig, wenigstens zu Beginn, stellte

eine Menge Fragen und erzählte auch von früheren Sommerjobs, die er gehabt hatte. Auf einem Friedhof. Bei einer Firma, die Federroste für Sofas und Betten herstellte. Er sagte, er sei froh darüber, dass er diesen Job bekommen habe, und glaubte, es würde spannend werden. Zwar war es nichts, was ihm später nützlich sein konnte, wenn er erst das Studium abgeschlossen hätte, aber es könnte ja doch Spaß machen, meinte er, später seinen Kindern zu erzählen, dass ihr Vater zur See gefahren war. Thomasson und Tony gingen ein wenig auf dem Schiff herum, hinunter zum Restaurant, wo Thomasson ihm zeigte, wo die Limonaden- und Biertonnen stehen sollten, wo die Kästen mit den Spirituosen hingehörten und so weiter. Tony schaute und schien sich alles zu merken. Thomasson dachte, vielleicht lernten sie solche Dinge an der Universität, sich zu erinnern, alles an seinen richtigen Platz zu stellen und zu wissen, wie es zusammenhing.

In der Bar gab Tony die Hand und lächelte breit, als er Mikko vorgestellt wurde. Er schien fließend Finnisch zu sprechen und erzählte ungefähr das Gleiche über Studium und frühere Sommerjobs, was er zuvor Thomasson erzählt hatte. Nach einer Weile nahm Thomasson die Gelegenheit wahr, Mikko zu fragen, ob er Elina gesehen habe. Es kam so plötzlich und wie aus heiterem Himmel, dass Thomasson glaubte, lang und breit erklären zu müssen, er frage nur, weil er gedacht hätte, Elina könnte dem Neuen vielleicht ein bisschen zeigen, wie es am kalten Büffet zuging, wie die Abläufe waren und so weiter. Es kam ja vor, dass es auch dahin kleine Lieferungen gab, auch wenn die Küche ihren eigenen Chef hatte, der sich um das meiste kümmerte, was mit dem Proviant zu tun hatte.

Mikko schaute Thomasson während seiner langen Ausführung an. Thomasson versuchte, sie zu Ende zu bringen, und um es auf eine gute Art tun zu können, fügte er noch einen Satz hinzu, wie um den vorhergehenden herunterzuspielen oder vielleicht ungeschehen zu machen. Dann noch einen, um das zu übertünchen, was er zuletzt gesagt hatte. Schließlich sagte Mikko, leider hätte er Elina den ganzen Tag nicht gesehen.

Von der Bar aus gingen sie hinunter in die Küche. Thomasson zeigte Tony den Müllschlucker und ging dann an den langen Arbeitstischen entlang und nickte den Köchen zu, die bereits am Werk waren. Auch in den Raum mit dem kalten Büffet warf er einen Blick. Elina war nirgends zu sehen. Von der Küche aus gingen sie zur Cafeteria. Von da aus nahmen sie den Aufzug hinunter ins Lager.

Auch im Lager unten gingen sie alles eilig durch. Thomasson dachte, Tony würde die Einzelheiten später lernen, und zeigte ihm nur, auf dieser Seite gibt es Süßes und Saures, und auf der anderen Seite den Alkohol, und dort weiter hinten, wenn du den Gang hier entlanggehst, da gibt es Gläser und Geschirr und Plastikbecher und Servietten und alles mögliche. Der kleine Selbstbedienungsladen liegt geradeaus und dann nach links. Billig, aber nur fürs Personal. Ein Bruchteil des Preises vom Taxfree. Aber es gibt Grenzen dafür, wie viel du an Land bringen darfst, sagte er. Und wenn du schmuggelst, dann musst du es geschickt anstellen.

Dann gingen sie weiter. Tony schien jetzt unsicherer geworden zu sein. Er sah nicht gerade ängstlich aus, ließ die Blicke aber ein wenig umherirren. Er fragte nichts mehr. Thomasson überlegte, ob es vielleicht die Umgebung war, die ihn störte. Das Lager befand sich tief unten, unter der Wasserlinie. Es war hier auch sehr karg, wie es ist, wenn man sich tief unten in einem Schiff befindet. Da gibt es keinen

Teppichboden. Das schwimmende Hotel scheint auf einmal sehr weit entfernt. Der Rumpf liegt offen da, die Rohre sind sichtbar und der Geräuschpegel ist hoch. Geklapper vom Autodeck und vom Maschinenraum, der gleich danebenliegt. Es kann ein wenig erschreckend sein, wenn man das noch nie gesehen hat. Trotzdem lagen sie immer noch am Kai. Draußen auf der Ålandssee wäre es schlimmer gewesen.

Tony sah sich um, er räusperte sich und fragte, was geschieht, wenn der Aufzug nicht funktioniert.

Mittlerweile funktionierte er immer, oder fast immer. Früher war das anders gewesen, als die Aufzüge hier und da steckenblieben. Aber Thomasson äußerte sich nicht zur Betriebssicherheit, sondern sagte nur, wenn das zufällig passieren sollte, könnte man den Mechaniker von seinem Büro aus anrufen, und dann zeigte er ihm, wo es lag. Da drinnen gab es ein internes Telefon. Alle Telefonnummern, die man brauchte, befanden sich auf einem Zettel am Schwarzen Brett.

Tony schien nicht ganz überzeugt. Er schaute auf das Telefon, aber man merkte, dass seine Gedanken weiter rotierten.

Aber wenn es sehr eilig ist, sagte er. Wenn es brennt oder so. Da kann man doch nicht dastehen und warten, bis ein Mechaniker kommt, um den Aufzug zu reparieren.

Es gibt Treppen, sagte Thomasson und zeigte auf eine Tür mit dem Treppensymbol darauf. Aber bestimmte Türen, fügte er dann hinzu, bestimmte Türen werden von der Kommandobrücke aus zugesperrt, wenn es anfängt zu brennen oder wenn Wasser ins Schiff eindringt. Dann kann man sie nicht ohne weiteres öffnen.

Tony sagte nichts, und sie gingen weiter nach achtern und

zum Lastenaufzug, der zum Autodeck fuhr. Aber eigentlich war es kein Aufzug, wenigstens nicht so einer, wie man ihn sich vorstellt, wenn man von einem Aufzug spricht. Eher eine große Plattform, annähernd zehn Quadratmeter, wie eine Stahlfläche, die vom Lager aus zum Autodeck hochstieg. Thomasson sagte zu Tony, er solle sich auf die Ladefläche stellen. Dann zeigte er ihm, welchen Knopf man drücken musste, um hochzufahren. So schwierig war es ja nicht, ein grüner Knopf mit einem Pfeil, der nach oben zeigte. Tony drückte, und der Aufzug setzte sich ruckelnd in Gang. Tony sah zugleich begeistert und ängstlich aus. Während sie langsam emporstiegen, sagte ihm Thomasson, er solle ein Stück vom Rand zurücktreten, damit er nicht eingeklemmt würde. Er zeigte auf den Rand, der sich dem Autodeck näherte. Wenn ein Bein dazwischengerät, sagte er, wird es direkt abgeschnitten.

Langsam stiegen sie zu dem Geklapper auf dem Autodeck empor. Wie von einer Welt in eine andere. Tony stand mitten auf der Plattform und schaute nur. Als der Aufzug stehenblieb, sagte Thomasson zu ihm, es sei an der Zeit, weiterzugehen. Das Schiff war fast fertig beladen. Überall Abgase. Blaue Luft. Die Achtertore standen noch offen. Ein Matrose, dessen Name Thomasson nicht kannte, ging herum und schleppte Ketten, mit denen die Ladung festgezurrt werden sollte. Der Wind würde während des Abends und der Nacht zunehmen und in den Morgenstunden am stärksten sein, unmittelbar bevor sie das Schärenmeer von Stockholm erreichten.

Thomasson zeigte auf den weißen Container mit VIKING LINE in Rot an der Seite.

Hier verstauen wir die Wäsche, sagte er.

Er zeigte auf eine Luke im Treppenschacht.

Man wirft die Säcke in einen kleinen Raum auf dem vierten Deck, und dann kommen sie hier herunter.

Er zeigte auf die Luke und auf das Dach des Containers und erklärte, wie alles zusammenhing. Einer sollte oben auf dem vierten Deck stehen und die Säcke herunterwerfen, der andere auf dem Dach des Containers und dafür sorgen, dass sie ordentlich herunterkamen. Derjenige, der das Ganze konstruiert hatte, mochte sich gedacht haben, dass man nur einen Mann brauchte: den, der die Säcke von oben herunterwarf. Aber so funktionierte es nicht. Manchmal reichten nicht einmal zwei. Thomasson wusste, es war vorgekommen, dass sie jemand in den Container geschickt hatten, gewöhnlich eine Sommeraushilfe, im Sommer fiel ja die meiste Wäsche an. Derjenige, der sich im Container befand, sollte die Säcke entgegennehmen und sie ordentlich an den Seiten entlang verstauen, damit so viele wie möglich hineinpassten. Damit mussten sie aufhören, nachdem einer da unten fast erstickt wäre. Die Säcke hatten sich auf ihm gestapelt und ihn immer weiter von der Öffnung in der Decke weggedrückt.

Nach dem Wäschecontainer gingen sie weiter zum Müllcontainer. Er stand nur ein kleines Stück davon entfernt, ungefähr mittschiffs. Thomasson zeigte, welche Knöpfe man drücken sollte, wenn es sich im Rohr staute. Er öffnete die Luke und drückte. Erst kam der Gestank, dann das knirschende Geräusch, als der Container den Müll zur Rückwand hin zusammenpresste.

Er erklärte Tony, dass er zuerst in der Küche nachsehen sollte, wenn es einen Stopp gab. Manchmal warfen die Köche Kartons hinunter, die sich querstellten. Wenn er da nichts fand, konnte er hinuntergehen und kontrollieren, ob es der Container war, der Schwierigkeiten machte. Eigentlich sollte er den Müll automatisch zusammenpressen, aber manchmal klappte es nicht. Dann musste man hinuntergehen.

Tony schaute und nickte. Er fragte nicht mehr besonders viel. Thomasson dachte, es läge vielleicht daran, dass er nach all den Eindrücken erschöpft war, also beschloss er, die Sache zu beenden, klappte die Luke zu und drückte den Eisenhaken herunter. Dann nahmen sie den Aufzug hinauf und gingen in die Messe.

Thomasson schaute sowohl in die Offiziers- wie die Mannschaftsmesse. Aber Elina war nicht da.

Er setzte sich mit Tony in die Mannschaftsmesse, trank eine Tasse Tee und aß ein paar Schnitten. Bevor er fertig gegessen hatte, kamen Allan und Tomppa. Er übergab ihnen Tony und sagte, sie sollten diesem zeigen, was gezeigt werden musste, und ihm selbst Bescheid sagen, falls es irgendwelche Probleme gäbe.

Damit übertrug er ihnen sozusagen die Verantwortung. Nicht formell. Nein. Die Verantwortung lag natürlich immer bei ihm. Das war ihm bewusst. Sehr bewusst.

Allan und Tomppa waren zufrieden. Keiner von ihnen war besonders interessiert daran, sich um Wäsche und Müll zu kümmern. Sie wollten eine Sommeraushilfe für diese Aufgabe. Und sie hatten eine bekommen. Jetzt galt es nur, in der Praxis zu zeigen, wie das Ganze gehandhabt wurde.

Das Problem war eigentlich der Müll. Im Sommer waren die Säcke zahlreich und stanken. Tomppa und Allan waren schon altgedient und fanden, sie hätten ein Recht auf etwas bessere Tätigkeiten. Nun hofften sie also, dass Tony die Sache mit dem Müll übernehmen würde. Thomasson mischte sich nicht in ihre Aufteilung der Arbeit ein. Das Wichtige für ihn war, dass sie getan wurde.

Den Rest hat man ihm erzählt. Es kam ja zu einem polizeilichen Verhör, und die Reederei wollte wissen, wie es passiert war, wo der Fehler lag und wie es in Zukunft besser gemacht werden konnte. Es war auch viel die Rede davon, wie der Container konstruiert war. Eigentlich hätte er mit offener Luke überhaupt nicht funktionieren sollen. Irgendwo hatte es einen Fehler gegeben. Entweder beim Hersteller oder bei dem, der den Container im Schiff installiert hatte, oder bei der Besatzung des Schiffs.

Aber an Sündenböcken war anscheinend niemand interessiert.

Thomasson sprach mit Tomppa und Allan, zusammen und mit jedem von ihnen allein. Nach einigen Gesprächen meinte er ein ziemlich klares Bild davon bekommen zu haben, was an diesem Abend passiert war, an Tonys erstem Abend an Bord.

Es war so: Tomppa und Allan hatten Tony mitgenommen, um die Wäsche einzusammeln. Sie wollten ihm zeigen, wie es ging, wo er die Wäsche abholen und was er dann damit machen sollte. Es war eine leichte Arbeit, die sich gut für einen Anfänger eignete. Und wenn man es am Abend erledigte, konnte man am nächsten Morgen in Stockholm etwas länger schlafen. Ließ man es jedoch ungetan, musste man gegen fünf aufstehen, um sicher zu sein, dass man es schaffte, alles einzusammeln und in den Container zu füllen.

Sie begannen eine Weile nach der Abfahrt von Turku. Da sie zu dritt waren, rechneten sie damit, dass es schnell gehen würde, knapp eine Stunde. Sie zeigten Tony die Verschläge, in denen die Säcke lagen, wie man einen in jede Hand nahm und sie über den Boden zu den Aufzügen schleifte. Man brauchte eine gute halbe Stunde, um den Raum auf dem vierten Deck mit Wäschesäcken zu füllen. Sie beschlossen, dass Tony da oben stehen bleiben und mit dem Hinunterwerfen anfangen sollte, wenn er sie vom Autodeck rufen hörte.

Tomppa und Allan gingen hinunter und kletterten auf das Dach des Containers. Sie öffneten die Luke im Treppenschacht und schrieen Tony durch das Rohr zu, er solle mit dem Hinunterwerfen beginnen. Nichts geschah. Da schrieen sie nochmals. Wirf die Säcke herunter! Fang an, die Säcke herunterzuwerfen!

Sie blieben auf dem Dach stehen und warteten. Die Luken waren offen, aber Säcke waren keine zu sehen. Es ging auf halb elf zu. Tomppa hatte einen Kognak in der Kabine, den sie trinken wollten, während sie ein bisschen Karten spielten. Einen Hennessy. Hennessy, weil er gut schmeckte, aber vor allem, weil der Korken leicht herauszuziehen war. Möglicherweise glaubten sie, Thomasson wisse nichts davon. Aber er wusste es. Sie taten es die ganze Zeit: ließen Kognak aus dem Lager mitgehen, klemmten die Flasche zwischen die Schenkel und wärmten sie dann mit den Händen um den Flaschenhals, während sie sich vorsichtig und geduldig nach oben arbeiteten. Nach einer Weile konnten sie den Korken herausziehen, ohne dass das Siegel gebrochen wurde. Wenn der Kognak ausgetrunken war, drückten sie den Korken wieder hinein, schlugen der Flasche den Hals ab und schickten sie dem Lieferanten mit einer Bestätigung, dass sie bei der Fracht kaputtgegangen sei. Bruch. Mit der nächsten Lieferung kam eine neue. Sie glaubten, die Ewigkeitsmaschine erfunden zu haben.

Die Zeit verging. Keine Säcke kamen aus dem Rohr.

Tomppa sagte, er geht hinauf und schaut nach.

Er kletterte vom Container herunter und ging zum Aufzug. Allan blieb auf dem Dach stehen. Er beugte sich vor, so dass der Kopf in das Rohr hineinragte.

Tony, schrie er.

Er meinte, ein gedämpftes: Was? zu hören.

Er schrie nochmals, und wieder hörte er diese gedämpfte Stimme. Also dachte er, er müsse nur warten, dann wäre Tomppa ja bald da oben und würde dem Jungen zeigen, wie es ging. Also setzte er sich neben der Luke auf das Containerdach. Die Autodächer glänzten. Es war fast überhaupt kein Seegang, obwohl früher am Abend rauhe See angekündigt worden war. Es konnte also nicht so sein, dass Tony auf einmal seekrank geworden war und da oben saß und sich übergab, statt Säcke in das Rohr zu schieben.

Plötzlich hörte er Tomppas Stimme durch die Luke.

Hier! Du verdammter Idiot! Hier hättest du sie hineinwerfen sollen!

Allan steckte den Kopf in das Rohr.

Was ist passiert? schrie er.

Dieser verdammte Trottel hat die Wäsche in den Müllcontainer geworfen, schrie Tomppa.

Als sie kurz darauf die Luke des Müllschluckers öffneten, lagen die Wäschesäcke in einem großen Haufen da. Tony hatte sie in schnellem Takt hinuntergeworfen. Auf seine Weise hatte er gute Arbeit geleistet. Alle Säcke waren unten.

Findest du, das hier riecht nach Wäsche? sagte Tomppa.

Tony antwortete nicht. Er schaute in den Container. Er hatte Glück gehabt. Die Säcke waren nicht zusammengepresst worden. Wahrscheinlich war der Container wieder defekt.

Du musst reinspringen und sie rausholen, sagte Tomppa.

Tony schaute Tomppa an. Dann schaute er Allan an.

Du könntest dir vielleicht im Maschinenraum ein Paar Stiefel leihen, sagte Allan.

Den Teufel wird er tun, sagte Tomppa.

Nach dem, was sie einhellig berichteten, gelangte er ohne Hilfe hinein. Drinnen angekommen, ging er vorsichtig auf die Wäsche zu. Der Container war ziemlich niedrig, daher musste er den Nacken beugen.

Geh nicht unter das Rohr, sagte Allan.

Tony schob einen Sack heraus, den sie entgegennahmen und auf dem Deck abstellten. Als er sich vorbeugte, um den nächsten zu packen, rasselte es in dem Rohr, und ein schwarzer Müllsack kam herunter. Er traf Tony nicht, aber er brachte ihn aus dem Gleichgewicht. Tony rutschte aus und fiel in dem Unrat auf die Knie. In diesem Moment setzte sich die Presse in Bewegung. Oft funktionierte sie nicht richtig. Manchmal musste einer hinuntergehen und sie an- und ausschalten, an und aus, bevor sie plötzlich anfing zu pressen. Jetzt war es vermutlich so, dass dieser letzte Sack sie wieder in Gang gesetzt hatte.

Es war Tomppa, der als erster losschrie. Komm raus! Komm raus! Er hatte den Ernst der Lage erkannt. Später berichtete Allan, Tomppas Stimme habe in diesem Augenblick fremd geklungen. Er habe noch nie zuvor, und auch danach nicht, etwas Ähnliches gehört.

Tony kniete weiter da und schaute die Presse an, die angefangen hatte, sich auf ihn zuzubewegen. Die Luke, durch die er hineingekrochen war, maß knapp einen Quadratmeter. Als die große Metallwand sich an der Öffnung entlang vorwärtsbewegte, wurde es im Container rasch dunkel. Man hörte nur noch das Knirschen von Metall auf Metall und Tonys Schreie um Hilfe. Er schrie, sie sollten die Maschine abstellen. Nur jemand, der neu an Bord war, konnte auf die Idee kommen, den Container eine Maschine zu nennen. Aber genau das schrie er.

Sowohl Tomppa wie Allan stürzten sich auf den roten Halteknopf. Aber nichts geschah. Der Container presste weiter. Tony schrie, aber man konnte nicht mehr hören, was. Das Knirschen der Maschinerie übertönte alles. Nach einer kleinen Weile verstummten die Schreie ganz.

Der Container presste weiter, bis alles zusammengepresst war. Dann drehte die Metallwand um und kehrte in ihre Ausgangslage zurück.

Die Seite

18 Thomasson wachte auf der rechten Seite liegend auf. Als er die Augen öffnete, sah er auf eine weiße, unbekannte Wand. Er trug Krankenhauskleidung. Die Decke war hochgezogen bis zum Hals. Auf dem Gang klapperte es wie von Besteck. Entfernte Stimmen.

Dies war der Ort, an dem er nicht hatte landen wollen.

Als sein älterer Bruder beerdigt wurde, war er ebenso traurig wie stolz. Er schämte sich seines Stolzes. Die Mutter weinte, der Vater war grau. Johannes war sechzehn Jahre alt und glaubte an Helden.

Heldentat. Heldentod. Heldengrab.

Der Bruder war mit langen Schritten und mit Johannes und dem Hund auf den Fersen durch den Wald gegangen. Ab und zu drehte er sich um und schaute und fragte, ob er zu schnell ging. Nein, sagte Johannes. Der Bruder liebte es zu jagen und zu fischen. Johannes mochte es, mit ihm zusammenzusein. Als der Bruder nicht mehr da war, ging Johannes seine alten Pfade ab, legte Netze und Fallen aus. Er dachte an die Granate, die über den Bäumen angepfiffen gekommen war. Was hatte sein Bruder in diesem Moment getan? Hatte er etwas bemerkt? Hatte er das Geräusch gehört?

Der Sarg wurde nicht geöffnet. Sie sagten: Es ist besser so.

Johannes trampelte weiter auf den Pfaden seines Bruders

und dachte mit der Zeit, dass es besser sei, ein lebender Wanderer zu sein als ein toter Held. Sein Bruder hätte den Hof übernehmen sollen. Jetzt, als er nicht mehr da war, war Johannes an der Reihe. Aber Johannes wollte nicht. Er wollte fort, wollte weiter. Der Hof wurde von seiner Schwester und seinem Schwager übernommen. Sie sagten, sie täten das, weil sie es müssten. Es handelte sich um ein Familienerbe, ununterbrochen seit fast dreihundert Jahren. Aber der Hof war zu klein, als dass sie davon hätten leben können, und nach einem Dutzend Jahre und drei Kindern mussten die Schwester und der Schwager wegziehen und den Hof verfallen lassen, ein Sommerhaus, um das sich niemand kümmerte und das bald auch keiner mehr nutzen wollte.

»Und hier liegt Thomasson und philosophiert!«

Sie stellte ein Tablett auf den kleinen Tisch neben dem Bett.

»Und nun drehen wir uns auf den Rücken.«

Sie umfasste seine linke Schulter, legte die andere Hand an seine Hüfte und drehte ihn behutsam um.

»So, jetzt wird es bestimmt ein bisschen besser gehen.«

Sie half ihm dabei, im Bett etwas höher zu rutschen, und erhöhte dann das Kopfende, so dass er in einer sitzenden Stellung landete.

»Ein bisschen Essen zu uns nehmen.«

Er war nicht bereit. Obwohl man das vielleicht nie ist. Aber er fühlte deutlich, dass er nicht bereit war. Sein Zuhause war noch da. Es war in der Topeliusesplanade. Die Orgel war noch da, der Brief auf dem Küchentisch, die CD, die er nicht abspielen konnte. Die Nahrungsmittel im Schrank. Die Bilder und die Aufzeichnungen. Die Zeitung, die jeden Morgen kam. Berg vor dem Elektrogeschäft.

Nachdem er gefrühstückt hatte, stellte er den Teller ab und ließ die Beine über die Bettkante gleiten. Das Bett war höher als jenes, das er zu Hause hatte. Er reichte kaum bis zum Boden hinunter. Vielleicht eine Sicherheitsmaßnahme? Damit die Patienten nicht auf den Gedanken kommen sollten, vorzeitig nach Hause zu gehen. Oder es handelte sich ganz einfach um eine Arbeitserleichterung für das Personal.

Weder das eine noch das andere kümmerte ihn besonders. Die Krücke stand an der Wand. Er richtete sich auf und plazierte sie unter dem Arm. Er wusste nicht recht, was er mit der linken Hand anfangen sollte. Sie war bis zum Ellbogen eingegipst. Es pochte in den Fingerspitzen. Er hatte schmerzstillende Mittel bekommen, aber sie hatten offenbar noch nicht ihre volle Wirkung entfaltet.

Seine eigenen Kleider hingen in einem Schrank. Er schaffte es, ihn zu öffnen und alles herauszunehmen. Er legte die Kleider auf das Bett und setzte sich hin. Das Anziehen war ein Problem. Er würde Hilfe dabei brauchen.

Dass er über Nacht im Krankenhaus bleiben musste, lag daran, dass es zu Hause niemanden gab, der ihm helfen konnte. Es wäre auch schwierig für ihn gewesen, sich mit einem unbrauchbaren Fuß und einem unbrauchbaren Arm fortzubewegen. Eine längere Strecke wagte er nicht mit der Krücke zu gehen. Er wollte nicht ein drittes Mal stürzen. Dann wüsste man nicht, wie das Ganze enden sollte. Jetzt war es immerhin ganz gut gegangen. Der Arm sollte noch sechs Wochen in Gips bleiben. Danach würde er fast so sein wie zuvor. Die volle Kraft würde er nicht wiederbekommen, aber das Wichtigste war, dass der Arm wieder funktionieren würde, dass er einen Topf herausnehmen, einen Milchkarton ausgießen, sich waschen und anziehen konnte.

Kurz nach dem Lunch kam Mona Sund zusammen mit

dem Nachbarmädchen, um ihn abzuholen. Da hatte er über drei Stunden fertig angezogen dagesessen.

Es zeigte sich, dass die beiden verwandt waren, Mona Sund und das Nachbarmädchen. Oder fast verwandt. Früher, in Thomassons Kindheit, hatten nicht nur Familie, Nichten und Neffen und Vettern und Cousinen zur nächsten Verwandtschaft gehört, sondern auch Vettern und Cousinen zweiten Grades und von da aus immer größere Kreise. Jetzt sah das anders aus. Jetzt kannte man seine Vettern und Cousinen nur noch vom Namen, hatte hingegen engen Kontakt mit den Kindern des neuen Mannes seiner ehemaligen Frau und dessen Kindern.

Agnes war eine solche Verwandte. Sie war die Tochter der neuen Frau von Monas Bruder. Sie stammte aus Schweden und war nach Finnland gekommen, um an der städtischen Kunstschule zu studieren. Sie hieß Agnes Frid. Die Mutter hieß Erlandsson nach ihrem früheren Mann, und der jetzige Mann, also Mona Sunds Bruder, hieß Nygård. Ralf Nygård, der Sohn von Elna und William Nygård, der in den fünfziger Jahren nach Schweden gezogen war.

In früheren Zeiten hatte Thomasson Elna und William sehr gut gekannt. Sie kamen aus dem Nachbardorf. Die Dörfer waren klein und lagen so nahe beieinander, dass sie fast zusammengewachsen waren. Thomasson und seine Kameraden pflegten durchs Nachbardorf zu radeln, wenn sie zur Bucht, zum Tanz oder weiter zur Küste hin wollten. In einem Winter Ende der fünfziger Jahre hatte er zusammen mit William in Puolanka als Holzfäller gearbeitet.

Für Agnes war das alles sehr verwirrend, und sie hörte sehr bald auf, den Familienausführungen von Mona Sund und Johannes Thomasson zu lauschen. Sie schob den Rollstuhl die Bankgatan entlang auf den Marktplatz zu, während Mona nebenherging und davon sprach, wie lustig es war, dass sie und Thomasson so lange so nahe beieinander gewohnt hatten, ohne zu ahnen, dass sie mehr oder weniger aus demselben Dorf stammten. Aber wie sie schon sagte: Wenn sie nur gewusst hätte, dass er seinen alten Familiennamen gegen den neuen, Thomasson, ausgetauscht hatte, wäre das natürlich etwas völlig anderes gewesen.

Für Thomasson selbst war es wohl eine Erleichterung, auf William und Elna Nygårds älteste Tochter zu stoßen. Es war ihm immer schwergefallen, um Hilfe zu bitten, und besonders, unbekannte Menschen um Hilfe zu bitten. Jetzt war er gezwungen, Hilfe anzunehmen. Und dann zeigte es sich, dass sie beinahe verwandt waren.

Verwandt. Er hatte das Wort schon lange nicht mehr gebraucht. Nachdem er in den fünfziger Jahren den Hof verlassen hatte und seine Schwester und sein Schwager ihn gegen ihren Willen übernommen hatten, hatte er sich nicht nur von dem Hof und seiner eigenen Geschichte freigemacht, sondern auch von seiner Verwandtschaft. Er hatte die Bande gekappt. Sogar so gründlich, dass er den Hofnamen weggelassen und sich Thomasson genannt hatte. Johannes Thomasson. Nicht mehr nur ein Glied in einer Kette, die durch Jahrhunderte verlief. In dem Moment hatte es sich nicht wie ein Opfer angefühlt. Im Gegenteil. Es war, als hätte er einen Schritt aus der Reihe herausgetan, um sich plötzlich als ganzen Menschen mit offenem Raum in allen Richtungen zu sehen.

Die Sonne schaute heraus, während sie sich in gemächlichem Tempo auf den Marktplatz zubewegten. Thomasson hatte die Krücke über die Schenkel gelegt. Der Rollstuhl sollte unten im Treppenhaus abgestellt werden. Mit Monas und Agnes' Unterstützung würde er bestimmt ohne Probleme in seine Wohnung gelangen können. Er würde sich die ersten Tage drinnen aufhalten, bis er sich so weit eingewöhnt hatte, dass er sich mit Hilfe der Krücke wieder vorwärtsbewegen konnte. Der Fuß fühlte sich schon besser an. Er berührte ihn vorsichtig, während er da im Rollstuhl saß. Es tat weh, aber nicht richtig. Nicht wie der Arm. Den wollte er nicht einmal versuchen zu berühren.

Er war ein wenig verwundert darüber, wie leicht er es trotz allem nahm. In einem Rollstuhl die Straßen entlanggeschoben zu werden, daran hätte er nur gut einen Tag zuvor nicht einmal denken mögen. Und es wäre ihm peinlicher gewesen, als wenn er denselben Weg mit der Krücke zurücklegte. Vermutlich lag es an der Gesellschaft. Jene, denen er begegnete, sahen nicht nur ihn. Sie sahen drei Personen unterwegs zum Marktplatz. Eine Frau mittleren Alters, einen älteren Mann und ein junges Mädchen.

Vielleicht Vater, Tochter und Enkelin.

Maja, sagte er, so hätte das Leben vielleicht aussehen können.

Genau so sieht das Leben aus, sagte Maja. Du wirst von zwei unbekannten Menschen in einem Rollstuhl vom Krankenhaus nach Hause gebracht.

19

Als sie am Elektroladen um die Ecke bogen, saß Berg da und schaute, als hätte er darauf gewartet, dass sie gerade in dem Moment kommen würden. Er hatte auch gestern vor der Haustür gesessen, als die Sanitäter mit dem auf der Trage festgeschnallten Thomasson herunterkamen. Da hatte Thomasson Berg grüßend zugenickt, aber nicht mit ihm gesprochen. Jetzt bat er Agnes, anzuhalten. Er dachte, er sollte Berg die Hand geben und ihm dafür danken, dass er Hilfe geholt hatte. Aber als sie sich da gegenübersaßen, merkte er, dass es nicht gehen würde. Einer von ihnen würde aufstehen müssen, sonst würden die Hände einander nicht erreichen.

Also blieb er sitzen. Es war das erste Mal seit vielen Jahren, dass er Berg direkt von vorn sah. Gewöhnlich sah er ihn von schräg oben, und da verbarg die Sportmütze einen Teil des Gesichts. Er sah jünger aus, als Thomasson erwartet hatte. Knapp über siebzig.

»Na, Thomasson«, sagte Berg.

»Jaa«, sagte Thomasson. »Es ist ja gut, dass ich es ins Krankenhaus geschafft habe.«

Die beiden Männer befanden sich auf gleicher Höhe. Erst vor ein paar Tagen hatte Thomasson in Gedanken das Wort Rollstuhl gestreift, und dass er eines Tages an den Punkt kommen würde, an dem die Beine ihn nicht mehr trugen. Jetzt saß er da. Glücklicherweise nur vorübergehend. Wie für eine kurze Praktikantenperiode.

»Also danke ich dir herzlich«, sagte er. Berg wandte sich ein bisschen zur Seite und kramte in einer Tasche, die er am Rollator hängen hatte. Er zog ein Papier heraus, das er Agnes entgegenstreckte.

»Da«, sagte er. »Es hat sich fast von selbst ergeben, als ich ein bisschen zum Nachdenken kam.«

Dann schaute er Thomasson an.

»Hast du schon ein Papier von dem Mädchen bekommen, Thomasson?«

Thomasson schaute auf das Papier, das Agnes zusammenfaltete und in eine schwarze Stofftasche steckte.

»Nein«, sagte er, »sollte ich das?«

»Ja, das solltest du«, sagte Berg. »Es war genau in dem Moment, als ich auf dich zeigte und dem Mädchen sagte, Thomasson da oben, er würde sicher eine Menge beizutragen haben, als du auf den Hintern fielst und dir Arme und Beine brachst.«

»Das Handgelenk«, sagte Thomasson.

»Ja ja«, sagte Berg. »Erst kommt das eine und dann das andere, wie ich zu sagen pflege.«

In die Wohnung zu gelangen ging besser als erwartet. Wenigstens für Thomassons Teil. Aber Agnes und Mona schienen auch nicht besonders mitgenommen, als sie erst zur Tür hereingekommen waren und ihn auf den Stuhl neben dem Bücherregal gesetzt hatten.

Mona streckte den Rücken, stemmte die Hände in die Hüften und schaute ins Zimmer hinein.

»Lustig«, sagte sie, »die gleiche Wohnung, und trotzdem sieht sie so anders aus. Darf ich mich ein wenig umschauen?«

Agnes blieb an der Tür stehen. Sie sah verlegen aus. Thomasson versuchte ihr Alter zu schätzen, aber das war schwer. Sie konnte alles zwischen fünfzehn und dreißig sein.

»Zweiundzwanzig«, sagte sie, als er mit dem Recht des Alters gefragt hatte.

Er sagte, sie könne ebenfalls hineingehen und sich umschauen, wenn sie wollte. Sie stellte die Tasche ab und folgte Mona ins Wohnzimmer. Thomasson beugte sich vor und begann seine Schnürsenkel mit der rechten Hand aufzuknoten. Er hörte sie über die Aussicht reden. Mona sagte, das Gebäude zur Bankgatan hin störe sie ein wenig. Er begriff, dass sie sich oft gegenseitig in ihren Wohnungen besucht hatten. Mona war ja, wenigstens fast, Agnes' Tante. Vermutlich war es so, dass sie dem Mädchen geholfen hatte, eine Wohnung zu finden, als es aus Schweden gekommen war.

Er musste auf die Toilette gehen, wusste aber nicht so recht, wie er das anstellen sollte. Wenn er erst allein war, würde es wohl gehen. Er wollte kein Aufhebens davon machen, solange sie da waren. Also blieb er sitzen, wo er saß.

»So sieht sie also aus«, sagte Mona, als sie wieder in die Diele hinauskam.

Er schaute sie an.

»Die Orgel«, sagte sie. »Alle haben so viel darüber geredet, aber keiner hat genau gewusst, wie sie aussieht. Ist sie jetzt ganz fertig?«

Was sollte er darauf antworten? Vielleicht, dass sie fertig war, aber noch ungespielt.

»Im Großen und Ganzen«, sagte er.

Er war mit seinen Schnürsenkeln beschäftigt. Mona setzte sich hin, knotete sie auf und zog ihm die Schuhe aus. Gleichzeitig sagte sie zu Agnes, die aus dem Zimmer kam, sie solle den Bettüberwurf vom Bett nehmen. Sie half ihm auf und in die Toilette hinein, und als sie ihn dort hingesetzt hatte, ging sie hinaus und machte die Tür hinter sich zu.

»Klopfen Sie, wenn Sie herauswollen«, sagte sie, »dann komme ich und helfe Ihnen.«

Er konnte sie da draußen reden hören. Es war so lange still in der Wohnung gewesen, dass er an den Klang anderer Stimmen außer der von Maja nicht mehr gewöhnt war. Er hatte darauf gewartet, Siris Stimme zu hören, und dann kamen plötzlich Kinder und Frauen herein.

Und alles wegen eines verstauchten Fußes und eines gebrochenen Handgelenks.

Er schaffte es, sich aufzurichten, die Spülung zu betätigen und die Hände zu waschen, oder besser gesagt die Hand, bevor Mona klopfte und hereinkam. Sie nahm seinen Arm und half ihm zum Bett.

»Ich selbst arbeite heute Abend«, sagte sie, »aber Agnes wird später kommen und nach Ihnen schauen. Und wenn irgendetwas ist, rufen Sie einfach an.«

Sie legte einen Zettel neben ihn aufs Bett. Darauf standen ihr Name und der von Agnes, jeweils mit einer Telefonnummer darunter.

20

Als er das Türschloss wieder klicken hörte, rollte er sich auf die Seite. Durch das Fenster konnte er hinauf zum Krankenhaus sehen. Daran hatte er früher nie gedacht. Er hatte immer gedacht, dass er durch das Fenster hinauf zum Wasserturm sehen konnte.

Jemand ging in der oberen Wohnung herum. Eine Balkontür wurde geöffnet. Es war halb zwei. Trübes Wetter. Er machte die Augen zu und versuchte zu schlafen. Trotz des Wetters war es, als laste das Licht auf den Lidern. Er hätte den Vorhang zuziehen oder eins der Mädchen bitten sollen, es zu tun. Er hätte aufstehen können, wollte aber nicht. Eigentlich war er nicht so müde, aber es fühlte sich plötzlich an, als wäre der Körper gebrechlich geworden. Innerhalb weniger Tagen hatte sich alles verändert. Einen weiteren Sturz durfte er nicht riskieren. Wenn das passierte, würde er im Krankenhaus bleiben müssen. Lange. Jetzt war er immerhin zu Hause. Darauf kam es an.

Nach einer Weile merkte er, dass die Knie begannen, sich aneinander zu reiben, wenn er auf der Seite lag. Knochen an Knochen. Mittlerweile war er groß und schlank wie in der Jugend, aber ohne Straffheit der Haut und ohne richtige Muskeln. In einer Periode seines Lebens war er ziemlich rundlich gewesen. Es begann zwischen vierzig und fünfzig. Er stand manchmal in der Kabine und betrachtete sich in dem großen Spiegel, und was er sah, war ein Mann mit dünnen Beinen und einem wachsenden Bauch. Er war von der Langeweile schwanger und dämpfte sie mit Bier und Whisky, Eierbutter auf warmen Piroggen, Nachtischen und Würsten, die gegen zwei Uhr nachts in die Messe hinaufgetragen wurden.

Auf der Sally befand sich der Personalaufzug gleich vor seiner Tür. Wenn er die Kabine verließ, trat er direkt in den Aufzug. Jeden Tag hörte er das Zischen der Tür, die sich hinter ihm schloss. Ganz hinten befand sich eine blanke Blechwand. In dieser Wand spiegelte sich eine unförmige Figur. Ein blau gestreiftes Hemd hing über dem Hosenbund. Bleiche Arme an den Seiten. Äderchen auf roten Backen. Als der Aufzug abbremste und schließlich auf dem Lagerdeck anhielt, hatte er den Blick immer noch auf die Gestalt an der Wand geheftet. Sie schwankte.

Daheim spazierte und turnte Siri eifriger denn je. Es war, als würde sie um die Fünfzig noch mal neu aufleben. Nicht nur, dass sie turnte, tanzte, im Chor sang und Spaziergänge mit Tipps für die Rentner der Stadt machte, sie engagierte sich auch in verschiedenen Lesezirkeln, in denen man unterschiedliche Themen für jede Saison wählte: Heimatgeschichte, österbottnisches Frauenleben, Emigration und etwas, das sie Konflikte nannte und das sich mit allem, von Ehe über Krieg bis zum Gewissen, beschäftigen konnte. Dieses letztere Thema umfasste alle Literatur, die je geschrieben worden war. Siri meinte, das sei gut, da es den Teilnehmern des Zirkels Gelegenheit gab, die Bücher hervorzuheben, die gerade ihnen wichtig waren.

Zu jener Zeit las sie Thomasson immer noch abends vor. Vielleicht nicht mehr so sehr ihm zuliebe als um ihrer selbst willen. Und er hörte immer noch zu, aber vielleicht nicht mehr so sehr seinetwegen als ihr zuliebe.

Er war langsam zu der Einsicht gelangt, dass Träume selten Wirklichkeit werden. Es ist möglich, dass Siri dasselbe schon viel früher erkannt hatte, aber dass sie auf eine bessere Weise mit dieser Einsicht leben konnte als er. Er wusste es nicht. Sie sprachen nicht mehr so miteinander, wie sie es am Anfang getan hatten. Vielleicht musste es so kommen. Siri ersetzte die Gespräche durch Träume und Aktivitäten, er ersetzte sie durch Essen und Trinken.

Und nach und nach durch Elina. Es kam plötzlich. Eines Tages teilten sie den Aufzug hinunter zum Lager. Elina brauchte das eine oder andere aus dem Vorrat. Sie fuhren abwärts, und Thomasson betrachtete sich wie üblich in dem blanken Blech. Der Zerrspiegel. Davon wurden die Augen angezogen. Die Gestalt, die mit jedem Tag immer fremder zu werden schien. Plötzlich begegnete er Elinas Blick in dem Spiegel. Sie standen nahe beieinander. Wie ein Paar auf einer alten Fotografie. Verblichen, an den Kanten ein wenig ausgefranst. Sie wandte den Blick nicht ab. Nach einer Weile tat sie einen Schritt auf ihn zu. An der Wand sah es aus, als würden ihre Körper verschmelzen. Er weiß nicht, ob er eigentlich erstaunt war. Vielleicht hatte es schon vor diesem Augenblick etwas gegeben. Aber das war der Moment, in dem es geschah.

Hab keine Angst, sagte Elina.

21

Er konnte nicht einschlafen und setzte sich im Bett auf. Mit Hilfe des Fensterbretts zog er sich hoch, bis er stand. Er plazierte die Krücke unter dem Arm und schlurfte vorsichtig ins Wohnzimmer.

Die Bilder lagen noch so auf dem Tisch, wie er sie vor dem letzten Sturz verlassen hatte. Oder vielleicht dem jüngsten. Aber hoffentlich dem letzten. Ins Krankenhaus gedachte er nur zu einem einzigen Zweck zurückzukehren: um den Gips abnehmen zu lassen.

Er setzte sich auf das Sofa. Was ihm am meisten fehlte, waren Bilder aus dem Lager. Es war ihm nicht gelungen, auch nur ein einziges zu finden. Aber das meiste hatte er im Kopf.

Sie pflegten unter dem Autodeck zu arbeiten, gleich neben dem Maschinenraum, dem eigentlichen Herzen des Schiffs. Von früh bis spät war das dumpfe Grollen von dort zu hören, die Vibrationen des Rumpfs gingen direkt in sie hinein. Aber abgesehen davon war das Lager wie eine Einheit. Abgeschieden. Oder vielleicht war es eigentlich der Maschinenraum, der abgeschieden war. Mitten ins Schiff eingebettet, geschützt, um das Schiff so lange weitertreiben zu können wie überhaupt möglich. Das Lager nahm einen großen Teil des Achterschiffs ein. Große, offene Flächen.

Thomasson hatte im Lauf der Jahre viele Diskussionen im Radio und in den Zeitungen über die Ursache für den Untergang der Estonia verfolgt. Viele behaupteten, ein Schiff wie die Estonia könne überhaupt nicht sinken, wenn kein Wasser unter dem Autodeck eindrang, unten in den Rumpf: ins Lager, in den Maschinenraum, die Saunaabteilung, die Passagierräume mitt- und vorschiffs. Es reichte nicht, dass Visier und Bugrampe sich zum Meer hin öffneten, das würde nur zum Eindringen des Wassers ins Autodeck und zu sofortigem Kentern führen. Mit offener Bugrampe wäre es schnell gegangen, kaum jemand hätte es hinausgeschafft. Dann wäre die Estonia mit ihrer ganzen Ladung einen, vielleicht mehrere Tage vor sich hin gedümpelt. Thomassons altes Lager, der Maschinenraum und alle anderen Räume darunter hätten als Luftkissen fungiert.

Aber was geschah, war, dass sie sich auf die Seite legte und dass sie schließlich nach einer guten halben Stunde versank.

Sie sank mit dem Heck voran, drehte sich um die eigene Achse und landete mit einem solchen Gewicht auf dem Boden, dass es im Seismologischen Institut in Helsinki einen Ausschlag gab. Dann folgte das Vorschiff langsam nach. Schließlich legte sie sich in einer Tiefe von achtzig Metern auf die Seite. Dort liegt sie heute noch.

Das bedeutet, dass das Wasser unter das Autodeck gelangt sein musste. Vielleicht durch den Treppenschacht. Obwohl die Leute, die vom unteren Deck flüchteten, kein Wasser auf ihrem Weg hinauf antrafen, also stimmte das vermutlich nicht. Der Treppenschacht befand sich außerdem mitten im Schiff, es hätte also einer kräftigen Schlagseite bedurft, bevor das Wasser begann, hinunterzufließen und das Deck zu füllen, in dem sich die billigsten Kabinen befanden.

Es ist auch über offene Ventilationstrommeln spekuliert worden, die das Wasser in den Rumpf hinuntergeleitet haben könnten. Aber offenbar ist man nicht ganz sicher, ob solche Ventilationstrommeln überhaupt existierten, da die Grundrisse der Estonia seit langem verschwunden sind. Thomasson selbst kann sich nicht erinnern, für solche Dinge hatte er sich auch nie interessiert. Für ihn hat der Treppenschacht eine ganz andere Bedeutung, in seiner Erinnerung ist er verbunden mit einem Wäschecontainer und einem Müllcontainer und einem jungen Mann, der in Dunkelheit und Gestank zu Tode gepresst worden war.

Er denkt, obwohl er weiß, dass das Leben nicht so funktioniert, dass gerade dieser Treppenschacht Unheil genug angerichtet hat, dass es nicht sein darf, dass er ihm auch Siri genommen hat.

Also hat er beschlossen, davon auszugehen, dass sich ein Loch an der Steuerbordseite befand. Auf der Seite, die zum Meeresboden hin liegt.

Autodeck. Lastenaufzug. Müllcontainer. Thomasson sieht es vor sich: Grau und Eisen, Ölflecken und Abgase, Stimmen, die hallen, und Geklapper. Dann kommt das Wasser.

Die Estonia wurde seit mindestens einem halben Jahr vor dem Unfall mit einem mit Wasser gefüllten Visier und einem Leck in der Bugrampe gefahren. Wasser auf dem Autodeck war die Regel. Aber bei diesem letzten Mal kam mehr herein als üblich, und obwohl die Besatzung tat, was sie konnte, um das Wasser zum Abfließen zu bringen, vielleicht über das Achtertor an Steuerbord, gelang es nicht. Die Wassermassen drangen herein.

Und übernahmen die Kontrolle über ein verschlissenes Schiff.

Warum, und was danach geschah, bleibt im Ungewissen, bis es gehoben sein wird.

22

Er blätterte in den Bildern auf dem Tisch vor sich und fand eine abgegriffene und zerfledderte Broschüre aus der Mitte der achtziger Jahre. Darin konnte man Bilder vom Inneren des Schiffs sehen: die Kabinen, die Bar, die Cafeteria, den Speisesaal und das Tanzlokal, in dem ein Paar, im typischen Stil der achtziger Jahre gekleidet, Wange an Wange tanzte. In der Broschüre befand sich auch ein Bild von Elina, die lächelnd ein Tablett mit Lachs im Teigmantel, Salat und Zitronen präsentierte. Die dunklen Haare waren in einem Nackenknoten zusammengefasst, sie lächelte in die Kamera, und Thomasson meinte fast, den Duft von ihrem Drosselgrübchen zu riechen, als er sacht mit dem Daumen über das Bild strich.

An dem Tag, an dem sie zusammen im Aufzug zum Lager gefahren waren, hatte Thomasson einen Schritt aus seinem gewöhnlichen Leben getan. Das Gefühl der Freiheit erinnerte an jenes, das er empfunden hatte, als er als junger Mann den Heimathof verließ. Doch alles veränderte sich rasch.

Thomasson hatte nun über dreißig Jahre in der Nähe von Siri gelebt. Sie hatte ihre Aktivitäten. Sie lief hinaus zu ihnen, und sie erzählte von dem einen und anderen, wenn sie nach Hause kam. Thomasson konnte nicht auseinanderhalten, wer das alles war, ob Gunilla eine Teilnehmerin des Lesezirkels oder der Gymnastikgruppe war, ob Lars-Erik Hausmeister in der Schule oder derjenige war, der den Rasen und die Beete rings um die Kirche und das Gemeindehaus pflegte. Er fragte nicht, und Siri gab sich keine Mühe zu erklären. Sie erzählte, und er brummte und sagte, aha, so ist das also.

Aber er war nicht der einzige, der zerstreut und uninteressiert war. Wenn er über das Leben an Bord sprach und ihr erzählte, wie viele oder wenige Passagiere auf dem Schiff gewesen waren, dass er mit dem Chef des Supermarkts nicht zurechtkam, über das Gedränge auf dem Autodeck, wenn sie in Mariehamn Waren bekamen, oder über die Rentnergruppen, die nach Stockholm fuhren, um Butter einzukaufen, dann hörte Siri zerstreut zu und sagte, aha, so ist das also.

Doch an dem Tag, an dem er von seinem Morgenspaziergang zurückkehrte und die Bilder auf dem Bett ausgebreitet waren, hatte Siri nichts Zerstreutes. Sie saß in dem Sessel am Fenster. Bleich und so wütend, dass sie zitterte. Sie sah ihm ins Gesicht, und obwohl sie so wütend war, hörte sie sich doch an, was er zu sagen hatte.

Die Auseinandersetzung, der Streit waren nicht anders als die Streitereien, die sich in Tausenden und Abertausenden von Heimen abspielten. Thomasson versuchte, sich frei zu lügen, und da es nicht gelang, gab er so viel zu, wie er musste, und da seine Frau damit nicht zufrieden war, gab er schließlich auf und erzählte alles, so wie es war.

Nach diesem Gespräch beschloss Thomasson, die Geschichte mit Elina zu beenden. Das sagte er auch zu Siri. Und er meinte es ernst. Aber als er eine Woche später an Bord kam, zeigte sich, dass sie schon dabei war, sich von ihm zu entfernen. In dem Moment, als Thomasson begriff, dass es so war, fiel alles in sich zusammen, was er vorgehabt hatte. Er konnte Elina nicht verlassen, wenn sie schon im

Begriff war, ihn zu verlassen. Dann würde alles unabgeschlossen bleiben. Thomasson würde dastehen müssen und sie fortwandern sehen. Mit einem anderen.

Elina sagte, es gebe keinen anderen.

Aber Thomasson wusste es. Gab es jetzt gerade keinen anderen, würde später einer kommen. Und Thomasson müsste dastehen und sich das ansehen und wissen, dass er verlassen worden war. Er weigerte sich, das mitzumachen.

Also fuhr er fort, Siri anzulügen. Und er ließ Elina nicht gehen.

Sie wusste genau, was vorging, sagte Maja.

Thomasson entschied sich, ihr nicht zuzuhören. Gespräche mit den Toten können manchmal an lebenslange Ehen erinnern. Man kann immer zu einem späteren Zeitpunkt antworten. Falls es nötig ist. Oder still sein. Also kramte er weiter in den Bildern. Alte Postkarten. Instruktionen für die Reise zur Werft von Papenburg. Noch ein Bild von dem glänzenden Schornstein. Der fünfzehn Jahre später ...

Sie hat Elina sogar einmal angerufen und mit ihr gesprochen, sagte Maja.

... mit einem Zischen im Wasser versinken würde.

Sie waren sich einig, sagte Maja. Was Elina anging, war eure Beziehung Geschichte. Geschichte und nichts weiter.

Und während sich das Schiff auf die Seite legte, dieser Ton. Die Sirene. Das Nebelhorn. Hatte Siri das gehört? War sie draußen an Deck? Im Wasser? Drinnen im Schiff?

Und nicht einmal eine wichtige Geschichte. Nur eine Episode. Sie sagte, es war eigentlich ein Irrtum. Von Anfang bis Ende.

War die Sirene für jene zu hören, die sich noch drinnen im Schiff befanden? Die Sirene, die bedeutet, dass ab sofort jeder sehen muss, wo er bleibt. Dass alles, was sie je geglaubt hatten, außer Kraft war. *The most miserable sound.* Wo hatte er das gehört? Vermutlich war es etwas, das Siri ihm vorgelesen hatte. Vielleicht Shakespeare.

Er fischte ein Bild heraus, auf dem das Schiff von vorn aufgenommen war, und drehte das Bild dann in einem Winkel von schätzungsweise fünfunddreißig, vielleicht vierzig Grad. Das war eine kräftige Neigung. Die Bullaugen auf dem vierten und fünften Deck gerieten unter Wasser. Um sich in einem Schiff mit einer solchen Schlagseite vorwärts zu bewegen, brauchte man Kraft und eine gute Kondition. Und musste Glück haben, nicht von losen Gegenständen gerammt zu werden, die über offenen Flächen flogen. Wenn das Schiff obendrein in schwerer See rollte, dürfte es nahezu unmöglich sein. Siri war durchtrainiert, aber sie war auch zierlich und fünfundsechzig Jahre alt.

Sie hatte eine Innenkabine an Steuerbord gebucht. Als sie eine Minute vor der ersten großen Schlagseite aus ihrer Kabine trat, hatte sich das Schiff ein wenig aufrichten können, und die Neigung betrug jetzt fünfzehn, zwanzig Grad. Aber es verschlimmerte sich schnell. Ruckweise wurde sie immer größer, und bald darauf begann das Wasser in die Aufbauten des Schiffs einzudringen.

Thomasson fragte sich, ob es zu diesem Zeitpunkt noch möglich gewesen war, hinauszugelangen. Und wenn sie nicht hinausgelangte, was machte sie dann?

Er sah das Wasser an ihrer Kabinentür steigen. Schon vor der Schlagseite hatte der Befehlshaber auf der Brücke die Geschwindigkeit gedrosselt und versucht, von den Wellen wegzusteuern, um den Druck auf das Vorschiff zu mindern. Erst nach Steuerbord, aber als die Estonia da kräftig zu rollen begann, lenkte man sie zurück, so dass sie den Wellen direkt von vorn begegnete. Sie stampfte hart, und man drosselte die Geschwindigkeit noch mehr. Das half ein wenig, aber jetzt grub sie sich stattdessen tief in die Wellen und der Druck auf Visier und Bugrampe nahm zu. Kurz darauf kam die große Schlagseite, und das Schiff war gezwungen, noch weiter nach Backbord zu gieren. Der Korridor, an dem sich Siris Kabine befand, bekam jetzt Lage gegen den Wind. Und das Wasser stieg.

Siri war eine starke Frau, aber wie alle anderen hatte auch sie ihre schwachen Punkte. Einer davon war ihre Angst vor der Dunkelheit. In ihrem ganzen Leben schlief Siri mit einer brennenden Lampe. In der Mansarde in der Bankgatan. In ihrem Haus am Fluss. In der Wohnung in der Topeliusesplanade mit Thomassons gewölbter Hand unter ihrer Wange. Und mit brennender Lampe schlief sie auch in jener letzten Nacht an Bord. Sie hatte nicht ihre eigene angeknipst, sondern die auf dem Pfosten an der gegenüberliegenden Koje.

Thomasson konnte, wie er da auf dem Sofa saß, die Form des Schalters unter seinem rechten Daumen spüren. Durch all die Jahre hindurch: eine Drehung des Körpers, der Arm über dem Kopf, ein Knipsen, und es wird dunkel. Dann die Bewegungen des Schiffs, das Zittern, der Wind. Mal ruhig, mal in Gedanken, die sich häufen und sich nicht zerstreuen, bis er aufsteht, sich ein Bier aus dem Kühlschrank holt und es auf dem an der Wand befestigten Sofa unter dem Bullauge sitzend trinkt. Irgendwann die ruhigen Atemzüge eines Menschen.

An Bord der Estonia würden alle Lichter ausgehen, wenn die Schlagseite so stark wurde, dass die Maschinen stoppten. Die Lampen blinkten auf und es wurde dunkel, Panik breitete sich aus, bis der Notdiesel am Schornsteinfuß ansprang und das Licht zurückkam, schwächer und nur an strategischen Orten. Aber mit dem Licht kam doch ein Hoffnungsschimmer.

Zum letzten Mal, und definitiv, erloschen die Lichter, als das Schiff beinahe auf der Seite lag. Danach gab es nur die Schreie, das Geräusch von strömendem Wasser und Dunkelheit.

23 Thomasson wusste nicht recht, was er mit der kleinen CD anfangen sollte. Schließlich steckte er sie zwischen die anderen ins Regal.

Ein Mittelmäßiger unter Giganten. Das hatte Siri gesagt. Im Regal sah sie nicht einmal mittelmäßig aus. Sie ertrank zwischen dem Vinyl. Also nahm er sie wieder heraus und legte sie auf das Fensterbrett. Da lag sie in ihrer durchsichtigen Plastikhülle.

Buxtehude, Vermischtes.

Vom Wohnzimmerfenster aus wirkte die Stadt wie eine Spielzeugstadt. Klein und niedrig. Ein Stück weiter weg, rechterhand, stand ein graues dreistöckiges Haus. Geradeaus ein weiteres. Im übrigen gab es nur diese Siedlungshäuser. Haus Garten, Haus Garten, Haus Garten. Das war die Provinz, eingezogen in die Stadt. In weiter Ferne sah man den alten Kaufladen. Das ganze Haus stand jetzt leer. Die Farbe war abgeblättert, und es war nur eine Frage der Zeit, bis das Haus abgerissen und ein neues errichtet werden würde. Er schaute es an und versuchte zu spüren, ob es ihm noch etwas bedeutete. Aber da war nichts. Anderes war wichtiger geworden. Die Träume, die ersten Jahre in der Mansardenwohnung. Der Umzug. Der Kaufladen war eine Episode. Damals waren sie noch unterwegs.

Der Junge. Mika. Er hatte gesagt, Agnes hätte einen CD-Spieler. Thomasson konnte hören, dass sie zu Hause war.

Oder er hörte es gerade nicht, hatte es aber früher am Tag gehört. Sie hatte den Staubsauger über die Schwellen gezogen. Es war eine Weile her, aber er wusste, dass seitdem niemand die Treppe heruntergekommen war. Bevor sie gegangen waren, hatte Mona Sund gesagt, Agnes würde später am Tag nach ihm sehen. Er hatte Agnes selbst nichts davon sagen hören, und in jenem Moment hatte er auch nicht besonders viel daran gedacht. Da wollte er sich nur hinlegen und ausruhen.

Er spürte, dass es jetzt wieder an der Zeit war. Er sollte sich also zum Sofa schleppen. Es war nur ein paar Schritte entfernt, aber trotzdem zögerte er. Die Krücke lag fest unter dem rechten Arm. Der linke Arm ruhte in einer Schlaufe am Körper. Er war unruhig geworden. Während dieser wenigen Tage hatte er eine Unruhe verspürt, wie er sie vorher überhaupt noch nicht kannte. Was würde passieren, wenn er stürzte? Wie sollte er sich abstützen? Und wenn er sich nicht abstützen konnte, was würde er sich dann brechen? Und würde er Hilfe bekommen?

Gerade als er einen Ansatz machte, sich zum Sofa zu bewegen, klingelte es an der Tür. Er kam aus dem Konzept und blieb stehen. Er wusste nicht, ob sie zugeschlossen hatten, als sie gingen, oder ob die Tür jetzt offen war. Das Schloss hatte geklickt, aber vielleicht hatte Mona Sund nicht abgesperrt, damit Agnes hereinkommen könnte, ohne ihn aus dem Bett zu jagen.

Abermals klingelte es an der Tür. Das bedeutete, dass die Tür verschlossen war, sonst wäre sie ja einfach hereingekommen, nachdem sie sich durch ihr Klingeln angekündigt hatte. Es blieb ihm also keine Wahl. Er schleppte sich durch das Wohnzimmer hinaus in die Diele. Ganz ohne zu stürzen, ohne einem Sturz auch nur nahe zu kommen. Es ging gut, vielleicht begann er sich daran zu gewöhnen. Das war wohl der Lauf der Dinge. Mit diesem hier wie mit vielem anderen. Schritt für Schritt. Die Krücke, die er anfangs auch nur anzurühren sich geweigert hatte, betrachtete er jetzt als gutes Hilfsmittel. Mehr oder weniger unentbehrlich.

Er setzte sich auf den Stuhl, der immer noch neben dem Bücherregal stand. Offenbar hatte er jetzt seinen neuen Platz gefunden, nachdem er jahrelang in der Küche gestanden und nur kurze Ausflüge in die Diele gemacht hatte. Es schmerzte im Arm, aber das sollte wohl so sein. Der Körper protestierte. Er stellte die Krücke weg, streckte sich nach vorn und öffnete die Tür.

Es war nicht Agnes Frid, die da draußen stand. Es war der Junge. Mika. Er sah ernst aus. Er hatte die Jacke bis zum Hals zugeknöpft, und jetzt war deutlich zu sehen, dass sie ihm zu groß war. Vermutlich hatte er sie von einem älteren Bruder geerbt. Vielleicht von dem, der Kevin hieß. An dem Tag am Fluss hatte er das gesagt. Mama oder Kevin. Es war nicht der Papa, da der Papa Balder hieß, also nahm er an, dass es ein älterer Bruder war.

»Ach«, sagte Thomasson, »du bist es also, der vorbeikommt.«

Der Junge antwortete nicht, schaute nur schräg auf den Boden der Diele. Thomasson dachte, er hätte vielleicht beim letzten Mal etwas verloren. Also schaute er auch, sah aber nichts, was dem Jungen hätte gehören können. Da standen nur seine eigenen Schuhe, ein Regenschirm und eine Tüte mit alten Tageszeitungen.

»Ich dachte, es wäre Agnes«, sagte er.

»Nein«, sagte der Junge.

Dann wurde es still.

»Ich bin es«, sagte der Junge.

Der Junge sah sich im Treppenhaus um. Thomasson hörte, dass wieder ein Radio lief. Vielleicht ein Wunschkonzert. Davon schien es unendlich viele zu geben. Jedenfalls waren zwei Stimmen zu hören. Vermutlich waren es einsame Menschen, die anriefen. Solche, die aus dem einen oder anderen Grund tagsüber zu Hause waren. Wie Thomasson. Obwohl er nie bei einem Wunschkonzert angerufen hatte.

»Genau«, sagte er.

Er sah, dass der Junge den Blick vom Dielenboden erhoben hatte und jetzt den eingegipsten Arm anschaute. Thomasson bewegte ihn ein wenig.

»Gebrochen«, sagte er. »Am Handgelenk.«

Es war schwer zu sagen, ob der Junge bekümmert war oder ob er nur auf den Arm schaute, um etwas zum Anschauen zu haben. Vielleicht meinte er, es sei seine Schuld, dass Thomassons Handgelenk gebrochen war.

»Das ist nicht passiert, als ich am Fluss gestürzt bin«, sagte Thomasson.

»Ach so«, sagte der Junge.

»Es passierte draußen auf dem Balkon«, sagte Thomasson. »Ein Tisch stand im Weg, und da bin ich gestürzt und habe mich mit der Hand abgestützt.«

Er lachte auf. »Das war nicht so gut«, sagte er.

»Nein«, sagte der Junge. »Das war ja wirklich nicht so gut.«

Sie waren ungefähr gleich groß, während der Junge stand und Thomasson auf dem Stuhl saß. Die Krücke lehnte am Bücherregal.

»Willst du etwas Bestimmtes?« sagte er.

»Mama möchte wissen, ob Sie etwas brauchen. Etwas vom Laden oder so.«

Bevor Thomasson antworten konnte, ging die Tür im

oberen Stock auf. Sie wurde wieder geschlossen, und er hörte Schritte. Es war Agnes, die in ihrem üblichen Tempo kam, als fließe sie die Treppe herunter. Er hatte diesen Ausdruck schon oft gehört, aber nie gesehen, wie es wirklich geschah. In einem Moment war sie noch oben, im nächsten stand sie an seiner Tür.

»Micke«, sagte sie, »du bist hier?«

Sie wuschelte dem Jungen durch die Haare. Er schaute auf und lächelte. Als er das tat, sah er aus wie ein anderer Mensch. Das ganze Gesicht sprang auf, und Thomasson sah zum ersten Mal seine Zähne. Es war nichts Besonderes an ihnen, aber sie waren da. Zuvor waren da nur die dünnen Lippen gewesen und die Worte, die zögernd und steif herauskamen.

Dann schaute sie auf Thomasson. Ihre Hand lag immer noch in den Haaren des Jungen.

»Hej«, sagte sie. »Wie geht es mit dem Arm? Tut er immer noch weh?«

Sie klang reichsschwedischer als zuvor. Oder war es nur so, dass es ihm jetzt mehr auffiel? Früher am Tag hatte er anderes zu bedenken gehabt. Vielleicht bedeutete das, dass es dem Arm tatsächlich besserging. So viel besser, wie es einem gebrochenen Arm nun binnen weniger Stunden gehen konnte.

»Es ist nicht so schlimm«, sagte er. »Es tut ein bisschen weh, aber ich habe eine Tablette bekommen, so dass es wohl bald besser werden wird.«

Der Junge stand da und schaute Agnes an. Es war, als sei ein wenig von dem Lächeln in seinem Gesicht geblieben. Jetzt sah er einfach aus wie ein zufriedener Junge, irgendeiner.

Thomasson überlegte, ob es etwas gab, was er brauchte.

Das gab es bestimmt, aber er konnte nicht darauf kommen, was es war. Er hatte in den letzten Stunden nicht viel in die Schränke geschaut. Ans Kochen hatte er nicht einmal gedacht. Aber das Bedürfnis würde sich ja früher oder später einstellen, alt und verletzt zu sein war ja nichts, was einen von der Notwendigkeit zu essen befreite.

Haferflocken hatte er. Vielleicht etwas Milch. Ein Brot. Ein paar Becher Sauermilch. Das würde eine Weile reichen. Vielleicht Margarine.

Also sagte er dem Jungen, was er kaufen solle, und ließ ihn Geld aus dem Portemonnaie in der Manteltasche nehmen. Der Junge lief die Treppe hinunter. Die Haustür schlug wieder auf, und Thomasson dachte, er wäre wohl halbwegs im Laden, bevor sie sich wieder geschlossen hätte.

Das Mädchen stand noch da.

»Soll ich Ihnen Kaffee kochen, oder etwas anderes?« fragte sie.

Eigentlich trank er nur morgens und zur Lunchzeit Kaffee, aber jetzt sagte er, ja, gern, das wäre gut, und bedeutete ihr, dass sie hereinkommen und die Tür hinter sich schließen solle.

»Sperren Sie nicht zu«, sagte er. »Damit wir nicht hingehen und aufmachen müssen, wenn der Junge zurückkommt.«

Sie wirkte nicht so verlegen wie früher am Tag. Vielleicht war sie da auch nicht verlegen gewesen, vielleicht war es ihm nur so vorgekommen. Ein guter Menschenkenner war er wohl nie gewesen. Viele Jahre lang lief er in dem Glauben herum, Siris jüngere Schwester sei schüchtern, da sie so selten mit ihm sprach, kaum antwortete, wenn er etwas sagte. Ehrlich gesagt glaubte er, sie sei verliebt und versuche sich aus Rücksicht auf ihre Schwester von ihm fernzuhalten.

Später kam heraus, dass sie ihn von Anfang an nicht hatte leiden können.

Agnes half ihm aus dem Stuhl hoch und blieb stehen und sah zu, dass er sich sicher in Bewegung setzte, ohne zu stürzen. Dann ging sie in die Küche und fing mit dem Kaffeekochen an. Thomasson nahm im Wohnzimmer Platz und sammelte die Fotografien ein, die er dann in einem Stapel auf den Schrank neben dem Sofa legte. Er wischte etwas Staub und Krümel mit der Hand weg. Agnes steckte den Kopf aus der Küche.

»Soll ich ein paar Brote schmieren?« fragte sie.

Thomasson sagte, er sei nicht hungrig, aber sie könne sich gern etwas nehmen, wenn sie wolle.

»Ich glaube, es gibt ein paar Brötchen im Gefrierschrank«, sagte er. »Sie könnten sie vielleicht im Herd auftauen.«

Er hörte sie den Gefrierschrank öffnen und nach den Brötchen suchen. Es war ein komisches Gefühl, aus dem Nebenraum das Geräusch von Tüten zu hören, die aneinander raschelten. Niemand außer ihm selbst hatte im Gefrierschrank gekramt, seit Siri gestorben war. Die Brötchen waren selbstgebacken, aber nicht von ihm. Er hatte zwei große Tüten gekauft, als der Turnverein einen Verkauf auf dem Marktplatz veranstaltet hatte. Eins von den Mitgliedern hatte gebacken, die Brötchen waren gut, aber ziemlich klein. Es gab zwanzig in jeder Tüte. Er hatte ein paar davon gegessen und dann den Rest eingefroren, um etwas da zu haben, falls jemand zu Besuch kam.

Das Mädchen kam mit ein paar Brötchen auf einer Platte aus der Küche.

»Ich laufe zu mir hoch und stelle sie in die Mikrowelle«, sagte sie, »das geht viel schneller.«

Thomasson hatte das Gefühl, dass er nicht richtig Schritt

halten konnte. Siri hatte sich immer darüber beklagt, dass er so träge war, und jetzt ging alles schneller als je zuvor. Es geschahen Dinge, und er saß da. Er versuchte darüber nachzudenken, an welchem Tag er zum Morgenkaffee dieses Gedicht von Stig Dagerman gelesen hatte. Es musste am Jahrestag gewesen sein. Das heißt am 28. Jetzt war der 30. Also vor zwei Tagen. Vorgestern. Und alles hatte damit angefangen, dass er auf einem nassen Stein ausgerutscht war. Oder vielleicht hatte es eigentlich mit den Schreien des Jungen angefangen und damit, dass Thomasson sich entschlossen hatte stehenzubleiben, statt weiterzugehen. Es war schwer, eine Grenze zu ziehen. Jedenfalls war einiges geschehen, und jetzt saß er mit einem verstauchten Fuß und einem eingegipsten linken Arm auf dem Sofa und wartete darauf, dass ein Mädchen, Agnes Frid aus Schweden, mit den Brötchen zurückkommen würde, die sie in ihrer Mikrowelle aufgetaut hatte. Dann würden sie gemeinsam auf den Jungen warten, der zum Laden gegangen war, um Milch und Brot und ein paar andere Grundnahrungsmittel einzukaufen.

Er schaute auf die Orgel, die an der Nordwand stand. Sie stand nicht nur da, sie bedeckte fast die ganze Wand. Meistens war es so, als sähe er sie gar nicht richtig. Er hatte sich daran gewöhnt, dass sie sich da befand. Jetzt, da die Augen anderer plötzlich in die Wohnung gekommen waren, sah er sie wieder. Sie war groß. Sie füllte das ganze Zimmer aus, und es war unmöglich zu verstehen, wie sie überhaupt hier hineingelangt war. Und vor allem, wie sie wieder hinausgelangen sollte.

Gerümpel, das sind Sachen, die sich am falschen Platz befinden. Die Orgel war kein Gerümpel, aber durch die fremden Augen sah Thomasson, dass sie sich, wenn nicht am falschen, so doch an einem unerwarteten Platz befand. Er fragte sich, was geschehen würde, wenn er abermals im Krankenhaus landete. Wenn er gezwungen wäre, dort zu bleiben. Es gab immer Menschen, die sich um die Haustiere anderer kümmerten.

Aber Orgeln?

Sie würden hier hereinkommen, irgendeine Umzugsfirma. Vielleicht Backlunds. Sie würden Küchentisch und Stühle, Bett und Sekretäre hinaustragen, und im Wohnzimmer würden sie dann stehen bleiben, die Arme schwer an den Seiten hängend, und nachdenklich die einsame Orgel an der Nordwand betrachten und sagen, jaa, wir müssen wohl versuchen, sie in Stücken herauszukriegen.

24 Der Junge und das Mädchen kamen gleichzeitig. Er hörte ihre Stimmen schon im Treppenhaus, bevor sie die Tür geöffnet hatten. Sie klangen fröhlich. Er hätte gern gewusst, worüber sie gesprochen hatten. Als sie in die Wohnung kamen, dämpften sie die Stimmen, als hätten sie ein Krankenzimmer betreten. Das hatten sie ja auch, aber er war nicht auf die Weise krank, dass man hätte übertrieben still sein müssen. Es ging nur um die Gelenke, nicht um jemand, der auf dem Sterbebett lag. Aber über all das wussten die jungen Leute wohl nicht Bescheid, für sie war er ein alter und möglicherweise sterbender Mann.

Um dem entgegenzuwirken und zu zeigen, dass er nicht nur am Leben, sondern auch höchst lebendig war, rief er in die Diele hinaus: »Hallo, ihr beiden, wie lange das gedauert hat, habt ihr unterwegs eine Vesperpause gemacht?«

Es war als Scherz gemeint, aber als er das Gesicht des Jungen sah, verstand Thomasson, dass der es ernst genommen hatte. Seine Augen waren groß und dunkel. Die hatte er von seiner Mutter.

»Ich bin so schnell gelaufen, wie ich konnte«, sagte der Junge.

»Er hat nur einen Spaß gemacht, Micke«, sagte Agnes.

Sie stellte die Platte mit den Brötchen auf den Wohnzimmertisch und ging in die Küche, um Tassen zu holen.

»Der Junge möchte vielleicht Saft haben«, sagte Thomasson. »Im Kühlschrank steht eine Flasche mit schwarzem Johannisbeersaft.«

Sie schaute den Jungen an: »Magst du ein Glas Saft?«

»Ja«, sagte er.

Sie ging in die Küche, und Thomasson hörte, wie sie den Saft aufgoss. Er hatte immer eine Flasche schwarzen Johannisbeersaft zu Hause, falls er sich erkälten sollte. Jetzt war es schon ziemlich lange her, seit er zuletzt erkältet gewesen war, so dass die Flasche wohl den ganzen letzten Winter im Kühlschrank gestanden hatte. Aber vermutlich war er ganz in Ordnung, es war gekaufter Saft, und da wurden so viele Konservierungsmittel hineingemischt, dass er endlos lange hielt. Beim selbstgemachten entstand gewöhnlich so etwas wie ein Deckel im Flaschenhals, manchmal ein bisschen schimmelig. Ein Pfropfen. Man musste den Pfropfen herausschütteln, um an den Saft zu kommen. Siri und er hatten in dem Haus am Fluss immer Flaschen mit selbstgemachtem schwarzen Johannisbeersaft im Keller gehabt.

In dem Haus, das jetzt das Heim des Jungen war. Thomasson schaute ihn an. Er hatte sich nicht gesetzt, sondern stand nur still mitten im Zimmer und wartete. Es war, als sei er in seiner eigenen Welt hängengeblieben. Er schien Thomasson vergessen zu haben, der auf dem Sofa saß. Hin und wieder bewegte er den Kopf ein wenig. Ruckartig, wie ein Vogel im Käfig. Er sah sich vielleicht nur um, auf seine etwas eigene Weise. Thomasson fragte sich, was mit dem Jungen los war. Falls etwas Besonderes mit ihm los war. Im Großen und Ganzen sah er aus wie ein gewöhnlicher Junge, ein wenig schmal, ein wenig strähnig, mit einer unbeholfenen Sprache. Es waren vor allem Kleinigkeiten in seinem Verhalten, die überraschten. Unfertig, war ein Wort, das ihm in den Sinn kam. Aber auch das stimmte nicht. Unfertig nannte man wohl jene, die auf die eine oder andere Art behindert waren. Entwicklungsgestört. Aber der Junge war nicht entwicklungsgestört. Jedenfalls konnte Thomasson nichts dergleichen bemerken. Vielleicht war er einfach nur eigen. Vielleicht war es das, was die anderen Jungen am Fluss nicht leiden oder verstehen konnten. Thomasson kam der Gedanke, wie er da saß und den Jungen anschaute, dass genau das, das Eigene, etwas war, was er nicht kannte. Nicht bis in den Körper hinein. Er hatte nie etwas auf andere Weise gemacht, er hatte es immer so gemacht, wie man es machen sollte. Bis auf ein einziges Mal.

»Sie ist genau wie die in der Kirche«, sagte der Junge.

Es war also die Orgel, die er angeschaut hatte. So sehr hatte Thomasson sich daran gewöhnt, sie da an der Wand stehen zu haben, dass er nicht einmal daran gedacht hatte, man könnte gar nichts anderes sehen, wenn man den Kopf in diese Richtung gedreht hatte. Der Junge hatte nicht nur den Kopf ein wenig bewegt, er hatte von oben bis unten, von der einen zur anderen Seite geguckt. Er hatte sie wirklich betrachtet und sie mit der Telin-Orgel in der Kirche verglichen.

Und er war zu dem Schluss gekommen, dass sie genau gleich waren.

Der Kommentar des Jungen zu seinem Orgelbau war der erste, den Thomasson je von einer Person bekommen hatte, die sie wirklich gesehen hatte. Er hatte hin und wieder von den Stadtbewohnern Fragen gestellt bekommen, und aus diesen Fragen hatte er geschlossen, dass man Spekulationen anstellte. Warum kamen diese länglichen Pakete aus Lübeck, warum bestellte er spezielles Holz in der Schreinerei, warum konnte er nicht von seiner Orgel erzählen, wenn es so offensichtlich war, dass er eine in seiner Wohnung hatte? Alle wussten alles darüber, aber keiner wusste, warum sie da war. Und kaum jemand hatte sie gesehen.

»Interessierst du dich für Orgeln?« fragte er.

»Nicht besonders«, sagte der Junge.

Agnes kam mit dem Kaffee und dem Saft. Der Duft breitete sich im Zimmer aus. Kaffee und warme Brötchen. Thomasson rutschte weiter in die Ecke des Sofas hinein, damit sie alle drei Platz haben sollten. Früher hatte er zwei Sessel auf der anderen Seite des Tisches stehen. Die hatte er entfernt, weil sie im Weg waren, wenn man vorbei wollte. Nun mussten sie in einer Reihe sitzen, die Gesichter zur Orgel gewandt.

Agnes setzte sich neben Thomasson, und der Junge nahm ganz außen am Rand Platz. Sie servierte den Kaffee und zog die Platte mit den Brötchen näher heran. Thomasson nahm eins. Es lag warm in der Hand. Er überlegte, wann er zuletzt warme Weizenbrötchen gegessen hatte. Die zwei, die er aus der Tüte vom Verkaufstisch des Turnvereins gegessen hatte, waren schon abgekühlt gewesen, und Thomasson hatte sich nicht die Mühe gemacht, sie aufzuwärmen. Die hier waren anders. Auch der Kaffee schmeckte anders. Das kam wohl daher, dass sie ihn auf ihre Weise abgemessen hatte. Er selbst ging nach dem Augenmaß, und er wusste, wie viel in den Filter gehörte, damit es für zwei genügend starke Tassen reichte. Der Kaffee, den Agnes gebraut hatte, war stärker. Außerdem hatte sie Siris geerbte Kanne herausgesucht, in der sie Milch brachte. Warme Milch. Die goss sie in ihren eigenen Kaffee und füllte dann Zucker nach. Thomasson lehnte dankend ab, als sie ihn fragte.

Drüben auf seiner Kante aß der Junge Brötchen und schlürfte schwarzen Johannisbeersaft. Thomasson schielte zu ihm hin und sah, dass er immer noch die Orgel anschaute.

Der Junge biss ein Stück von dem Brötchen ab, trank ein wenig Saft und saß dann da und kaute, während er die Orgel betrachtete. Sie hatte eine graublaue Farbe, schwarze Registerzüge und war mit einer großen Anzahl von vergoldeten Details versehen. Oben unter der Decke standen zwei Engel und bliesen in ein Horn, ein weiblicher und ein männlicher. Falls es nun weibliche und männliche Engel gibt. Dort, auf der Orgel, gab es sie jedenfalls. Sie waren nicht genauso wie die in der Kirche, aber das spielte auch keine Rolle. Thomasson hatte lange gesucht, ehe er sie gefunden hatte. Vergoldete Engel in der richtigen Größe sind nicht gerade etwas, worüber man auf dem Flohmarkt stolpert. Nicht einmal auf einem österbottnischen. Schließlich war es ihm gelungen, über einen Orgelbauer in Kotka diese beiden zu finden. Antero Männistö, wie der Orgelbauer hieß, hatte sie auf einer Urlaubsreise in Norddeutschland erstanden, um sie auf eine seiner Orgeln zu setzen, es sich aber anders überlegt, und so waren sie in einer Kiste liegen geblieben. Aus dieser kramte er dann die Engel hervor und schickte sie Thomasson. In diesem Zusammenhang hatte Männistö auch versucht, Thomasson dazu zu überreden, die fünfzehn sichtbaren Labialstimmen aus Metall durch Holzpfeifen zu ersetzen, da er der Ansicht war, dass eine richtig finnische Orgel soweit wie möglich aus einem Material hergestellt werden sollte, das in der näheren Umgebung vorhanden war. Männistö selbst hatte sämtliche Pfeifen aus Holz aus einem eigenen Wald angefertigt. Am selben Ort gewachsen und verarbeitet. Er erzählte, der eigentliche Ausgangspunkt für seine Orgelbauerei seien die Spaziergänge gewesen, die er als kleiner Junge in den Wäldern rings um seine Heimatgegend mit seinem Großvater unternommen hatte. Der Großvater hatte im Großen und Ganzen aus dem

Material, das in der Natur zu finden war, alles fabrizieren können, was ein Mensch braucht. Auch Musikinstrumente. Nur mit Hilfe eines Schnitzmessers, seiner Hände und seiner Erfahrung hatte der Großvater die Flöten aus Weidenholz angefertigt, auf denen der kleine Antero dann seine ersten Töne geblasen hatte.

Männistö hatte auch eine Anzahl von Bildern geschickt. Auf einigen davon stand er selbst neben seiner Orgel. Oder besser gesagt, neben seiner letzten Orgel; er hatte viele gebaut. Die ersten in kleinem Format und mit nur einem Manual und angehängtem Pedal. Dann waren sie immer größer geworden, um schließlich das Monumentalstadium zu erreichen.

Die größte von Männistös Orgeln schätzte Thomasson auf etwa vier Meter Höhe. Alle sichtbaren Pfeifen waren aus Holz und offen. Das Orgelgehäuse war schön verziert. Es war deutlich zu sehen, dass es nicht nur eine Fassade war, hinter der sich die eigentliche Orgel befand, sondern ein funktionales Instrument durch und durch. Die Orgel stand in einer Kapelle mit hoher Decke und Holzwänden. Das Licht kam von oben, als wäre die Decke zum Himmel hin offen.

Aber nun war es tatsächlich so, dass Thomassons Decke der Boden der Nachbarin war. Der Boden von Agnes, obwohl er das damals nicht wusste. Jedenfalls wollte Thomasson gedeckte Stimmen haben, da er in einer Wohnung mit zweieinhalb Meter Deckenhöhe lebte. Ein gedeckter Subbass 16' im Pedal war zwei und einen halben Meter lang. Und entsprach einem offenen von fünf Meter Länge.

Es war die Wirklichkeit, welche den Rahmen setzte. Zumindest bis zu einer gewissen Grenze. Wenn man nicht wie Krempelmacher Granholm beschloss, ein Loch in die Decke zu schlagen und die Pfeifen ins Freie aufragen zu lassen.

Thomasson wollte auch einen Beigeschmack von Metall im Bass haben. Nebelhorn. Männistö dachte vielleicht eher an einen Wind durch einen finnischen Wald. Also schrieb Thomasson zurück und sagte, er würde seine Pfeifen aus Metall behalten, freue sich aber über die Engel, die genau das waren, was ihm vorgeschwebt hatte.

Nun ragten die fünfzehn Metallpfeifen und die vergoldeten Engel direkt vor Thomasson, Agnes und dem Jungen an der Nordwand unter der Decke auf. Sie atmeten Barock. Thomasson konnte die Musik in sich hören, aber er konnte sie nicht spielen. Er versuchte, die Töne zurückzurufen, die er damals im Radio gehört hatte, als der Möbelschreiner aus dem nördlichen Österbotten sich Buxtehude gewünscht hatte. Es fühlte sich an, als würde er sie fast zu fassen bekommen. Sie waren da. Auch dieser langgezogene Schlusston.

An dem Tag, an dem Siri vor ihrer Orgel sitzen würde, würde sie sich sofort zurechtfinden. Für sie waren die Töne wie die Sprache eines gewöhnlichen Menschen. Sie konnte variieren und den richtigen Ton treffen, ohne auch nur nachdenken zu müssen. Sie waren ein Teil von ihr. Sie war ein Teil von ihnen.

»Die Orgel in der Kirche«, sagte der Junge drüben auf seiner Sofakante, »die hat mehr Gold oben und auf den Flügeln an der Seite. Und dann sind die Ecken runder. Und die da sind gleichmäßiger.«

Er zeigte auf die Reihe von Tasten. Dann biss er ein Stück vom Brötchen ab und schlürfte mehr vom Saft. Unfertig? Wohl kaum. Es stimmte, was er sagte. Eine Orgel zu bauen war schwieriger gewesen, als Thomasson sich das anfangs gedacht hatte. Das Schwierige war nicht die Größe oder das Problem der Technik, das sich immer mit Geduld und guten Ratschlägen von außen lösen ließ. Das Schwierige waren die Details. Wie das exakte Verhältnis zwischen den einzelnen Tasten. Exakte Linien, kleine Lücken. Es sind die Details, die den Fachmann vom Laien unterscheiden. Und es waren die Details, welche die Telin-Orgel von seiner eigenen unterschieden.

Aber er hatte getan, was er konnte. Er war zufrieden.

»Hast du die Telin-Orgel oft angeschaut?« fragte er.

»Nicht besonders«, sagte der Junge.

Das gebrochene Handgelenk ruhte am Körper, lag geschützt in seinem Gips und war kaum zu spüren. Thomasson hob die Kaffeetasse und das Brötchen abwechselnd mit der rechten Hand. Die vergoldeten Engel unter der Decke bliesen ihre lautlosen Töne, so dass die Backen fast am Zerspringen waren.

»Haben Sie sie selber gebaut?« sagte Agnes.

»Ja«, sagte Thomasson.

»Die ganze Orgel?« sagte Agnes.

»Im Großen und Ganzen, ja«

Sie verstummte und blickte die Orgel an. Auch Thomasson sagte nichts. Und der Junge war ebenfalls still. Das war ein Zug an ihm, den Thomasson schätzte. Er hatte das Gefühl, wenn der Junge etwas sagen wollte, würde er es auch sagen. Dass er still war, kam daher, dass er in diesem Moment still sein wollte. Das war eine ungewöhnliche Eigenschaft, auch bei Erwachsenen. Und sie schien immer ungewöhnlicher zu werden.

Er wusste nicht, warum Agnes still war. Vielleicht saß sie pflichtschuldig da, weil ihre Tante ihr gesagt hatte, sie solle am Nachmittag für eine Weile hinuntergehen und nach dem Alten sehen. Vor einigen Jahren, vielleicht einem Jahrzehnt, waren Majas früherer Mann und seine Kinder, Thomassons Enkel, zu Besuch gekommen. Nur ganz kurz, eigentlich waren sie auf dem Weg nach Süden entlang der Küste nach Turku und hatten bei ihm haltgemacht, um hallo zu sagen. Seitdem war viel Zeit zwischen den Besuchen vergangen.

»Warum haben Sie sie gebaut?« fragte Agnes.

Thomasson wusste nicht, was er sagen sollte. Noch nie war ihm diese Frage gestellt worden. Die Leute sagten manchmal: Wie geht es mit dem Bau? Darauf war leicht zu antworten, man musste nur sagen, ganz gut und dann das Thema wechseln.

Aber warum?

Er konnte ja nicht sagen, dass er es tat, damit Siri etwas hätte, um darauf zu spielen, an dem Tag, an dem sie wieder heimkehrte. Er wusste, dass sie nicht heimkehren würde. Trotzdem hatte er die Orgel aus diesem Grund gebaut.

Es ließ sich nicht erklären. Er konnte es sich nicht einmal selbst erklären.

Also sagte er, er hätte sie als eine Art Hobby gebaut, um etwas zu tun zu haben, seit er allein zurückgeblieben war. Seine Frau war tot, erklärte er. Sie war bei einem Unglück ums Leben gekommen, kurz nachdem sie in Pension gegangen war. Sie hatte als Musiklehrerin und Kantorin gearbeitet, also tat er es wohl deshalb. Vielleicht deshalb, sagte er.

Er hatte sie einfach gebaut. Er hatte damit angefangen, als es plötzlich still in der Wohnung wurde und er einsah, dass er einsam war. Es hätte vielleicht genauso gut ein Flaggschiff werden können.

»Dann hätte es da auf dem Fensterbrett stehen können«, sagte er. »Das wäre ein bisschen praktischer gewesen.«

Unterdessen hatte der Junge seinen Saft ausgetrunken und so viele Brötchen gegessen, wie er gewollt oder geschafft hatte. Die Platte war fast leer. Der Junge stand auf und ging zum Fenster.

»Kann man vom Wasserturm bis hierher sehen, wenn man mit dem Fernglas schaut?« fragte er.

»Ja«, sagte Thomasson, »das kann man wohl, wenn nichts im Weg ist, müsste das möglich sein. Es hängt vielleicht davon ab, wie gut das Fernglas ist.«

»Die haben eins da oben«, sagte der Junge. »Man darf es benutzen, wenn man will. Wenn man bezahlt hat. Ich habe auf Kevin hinuntergeschaut, als er unten am Bahnhof Schrott abgeladen hat.«

»Kevin«, sagte Thomasson, »ist das dein Bruder?«

»Mhm«, sagte der Junge. »Und der Verlobte von Agnes.«

Er ging zum Orgelhocker, setzte sich hin und fing an, mit dem Fuß zu wippen, so dass die Ferse gegen ein Bein des Hockers schlug. Man hörte einen dumpf klopfenden Laut. Es schien nicht weh zu tun.

»Sie können sich diese CD auf Agnes' CD-Spieler anhören«, sagte er. »Ich kann ihn holen, wenn Sie wollen.«

Thomasson lachte auf. Es war ein ungewohntes Gefühl. Er musste an einen der Hunde denken, die sie in seiner Jugend gehabt hatten. Der Hund war von unbestimmbarer Rasse und so ängstlich, dass er nicht zur Jagd verwendet werden konnte. Aber das Seltsamste an ihm war, dass er fast nie bellte. Das war sonst etwas, was die Hunde des Dorfs immer taten, sie bellten, wenn Leute kamen, und sie bellten, wenn sie allein waren. Es war das Kennzeichen eines Hundes, dass er bellte. Aber dieser gab sehr selten einen Laut von sich, und wenn er ausnahmsweise ein Gebell ausstieß, war er selbst so erstaunt, dass er sich erschrocken umschaute, um festzustellen, woher der Laut gekommen war.

Thomasson schaute Agnes an, die immer noch neben ihm

auf dem Sofa saß. Sie schien es ganz in Ordnung zu finden, dass der Junge ohne zu fragen angeboten hatte, ihren CD-Spieler zu verleihen.

»Klar«, sagte sie, »Micke kann den CD-Spieler holen, damit Sie es anhören können.«

Sie schaute den Jungen an.

»Er steht im Schlafzimmer neben dem Bett«, sagte sie. »Nimm die CD heraus, die drinliegt.«

Der Junge schnellte vom Hocker hoch und begab sich zur Tür. Thomasson folgte ihm mit dem Blick. Der Junge erinnerte ihn an jemand. Oder an etwas.

»Bring die Kopfhörer mit«, sagte Agnes, »sie liegen da irgendwo, vielleicht auf dem Bett. Oder darunter.«

Thomasson bewegte vorsichtig den Arm. Ein leichtes Pochen nur, kein nennenswerter Schmerz.

»Tut es weh?«

Sie sah bekümmert aus. Ein kleines Gesicht, umrahmt von schwarzen Haaren. Vermutlich gefärbt. Zweiundzwanzig Jahre. Sie konnte nicht weiter denken, als dass der Schmerz das Problem wäre. Das war natürlich, ganz in Ordnung, so dachte man in diesem Alter, wo ein gebrochenes Handgelenk ein gebrochenes Handgelenk war, etwas, das wieder heilte.

»Nein«, sagte er, »überhaupt nicht, nicht, wenn ich ihn stillhalte.«

Sie stand von dem Sofa auf und räumte die Tassen und die Platte mit den Brötchen ab.

»Mögen Sie nicht noch dieses letzte?«

Sie hielt ihm die Platte hin. Ein einsames kleines Brötchen lag am Rand.

»Lassen Sie es stehen«, sagte er, »der Junge isst es bestimmt, wenn er zurückkommt.«

Sie ging in die Küche, und er saß wieder da und lauschte dem Geklapper. Geschirr, das ins Spülbecken gelegt wurde, und ein Wasserhahn, der rauschte. Er lehnte sich zurück und schloss die Augen.

Als der Junge wieder herunterkam, hatte Agnes die CD schon geholt und sie auf den Couchtisch gelegt. Thomasson versuchte sie aus der Plastikhülle zu ziehen, doch mit nur einer Hand war das schwierig. Sie entglitt seinem Griff und rutschte immer weiter weg über den Tisch. Agnes stoppte sie und nahm die CD aus der Plastikhülle. Sie reichte sie dem Jungen.

»Steck sie da rein«, sagte sie.

Dann half sie Thomasson mit den Kopfhörern. Die Geräusche von außen wurden gedämpft, aber er konnte hören, wie der Junge einen Deckel in dem Gerät aufklappte und die CD hineinschob.

»Ist es ein spezielles Stück?« sagte Agnes. »Oder wollen Sie vielleicht alles hören?«

Thomasson sagte, er wisse nicht genau, was sich auf der CD befinde, es sei aber ein spezielles Stück, das er hören wolle, und es heiße: *Mensch, willst du leben seliglich.*

Agnes drehte die durchsichtige Plastikhülle in der Hand. Ein Verzeichnis über den Inhalt der CD gab es nicht. Sie fragte, ob Thomasson es erkennen könnte, wenn er es hörte, denn dann, sagte sie, könnte Micke ein Stück nach dem anderen anklicken, und er könnte Bescheid sagen, wenn es kam. Er nickte dem Jungen zu, der den CD-Spieler einschaltete. Da war kein Rauschen oder Knistern, nur völlige Stille, bis die Musik anfing. Sie kam wie von nirgendwo, wie das Gebell des ängstlichen Hundes. Das erste Stück war aus *Membra Jesu nostri, Ad latus.* An seine Seite. Thomasson kannte die Worte auswendig, und er musste sich zurückhalten, um sie nicht laut auszusprechen.

Aber es war nicht *Ad latus*, was er gerade hören wollte, also schüttelte er den Kopf, und der Junge klickte weiter. Thomasson lauschte und stellte fest, dass es nicht das Gesuchte war, und schüttelte abermals den Kopf. Dies wiederholte sich einige Male, bis er plötzlich die einzelnen Töne hörte. Er erkannte sie sofort. Drei einleitende Töne, und er wusste auf einmal, dass er an der richtigen Stelle war. Er nahm die Kopfhörer ab. Er wollte es nicht hören, solange die jungen Leute noch im Raum waren. Also fragte er, ob er den CD-Spieler eine Weile behalten könne, und sagte, er wolle sich gern hinlegen und ausruhen und gleichzeitig der Musik lauschen.

»Selbstverständlich«, sagte Agnes, »Micke und ich können zu mir hinaufgehen. Nicht wahr, Micke?«

Sie wartete die Antwort des Jungen nicht ab, sondern zeigte, wie Thomasson den CD-Spieler an- und ausstellen sollte.

»Hier drücken Sie vorwärts, hier zurück, und hier stellen Sie laut oder leise.«

25

Nachdem sie gegangen waren, legte er sich auf das Sofa und zog die Kopfhörer über die Ohren. Er musste wieder ein paar Mal vorwärts und rückwärts klicken, um zu der richtigen Stelle zu kommen. Aber dann war die Musik da, das Stück, das er schon im Radio gehört hatte. Er hätte gern gewusst, ob Siri genau dies je gehört hatte. Und wenn sie es getan hatte, ob sie dann immer noch der Meinung war, dass Dietrich Buxtehude ein Mittelmäßiger unter den Giganten war.

Es war nicht unmöglich. Siris Ansichten waren nichts, was sich so schnell änderte. Gelinde gesagt. Anfangs hatte Thomasson ihre Hartnäckigkeit, ihre Rechthaberei gemocht. Sie brachte Dinge in Gang, und er war stolz darauf, dass eine solche Frau gerade ihn gewählt hatte. Er selbst war nachdenklicher. Stabil, sagte sie am Anfang, sicher. Es war derselbe Zug, den sie später Trägheit zu nennen begann.

Er meint nicht, dass einer von ihnen sich eigentlich verändert hatte, es waren nur die Jahre, die vergingen.

Als die Musik verstummt war, klickte er zurück und lauschte noch einmal. Er konnte leise das Pedal im Hintergrund hören, das dumpfe Geräusch eines Registerzugs, der herausgezogen wurde, Ledersohlen auf dem Holz. Er machte die Augen zu. Es war, als sähe er Siri vor sich. Sie bewegte die Beine, trainierte die Schenkelmuskeln, wie sie zu sagen pflegte. Glitt mit dem Fuß von einer Pedaltaste zur anderen.

Unter der Musik lag die ganze Zeit das leise Geklapper von all dem Beweglichen an der Orgel. Es verlieh der Musik Leben, auf die gleiche Weise, wie das Husten der Gemeinde und das Scharren der Füße auf dem Steinboden an den Sonntagen zur Predigt des Pfarrers gehörte. Das Wort und der Alltag vertrugen sich gut.

Hinter Siri sah er das Altarbild und den gekreuzigten Christus, und an den Seiten die bemalten Fenster; das eine, auf dem Hiob mit ausgebreiteten Armen stand, und das andere, auf dem Menschen in einem aufgewühlten Meer herumgeschleudert wurden. Siri spielte. Ihre linke Hand machte ihre letzte Wanderung über die Tasten. Dann kam sie zum Ende und zu dem langgezogenen Ton. Da erstarrte das Bild, und sie saß einfach nur da und wartete. Und jetzt hörte er, dass es nicht nur ein einzelner Ton war, sondern dass es drei waren, und dass sie zusammengehörten.

Sie wollte, dass er damals, im Herbst vierundneunzig, mit nach Lettland kommen sollte. Sie fragte ihn. Er sagte nein. Und so geschah es. Er blieb zu Hause, sie reiste und kam nicht zurück.

Sie ist da draußen irgendwo. Er kann nicht umhin, so zu denken.

Was ihn quält, ist, dass man nie hat klären können, was in den Stunden zwischen Mitternacht und dem frühen Morgen geschah. Daher musste er es wieder und wieder selber durchgehen, alles Denkbare. Er denkt, es ist vielleicht so, wenn er alle Möglichkeiten ausgelotet, alle Gedanken gedacht hat, dann hat er getan, was er konnte. Er wird zwar noch immer nicht mit Sicherheit wissen, was geschehen ist, aber er hat es jedenfalls gedacht. Er ist da gewesen, er hat sie die Treppe hinunterfallen und von dem Schrank eingequetscht werden sehen, er hat gesehen, wie sie an der Schiffsseite herabgeglitten ist, wie sie an einem Davit hängenblieb und in die Tiefe gezogen worden ist, und er hat sie gegen die Kabinentür gedrückt gesehen, während das Wasser gestiegen war und die Lichter erloschen.

Ihre Kabine befand sich an der Steuerbordseite, der Seite, die sich ins Wasser legte. Er versucht sich vorzustellen, was das bedeutet, aber er kommt nicht weiter. Erstaunlich viele vom ersten Deck, tief unten im Schiff, überlebten. Man kann sich fragen, warum. Eine mögliche Antwort ist, dass viele junge Menschen ihre Kabinen da unten gebucht hatten. Junge und starke Menschen. Eine andere Antwort ist, dass der Ernst der Lage da unten am frühesten und deutlichsten zu merken war.

Die Geräusche vor dem Krängen. Schabende Geräusche. Wie wenn man durch Eis fährt. Wasser, das in die Kabine eindringt? Es gab einen, der von Wasser in der Kabine berichtet hatte. Ein anderer hatte sich durch einen Wasservorhang werfen müssen, der den Weg zur Treppe und zur Rettung versperrte. Wer den Sprung nicht wagte, blieb zurück.

Weiter oben im Schiff war es immer noch ziemlich ruhig. Der Seegang war hart, ja, aber im Pub sang man Karaoke und hielt sich am Tresen fest, um nicht vom Hocker zu fallen.

In der Saunaabteilung, ganz unten im Schiff, war es leer. Oder es war voller Wasser. Das weiß niemand, da niemand es herausgefunden hat. Ein Taucher musste umkehren, weil es da so viel Sand gab, dass er nicht hineingelangen konnte. Der Sand muss irgendwoher gekommen sein.

Er klickte die CD wieder auf den Anfang. *In der Stunde des Todes möge meine Seele eintreten, o Jesus, in deine Seite*. Er musste an Thomas den Zweifler denken, der seinen Finger in Jesu Wunde legen wollte, um wirklich glauben zu können. Ihm reichte nicht das Zeugnis der anderen. Thomasson fühlte sich ihm verbunden. Jetzt konnte er nicht mehr, wie früher, es einfach glauben und gelten lassen. Er musste das Loch in der Seite sehen. Ob es da war, oder ob es nicht da war.

Zugleich ahnte er, dass es schon zu spät war. Mit jedem Tag, der verging, wurde neuen Erklärungen der Boden bereitet. Bald würde nicht mehr zu unterscheiden sein, was vor der Katastrophe geschehen war und was danach. Auch die Ursachen könnte man nicht mehr feststellen. Und keine Lehren daraus ziehen.

Der Tag nach der Katastrophe, im Fernsehen. Thomasson sah einen jungen Mann in Krankenhauskleidern. Er berichtete, wie er aus dem Schiff gelangt war, hinaus auf Deck, wo die Schwimmwesten waren.

Das Gesetz des Dschungels, sagte er. Da draußen herrschte das Gesetz des Dschungels.

Später an diesem Tag bat Thomasson Agnes, in den Elektroladen zu gehen und einen CD-Spieler zu kaufen. Ungefähr den gleichen, den sie hatte. Der Junge war auch dabei. Mika. Er sagte, man könne woanders einen billigeren CD-Spieler bekommen, aber Thomasson wollte nicht warten, er wollte ihn sofort haben. Er war ungeduldig wie ein Kind.

Die Brust

26

Eine Woche später bekam Thomasson ein Papier von Agnes. Es war jetzt schon etwas später im Oktober, und der Winter begann sich bemerkbar zu machen. Nicht so, dass er schon gekommen wäre, aber Thomasson fühlte im Körper, dass er unterwegs war. Die Herbstluft war so sehr abgekühlt, dass er frühmorgens und spätnachmittags den Geschmack von Schnee am Gaumen spüren konnte. Das Papier, das Agnes aus ihrer Tasche zog und ihm reichte, war ein gewöhnliches weißes Blatt. Ganz oben stand ein einziger Satz. *Was war der schmerzhafteste Augenblick in deinem Leben?*

Thomasson drehte und wendete das Papier. Unter der Frage war es leer.

Agnes erklärte, sie ginge jetzt das letzte Jahr auf die Kunstschule, und bis zum Frühjahr würde sie mit ihrer Ausbildung fertig sein. Das Papier, oder eigentlich die Antworten, die sie zu bekommen hoffte, bildete einen Teil dessen, was sie an der Schule die Abschlussarbeit nannten. Das Ganze sollte nach und nach zu einer Ausstellung führen.

»Berg ist bestimmt dabei?«

»Ja, ich habe sein Papier bekommen. Es war prima.«

»Was hat er denn geschrieben?«

»Das wirst du erfahren, wenn alles fertig ist. Falls du seine Erzählung wiedererkennen kannst. Oder du musst ihn eben selbst fragen.«

Der schmerzhafteste Augenblick seines Lebens. Thomasson fragte sich, was Berg wohl darauf geantwortet hatte. Vielleicht etwas über seine Beine. Ihm kam in den Sinn, dass er eigentlich überhaupt nichts über Berg wusste, nicht mehr, als dass er ihn im Theater und vor dem Elektroladen sitzen gesehen hatte, und davor auf einer Bank vor der Bushaltestelle. Und dann war er im Lauf der Jahre auch mal im Taxi vorbeigefahren. Thomasson wusste nicht einmal, ob Berg eine Familie hatte, oder ob er eine Familie gehabt hatte. Vielleicht hatte er darüber etwas erzählt? Vielleicht hatte es einmal eine Familie gegeben?

»Wann wird denn das alles fertig?«

»Im Frühjahr«, sagte Agnes, »vielleicht im März.«

Thomasson nickte. Er saß auf dem Sofa. Das Papier lag vor ihm auf dem Tisch. Es fühlte sich ein bisschen aufdringlich an, als fordere es eine Antwort von ihm, nur weil die Frage gestellt worden war.

Agnes hatte Tee für sich selbst und Kaffee für ihn gekocht. Eigentlich würde er es ja schaffen, seinen eigenen Kaffee zu kochen, aber jetzt war es, wie es war. Es war gemütlich, jemanden in der Küche hantieren zu hören.

Agnes zog ihre Tasse zu sich hin und trank. Sie hielt sie sich in einem Zweihändegriff vors Gesicht. Sie hatte eine von Siris großen Tassen herausgekramt. Thomasson hatte sie nicht benutzt, seit Siri gestorben war. Jetzt war es gut, dass sie da war, dass er sie nicht ebenfalls als kleine Anzahlung für seinen Grabstein dem Flohmarkt geschenkt hatte. Er trank von seinem Kaffee. Das einzige, was zu hören war, war das Absetzen der Tassen auf dem Tisch und das Geräusch, wenn sie schluckten. Agnes stellte ihre Tasse hin und begann an einem Gummiband zu drehen, das sie um ihren Zopf trug. Vielleicht hatte sie gerade an ihre Ausstellung gedacht. Oder daran, wie sie es fertigbringen sollte, Thomasson zu erklären, womit sie sich beschäftigte. Es war vielleicht nicht ganz leicht, einem alten Lagervorsteher die Gegenwartskunst zu erklären.

»Die Zettel«, sagte Thomasson, »diese Erzählungen …«

»Ja … also«, sagte Agnes.

Sie nahm das Papier vom Tisch und hielt es vor der Wand hinter dem Sofa hoch. Als sie sich streckte, sah Thomasson, dass sie eine Tätowierung über dem Steißbein hatte. Früher waren es nur Seeleute und Knastbrüder, die Tätowierungen hatten. Name, Schiff, Seejungfrauen und rote Rosen. Agnes' Tätowierung schien keine Farbe zu haben, jedenfalls der Teil, den er davon sah. »Ich hatte mir vorgestellt, dass das eine Menge Erzählungen von verschiedenen Menschen ergeben würde«, sagte sie, »kurze, eigentlich nur Augenblicksbilder, aber Dinge, die für sie wichtig waren. Die ihr Leben beeinflusst haben. Und dann schreibe ich alles auf kleine, ganz gleiche Zettel, die ich dann an eine Wand des Ausstellungsraums hefte. Vermutlich zusammen mit, ja, vielleicht nicht Datum und Jahr, aber Jahreszeit und vielleicht Uhrzeit. Ich stelle mir vor, dass es dann konkreter wird, nicht nur unzusammenhängende Geschichten. Ich bin unsicher, ob es Bilder geben soll. Also Illustrationen, oder … wie soll ich sagen … Kommentare, nicht Porträts. Jedenfalls wird es keine Namen geben, niemand wird die Erinnerung oder Erzählung mit einer bestimmten Person in Verbindung bringen können.«

Sie war jung, und naiv. Das musste man sein dürfen. Früher oder später kommt ein Tag, an dem man weder das eine noch das andere wird sein können. Thomasson wollte ihr nicht erzählen, mit welch unermüdlicher Energie die Stadtbewohner genau diese Verbindungen herstellen würden. Tatsächlich würde es das einzige sein, wofür sie sich interessierten. Jede Erzählung, die sie an ihre weiße Wand heftete, würde identifiziert und seziert werden, und die Erzählungen, die nicht mit Sicherheit zugeordnet werden konnten, würden trotzdem an dem einen oder anderen hängenbleiben.

Agnes legte das Papier wieder auf den Tisch und setzte sich auf dem Sofa zurecht.

»Eigentlich«, sagte sie, »fing es mit meiner Mutter an.«

»Das ist meistens so«, sagte Thomasson.

»Oder nicht mit meiner Mutter, sondern mit meiner Großmutter. Vor langer Zeit, in den siebziger Jahren, als meine Mutter ungefähr zehn war, wurde meine Großmutter von ihrem Mann erschlagen. Es war das Übliche, Eifersucht, Alkohol, Misshandlungen, die aber schlimmer und schlimmer wurden, und schließlich hat er sie erschlagen.«

»Und das war der schmerzhafteste Augenblick im Leben deiner Mutter?« sagte Thomasson.

»Das weiß ich nicht«, sagte Agnes. »Ich nehme es an. Sie hat nie darüber reden wollen. Es war immer da, aber sie hat nichts gesagt. Ich habe davon gewusst, solange ich mich erinnern kann, obwohl bis vor ein paar Jahren eigentlich niemand etwas dazu gesagt hat.«

Sie verstummte. Thomasson wollte fragen, wusste aber nicht, was.

»Vor ein paar Jahren«, sagte Agnes, »stieß ich auf diesen Mann, den, der Großmutter getötet hat. Es war reiner Zufall, wir befanden uns zufällig am selben Ort, aber an dem Tag wurde er selbst getötet. Von einem Kunstwerk. Oder vielleicht war es ein Unfall, vermutlich war es das, aber ich war ja dabei, als es geschah, und dann fing ich an zu denken, dass …«

Es klingelte an der Tür. Zweimal kurz.

»Das ist Micke«, sagte Agnes, »soll ich aufmachen?«

Sie war schon unterwegs. Thomasson nickte ihrem Rükken zu. Er hatte keine Anstalten gemacht, sich zu erheben. Er war nicht einmal zusammengezuckt.

Es war hell in der Wohnung. Herbstlicht. So, wie es an einem wolkenlosen Tag im Oktober sein kann. Es war früher Nachmittag, und die Sonne würde nur noch ein paar Stunden scheinen. Mika oder Micke, wie Agnes ihn nannte, war vermutlich direkt von der Schule gekommen, ohne zuerst mit dem Schulranzen heimzugehen. Oder er war gar nicht in der Schule gewesen. Wie Thomasson wusste, kam es vor, dass er stattdessen mit seinem großen Bruder herumfuhr, um Schrott zu sammeln. Das hatte er selbst erzählt, und er hatte auch erzählt, dass Kevin, der Bruder, es eigentlich nicht mochte, weil er wollte, dass Mika seiner Schulpflicht nachkam. Aber Kevin brachte es nicht über sich, jedes Mal nein zu sagen. Wenn Mika also nur oft genug fragte, durfte er hin und wieder im Lastwagen mitfahren.

Jetzt hatte er jedenfalls den Schulranzen dabei. Thomasson hörte, wie er ihn auf den Dielenboden fallen ließ. Das Geräusch erinnerte ihn an die Zeit, als Maja ein Kind war. Schulbücher in einem Ranzen, den man auf einen Dielenboden fallen ließ. Daran hatte sich in vier Jahrzehnten nichts geändert. Das Geräusch war heute das gleiche wie damals.

Agnes kam wieder ins Wohnzimmer und hockte sich aufs Sofa. Mika setzte sich auf den Orgelhocker.

»Hallo«, sagte Thomasson.

»Hallo«, sagte Mika.

Erst schaute er auf den Boden, dann zum Fenster hinaus. Er hatte ein rotes Mal unter dem einen Auge, wie ein liegender Halbmond. Die Arme hingen herab, und Thomasson sah, dass er an irgendetwas unter dem Hocker herumfingerte. Vermutlich an dem Saum, mit dem das Leder am Holz befestigt war. Thomasson hatte den Hocker selbst gebaut und bezogen und wusste, welche Mühe es war, das gut und ohne sichtbare Falten hinzukriegen.

»Wie ist es zu Hause?« fragte er.

»Gut«, sagte Mika.

»Arbeitet deine Mutter noch, oder haben sie die Fabrik schon zugemacht?«

Thomasson wusste, dass sie noch nicht geschlossen worden war, es würde noch bis nach Neujahr weitergehen.

»Ne«, sagte Mika. »Sie machen erst nächstes Jahr zu.«

Er hatte aufgehört, an dem Saum herumzufingern. Jetzt saß er stattdessen da und flocht die Finger ineinander.

»Aha«, sagte Thomasson, »was wird deine Mutter dann machen?«

»Weiß nicht«, sagte Mika.

Agnes begann zu fragen, ob er in der Schule gewesen sei. Mika gab ausweichende Antworten. Thomasson saß da und hörte mit halbem Ohr zu. Man brauchte nicht einmal ein halbes Ohr, um zu hören, dass der Junge nicht in der Schule gewesen war. Aber wo er gewesen war, kam nicht heraus.

»Warst du wieder mit Kevin?« fragte Agnes.

Sie hatte auf einmal ein wenig Schärfe in der Stimme. Vielleicht hatte sie mit ihrem Freund vereinbart, dass er Mika an den Werktagen nicht im Lastwagen mitnehmen sollte, und hatte jetzt den Verdacht, er hätte es doch getan. Mika wand sich, es war klar, dass er Agnes nicht anlügen, ihr aber auch nicht sagen wollte, wie es sich verhielt. Was vermutlich bedeutete, dass er mit dem Lastwagen unterwegs gewesen war.

Thomasson saß da und überlegte, was Riitta Hellberg wohl auf ihren Zettel geschrieben hätte, wenn sie einen bekommen hätte. Im übrigen hatte sie das ja vielleicht, er wusste es nicht, hatte nicht gefragt. Ist man ein alleinerziehender Elternteil und junge Witwe, gibt es Schmerzpunkte. Eigentlich reicht es, Mensch zu sein, ganz egal, wie das Leben aussieht. Das Schwierige ist wohl, zu entscheiden, was man preisgeben will, und wie ehrlich man sein soll. Nicht zuletzt sich selbst gegenüber.

Er wusste nicht, was er schreiben sollte. Was war der schmerzhafteste Augenblick in seinem Leben? Vielleicht wusste er es, oder er wusste es nicht. Allein schon in diese Richtung zu denken war schwer. Es deutete vielleicht darauf hin, dass Agnes, so jung wie sie war, eine wichtige Frage gefunden hatte.

Mika hatte ein paar Tage zuvor von seinem Vater erzählt. Thomasson hatte ein wenig gefragt, und zuerst hatte der Junge nur auf seine übliche Art geantwortet: ja, ne, doch, vielleicht ein bisschen. Dann, als Thomasson begriffen hatte, dass der Vater tatsächlich nicht mehr am Leben war, und der Junge wusste, dass Thomasson es verstanden hatte, da begann er mit mehr Worten zu erzählen. Mika war eigentlich nicht schüchtern und hatte auch keine Schwierigkeiten zu reden. Es fiel ihm nur schwer, in Gang zu kommen. Aber ein vollständiges Bild lieferte er nicht. Später, als Thomasson versucht hatte, Mikas Erzählung mit der zu verbinden, die er von Agnes bekommen hatte, und auch von Berg, der ein paar Informationen beigetragen hatte, war er zu dem Schluss gekommen, dass das, was geschehen war, ungefähr folgendes gewesen war.

Der Vater, Balder Andersson, betrieb seinen Schrotthandel zusammen mit dem ältesten Sohn Kevin bis zu dem Jahr, das dem vorausging, als Thomasson Mika zum ersten Mal unten am Fluss getroffen hatte.

Das, was geschah, geschah im Herbst.

Eines Morgens war Kevin mit dem neuen Auto nach Norden gefahren, und Balder Andersson hatte den alten Scania genommen, den, den man Sechsundsiebziger nannte, um südwärts zu einem der Küstenorte zu fahren, wo es ein stillgelegtes Kühlhaus gab. Das Kühlhaus hatte lange ungenutzt dagestanden, bis die Dorfbewohner schließlich einen Entschluss gefasst hatten. Manche hatten lange gehofft, dass die Zeiten sich ändern würden und das Kühlhaus wieder in Gebrauch käme, andere wiederum wollten, dass es zu einer Eishalle umgebaut werden sollte, wo die Jugendlichen aus der Umgebung Hockey und Eistanz trainieren könnten. Aber das waren nur Träume. Eine Eishockeymannschaft gab es nicht mehr, und mit Eistanz hatte sich seit Menschengedenken niemand mehr beschäftigt. Am nächsten war man in der Gegend dem Eistanz gekommen, behauptete jedenfalls Berg, als Wikmans Alf das Benzin im Schneeskooter ausging und er sich die Schlittschuhe seines Sohns geliehen hatte, um zum Festland zu gelangen.

Dass sie das Auto Sechsundsiebziger nannten, hatte offenbar nichts mit dem Baujahr zu tun, sondern lag ganz einfach daran, dass auf der Motorhaube 76 stand. Balder Andersson war der Wagen zufällig unter die Augen gekommen, als er einen Schrotthändler bei Björneborg besuchte. Balder und der Schrotthändler, Juhani Auramo, waren zusammen in der Armee gewesen und ausgerechnet im Jahr 1976 entlassen worden. Balder sah darin ein Zeichen, und dank der alten Freundschaft meinte er einen guten Preis zu bekommen und kaufte das Auto fast unbesehen. Er blieb in Björneborg und schraubte mit Hilfe von Auramo ein paar Tage daran herum, bis er es heimfahren konnte. Das Auto war damals so alt, dass es eigentlich gar nicht mehr hätte existieren oder wenigstens nicht mehr im Verkehr hätte sein sollen. Ein Scania Vabis. Rot und grün mit langgestreckter Motorhaube und einer Stoßstange, breit genug, um darauf zu sitzen.

Wie auch immer. Mit ihm war er an jenem Mittwochmorgen losgefahren. Südwärts entlang der Küstenstraße und dann hinunter zum Meer.

An dem alten Kühlhaus angekommen, hatte er den Scania rückwärts über eine schmale und holprige Rampe gelenkt, wo die Kühlaggregate an einer Wand gestapelt waren. Er hatte die Handbremse gezogen und war hinter den Kasten getreten, um die Türen zu öffnen, bevor er das letzte Stück rückwärts fuhr. Und in diesem Moment hatte der Wagen zu rollen begonnen. Ob die Bremse schlecht war und versagt hatte, oder ob etwas an der Mechanik gebrochen war, wurde nie festgestellt. Es gab auch niemanden, der sich in solche Fragen vertiefte. Das Wichtige war, was geschah, und was geschah, war, dass der Lastwagen Balder Andersson gegen die scharfen Bleche der Kühlaggregate drückte. Die Unterkante des Kastens traf ihn in Brusthöhe, und die Leute, die ihn am nächsten Tag fanden, sagten, er sei mit Sicherheit sofort gestorben. Etwas anderes war nicht denkbar, da der Körper beinahe in zwei Hälften geteilt worden war.

Als eine Zeit vergangen war, begann man wie üblich über das zu reden, was geschehen war. Man fügte hinzu, ließ weg, verbesserte, und es bildeten sich Redensarten. Und eine von den Sachen, die man sagte, war, dass dem Anderssons Balder schließlich das Unmögliche gelungen war, sich selber zu überfahren.

Aber daran, sagte Berg, hatte ich keinen Anteil. Viel Dummes habe ich im Lauf der Jahre gesagt, aber nicht annähernd das, was darüber gesagt wurde, wie Balder hinter seinem Lastwagen zerquetscht wurde.

27 In der Wohnung in der Topeliusesplanade hockte Agnes mit untergeschlagenen Beinen auf dem Sofa und schaute zu Mika hin, der schuldbewusst aussah. Er wusste, dass sie Bescheid wusste.

»Ja«, sagte er.

Das Mal unter seinem Auge leuchtete röter als noch kurz zuvor. Er guckte aus dem Fenster und versuchte auszusehen, als hätte die Diskussion nichts mit ihm zu tun.

»Du darfst nicht einfach so von der Schule wegbleiben«, sagte Agnes. »Das ist nicht gut.«

»Ne«, sagte Mika.

»Wo ist Kevin?« sagte Agnes.

»Beim Ausladen«, sagte Mika.

Sie erhob sich vom Sofa und ging in die Küche. Thomasson sah, dass sie ihr Telefon aus der Tasche fischte.

Er war zum Zuschauer in seinem eigenen Zuhause geworden. Das fühlte sich gut an.

»Jaja«, sagte er und schaute zu Mika hin.

Mika flocht die Finger ineinander und drehte sich auf dem Hocker.

»Was ist dir da unter dem Auge passiert«, sagte Thomasson. »Ein Arbeitsunfall?«

»Mhm«, sagte Mika.

Agnes kam wieder aus der Küche herein.

»Er antwortet nicht«, sagte sie.

»Er hört es nicht, wenn er im Lastwagen sitzt«, sagte Mika.

Agnes blieb mitten im Zimmer stehen. Sie schaute Thomasson an.

»Ich kann eine Kleinigkeit zu essen machen«, sagte sie. »Wenn du magst, also.«

Das war nicht nötig, er hatte noch etwas von dem Fleischtopf von gestern übrig. Gekochte Kartoffeln waren auch da. Essen, das Mona Sund vorbeigebracht hatte. Sie sagte, es würde immer zu viel, es sei, als ob sie immer noch für eine ganze Familie kochte, obwohl sie jetzt allein war. Gewöhnlich ging sie mit dem, was übrig war, zu Agnes hinauf, aber jetzt hatte sie sich angewöhnt, schon bei Thomasson einzukehren und einen Teil dort abzuliefern.

»Ich brauche nichts«, sagte er, »aber der Junge mag vielleicht etwas. Saft?«

»Hast du schon etwas gegessen?« fragte Agnes.

»Kevin hatte Butterbrote dabei«, sagte Mika. »Aber ein bisschen Saft kann ich trinken.«

Er ging in die Küche hinaus. Thomasson hörte, wie er ein Glas aus dem Schrank holte und dann die Kühlschranktür öffnete. Agnes setzte sich.

»Ich gehe gleich wieder zu mir hinauf«, sagte sie. »Ich habe ein paar Sachen, die bis morgen fertig sein müssen.«

In der Küche hörte man den Wasserhahn rauschen. Dann wurde es still, aber Mika kam nicht heraus. Er war in der Küche geblieben. Vermutlich war er jetzt nicht an weiteren Fragen interessiert. Thomasson wartete darauf, dass Agnes aufstehen und gehen würde, aber sie blieb sitzen. Was sie zu tun hatte, war vielleicht nicht so verlockend. Er versuchte zu erraten, was es sein könnte. Er wusste gar nicht so recht, was man an einer Kunstschule machte. Kunst?

Aber da gab es vielleicht auch anderes. Kunstwissenschaft? Geschichte der Kunst? Vielleicht sogar Themen wie Buchführung. Künstler sind ja selbständige Unternehmer. Zumindest nicht angestellt. Jedenfalls nicht, soweit er wusste. Über Buchführung hätte er sie wohl das eine oder andere lehren können. Obwohl heutzutage alles auf dem Computer gemacht wurde, auf der einen Seite hinein mit den Zahlen, und dann kam am anderen Ende das Ergebnis heraus.

Er zog das Papier, das auf dem Tisch lag, näher zu sich heran.

»Ein Glück, dass ich Rechtshänder bin«, sagte er. »Sonst würde ich nicht viel schreiben können.«

»Es muss nicht besonders viel sein«, sagte Agnes. »Und du machst es nur, wenn du willst.«

Sie streckte sich und gähnte.

»Ich glaube, ich hole mir auch ein Glas Saft, wenn das okay ist«, sagte sie.

»Nur zu«, sagte Thomasson.

Sie ging in die Küche hinaus. Er hörte, dass sie mit Mika sprach, aber er konnte nicht verstehen, was sie sagten. Es war nur ein fernes Gemurmel. Unter dem Gips juckte es ein wenig. Er konnte die Finger und den Arm bewegen, ohne dass es eigentlich weh tat. Es fühlte sich nur etwas komisch an. Es würde bestimmt gut werden, noch ein paar Wochen, dann könnte er den Gips abnehmen, und alles wäre wie zuvor.

Auf dem Schrank neben dem Tisch stand sein neuer CD-Spieler, und daneben lag ein ganzer Stapel mit CDs. Agnes hatte sie für ihn gebrannt. Offenbar hatten sie in der Schule ein ganzes Studio, alle Apparate, die man sich nur wünschen konnte. Obwohl Thomasson sich keine Apparate wünschte. Er war zufrieden mit denen, die er hatte. Besonders jetzt, seit er den neuen CD-Spieler angeschafft hatte.

Er streckte sich vor und stellte das Radio an. Es war eine Kochsendung. Er hörte eine kleine Weile zu, bis er es wieder ausstellte. In der Küche fuhren die murmelnden Stimmen fort zu reden. Thomasson schaute auf das Papier, das auf dem Tisch lag.

Der schmerzhafteste Augenblick deines Lebens.

Es erstaunte ihn, dass die Antwort nicht selbstverständlich war.

28

Etwas später am selben Tag erzählte Agnes mehr über die Abschlussarbeit und wie sie zu ihrer Frage gekommen war. Mika war nach Hause gegangen, nachdem seine Mutter angerufen und gefragt hatte, wo er sei. Sein Lehrer hatte sich gemeldet. Mika hatte eine hohe Abwesenheitsquote, und jetzt wurde man sich in der Schule offenbar allmählich darüber klar, dass etwas geschehen musste.

Agnes blieb noch und aß von dem Fleischtopf und den aufgewärmten Kartoffeln ihrer Tante. Thomasson fragte, ob sie nicht ihren Freund treffen wolle, aber das wollte sie offenbar nicht. Thomasson wusste nicht, ob es daran lag, dass der Freund arbeitete, oder ob es etwas anderes war. Er fragte auch nicht. Grenzen soll man mit Behutsamkeit überschreiten.

Sie saßen eine Weile auf dem Balkon, kurz bevor die Sonne unterging. Thomasson hatte es schon geschafft, den Tisch und die Stühle für den Winter an die Wand zu lehnen, aber Agnes hatte sie rasch wieder hinausgestellt, als sie sah, dass die Sonne noch über den Hausdächern schien.

»Ich habe ja keinen Balkon«, sagte sie.

Es war kühl, aber nicht richtig kalt. Agnes hatte sich über das Geländer gebeugt und sprach mit Berg. Sie redeten über Kunst, und Thomasson hörte Berg von einem Verwandten erzählen, der einmal in den sechziger Jahren einen Elch für Präsident Kekkonen persönlich geschnitzt hatte. Thomasson kannte die Geschichte schon und brauchte nur Teile davon, um sie sich zusammenzureimen. Aber Agnes lauschte aufmerksam. Hin und wieder lachte sie auf. Da klang sie wie ein Kind, als wäre es seine kleine Tochter, die da über dem Geländer hing, mit Füßen, die kaum den Boden erreichten.

Alles ging so schnell vorbei. Was, wenn sie das gewusst hätte, wie sie da stand? Agnes Frid. Aber das war offenbar etwas, was jeder auf eigene Faust entdecken musste. Und außerdem reichte es nicht, dass es schnell vorbeiging, man wusste auch nicht, wann das Ganze zu einem Schluss kam, wann man am Ende des Weges angelangt war. Und was das bedeutete.

Samuel Beckett, sein ständiger Begleiter. Thomasson musste wieder an ihn denken, an sein *»ich werde endlich doch bald ganz tot sein«*. Für Malone waren es nur Worte. Wie für uns alle.

Nach einer Weile hörte er Berg seinen Namen nennen. Agnes drehte den Kopf und nickte und sagte, ja, er sitzt hier mit einer Decke über den Beinen.

Berg redete weiter. Thomasson hörte nur Bruchstücke, und mitunter Agnes' Fragen: Was? Politwas?

Nach einer Weile wandte sie sich Thomasson zu.

»Er sagt, Anna Politkovskaja ist in Moskau erschossen worden, ausgerechnet an Vladimir Putins Geburtstag, vor ihrem Haus, und, warte mal.«

Sie drehte sich um und beugte sich wieder übers Geländer.

»Alles, was einen Hauch von Lebensodem in der Nase hat, ist vergänglich.«

Es war lustig, Bergs Worte aus Agnes' Mund zu hören. Als ob sie holprig einen Text aufsagte. Im übrigen waren es kaum Bergs Worte. Er hatte sie vermutlich aus irgendeinem Stück gefischt. Politkovskaja. Der Name klang bekannt, aber Thomasson konnte ihn nicht einordnen. Vielleicht eine Oppositionspolitikerin. Falls es in Russland solche noch gab. In dem Fall war es wohl eine weniger bedeutende. Putin bereitete seinen Abgang sorgfältig vor. Falls es jetzt dazu kommen würde.

»Dank und Grüße«, sagte er. »Sag ihm, ich werde die Zeitung morgen mit Interesse lesen.«

Als Agnes noch ein paar weitere Worte mit Berg gewechselt hatte, sagte Thomasson ihr, sie solle das Gespräch jetzt beenden oder hinuntergehen, denn wenn Berg fortfuhr zu erzählen, während er hinaufschaute, sei die Gefahr groß, dass er von einem Moment zum anderen eine Gehirnblutung bekäme.

Agnes schaute, wie um zu sehen, ob er scherzte. Aber er scherzte nicht, also sagte sie tschüss zu Berg und setzte sich wieder hin. Thomasson wollte sie nach dem Kunstwerk fragen, von dem sie früher am Tag gesprochen hatte. Er hätte gern gewusst, ob sie tatsächlich meinte, dass das Kunstwerk wirklich jemanden getötet hatte, oder ob es nur so eine Redensart war. Vielleicht hatte sie damit eigentlich etwas anderes sagen wollen, wie dass sie mit Hilfe der Kunst verstanden hatte, was damals eigentlich geschehen war, oder dass es ihr geholfen hatte, das Ereignis hinter sich zu lassen. So wie es für Siri gewesen war. Siri spielte sich aus dem meisten heraus. Es war, als würden all ihre Sorgen direkt durch die Orgelpfeifen wehen und für immer verschwinden. Oder unsichtbar werden, jedenfalls für ihn.

Aber er zögerte, Agnes zu fragen, da Berg gerade mit ihr über Kunst geredet hatte. Es war ja nicht so, dass er in Bergs Fußstapfen treten wollte.

Ganz kurz nachdem sie sich gesetzt hatte, ging die Sonne unter und es wurde kalt. Thomasson wickelte die Decke enger um die Beine. Auch Agnes sah verfroren aus. Sie steckte die Hände unter die Ärmel des Pullovers und zog die Schultern hoch. Nachdem sie eine Weile so gesessen hatten, so still wie nur möglich, damit die Kälte sie nicht erreichte, beschlossen sie hineinzugehen. Als Thomasson sich erhob, nahm er die Gelegenheit wahr, über das Geländer zu spikken, um zu sehen, ob Berg noch dasaß. Das tat er nicht. Vielleicht folgte auch er der Sonne. Ging mit kurzen Schritten hinter seinem Rollator heimwärts. Wo immer sein Zuhause war. Thomasson vermutete, dass es nicht allzu weit entfernt sein konnte.

Vermutlich wohnte Berg in einem eigenen Haus, er hatte ja einmal von freien Zimmern auf dem Dachboden für die schwedischen Gastarbeiter erzählt, deren Eintreffen er binnen weniger Jahre erwartete.

Als sie die Wohnung betraten, lief Agnes herum und knipste die Lampen an. Sie machte keine Anstalten, zu sich nach oben zu gehen. Als die Lampen brannten, setzte sie sich aufs Sofa. Die Orgel stand dort, wo eigentlich der Fernseher hätte stehen sollen. Thomasson hinkte um den Tisch herum und setzte sich ebenfalls aufs Sofa. Vielleicht war es dumm gewesen, die Sessel rauszuschmeißen, aber er fand, es würde zu eng, und außerdem hatte er auch keine Verwendung dafür. Damals nicht. Jetzt hätte er sie gut gebrauchen können.

Agnes saß still in ihrer Sofaecke. Thomasson kam plötzlich der Gedanke, dass sie vielleicht Heimweh hatte. Sie war kaum mehr als ein Kind. Zweiundzwanzig Jahre. Er selbst war 1950 zweiundzwanzig geworden. Gut fünf Jahre nach Kriegsende. Es fiel ihm schwer, sich zu erinnern, ob er sich damals erwachsen gefühlt hatte. Das hatte er vermutlich getan. Damals wurde man schnell erwachsen. Der Raum zwischen Kindheit und Erwachsenenleben war wie ein seicht strömender Wasserlauf. Zwei Barfußschritte, und man war drüben. Sein Bruder war mit einundzwanzig Jahren gefallen. Ein Jahr jünger als Agnes.

»Dieser Mann«, sagte sie, »der, von dem ich schon erzählt habe. Er stammte von hier.«

Wieder diese Trägheit. Thomasson wusste, dass er hätte verstehen sollen. Er verstand auch. Es war nur, als wäre etwas im Weg. Oder ein Sortierungsmechanismus, der nicht vollständig funktionierte. Der Mann. Er, der ihre Mutter getötet hatte. Nein, ihre Großmutter.

»Hier aus dieser Stadt?«

»Vielleicht nicht genau von hier, aber jedenfalls aus Finnland.«

29 Damals, als Agnes den Mann kennenlernte, der ihre Großmutter getötet hatte, war sie dabei, zum ersten Mal von zu Hause auszuziehen. Sie wollte nach Finnland und an die Kunstschule. Sie freute sich darauf, jetzt würde sie ernstlich versuchen können, richtig zu leben. Ihre Mutter war besorgt, hatte aber immerhin ein so gutes Gedächtnis, dass sie sich erinnerte, wie sie sich in Agnes' Alter nach etwas Eigenem gesehnt hatte, danach, dass das Leben endlich anfangen sollte. Also waren sie sich schließlich alle einig. Elisabet, Ralf und Agnes. Und Conny. Conny Erlandsson, der Vater von Agnes, der mit einem Grillkiosk auf dem Marktplatz von Skoghall angefangen hatte, jetzt aber ein Restaurant unten am Hafen betrieb. Er fand es ganz richtig, dass das Mädchen etwas anderes als Värmland kennenlernen sollte. Um den Entschluss zu feiern, trafen sie sich alle zum Essen in Connys Restaurant, und angesichts des bevorstehenden Umzugs nahm Ralf Nygård, also Mona Sunds Bruder und zugleich Agnes' Stiefvater, Agnes mit auf etwas, das er eine Bildungsreise nannte. Sie wollten nach Stockholm und das Kulturhuset besuchen, Liljevalchs Kunsthalle und vor allem das umgebaute und neu eröffnete Moderna Museet auf dem Skeppsholmen.

Und im Moderna Museet traf sie Harri. Der Mann hieß so. Harri Niskanen. Agnes erkannte ihn sofort. Als sie sechzehn war, hatte sie ihn auf einem Großbildschirm in der Kirche von Skoghall gesehen, aber das ist eine andere Geschichte, jetzt war er mit einer Gruppe von Pensionären aus dem Pflegeheim Solgården im Moderna Museet. Ralf kannte die Betreuer und stand da und plauderte mit ihnen, als Agnes Harri erblickte. Er hatte sich nicht verändert. Jedenfalls nicht äußerlich. Hager und grau, ein wenig gebeugt. Er hatte Agnes nicht gesehen. Oder besser gesagt, sie wusste nicht, ob er sie gesehen hatte, da er sie ja nicht kannte. Für ihn war sie nur ein Mädchen unter anderen. Hingegen kannte er Ralf. Er blickte ununterbrochen zu ihm hin. Ralf, der ohne etwas zu merken weiter mit dem Pflegeheimpersonal redete. Sie lachten über den Zufall, dass sie am selben Tag nach Stockholm gefahren waren – und zum Moderna Museet! Die Gruppe aus Solgården hatte einen Bus gechartert. Ralf und Agnes hatten sich für den Zug entschieden.

Harri Niskanen hier zu sehen war also ein unerwartetes Erlebnis für Agnes. Seit sie erfahren hatte, was ihrer Großmutter zugestoßen war, hatte sie gefragt und nachgebohrt, um weitere Einzelheiten ans Licht zu bringen. Inzwischen wusste sie immerhin, dass er lebte und aus seinem Häuschen bei der Landzunge von Hammarö ins Pflegeheim im Zentrum gezogen war. Aber sie hatte ihn nie gesehen, und auch nicht den Mut gehabt, ihn aufzusuchen. Sie hatte auf die Gelegenheit gewartet. Und jetzt, da die Gelegenheit aufgetaucht war, wollte sie nur verschwinden. Oder dass der Mann verschwand. Oder wenigstens, dass Ralf aufhörte, mit den Betreuern zu reden, so dass sie beide hier weggehen konnten.

Die Gruppe der Pensionäre stand vor der Garderobe, wo sie gerade ihre Mäntel aufgehängt hatten. Agnes kehrte ihnen den Rücken und tat ein paar Schritte auf den Shop zu.

Sie begann in einem Kunstband zu blättern, der auf einem der Tische gleich am Eingang lag. »Ansichtsexemplar.« Das Buch war abgegriffen. Sie sah kaum, was es war. Gebäude. Hohe Gebäude. Grau und schwarz. Viel Text. Seite für Seite Text. Sie legte es wieder hin und nahm ein anderes. Ein Körper auf einem Strand. Daneben lag ein Schäferhund mit erhobenem Kopf, als bewachte er den Eingang zu Pharaos Grab.

Sie zuckte zusammen, als sie eine Hand auf ihrer Schulter spürte. Es war Ralf, er hatte mit seinen Bekannten fertig geplaudert und war jetzt bereit, hineinzugehen. Er sagte nichts von Harri. Auch Agnes sagte nichts. Sie gingen auf die Ausstellungssäle zu, kamen durch die Cafeteria, wo es freie Plätze am Fenster gab. Agnes wollte gern eine Tasse Tee trinken, bevor sie hineingingen. Also stellten sie sich an die Theke und bestellten.

Die Pensionärsgruppe war nicht mehr zu sehen. Vielleicht waren sie in den Museumsshop gegangen. Ralf sah erwartungsvoll aus. Sie hatten beschlossen, mit dem Moderna Museet anzufangen. Das war das Wichtigste. Danach würden sie Kulturhuset und zuletzt Liljevalchs besuchen. Ralf kannte Geschichten, lehrreiche Geschichten, wie er sagte, von allen drei Orten, die er Agnes erzählen wollte. Welche Geschichten das genau waren, wollte er nicht verraten. Ralf hatte im Kulturhuset gearbeitet, als er jung war, bevor er wieder nach Skoghall gezogen war und Agnes' Mutter getroffen hatte. Damals war er damit beschäftigt gewesen, die Galerien anlässlich neuer Ausstellungen umzubauen; er strich Wände und Decken, hängte Bilder auf, half den Künstlern, ihre Installationen zu bauen. Aber welchen Anknüpfungspunkt er zum Moderna Museet und Liljevalchs hatte, wusste sie nicht.

Als sie ausgetrunken hatten, war die Pensionärsgruppe noch nicht aufgetaucht. Ralf war ungeduldig, er wollte hinein, es hatte den Anschein, als würde er sich mehr auf den Besuch freuen, als Agnes es tat. Sie hatte auch erwartet, dass es Spaß machen würde, nach Stockholm zu fahren und Kunst zu betrachten, aber viel von ihrer Lust darauf war verschwunden, als sie Harri entdeckte. Jetzt wünschte sie nur, es hinter sich zu bringen. Oder dass Harri verschwand. Sie dachte an seinen Blick, als er Ralf angesehen hatte. Sie wusste nicht, was darin enthalten war, es war nur ein Blick. Aber sie wusste, dass Harri Ralf auf irgendeine Weise in das mit hineingezogen hatte, was damals geschah, und dass Ralf sich noch viele Jahre danach schuldig gefühlt hatte.

Je mehr sie daran dachte, um so größer wurde ihr Unbehagen. Sie wollte vorschlagen, dass sie lieber mit Liljevalchs anfangen sollten, aber Ralf sah so erwartungsvoll aus, dass sie sich entschloss, nichts zu sagen und sich auch nicht anmerken zu lassen, dass etwas geschehen war. Vermutlich hatte Ralf Harri nicht gesehen. Noch nicht. Aber die Gruppe war gleichzeitig mit ihnen im Museum angekommen und wollte selbstverständlich hineingehen und die Ausstellungen ansehen. Das Moderna Museet war groß, aber kaum so groß, dass sie nicht aufeinander stoßen würden. Das Beste wäre jedoch, wenn sie und Ralf als erste hineingehen und ungestört das ansehen könnten, weswegen sie hergekommen waren. Was auch immer.

Sie gingen durch die Glastüren und an der Kassentheke vorbei. Hinter der Theke wandten sie sich nach links und kamen in einen großen Raum, offen und mit hoher Decke. Unter der Decke hing eine Kugel aus Spiegeln. Sie drehte sich und gab Teile des Raums in gebrochenen Sequenzen wieder. An den weißen Wänden hingen vereinzelte Fotografien. Gleich hinter der Tür rechts erkannte sie das Bild, das sie erst kürzlich in einem Kunstbuch gesehen hatte. Der Hund mit dem wachsam erhobenen Kopf.

Aber das Wichtigste befand sich hinter der Tür links. Agnes wusste es in dem Moment, in dem sie es erblickt hatte. Das Werk stammte von dem brasilianischen Künstler Tunga und bestand aus zwei Stahltonnen auf einem Bett von Magneten. Die Magneten kletterten auf schlangenartige Weise an den Tonnen entlang, in die Tonnen hinein. Die eine war von Stücken einer goldglänzenden Folie bedeckt. Von der Decke hing eine angespitzte Eisenstange, mit einer solchen Menge dünner Kupferdrähte befestigt, dass es an eine gigantische wallende Haarsträhne erinnerte.

Ralf hatte ihr schon von dem Kunstwerk und der dazugehörenden Geschichte erzählt. Es war groß und füllte den Raum auf eine, wie Agnes empfand, fast bedrohliche Weise. Die Kraft war spürbar. Die Magneten, der Stahl, die Kupferdrähte, die Folie, alles deutete auf eine Spannung zwischen verschiedenen Polen hin. Elektrizität. Magnetfelder. Ihr kam ein Hund in den Sinn, den sie als Dreizehnjährige gehabt hatte. Eine Mischlingshündin, die Wilma hieß. Wilma hatte sich eines Abends unter dem Zaun des Hundekäfigs hindurchgegraben und war Agnes nachgelaufen, die kurz zuvor weggeradelt war, um eine Freundin zu besuchen. Dicht vor Skoghall hatte Wilma haltgemacht und war durch die offene Tür eines Elektrizitätswerks geschlüpft. Drinnen angekommen, war sie in einem Kraftfeld gelandet und auf der Stelle tot gewesen. In dem Moment, in dem die Hündin starb, versanken große Teile von Skoghall im Dunkeln, und Agnes, die auf dem Bett der Freundin saß und einer Geschichte über eine Ferienlagerwoche auf Öland lauschte, wusste sofort, was geschehen war. Oder besser gesagt, sie wusste nicht, was, aber sie wusste, dass etwas passiert war. Und bald erfuhr sie auch, wie.

Vor dem eingezäunten Kunstwerk stand ein Schild, das zu diesem unbehaglichen Gefühl beitrug. Das Schild warnte vor dem Magnetfeld, welches das Werk umgab, und forderte Personen mit Herzschrittmachern auf, Abstand zu halten.

Es stand ein Stück weit von dem Seil entfernt, das rings um das Kunstwerk gezogen war. Agnes überlegte, ob das Schild ein Teil des Kunstwerks war, oder ob es vom Museum aufgestellt worden war, um tatsächlich Herzkranke zu warnen. Sie wollte sich gerade zu Ralf umdrehen, um ihn zu fragen, als sie Harri Niskanen durch die Tür hereinkommen sah. Er ging direkt auf sie zu. Er sah sie an, und sie wusste, dass er wusste, wer sie war. Ralf sah ihn nicht, er hatte sich gerade neben dem Seil hingehockt, als versuche er, unter die Tonnen zu schauen. Das tat er vielleicht auch. Als das Kunstwerk zum ersten Mal aufgebaut worden war, vor vielen Jahren im Kulturhuset, war Ralf derjenige, der zusammen mit einem Kollegen den Magneten von einem Schrottplatz außerhalb von Stockholm holte und ihn im Keller des Kulturhuset in Stücke schlug. Über Nacht bauten sie dann die gesamte Skulptur auf, die zu Tungas *Palindrom Incest* werden sollte. Als die Ausstellungszeit vorbei war, klaubten sie die Skulptur wieder auseinander und beförderten sie in einen kleinen Lagerraum ganz hinten im Keller des Kulturhuset, welcher der Darm genannt wurde. Dort lag sie dann dreizehn Jahre lang, bevor sie wieder ausgegraben wurde, um im neu eröffneten Moderna Museet ausgestellt zu werden.

Vor allem um ihr diese Skulptur zu zeigen, hatte Ralf Agnes zu dem, was er eine Bildungsreise nannte, nach Stockholm eingeladen.

Harri Niskanen blieb ein Stück von Ralf entfernt stehen, der immer noch dahockte und unter die Tonnen schaute. Was er sagen wollte, und ob er überhaupt etwas sagen wollte, weiß niemand, denn in dem Moment, in dem Ralf sich erhob, erbleichte Harri Niskanen, fasste sich an die Brust und fiel neben dem Seil, welches das Kunstwerk einzäunte, zu Boden.

Agnes war es, die sich als erste neben ihn auf den Boden setzte. Er lag auf dem Rücken, die Beine innerhalb der Einzäunung. Es fiel ihm schwer zu atmen. Sie legte eine Hand an seinen Hals. Der Puls war schnell und schwach. Sie sah ihm direkt in die Augen. Sie ließen nichts erkennen.

Harri Niskanen starb im Krankenwagen auf dem Weg zum Sabbatsberg Krankenhaus. Agnes und Ralf beschlossen, ihre Bildungsreise abzubrechen und den Nachmittagszug nach Karlstad zu nehmen.

Das Moderna Museet montierte Tungas *Palindrom Incest* ab. Nicht, weil man der Ansicht gewesen wäre, das Kunstwerk hätte etwas mit dem Tod des Mannes zu tun, er hatte einen Herzfehler und seit vielen Jahren einen Herzschrittmacher, sondern ganz einfach deshalb, weil das Museum große Sammlungen besaß und den Besuchern die Möglichkeit geben wollte, auch andere Werke kennenzulernen. Und Tungas Kunstwerk hatte nun seine Zeit am Licht gehabt.

30 »Hinterher«, sagte Agnes, »als ich darüber nachgedacht habe, ist mir ja klargeworden, dass ich irgendwie erwartete, es würde in seinen Augen *sichtbar* sein.«

Sie schaute Thomasson von der anderen Seite des Sofas her an. Es war schon zur Gewohnheit geworden, sie setzten sich auf ihre gewohnten Plätze.

»Also das, was er getan hat. Reue oder Verzweiflung, was weiß ich. Irgendetwas. Er hat ja meiner Großmutter all das angetan. Aber es waren einfach nur Augen. Ein alter Mann, der im Sterben lag. Und der Schmerz. Davor hatte ich nicht begriffen, dass ein Herzinfarkt weh tun kann. Also dem, den er trifft. Man spricht ja mehr vom Leid der Angehörigen. Aber es schien verdammt weh zu tun. Es war entsetzlich. Und dann, als sie versuchten, so eine Herz- und Lungenmassage zu machen, glaubte ich, sie würden ihm das Herz aus dem Leib pressen. Er sagte nichts. Röchelte nur. In diesem Stadium war er, glaube ich, bewusstlos, obwohl er die Augen immer noch offen hatte.«

Sie saß mit hochgezogenen Füßen auf dem Sofa und rieb durch den Socken hindurch einen großen Zeh. An der Unterseite war er grauschwarz. So wie weiße Socken es werden, wenn man sie eine Weile getragen hat. Sie war zugleich Kind und Erwachsene. Das war Thomasson wohl auch, auf seine Art. Allerdings war es sicher schwieriger, ihn als Kind zu sehen. Der Körper sprach gegen ihn. Er war in einem

Körper eingeschlossen, der jetzt zu versagen begann, Stück für Stück.

Ja ja, sagte Maja.

»Ich glaube, das Wichtigste«, sagte Agnes, »das Schmerzhafteste, hat immer mit Liebe und Tod zu tun. Und als ich Harri da auf dem Boden sah, neben dem Kunstwerk von Tunga, war es plötzlich, als sei alles an seinen Platz gefallen.«

Thomasson wusste nicht, was am wichtigsten war, oder wie alles miteinander verbunden war. In diesem Zusammenhang war es jedenfalls das Wichtigste, dass Agnes zu ihrer Frage gefunden hatte. Und nun war es an ihm, sie zu beantworten. Wenn er wollte. Und konnte. Er könnte schreiben, es sei der Morgen des 28. Septembers 1994 gewesen, als er das Radio anstellte, um die Siebenuhrnachrichten zu hören. Da sprachen sie von zehn, möglicherweise zwanzig Überlebenden. Zwei Stunden später war die Zahl auf siebzig gestiegen. Man befürchtete, dass annähernd eintausend Menschen umgekommen waren. Es war ein schwerer Tag. Aber er war nicht sicher, ob es der schlimmste war.

Er zog das Papier zu sich heran. Es war ungeheuer leer.

»Wann willst du es zurückhaben«, sagte er.

»Es eilt nicht«, sagte Agnes. »Wenn du fertig bist.«

Sie lächelte.

»Aber gern vor Neujahr.«

Vielleicht bedeutete das Lächeln, dass sie es lange vor Neujahr haben wollte. Das würde sie auf jeden Fall bekommen. Fünfzehn, zwanzig Zeilen. Es würde nicht so viel Zeit in Anspruch nehmen. Wie er auch schrieb und was er auch schrieb, die Leute würden wissen, dass es seine Geschichte war. Das spielte keine Rolle. Sein Interesse für die Umwelt war im Schwinden begriffen, und sein Interesse dafür, was die Umwelt von ihm dachte, verschwand ebenfalls allmählich. Obwohl letzteres trotz allem längere Zeit zu brauchen schien. Es saß wohl tiefer. Er würde Siri fragen. Sein Interesse für das, was die Umwelt über ihn dachte und befand, würde ihr langes Schweigen vielleicht beenden. Seine Angst vor dem Urteil der Umwelt war etwas, was sie immer schon geärgert hatte. Und eine verärgerte Siri hielt selten den Mund.

Plötzlich streckte sich Agnes auf dem Sofa und fischte das Mobiltelefon aus der Jeanstasche. Thomasson hatte keinen Klingelton gehört, aber offenbar hatte es geläutet, denn sie stand auf und ging in die Küche, während sie das Telefon ans Ohr drückte. Ihre Stimme klang froh. Thomasson dachte, es sei sicher ihr Freund. Kevin. Er hörte, wie sie einen Küchenstuhl verrückte.

Er selbst blieb auf dem Sofa sitzen und schaute die Orgel an. Mit jedem Tag, der verging, sah sie immer unbegreiflicher aus. Er hatte seit über einer Woche nicht darauf gespielt. Die Uhr an der Wand zeigte kurz nach sieben. Er wusste nicht, ob Mona Sund zu Hause war. Vielleicht schlief sie. Schlief man um sieben Uhr abends, wenn man Nachtschicht hatte? Alles war komplizierter geworden. Früher war er nur aus und ein gegangen und hatte höchstens genickt und etwas über das Wetter gesagt, wenn er sie im Treppenhaus traf. Auf der Orgel gespielt hatte er, wann immer er Lust dazu hatte. Das heißt, tagsüber, abends und nachts sollte es ruhig sein, der Meinung war er immer gewesen. Sogar an Bord. Damals, zu jener Zeit. Er machte sich damit nicht immer besonders beliebt. Seine Jungens fanden, wie auch der größte Teil aller anderen an Bord, diese Frage, wie lange man auf war und wie viel und wie oft man trank, ginge niemanden etwas an, solange man seine Arbeit tat.

Nicht einmal den Chef. Nun, konnte Thomasson dann sagen, aber wenn man eine ganze Nacht dasitzt und trinkt und dann am nächsten Tag hohläugig und mit einer Bierfahne zwischen den Passagieren herumgeht, kann man dann sagen, dass man seine Arbeit tut?

Er selbst hatte während einer längeren Periode ein schlechtes Vorbild abgegeben. Er trank zu viel, war zu lange wach, aß zu viel und vernachlässigte die meisten seiner Aufgaben. Aber das bedeutete nicht, dass seine Jungens es ihm gleichtun durften. Also wies er sie an, während ihrer Schicht nüchtern zu bleiben. Sie hörten ihm zu, und dann taten sie trotzdem, was sie wollten. In der Hauptsaison machten sie einen drauf, und dazwischen nahmen sie es etwas mehr mit der Ruhe.

Er hörte Agnes' murmelnde Stimme aus der Küche. Sie hatte gemeint, er sollte einmal zur Schule kommen und sie sich ansehen, sie hatte gesagt, dass sie ihm die Gebäude und alles zeigen könnte, was es da gab. Das war, nachdem er von Maja erzählt hatte, und dass sie ein paar Jahre in der Plastikfabrik gearbeitet hatte, wo die Kunstschule jetzt untergebracht war. Maja hatte nur wenige Jahre nach ihrem Schulabschluss in der Plastikfabrik angefangen. Thomasson gefiel das nicht. Teils, weil er nicht wollte, dass sie in so jungen Jahren bei einer so schweren Arbeit hängenblieb, aber vielleicht vor allem deshalb, weil er ahnte, dass es nicht so gut für die Gesundheit war. Plastik. Er stellte sich giftige Dämpfe vor. Seine Kinder sollten sich denen nicht ein Leben lang aussetzen.

Jetzt war das Plastik weg, und die Kunst war eingezogen. Der Duft nach Plastik war mit dem Duft nach Ölfarbe vertauscht worden. Falls heutzutage überhaupt noch jemand in Öl malte. Wenn Agnes von der Kunst ihrer Kurskameraden erzählte, schien es sich überwiegend um Videos, Installationen, Fotografien und Skulpturen unterschiedlicher Art zu handeln. Auch von Untersuchungen sprach sie oft. Thomasson wusste nicht recht, was das war, aber vermutlich so etwas wie das, was sie selbst tat. Fragen. Graben. Zu verstehen versuchen. Er sollte vielleicht ihr Angebot annehmen, ihm die Schule zu zeigen. Sehen, womit sie sich beschäftigten. Hinauskommen. Nicht stehenbleiben.

Das finde ich, sagte Maja. Hinaus ins Plastikreich. Erinnerst du dich, wie Mama das sagte? Plastiik. Mit langem i.

Sie lachte. Es war lange her, seit er das gehört hatte. Ein kleines, hicksendes Lachen, das tief unten in der Brust begann und sich dann nach oben schlängelte.

Genau, sagte er. Plastiik. Mit langem i.

Er lächelte bei der Erinnerung. So lange dabei zu sein, seit das Plastik ein so neues Material war, dass man sich noch nicht richtig entschieden hatte, wie es ausgesprochen werden sollte.

Wie der Evro der Schweden. Sagte Maja. Oder der Juuro.

Etwas Großes und Schweres fuhr draußen vorbei. Vielleicht ein Tieflader oder ein Dumper. Das Geräusch steigerte sich zu einem Heulen, als der Wagen mit dem Motor bremste und schließlich stehenblieb. Thomasson dachte, der Fahrer wolle bestimmt zum Kiosk, um das eine oder andere einzukaufen. Der Kiosk lag günstig, mitten in der Esplanade.

Agnes kam aus der Küche. Sie sagte, Kevin warte draußen und frage, ob er bei irgendetwas Hilfe bräuchte, bevor sie ging. Thomasson sagte, es gebe nichts. Er habe, was er brauche. Agnes sagte, sie würde morgen hereinschauen, wenn sie Zeit hätte. Sie wollte den ganzen Tag in der Schule sein, aber vielleicht gegen Nachmittag oder am Abend.

»Ich leide keine Not«, sagte Thomasson.

Er hob den gegipsten Arm und schwenkte ihn ein wenig in der Luft, um zu zeigen, wie gut er zurechtkam. Er spürte es im Handgelenk. Es tat nicht direkt weh, aber es war immer noch so, dass er den Arm am liebsten so still hielt wie nur irgend möglich.

Er hörte Agnes' Schritte die Treppe hinauftrommeln. Vermutlich wollte sie ihre Jacke holen und was sie jetzt brauchte. Er nahm seine Krücke. Bevor er hinaus auf den Balkon trat, machte er die Lampen aus, die Agnes früher an diesem Abend angezündet hatte.

Die Abendluft schlug ihm entgegen, als er die Balkontür öffnete. Es ging so schnell, plötzlich waren Dunkelheit und Kälte einfach da. Er lehnte sich gegen das Geländer. Die Kälte kroch bis unter den Pullover. Nach einer Weile sah er Agnes aus dem Haus laufen, die Jacke in der Hand. Ein knickgelenkter Radlader stand mit laufendem Motor an der Bordsteinkante. Als Agnes sich näherte, wurde die Tür von innen geöffnet. Er sah den Arm des Jungen oder Mannes, der ihr die drei Stufen hinauf und hinein half. Dann wurde die Tür geschlossen, der Lader schwenkte von der Bordsteinkante weg und verschwand in nördlicher Richtung die Esplanade hinunter. In die Dunkelheit hinein.

Offenbar war ihm verziehen worden. Kevin Hellberg. Oder Andersson. Er war vielleicht auch dem Namen nach der Sohn seines Vaters, nicht nur nach der Berufswahl. Thomasson fragte sich, was sie gemeinsam hatten, diese beiden. Eine Kunststudentin und ein Schrotthändler. Sie waren jung, das reichte wohl wenigstens ein Stück weit. Die Anziehungskraft war stark, und der Alltag fern.

Und war es so viel anders gewesen, als er und Siri sich trafen? Sie kamen aus zwei völlig verschiedenen Welten, und das, was bewirkte, dass sie einander überhaupt entdeckten, war, dass sie sich auf halbem Weg trafen. Keiner von ihnen befand sich an seinem heimischen Ort. Dass es in der Nachkriegszeit war, hatte vielleicht auch seine Bedeutung. Alles war durcheinandergeschüttelt worden, und es dauerte eine Weile, bis es wieder an seinen Platz gefallen war und der gewöhnliche Alltag wieder begann. Sie trafen sich in Vasa. Thomasson war dort, um als Verkäufer bei seinem Onkel zu arbeiten, der einen kleinen Lebensmittelladen in der Rådhusgatan betrieb. Siri war in der Stadt, um Gesangsstunden bei einem Fräulein Hilda Grundström zu nehmen.

Fräulein Grundströms Wohnung lag über dem Lebensmittelladen des Onkels. Und sie waren jung, Siri und Thomasson. Jung und weit von zu Hause fort.

Aber leicht war es nicht immer, und wäre da nicht Siris Eigensinn gewesen, ihre rührige Natur und ihr Unwille, einen Fehler einzugestehen, er wüsste tatsächlich nicht, wie lange ihre Ehe gehalten hätte.

Aber er liebte sie die ganze Zeit. Vom ersten Tag an. Und er liebt sie immer noch.

Die Krücke unter dem Arm fühlte sich überflüssig an. Der Fuß war mittlerweile fast in Ordnung. Er würde sie jederzeit zurückgeben können. Vorsichtig verlagerte er das Gewicht von dem einen Fuß auf den anderen. Die Verstauchung war immer noch zu spüren, aber es war nicht so schlimm, dass er sich nicht auf den Fuß hätte stützen können. Er beschloss, die Krücke am nächsten Tag zurückzugeben. Vielleicht könnte Mona Sund sie mitnehmen, dann bräuchte er nicht selbst hinauf zum Krankenhaus zu gehen.

Es war nahezu windstill. Die Straßen waren leer und verlassen. Er verspürte eine Unruhe in den Beinen. Ein Kribbeln. Er dachte, es liege vermutlich daran, dass er in der letzten Zeit so viel in der Stille gewesen war. Er war es gewöhnt, sich zu bewegen. Der Morgenspaziergang. Der Lunchspaziergang. Oft auch ein Abendspaziergang. Jetzt bewegte er sich nur auf den wenigen Quadratmetern, welche die Wohnung bot.

Er musste an Berg denken. Vor etwa einem Jahr hatte Berg bei einem Stück mitgemacht, in dem er sich selbst spielte. Oder besser gesagt den, der er einmal gewesen war. Berg spielte einen Taxifahrer, und damit er diese Rolle bewältigen konnte, hatte man ihn in ein Auto gesetzt, das auf die Bühne herein- und wieder hinausgerollt wurde. Berg saß im Auto, die Scheibe heruntergekurbelt, und sagte, was seine Rolle vorschrieb. Manchmal mit den charakteristischen langen Pausen, die mittlerweile eher aus Gewohnheit als aus Notwendigkeit zu entstehen schienen. Die Pausen waren sein Markenzeichen geworden, und er verzichtete ungern darauf.

Thomasson fragte sich, wie es sich mit Bergs Schauspielerei verhielt. Ob sie beendet war, oder ob die Theatergruppe ihm noch einen Platz auf der Bühne bereithielt. Es war sicher nicht immer ganz leicht, einen älteren Mann, unfähig, ohne Stütze zu gehen, in alles einzubeziehen, was gespielt wurde. Vielleicht würde er sich jetzt auf kleine Auftritte in Revuen beschränken müssen. Thomasson beschloss, Berg schon am nächsten Tag danach zu fragen. Es konnte ja nicht so schwierig sein. Ungewohnt, aber nicht schwierig. Berg sprach selten über sich selbst. Er redete viel, aber so ohne weiteres fiel Thomasson nichts ein, was er über das ganz Private erzählt hatte. Mit Ausnahme von Dingen, die im Vorbeigehen herausgekommen waren, zum Beispiel die Sache mit den Mansardenzimmern und den schwedischen

Gastarbeitern. Berg war wie die Auslandskorrespondenten im Rundfunk. Sie redeten über Großmachtpolitik, Weltnachrichten, Regierungschefs, die kamen und gingen, berührten aber selten ihre eigenen Angelegenheiten.

Er stand da in der Abenddämmerung. Die Dunkelheit legte sich immer dichter über die Stadt. Es war, als ob alles gedämpft worden wäre. Die Reihe der Schaufenster begann klarer zu leuchten, die Grillbude auf dem Marktplatz war wie ein Würfel aus Licht. Nach einer Weile ging er hinein und machte die Tür hinter sich zu. Die Wohnung war still und leer. Die Luft schien stickig, obwohl die Balkontür offenstand.

Er beschloss, hinauszugehen. Ein Abendspaziergang würde ihm guttun, und er brauchte ja nicht sehr weit zu gehen. Nur einmal um den Block, um zu spüren, wie es sich anfühlte.

Er zog Schuhe, Mütze und Mantel an. Er war nahezu winterlich gekleidet, es fehlten nur noch lange Unterhosen und ein zweiter Pullover. Die Krücke ließ er in der Diele stehen.

31 Er ging mit einem leichten Hinken auf dem Trottoir am Elektroladen vorbei. Es war so still, dass er hören konnte, wie ein Schritt schneller erklang als der andere. Das gebrochene Handgelenk ruhte unter dem Mantel am Körper. Die Straßen waren trocken, es war nicht überfroren. Er redete sich ein, er könnte sich entspannen.

Nach einer Weile musste er es sich nicht mehr einreden. Er tat es einfach. Sich entspannen. Es fühlte sich gut an, wieder draußen an der frischen Luft zu sein. Spazieren zu gehen. In tiefen und langen Zügen zu atmen. Zu spüren, wie der Körper funktionierte. Diesbezüglich waren sie jedenfalls auf der gleichen Wellenlänge gewesen, er und Siri. Der Körper war für sie beide wichtig, dass er funktionierte, dass man ihn benutzte. Eine Quelle der Freude, sagte Siri. Auch das hatte sie ihn gelehrt. Auch damit hatte sie recht gehabt.

Er begegnete vereinzelt Autos, weiter vorn sah er ein Paar Arm in Arm gehen. Der Herbst in Österbotten ist, wie wenn man einen Raum für eine kurze Weile verdunkelt, vielleicht während man die Möbel umräumt und eine Vase mit Blumen auf den Tisch stellt, und dann das Licht wieder anmacht, wenn der erste Schnee endgültig liegen bleibt. Siri hatte jede Jahreszeit geliebt, aber den Winter vor allen anderen. Vielleicht, weil er am meisten von dem abwich, den sie von zu Hause her gewöhnt war. Der österbottnische

Winter war für sie immer verbunden mit strenger Kälte, tiefem Schnee und ungestreuten Straßen, auf denen der Tretschlitten das gegebene Fortbewegungsmittel war. Auch Wochen und sogar Monate von Matsch und trübem Wetter ließen sie von dieser Ansicht nie auch nur einen Zoll weichen. Besucher und andere Außenstehende bekamen immer nur von der Kälte zu hören, die bis auf dreißig Grad minus herunterkroch, und von funkelnd klaren Wintertagen auf dem Eis.

Er blieb eine Weile vor der Bibliothek stehen. Um den Fuß auszuruhen, aber auch, um zu sehen, was sie ins Schaufenster gestellt hatten. Das Thema des Tages war das Zuhause. Einwecken und Saft machen. Helle deinen Alltag auf. Möbliere dein Heim mit Flohmarktschnäppchen.

Weiter hinten, in den Regalen, standen alle Bücher, die Thomasson durch die Jahre hindurch zu hören bekommen hatte. Oder sie befanden sich unten im Magazin. Vielleicht hatten sie die Runde gemacht, waren auf dem Tisch für aussortierte Bücher zum Verkauf gelandet, dann unverkauft geblieben und weggeworfen worden. Verbrannt worden. In den Kreislauf eingegangen. Wiederverwertung. Eine einzelne Zeile, ein Gedanke oder ein Bild waren vielleicht bei einem Leser hängengeblieben. Hatten möglicherweise sogar zur Hilfe oder zum Trost gereicht. Zur Freude, nicht zuletzt. Für Thomasson bedeuteten die Bücher vor allem die Erinnerung an seine und Siris erste gemeinsame Zeit in der Mansarde in der Bankgatan. Siri, die es sich auf dem Sofa gemütlich machte und fragte, ob sie ein Stück lesen solle, und er, der sich neben sie legte und nach einer Weile merkte, wie die Worte in ihrer Brust zu vibrieren begannen. Am Ende des Blocks angekommen, entschied er sich, nicht umzukehren, sondern stattdessen geradeaus weiterzugehen. Er ging die Esplanade bis zum Ende entlang und bog dann nach links ab. Der Fuß fühlte sich immer noch gut an, und unter dem Mantel, in der Wärme, pochte die Hand langsam und taktfest. Es war die erste Oktoberwoche. Das bedeutete, dass der Gips Mitte November entfernt werden würde. Dann würde er an der Orgel weiterbauen. Zwar war sie im Großen und Ganzen fertig, aber es gab immer noch etwas, das erweitert, ausgetauscht oder verbessert werden konnte. Der Junge, Mika, hatte etwas von abgerundeten Ecken und ungleichmäßigen Tasten gesagt. Es war schwierig, an den Tasten etwas zu ändern, er hatte es schon versucht, ohne Erfolg. Aber die Ecken. Er wusste nicht genau, welche Ecken der Junge gemeint hatte, dachte aber, er könnte dieser Tage zur Kirche gehen und die Telin-Orgel betrachten. Vielleicht schon am folgenden Tag. Es war lange her, seit er sie zuletzt gesehen hatte, und auch wenn es nicht zu Umbauten an seiner eigenen führen sollte, war es vielleicht trotzdem gut, sich die alte wieder einmal anzuschauen, solange sie nun schon da stand. Man weiß nie, was geschieht. Plötzlich wird ein Beschluss gefasst.

Er ging weiter am Gemeindehaus vorbei und machte an der nächsten Straßenecke halt. Der Spaziergang war länger geworden, als er es erwartet hatte, aber alles fühlte sich noch so an, wie es sollte, und als er nach rechts schaute und das Schild des Kulturhauses Scala sah, entschied er sich, hineinzugehen und die Aushänge im Fenster zu lesen. Vermutlich hatte in der Zeitung gestanden, was im Herbst gespielt wurde, aber es hatte ihn nicht so sehr interessiert, dass er es sich gemerkt hätte. Und tatsächlich war es so. Ein unbekanntes Stück eines ihm unbekannten Verfassers stand auf dem Plan. Offenbar würde es den größten Teil der Saison gespielt werden. Die Premiere hatte erst eine Woche zuvor stattgefunden, und im Fenster gab es Fotos von der Vorstellung. Er beugte sich vor, um besser zu sehen. Es war Berg, den er suchte, aber Berg schien nicht dabei zu sein. Sein Name stand nicht auf dem Plakat. Das hatte Thomasson auch nicht erwartet. Bergs Rollen pflegten nicht von der Art zu sein, dass sein Name bei den größeren Namen Platz fand, er musste sich gewöhnlich damit begnügen, ganz hinten im Programm erwähnt zu werden. Aber diesmal schien er überhaupt nicht teilzunehmen.

Als Thomasson umkehrte, um heimwärts zu gehen, bemerkte er ein kleines stechendes Gefühl im Fuß. Nicht stark, aber doch so, dass er dachte, er sollte besser den kürzesten Weg nehmen. Er ging auf der linken Seite, und nach ein paar hundert Metern schaute er aus irgendeinem Grund in ein Fenster, an dem er vorbeikam. Das Haus befand sich dicht am Trottoir, als hätte es schon dort gestanden, bevor die Straße gekommen war, und sei dann gezwungen worden, einen Teil des Platzes abzugeben.

Drinnen im Haus saß Berg an einem Küchentisch. Thomasson blieb stehen. Eine Schusterlampe beleuchtete den Raum. Auf dem Tisch stand ein Transistorradio mit einer großen Antenne, die zur Decke zeigte. Es waren nur ein paar Meter zwischen den beiden Männern. Thomasson sah, dass Berg in einem Stapel von Papieren las. Er schien hoch konzentriert, hin und wieder schaute er auf, und den Blick direkt in den Raum gerichtet, bewegte er die Lippen, als spreche er mit jemandem auf der anderen Seite des Tisches. Nach einer Weile verstummte er und schaute wieder auf das Bündel Papiere. Es war das erste Mal, dass Thomasson Berg ohne Sporthut oder Mütze sah. Oben auf seinem Kopf war das Haar dünn und struppig. Es sah auch etwas heller aus als das, was von den Seiten abstand, als sei der Bereich, der gewöhnlich von der Sportmütze verdeckt war, im Begriff, aus Lichtmangel abzusterben. An der Schmalseite des Tisches konnte er die schwarzen Gummigriffe des Rollators aufragen sehen.

Das Haus, in dem Berg wohnte, war klein, grau und unscheinbar. Es war sehr niedrig, und Thomasson fragte sich, wie groß diese Zimmer auf dem Dachboden eigentlich sein mochten. Möglicherweise hatten sie in der Mitte Stehhöhe, aber mehr auch nicht. Für einen Augenblick fuhr ihm der Gedanke durch den Kopf, dass er anklopfen sollte. Sich einfach nur hinsetzen und ein bisschen schwatzen. Den Fuß ausruhen. Vielleicht eine Tasse Kaffee trinken. Aber es war nur ein Gedanke, und nach einer kurzen Weile setzte er seinen Spaziergang heimwärts fort.

Er ging am Rand des eigentlichen Stadtkerns. Auf der anderen Seite der Straße befanden sich ein Rasen, ein Spielplatz und etwas weiter weg ein Hang mit Steinen, so groß wie Bergs Haus. Rummelbacken. Einer der Schriftsteller aus dieser Stadt, Mikael Lybeck, hatte eine seiner Romanfiguren nach diesem Ort benannt. Romarbacken, ein bodenständiger ehemaliger Seemann mit einem Hang zum Aberglauben. Siri hatte der Roman gefallen, Thomasson selbst fand ihn ein bisschen langweilig. Blutarm. Aber an Romarbakken erinnerte er sich, dank des ausgefallenen Namens und der Steine. Sie hatten sich aus irgendeinem Grund dort angesammelt, alle an einem Platz. Er hatte irgendwann gehört, wie und warum, es aber vergessen. Das war auch so etwas, das Siri gewusst hätte. Sie hätte es ihm erzählt und ihre Erklärung mit einem kleinen erschöpften »Aber …« begonnen.

Er ging vor sich hin und dachte an diese Dinge, woher die Steine kamen und was Siri gesagt hätte, als er die Ecke am

Haus des Uhrmachers passierte. Da gab es keinen Zebrastreifen, und das Auto, das aus dem Zentrum kam, hatte wohl kaum eine Möglichkeit, die graue Gestalt zu sehen, die plötzlich auf die Straße hinaustrat. Das Auto fuhr aus dem Licht heraus in die Dunkelheit, und Thomasson trug wie üblich keine Reflexanhänger. Das war auch etwas, was Siri gesagt hätte, bevor er überhaupt aus der Tür auf die Topeliusesplanade getreten war: Jetzt steck diese Reflexanhänger an!

Von dem Aufprall merkte er sehr wenig. Was er merkte, war, dass plötzlich etwas geschah. Ein rascher Stich in der Brust, wie aus Angst oder Erstaunen. Er hätte in ein abgrundtiefes Loch fallen oder ein Haus hätte über seinem Kopf zusammenstürzen können.

Aber was geschah, war, dass das Auto, ein Jeep, Thomasson an der Seite traf und ihn über die Straße warf, hinauf zu diesen großen Steinen.

Das Herz

32

Der Mann, der das Auto fuhr, hieß Gustav Broman. Während der letzten Jahrzehnte hatte er sich in der Kommunalpolitik engagiert, und bei der letzten Reichstagswahl hatte es sogar geheißen, dass er seine Karriere in der Hauptstadt fortsetzen würde. Damals. Und jetzt war es wieder soweit. In weniger als einem halben Jahr standen wiederum Wahlen an, und Gustav Broman hoffte, eines der zweihundert Mitglieder zu sein, die im nächsten Frühjahr in den Reichstag einziehen würden.

Der Abend, an dem Thomasson auf die Straße trat und von Bromans schwarzem Volvo XC90 gerammt wurde, war dunkel und feucht. Es war nicht ungewöhnlich, dass Broman um diese Tageszeit mit dem Auto unterwegs war, er hatte seine politischen Pflichten zu erledigen, er leitete einen Betrieb, der fast genauso alt und facettenreich war wie er selbst, und er war Vater dreier Kinder, die er zu verschiedenen Freizeitaktivitäten fuhr und wieder abholte.

Er hatte auch eine Frau. Leider war nicht sie es, die an diesem Abend neben ihm saß.

Im selben Moment, in dem Thomasson den Schritt vom Trottoir herunter tat, fischte Gustav Broman sein Mobiltelefon aus der Tasche und warf einen raschen Blick auf das Display.

Louise.

Das stand für Louise Broman.

Die Frau neben ihm hieß Tanja Holm, war vierundzwanzig Jahre alt und studierte Politikwissenschaft an der Akademie von Turku.

Als Broman Louises Namen auf dem Display sah, drehte er das Mobiltelefon zu seiner Mitfahrerin hin und bedeutete ihr mit einem Zeigefinger an den Lippen, dass sie still sein sollte. Dann drückte er auf Antwort. Er schaffte es, das Telefon ans Ohr zu pressen, und es ist möglich, dass er auch etwas sagen konnte, bevor er wieder auf die Straße schaute und eine graue Gestalt direkt vor der Motorhaube erblickte. Die Motorhaube eines Volvo XC90 ist hoch. Einerseits, um dem Auto ein kraftvolles Aussehen zu verleihen, andererseits, um schonend gegenüber Fußgängern zu sein. Vor der kraftvollen Motorhaube erschien Thomassons Oberkörper. Im nächsten Moment wurde er von der Taille abwärts von dem gut zwei Tonnen schweren Auto getroffen.

Tanja Holm schrie. Gustav Broman ließ das Telefon los und trat auf die Bremse. Es gelang ihm, das Auto mitten auf der Kreuzung zum Halten zu bringen. Die Straßen waren leer. Der Abstand war weit zwischen den Laternenpfählen. Der Motor lief nicht mehr, und es war dunkel im Coupé. Auf dem Boden, zwischen seinen Füßen, lag das Mobiltelefon. Es lag auf dem Rücken, und das Display leuchtete blau, wie auf einem Fernsehschirm.

Das erste, was Gustav Broman tat, als Tanja Holm aufgehört hatte zu schreien und er selbst sich dazu überwunden hatte, seinen krampfhaften Griff um das Lenkrad zu lockern, war, sich herunterzubeugen und das Mobiltelefon zusammenzuklappen, das zwischen seinen Füßen lag.

Im Auto war es völlig still. Es war, als sei auch die Zeit

stehengeblieben, solange sie sich nicht bewegten. Eine Bewegung, und die Wirklichkeit würde wieder einsetzen, in Gang kommen, der Körper, der da ein Stück weit entfernt auf der Straße lag, Krankenwagen und blinkende Lichter. Leute, die Fragen stellten und die Antworten auf kleine Blöcke schrieben.

Nach einer Weile durchbrach Gustav Broman die Stille, öffnete die Fahrertür und setzte den Fuß auf den Asphalt. Es war, wie nach einer durchzechten Nacht den Fuß auf den Boden zu setzen, wenn man in seinem Bett liegt und die ganze Welt sich dreht. Das Licht im Coupé ging an. Er drehte sich so, dass er Tanja sehen konnte. Sie saß gegen den Sitz und die Tür gedrückt.

»Warte hier«, sagte er.

Als er die Vorderseite des Autos passierte und nach rechts und links blickte, musste er den Impuls unterdrücken, sich hinunterzubeugen und mit der Hand nach Schäden am Blech zu tasten. In seiner Hosentasche lag das Telefon und vibrierte, als sei es ein lebendes Wesen.

Der Mann lag regungslos auf dem Bauch, den Oberkörper im Gras. Es waren keine Spuren von Blut zu sehen. Von oben wirkte er ganz unverletzt. Broman sah sofort, dass es ein älterer Mann war. Er war ganz in Grau gekleidet, die Mütze befand sich immer noch auf dem Kopf.

Das Telefon hatte jetzt Ruhe gegeben. Er holte es aus der Tasche. Es fühlte sich warm an in der Hand. Er sah Louise vor sich, wie sie im Wohnzimmer vor dem Panoramafenster auf dem Sofa saß und sich fragte, was geschehen war. Er klappte das Telefon auf, um anzurufen, schloss es dann aber wieder mit einem kleinen Knall.

Er hockte sich hin. Die Abendluft legte sich kühl um die Schienbeine. Vorsichtig griff er nach der Schulter und der

Hüfte des Mannes und drehte ihn um. Er musste sehen, ob er lebte. Ob es ernst war.

Aber er wusste, dass es ernst war. Es konnte nicht anders sein.

Der Mann lebte. Als Broman ihn umdrehte, gab er einen Seufzer von sich, wie wenn man ein schlafendes Kind hochhebt. Er atmete flach, aber regelmäßig. An der Vorderseite war Blut durch die Kleider gesickert. Broman stand auf und holte das Telefon wieder heraus. Er ging zum Auto. Das Mädchen saß so da wie zuvor. Broman kletterte auf den Fahrersitz.

»Ich muss anrufen«, sagte er.

»Ist er tot?«

»Nein.«

Gustav Broman rief direkt im Krankenhaus an. Er hatte die Nummer in seinem Telefon gespeichert. Es war nur zwei Blocks weit entfernt, in ein, zwei Minuten würde Hilfe kommen.

Er wusste nicht, was er mit Tanja Holm anfangen sollte. Es würde ein Verhör geben, sie würden wissen wollen, wie das Ganze passiert war. Und das war an und für sich kein Problem; der alte Mann war ja direkt auf die Straße hinausgetreten. Es hatte keine Möglichkeit gegeben auszuweichen.

Das Problem war, wie er die Anwesenheit des Mädchens erklären sollte.

Vielleicht musste sie überhaupt nicht erklärt werden?

Aber man würde sie befragen. Es würde ein Protokoll geschrieben werden. Auf die eine oder andere Art würde die Sache zu Louise gelangen. Früher oder später. Die Polizei, die Sanitäter, Neugierige, irgendjemand würde die Information weiterleiten. Und Louise war seine Affären leid. Er hatte sein Versprechen gegeben. Auf Ehre und Gewissen. Obendrein war auch noch Wahl.

Wie er es sah, gab es keinen Anlass, die Sache zu komplizieren. Schon gar nicht zu diesem Zeitpunkt.

Noch hatten sich keine Neugierigen versammelt. Vermutlich lag das daran, dass alles so lautlos geschehen war. Es war fast so, dass er hätte weiterfahren können.

Er stieg aus dem Auto und ließ die Fahrertür offen.

»Zieh deine Jacke an. Und dann nimmst du deine Tasche.«

Tanja Holm stieg aus dem Auto und zog die Jacke an. Dann öffnete sie die hintere Tür, nahm aber nicht ihre Tasche, sondern eine Decke, die auf dem Sitz lag. Sie ging mit raschen Schritten über die Straße zu dem Mann. Broman sah, wie sie sich hinunterbeugte und die Decke über ihn breitete. Eine schwarze Tasche mit Schulterriemen stand noch auf dem Boden. Broman nahm die Tasche aus dem Auto. Sie war schwer. Tanja hatte offenbar Bücher für ihr Studium dabei. Er zögerte kurz, dann stellte er die Tasche wieder zwischen den Sitzen auf den Boden.

Tanja Holm studierte seit Ende der neunziger Jahre in Turku. Aber sie stammte aus einem der Dörfer außerhalb der Stadt und hatte verschiedene Bekannte, die noch da wohnten. Eine ihrer ältesten Freundinnen hatte sich kürzlich scheiden lassen und wohnte jetzt mit ihrem Sohn in einem Haus auf der anderen Seite des Parks. Wenn Tanja dem Kiesweg folgte, würde sie zu dem Haus der Freundin kommen.

Gustav Broman ging zu ihr hin, wie sie da neben dem Mann hockte.

»Jetzt machen wir es so«, fing er an.

Tanja Holm hielt eine Hand an der Wange des Mannes,

während sie auf das hörte, was Broman zu sagen hatte. Der Alte hatte die Augen geöffnet und schien sie anzusehen. Sein Blick war abwesend. Vermutlich wusste er nicht, wo er war oder was geschehen war. Er sagte nichts.

»Du musst dafür sorgen, dass ein Krankenwagen kommt«, sagte Tanja Holm. »Jetzt gleich.«

Sie stand auf.

»Du musst noch einmal anrufen.«

»Er ist unterwegs«, sagte Broman. »Geh du ruhig, ich kümmere mich um das hier, und wir sehen uns dann später.«

Er beugte sich vor und gab ihr einen leichten Kuss. »Mach dir keine Sorgen«, sagte er, »das regelt sich von selbst.«

»Ich warte ein Stück weiter weg«, sagte sie, »bis ich den Krankenwagen kommen sehe. Und wenn er nicht in ein paar Minuten eintrifft, rufe ich ihn selber.«

Er schaute ihr nach, wie sie durch den Park ging. Sie hatte die Hände in die Jackentaschen gesteckt und sah sich nicht um. Das Geräusch ihrer Schritte auf dem Kies wurde schwächer. Nach einer Weile konnte er sie nicht mehr sehen.

Er hörte einen herankommenden Wagen. Er schaute nach links und erwartete, den Krankenwagen um die Ecke biegen zu sehen. Doch die Straße blieb dunkel, und kein Auto war zu sehen. Stattdessen kam eins von der anderen Seite. Es passierte das Kulturhaus Scala und näherte sich rasch. Es war ein grauer Personenwagen, ein etwas älteres, offenbar japanisches Modell. Mitsubishi, Toyota, Mazda, er wusste es nicht, sie sahen im Großen und Ganzen alle gleich aus. Es hielt neben dem Grasstreifen, ein paar Meter von dem Mann entfernt. Broman kannte das Auto, er hatte es viele Male gesehen. Immer, wenn etwas passiert war, geplant oder ungeplant, tauchte es wie aus dem Nichts auf.

Der Besitzer des Wagens war Marklund, Redakteur beim Regionalfernsehen. Broman fragte sich, ob es ein Zufall war, oder ob er irgendwie in Kontakt mit dem Krankenwagen und der Polizei stand, auf welche Weise auch immer. Vielleicht war es ganz einfach so, dass er den Funkverkehr abhörte? Nicht ganz ausgeschlossen. Marklund betrieb den lokalen Fernsehkanal weitgehend in eigener Regie, und so war es immer gewesen. Er hatte ein besonderes Gespür und dokumentierte alles, was wert war, dokumentiert zu werden.

Aber diesmal kam er vermutlich rein zufällig vorbei. Soweit Broman wusste, wohnte er hinter der Scala, und vermutlich war er unterwegs zur Redaktion am anderen Ende der Stadt, um vor der nächsten Sendung noch das eine oder andere zu regeln.

Marklund stieg aus dem Auto, fast bevor es hielt. Wie ein Cowboy von seinem Pferd springt.

»Was ist passiert?«

Er schaute auf den Mann am Boden. Ging direkt zu ihm hin.

»Haben Sie schon angerufen?«

»Sie sind unterwegs.«

Marklund setzte sich. Es schien, als wollte er sich vergewissern, dass der Atem ging, wie er sollte. Er befühlte den Hals des Mannes und hob die Decke ein wenig an, wie um zu sehen, ob noch alles da war.

»Es ist Thomasson«, sagte er knapp.

Broman sah, dass er eine Filmkamera dabeihatte. Sie lag neben ihm im Gras. Offenbar hatte Marklund den Eindruck gehabt, dass es richtig ernst war, da er eingegriffen hatte, bevor er mit dem Filmen begann. Aber jetzt war Schluss mit der Freizeit, denn jetzt streckte er den Arm aus und zog die Kamera zu sich heran. Er stand auf und hob die Kamera auf die Schulter. Broman sah, dass er den Mann im Gras filmte und dann einen Schwenk über die Straße und hin zu Bromans Volvo machte, der mit offener Fahrertür schräg auf der Kreuzung stand. Er ging näher heran und filmte ins Auto hinein. Broman wollte ihm gerade zurufen, er solle damit aufhören, als Marklund die Kamera auf ihn richtete. Sie stand direkt vor Bromans Gesicht.

»Können Sie etwas dazu sagen, wie es passiert ist?«

»Jaa«, sagte Broman, »ich kam von ...«

Da wurden sie vom Krankenwagen unterbrochen, der um die Ecke bog. Marklund drehte die Kamera dorthin, und Broman bekam eine kleine Atempause. Die Sanitäter nickten kurz, als sie aus dem Wagen stiegen und zu dem Mann hingingen. Sie machten sich ans Werk.

Marklund filmte. Er filmte alles genau, die Kamera folgte den Sanitätern, der Trage, die hinten in den Krankenwagen hineingeschoben wurde, dann schwenkte sie zurück zu dem Auto auf der Kreuzung, an dessen Vorderseite entlang, hinaus zum Park und zum Kiesweg und so weiter, bis hin zu Broman, der ratlos mitten auf der Straße stand. Die Polizei war noch nicht zu sehen.

»Waren Sie allein im Auto?«

Gustav warf einen unwillkürlichen Blick zum Kiesweg hin, bevor er antwortete. Er fragte sich, ob Marklund es geschafft hatte, Tanja zu sehen. Das konnte wohl kaum sein. Und wenn er sie gesehen hatte, wie hätte er dann wissen sollen, dass sie mit in dem Auto gesessen hatte?

»Hören Sie, Marklund«, sagte er, »kümmern Sie sich um Ihre eigenen Angelegenheiten, dann kümmere ich mich um meine.«

Broman versuchte, Marklunds Blick irgendwo da hinter

der Kamera einzufangen, aber es gelang ihm nicht, die Kamera war wie eine Wand zwischen ihnen. Broman dachte, es würde ihn nicht wundern, wenn Marklund eines Tages der Urheber einer ganz neuen Rasse sein würde; einer, bei der die Filmkamera an der Schulter festgewachsen war.

Er versuchte, den Blick auf etwas zu fixieren. Herumirrende Augen machten sich nicht gut im Bild. Er fühlte sich nicht ganz wohl da draußen auf der dunklen Straße, mit dem Auto schräg auf der Kreuzung und Marklunds Filmkamera, die in der Gegend herumschwenkte und alles einzufangen schien, was einzufangen war. Die Sanitäter waren mit ihrer Arbeit fertig und fuhren los zum Krankenhaus. Es gab keine Sirenen oder blinkende Lichter. Obwohl das nicht bedeuten musste, dass der Mann außer Gefahr war. Die Stadt war menschenleer.

»Ich muss hinauf zum Krankenhaus«, sagte Broman, »ich verlasse den Ort nicht, ohne zu wissen, wie es steht.«

Marklund, der die Abfahrt des Krankenwagens gefilmt hatte, ließ die Kamera sinken. Broman versuchte zu erkennen, ob er sie auch ausgeschaltet hatte, aber er verstand nicht genug von der Technik, um das beurteilen zu können. Er dachte, es sei am besten, sich so zu verhalten, als ob die Kamera liefe. Marklund konnte sehr wohl da stehen und alles aufnehmen, was sie sagten.

Broman ging zu seinem Wagen.

»Wie gesagt, ich fahre hinauf zum Krankenhaus. Wenn Sie noch Fragen haben, können Sie mich gern morgen anrufen.«

Er blieb eine Weile im Auto sitzen, bevor er den Motor startete. Marklund trat vom Straßenrand weg und ging direkt vor Broman vorbei. Er hob die Hand zum Gruß. Broman erwiderte den Gruß. Er ließ den Motor an. Die Laternen beleuchteten die großen Steine auf der anderen Straßenseite. Das Inlandeis? Hatte es die Steine zusammengedrückt, so dass sie sich alle an derselben Stelle versammelt hatten? Er erinnerte sich nicht. Jetzt lagen sie, wo sie lagen. In Ewigkeit. Er fuhr ein paar Meter rückwärts, bog dann nach links ab und folgte dem Weg, den der Krankenwagen vor ein paar Minuten genommen hatte. Er versuchte klar zu denken. Was geschehen war und was es bedeuten konnte. Der alte Mann, Thomasson, war auf die Straße hinausgetreten – in der Herbstdunkelheit! – ohne Reflexanhänger. Broman hatte sich an die Geschwindigkeitsbeschränkung gehalten, er war nüchtern, das Auto war in tadellosem Zustand. Hier gab es also keine Probleme.

Das Problem befand sich auf einer ganz privaten Ebene. Tanja Holm hatte mit im Auto gesessen. Er fragte sich, ob Marklund wohl zufällig etwas gesehen hatte. Oder ob jemand aus einem Fenster geschaut und sie hatte weggehen sehen. Er wusste es nicht. Und jetzt war es, wie es war. Er schüttelte die Gedanken ab, im Laufe der Jahre hatte er stärkere Stürme überstanden. Seiner Erfahrung nach pflegte sich das meiste von selbst zu regeln. Trotz allem. Es galt nur, still im Boot zu sitzen. Er bog auf den Parkplatz des Krankenhauses ab. Ein Streifenwagen stand am Eingang. Er warf einen letzten Blick in den Spiegel, dann stieg er aus.

33

Agnes Frid hatte nur einige wenige Stunden geschlafen. Sie lag immer lange wach und drehte und wendete sich, wenn sie bei Kevin übernachtete. Das Bett war zu schmal, aber ein breiteres fand keinen Platz in seinem Jungenzimmer. Sie hatten darüber gesprochen, eine größere Wohnung zu suchen und zusammenzuziehen. Aber es war bei den Plänen geblieben. Und es würde vermutlich auch dabei bleiben. Im Frühjahr würde Agnes ihre Ausbildung beendet haben und sich an der Kunsthochschule in Stockholm, an der Valand in Göteborg und an der Rietveld in Amsterdam bewerben. Vielleicht auch in Helsinki. Sie wusste es noch nicht.

Kevin sagte, es spiele keine Rolle, sie seien alle gleich weit weg.

Und so war es ja auch. Es war ein weiter Weg zwischen Anderssons Schrotthandel und der Kunsthochschule, wo sie auch lag und wie sie auch hieß.

Es war kurz nach acht. Sie hatte auf die Uhr geschaut, bevor sie ging, und da war es ein paar Minuten vor acht gewesen. Riitta und Kevin waren schon zur Arbeit gefahren. Agnes hatte Mika geweckt und dafür gesorgt, dass er wenigstens aufrecht im Bett saß, bevor sie ging. Er hatte ins Licht geblinzelt und sich das Gesicht gerieben. Das kleine Kind in ihm war deutlich zu sehen, wie er da verschlafen mit seiner zerknautschten Decke über den Beinen saß. Verschwollene Augen und ein dünner Körper in einem weißen T-Shirt. Blaue Flecke an den Oberarmen. Nach einer Weile hatte er begonnen, sich nach seinen Kleidern umzusehen. Agnes hatte seine Hosen vom Boden aufgelesen und sie aufs Bett gelegt.

So würde er es jetzt vielleicht in die Schule schaffen. Das hoffte sie jedenfalls. Sie hätte vielleicht bleiben und dafür sorgen sollen, dass er frühstückte und sich tatsächlich auf den Weg machte, aber sie wollte nicht Mutter spielen. Sie fand, dafür sei sie viel zu jung.

Aber sie würde von zu Hause aus anrufen. Das war nicht zu viel verlangt.

Als sie an den Anfang ihres eigenen Blocks kam, sah sie eine schwerfällige Figur auf der anderen Seite um die Ecke biegen. Es war Berg, der auf dem Weg war, seinen Posten vor dem Elektroladen einzunehmen. Ein bisschen früh für die Jahreszeit. Es waren fast Minusgrade in der Luft.

Berg parkte ein wenig umständlich neben dem Fahrradständer, zog ein Stück Schaffell heraus, das er unter seiner Jacke gehabt hatte, und legte es auf den Sitz des Rollators. Dann setzte er sich hin, mit dem Blick über den Marktplatz und die Esplanade. Er schaute auf die Autos, die vorbeifuhren, und folgte den Fahrern mit dem Blick, um zu sehen, ob sie ihn bemerkten und vielleicht grüßten. Agnes fand, neben dem Rollator auf dem Trottoir hätte ein Schäferhund liegen sollen. Sie musste irgendwann die Gelegenheit ergreifen und Berg fragen, warum er keinen Hund hatte. Das wäre doch eine gute Gesellschaft für ihn. Vielleicht war er allergisch. Oder aber er mochte einfach keine Tiere.

Als sie näher kam, drehte Berg den Kopf und sah sie. Er hatte die Sportmütze gegen eine Fellmütze mit Schirm und Ohrenklappen vertauscht. Ein zuverlässiges Zeichen dafür, dass der Winter im Anzug war. Agnes näherte sich, um ein paar Worte mit ihm zu wechseln, bevor sie zu sich nach Hause ging.

Berg folgte ihr mit dem Blick, bis sie direkt vor ihm stand.

»Hallo«, sagte Agnes, »heute bist du früh dran.«

»Jetzt steht es schlecht um Thomasson«, sagte Berg.

Er sah ernst aus. Sein Gesicht war so offen wie das eines Kindes. Agnes musste an Mika denken, schlaftrunken in seinem Bett und in die Welt blinzelnd.

Berg erzählte, was geschehen war. Er selbst hatte nichts gesehen, aber im Polizeifunk gehört, dass es einen Unfall an der Ecke Sollefteågatan Karleborgsgatan gegeben hatte. Durch das Rauschen hindurch hatte er aufgeschnappt, dass eine Person verletzt worden war.

»Ich wohne da«, sagte er, »nur ein Stück weit davon entfernt.«

Agnes versuchte zu erraten, welche Ecke es sein mochte. Aber sie kannte die Stadt zu wenig. Wo die Sollefteågatan lag, wusste sie, die kreuzte nur zwei Blocks weiter die Esplanade, aber von der Karleborgsgatan hatte sie noch nie etwas gehört.

»Rummelbacken«, erklärte Berg. »Die Straße, in der die Scala liegt.«

Da wusste sie es. In der Scala war sie schon mehrfach gewesen. Das Theater veranstaltete ungefähr die Hälfte der Kulturangebote der Stadt. Die andere Hälfte bestritt die Rathausgalerie.

Berg erzählte, dass er am Abend zuvor in seiner Küche gesessen und seine Rolle geübt hatte, als das Radio plötzlich auf eine Art geknistert hatte, die ihn immer dazu brachte, die Ohren zu spitzen. Er hatte Holmbergs Stimme erkannt, und die kurze Beschreibung dessen, was wo geschehen war, ließ ihn rasch verstehen, dass es sich um seinen eigenen Häuserblock handelte. Er hatte zum Fenster hinausgeschaut, aber nichts anderes sehen können, als dass an der Ecke zum Sollefteåvägen hin mehrere Autos standen. Eins davon hatte er als das von Redakteur Marklund erkannt. Kurz darauf hatte er gesehen, dass der Krankenwagen zur Stelle war. Als Berg es endlich bis zum Trottoir geschafft hatte, waren alle schon davongefahren.

»Man ist nicht mehr so schnell«, sagte er. »Aber was man nicht in den Beinen hat, muss man im Kopf haben.«

Also hatte er mit Marklund vom Regionalfernsehen telefoniert. Er telefonierte oft mit ihm wegen Dingen, die geschehen waren, oder solchen, die geschehen würden. Manchmal auch wegen Dingen, die hätten geschehen sollen.

»Man hat ja durch die Jahre mit dem einen oder anderen Tipp beigetragen«, sagte er.

Er hatte Marklund auch von dem Mädchen erzählt, das er ein Stück weiter weg auf dem Kiesweg gesehen hatte. Sie hatte da gestanden, bis alle Autos weggefahren waren. Berg hatte vorgehabt, ihr etwas zuzurufen und sie zu fragen, ob sie wusste, was geschehen war, aber er war nicht schnell genug gewesen, bevor sie in der Dunkelheit verschwand. Er meinte, mit ihr könnte Marklund reden, wenn er einen wahrhaftigen Augenzeugen haben wollte. Berg wusste sogar, wie das Mädchen hieß. Tanja Holm. Sie stammte aus Munsala, ihre Eltern waren Bauern, und Berg hatte sie selbst nach den Festen des Männerchors im Restaurant von Döbeln mehrmals nach Hause gefahren, es war in seiner Glanzzeit Anfang der achtziger Jahre. Er hatte sie gewissermaßen entstehen sehen, sagte er. Es war in der Nacht des Luciafestes 1981. Das Ehepaar Holm hatte kurz nach Mitternacht Bergs Taxi gerufen, und sie waren während der

Fahrt nach Hause sehr zärtlich miteinander gewesen. Er erinnerte sich daran, weil er im Herbst 1982 das Resultat gesehen hatte, als er eine Fahrt zur Entbindungsstation gehabt und Frau Holm mit einem neugeborenen Kind auf dem Arm getroffen hatte.

Marklund hatte zugehört und sich bedankt und nach einer Weile gesagt, nun müsse er sich wieder seinen Pflichten widmen, um rechtzeitig nach Hause zu kommen, ehe seine Frau aufstand und zur Arbeit ging. Also hatte Berg im Krankenhaus angerufen. Einmal am Abend, und dann noch einmal jetzt am Morgen.

»Und es steht schlecht«, sagte er. »Richtig schlecht.«

34 In Stockholm leben Thomassons Enkel ihr Leben. Der Älteste hat schon eine Wohnung, eine Lebensgefährtin und eine Arbeit, mit der er sich wohlfühlt. Der Jüngere studiert und wohnt bei seinen Eltern im Einfamilienhaus in Huddinge. Er wohnt da mit seinem Vater und mit der Frau, die sie Mama nennen.

Thomassons Nichten und Neffen im südlichen Finnland, die Großnichten und Großneffen und deren Kinder. Die Nichte ein Stück weiter nördlich, Frührentnerin, und ihre Kinder, der älteste Sohn, der noch mit seiner Familie auf dem heimatlichen Bauernhof wohnt, die Tochter, die schon Anfang der neunziger Jahre nach Dänemark gezogen ist – ausgerechnet! Und dann der jüngste Sohn, irgendwo, niemand weiß genau, wo.

Und dann noch Siris Familie, deren Geschwister, die Nichten und Neffen, die Angeheirateten, alles, was es in einer großen Verwandtschaft gibt.

Thomasson dachte an sie alle. Bekannte und Unbekannte. Es war, wie ein Gruppenfoto von einem Arbeitsplatz zu sehen, den man vor Jahrzehnten verlassen hat. Dort ein Gesicht, das vage bekannt ist, und da, rechts oben, die Person, an die man oft gedacht hat, ohne sich aufzuraffen, Kontakt mit ihr aufzunehmen.

Und auch diesmal wurde nichts daraus.

Ärzte richteten Knochen ein, entnahmen Blut und führten ihm Blut zu, noch bevor er das Bewusstsein wiedererlangt hatte. Als er allmählich aufwachte, war er ein Paket. Schwestern und Ärzte mit unbekannten Gesichtern und Namen, die er noch nie gehört hatte, kamen und gingen. Er kannte keinen von ihnen, aber das spielte auch keine Rolle. Es war, als sei er noch nicht gelandet. Er hatte nicht aufgegeben, aber er hatte aufgehört, weiter zu denken als bis zur nächsten Mahlzeit und den Tabletten zur Nacht.

Eines Tages kam Riitta Hellberg zu Besuch. Sie hatte Agnes dabei. Sie brachten ihm Blumen und eine Tüte mit Obst. Riitta sagte, sie wüsste nicht, was ihm schmeckte, aber wenn es etwas anderes wäre, das er lieber hätte, könnte sie es für ihn besorgen. Er bat Agnes, ihm gleich eine Banane zu schälen. Der rechte Arm war noch brauchbar. Er konnte ohne Hilfe essen.

»Micke lässt grüßen«, sagte Agnes. »Er wollte an einem anderen Tag kommen. Jetzt ist er in der Schule.«

»Das ist gut«, sagte Thomasson, »das ist gut, grüß ihn zurück.«

Der Mann im Bett neben ihm drehte sich stöhnend auf die Seite. Er hatte keine sichtbaren Schäden, also war es vermutlich das Übliche, ein Infarkt. Thomasson hatte noch nicht mit ihm gesprochen, nur rasch genickt, wenn ihre Blicke sich zufällig trafen. Der Mann hatte so etwas wie einen Schleier über den Augen gehabt. Das kam vielleicht von den Medikamenten.

Thomasson fühlte sich bereits nach der halben Banane satt. Als er sich auf die andere Seite drehte, um zu sehen, wo er sie hinlegen konnte, nahm ihm Riitta Hellberg die Banane aus der Hand, deckte sie mit der Schale zu und legte sie auf den Tisch neben dem Bett.

»Den Rest esse ich später«, sagte Thomasson.

Riitta Hellberg sah müde aus. Vielleicht hatte sie schon müder ausgesehen, als sie sich das letzte Mal sahen, aber da hatte Thomasson es zumindest nicht bemerkt. Vielleicht kam es von den Neonröhren im Krankenhaus. Unter ihren Augen waren dunkle Ringe, und ihre Haut wirkte grau. Jetzt sah er auch, dass ihre Haare am Ansatz zu ergrauen begonnen hatten. Es war, als sei der Scheitel mit Kalk gepudert. Aber so etwas geschieht ja nicht innerhalb einer Woche, also lag es bestimmt an dem Licht, dass er es jetzt sah.

»Wie geht es mit der Arbeit?« fragte Thomasson. »Habt ihr schon angefangen zu packen?«

»Wir haben es jedenfalls geplant«, sagte Riitta. »Aber wir werden bis Weihnachten mehr oder weniger wie gewohnt arbeiten.«

Thomasson erinnerte sich daran, wie die Fabrik eröffnet worden war. Im Jahr 1972. Siri, Maja und er wohnten damals in dem Haus am Fluss, der Laden hatte dichtgemacht und Thomasson hatte angefangen, auf seinem ersten Schiff zu arbeiten, M/S Apollo. Auch die Apollo war von der Meyerwerft in Deutschland gebaut worden, aber damals war Thomasson noch nicht dabei gewesen, als das Schiff heimgeholt wurde, sondern heuerte erst später an, als sie schon zwischen Nådendal und Kapellskär verkehrte. Im März 1972 war Thomasson an Bord der Apollo, als drei Männer aus einem Gummifloß auf der Ålandssee gerettet wurden. In diesem Jahr lag das Packeis hoch getürmt, und auf der Route der Apollo, ungefähr zehn Seemeilen nordöstlich von Flötjan, ging ein schwedischer Trawler unter. Damals, in der Kälte draußen an Deck, während das Gummifloß im eiskalten Wasser schaukelte, erkannte er, dass es wirklich geschehen konnte. Das Meer ist nicht zahm. Ein Fehler, und es holt einen. In seiner Kindheit streckte sich der Neck aus dem Brunnen und zog die Kinder herunter, die zu nahe herangingen. Genau so war es mit dem Meer. Er stand an Deck und fragte sich, ob die drei auf dem Floß die einzigen waren, die überlebt hatten. An diesem Tag waren die Wellen nicht so hoch, dass sie sich an den Spitzen brachen. Das Meer wogte. Die Oberfläche war dunkel. Es sah aus, als triebe das Floß in schaukelndem Schweröl.

Das gab Thomasson zu denken. Aber nach einer geglückten Rettungsaktion und ein paar Sitzungen in der Messe, bei denen die Ursachen erörtert worden waren und die Spekulationen sich in alle Richtungen erstreckt hatten, begann die Sicherheit zurückzukehren. Denn es gab immer einen Grund dafür, dass ein Schiff unterging. Es gab einen Mangel, jemand hatte einen Fehler gemacht. Solche Mängel, und darüber waren sich die meisten einig, gab es auf einem neuen und großen Passagierschiff wie der M/S Apollo nicht. Sie hatte eine kompetente Besatzung, war gut hundert Meter lang, fasste über tausend Passagiere und war auf einer der weltweit besten Schiffswerften gebaut worden.

Und die Apollo blieb durch die Jahre und Jahrzehnte hindurch flott. Im Herbst '94, kurz nach der Estoniakatastrophe, hörte Thomasson wieder von ihr. Da war sie in die heimischen Gewässer zurückgekehrt. Unter verschiedenen Namen war sie jahrzehntelang zwischen Häfen rund um die Welt verkehrt. Jetzt, unter ihrem neuen Namen Linda 1, segelte sie zwischen Helsinki und Tallinn.

Die frühere Apollo war wie ein abgedankter Profiboxer, der gezwungen war, während vieler Jahre auf immer kleineren Galas für immer weniger Geld aufzutreten. Aber jetzt war sie zu Hause. Trotz großer Mengen von Schmugglerware, Ärger wegen eines Transports mit jugoslawischen Flüchtlingen, einem Maschinenfehler und einer Grundberührung vor Helsinki setzte die Linda 1 ihren Verkehr von Hafen zu Hafen fort. Im Oktober '94 wurde sie wegen eines defekten Bugtors gestoppt. Der Fehler wurde behoben, und kurze Zeit darauf nahm sie ihren Taufnamen wieder an: Apollo.

Als Thomasson zuletzt von ihr gehört hatte, war sie unterwegs nach Neufundland.

Wie so viele andere auf der Jagd nach ihrer ewigen Heimat.

1972. Das war auch das Jahr, in dem eine Zentralantenne auf der Spitze des Wasserturms errichtet wurde und die Stadt auf eine deutlichere Art als zuvor ein Teil der größeren Welt wurde. Plötzlich bekam man vier Fernsehkanäle herein, mehr als irgendwo sonst in Finnland. Und damit nicht genug, durch die Kabel an der Zentralantenne des Wasserturms begann man auch eigene, lokal produzierte TV-Programme auszustrahlen. Das allererste Programm wurde am 17. Dezember 1972 gesendet, am Nachmittag. Thomasson erinnert sich daran, weil sie alle drei, er selbst, Siri und Maja, in dem Haus am Fluss saßen und die Ausstrahlung ansahen. Sie hörten die Rede des Stadtdirektors, sie verfolgten die Andacht, aber das eigentlich Interessante war die Luciafeier im Jugendheim. Die Veranstaltung hatte ein Publikum von über tausend Personen angezogen, mehr als die Hälfte der Stadtbevölkerung. Maja saß ganz vorn auf der Sofakante und schaute unter Protest zu. Sie fand, sie hätte selbst zumindest als Jungfer dabei sein sollen. Mindestens! Und jetzt, wo es im Fernsehen kam und alles!

Siri flimmerte mehrmals im Bild vorbei. Es fühlte sich sehr neu an, sehr spannend. Die Welt, die sich mit Hilfe der Zentralantenne nach innen geöffnet hatte, zur eigenen Lokalbevölkerung hin, fühlte sich an diesem Nachmittag größer an als die, welche sich nach außen geöffnet hatte.

Im selben Jahr, 1972, gründete das schwedische Familienunternehmen Abeko eine Tochterfirma in der Stadt und stellte etwa zwanzig Näherinnen an. Nicht schlecht für einen so kleinen Ort. Ein paar Jahre später war die Zahl der Angestellten auf dreißig angewachsen.

Jetzt sollte die Fabrik innerhalb etwa einer Woche geräumt werden.

»Ja ja«, sagte Riitta und lächelte. »Agnes wartet nur darauf, dass wir zusammenpacken und verschwinden, damit sie mit der Arbeit für die Ausstellung anfangen können.«

Thomasson wandte sich Agnes zu. Er fühlte, wie behutsam er das tun musste. Sein Körper war ein baufälliges Haus, und er wusste nicht, welche Teile tragend waren.

»Wir haben an eine Ausstellung in der leeren Fabrikhalle gedacht«, sagte sie. »Da gibt es viel Platz, und außerdem passt es auch ziemlich gut.«

Sie schaute auf Riitta.

»Finde ich jedenfalls.«

»Ja«, sagte Riitta, »vielleicht tut es das.«

Es wurde still. Thomasson war wie gesagt kein Menschenkenner, aber so viel verstand er immerhin, dass diese Sache mit der leeren Fabrikhalle und der Ausstellung der Kunstschule nichts war, worüber sich die Frauen ganz einig waren.

Thomasson versuchte die Stimmung etwas aufzuheitern, indem er sagte, dass er jetzt, dank seines Abendspaziergangs, etwas Schmerzhaftes erfahren hatte, worüber er schreiben konnte.

»Aber am schlimmsten ist es in der Hüfte«, sagte er. »Da tut es am meisten weh.«

»Wie ist es mit den Beinen?« sagte Riitta.

Thomasson schaute hinunter aufs Bett zu seinen Beinen. Da lagen sie. Die Beine. Er wusste nicht, was mit ihnen geschehen würde.

Er lachte auf: »Ja, ein Sprinter wird wohl nicht mehr aus mir werden.«

Der Mann im Bett nebenan stöhnte wieder laut und drehte sich auf den Rücken. Er schaute zu Thomassons Bett hin. Der Mund stand halb offen, er war faltig und unrasiert. Er schaute, wie um festzustellen, ob da jemand war, den er kannte.

»Wasser«, sagte er.

Riitta stand auf und ging zu ihm hinüber. Eine weiße Schnabeltasse aus Plastik stand auf dem Tisch neben dem Bett des Mannes. Riitta half ihm zu trinken, dann legte sie die Decke zurecht und kam zurück zu Thomasson. Ein Hauch von Medikamenten und Putzmittel zog über das Bett. Aus dem Korridor hörte man Rufe und dann rasche Schritte über den Boden.

Riitta erzählte, Mika sei auf der Schultreppe gestolpert, weil er es so eilig hatte, nach Hause zu kommen, und hätte eine große Schürfwunde an der Wange gehabt.

»Er hatte die Wunde gesäubert und selbst mit Pflastern versorgt, als ich von der Arbeit nach Hause kam«, sagte sie, »er kann das, er hat gesehen, wie sein Vater und sein großer Bruder ihre kleinen Wunden über die Jahre hinweg mit Pflastern versorgt haben.«

Thomasson schaute sie an, um zu sehen, wie sie sich dabei fühlte, wenn sie von ihrem Mann sprach. Aber ihr war nichts anzumerken. Ein Jahr war vergangen, es war nicht anzunehmen, dass sie es verwunden hatte, aber offenbar doch so weit, dass sie ihn beiläufig erwähnen konnte, ohne das Gespräch ins Stocken zu bringen.

Thomasson war dabei, etwas zu sagen, zögerte aber wie üblich eine Spur zu lange und schaffte es nicht, bevor Agnes einsprang und fragte, ob er etwas vom Fahrer des Wagens gehört hatte.

Thomasson meinte, es sei ein junger Mann. Oder eigentlich im mittleren Alter, so um die Fünfzig. Er war am Tag davor zu Besuch gekommen.

»Gustav Broman«, sagte Riitta. »Sie haben ihn bestimmt schon mal gesehen. Er sitzt in der Stadtverordnetenversammlung.«

Thomasson deutete auf eine Schachtel mit Aladdin-Pralinen, die in dem Regal unter dem Tisch lag.

»Er hatte das dabei«, sagte er. »Aber ich mache mir nichts aus Schokolade, also könnt ihr sie nehmen, wenn ihr wollt.«

Thomassons Augenlider begannen schwer zu werden. Gleich nachdem die Stimmen für eine Weile verstummt waren, senkten sich die Lider und sein Atem wurde immer tiefer. Riitta nickte Agnes über das Bett hinweg zu. Agnes erwiderte unmerklich das Nicken.

Riitta legte eine Hand auf Thomassons Arm und sagte, es sei Zeit für sie zu gehen.

Thomasson schaute auf.

»Ich bin wohl eingeschlafen«, sagte er.

»Schlafen Sie weiter«, sagte Riitta. Sie stand auf. »Wir kommen und schauen nach Ihnen, sobald wir es schaffen.«

Sie griff leicht nach Thomassons Hand, die auf der Decke ruhte.

Agnes beugte sich vor und umarmte ihn. »Werd bald gesund«, sagte sie. Sie duftete frisch, ein Hauch von draußen.

Als sie gegangen waren und die Tür hinter sich zugemacht hatten, blieb Thomasson mit offenen Augen liegen.

Durch das Fenster konnte er die Wipfel einiger Bäume sehen, deren Blätter die Farbe gewechselt hatten. Oktober, die farbenprächtigste Zeit des Jahres. Er versuchte, auf Motorengeräusche zu lauschen, konnte aber nichts hören. Das einzige, was er hörte, waren die angestrengten Atemzüge des Nachbarn.

Thomasson schloss die Augen wieder, versuchte, zur Müdigkeit zurückzufinden. Dann würde der Schlaf kommen.

35

Und der Schlaf kam und ging, der Nachbar wurde hinausgerollt, ein anderer hereingerollt. Vor dem Fenster fielen die vergilbten Blätter. Eines Tages wich der Rauhreif nicht mehr der Sonne, sonder biss sich bis zum Abend fest, und als die Schwestern am nächsten Morgen die Lamellen der Jalousien hochstellten, lag eine dünne Schneeschicht auf den Ästen.

Während der vergangenen Wochen waren die Besuche zur Routine geworden. Thomasson hatte sich daran gewöhnt, und bei den Gelegenheiten, da aus einem erwarteten Besuch nichts wurde, konnte es sich anfühlen, als sei der ganze Tag verdorben.

Aber glücklicherweise klappte es meistens. Riitta Hellberg kam. Agnes Frid kam, zuweilen mit ihrem Kevin. Mika tauchte hin und wieder auf, und Mona Sund schaute während der Arbeit bei ihm vorbei.

Sogar Berg schaffte es, den leicht ansteigenden Hang zum Krankenhaus hinauf zu bewältigen. Er war verschwitzt und außer Atem gewesen, als er bis zu Thomassons Zimmer gelangt war, aber einmal angekommen, hatte er lange dagesessen und darüber berichtet, was während der letzten Zeit in der Stadt und in der Weltpolitik geschehen war. Im Irak ging der Niedergang weiter, durch Europa bewegten sich verseuchte Vögel beharrlich nach Norden, und auf der lokalen Ebene hatte Redakteur Marklund enthüllt, dass einer der prominenteren Politiker der Stadt eine außereheliche Beziehung zu einer Frau unterhalten hatte, die jung genug war, um seine Tochter zu sein.

Mit anderen Worten: keine Verbesserung, keine Verschlechterung, keine Veränderung. Aber das, sagte Berg, ist ja im Großen und Ganzen eine gute Sache. Und darüber müssen wir, du und ich, Thomasson, uns nicht mehr so lange Sorgen machen.

Thomassons Zimmer hatte ein Fenster zum Parkplatz hin. In seinem Zimmer lag jetzt auch ein Mann, der unablässig schaute, aber selten etwas sagte. Wenn er einmal etwas sagte, war es, um Thomasson Befehle zu geben. Der Mann war ein alter Werkmeister, der meinte, immer noch im Dienst zu sein. Thomasson, seine Besucher und das Personal bekamen immer wieder Anweisungen, was sie tun sollten und wie. Selten war er wirklich zufrieden.

Aber Thomassons Bett war jedenfalls bequemer als das zu Hause. Er konnte eine der Schwestern bitten, das Kopfende hoch zu stellen, und dann nahm sie, oder manchmal war es auch Jonas, die Stahlkonstruktion fest in den Griff und hob sie an. Es knackte, und dann war das Bett in der richtigen Position. Er konnte über den Parkplatz hinaussehen, und weiter weg, hinter den Hausdächern, konnte er den Hang mit den großen Steinen erkennen.

Die Verletzungen waren vielfältig, aber nicht ganz so schwer, wie man anfangs geglaubt hatte. Der linke Oberschenkel war an zwei Stellen gebrochen, Teile der Hüfte waren zerschmettert, Schürfwunden an der ganzen rechten Seite und an der Brust, gebrochene Rippen, Gehirnerschütterung. Obendrein hatte das Herz angefangen, unregelmäßig zu schlagen.

Und dann das Handgelenk, das schon zuvor gebrochen war. Im Krankenhaus sagten sie, Thomasson hätte geschummelt und sich schon vorzeitig selbst verstümmelt. Aber sie sagten auch, es gebe die Möglichkeit, dass er teilweise wiederhergestellt werden würde. Gab es Leben, gab es Hoffnung. Es galt nur, weiterzukämpfen, die Übungen sorgfältig zu machen und dafür zu sorgen, immer ein wenig Nitroglyzerin in der Tasche zu haben.

Die Wochen vergingen, es wurde Weihnachten und es wurde Neujahr. Den ganzen Februar über mied er den Balkon auf der Rückseite, weil es so kalt war, aber im März begann er fast täglich darum zu bitten, wieder hinausgerollt zu werden. Es gefiel ihm zu sehen, wie der Schnee um die große Fichte herum immer kompakter wurde und wie Tag für Tag etwas mehr Gras neben der Wurzel zu erscheinen begann.

Eines Tages Mitte März kam eine junge Frau mit einem Ring in der Nase in sein Zimmer und sagte, es sei soweit. Sie hatte einen Krankenhausrollstuhl dabei.

Das Taxi parkte direkt vor dem Eingang. Die Sonne fühlte sich warm im Gesicht an, als sie ins Licht hinaus kamen. Thomasson trug seine besten Hosen und die schwarzen Straßenschuhe. Er hatte Agnes gebeten, die Sachen zu holen, während sie zugleich die Wohnung lüftete und seine wenigen Blumen goss. Er hatte ihr gesagt, sie könne sich die Blumentöpfe nehmen, die sie haben wollte, und den Rest verdorren lassen, aber damit war sie nicht einverstanden gewesen. Ihr zufolge war es keine Mühe, hin und wieder hineinzugehen und den Blumen Wasser zu geben. Sie hatte auch von sich aus angeboten, ein bisschen auf der Orgel zu spielen, damit sie nicht vertrocknete. Nicht dass sie spielen konnte, aber sie saß da, trat die Pedale, schlug die Tasten an und drückte die Register. Die Orgel gäbe Laute von sich, sagte sie. Manchmal erinnerte es sogar fast an Melodien.

Das Mädchen, welches das Taxi fuhr, rollte ihn hinein und sorgte dafür, dass der Stuhl an seinem Platz blieb. Dann zog sie die Tür zu, setzte sich auf den Fahrersitz und begann langsam den Hang hinunterzufahren. Für Thomasson fühlte es sich an wie eine Auslandsreise, und er schaute interessiert auf alles, woran sie vorbeikamen. Sie fuhren die Bankgatan entlang zum Marktplatz hinunter, kreuzten die Karleborgsgatan, und als er nach links blickte, konnte er bis zu der Ecke sehen, wo er an jenem Abend im Oktober angefahren worden war.

Als das Taxi auf dem Hof von Abeko bremste, fühlte sich Thomasson auf einmal alt. Das war in Ordnung, er würde bald in den Achtzigern sein. Aber einzusehen, dass man alt ist, ist eine Sache, sich alt zu fühlen, eine andere.

Er blieb sitzen, bis die Tür geöffnet wurde und das Mädchen mit dem Nasenring den Stuhl aus seiner Befestigung gelöst hatte. Als sie ihn hinausrollte, half er symbolisch nach, indem er mit der rechten Hand den Türpfosten ergriff.

»Lassen Sie bitte los«, sagte das Mädchen.

Kevin Andersson stand ein Stück von der Türöffnung entfernt und rauchte. Auch er sah nicht so aus, als fühle er sich richtig zu Hause, und Thomasson bat das Mädchen, ihn zu ihm zu rollen.

»Dann können Sie wieder zurückfahren«, sagte er. »Und vielen Dank für den Transport.«

Kevin nickte Thomasson zu und ließ die Zigarette von der rechten in die linke Hand gleiten. Es sah aus, als hätte er ihm die Hand geben wollen, aber er zögerte und ließ es schließlich bleiben. Vermutlich war es der Rollstuhl, der ihn irritierte, vielleicht fühlte es sich komisch an, jemandem die Hand zu schütteln, der saß.

»Ach ja«, sagte Thomasson. »Jetzt wurde es Zeit. Wo ist die Künstlerin persönlich?«

Kevin nickte zur Maschinenhalle hin.

»Bist du da drin gewesen?«

»Auf eine kurze Runde«, sagte er.

Kevin sog den Rest der Zigarette ein und sah sich um, wo er den Stummel ausdrücken könnte. Er fand nichts, und so ließ er ihn auf den Boden fallen und schraubte ihn mit der Ferse hinunter in den Kies.

Leute standen in Gruppen auf dem Hof vor der alten Textilfabrik. Vor allem junge Menschen, vermutlich Freunde und Klassenkameraden von Agnes. Thomasson kannte keinen davon. Nicht einmal unter den wenigen, die etwas älter waren. Möglicherweise waren es die Lehrer der Kunstschule. Vielleicht die Eltern einiger Schüler. Die Tür zur Fabrikhalle stand offen, Menschen kamen und gingen.

»Viele Leute«, sagte Thomasson.

»Mmm«, sagte Kevin.

»Ist deine Mutter hier?«

»Da drinnen.«

Er schaute auf seine Nägel und steckte dann die Hände in die Taschen. Dass er der große Bruder von Mika war, daran gab es keinen Zweifel. Was die soziale Kompetenz betraf, die heutzutage sogar in den wenigen Stellenanzeigen des Lokalblatts gefragt war, so schien sie in der andersson-hellbergschen Familie nicht besonders stark entwickelt zu sein. Jedenfalls nicht auf der männlichen Seite.

»Wie geht es mit dem Schrotthandel?« sagte Thomasson. »Habt ihr schon angefangen, ihn auszubauen?«

»Ein bisschen«, sagte Kevin. Er räusperte sich wie vor einer längeren Rede. »Wir haben mit den Bodenarbeiten begonnen. Die Halle werden wir wohl im Sommer bauen. Wenn es denn so geht, wie wir es uns gedacht haben.«

Dass Kevin auf diese fließende Weise drei Sätze hintereinander sprach, beruhte darauf, dass er wieder Freude an der Arbeit gefunden hatte. Das war der Fall, seit er alles losgeworden war, was Papierkram und Planung hieß. Um all das kümmerte sich jetzt seine Mutter. Riitta Hellberg hatte sich, nachdem die Textilfabrik ihre Tore geschlossen hatte und die Maschinen nach Polen abtransportiert worden waren, in der Baracke neben Anderssons Schrott eingerichtet und zielstrebig begonnen, sich durch die Papierstapel zu arbeiten. Nach einiger Zeit des Wühlens hatte sie den Bauantrag gefunden, und diesmal hatte sie sich nicht damit begnügt, Gustav Broman anzurufen, sondern stattdessen Stadtingenieur Nyman kontaktiert. Es zeigte sich, dass der Antrag nicht weiter als bis auf Bromans Tisch gekommen war. Offenbar war es so, jedenfalls wenn man dem Glauben schenken wollte, was Marklund vom Lokalfernsehen herausgefunden hatte, dass nämlich Broman ganz eigene Pläne schmiedete, wie das Gelände am besten genutzt werden könnte, und deshalb den Beschluss über Anderssons Baugenehmigung verzögert hatte. Nach Ansicht der meisten lag es viel eher daran, dass Broman die Politik mit seinen eigenen Geschäften vermischte, als an seinen außerehelichen Beziehungen, dass er auch diesmal nicht in den Reichstag kam.

Berg meinte, alles sei Thomassons Verdienst. Wenn er nicht auf die Straße hinausgetreten wäre, ohne sich umzusehen, hätte Broman auf Anderssons Antrag gehockt, bis der Schrotthandel pleitegegangen wäre. »Ich habe so was schon mal erlebt«, sagte Berg, »und ich werde es wieder erleben.«

Damit mochte es sein, wie es wollte. Nach Riitta Hellbergs Gespräch mit dem Stadtingenieur war es jedenfalls schnell gegangen, und das Gesuch war jetzt sowohl bearbeitet wie bewilligt worden.

Es war, als sei neues Leben in Anderssons Schrott gekommen. Wenn man anrief, antwortete eine Frauenstimme. Auf Finnisch und auf Schwedisch. Und wenn Kevin abends ins Büro ging, um die Arbeitsjacke an den Haken zu hängen, lag eine Liste auf dem Schreibtisch, aus der Punkt für Punkt hervorging, was am folgenden Tag gemacht werden sollte.

Wenn also Kevin trotz allem ein wenig bekümmert wirkte, wie er da draußen auf dem Hof stand, so lag das nicht daran, dass die Arbeit ihn belastet hätte. Der Grund war ein ganz anderer, und das war auch der Grund, weshalb Thomasson sich eingefunden hatte: Die Kunst und Agnes.

»Sollen wir hineingehen?« sagte Thomasson. »Du könntest mir vielleicht ein wenig helfen, mein linker Arm ist immer noch nicht in Ordnung.«

Die Halle war kleiner, als Thomasson sie in Erinnerung hatte. Als er Abeko zuletzt besucht hatte, vor vielen Jahren, hatten Arbeitstische in langen Reihen in dem Raum gestanden. Er erinnerte sich an das Gemurmel, die Geräusche der Maschinen und den Geruch, wenn die Nähte verschweißt wurden.

Was noch da war, war das Gemurmel. Menschen gingen in dem leeren Raum hin und her. Einige standen an den Wänden und schauten kurzsichtig auf das, was man da aufgehängt hatte. Rechts von der Tür standen ein paar Fernseher auf kleinen Böcken. Sie zeigten alle denselben Film, einen Mann, der aus einem Zimmer trat oder in ein Zimmer hineinging, und jedes Mal wenn er kam, hatte er das eine oder andere Kleidungsstück gewechselt.

Agnes stand an der hinteren Wand und sprach mit einem bärtigen Mann. Er hatte einen Block in der Hand und schrieb offenbar auf, was sie sagte. Sie fuchtelte mit den Armen, während sie sprach. Das Gesicht und der ganze Körper atmeten Leben. Kevin lenkte in die andere Richtung.

Thomasson hatte geglaubt, das einzige, was ausgestellt werden sollte, seien die Berichte über die schmerzhaftesten Augenblicke. Jene, die Agnes das letzte halbe Jahr gesammelt hatte. Aber so war es nicht. Da gab es Ölgemälde, Videokunst, kleine Aufbauten, in die man spähen und einer Stimme auf Band zuhören konnte, Scherben und Teile von Gegenständen mit kleinen Zetteln darauf, auf welche die Besucher schreiben durften, woran sie dieser Gegenstand denken ließ. Offenbar waren es mehrere, die gemeinsam ausstellten.

Agnes' Beitrag zu der Ausstellung befand sich ganz hinten in der nordwestlichen Ecke der Halle. Sie hatte diese Ecke und eine Türöffnung eingerahmt. Die Tür war geschlossen, und um sie herum klebten rechteckige Zettel in verschiedenen Farben, auf denen die Erzählungen der Menschen aufgeschrieben waren. Thomasson bat Kevin, ihn dorthin zu schieben. Sie blieben ein Stück weit entfernt stehen. Thomasson konnte aus dieser Entfernung nichts lesen. Er rollte den Stuhl seitlich an die Wand, um wenigstens die untersten Zettel entziffern zu können.

Es war im März 1967. Mein Bruder und ich waren mit dem Tretschlitten zum See gefahren. Eigentlich wollten wir nur zur Brücke, um zu sehen, ob das Wasser schon offen war, aber nachdem wir nun schon mal da waren, schlug ich vor, dass wir uns ein Stück aufs Eis hinausbegeben sollten. Es war immer noch kalt, und das Eis war dick. Mein Bruder wollte nicht, aber ich überredete ihn. Ich fuhr zuerst mit meinem Schlitten los, und mein Bruder kam gleich hinter mir. Ungefähr auf halbem Weg nach Långön hinaus hörte ich ihn aufschreien, und als ich mich umdrehte, lag er schon im Wasser. Er hatte seinen Schlitten in ein Loch im Eis gefahren. Offenbar hatte ich es knapp verfehlt. Er hielt sich an der Eiskante fest, und ich robbte hin, um ihn herauszuziehen. Er war schwer, obwohl er so klein war, und wir versuchten es mehrere Male. Schließlich konnte ich nicht mehr, und er verschwand hinunter ins Wasser. Ich blieb an der Eiskante liegen.

Als ich nach Hause kam und berichtete, was geschehen war, schaute meine Mutter mich lange an und sagte dann mit leerer und ausdrucksloser Stimme: Warum er.

Thomasson fuhr ein Stück rückwärts, um sich vor den nächsten Zettel zu setzen. Er war grün, wie eine junge Fichte. Keiner der Berichte hatte eine Überschrift. Sie waren nur wie Ausschnitte aus dem Leben.

Ich hatte beschlossen, meinen Mann an seinem Geburtstag zu überraschen. Wir waren seit fünf Jahren verheiratet, er wurde dreißig. Es gab viel zu feiern. Ich nahm mir am Freitag Nachmittag für ein paar Stunden frei, um in die Nachbarstadt zu fahren und ein Geschenk zu kaufen. Auf dem Weg dorthin sah ich eine Ansammlung von Autos am Straßenrand. Auch ein Krankenwagen war dabei, und ich begriff, dass ein Unglück geschehen war. Ich drosselte die Geschwindigkeit. Ich wollte nicht zur Seite schauen. Es war, als hätten zwei Hände meinen Kopf umfasst und hielten ihn geradeaus gerichtet.

Eine Stunde lang rannte ich von Laden zu Laden. Wie von Sinnen. Ich suchte nach dem perfekten Geschenk für meinen perfekten Mann. Ich liebte ihn wie mein eigenes Leben.

Das erste, was ich sah, als ich nach Hause kam, war ein Polizeiauto auf dem Hof. Zwei Polizisten standen auf der Treppe. Ich wollte nicht aussteigen. Schließlich folgte ich ihnen hinein, die Geschenke fest an die Brust gedrückt. Ich setzte mich aufs Sofa im Wohnzimmer, auf den Platz meines Mannes. Der ältere der Polizisten berichtete, dass er auf dem Weg ins Krankenhaus im Krankenwagen gestorben war. Er hatte nach mir gefragt.

Thomasson fühlte eine Hand auf seiner Schulter und drehte sich um. Es war Agnes. Sie beugte sich hinunter und umarmte ihn. In der Hand hielt sie eine kleine Mappe, die sie ihm gab.

»Hier sind alle Erzählungen drin«, sagte sie, »falls es für dich schwierig ist, sie an der Wand zu lesen.«

Thomasson legte die Mappe auf seinen Schoß. Agnes hatte rote Flecken auf den Wangen, sie hastete zur anderen Seite des Raums, wo eine Schar junger Menschen stand, die über ein kleines Gebäude zu diskutieren schien, in das man den Kopf stecken konnte. Kevin war nicht zu sehen. Thomasson dachte, er sei vielleicht wieder hinausgegangen, um zu rauchen.

Er öffnete die Mappe. Es begann mit einem Vorwort. Er dachte, das könnte er später lesen, und blätterte stattdessen weiter zu den Erzählungen. Er wollte gerade mit dem Lesen anfangen, als er unterbrochen wurde. Diesmal war es Riitta

Hellberg. Sie sah fröhlich aus. Sie trug ein rotes Kleid mit einer grauen Jacke darüber. Thomasson sah, dass sie immer noch jung war. Sie hatte noch viel vor sich.

Er klappte die Mappe zu und ließ sie auf dem Schoß liegen.

»Was ist das für ein Gefühl«, sagte er, »seinen alten Arbeitsplatz auf diese Weise wiederzusehen?«

Riitta sah sich um, als wollte sie herausfinden, was »auf diese Weise« bedeutete.

»Es fühlt sich etwas komisch an«, sagte sie, »ich habe eigentlich geglaubt, bis zur Pensionierung zu arbeiten.«

Sie verstummte für eine Weile.

»So, wie man es früher machte.«

Agnes und ihre Freunde standen immer noch da und unterhielten sich. Leute gingen an den Wänden entlang. Ein Paar näherte sich und begann die Zettel neben Thomasson zu lesen. Er rollte weg, um ihnen Platz zu machen.

Riitta beugte sich vor und nahm die Mappe von seinem Schoß.

»Haben Sie sie gelesen?«

»Ich bin noch nicht dazu gekommen.«

Sie blätterte in der Mappe, als suche sie nach etwas.

»Hier«, sagte sie.

Sie reichte Thomasson die Mappe.

»Ist das Ihre Geschichte?«

Thomasson warf einen Blick auf den Text. Mehr brauchte es nicht. Er war so kurz, dass man ihn mit einem einzigen Blick erfassen konnte.

Der Mensch ist ein zerbrechliches Gefäß.

Roter Text, auf einen himmelblauen Hintergrund gedruckt.

»Berg«, sagte Riitta.

Thomasson lachte auf. »Ausnahmsweise hat er sich kurz gefasst.«

»Ich hörte, wie er mit Agnes sprach«, sagte Riitta. »Er sagte, dass das, was er geschrieben habe, nicht ein Augenblick sei, sondern eine Einsicht, die sich auf lebenslange Erfahrung gründe.«

Thomasson sah auf seine unbrauchbaren Beine hinunter. Er dachte an Siri, eingesperrt in ein Schiff, in dem Gegenstände durch die Luft flogen und das Wasser durch enge Korridore strömte. »So ist das«, sagte er.

Kevin kam über den leeren Fabrikboden gegangen. Sogar an der Art wie er ging, war zu sehen, dass er sich nicht zu Hause fühlte. Es war, als wäre er mit jedem Schritt gezwungen, daran zu denken, welchen Arm und welches Bein er als nächstes bewegen sollte. Bevor er zu Thomasson und Riitta kam, glitt Agnes an seine Seite und steckte ihren Arm unter den seinen. Sie sah froh, reinweg glücklich aus und zog mit Kevin los zur anderen Seite der Halle.

Riitta sah ihnen nach. »Mal sehen, wie das gehen wird«, sagte sie.

Thomasson hörte, dass sie keine Antwort erwartete, dass es keine Antwort gab. Es war etwas, was außerhalb ihrer Macht stand.

Sie wandte sich ihm plötzlich zu. »Sind Sie schon in dem Raum gewesen?«

»Was für ein Raum?«

Riitta nahm den Rollstuhl und schob ihn auf die eingerahmte Tür zu. Sie sah aus wie eine gewöhnliche Tür, umgeben vom Türrahmen und von all den Zetteln von Agnes.

»Ich helfe Ihnen hinein«, sagte Riitta, »dann lasse ich Sie eine Weile allein und mache dann wieder auf.«

Sie stellte den Rollstuhl vor die Tür und öffnete sie. Da

drinnen war es ganz dunkel, wie in einem schwarzen Loch. Als sie ihn hineinrollte, sah er, dass der Raum klein war, etwa zwei Meter lang und zwei Meter breit. Wie ein Aufzug. Die Wände waren schwarz, und als sie ihn einschloss, wurde der Raum vollständig dunkel, und er sah überhaupt nichts mehr. Es war, als schwebe er im Dunkeln. Das einzige, womit er Kontakt hatte, war sein Rollstuhl.

Vom Rollstuhl getragen.

Er schaffte es, in der Dunkelheit zu lächeln, bevor plötzlich Musik ertönte. Er erkannte sie sofort. Buxtehude. *Mensch, willst du leben seliglich.*

Willst du leben seliglich?

Als die Musik erklang, begann es in dem Raum hell zu werden. Erst dachte er, das Licht komme aus den Wänden, es befänden sich kleine Lampen dahinter, aber nach kurzer Zeit erkannte er, dass die Wände wie Filmleinwände waren. Vor ihm lag nun die Kunsthalle, die einmal eine Fabrik gewesen war. An der Wand sah er Agnes entlanggehen, sie ging zur Außentür und spähte hinaus, sie schien etwas zu rufen. Unbekannte Menschen bewegten sich im Raum hin und her. Riitta Hellberg ging mit einem Tablett dorthin, wo früher die Kantine der Näherinnen gewesen war. Und da kam er selbst, in seinem Stuhl sitzend. Hinter ihm ging Kevin. Beide sahen sich suchend um, fremd in dieser Umgebung. Sie waren wie Ureinwohner, zum ersten Mal auf Stadtbesuch.

An der Wand rechts von Thomasson wurde ein anderer Film gezeigt. Der Raum war derselbe, aber jetzt mit Näherinnen bevölkert, die an ihren Maschinen saßen. Unter ihren Händen formte sich in raschem Takt Kleidungsstück für Kleidungsstück. Rot, grün, marine. Kühn gestapelte Haufen und konzentriert gebeugte Nacken. Der Film war bestimmt nicht älter als ein halbes Jahr, trotzdem erschien er wie aus einer verschwundenen Zeit.

Thomasson ließ von den Näherinnen ab und schaute an die Wand zur Linken. Ein Fernlastzug fuhr durch eine österbottnische Winterlandschaft. Der Himmel war dunkel, dann hellte er sich rasch auf. Über dem Fernlastzug sah Thomasson Wolken rasch vorüberziehen. Es war, als stünde der Fernlastzug still, während die Erde sich in rascher Geschwindigkeit bewegte. Hinunter durch Österbotten, vorbei an Björneborg und die Autobahn nach Turku entlang, weiter durch ein weitgestrecktes Industriegebiet und hinunter zum Hafen, wo ein Schiff lag und mit offenem Achtertor wartete, bereit, die Reste der Textilfabrik der Stadt zu verschlingen.

Drei Minuten waren vergangen, das Schiff verließ den Kai, und Buxtehudes langer Abschied war im Raum zu hören, bis das Schiff verschwand und das Licht erlosch.

Der Raum war dunkel. Thomasson saß da. Er konnte seine eigenen Atemzüge hören. Nach einer Weile konnte er auch die ihren hören, direkt neben sich. Es war, als atmete der Raum. Es war lange her. Die Jahre nach ihrem Tod hatte er sie noch jeden Abend im Bett neben sich gehört, nachdem er die Lampe gelöscht hatte. Ruhige Atemzüge im Dunkeln. Dann waren sie verschwunden, Jahr für Jahr war die Wohnung stumm geblieben.

Das Gesicht

36 Man gewöhnt sich. Das dachte er oft. Man gewöhnt sich fast an alles.

Am Nachmittag hatte er Hilfe beim Anziehen bekommen. Er hatte sich selbst rasieren wollen, aber als er meinte, fertig zu sein, strich Mona mit dem Handrücken über sein Kinn, fast bis zum Ohr hinauf, und sagte, das hier ist nicht richtig gut geworden.

Er ließ sie den Apparat nehmen und ein paar Mal über sein Gesicht ziehen, bis sie zufrieden war. Es war nicht ganz überraschend. Über genau dieselbe Stelle hatte Siri sich oft beklagt. Du hast doch kein nennenswertes Doppelkinn, sagte sie, also verstehe ich nicht, warum es so schwierig sein soll.

Die Gewohnheit. Hätte er damals antworten können. Es ist die Gewohnheit. Aber so antwortete er nie. Er ging nur zurück ins Badezimmer, nahm den Apparat vom Regal, streckte vor dem Spiegel den Hals und entfernte den Rest.

Und jetzt bekam er Hilfe mit fast allem. Allein der Gedanke hätte ihn vor einem halben Jahr erschreckt. Es war, wie es war. Er war angezogen, und die Uhr zeigte schon sechs. Agnes und Kevin wollten ihn um halb sieben holen.

Winter. Frühlingswinter. Die Schneewehen lagen hoch. Früher am Tag hatte es Sonne und einen klarblauen Himmel gegeben. Er hatte sich ausgeruht, nach dem Lunch eine Weile auf dem Balkon gesessen. Bis Mona Sund herausschaute und sagte, er solle vorsichtig sein, damit er sich nicht erkälte. Da hatte er den Stuhl gewendet und war hineingerollt, langsam, da der Oberarm immer noch schwach war. Besonders bei Kälte. Bei Kälte konnte er ihn kaum heben. Aber davon sagte er nichts, nicht zu Mona Sund und zu keinem anderen. Es war, wie es war. Der Arm bereitete keine größeren Probleme. Schlimmer war es mit dem Blutdruck und mit der Hüfte. Und mit dem Schienbein, das noch nicht richtig verheilt war. Auch der Magen fing an, sich bemerkbar zu machen, aber das lag bestimmt hauptsächlich an den Medikamenten.

Berg meinte, er sei es wohl einfach nicht gewöhnt. Das ist alles, sagte er. Du hättest schon in der Jugend mit den Krankheiten und den Medikamenten anfangen sollen, dann hätte sich der Körper mittlerweile daran gewöhnt.

Ein paar Minuten vor der vereinbarten Zeit sah er Kevin und Agnes auf den Parkplatz einbiegen. Er rollte aus dem Zimmer hinaus, weiter den Korridor entlang, vorbei am Aufenthaltsraum des Personals und bog dann nach links ab, so dass er genau vor den Türen zum Stehen kam. Er fühlte sich wie ein Hund, machte sich aber keine Mühe, es zu verbergen. Er hatte gewartet, und das war deutlich. Der Mantel lag auf seinem Schoß und die Mütze hatte er auf dem Kopf, als sie zur Tür hereinkamen. Agnes stampfte den Schnee von den Schuhen. Sie beugte sich vor und küsste ihn auf die Wange. Sie duftete nach Seife und Schnee. Über eine schlampige Rasur beklagte sie sich nicht.

»Ich habe Blumen gekauft«, sagte sie, »sie liegen im Auto.«

Die Blumen waren für Berg. Den neuen Star der Stadt. Oder den neuen alten Star. Diesmal hatte er eine Hauptrolle bekommen. Er spielte die Winnie in Becketts *Glückliche Tage*.

Kevin stand an der Tür. Er nickte Thomasson zu.

»Mama lässt grüßen.«

Thomasson sah, dass Kevin ein Hemd unter dem Anorak trug. Dafür hatte sicher Agnes gesorgt, dass er es zu Ehren der Aufführung anzog. Premierenabend. Sogar Thomasson fühlte sich etwas nervös, wie er da in seinem Stuhl saß. Er hoffte wirklich, dass die Regisseurin, die Berg für die Rolle ausgesucht hatte, wusste, was sie tat. Aber wenn es auf eine Katastrophe hinauslief, hätte sie es ja schon während der Proben merken und die ganze Vorstellung absagen müssen. Oder Winnies Rolle mit jemand anderem besetzen. Thomasson hatte Agnes gefragt, wie es lief. Aber sie wusste es nicht. Kannte sich mit Theater nicht aus, sagte sie. Und für sie war Samuel Beckett nur ein Name, von dem Stück hatte sie noch nicht einmal den Namen gehört. Das einzige, was sie kannte, war *Warten auf Godot*, denn darüber hatten sie im Gymnasium diskutiert. Alle hatten gesagt: Warten auf wieso?

Thomasson fragte sich, wie jemand überhaupt auf den Gedanken kommen konnte, Berg in einer Frauenrolle zu besetzen. Er hatte das Stück gelesen, nachdem er von dem Ganzen erfahren hatte. Es war Mika, der es ihm erzählte. Als er eines Tages auf dem Heimweg von der Schule war, hatte er das Plakat an der Tür der Scala gesehen. Thomasson konnte nicht verstehen, warum er den langen Umweg um die Stadt herum gemacht hatte, um von der Schule nach Hause zu kommen. Aber das hatte er offenbar getan und dabei das Plakat mit dem Beckettstück und Berg in der Hauptrolle gesehen.

Agnes hatte das dünne Buch in der Bibliothek für Thomasson bestellt. Zwei Personen sollten auf der Bühne sein, Winnie und Willie. Letzterer meistens in seinem Erdloch versteckt, fast ohne Text. Berg würde also fast zwei Stunden lang das Wort führen müssen, bis zur Brust in einem Haufen Sand und Kies begraben.

Im Buch war die Rede von einem Hügel, der zum Bühnenboden abfällt, vor einem Hintergrund von Himmel und öder Ebene.

Himmel und öde Ebene. Das klang unleugbar, als hätte Beckett über Österbotten geschrieben. Das Flachland, in dem eine leichte Steigung rasch den Namen Himmelshang bekam. Hingegen traf die Beschreibung der Winnie nicht so ganz auf Berg zu: *Um die Fünfzig, gut erhalten, wenn möglich blond, fett, bloße Arme und Schultern, niedriges Mieder, vollbusig.*

Berg war fett, den Rest würde er mit reinem Talent bestreiten müssen. Was ihm laut Urteil der meisten völlig abging.

Kevin half Thomasson auf den Vordersitz und verstaute den Rollstuhl dann irgendwo hinten. Es war ein großes Auto mit viel Platz. Agnes saß auf dem Rücksitz. Thomasson konnte sie mit dem Blumenpapier rascheln hören, als sie den Hügel hinunter auf die Stadt zurollten. Geräumte Wege und hohe Schneewehen. Licht in warmen Wohnzimmern.

Thomasson würde umziehen. Das war neulich geklärt worden. Er würde die Treppen hinauf zu seiner Wohnung nie wieder bewältigen können. Jetzt würde er eine Wohnung in einer Anlage für »Betreutes Wohnen« bekommen. Personal rund um die Uhr erreichbar, keine Schwellen, die Möglichkeit, später im Frühling selbst in die Sonne hinausrollen zu können.

Agnes und Kevin würden seine alte Wohnung übernehmen. Die Orgel würde bleiben können. Thomasson hatte gesagt, was mit der Orgel geschah, nachdem er ausgezogen war, darein würde er sich nicht einmischen. Sie glaubten ihm nicht. Aber es war so. Sie hatte ihre Funktion erfüllt. Er hatte sie gebaut, sie hatte dagestanden. Sie hatte gewartet, genau wie er. Jetzt war diese Phase im Leben vorbei. Jetzt war es, wie es war.

Er strengte sich nicht an, es den jungen Leuten zu erklären. Er sagte nur, was er zu sagen hatte, dann sollten sie alles verwalten, so gut sie es konnten und verstanden. Gut war es jedenfalls, dass sie einzogen. Da blieben ihm alle Sorgen erspart. Ein Name auf einem Papier, und das war es dann.

In Bergs Haus war es dunkel, aber die Außenbeleuchtung brannte. Es lag grau und einsam an der Straße. Sie rollten vorbei, und langsam weiter zur Scala. Überall standen Autos. Kevin fuhr direkt vor dem Eingang auf das Trottoir. Thomasson blieb sitzen, während Kevin den Rollstuhl holte. Er fragte sich, wie er die Treppe hinaufkommen sollte. Das Theater war ein altes Kino, Schwellen, Treppen und schmale Türen.

Er schauderte, als die Autotür geöffnet wurde und ihm die kalte Luft um die Schienbeine fegte. Leute, die vorbeikamen, schauten neugierig, als er versuchte, sich aus dem Sitz und auf den Stuhl zu bugsieren, sie fragten sich bestimmt, was Thomasson mit Hellbergs Riittas ältestem Sohn zu tun haben mochte. Dass er angefahren worden war und nicht mehr gehen konnte, wussten alle. Das hatte sich schon am Tag nach dem Unfall in der Stadt herumgesprochen.

Mit der Hilfe von Kevin und Agnes hievte er sich auf den Stuhl. Es war wirklich ein schöner Abend, er genoss es, draußen zu sein. Um die Möglichkeit zu haben, eine Weile dort zu bleiben, schlug er vor, dass Kevin das Auto wegfahren sollte, dann könnten er und Agnes solange draußen warten.

Sie stellten sich ein Stück vom Eingang entfernt hin. Thomasson drehte den Stuhl so, dass es aussah, als säße er da und schaute die Fotografien an, die sie im Fenster ausgehängt hatten. Das tat er auch, aber vor allem schaute er auf die Leute, die vorbeigingen und es eilig hatten, in die Wärme zu kommen.

Agnes stellte sich neben ihn. Sie stampfte auf der Stelle.

»Frierst du?«

»Ein bisschen.«

»Du kannst solange hineingehen.«

»Er kommt bestimmt gleich.«

Die Tür ging ständig auf und zu. Drinnen im Foyer sah es schon voll aus. Die Leute schienen herumzugehen und zu trinken und zu essen. Vielleicht tranken sie Kaffee. Etwas anderes konnte man sich schwer vorstellen. Kaffee und Brötchen statt Wein und Schnitten. Er versuchte, sich selbst und Siri da drinnen zu sehen. Wenn das alles nicht geschehen wäre.

Aber es war geschehen.

»Wollen wir hineingehen?«

Es war Kevin, der zurückgekommen war. Er griff nach Thomassons Stuhl, und sie begannen sich auf den Eingang zuzubewegen. Als sie die Treppe erreicht hatten, wichen die Leute zurück, und jemand hielt die Tür auf. Thomasson fühlte, wie der Stuhl herumgedreht wurde, und ehe er sich's versah, war er schon mit dem Rücken voran auf dem Weg die Treppe hinauf.

Er nahm die Mütze ab und strich seine Haare glatt. Agnes war zur Kasse hinunter verschwunden, um die Eintrittskarten abzuholen. Thomasson gab Kevin die Mütze und den Mantel. Der lief mit den Kleidungsstücken los, und Thomasson blieb allein mitten im Raum zurück. Das Buchhändlerpaar stand am Kaffeetisch und balancierte Tassen und Teller in den Händen. Thomasson grüßte mit einem Nicken. Er überlegte, ob er hinrollen und sich auch eine Tasse Kaffee holen sollte, verzichtete aber darauf. Er hätte vielleicht um Hilfe bitten müssen. Die Zuckerschale stand ein gutes Stück weiter weg auf dem Tisch. Er wusste nicht einmal, ob er sich so weit ausstrecken konnte, ohne aus dem Stuhl zu fallen. Ihm fehlte die Gewohnheit. Aber sie nahm mit jedem Tag zu. Schon jetzt konnte er sich ohne Hilfe aus dem Bett in den Rollstuhl hieven. Zurück war es schwieriger.

Agnes kam mit den Eintrittskarten, als Kevin gerade von der Garderobe zurückkehrte. Die Treppe hinauf in den Zuschauerraum war genauso leicht zu überwinden wie die vor dem Gebäude, und Thomasson kam als einer der ersten hinein.

Es war lange her, seit er in der Scala gewesen war. Viel hatte sich nicht verändert, wenn überhaupt. Sie gingen den abschüssigen Gang entlang. Sie hatten Plätze in der ersten Reihe, so dass Thomasson sich nicht zwischen die Reihen quetschen musste. Kevin half ihm aus dem Rollstuhl hinunter in die Stuhlreihe. Agnes setzte sich neben ihn, während Kevin den Stuhl wegbrachte. Man hörte, dass die Leute hereinzuströmen begannen. Gemurmel und Erwartung, Lachen und das Geräusch, wenn sie Platz nahmen.

Thomasson ruhte. Es fühlte sich zumindest so an. Mitten in der Menschenmenge und mit allen Geräuschen um sich herum konnte er ruhen. Ein Duft von winterfeuchten Kleidern. All die Jahre, die Schulabschlussfeiern im Festsaal, die Lucia-Umzüge, all die Kinder, die kichernd und nervös auf der Treppe zur Empore hinauf standen und darauf warteten, dass die Musik anfing, Stiefel in der Diele, vereiste Fäustlinge auf den Heizkörpern und Maja und Siri, die vor dem Haus den Weg freischaufelten.

Er schaute hinauf zur Bühne, die noch von schweren Vorhängen verborgen war.

Ein Hügel. Ein Hintergrund von Himmel und öder Ebene.

Eine Person kam und setzte sich links neben ihn. Zwischen ihnen war ein leerer Platz. Die Frau hatte einen Notenständer, den sie direkt vor sich hinstellte.

Musik?

Aber nein. Auf dem Ständer hatte sie statt Notenpapieren ein ganzes Textbündel, in dem sie blätterte. Eine kleine Lampe war am Notenständer befestigt und leuchtete herunter auf die Papiere.

Die Souffleuse. Sie blätterte, schaute, bereitete sich vor. Vermutlich erwartete sie, viel zu tun zu bekommen. Berg in der Hauptrolle. Der Mann, der dafür bekannt war, dass er den Text seiner Rolle vergaß.

Das Licht im Zuschauerraum erlosch. Die Vorhänge wurden aufgezogen. Der Raum verstummte.

37

Berg saß in einem flutenden Licht in der Mitte der Bühne. Er war bis zur Taille in Kies versenkt. Sein Kopf ruhte auf den Armen, als würde er schlafen. Die dünnen Haare zeigten einen Schädel, der dabei war, kahl zu werden. Rechts von ihm stand eine Tasche, links ein Regenschirm.

Er bewegte sich nicht.

Es verging eine Weile in Schweigen, dann hörte man eine Klingel läuten. Laut und lange. Eine altmodische Glocke. Wie ein Wecker. Berg bewegte sich immer noch nicht, der Kopf auf dieselbe Art schwer auf den Armen ruhend. Die Klingel läutete abermals, und jetzt hob er ihn langsam, der Blick schweifte über das Publikum, hinauf zur Decke, verharrte dort, die Hände hatte er auf den Kies gestützt.

Er trug keine Brille. Das war das einzige, woran Thomasson in dem Moment dachte. Berg trägt keine Brille.

Berg schaute lange zur Decke. Dann brach er das Schweigen.

Wieder ein himmlischer Tag.

Die Stimme war dieselbe. Es war Bergs Stimme. Thomasson hörte jemand weiter hinten im Zuschauerraum kichern.

Berg faltete die Hände vor der Brust, schloss die Augen, die Lippen bewegten sich, als würde er lautlos beten.

Um Jesu Christi willen Amen.

Er öffnete die Augen und legte die Hände vor sich auf

den Boden. Es war, als würde er nachspüren, ob er wirklich an seinem Platz wäre, ob er genau da wäre, wo er war, auf dem Erdhügel. Nachdem er sich vergewissert hatte, dass es sich tatsächlich so verhielt, schloss er die Augen und faltete abermals die Hände. Seine Lippen bewegten sich lautlos, dann:

In alle Ewigkeit Amen.

Berg legte die Hände wieder auf den Erdhügel. Er schaute direkt in den Zuschauerraum. Thomasson saß in der ersten Reihe. Er fragte sich, ob Berg ihn sehen konnte. Vielleicht war er geblendet und sah das Publikum überhaupt nicht. Er begann in seiner Tasche zu kramen, wühlte und fischte schließlich triumphierend eine gebrauchte Zahnbürste und eine Tube Zahnpasta hervor. Er fing an zu bürsten, drehte dann den Kopf so weit er konnte, und spuckte.

Er schaute hinunter, wohin er gerade gespuckt hatte.

Hu-huu!

Nichts geschah. Er streckte den Nacken, rief wieder, ein bisschen lauter.

Hu-huu!

Er drehte sich zum Publikum, steckte die Zahnbürste weg.

Lächelte.

Armer Willie.

Thomasson hatte Berg noch nie lächeln sehen. Nicht auf diese Weise. Er hatte ihn lachen und grinsen sehen oder wie das alles hieß, aber dieses Lächeln hatte er noch nie gesehen. Es war ein zärtliches Lächeln, und man verstand, dass er, oder Winnie, mit Willie sympathisierte, der sich da irgendwo hinter dem Hügel verbarg.

Er, oder besser sie, Winnie, liebte Willie vielleicht. Willie war das einzige, was sie hatte. Das einzige, was es noch gab.

Berg plapperte weiter auf der Bühne vor sich hin, kramte in dem, was er da hatte, was sich in seiner Tasche befand. Nach einer Weile fischte er ein Brillenetui heraus. Er setzte die Brille auf und studierte seine Zahnbürste, versuchte, etwas darauf zu entziffern.

Diese Brille war nicht Bergs übliche, die er jetzt aufgesetzt hatte war heller, hatte ein fast gelbes Gestell. Sie hatte auch eine andere Form, zu den Seiten hin etwas spitzer zulaufend. Es war, als wäre Berg hinter dieser Brille verschwunden. Nicht so, dass er nicht zu sehen war, im Gegenteil, Thomasson hatte ihn noch nie so deutlich gesehen, sondern es war eher so, dass der Berg, den er kannte, verschwand. Hervor kam etwas anderes.

Er fuhr fort zu kramen und zu plappern und seine Brille zu putzen. Das Geplapper schien weder einen Anfang noch ein Ende zu haben, es geschah einfach, und Thomasson fragte sich, wie genau Berg eigentlich Becketts Anweisungen folgte. Die Souffleuse war bisher immer noch untätig. Oder nicht wirklich untätig, sie schaute in ihre Papiere und begleitete ihn, aber sie griff nicht ein. Trotz langer und zahlreicher Pausen.

Thomasson kam plötzlich der Gedanke, dass Berg hier vermutlich die Rolle seines Lebens erhalten hatte. Die Regisseurin hatte sehr wohl gewusst, was sie tat. Ein endloser Monolog, unterbrochen von langen Pausen. Ein Theater der Stille mit dem Meister der Kunstpausen in der Hauptrolle.

Es wird schon wiederkommen, das eben finde ich so wundervoll, alles kommt wieder …

Berg verstummte, schaute sich gleichsam verwirrt um. Es war ganz still, lange. Thomasson schaute zu der Souffleuse hin, die jetzt den Finger mitten aufs Papier plaziert hatte, in dem Schein der kleinen Lampe sah er, dass sie abgebissene Nägel hatte, sie beugte sich vor, sprach flüsternd, damit es bis hinauf zur Bühne zu verstehen sein sollte: *Alles? Nein, nicht alles.*

Berg schien es nicht zu hören, oder überhaupt nicht zuzuhören. Er hielt weiter seine Pause. Er lächelte, wurde ernst, lächelte wieder. Thomasson ertappte sich dabei, wie er Bergs Mienenspiel folgte, wie sein eigenes Gesicht sich im Takt mit dem von Berg bewegte. Es war, als würden die Gedanken und Erlebnisse dahinter ihr eigenes Leben führen und nur hin und wieder einen Abdruck hinterlassen, wie wenn ein ungeborenes Kind sich streckt, und wir anderen sitzen draußen und sehen, wie eine Ferse ihre Spur über die gespannte Haut zieht.

Die Souffleuse auf dem Nachbarplatz beugte sich noch weiter vor und wiederholte ihr *Alles? Nein, nicht alles.*

Berg war wieder anwesend. Der Ernst und das Lächeln waren verschwunden, er war leer, es war, als sei er zu den Worten zurückgekehrt.

... taucht eines schönen Tages auf, aus heiterem Himmel.

Aber davor? Was war davor geschehen? Was hätte da gesagt werden sollen? Alles. Dann ein: Nein, nicht alles. Es war vielleicht mehr, was ausgelassen worden war, viel mehr. Thomasson wusste es nicht, es spielte vielleicht auch keine Rolle. Es war, wie es war. Es war nicht möglich umzukehren, von vorn anzufangen. Auf dem Theater und im Leben sind die Augenblicke unwiderruflich. Aber zugleich sagte er auch, dass sie wiederkommen, dass es das ist, was so wunderbar ist. Bergs vergessener Text, der auftaucht, wenn man nur wartet, wenn man es nur versteht zu warten. Siri, die sich ihm entgegenstreckt, wie auf den

Glasmalereien der Kirche, Menschen, die zum Licht emporsteigen, das Meer, das die Toten dem Leben zurückgibt.

Es war wie ein leichter Schwindel. Thomasson war ein wenig übel. Es kam nicht plötzlich, er hatte es schon kommen gespürt, aber keine Lust gehabt, es den jungen Leuten zu sagen. Es war auch nicht der Rede wert, eine leichte Übelkeit, oder vielleicht besser gesagt ein dumpfer Schmerz in der Magengrube. Es kam sicher von den Medikamenten. Er hatte etwas gegen Magenschmerzen bekommen, kleine ampullenartige Sachen, sich aber nicht die Mühe gemacht, sie mit ins Theater zu nehmen. Es war auch nicht nötig, es pflegte nicht schlimmer zu werden als dieser dumpfe Schmerz. Und den konnte er aushalten, damit konnte er leben.

Berg sprach weiter. Lange Pausen, häufiges Kramen in den Sachen, in dem, was geblieben war. Willie, hinter dem Erdhügel versteckt, las laut aus der Zeitung vor, kleine Meldungen über das, was geschehen war.

Gnädiger hochwürdiger Vater in Gott Dr. Carolus Hunter tot in Badewanne.

Chance für fixen Jungen.

Winnie hörte zu und spann weiter ihren Faden. *Charlie Hunter! Mein erster Ball! Mein erster Kuss!* Sie lächelte und träumte sich zurück.

Auf dem Platz rechts von Thomasson saß Agnes. Ihre rechte Hand war ganz von Kevins Fäusten umschlossen. Thomasson sah, wie er mit dem Zeigefinger über ihr Handgelenk strich. Im Rampenlicht war ein schwarzer Rand rings um das ganze Nagelbett zu sehen. Anhaftendes Öl, fast festgewachsen. Seine Arbeit hatte sich schon in seinem Körper festgesetzt.

Und wenn aus irgendeinem dunklen Grund kein Bemühen mehr möglich ist, nun dann ganz einfach die Augen schließen …

Die Frau, also Berg, schloss die Augen.

… und darauf warten, dass der Tag kommt …

Sie schaute auf. Es war, als sähe sie Thomasson direkt an, fixierte ihn mit dem Blick, der da mit seinen unbrauchbaren Beinen und seinem schmerzenden Magen in der ersten Reihe saß, verwundert und beunruhigt darüber, wie sich die Schmerzen auf eine Art wie noch nie bis hinauf in die Brust und hinaus in die Arme ausbreiteten.

… der glückliche Tag, an dem das Fleisch bei soundsoviel Grad schmilzt und die Nacht des Mondes soundsoviel hundert Stunden dauert.

Thomasson hatte während der Vorstellung dem Kichern und Lachen gelauscht, das mitunter in den Reihen ausbrach. Anfangs hatte zumindest ein Teil des Publikums über Berg gelacht, den alten Taxifahrer, der jetzt bis zur Brust in einem Erdhügel saß und versuchte, sich an seinen Rollentext zu erinnern, aber bald hatten die Lacher ihren Charakter geändert, und Thomasson hatte gemerkt, dass man jetzt über den Text selbst lachte, über das Schauspiel, über den Beckettschen Humor, der alles andere verdrängte und sie ein Menschenleben auf der Bühne sehen ließ, so wie sie es noch nie gesehen hatten, das sie aber trotzdem als ihr eigenes erkannten.

Und Thomasson sah sich selbst und Siri. Deutlicher als seit langem. Sie saßen da, kabbelten sich, schliefen miteinander, ließen die Tage verstreichen. Er las aus der Zeitung vor, sie probierte einen Hut mit Feder an, sang eine Melodie und hatte einen Teil der Worte vergessen. Sie hatte Nachsicht, mit ihm und mit sich selbst.

Zieh' dir deine Unterhosen an, mein Lieber, bevor du dich versengst.

Der Schmerz strahlte in die Arme aus, auch die Beine begannen sich bemerkbar zu machen.

»Ameisenlaufen«, sagte Willie.

Aber es war nicht nur das, es war etwas anderes. Vielleicht hatte er zu lange auf dem harten Stuhl gesessen. Er änderte die Stellung. Das brachte ein wenig Erleichterung. Vermutlich war es das gebrochene Handgelenk, das immer noch im Arm herumgeisterte. Bei Kälte funktionierte es nicht, wie es sollte, also vielleicht war es das. Wenn er es allzu lange stillhielt.

Vor mich hin zu quasseln, ohne dass mich eine Menschenseele hört.

Die Souffleuse hatte sich ein wenig zurückgelehnt und saß nicht mehr ganz so angespannt auf dem Stuhl. In regelmäßigen Abständen blätterte sie um. Entweder beherrschte Berg seinen Text, oder es war einfach so, dass die Souffleuse aufgegeben hatte.

Ach ja, so wenig zu sagen, so wenig zu tun, und die Angst so groß, an gewissen Tagen, sich verlassen zu finden ... im Stich gelassen ... noch Stunden vor sich, bis es klingelt zum Schlaf, und nichts mehr zu sagen, nichts mehr zu tun, dass die Tage vorbei gehen, gewisse Tage, ganz vorbei, es klingelt, und wenig oder nichts gesagt, wenig oder nichts getan.

Winnie nahm den Regenschirm, spannte ihn gegen die Sonne auf, die im Hintergrund leuchtete. Es war still. Es war sehr lange still. Sie schaute vor sich hin, den Regenschirm über dem Kopf. Es war so still, dass es in der Luft pfiff, wie wenn eine Neonröhre im Begriff ist, für immer zu erlöschen.

Die Souffleuse saß jetzt wieder vorgebeugt da, den Finger auf dem Papier und den Hals zur Bühne vorgereckt. Sie formte die Worte so deutlich, wie sie konnte: *Ich transpirierte sonst stark.*

Winnie schaute direkt in den Zuschauerraum hinein, es sah aus, als sitze sie da und lese in der Luft. Sie befeuchtete die Lippen, ein kleines Lächeln zeigte sich.

Das eben finde ich so wundervoll.

Das Lächeln verschwand. Kehrte zurück.

Die Art, in der der Mensch sich anpasst.

Sie war still. Schaute direkt vor sich hin. Dann hinunter ins Publikum, als würde sie jeden einzelnen anschauen, ihn mit ihrem Blick einfangen.

Den wechselnden Verhältnissen.

38 Thomasson beschloss, während der Pause sitzen zu bleiben. Kevin ging hinaus, um zu rauchen. Agnes holte Kaffee und für jeden ein Brötchen, das sie in der Reihe sitzend verzehrten. Thomasson fühlte sich zittrig, ihm brach der kalte Schweiß aus. Er musste an Diabetes denken. Altersdiabetes? Wie bekam man den? Und woher wusste man, dass man ihn bekommen hatte?

Das Brötchen schien zu helfen. Wenigstens wurde der Druck im Magen ein wenig leichter, nachdem er es gegessen hatte. Er fühlte sich auch nicht mehr ganz so zittrig. Er fragte sich, ob sie das kontrolliert hatten, mit dem Zucker. Er würde den Arzt fragen. Sicherheitshalber bat er Agnes jedoch, noch eine Tasse Kaffee zu holen. Er hatte sie nicht gefragt, wie ihr das Stück gefiel, und sie hatte nichts gesagt. Das hatte Zeit. Vielleicht war sie einfach zu jung.

Er wusste, wie es aussehen würde, wenn der Vorhang wieder aufging. Trotzdem gab es ihm einen Stich, als er es sah. Winnie steckte jetzt noch tiefer in dem Erdhügel. Zu sehen war nur ihr Gesicht. Sie war bis zum Hals eingegraben. Das einzige, was sie bewegen konnte, waren die Augen. Sie hatte den Hut auf. Den Hut mit der Feder.

Sie hatten ihn gefunden, als sie von der Kirche zurückkamen. Er lag noch an der Flussböschung. Thomasson war durch den Schnee hinuntergestapft, der ihm stellenweise bis zur Taille reichte, während Siri oben auf der Straße stehen geblieben war und ihn mit fröhlichen Zurufen anfeuerte. Sie hatte laut gelacht, als er sich das letzte Stück vorwärts warf, um diesen Hut zu fangen, der sein Bestes tat, um zu fliehen.

Sie waren heimwärts gewandert. Sie in ihrem langen schwarzen Mantel und den schwarzen Stiefeln, er ein Stück vor ihr, nicht zu nah, aber auch nicht zu weit entfernt. Durch die Stadt, vorbei an allen Blicken, während der Stolz und die Freude im Körper pulsierten, bis hin zu dem Holzhaus und die knarrenden Treppen hinauf.

Kann man immer noch von Zeit sprechen?

Winnie verstummte, schaute fragend hinaus in den Zuschauerraum.

Sagen, dass es jetzt lange Zeit her ist, seit ich dich sah.

Eine Pause, so lang, dass die Souffleuse begann, unruhig ihre Füße zu bewegen.

Seit ich dich hörte.

Thomasson wagte es, die Augen zu schließen. Winnie saß, wo sie saß, bis zum Hals eingemauert. Und er hörte alles, was sie sagte, jeden Satz. Und die langen Pausen, ersticktes Husten und Sitze, die ächzten, wenn jemand die Stellung wechselte.

O ja, große Gnaden, große Gnaden.

Thomasson schien es, als sei er unterwegs. Es war ein Gefühl, als bewege sich der Stuhl, während er dasaß und die Augen geschlossen hielt. Er machte sich nicht die Mühe zu schauen. Agnes saß rechts von ihm. Er war, wo er war. Er atmete. Er dachte an Siri, so wie er an Siri gedacht hatte seit dem Tag, an dem sie verschwand. Es nahm kein Ende.

Das Gesicht.

Er schaute auf. Winnie verstummte. Machte eine Pause.

Thomasson wartete. Er fragte sich, ob ihm etwas entgangen war. Sie hatte *Das Gesicht* gesagt. Oder hatte Thomasson es nur gedacht, war er im Begriff gewesen, einzuschlafen?

Die Nase, sagte Winnie.

Sie schaute hinunter, so weit wie sie konnte. Ihre Augen schielten.

Ich kann sie sehen … die Spitze … die Löcher … Lebensodem.

Wieder schloss Thomasson die Augen. Einmal hatte Winnie auf einem Ball getanzt, ihren Liebhaber in einem Geräteschuppen geküsst. Jetzt streckte sie die Zunge so weit heraus, wie sie konnte, um sie zu sehen. Das, was übrig war.

Die Zungenspitze.

Thomasson fiel es schwer, die Konzentration zu behalten. Er war müde. Aber es war mehr als das. Er hatte keine Antwort auf Agnes' Frage geschrieben. Er hatte es versucht, aber jedes Mal war ihm ein Satz aus Shakespeares *König Lear* eingefallen, wo Edgar sagt, solange wir sagen können »dies ist das Schlimmste«, ist das Schlimmste noch nicht geschehen.

Und er fand, es reiche jetzt. Er wollte nicht mehr. Das war es vielleicht eher als die Müdigkeit.

I mog jetzt langsam heimgehn.

Der Satz kam von nirgendwo zu ihm. Im Dialekt seiner Kindheit.

Es wird allmählich Zeit, sich nach Hause zu begeben.

Er lauschte Winnies Geplapper, den Geräuschen aus dem Zuschauerraum, Agnes und Kevin, die flüsternd die Köpfe zusammensteckten, den kurzen Atemzügen der Souffleuse.

Ja, das sind glückliche Tage, wenn es Geräusche gibt, sagte Winnie.

Thomasson machte die Augen nicht auf. Er lauschte nur.

Es war wie am Anfang, als ihr Lächeln und ihre Atemzüge einander begleiteten.

Wenn ich Geräusche höre.

Maja war da. Sie war immer da gewesen, hatte nie gezögert, von sich hören zu lassen.

Früher dachte ich …

Sie hatte ihn begleitet, ihn gescholten, gesagt, es sei seine Schuld, dass Siri nicht zu ihm sprach. Er weiß es nicht.

… ich sage, früher dachte ich, sie wären in meinem Kopf.

Er lauscht Winnies Geplapper, solange er kann. Es ist nicht so, dass er versucht, es festzuhalten, aber auch nicht so, dass er sich davon entfernt. Es ist nur so, dass die andere Stimme, so vertraut, die Oberhand gewinnt und er sie immer deutlicher vernimmt, wie er da sitzt, tief eingesunken auf seinem Platz in der ersten Reihe. Die Stimme, die auf einmal ertönt, nicht lauter und lauter, aber näher und näher.

Möchtest du mein Gesicht berühren … noch einmal?

Abschließender Kommentar

Ein Romanverfasser schöpft hemmungslos aus Quellen, die sich in seiner Reichweite befinden. So ist es auch in diesem Buch geschehen. Eine Liste würde sehr lang werden, also begnüge ich mich mit zwei wichtigen Beispielen.

Agnes Frids Frage ist von der französischen Künstlerin Sophie Calle inspiriert, die in dem Buch/Kunstwerk *Exquisit pain* versucht, ihre schmerzhafte Trennung zu überwinden, indem sie Menschen, denen sie begegnet, die Frage stellt: »When did you suffer most?« Deren Erzählungen tragen dazu bei, ihre eigene Trauer zu lindern, und allmählich vollständig auszulöschen.

Inhalt

Jostein Gaarder im dtv

»Geboren zu werden bedeutet, daß wir die ganze Welt geschenkt bekommen.«
Jostein Gaarder

Sofies Welt
Roman über die Geschichte der Philosophie

ISBN 978-3-423-**12555**-0

Ein Abenteuerroman des Denkens und eine Geschichte der Philosophie von den Anfängen bis zur Gegenwart. Der Roman, mit dem Gaarder Weltruhm erlangte.

Durch einen Spiegel, in einem dunklen Wort

ISBN 978-3-423-**12917**-6

Cecilie ist sehr krank. Plötzlich sitzt Engel Ariel auf der Fensterbank.

Maya oder Das Wunder des Lebens
Roman

ISBN 978-3-423-**13002**-8

Über die Evolution, die Grenzen der Wissenschaft und über die Kraft der Fantasie.

Der seltene Vogel
Erzählungen

ISBN 978-3-423-**12876**-6

Das Kartengeheimnis

ISBN 978-3-423-**12500**-0

Die Geschichte einer Reise nach Griechenland, auf eine magische Insel und in die Philosophie.

Das Leben ist kurz
Vita brevis

ISBN 978-3-423-**12711**-0

Eine unmögliche Liebe: zwischen Floria und dem berühmten Kirchenvater Augustinus.

Der Geschichtenverkäufer
Roman

ISBN 978-3-423-**13250**-3 und
ISBN 978-3-423-**21417**-9

»Jostein Gaarder hat mit diesem Roman ein Meisterwerk geschaffen.« (Tagesspiegel)

Das Orangenmädchen
Roman

ISBN 978-3-423-**13396**-8 und
ISBN 978-3-423-**25287**-4
(dtv großdruck)

»Einer der schönsten Abschiedsbriefe, die Sie sich vorstellen können.« (Brigitte)

Die Frau mit dem roten Tuch
Roman

ISBN 978-3-423-**14058**-4

Über die Liebe und schicksalhafte Fährnisse – klug und bewegend.

Alle Titel übersetzt von Gabriele Haefs.